谨以此书

向中华人民共和国成立 70 周年献礼！

向为“1035 工程”组织实施作出贡献的人们致敬！

向为中国新药创制而努力奋斗的人们致敬！

迈向药物创新之路

——“1035 工程”实施回顾

技术总师　桑国卫

主　　编　陈传宏　陈凯先

高等教育出版社·北京

内容提要

《迈向药物创新之路——“1035工程”实施回顾》是一部纪实性专著。全书共分8篇，分别是战略篇、药物篇、平台篇、产业篇、国际合作篇、人才团队篇、药事药政篇、启示展望篇，总21章。本书重点对我国20世纪90年代组织实施的旨在推进新药研究与产业化开发的“1035工程”进行了系统分析和总结。

“1035工程”是为适应知识产权保护的新形势，提高我国自主创制新药的综合实力，提高企业的竞争能力，培养造就一批具有国际水平的中青年学科带头人，初步建立起一支稳定的、从新药研究开发到产业化各环节学科配套的、力量雄厚的科技队伍，加速我国自主研制新药的进程，于1996—2000年组织实施的国家科技专项。本书对“1035工程”组织实施的时代背景、战略部署、目标任务、组织实施与管理、主要成果等进行了系统回顾和总结，并对其历史贡献和意义、组织实施经验与启示进行了系统分析和总结，提出了我国新药研发及产业化发展的思路与建议。

本书适合制药行业、学术界、研究机构、医疗机构及药品监管有关人员参考使用，也可供关注中国医药产业发展的人员参考。

本书编委会

技术总师 桑国卫

主　　编 陈传宏　陈凯先

副 主 编（按姓氏拼音排序）

边振甲　蔡东晨　陈士林　陈彦丞　杜冠华　蒋华良　蒋建东
李　波　李　松　曲凤宏　沈竞康　石远凯　史录文　王晓良
王智民　魏于全　肖诗鹰　闫希军　杨　哲　杨秀伟　张永祥

编　　委（按姓氏拼音排序）

边振甲　蔡东晨　陈传宏　陈代杰　陈国良　陈凯先　陈士林
陈彦丞　邓洪新　杜冠华　杜送田　杜智敏　付永超　傅孟元
高柳滨　耿兴超　贺　熙　蒋华良　蒋建东　兰　培　李　波
李　松　李　燕　李宏民　李雪宁　廖明阳　刘　超　刘　艳
刘静涵　刘晓谦　马　璟　毛艳艳　秦少容　曲凤宏　沈竞康
沈心亮　石远凯　史录文　司伊康　斯建勇　唐　乐　陶忠华
田　雷　铁　偲　童　彬　王　恒　王　捷　王　珂　王　莉
王焕玲　王家训　王金戍　王明伟　王团结　王晓良　王月华
王智民　魏于全　吴慧敏　肖诗鹰　谢贵林　许鸿章　宣尧仙
闫希军　杨　哲　杨秀伟　姚　譞　张　菁　张赫明　张永祥
章晨峰　赵　敏　周文霞　周辛波　朱晶晶　邹全明

序 言

药品是用于疾病预防、治疗和诊断的重要手段，与人民的健康、生活息息相关，关系到民族繁衍与发展，确保药品的有效性、安全性和可及性，是最大的民生问题之一。而创新药物研发集中体现了生命科学和生物技术领域的新成就和新突破，是人类最复杂的智力活动之一，反映了一个国家生命科学领域的综合实力，受到世界各国的高度重视，是国际竞争最为激烈的领域之一。因此，药品是国家的战略性产品，制药产业是国家的战略性产业，为使我国广大人民群众买得到、买得起、用得上安全有效的放心药，发展创新药物和制药产业，就必须依靠自主创新，必须掌握自主、可控的核心关键技术，建立以强大的创新能力支撑发展的制药产业。

中华人民共和国成立以来，在党和政府高度重视和坚强领导下，我国制药工业实现了从无到有的突破，逐步摆脱了完全依赖进口的被动局面，开展了抗生素、磺胺药以及地方病、流行病等治疗药物的研制和生产，建设了一批重点企业。伴随着改革开放的步伐不断加快，我国制药工业也迎来了一个快速发展的时期，建立起了比较完整的体系，在当时有限的条件下取得了可喜成绩。但是，到20世纪90年代初，受制于创新能力弱、人才和技术储备不足，我国依然只能以仿制为主，医药工业发展也出现了企业多、品种少、水平低、规模小、效益差的不良状况。尤其面对经济全球化和中国加入世界贸易组织的发展趋势，我国制药工业也面临新的严峻挑战。一方面，国际一流的制药公司凭借着雄厚的资金、先进的技术和设备、完善的管理制度、质量卓越的产品和优质的售后服务，对国内的制药企业形成了巨大压力，对中国制药产业带来了前所未有的冲击；另一方面，知识产权的保护条款，对我国制药企业继续仿造外国专利产品亮出“红灯”，“中国人如何解决自己的药品需求”已成为迫在眉睫的问题。

为提高我国自主创制新药的综合实力和企业的竞争能力、加速我国自主研制新药的进程，1993年1月，国家科委会同卫生部、国家医药管理局、国家教委、中国科学院、国家计生委、国家中医药管理局、总后卫生部、财政部，九个部委联合成立了国家新药研究与开发协调领导小组，作出了于1996年启动实施“1035工程”的重大决定，提出到2000年，研制10个具有自主知识产权的创新药物，并实现产业化；建成5个新药筛选中心、5个新药临床前安全性评价中心（GLP平台）及5个新药临床试验研究中心（GCP平台）。“1035工程”，既是面对全球化新的挑战形势下，国家应急部署的科技专项，更是改革开放以来，由国家组织实施的第一个全面推动创新药物研发和药物创新体系建设的国家项目，进一步明确了我国新药研发及制药产业发展必须坚持走规范化、国际化的自主创新道路，以示范项目的实施，带动我国新药创制技术体系建设，促进新药产业化并推动人才队伍建设和国际合作。

“1035工程”启动实施20余年来，给我国新药创制和医药工业快速发展提供了有力支撑。一是成功研制了治疗缺血性脑卒中新药丁苯酞、抗心律失常新药盐酸关附甲素、抗菌新药依替米星、驱虫新药三苯双脒等一批新药，带动我国创新药物研发跨上了一个新台阶；二是建成了一批GLP、GCP等国家级新药研发关键技术创新平台和上海张江、广东中山、四川成都等产业化基地，推动复方蒿甲醚、复方丹参滴丸等药物的国际化步伐，为新药研发走上创新发展的道路技发挥了引领和示范带动作用；三是汇聚和培养了一批新药研发的领军人才和创新团队，造就了一批具有国际水平的中青年学科带头人，初步建立起一支从新药研究与开发到产业化各环节学科齐全的科技队伍；四是推动企业的技术创新能力和实力大幅提高，生产技术水平和规范化程度显著提升，形成了一批具有一定规模的医药企业集团；五是推动我国新药研发创新体系初步形成，引导相关技术标准及法规建设走上了规范化、制度化发展的道路。应该说，“1035工程”之启动是一个重要标志，对引领中国制药工业创新发展具有里程碑意义，为“重大新药创制”国家科技重大专项实施进行了宝贵的探索。

为系统总结成效和经验，陈传宏司长和陈凯先院士牵头组织许多专家和科技工作者，共同编写完成了《迈向药物创新之路——“1035工程”实施回顾》，从时代背景、战略定位、任务部署、组织实施方式、国际合作、人才培养等方面，记录与回顾了20世纪90年代以来我国科技界、医药卫生界的各级领导和科技人员审时度势、开拓创新、向新药战略目标进军的奋斗历史。全书内容全面、论据充实、重点突出、视野广阔，对探索建立和完善符合我国国情、具有中国特色的新药研发新机制，具有重要的借鉴和指导意义；对于从事医药战略研究、新药研发、药品生产、科研管理以及医药政策研究、药事管理等工作人员，亦具有重要的史料价值。

党的十九大强调要把人民健康放在优先发展的战略位置，从经济社会发展全局统筹谋划加快推进“健康中国”建设。新药研发和创制是全面贯彻落实习近平新时代中国特色社会主义思想和党的十九大精神，深入实施创新驱动发展战略、健康中国战略，推进新一轮科技革命和医药产业变革的新引擎，将在改善人民健康、缓解资源环境压力、保障国家生物安全等方面发挥不可替代的关键作用。创新是民族进步的灵魂，更是我国医药科技革命和产业变革的核心动力。为支撑现代化经济体系建设和民生福祉改善，我们必须在“1035 工程”成功实施的基础上，牢牢把握住我国发展的重要战略机遇期，着眼长远、抢占先机，坚持把新药创制与研发摆在国家战略层面进行谋篇布局，不断探索实践符合中国特色的新药研发自主创新道路，加快建设医药强国，为保障我国人民健康、提高人类生活质量作出重要贡献！

原国家科学技术委员会副主任

原国家新药研究与开发协调领导小组组长

2019 年初春

前 言

药品直接关系到人民身体健康和生命安危，是最基本也是最重大的民生需求。因此医药产业是战略性产业，必须做到自主、可控，世界各国都十分重视。目前在发达国家，医药产业已成为带动经济增长的支柱性产业，在防治疾病和持续增长的健康需求驱动下，医药产业已成为增长速度最快的产业。新药创制的能力和水平不仅决定了医药产业的综合竞争力和发展速度，也是反映一个国家综合科技创新能力的重要标志。习近平总书记指出："创新药物研发集中体现了生命科学和生物技术领域前沿新成就和新突破，先进医疗设备研发体现了多学科交叉融合与系统集成。"因此，生物医药已成为当今世界竞争最为激烈的领域和竞相攀登的科技高地。

我国医药工业和新药研发是在十分薄弱的基础上起步的。新中国建立后，在党和国家的领导下，自力更生、发愤图强，我国医药工业迅速重建、快速发展，至"八五"末，我国医药产业建立起了比较完整的工业体系，但因底子薄、基础差，当时我国自主研发新药的能力还非常薄弱，生产的药品 97% 以上为仿制药。1986 年 7 月 10 日中国政府正式提出恢复中国在《关税与贸易总协定》（General Agreement on Tariffs and Trade，GATT）中缔约方地位的申请，1995 年 6 月 3 日中国成为世界贸易组织（World Trade Organization, WTO）观察员。面对"复关"后我国医药行业将面临的知识产权等方面的严峻挑战，党中央、国务院立足长远，积极应对，于 1996 年组织实施了旨在推进新药研究与产业化开发的"1035 工程"——这是我国改革开放以来，由国家组织实施的第一个全面推动创新药物研发和药物创新体系建设的国家项目。"1035"的含义是：至 2000 年，研制 10 个具有自主知识产权的创新药物，并实现产业化，力争其中 2 ~ 3 个新药进入国际市场；另一方面，按照国际规范建设 5 个新药筛选中心、5 个新药临床前安全性评价中心（GLP 平台）、5 个新药临床试验研究中心（GCP 平台）。"1035 工程"是在特殊历史背景条件下、面对知识产权挑战国家部署的一项应急专项，发展思路是立足自主研发新药和标准化基础技术体系建设、以示范项目实施带动全面发展。由于抓住了关键问题、找准了发力点，所以不仅取得了显著成效，更为重要的是对我国医药事业发展发挥了引领作用，开创了药物创新与产业发展的新局面，影响深远，具有里程碑意义。

“1035工程”实施距今已历23载。“十一五”启动的国家“重大新药创制”科技重大专项实施也跨入第11个年头。“历史，总是在一些特殊年份给人们以汲取智慧、继续前行的力量。”当前我国新药研发和医药工业已进入高速全面发展、实现由“仿制”向“创制”历史性转变的关键阶段。2016年5月30日，习近平总书记在全国科技创新大会、两院院士大会、中国科协第九次全国代表大会上做了题为“为建设世界科技强国而奋斗”的重要讲话，指出当前我国很多重要专利药物市场绝大多数被国外公司占据，高端医疗装备主要依赖进口，成为看病贵的主要原因之一。在2018年5月28日举行的两院院士大会上，习近平总书记在讲话中深刻分析了我国科技所面临的形势，指出我国科技领域仍然存在一些亟待解决的突出问题，特别是同党的十九大提出的新任务新要求相比，我国科技在视野格局、创新能力、资源配置、体制政策等方面存在诸多不适应的地方。我国基础科学研究短板依然突出，企业对基础研究重视不够，重大原创性成果缺乏，底层基础技术等瓶颈仍然突出，关键核心技术受制于人的局面没有得到根本性改变。习近平总书记告诫我们，关键核心技术是要不来、买不来、讨不来的。只有把关键核心技术掌握在自己手中，才能从根本上保障国家经济安全、国防安全和其他安全。当前我们迎来了世界新一轮科技革命和产业变革同我国转变发展方式的历史性交汇期，既面临着千载难逢的历史机遇，又面临着差距可能拉大的严峻挑战。我们必须清醒认识到，有的历史性交汇期可能产生同频共振，有的历史性交汇期也可能擦肩而过。形势逼人，挑战逼人，使命逼人。要求我国广大科技工作者要把握大势、抢占先机，直面问题、迎难而上，瞄准世界科技前沿，引领科技发展方向，肩负起历史赋予的重任，勇做新时代科技创新的排头兵。习近平总书记的讲话准确把握科技创新与发展大势，指出了当前我国科研的短板和存在问题，为推进我国科技事业发展指明了前进方向，提供了根本遵循。

2019年恰逢中华人民共和国成立70周年，伴随着创新型国家建设的快速推进，国家走进了新时代。站在建设世界科技强国新的历史起点上，回顾“1035工程”的发展历程，全面分析和总结“1035工程”实施的经验与启示，将为未来我国创新药物研发和医药产业发展规划的制定、科技计划的顶层设计和战略部署提供有益参考和借鉴。为此，我们组织国内有关专家，对“1035工程”进行了系统回顾和总结，编撰了《迈向药物创新之路——“1035工程”实施回顾》。全书共分为8篇，第一篇为战略篇，重点介绍了当时我国新药研发和制药工业的状况及“1035工程”所处的时代背景，以及“1035工程”实施的指导思想、战略目标、任务部署及组织实施等；第二篇为药物篇，系统介绍了“1035工程”

支持的重点新药研发情况，包括新药的特点、研发过程及临床应用和产业化等情况；第三篇为平台篇，系统介绍了新药筛选平台、新药非临床安全性评价研究中心（GLP 平台）和新药临床试验研究中心（GCP 平台）的建设与发展情况；第四篇为产业篇，重点介绍了创新药物的产业化成果，以及国家新药开发工程技术研究中心、国家中药制药工程技术研究中心及国家生物医药科技产业基地等建设情况；第五篇为国际合作篇，重点介绍了我国新药国际注册、科技合作与交流等情况；第六篇为人才团队篇，重点介绍了在“1035 工程”及“博士基金”支持下我国新药研发人才成长及发展情况；第七篇为药事药政篇，重点介绍了当时我国药品注册管理相关法规、新药研发相关技术指导原则及规范等制定、体系建设与实施，以及药品知识产权保护等情况；第八篇为启示展望篇，系统总结了“1035 工程”的重大成就，阐述了“1035 工程”的历史贡献和现实意义，并对我国新药创制及医药产业发展前景进行了展望。

“1035 工程”时任国家科学技术委员会副主任、国家新药研究与开发协调领导小组组长惠永正同志欣然为本书作序，在此表达诚挚感谢！

经过一年多时间的努力，付梓之际，我们感到十分高兴，同时心中充满感激之情。衷心感谢参加编写工作的各位专家和同志能够积极响应，以饱满的热情投入“1035 工程”的总结和书稿的编写，并于百忙之中多次抽出宝贵时间参加研讨会和编写工作会。在与大家一道工作的日子里，我们深切感受到参加本书编写的每位专家和同志心中都充满一种强烈的感情、怀有一份热切的期望，就是对我国新药创制和产业发展事业的钟爱及期盼中国医药梦早日实现的热望。感谢石药集团在本书编写过程中给予的多方面大力支持和帮助，感谢中国药理学会为本书编写所提供的帮助。没有大家的热情参与和辛勤工作以及各方面的大力支持和帮助，这项工作是难以顺利完成的。

由时间和水平所限，在史料收集整理、书稿撰写过程中难免存在遗漏、差错和不妥之处，真诚希望广大读者给予指正。

陈传宏　陈凯先

2019 年春

目 录

第二篇 药 物 篇

第三篇 平 台 篇

第四篇　产　业　篇

第五篇　国际合作篇

第六篇　人才团队篇

第七篇 药事药政篇

第八篇　启示展望篇

第一篇

战略篇

制药工业是高技术、高投入、高效益、高风险产业，其利润率高居各行业榜首，是世界上发展最快的产业之一。随着经济和社会不断发展与进步，人类对防治疾病和健康保障的需求越来越大、要求越来越高，推动医药产业持续、快速发展。因此医药产业被誉为“永不衰落的朝阳产业”，持续不断地创制新药是医药产业获取高额利润并形成良性循环的根本途径，没有创新药物就没有制药产业巨大的经济效益，因此创制新药是制药产业永恒的主题。创新药物研究开发涉及学科多、技术链长，是人类最复杂的智力活动之一，其能力和水平与科学技术的发展及转化应用密切相关，因此创新药物研究开发和医药产业发展受到世界各国的高度重视，是当今世界科技领域和经济强国竞争最激烈的领域之一。

我国医药工业和新药创制是在十分薄弱的基础上起步的。新中国建立后，在党和国家的领导下，自力更生、发愤图强，我国医药工业迅速重建，快速发展。随着我国改革开放的不断推进与深化，1986 年 7 月 10 日中国政府正式提出恢复中国在《关税与贸易总协定》(General Agreement on Tariffs and Trade, GATT）中缔约方地位（简称“复关”）的申请，1995 年 6 月 3 日中国成为世界贸易组织（World Trade Organization, WTO）观察员。复关对我国医药行业产生巨大影响的主要是知识产权。由于知识产权对一个国家的经济发展有着重要的影响，因而通过法律来保护知识产权也日益迫切[1]。

为适应知识产权保护的新形势，解决新药研发过程中的关键和薄弱环节，加速技术转移，提高我国自主创制新药的综合实力和企业的竞争能力，培养造就一批具有国际水平的中青年学科带头人，逐步建立起一支稳定的、从新药研究开发到产业化各环节学科配套、力量雄厚的科技队伍，加速我国自主研制新药的进程，1993 年国家科学技术委员会（简称“国家科委”；1998 年改名为科学技术部，简称“科技部”）成立了国家新药研究与开发协调领导小组。根据党中央、国务院《关于加速科学技术进步的决定》中对创制新药提出的新要求和新药开发的自身规律，领导小组通过研究、决策和部署，于 1996 年组织实施了旨在推进新药研究与产业化开发的“1035 工程”。“1035 工程”是面对知识产权挑战，国家部署的一项应急专项，是“九五”期间国家在医药科技领域实施的一项重大科技工程项目[2]。

第一章

“1035 工程”的时代背景

第一节　我国制药工业发展概况

我国制药工业是中华人民共和国成立后，在非常薄弱的基础上逐步建立起来的。纵观其发展历史，有学者将自 1949 年中华人民共和国成立至 1996 年“八五”末的 47 年时间划分为两个阶段，第一个阶段为“分散管理的发展时期（1949—1978）”。在这一时期医药工业经历了第一个五年计划和试办“托拉斯”两个较好的发展阶段，取得了一定成绩，形成了发展特色。但在这一时期内，我国医药工业采取的是“条条细分”的部门管理方式，管理职能分散于卫生、化工、商业、机电等部门，缺乏统一有效的宏观总体调控，在一定程度上制约了发展速度；第二个阶段是“统一管理的蓬勃发展时期（1979—1996）”。1978 年 9 月，国家成立了医药管理总局，对医药工业进行统筹管理，为医药工业健康发展提供了保障。进入 20 世纪 90 年代，医药工业迅猛发展，1995 年实现产值 1 065.3 亿元，1996 年达到 1251 亿元[3]。

一、中华人民共和国成立前制药工业长期积弱，难求发展

据 1950 年有关统计，当时我国有国营和公私合营药厂 73 个，私营药厂 371 个，职工总人数约 1.5 万，主要生产一些简单的药物制剂，86% 以上原料药靠进口[4]，反映了当时我国制药工业的状况。刘鲁亚曾撰文系统介绍了新中国建立前我国制药工业的状况[5]。1946—1949 年，中国的制药工业已陷入全面崩溃状态。国外药品大量向中国市场倾销使制药工业受到了致命打击。至 1946 年底，

上海的药厂已关闭160家，残存药厂也大部分处于半停工状态，难以摆脱困境。位于广东的几家药厂处境同样十分艰难，规模大的也只有数十名工人，条件简陋，只能生产苏打片等低值药品，主要依靠贷款或推销外国药品生存。

刘鲁亚分析认为，当时制药工业一直处于落后状态的根本原因是社会制度腐朽，另外还有其他四方面原因：一是国民党政府不予保护和扶持，任由帝国主义操纵海关主权，实行“洋药进口绝对自由”。此外对于进口药品不作输入质量标准检验，导致伪劣药品输入中国市场。此外，没有推动制药工业发展的完整计划，有关法规朝令夕改，成为企业发展的障碍。二是资金不足。由于证券交易不发达，企业向社会募集资金困难，因此积累少、规模小。持续高速的通货膨胀使制药企业资金更加不足，迫使一些大药厂不得不把大部分流动资金转向商业，专营外国药品。三是相关基础工业和制药技术落后。化学工业落后，原料药不能自给。生物学研究及矿产开发技术落后，生物制药无法发展。机器制造业落后，没有生产制药设备的能力。制药工业技术落后，使药厂长期停留在加工成药阶段。此外，药学人才奇缺，据1947年统计，全国仅有药剂师952人，其中70%在医院。四是经营方式的投机性。当时大部分药厂是封建式企业，另一部分则是具有资本主义性质的企业，二者都具有很强的投机性，前者更为突出。封建式企业一般规模很小，独资经营，所有权和经营权完全结合，资金较少，缺乏科学的管理制度，普遍带有浓厚的重商轻工思想，注重销售而忽视生产，有利可图时积极投资，外商压价时就停业，将经营的重心放在追逐短期的最大收益上，普遍不积极谋求建设和发展，最终大多走上了投机转卖、仿造假冒、屯货牟利的道路[5]。

二、中华人民共和国成立后医药工业迅速重建，蓬勃发展

据文献介绍[6]，中华人民共和国成立后，国家为迅速重建医药工业，选派大批干部、投入大量资金建设医药工业。在“发展原料药为主”的方针指导下，首先研制生产了抗生素、磺胺药等临床应用广泛的药物以及防治地方病、流行病等广大农村急需的药物。第一个“五年计划”期间，重点建设了以生产抗生素、磺胺药、解热镇痛药为主的华北制药厂、太原制药厂、新华制药厂、东北制药总厂等一批大型骨干企业，恢复、整顿、发展了上海、天津、广州等沿海城市的原有医药工业。使许多常用药从无到有，产能迅速增长，初步摆脱了原料药完全依赖进口的落后局面，为我国化学制药工业发展打下了基础。20世纪60年代以后，化学制药工业实行了统一领导和专业化管理，有计划发展医药工业，建设了20多家技术比较先进的化学制药企业，初步改变了医药工业不合理的布局。至80年代初，我国已能生产抗生素、磺胺药、维生素、抗结核药、抗癌药、心血管药、避孕药以及激素等26大类化学药品，原料药品种已达1 100多种，年产量

达47 000多吨（1吨 = 1 000 kg），能生产药物制剂3 000多种。化学制药工业的总产值达80亿元，与1953年相比增长约20倍。

随着医药科研与技术进步，我国陆续研制了一批防治肿瘤、心血管病、慢性支气管炎、疟疾等疾病和用于计划生育的新药。生产的原料药除满足国内需求外，还向100多个国家出口300多种产品。当时已有化学制药厂800多家，职工35万人，形成了具有一定规模和技术水平，从原料药制造到制剂加工，从科研设计到工业生产基本配套的医药工业体系。因当时我国已能生产品种比较齐全的药品，使曾经在广大农村流行的黑热病、血吸虫病、丝虫病、钩虫病、疟疾、伤寒、麻疯病等传染病和地方病基本得到了有效治疗和控制，有的已基本被消灭。

中药产业在党和国家的高度重视和扶持下发展也很快。至20世纪80年代，我国中药约有5 000多种，家种药材的种植面积已达440万亩（1亩 ≈ 666.67 m^2），与1957年相比增加了3倍。中药材收购总量10.5亿斤（1斤 = 500 g），比1957年增长2.7倍。甘肃的当归，四川、湖北的黄连，东北的人参等道地药材的数量成倍或十几倍增长。开展了常用野生动植物药材人工培育，试验成功的已有五六十种，有的已能大量供应。长期依靠进口的云木香、诃子、珍珠、冰片等已不再需要进口，而且还可以出口。另一方面，经过不断技术改造，中成药的生产方式已从完全手工操作发展为采用半机械化、机械化，有的中药厂还采用了密闭粉碎、减压蒸馏、真空干燥、回流提取等新技术。在品种和剂型方面，除原有丸、散、膏、丹、胶、露、酒等传统剂型外，还研制了冲剂、针剂、片剂、滴丸、胶囊、气雾剂、涂抹剂等20多个新剂型，发展了500多个新品种。当时全国已有中成药厂450多家，能生产3 800多个品种规格，年产值达16.7亿元，与1957年相比增加了20倍。

三、改革开放推动医药产业高速发展，不断跨越

据国家医药管理局有关资料[6]，我国于1978年成立了国家医药管理总局①，各省、自治区、直辖市也成立了相应机构。在国家医药管理总局的领导下，认真贯彻执行党的十一届三中全会以来的一系列方针、政策，认真贯彻调整、改革、整顿、提高的方针和国务院《关于加强医药管理的决定》，对全国中西药品和医

① 国家医药管理总局于1982年改为国家医药管理局，1998年、2003年、2013年先后改为国家药品监督管理局、国家食品药品监督管理局、国家食品药品监督管理总局，2018年3月改为国家药品监督管理局（由国家市场监督管理总局管理）——许多政府机构、高校、科研院所和企事业单位均有名称变更情况，本书所及具体历史事件，在特定时间点将以有关机构当时（和文献资料刊载）的名称为准。

疗器械的生产、供应、科研、教育、基本建设等实施统一管理，成效显著，生产销售大幅增长。1981 年 5 月，国务院发布了《关于加强医药管理的决定》，1983 年 10 月，国务院批转了国家医药管理局《关于中药工作问题的报告》，医药统一管理又向前推进了一步。医药实行产供销统一管理后，工商互相协作支持，从社会需要出发，调整产品结构，减少流通环节，促进了生产，扩大了销售，经济效益得到明显提高。同时，认真贯彻执行有关医药质量管理的方针政策，推行全面质量管理，使医药产品的质量普遍稳定提高。此外，国家医药管理总局与卫生、工商行政管理等部门协同，在全国范围内开展了整顿药厂的工作，关、停、并、转了 600 多个不符合生产条件的药厂，分批淘汰了一些疗效不确、毒副作用大的药品，使企业领导班子普遍得到加强，经济责任制逐步得到完善，企业素质和经济效益进一步提高。

改革开放使我国迎来了“科学的春天”，发展科学技术的各项方针政策得到进一步落实，广大医药科技工作者精神振奋，科研工作不断取得新成果，为我国医药工业进步与发展发挥了十分重要的推动作用。1997 年全国医药行业工业普查结果显示，我国医药经济增长进入高速期。普查数据显示，1995 年全国共有医药工业企业 8 365 个（其中中药厂 2 775 个），比 1985 年增加 5 412 个；资产总额为 1 519.6 亿元，比 1985 年增长 14.9 倍。1995 年末全部医药产品销售收入 960 亿元，比 1985 年增长 6.2 倍。普查结果表明，自 1985 年至 1995 年是当时我国医药经济增长速度最快的时期，尤其是医药“三资”企业发展迅速，至 1995 年末，“三资”医药企业由 1985 年的 5 个增加到 1 200 个，增长了 240 倍。引进的资金和技术对我国医药行业的发展产生了积极作用[7]。1995 年是“八五”计划的最后一年。医药行业认真贯彻中央经济工作会议精神，落实国务院《关于进一步加强药品管理工作的紧急通知》，依法规范医药生产经营秩序，积极探索医药商业流通体制的改革，搞好国有大中型医药企业，提高医药经济增长的质量与效益，提高技术创新能力，制定切实可行的医药中长期发展规划，促进医药经济持续、快速、健康发展。1995 年医药行业在资金紧张、能源及原材料价格持续上涨、财务费用和管理费用大幅增加的形势下，经各方面共同努力，保持了良好的发展势头，总体呈现产销两旺，经济运行质量有所改善，取得了较好成绩。

有分析认为，1995 年医药工业总的经济形势持点是：①医药工业生产增速快。据不完全统计，1—8 月医药工业总产值完成 666.96 亿元，比 1994 年同期增长 28.6%，其中化学药品工业产值为 472.15 亿元，比 1994 年同期增长 30.92%；中成药工业产值为 111.67 亿元，比 1994 年同期增长 11.2%；中药饮片工业产值为 I.83 亿元，比 1994 年同期增长 143.63%。②医药销售转旺。1—8 月份，医药工业销售产值完成 644.87 亿元，比 1994 年同期增长 25.86%，其中化学药品工业销售产值完成 445.62 亿元，比 1994 年同期增长 26.25%，医药工业产销率为

95.85%。③医药产品出口保持快速稳步发展势头。据初步统计，1—8月份出口交货值完成90.25亿元，比1994年同期增长43%。原料药出口形势看好，制剂及其他医药产品出口日趋活跃，出口值占工业销售产值的14.26%。④医药市场消费结构变化加快。随着公费医疗制度的改革，各地相继出台了公费医疗可报销品种目录，抑制了一些进口药品及三资企业药品的增长。相比之下，一些疗效确切的国产普药的销售呈上升态势。⑤医药企业两级分化明显。产品技术含量高、产量上规模的厂家效益上升。其中生产青霉素等抗生素以及维生素等的厂家尤为突出。反之，自身产品技术含量低或成熟技术被中小企业普遍掌握的厂家效益下降，甚至亏损严重，以生产磺胺类及解热镇痛类药品的企业效益滑坡最为突出。⑥医药规模经济已逐步形成。江苏、浙江、广东、上海、山东等全国排名前10位的省（自治区、直辖市）医药产值占全国医药工业总产值的70.94%。东南沿海地区医药规模经济的发展速度比其他地区快，显示出技术进步和利用外资所产生的积极影响。另一方面，仍存在许多困难和问题，使部分企业经济效益难以取得根本性改善，突出表现在三个方面：①药用化工原料、能源等价格持续上涨，使医药企业难以承受生产成本的大幅度提高，严重制约了医药工业的发展。②资金紧张是影响当时医药经济运行的关键因素，一部分工业企业因资金困难造成部分停产，一部分商业企业因资金紧张引起销售大幅度减少。③医药产品结构调整不理想，结构性矛盾更加突出，技改资金不足，新产品开发速度缓慢，新产品产值率低，特别是大多数新产品上市后的效益不理想[8]。

据报道，1996年我国医药经济持续快速、稳定增长，实力显著增强。其特点：一是医药工业迅速发展。1996年医药工业总产值达到1 251亿元，比1992年增长97%；医药工业增加值达到353亿元，比1992年增长了117%；24大类化学原料药产量从26万吨提高到38万吨，增长了46%。二是医药产品购销两旺。医药商品购进总额从1992年的546亿元上升到739亿元，销售总额从1992年637亿元上升到1996年的908亿元，分别增长了35%和近43%。三是医药经济效益明显提高。医药工商利税总额从1992年的90亿元提高到1996年的156亿元，增长了73%，其中医药工业利税额五年间增长了112%，即翻了一番多。四是医药工业固定资产投资大幅增长。1992—1996年，医药工业固定资产原值从245亿元猛增到666亿元，增长了172%。5年间，医药工业完成固定资产投资263亿元，超过了前42年投资的总和，其中技术改造投资为186亿元。技术改造力度加大，有力地支持了医药行业持续、快速、健康发展。五是医药对外贸易增长迅猛。医药工业供应出口额从1992年的54亿元猛增到1996年的138亿元，五年间增长了154%，其中化学药品供应出口额增长了126%，抗感染类、解热镇痛类和维生素类药品是出口的主导产品，我国已成为青霉素和维生素C的出口大国。六是医药科研开发硕果累累。5年间，在各类科技开发计划支持下，共成功研制、开发药品和医疗器械新产品 107 个，突破重大关键技术 33 项，取得重大科技成果 52 项，有力地推动了医药科技进步，为中国医药行业发展做出了重大贡献[9]。

统计数据显示，1978—1998 年，中国医药工业总产值年均增长 18.6%，远高于同期全国工业 12.6% 的增长速度。1999 年医药工业总产值和增加值分别比 1998 年增长了 14.2% 和 16.2%。到 1999 年底，中国医药工业拥有从业人员 164 万，固定资金原值 1 105 亿元，流动资产 1 782 亿元，医药生产企业 6 391 个；中成药产量近 30 万吨，中成药品种、规格 8 000 多种，生产化学原料药 1 300 多个品种，总产量 40.3 万吨，各种制剂品种、规格 4 000 多个种；医药商业批发企业 16 500 家，医药零售企业 119 000 家；开发并生产的生物工程药品有 14 种。按 2000 年前后的价格统计，医药工业企业总产值为 1 629 亿元，按 1990 年不变价格统计，医药工业总产值达到 1 946 亿元，其中化学药工业总产值 1 266 亿元，中成药工业总产值 297 亿元。2000 年中国医药产业的销售额为 1 500 多亿元，占工业销售总额的 1.9%，在 40 类工业行业中位居第 19 位。医药工业成为改革开放以来国民经济中发展最快的行业之一，不仅改变了长期“缺医少药”的局面，而且使我国逐渐跨入世界制药大国的行列[10]。国家医药管理局于 1996 年评出了医药工业企业 50 强（表 1–1）。此次评价工作，采用国家经济贸易委员会对大型企业的综合评价软件系统，以各企业 1995 年末的销售收入、利税总额、全员劳动生产率、成本费用利润率、流动资产周转率、产品销售率、总资产贡献率、净资产收益率、资产负债率、营运资金比率等十项经济指标为基础进行综合评价[11]。

表 1–1　中国医药工业 50 强

一、化学制药工业企业（40 家）	山东金泰集团股份有限公司
华北制药厂	上海中西药业有限公司
南方制药厂	张家口市制药厂
哈尔滨医药股份有限公司	浙江新昌制药股份有限公司
东北制药集团公司	西南药业股份有限公司
广州白云山企业集团公司	武汉制药厂
西安杨森制药有限责任公司	江西国药厂
山东新华医药集团有限公司	驻马店地区制药厂
国营靖江葡萄糖厂	南京金陵制药厂
丽珠医药集团股份有限责任公司	吉林制药股份有限公司
上海医药工业（集团）公司	石家庄第二制药厂
山东鲁抗医药企业集团公司	哈尔滨制药二厂
海南海药实业股份有限公司	四川长征制药股份有限公司
上海三维制药公司	天津力生实业公司
齐鲁制药厂	**二、医疗器械工业企业（6 家）**
河北制药（集团）有限公司	上海医疗器械工业（集团）公司

续表

西南合成制药总厂	广东威达医疗器材公司
四川制药股份有限公司	北京万东医疗装备公司
江西赣江制药厂	山东新华医疗器械厂
石家庄第一制药集团公司	苏州医疗器械厂
江西东风制药有限责任公司	南京天宇医疗器械总公司
北京制药厂	**三、医药包装工业企业（3家）**
上海四药股份有限公司	山东医药玻璃股份有限公司
天津药业公司	南通玻璃一厂
浙江康恩贝集团股份有限公司	广州药用包装材料厂
杭州民生药业集团公司	**四、制药机械工业企业（1家）**
大连制药厂	辽阳制药机械股份有限公司

四、“九五”前后我国医药工业存在的主要问题

有分析认为，20世纪90年代中期我国医药工业存在的主要问题是企业多、品种少、水平低、规模小、效益差。①企业多：当时有企业大约5 100家。生产能力利用率低，以制剂为例，粉针为74.7%，水针为54.5%，片剂为44.3%，胶囊仅39.4%。②品种少：当时全国能生产原料药1 300多种，制剂约5 000多种。平均一个企业还不到一个品种，可见品种雷同，低水平重复严重，大多数企业没有产品特色。③水平低：技术水平低，制剂与国际水平差距很大。如缓、控释口服制剂国外有200多种，我国只有36种。④规模小：据1995年统计，销售收入10亿元以上的企业仅有5家。对乙酰氨基酚（扑热息痛）是我国原料药产量最大的品种之一，但1995年产量低于500吨的有10家，维生素C有19个厂生产，而规模大于万吨的只有1家。⑤效益差：1995年销售收入利润率为4.4%[12]。由于长期实行一种追求数量增长的外延式扩张战略，医药行业实行了部门、地区条块交叉管理的方式，结果导致行业总体规划不足，企业数量众多，但规模普遍偏小。规模小带来的问题一是资本积累缓慢，扩张能力不足；二是产品低水平重复、恶性竞争严重；三是生产能力严重过剩，产品供大于求；四是技术装备落后、生产质量不高；五是产品技术含量低、创新能力弱。严重影响和制约了企业的竞争力[13]。

有医药部门人士指出，当时我国医药经济存在结构性矛盾的问题，主要表现在四个方面：一是医药产业结构不合理，主要是制剂工业落后；二是企业组织结构不合理，至1995年全国已有制药企业5 655家，但其中90%以上是小企业，生产能力过剩问题非常严重；三是产品结构不合理，低水平重复严重；四是产品价格结构不合理，多数国有企业生产的药品价值与价格背离，导致国产药品与进

口及合资企业生产的药品在市场竞争中处于被动地位。当时医药经济结构性矛盾突出的问题已引起重视，国家医药管理部门采取了多项措施进行调整，加强对药品生产企业的审批把关，防止重复建设，杜绝盲目上项目，铺新摊子。鼓励和引导企业实行资产流动重组，以医药企业集团为重点，推动“强强联合”与“强弱兼并”，走规模化、集约化、科工贸结合的发展道路。注重新产品的开发和老产品的改造，集中力量培育拳头产品、先导产品、系列产品、名牌产品，同时大力开发制剂产品[14]。

第二节 加入世界贸易组织对我国医药产业发展的影响

世界贸易组织（WTO）成立于1995年1月1日，其前身是1947年成立的关税与贸易总协定（简称“关贸总协定”，GATT）。WTO的目标是要建立一个以市场为基础，包括货物、服务、与贸易有关的投资及知识产权等方面的完整、更具活力、更为持久的多边贸易体制。其宗旨是扩大成员方的货物与服务的生产和贸易，提高生活水平，保证充分就业和大幅度稳步提高实际收入和有效需求。实现途径是通过达成互惠互利的安排，切实降低关税和其他贸易壁垒，在国际贸易关系中消除歧视性待遇。WTO确立与发展的基础是市场经济。为了实现WTO的宗旨，确立了四大职能：①促进建立WTO协议与多边贸易协议的执行、管理、运作和目标的实现；②成为WTO成员谈判的场所；③实现管理争端解决的规则与程序；④管理实施贸易政策评审机制，并与国际货币基金组织和世界银行等合作，协调制定全球经济政策。在运行过程中坚持的基本原则有非歧视原则，允许保护原则，稳定贸易发展原则，促进公平竞争原则，对发展中成员方给予特殊待遇原则，地区贸易原则，以磋商、协商和裁决的方式解决贸易争端的原则，实施例外和保障措施原则，透明度原则。WTO建立与运行以来，对成员方的贸易和经济发展起到了促进作用，推动了经济全球化发展。WTO与国际货币基金组织、世界银行并列为世界经济的三大支柱[15]。

一、我国加入WTO的意义

我国加入WTO的动因在于我国对内改革和对外开放的需要，是中国全面登上世界经贸舞台、发展社会主义市场经济的必然选择。1986年7月中国正式申请恢复关贸总协定缔约方地位，至1994年4月关贸总协定乌拉圭回合谈判结束，与会各方签署了《建立世界贸易组织协定》，关贸总协定开始向WTO过渡，“复关”开始转称“入世”。2001年12月11日，我国成为WTO第143个成员。加入 WTO 是我国在经济全球化发展的形势下做出的历史性重大战略决策，是我国坚定不移实行改革开放的方针、对外开放跨入一个新阶段的重要标志，也是中国人民融入经济全球化进程、参与世界经济平等竞争的应有权益。15 年谈判和成为正式成员的 17 年历程，是我国改革开放不断深化、经济实力不断增强和对外贸易不断扩大的历程，也是社会主义市场经济体制逐步建立和完善的历程，使改革开放实现了历史性跨越，使中国融入经济全球化的进程[16,17]。

有分析指出，加入 WTO 有利于我国社会主义市场经济体制的建立和完善，有利于我国国际地位的提高，有利于我国对外经济贸易环境的改善，将对我国经济发展和社会进步产生重大而深远的影响。从战略上看，符合我国根本利益。第一，符合社会主义现代化的根本利益，是进一步改革开放的必然选择。全球化是当代世界经济最重要的特征和趋势。从当时我国改革开放的实践经验看，只有融入世界经济体系，才能利用国内和世界两个市场、两种资源，加快我国社会主义现代化的发展。第二，有利于消除障碍，改善环境，促进我国对外经济贸易的发展。在对外经济贸易活动中，由于我国不是 WTO 成员，经常受到歧视和不公正待遇。因此加入 WTO 有利于改善我国所处不利地位，公平合理地解决贸易纠纷。第三，有利于加强与跨国公司的合作，进一步促进资金、技术与管理经验的引进。第四，有利于建立和完善现代企业制度和社会主义市场体制。第五，可提高我国的国际地位和发言权。有利于制订更加公正合理的经贸“游戏规则”，建立世界经济新秩序[15,18]。

二、加入 WTO 对我国医药行业的影响

加入 WTO 使我国制药工业面临巨大挑战，同时也面临前所未有的发展机遇。有学者分析认为，加入 WTO 是中国制药业发展的助推器，从以下 4 个方面进行了分析和阐述[19]。

第一，加入 WTO 有利于促进我国制药业以更积极的姿态迎接市场竞争。加入 WTO 意味着国外制药企业将大举进入中国药品市场。国际制药公司凭借资金雄厚、技术先进、产品质量好等优势，会给国内制药企业造成巨大压力。但没有压力就没有动力，正是因为有了如此大的压力，民族制药业才能在抗争中学习。

第二，加入 WTO 有利于我国制药企业由仿制型向自主开发型转变。WTO 关于知识产权的保护条款，一方面对仿制国外专利药亮出“红灯”，另一方面将促使我国扔掉仿制的拐杖，靠自己的双脚走路，将大大加快我国制药业走自主研发新药之路的进程。

第三，加入 WTO 将促使我国制药企业向大型化、集团化方向发展。2000 年前后，国际大型制药企业为了能够在国际竞争中增强其核心竞争力，花费巨资进

行兼并、收购及合作，许多国际制药企业的规模和所占市场份额越来越大，当时世界排名前 100 名制药企业的销售额已占全球药品销售总额的 80%。世界医药经济朝着区域化、集团化方向发展，以高技术产品、专利、市场垄断为核心的垄断竞争愈演愈烈。随着经济全球化进程的加快，国际市场需求的变化，产业结构的调整，对我国制药企业将产生重大影响，促使我国制药企业将向着大型化、集团化的方向发展。

第四，加入 WTO 有利于我国中药现代化，并促进中药跨出国门。中药是我国传统的民族产业，加入 WTO 为我国天然药材和中成药进入国际市场提供了良好机遇，有可能发展成为我国最具有国际竞争力的产业之一。当时我国中药的国际影响力及受信赖程度并不很大，中药在世界植物药市场的份额仅占 3%，且大部分为原料药和保健品。加入 WTO 后，我国将进入一个真正开放的多边贸易体系中，随着出口市场的多元化发展，我国中药可以进入其他成员国市场并享受该国植物药同等待遇，出口可望得到较大幅度的增长。与此同时，“洋中药”的进入使我国中药产业发展面临严峻挑战，将促使我国加快中药产业现代化的步伐，逐步使中药被国际市场认可和接纳。在当时回归自然的世界潮流中，天然药物的开发与应用成为世界各国药品的发展方向之一，有利于中药国际化发展。

三、我国当时药品知识产权保护的状况

药品知识产权保护对于保护研发者的积极性、保证科技创新不断发展具有十分重要的意义，世界各国高度重视。据统计，当时世界上已实行药品专利的有 87 个国家和地区、2 个国际组织，未实行药品专利的有 45 个国家和地区。药品专利的实施有力地促进了新药的研发和上市。我国早在 1980 年 3 月 3 日就向世界知识产权组织提出加入申请，同年 6 月 3 日生效。1984 年 12 月 19 日递交了参加《保护工业产权巴黎公约》加入书，1985 年 3 月 19 日生效。1989 年 7 月 4 日又递交参加《商标国际注册马德里协定》加入书，同年 10 月 4 日生效。1982 年 8 月我国颁布了新的《中华人民共和国商标法》(简称《商标法》)，使商标所有权受到法律保护。1984 年 3 月 12 日颁布了《中华人民共和国专利法》(简称《专利法》)，自 1985 年 4 月 1 日起实施。该法第一次正式承认“智力劳动成果也是商品”，也十分注意与国际惯例和有关国际公约的基本原则保持一致。该法规定药品的生产工艺可以申请专利，但尚未实行化合物专利。

1992 年 1 月 17 日我国政府与美国政府签署了《中国政府与美国政府关于保护知识产权的谅解备忘录》，决定在 1993 年实行药品专利制度。为适应深化改革开放的新形势，并为加入 WTO 打好基础，促进国内外科技与经济合作与交流，我国对《专利法》进行了修订，使之更加向国际标准靠拢。国务院于 1992 年 6

月5日通过了《专利法修正案（草案）》，1992年9月4日第七届全国人大常务委员会第二十七次会议通过了《专利法修正案》，9月7日发布了修订后的《专利法》，于1993年1月1日起施行。修订后的《专利法》增加了对药品的保护，将方法专利的效力延及至用该方法直接制得的产品。扩大了专利的保护范围，对药品和用化学方法获得的物质以及食品、饮料和调味品也可以授予专利权。此外，延长了专利权的期限，将发明专利权的期限由15年延长至20年，实用新型和外观设计专利权的期限由5年延长至10年，时间均自申请日起计算。

随着1992年中美知识产权谅解备忘录的正式签署，国务院于1992年12月12日和1992年10月14日通过并发布了《药品行政保护条例》和《中药品种保护条例》，这两个条例均于1993年1月1日起施行。药品行政保护是我国药品生产经营行政主管部门对外国企业所生产的特定药品给予的一项特殊的保护措施，获得行政保护权的外国企业在中国市场上享有对某一药品的独占权。所谓特定药品即符合行政保护条件的药品，药品行政保护所涉及的药物大部分是国外已上市和国内正在研究开发的药物，由于该条例只是对1986—1992年期间国外专利药品给予行政保护，因此是对1993年以前我国《专利法》不对药品提供绝对物质保护的一种补充措施。1993年以后的国外药品发明可在我国获得专利保护，所以药品行政保护是一种过渡性措施。药品行政保护的期限为7年零6个月，自药品行政保护证书颁发之日起计算。对获得行政保护的药品，未经药品独占权人许可，他人不能制造和销售。

新药行政保护的对象是在我国未生产过的药品，其中按中药、化学药和生物制品各分为五类。由于新药的概念仅限于国内，所以已有专利、已上市甚至已经载入药典的外国药品，只要在中国境内尚未生产过，均可视为新药。因此，新药保护对于新颖性的要求要比《专利法》宽松得多。根据国家药品监督管理局1999年4月22日发布的《新药保护和技术转让的规定》，各类新药的保护期分别为：一类新药为12年，二、三类新药为8年，四、五类新药为6年。新药在获得新药证书后即可获得保护。在保护期内，如未得到新药证书拥有者的技术转让，不得仿制生产，药品监督管理部门也不得受理审批。此外，《新药审批办法》规定，地方药品监督管理部门自公告之日起，即应停止对同一品种临床研究申请的受理，此前已经受理的品种继续审评。对于用进口原料药研制申报制剂的新药，在批准临床研究和生产后，如国内有研究同一原料药及其制剂的，仍可按规定程序受理申报。由此可见，新药证书并不是唯一的，也就是说新药保护不具有独占性，其对药品市场只具有相对的排他性。而且其保护作用也是通过药品行政管理部门对药品生产许可证的发放和控制来实现的。为了防止外国制药商利用新药行政保护阻碍我国企业合法仿制其专利到期药品，2002年8月国务院颁布的《药品管理法实施条例》取消了新药行政保护制度。此外，作为对知识产权立法的补充，全国人大常委会于1993年9月2日通过了《中华人民共和国反不正当竞争法》。实践证明，以上法律及法规的实施，对我国的药品开发和市场管理起到了积极的作用[20-23]。

第三节　国内外科学技术发展状况

一、20世纪90年代科技发展形势

进入20世纪90年代，从世界科技发展环境来看，最突出的表现是第三次技术革命浪潮逐渐向产业界延伸，特别是信息技术革命把科技创新竞争推向全球，包括市场需求、研究发展以及投资和人才的全球化。知识经济的出现，使地区经济结构主体向服务业和知识产业转变，经济增长更多地依赖于知识的生产、传播和应用；其次是技术日益综合化，如综合了显示技术、光电子学、高性能计算机、软件等多学科技术的创新产品迅速成为国际贸易增长最快、市场竞争最激烈的产品。面对发展的新趋势和新挑战，许多国家和地区都在调整其经济发展战略和科技发展政策，推动高新技术的应用和产业化，加强对科技的扶持和引导性资金投入，制定高度综合性的科技发展计划，如欧盟的“尤里卡计划”、我国实施的“863计划”等，对产业化的支持渐显成效[24]。1997年,《中国科技论坛》杂志组织了一次“迎接知识经济的新时代”的笔谈，邀请了部分中青年专家就知识经济有关问题进行了研讨。指出近几年来新技术革命，尤其是信息技术的发展，已使全球经济的增长方式发生了根本变化，工业化的经济形式正日益向更高级的以知识为基础的经济形式转变，知识经济正成为新一轮国际竞争的焦点，认为知识经济所具有的强大生命力将主宰21世纪的世界经济[25]。

信息技术高速发展和应用以及生命科学的迅猛发展是当时显著的时代特征。1995年，信息高速公路浪潮继续席卷全球，政府、企业和个人都关注着信息时代的潮流和发展动向。1995年2月，西方七国集团第一次在布鲁塞尔召开“信息高速公路”部长会议，会议通过了建立在电信自由化和尊重各国文化基础之上的8项总原则和11项计划。1995年是信息技术飞速发展的一年，韩国最先研制成功线宽为0.16微米的千兆位动态随机存取存储器（DRAM）；美国微软公司8月24日推出Windows 95软件，12月又推出该软件的中文版；英国剑桥大学9月26日宣布开发出激光脉冲时间为10^{-6} s的技术；11月2日，世界最大的芯片生产商英特尔公司正式推出“Pentium Pro’”微处理器，是该公司推出的第六代微处理器；全球最大的网络互联网络Internet在1995年继续以每月15%的增长

速度飞速发展，到12月底已拥有155个国家和地区的4 000多万用户；互联网技术也不断进步，12月苹果公司推出了可使廉价的网络计算机成为现实的网络技术 Pippin；Logic 公司推出成本为50美元、可用于制造未来的网络计算机的互联网芯片[26]。

二、生命科学发展给创制新药带来新机遇

中国科学院“未来生物学”预测研究组于1990年采用问卷调查的方式，对未来的生物学发展及其对社会、经济和科学技术的影响进行了预测，预测结果于1991年3月7日公布[27]。大多数专家认为21世纪将是生命科学为带头学科的世纪。生命科学在一些研究领域所取得的突破性进展将对社会、经济及其他学科领域产生重大的作用和影响。生命科学的迅猛发展是20世纪90年代科技领域的重要特征之一。联合国教科文组织在一份调查报告中指出当代自然科学发展出现的两大趋势：一是各门学科数学化，二是生物学飞跃发展。现代生物学的飞速发展源于物理学、化学和数学向生物学的渗透。为了揭示生命奥秘，许多物理学家、化学家以及数学家转向研究生物学，促进生物学日益进步。当时生物学已从研究生物体的形态特征和生理特性发展到研究生命活动的物理、化学过程以及物理、化学因素对生命活动的影响。研究的微观层次已深入到分子水平和量子水平，宏观层次已扩大到整个生态系统和生物圈。现代生物学向微观、宏观两个方面发展，又派生出许多新的分支学科，如微观方面的分子细胞学、分子生物学、分子遗传学，宏观方面的生态学等。这些学科的研究对于解决社会经济发展中的诸如人口问题、医学问题、工农业布局、环境保护、国土整治、自然资源的合理利用与保护等，都具有十分重要的意义。认为当时生物学面临重大突破的标志是生物工程的崛起。生物工程继20世纪70年代基因工程、细胞工程、发酵工程和酶工程四大体系兴起后，80年代又有蛋白质工程、海洋生物工程、生物传感器和生物计算机等新技术的出现，这些技术往往是从实验室直接向工业实验性生产转化，生物工程已成为高技术产业中的“一枝奇葩”。

时任国家科委党组书记兼常务副主任的朱丽兰同志曾于1997年撰文，对当时生命科学的发展状况进行了总结和分析[28]。指出21世纪科学发展的趋势是各门科学不断交叉并加速综合，而且不同学科的作用、地位都将发生新的变化。21世纪初的主导科学将是生命科学。所谓主导科学是指在各类学科中，起到核心作用，同时能影响、带动其他学科发展的科学。生命科学成为21世纪初的主导科学，也是在一定条件下才可能的，这是因为当时物理、化学和计算机科学均为生命科学本身发展提供了强大的研究手段，而它的发展当然也会推动其他学科发展。由于生命科学与人口问题、人类生存和健康问题、粮食问题、资源问题、生

态环境保护等等问题密切相关，世界各国都把它作为主导科学来研究。

朱丽兰在文中指出，生命既然是一个极端复杂的系统，如何从最基本的层面去进行研究至关重要。人类基因组计划的目的就是对人类基因进行测定与分类，以便从最基本层面深入认识人类生物特性；基因治疗已成为医疗革命的突破口，已由实验室研究进入临床试验阶段，美国仅 1993 年接受基因治疗的患者就超过了 140 人。可移植到人体的器官培育也是当时的研究热点之一，如用器官移植法在老鼠背上培育出人造耳、给一例艾滋病患者移植了狒狒的骨髓等。此外，朱丽兰指出对生物技术的应用也要慎重，列举了巴西一项研究失败的例子，即计划利用基因工程培养一种繁殖能力强、采蜜量高的蜂种，但因差错却培育出了蜇人的毒蜂，导致人们"谈蜂色变"。因此，生物技术发展必须考虑对社会、对生态的影响，必须制定一系列法律和规章制度，并用科学态度对待。

20 世纪 90 年代生命科学领域最受关注的重大研究是人类基因组计划（Human Genome Project，HGP），该计划由美国科学家于 1985 年率先提出，1988 年美国国会批准，1990 年正式启动。这是一项规模宏大、跨国跨学科、世界性大协作的科学探索工程。总目标是用 15 年时间，即到 2005 年完成人类染色体（指单倍体）中所包含的 2.5 万个基因的 30 亿个碱基对的核苷酸序列测定，从而绘制人类基因组图谱，并且辨识其载有的基因及其序列。HGP 被认为是继曼哈顿计划和阿波罗登月计划之后，人类科学史上的又一个伟大工程。强伯勤院士于 1995 年撰文对 HGP 当时的研究进展情况做了介绍[29]。HGP 的任务分两个阶段，即基因组作图和核苷酸全序列测定。研究内容分为 7 个方面，一是人基因组作图和测序；二是模型生物大肠杆菌、酵母、果蝇、线虫和小鼠等基因组作图和核苷酸全序列测定；三是信息贮存与处理以及相应软件的开发；四是伦理、法律和社会学研究；五是研究人员的培训；六是方法学的改进和高风险创造性新技术的探索；七是注重技术转让和产业化，加快在生物学和医学研究中的应用。HGP 的实施与当时分子生物学技术的发展具有密切关系。如 DNA 序列测定、DNA 体外重组、分子杂交、Cosmid 文库等一系列技术，百万碱基对 DNA 大片段剪切、分离和克隆技术，染色体特异性标记序列如序列标位点（STS）和可表达序列标志（EST）的分离及其在染色体上定位技术以及聚合酶链延伸反应（PCR）等一系列生物学新技术，为 HGP 的实施发挥了重要技术支撑作用。

强伯勤院士认为当时 HPG 研究主要取得了以下三方面的进展：①人基因组作图。人基因组遗传连锁图谱已定位有 1416 个位点，其中包括 279 个基因和表达序列。简单重复序列（SRP）占有 339 个。连锁图谱还包括了 7 个端粒位点。图谱已覆盖了常染色体的 92% 和 X 染色体的 95%。②应用定位克隆方法分离人体的基因，尤其是分离和定位致病基因或疾病相关基因取得重大进展。由于大量 STS 和 EST 在染色体上的精确定位和定位克隆方法的完善，已有几十种致病基因或疾病相关基因被分离或定位，至少有16种以上与X染色体连锁的疾病或其相关基因被克隆。③DNA测序技术取得新进展。一是现用方法的改进，包括荧光标记技术，PCR在测序中应用和自动化技术，以提高速度和降低成本。删除凝胶作支持介质的新电泳分离方法，测定的自动化以及发展从制备模板到数据分析高度一体化的高容量测序技术是改善现用经典方法的目标。二是创建全新的测序技术，当时进展最快的是杂交测序法，另外还有扫描隧道电镜、流式细胞光度术和X射线衍射法等在测序中的应用。

李雨民等[30]对1992—1994年美国《科学》杂志报道的生命科学领域的热点分子和亚研究热点进行了分析，在一定程度上反映了当时生命科学研究与发展的状况。每年年末由《科学》杂志主编主笔评述当年科学界的研究热点，称为年度分子（molecule of the year）。1992年是一氧化氮（NO），1993年是抗癌基因*p53*，1994年是DNA修复酶。在评述年度分子的同时，也选出另外9个仅次于年度分子的亚研究热点。

1. 1992年的年度分子及与生命科学有关的亚研究热点

年度分子NO是当时在体内发现的最小、最轻、最简单的生物信息分子。NO在体内的合成是由NO合成酶（NOS）催化L-精氨酸胍基氮原子氧化成NO。NOS在体内的同工酶可分成两大类：依赖Ca^{2+}的结构性NOS（cNOS），在胞内被激活并产生生物效应；不依赖于Ca^{2+}的诱导性NOS（iNOS），在转录水平上被调节，当时核内的激活过程仍不清楚。至1994年，大鼠巨噬细胞iNOS、脑cNOS、人肝iNOS、牛主动脉cNOS的cDNA已从1991年起被陆续克隆。NO的生理作用与临床心血管系统、神经系统、胃肠、泌尿系统、免疫系统和性兴奋都有密切关系。由于对NO的生物学研究，加深了对疾病本质的认识，开辟了新药设计途径；其次，NO是在体内发现的第一个气体信息分子，随着生命科学的深入研究，将会有其他结构简单，在胞内、胞间游弋的信息分子被发现。当时有学者预言，CO可能就是另一生物气体信息分子。亚研究热点包括RNA分子的多种酶功能、反义核酸链用于临床治疗和胚胎治疗。

2. 1993年的年度分子及亚研究热点

年度分子*p53*基因及其蛋白质。1979年在病毒中发现的相对分子质量为53×10^3的蛋白质p53只是分子生物学中众多发现之一，但并未显示它在肿瘤研究中的重要性。10年后研究发现p53的点突变是结肠癌的病因后才知道突变型p53促进细胞异常生长，而野生型p53抑制肿瘤生长。有关研究报告每年成倍增长，1993年已超过1 000篇。研究发现，人类51种肿瘤携带突变型p53，p53蛋白质异常与肿瘤预后直接相关。一些制药公司开展了关于p53在肿瘤治疗方面的研究，在人肿瘤细胞内导入恢复*p53*基因正常拷贝，1994年后已对14名晚期肺癌患者进行此项基因治疗。p53的特征性突变也提示了肿瘤免疫疗法甚至是免疫接种的可能性。亚研究热点包括耐药结核研究、阿尔茨海默病（Alzheimer Disease，AD）及细胞信息传导的研究。

3. 1994 年的年度分子及亚研究热点

年度分子是 DNA 修复酶。细胞分裂时 DNA 以精确的半保留复制形式保存物种并健康生长，同时 DNA 也要突变以产生进化，适应环境。细胞内的多重 DNA 修复系统就是这两项工作的监控系统。错配修复是在 DNA 复制过程中切除新链的错误配对碱基并充填正确碱基的系统。1993 年 12 月末发现了人错配修复基因 *hMSH2* 的缺陷将引起遗传性非息肉性结肠癌的发病。1994 年又有 3 个与该病有关的基因 *hMLH1*、*hPMS1* 和 *hPMS2* 被克隆，它们的缺陷也导致该病发生。当时开展了这些基因缺陷的诊断研究，以便达到早诊早治的目的。1994 年公布了 DNA 聚合酶 -β 的三维空间结构，此酶是主要的碱基切除修复酶之一。并在体外实验表明，切除损伤的 DNA 是几种蛋白质的共同作用。当时已发现转录和修复之间的密切联系，例如转录因子 TFⅡH 组分实际上也是 DNA 修复蛋白，而且整个转录复合物也具有修复功能。1994 年底，另一 TFⅡ组分调节细胞周期的功能也被发现。亚研究热点包括细胞凋亡的研究、关于 *Hedghog* 基因在胚胎发育中的研究、脑内化学变化和行为的关系研究。

我国对生物技术研究及生物工程高度重视，1978 年把生物工程作为国家科学技术发展的八大重点之一，随后，国家“863 计划”又把生物工程列为七个重点发展领域之首，强调产业化和应用。1993 年，时任我国“863 计划”生物技术领域专家委员会首席科学家的侯云德院士强调，生物技术领域一项主要战略目标是要在我国实现现代高新技术的产业化。当时国际研究进展有以下几方面趋势：一是基因操作技术日新月异。特别是基因转移技术，基因扩增技术，基因修饰技术等。二是生物治疗突飞猛进。从事研制和生产生物高新技术产品的公司和厂家如雨后春笋，竞争激烈。美国 Amgen 公司生产的基因工程产品红细胞生成素产值达 4 亿美元，仅几个月就可以回收全部投资。三是转基因植物和动物有重大突破。如抗棉铃虫的棉花等。四是反向生物学有飞跃发展。五是基因治疗取得重大进展，有可能革新整个医学的预防和治疗领域。侯云德院士指出，我国生物技术领域的高新技术产品研发取得了重大、实质性进展，已有 4 种高技术药物投放市场，15 种正在进行中试开发。基因工程干扰素和乙肝疫苗已上市，对防治病毒性肝炎和肿瘤发挥了重要作用，产生了巨大社会和经济效益，表明我国现代生物技术研究及水平已在国际该领域占有一席之地。但与国外差距的一个重要方面是产品开发，因此尽快在我国实现现代高新技术的产业化是该领域一项主要战略目标[31]。

第四节 我国新药研究开发状况

一、中华人民共和国成立前新药研发能力薄弱，药品主要依赖进口

据统计，1911 年外商在上海开设兼营药品进口业务的洋行已有 27 家，零售配方药房 24 家，国人开设的药房有 28 家，主要经营成药和原料药的进口。一些有条件的大药房在经营药品进口的同时，千方百计利用进口原料自制各种制剂与成药，自行研制酊剂①、水剂、油膏、糖浆、片剂、针剂等一些简单的制剂。抗日战争时期又试制了部分原料药品，由小到大，由易到难逐步发展，形成了一个民族制药工业体系，为抵制外货做出了一定贡献。

为解决技术力量薄弱的问题，有条件的药房和药厂高薪聘请了留学美、德、日等国的技术人员负责技术工作。另一方面，由上海医药行业捐助，于 1929 年设立了中法大学药学专修科，1934—1948 年先后毕业的学员共有 339 人，其中 59 人是上海各药房保送的在职人员，毕业后回原单位工作，其余毕业生大多被上海新药行业所聘用，解决了部分高级技术人员的来源。此外，注重中级技术人员的培养，除各大型药房自行培训外，1936 年在上海举办了“全国新药业同业公会药学讲习所”，为全国培训了药剂人员 84 名，其中上海的学员比重最大。1939 年由中共上海地下党领导的药剂生联谊会创办了药学补习学校，上海解放后由上海市新药业工会接办，其间共培养技术人员 60 余人。其他如广澄药学职业学校、东南药科职业学校等也培养了一些技术人员[32]。由此可见，中华人民共和国成立前上海是我国制药和药物研发的中心，代表了我国当时该领域最高的水平，但技术力量和研发能力都十分薄弱，只能做简单制剂的开发和个别化学药的仿制，与欧美日等国家相比差距巨大。

二、中华人民共和国成立后新药研发备受重视，快速发展

中华人民共和国成立后，为解决人民用药问题，20 世纪 50 年代开展了抗生素、磺胺药、解热镇痛药、维生素、抗结核药、抗寄生虫药等临床急需的基本药物的研究；60—70 年代开展了技术要求较高的药物如甾体激素类药、抗肿瘤药、心血管病治疗药、计划生育用药等研发；20 世纪 80 年代集中力量开展了对

① 酊剂是药物制剂的一种，用乙醇制成。

半合成抗生素、氨基酸、酶制剂及其他生物技术产品的研究，先后研制新合成药和抗生素 60 余个，改善了医药产品结构。另一方面，化学制药生产工艺水平不断提高，对发展医药生产、提高产品质量、降低成本、增加效益等均发挥了重要作用。我国首创的一些具有国际水平的新工艺、新技术、新方法获得了国家发明奖。如两步发酵法生产维生素 C 新工艺、高纯度尿激酶的生产方法和装置、黄连素全合成、维生素 B6 噁唑法合成新工艺，奈普生、对乙酰氨基酚中间体、头孢菌素 C 发酵等的新工艺均达到了世界先进水平[33]。

在这一历史阶段，我国新药研发领域最辉煌的成就是抗疟药研究开发。1967 年 5 月 23 日，中国人民解放军总后勤部、国家科委等有关部门和单位在北京饭店召开了全国“疟疾防治药物研究工作协作会议”，讨论制定了三年研究规划，按照紧急援外、战备的要求，针对热区恶性疟抗药性严重的特点和部队实际需求，确定了“远近结合、中西医结合、以药为主，重在创新，统一计划，分工合作”的方针，正式启动了代号为“523”的抗疟药全国大协作研究计划。“523 项目”实施十几年间（1967—1980 年），中国科学家搜集整理了传统治疟方剂及中草药数千种，筛选各类样品 4 万多个，设计合成新化合物 1 万多个，建立了抗疟药筛选评价的实验模型与技术规范。研制出一批抗疟新药如喹哌（哌喹）及其类似物羟基喹哌、咯萘啶及其类似物咯啶、常咯琳以及硝喹、脑疟佳等，研制出防疟 1 号（乙胺嘧啶 + 氨苯砜）、防疟 2 号（乙胺嘧啶 + 周效磺胺）和防疟 3 号（周效磺胺 + 磷酸哌喹）等复方新药。

中国中医科学院屠呦呦教授从中药青蒿中成功分离获得了全新结构的抗疟新药青蒿素（ateanniun）。中药青蒿又称黄花蒿（*Artemisia annua* L.），我国民间用于治疗疟疾。青蒿素是屠呦呦教授从青蒿的石油醚提取物中分离获得的含过氧基团的新型倍半萜内酯，对疟原虫配子体有杀灭作用，具有高效、速效、安全等特点。在青蒿素的基础上又研制出一系列衍生物如二氢青蒿素、蒿甲醚、青蒿琥酯、蒿乙醚等创新药物[34-36]。屠呦呦教授因发现青蒿素荣获 2011 年拉斯克临床医学研究奖（Lasker-De-Bakey Clinical Medical Research Award）和 2015 年诺贝尔生理学或医学奖，成为我国第一位荣膺诺贝尔生理学或医学奖的科学家。军事医学科学院（现军事科学院军事医学研究院）于 20 世纪 70 年代末研制出抗恶性疟疾新药本芴醇，具有作用强、起效慢、药效维持时间长，复燃率低，安全性好等特点，对恶性疟平均治愈率达 95% 以上[37]。该药于 1987 年获国家化学一类新药证书，于 1990 年荣获国家发明一等奖；为保护新药，延缓抗性产生，优势互补，克服单药不足，军事医学科学院研制出抗疟疾复方新药复方蒿甲醚片，该药是由蒿甲醚和本芴醇组成的抗疟复方，两药均系我国 20 世纪 80 年代相继研制出的新结构类型抗疟药。蒿甲醚是由中国科学院上海药物研究所研制的一种抗疟新药，属甲基还原青蒿素[38]。具有杀虫速度快、控制临床症状迅速的优点，但疗程长，使用欠方便，且复燃率高。本芴醇是化学合成的芴甲醇类化合物，具有较强的杀灭疟原虫无性体作用，毒性作用小，有较高治愈率，但杀虫速度和控制临床症状比较缓慢。复方蒿甲醚片克服了蒿甲醚小剂量复发率高，大剂量疗程长可致网织红细胞下降的缺点，弥补了本芴醇显效慢，疗程长之缺点，保持其清除无性体较彻底的优点，从而达到了扬长避短之功效。另外，在两药尚未出现抗性之前就以复方的形式保护起来，对延长药物的使用寿命或延缓抗性产生有益[39]。复方蒿甲醚于 1992 年获得新药证书，进而与诺华公司合作，以 Coartem® 为商品名先后在欧、非、亚、美等 84 个国家注册上市，于 2002 年进入 WHO 基本药物核心目录，被推荐为无并发症恶性疟的一线治疗药。鉴于复方蒿甲醚在世界范围内治疗疟疾所做出的卓越贡献，研发团队获得 2009 年度“欧洲发明人奖”，复方蒿甲醚获得“2010 美国盖伦奖”最佳药物奖[40,41]。

三、改革开放促使我国新药研发水平迅速提高

为提高我国新药研发和规范化水平，确保人民用药安全有效，卫生部（现国家卫生健康委员会）从 1985 年 7 月 1 日起实施了《新药审批办法》，开始引导我国新药研发走上规范化发展道路。1992 年，时任卫生部药政管理局局长潘学田在“全国首届新药与临床学术研讨会”上的讲话中对我国当时新药研发的情况进行了总结[20]。他说，随着我国医疗卫生事业的不断发展，《药品管理法》的贯彻实施，自 1985 年新药审批归卫生部以来，我国的新药审评工作已逐渐完善，走向了科学化、规范化和法制化的管理。卫生部药政管理局逐步建立了一套法规和技术指导原则，并建立了 41 个临床药理基地（化学药 31 个，中药 10 个）、4 个临床药理培训中心和 3 个药政药检人员培训中心。随着工作的开展，不断充实和完善了各项有关新药的法规，制定了专业技术细则，并连续组建了两届药品审评委员会，成立了卫生部药品审评办公室。与此同时，研制单位申报新药的水平也在不断提高，相继申报了各类新药。六年来，我国批准的新药，包括化学药、中药和生物制品，基本上呈逐年上升趋势（其中，1991 年与 1990 年相比略有下降），尤其是近三年来，批准的新药数明显增多。1986 年，我国共批准新药为：化学药 4 个、生物制品 3 个，中药 1 个未批。而 1989—1991 年三年间，我国经审评讨论共批准新药临床 149 个，生产 287 个，其中 1989 年中药临床 29 个，生产 14 个；化学药临床 56 个，生产 58 个；生物制品人体观察 18 个，生产 17 个；1990 年中药临床 3 个，生产 29 个；化学药临床 10 个，生产 71 个；生物制品人体观察 12 个，生产 18 个；1991 年中药临床 1 个，生产 13 个；化学药临床 13 个，生产 49 个；生物制品人体观察 7 个，生产 18 个。经审评未批准的新药共 13 个，其中中药 3 个，化学药 9 个，生物制品 1 个。当时还有 145 个品种根据

审评意见正在进行资料及实验的补充，其中中药 27 个，化学药 85 个，生物制品 33 个。此外，我国还创制出一类新药。如化学药一类新药批准生产 33 个，其中原料有抗疟药青蒿素、蒿甲醚、蒿甲琥酯、本芴醇，计划生育药卡前列甲酯，镇痛药盐酸双氢埃托啡，抗结核病药利福喷丁等。中药一类新药共批准生产 64 个，其中原料药或中药材有发酵虫草菌粉、熊胆粉、龟甲、西洋参、皖贝母、培植牛黄、塞隆骨等。批准生产的一类生物制品有 2 个，流行性乙型脑炎减毒活疫苗、甲肝疫苗。此外，还批准生产了 1 个一类药用新辅料月桂氮䓬酮。青蒿素类已在国外通过注册，获得进口许可；中药材人工麝香的研制成功，为人工合成制备中药材，解决贵重药材的来源走出了一条新路；基因工程研究的开展，使生物制品提高到一个新的高度；新剂型如眼丸、耳栓、控释制剂、透皮给药剂型等，填补了我国剂型方面的空白；中药新剂型创制丰富提高了传统药的特点。这些新药新品种的开发使我国医药市场有了更新换代的产品，也使医疗用药提高到一个新的水平。

讲话中也指出了当时存在的问题，即新药研发主要还是停留在仿制和老药的剂型改变上。重复仿制比较突出，如四类仿制药葡萄糖酸锌全国共有 20 多家药厂申请生产，盐酸环丙沙星有 9 家申请生产，法莫替丁有 8 家申请生产，交沙霉素制剂也有 8 家申请生产，而且还有增多的趋势。认为这种状况可能与我国当时新药研发中“自我封闭”、信息不流通有关；另一方面与有的研制单位单纯追求经济效益，搞“短、平、快”等倾向有关，长期下去会造成低水平重复，严重影响我国的新药研究与开发。

（一）化学药研究开发

1986—1995 年，即“1035 工程”实施前的 10 年间，我国新药研发快速发展，水平日益提高。一批疗效好、副作用小的新药相继在国内研制成功并投入生产。抗结核新药利福喷丁与抗疟新药青蒿素被国际上列为新化学实体药物。我国抗疟药研发处于国际领先地位，抗感染药取得了较大进展，心脑血管病防治药研发持续快速发展，相继开发出血管紧张素转换酶（ACE）抑制剂巯甲丙脯酸（卡托普利）、苯丁酯脯酸（依那普利），钙拮抗剂尼莫地平、尼群地平、尼卡地平、硫氮䓬酮等一批新药；在抗肿瘤药方面，研发出米托蒽醌、甲异靛、β- 榄香烯、多抗甲素、琏球菌素 722、氨鲁米特等新药，并已投入生产。抗癌新药长春花碱酰胺、鬼臼噻吩甙、紫杉醇、AT-1840 以及肿瘤预防药维胺酸类等亦取得较大进展。第二代铂类抗癌新药碳铂也正式投产上市；肝炎辅助治疗一类新药促肝细胞生长素，镇痛一类新药盐酸二氢埃托啡，促流产药卡前列甲酯，抗病毒药无环鸟昔，驱虫药左旋咪唑及甲苯咪唑（甲苯达唑），解热镇痛药布洛芬等也先后研制成功[42]。有统计表明，自 1986 年至 1995 年 10 月，卫生部共批准一至四类化学药新药 1 524 个（含部分采用进口化学原料药生产的药物制剂，同品种不同规格及同品种转让不同厂家生产的均不重复计数），数量呈逐年稳步增长趋势（表 1–2）。由于国家高度重视新药研发，资金投入大幅增加，大大提高了科研院所、高校和企业新药研发的积极性。一些国产上市新药替代了进口产品，使医疗费用降低，市场占有率提高，再加上有新药保护期，使这些新药的效益明显增加，更加激发了新药研发的竞争意识，使我国每年新药上市数量迅速增加。

表 1–2 卫生部批准的化学药新药数量（1986年1月至1995 年 10 月）

年份	新药类别				总计
	一类	二类	三类	四类	
1986	2	0	1	1	4
1987	11	0	4	13	28
1988	1	10	6	50	67
1989	8	16	3	81	108
1990	2	22	5	92	121
1991	1	22	7	122	152
1992	4	54	10	92	160
1993	10	37	23	173	243
1994	8	24	15	248	295
1995（1—10 月）	5	72	23	246	346
合计	52	257	97	1 118	1 524
占总数 /%	3.4	16.9	6.4	73.4	

由表 1–2 可以看出，当时我国获批上市的新药数量虽然逐年快速增加，但主要还是二、四类新药（仿制药、新制剂等），一类创新药很少。由于四类新药投资小，见效快，成为开发的热点。有些常见病治疗药如心血管疾病，消化系统疾病，抗炎解热镇痛等已开发出一系列新制剂，深受临床欢迎。如解热镇痛药对乙酰氨基酚（扑热息痛）以前国内只有片剂和栓剂，后来开发出口服液、溶液、滴剂、泡腾颗粒剂、颗粒剂、咀嚼片以及多种复方制剂。在运用新技术开发递药系统（DDS）方面，也取得了较大进展，已批准了 28 个控释、缓释、速释口服制剂和一些透皮吸收等新制剂上市。开发新药总数位于前 10 名的地区见表 1–3。但创新药物研发尚处在起步阶段，已批准的 52 个一类新药中有 9 个青蒿素及其衍生物，16 个诊断用药。创新药在品种和质量上还远不能满足医疗需求。

表 1-3 化学药新药研发总数居前 10 位的地区（1986年1月至1995 年 10 月）

省、市	新药类别				总计
	一类	二类	三类	四类	
江苏	9	35	12	157	213
上海	12	46	14	122	194
辽宁	2	26	12	142	182
北京	28	43	4	97	172
广东	4	23	12	103	142
天津	0	10	8	85	103
山东	0	32	2	58	92
浙江	0	14	2	73	89
四川	2	20	2	49	73
湖北	0	22	2	29	53

注：合作研究开发的品种，各合作地区均分别计数。

同时，存在严重的重复研发问题。获批上市的 1 524 个新药中有 45.7% 为重复开发的品种，且略呈上升趋势。重复开发的品种主要为四类药，也有部分二类药和一类药，重复开发生产最为突出的品种是喹诺酮类抗生素，如盐酸环丙沙星有 50 多家企业开发，氧氟沙星有近百个厂家达 100 多个制剂。热门品种如此一哄而上导致价格暴跌，如环丙沙星原料药售价已从 1993 年的 2 200 ~ 2 350 元 /kg 跌至 1995 年的 1 250 元 /kg。此外，抗感染药的盲目开发加上医药市场的混乱，会导致临床滥用，引发耐药性问题。有报道表明大肠杆菌对环丙沙星的耐药率已由 1990 年的 3% 迅速上升到 1993 年的 34%。

我国新药研发在 10 年的发展进程中，逐步形成了一批新药研发的骨干单位。当时全国有 140 家高校、科研院所和医院参与了化学药新药的研发，研发总数居前 10 名的单位见表 1-4。这 10 家单位研发的化学药新药数量占总数的 17.2%，其中一类新药占该类新药总数的 28.8%，二类药占 32.7%。

表 1-4 化学药新药研究总数居前 10 位的单位（1986年1月至1995 年 10 月）

高校、科研院所	新药类别				总计
	一类	二类	三类	四类	
上海医药工业研究院	4	17	4	22	47
中国药科大学	0	16	0	19	35
天津药物研究院	0	6	0	23	29

续表

高校、科研院所	新药类别				总计
	一类	二类	三类	四类	
军事医学科学院毒物药物研究所	7	4	0	14	25
中国医学科学院药物研究所	4	13	0	8	25
南京药物研究所	0	6	0	19	25
辽宁省药物研究所	0	2	1	19	22
湖北医药工业研究所	0	12	0	9	21
西安杨森制药有限公司	0	1	0	16	17
中国医学科学院医药生物技术研究所	0	7	0	9	16
总计	15	84	5	158	262
占相应类别新药数 /%	28.8	32.7	5.2	14.1	17.2

据报道，在这一时期全国有600余家制药企业参与了化学药新药研究与开发，占全国2 000家化学制药厂的1/3左右。化学药新药生产总数居前10位的企业见表1–5。其中东北制药总厂、广州白云山制药总厂、西安杨森制药有限公司、珠海丽珠医药有限公司、杭州民生药厂5家进入1995年国家医药管理局综合评价排出的“医药工业50强”[43]。

表1–5 化学药新药生产总数居前10名的企业（1986年1月至1995年10月）

企业名称	新药类别				总计
	一类	二类	三类	四类	
北京四环制药厂	4	8	0	6	18
西安杨森制药有限公司	0	0	0	18	18
东北制药总厂	2	4	0	10	16
上海信谊药业有限公司	0	4	0	12	16
广州白云山制药总厂	2	0	0	13	15
珠海丽珠医药有限公司	0	2	2	9	13
江苏省连云港制药厂	0	0	1	12	13
东北第六制药厂	0	4	1	7	12
杭州民生制药厂	0	2	1	9	12
上海延安制药厂	1	0	1	9	11

（二）中药研究开发

自1985年以来，我国中药新药研究发展迅速。据1998年文献报道，当时我国中草药共有 12 807 个品种，中药材种植面积有 30 万 hm^2 以上，收购总量超出 10 亿 kg/ 年；我国中药生产年产值超过 100 亿元，出口创汇 4.5 亿美元，已与 120 多个国家和地区有合作关系；有中药厂 600 余家，近千个医院制剂室，从事中药新药研究的中、西医学院校近 100 所，中药研究所 60 余个，从事中药新药的研究人员近 10 万。有统计表明，1985 至 1993 年，卫生部批准中药原料药（中药材，卫药证字 Z 号）16 个，中药制剂 227 个。1987 年获批的中药新药只有 11 种，1996 年则高达 106 种，10 年中获批的中药新药总数已超过 600 种，剂型近 20 种，其中一类中药新药有 10 个，二类 13 个，三类与四类新药分别为 230 个和 310 个。新药研制的数量和质量不断提高[44,45]。

当时我国主要从三个方面研发中药新药，一是借鉴国外植物药研发的经验，从单味中药中分离提取有效部位及单体，进而开发新药；二是基于中药方剂的中成药研发；三是中药新药用资源研究开发。在基于中药活性成分的新药研发方面取得了一些重要成果，如治疗慢性粒细胞白血病的靛玉红，引产药天花粉蛋白，抗胆碱药山莨菪碱，治疗青光眼的丁公藤碱Ⅱ，驱绦虫药鹤草酚，抗血栓药毛冬青素，肌肉松弛药氯甲左箭毒（氯二甲箭毒），胆碱能神经阻滞药樟柳碱等[42]。

在中药新药源的开发方面也取得了非常显著的成绩。当时我国已引种中药 3 000 种，尤其是引进国外的天然药用植物如西洋参、白豆蔻、马钱子、丁香、番泻叶和罗芙木等；野生引种成功的有五味子、川贝母、细辛、龙胆草、黄芬及柴胡等；生产无污染的中药有山楂、金银花、玫瑰花等；利用生物技术开发中药已见成效，如利用细胞培养技术生产中药、活性成分和试管苗快速繁殖等；利用药用植物亲缘学研究发展中药材也初见成效，已用于乌头属、大黄属、莨菪类、人参属、贝母属等十几种植物亲缘关系的研究。

中成药的研制数量最大、增长速度最快，占据我国中药产品的绝大部分。据报道当时我国有中成药有 8 000 余种，近 50 种剂型。但这些中成药基本都是粗制剂，因研究难度大，多数缺乏严格、规范、深入的研究，存在的问题也最多。当时我国中药新药研发主要存在两方面的问题：一是基础研究薄弱、生产技术落后。如中药复方药效物质基础、作用机理等重大科学问题研究非常薄弱，有效成分及活性部位等化学分离、分析、制备等技术落后，缺少先进、与临床具有良好相关性的临床前药效评价模型及指标。由于药效物质不清楚，难以开展药代动力学研究，毒理研究简单，临床研究缺乏能够反映中药特色的疗效评价指标等。此外，中成药的质量控制、制剂等都有待改进。二是与化学药一样，也存在明显的低水平重复。从我国 1987—1996 年批准的中药新药看，低水平重复已很明显。三、四类新药分别占总数 40% 和 50%，而一、二类新药只占 10%。针对同一疾病的许多三类新药只是换了一两味药，有的甚至这一两味药还是佐、使药。四类药在口服液、冲剂、颗粒剂、胶囊剂和片剂之间变来变去，变更剂型依据不充分、优势特色不明显。一个品种有十几个甚至几十个批文，一个药有几十家甚至上百家药厂生产，其中“人参龟鳖大战”和“银杏大战”等都是典型例子。由于产品水平低、达不到国际新药规范要求，不能进入国际市场，出口的中药主要是中药材和饮片，经济效益很低。当时国际市场中草药的年成交额约 300 亿美元，我国只占约 10 亿美元的份额。而韩国仅高丽参一个品种就创汇 1.75 亿美元，牛黄清心丸产值为 0.7 亿美元。日本的救心丹创汇近 1 亿美元，欧洲一个银杏制剂销售额高达 5 亿美元。据 1993 年统计，我国港澳台地区中药出口额占国际市场成交额的 31.4%，日本占 28.0%，东南亚占 19%，而中国大陆出口额仅占 3.3%[42,44]。

（三）生物药研究开发

20 世纪 90 年代，随着生命科学和生物技术的迅猛发展，推动生物技术产业快速发展。据报道当时全世界已有约 3 000 多个从事生物技术研发和生产的公司。生物技术产业已成为全球经济新的增长点。以 DNA 重组技术为核心的生物技术首先在医药领域实现了产业化，生物技术的发展为新药的研制开发开辟了广阔的天地。我国自 20 世纪 80 年代中期以来，生物技术蓬勃发展。由于国家 863 计划、攻关计划和国家自然科学基金都将生物技术作为优先发展领域予以重点支持，生物技术整体研究水平迅速提高，取得了一批高水平的研究成果，为我国新兴生物技术产业的建立和发展提供了技术源泉。在此背景下，我国基因工程制药产业起步，快速发展，当时我国基因工程制药产业已进入快速发展期。

1989 年我国批准了第一个国产基因工程药物重组人干扰素 α1b，是全球首个采用中国人基因克隆和表达的基因工程药物，也是当时唯一一个我国自主研制成功、拥有自主知识产权的基因工程一类新药，实现了零的突破。据统计截至 1996 年底我国已有 8 种基因工程药物和疫苗商品化（包括试生产），1996 年基因工程药物和疫苗销售额约为 2.2 亿元，仅占同期全国医药生物技术产业年销售额 21.16 亿元的 10.4%。1996 年基因工程药物和疫苗市场销售规模比较小，而采用生物技术改造抗生素、药用氨基酸、维生素等传统产业所创造的新增产值仍占医药生物技术产值的主流。截至 1998 年底，我国已批准上市的基因工程药物和疫苗产品已达 15 种，包括一类新药重组人干扰素 α1b、一类新药重组碱性成纤维细胞生长因子（bFGF）（外用）、重组人表皮生长因子（EGF）（外用）、重组人干扰素 α2a、重组人干扰素 α2b、重组人干扰素 γ、重组人白细胞介素 –2（IL–2）、重组人粒细胞集落刺激因子（G–CSF）、粒细胞巨噬细胞集落刺激因子（GM–CSF）、重组人红细胞生成素（EPO）、重组链激酶、重组人胰岛素、重组人生长激素、重组乙肝疫苗、痢疾菌苗。有 30 余家生物制药企业取得基因工程药物或疫苗试生产或正式生产批准文号。基因工程乙型肝炎疫苗是我国批准上市的第一个高新技术疫苗，二十多项指标达到国际先进水平。此外，经国家批准进行临床一、二期试验的生物技术新药有 10 种；正在进行开发研究的基因工程疫苗或药物还有 40 多种。当时我国从事基因工程疫苗或药物生产的厂家约有 50 家。

我国生物药研发和产业存在的主要问题同样是创新不足和重复研发与生产，与美国等发达国家相比还有很大差距。如 1996 年我国生物技术产品销售额仅为 120 亿元人民币，而美国为 100 亿美元，相差 7 倍。1996 年我国基因工程药物和疫苗销售额为 2.2 亿元，同期美国为 75 亿美元。1996 年美国 Amgen 公司的两个主要产品 Neupogen（G–CSF）和 Epogen（红细胞生成素）的销售额均达到 10 亿美元。从上市品种看，1998 年我国有 15 种基因工程药物和疫苗获准上市，而美国上市的生物药（主要是基因工程药物）共 53 种。我国基因工程药物上市时间较美国同品种上市时间晚 5 ~ 10 年（表 1–6）。

表 1–6　基因工程药物实现商业化时间（年份）比较

产品名称	美国	日本	中国
重组人干扰素 α2a	1986	1988	1996
重组人干扰素 α2b	1986	1988	1996
重组人干扰素 γ	1990	1990	1994 试生产，1998 转正
重组人白介素 2	1992	1992	1997
EPO	1989	1990	1997 试生产，1998 转正
G–CSF	1991	1991	1996 试生产，1998 转正
GM–CSF	1991		1997 试生产，1998 转正

我国研制上市的新生物药绝大部分是仿制药，在研的品种大多数是国外进入二、三期临床后我国开始跟踪研制的。另一方面，同一个品种多家研制、多家生产，造成市场恶性竞争，严重影响产业的健康发展。我国已批准上市的基因工程药和疫苗绝大多数是多家生产。如干扰素 α2a 生产厂家有 5 家，干扰素 α2b 有 5 家，白细胞介素 –2 有 10 家，G–CSF 有 7 家，GM–CSF 有 6 家。此外，还存在技术落后如后处理、规模化等技术；新药开发指导、标准及标准物质研究滞后等问题。[46–48]

（四）国外新药研究开发

1995 年美国 FDA 批准了 28 种新分子实体，包括 26 种治疗药物和 2 种诊断药物。其中 14 种用于治疗的新分子实体于 1995 年在美国批准并上市。此外，在 1995 年以前（多数在 1994 年底）被 FDA 批准的治疗用 8 种新分子实体和 1 种生物制剂于 1995 年上市。这样共有 23 种治疗药物于 1995 年第一次进入美国的

市场（表1–7）。另外12种在1995年获得FDA批准的治疗药物，在1995年底前尚未上市（表1–8）。[49,50]

表1–7 1995年美国上市的23种治疗药物

通用名/商品名	药名	创制公司	作用/适应证	给药途径
abciximab/ReoPro*	阿昔单抗**	桑托考公司，礼来公司	冠状血管成型术辅助用药	静脉
acarbose/Precose	阿卡波糖	拜尔医药	抗高血糖药	口服
alendronate sodium/Fosamax	阿仑棒酸钠	默克制药	治疗骨质疏松药	口服
bicalutamide/Casodex	比卡鲁胺**	泽尼卡公司	抗肿瘤药	口服
dalteparin sodium/ Fragmin*	达特肝素	普强制药	抗血栓形成药	皮下
dexrazoxane/Zinecard	地拉佐生	普强制药	心脏保护剂	静脉
dirithromycin/Dynabac	地红霉素	礼来公司	抗生素	口服
dorzolamide hydrochloride/Trusopt*	盐酸多佐胺	默克制药	治疗青光眼药	眼
fluvoxamine maleate/Luvox*	马来酸氟伏沙明	Solvay集团，普强制药	治疗强迫观念与行为疾病药	口服
lamivudine/Epivir	拉米夫定	葛兰素·威尔康公司	抗病毒药	口服
lamotrigine/Lamictal*	拉莫三嗪	葛兰素·威尔康公司，杜邦公司	抗癫痫药	口服
lansoprazole/Prevacid	兰索拉唑	TAP公司，雅培公司	抗溃疡药	口服
losartan potassium/Cozaar	氯沙坦	默克制药	抗高血压药	口服
metformin hydrochloride/Glucophage*	盐酸二甲双胍	百时美施贵宝公司	抗高血糖药	口服
moexipril hydrochlonde/Univase	盐酸莫西普利	Schwarz公司	抗高血压药	口服
mycophenolate mofetil/ CellCept	麦考酚酯	罗氏制药	免疫抑制药	口服
nalmefene hydrochloride/Revex	盐酸纳美芬	Ohmeda公司	阿片受体拮抗剂	静脉,肌肉,皮下
nefazodone hydrochloride/Serzone*	盐酸萘法唑酮	百时美施贵宝公司	抗抑郁药	口服
rimexolone/Vexol*	利美索龙	Alcon公司	治疗眼的感染用皮质激素类药物	眼
saquinavir mesylate/ Invirase	沙喹那韦甲磺酸盐	罗氏制药	抗病毒药	口服
sevoflurane/Ultane	七氟烷	雅培公司	全身麻醉药	吸入
tramadol hydrochloride/ Ultram	盐酸曲马朵	Ortho–McNetl公司	镇痛药	口服
vinorelbine tartrate/ Navelbine*	酒石酸长春瑞滨	葛兰素·威尔康公司	抗肿瘤药	静脉

*FDA于1995年前批准，但直到1995年才上市的药物。

** 原始文献未标注中文名称。

表 1–8　1995 年 FDA 批准的其他治疗药物

通用名　商品名	药名	创制公司	作用 · 适应证
amifostine/Ethyol	氨磷汀	美国生物科学公司	细胞保护剂
anastrozole/Arimidex	阿那舒唑	泽尼卡公司	抗肿瘤药
azelaic acid/Azelex	壬二酸	艾尔健公司	治痤疮药
carvedilol/Coreg	卡维地洛	史克 · 比切姆公司	抗高血压药
ceftibuten/Cedax	头孢布烯	先令公司	抗生素
cetirizine hydrochloride/ Zyrtec	盐酸西替利嗪	辉瑞制药	抗组胺药
epoprostenol sodium/Flolan	依前列醇钠	葛兰素 · 威尔康公司	原发性肺动脉高血压治疗药
glimepiride/Amaryl	格列美脲	Hoechst Marion Roussel 公司	抗糖尿病药
ibutilide fumarate/Corvert	富马酸伊布利特 **	法玛西亚 – 普强公司	抗心律不齐药
nisoldipine/Sular	尼索地平	泽尼卡公司	抗高血压药
porfimer sodium/Photofrin	卟菲尔钠	Quadralogic Technologies 公司	抗肿瘤药
nluzole/Rilutek	利鲁唑	龙 · 普朗克 · 洛尔公司	肌萎缩性侧索硬化治疗药

* 药物于 1995 年被 FDA 批准，但 1995 年底前并未上市。

** 原始文献未标注中文名称。

据统计，1995 年国外新药研发位于前 50 位的制药企业在研新药共 3169 个，其中由企业自己开发研制的有 2206 个，占 69.61%，接受转让的有 963 个，占 30.39%。新药的种类以神经系统药物、抗癌、抗感染三类数量最多，分别为 1 195、1 125 和 1 118 个，心血管药 727 个排第六位，呼吸系统药物 426 个排第八位。反映出当时全球药品的市场情况，同时也反映出当时疾病谱及药物的临床需求情况。生物技术药 915 个，位居第四，反映出快速增长势头。当时正在研发的前 20 类新药的作用机制为：细胞壁合成抑制剂 138 个，蛋白质合成拮抗剂 134 个，血小板凝聚拮抗剂 103 个，环氧合酶抑制剂 103 个，钙通道拮抗剂 100 个，DNA 拮抗剂 97 个，DNA 拓扑异构酶 ATP 水解抑制剂 95 个，前列腺素合成酶抑制剂 85 个，骨形成促进剂 74 个，RNA 指导 DNA 聚合酶抑制剂 70 个，DNA 合成抑制剂 66 个，DNA 指导 RNA 聚合酶促进剂 65 个，花生四烯酸拮抗剂 62 个，RNA 合成抑制剂 62 个，凝血酶抑制剂 61 个，雌二醇 –17– β – 脱氢酶促进剂 56 个，HIV 蛋白酶抑制剂 54 个，雌酚酮磺基转化酶促进剂 49 个，钾通道激动剂 48 个，钠通道拮抗剂 47 个，反映出当时新药研发的靶点主要集中在酶和离子通道。1995 年有关企业药品销售及新药研发投入情况见表 1–9 [51]。

表 1-9 1995 年世界主要公司新药研发投资和销售情况

公司名称（国家）	销售额 / 百万美元	研究开发投资 / 百万美元	研究开发投资占销售额 /%
Glaxo Wellcome（英国）*	12 223.9	1 833.4	15.0
Merck & Co（美国）*	9 416.3	1 230.6	13.1
HMR（德国）	9 351.7	未见报道	—
American Home Products（美国）	7 425.0	1 000.0	13.5
BMS（美国）	6 970.0	947.9	13.6
Roche（瑞典）	6 241.3	1 453.5	23.4
Pfizer（美国）	5 811.2	1 037.5	17.9
SB（英国）	5 532.8	未见报道	—
Pharmacia & Upjohn（瑞典 / 美国）	5 304.3	1 100.0	20.7
Lilly（美国）	5 248.0	838.7	14.7
J & J（美国）	5 158.0	767.0	14.9
Takeda（日本）	4 856.7	未见报道	—
Sandoz（瑞士）	5 261.4	914.7	17.4
Ciba（瑞士）	4 463.7	714.2	16.0
RPR（美国）	4 444.0	未见报道	—
Bayer（德国）	6 883.2	907.7	13.2

* 原始文献中公司所属国家有误，此系更正。

1996 年全球新药研发继续保持良好势头，针对几种难治性疾病的新药研发进展明显。有统计表明，1996 年 1—12 月初，共有 51 个新化学实体（NCEs）在世界医药市场首次上市，比 1995 年的 39 个增加了近 1/3。1994 年和 1993 年分别上市了 47 个和 39 个 NCEs。*Scirp Magazine* 报道了 1996 年各领域新药的成就。如心血管病新药，Bristol-Myers-Squibb（BMS）公司对降血脂药普伐他汀（pravastatin）作了进一步研究，结果提示该类药物的使用范围可扩大到曾经有过心脏病发作，但目前胆固醇水平正常这一新的病人群体。Sanofi/BMS 公司的抗血小板聚集药物氯吡格雷（clopidogrel）在一次大型试验中被证实对曾有中风或心脏病发作，或有外周动脉疾病（动脉硬化或血栓病）患者可预防心脏病意外，效果优于阿司匹林；Sanofi/Wyeth-Ayerst 公司的抗心律失常药胺碘酮（amiodarone）可降低心律失常患者的死亡率。Ciba 公司的血管紧张素Ⅱ受体拮抗剂缬沙坦（valsartan）首次在德国上市；Boehringer Mannheim 公司的血栓溶解药瑞替普酶（reteplase）在德国首发上市，并获美国 FDA 批准。

中枢神经系统的新药如阿尔茨海默症（AD）治疗药物，Eisai/Pfizer 公司的多奈哌齐（donepezil，Aricept）以及 Sandoz 公司的艾斯能（Exelon，利伐斯的明）两种乙酰胆碱酯酶抑制剂在Ⅲ期临床试验中显示出良好疗效，且与唯一获准用于 AD 治疗的药物他克林（tacrine）相比无明显肝毒性。同一类型的另外两个新药毒扁豆碱（physostigmine，Forest 公司研制）、美曲磷脂（metrifonate，Bayer 公司研制）已进入Ⅲ期临床，Shier 公司的加兰他敏（galantamine）在Ⅱ期临床试验中取得效果良好。帕金森病治疗药物罗平尼咯（ropinirole，Smith-Kline-Beechm 公司）在英国上市。抗精神分裂症药物奥氮平（olanzapine，Lilly 公司生产）和舍吲哚（sertindole，Lundbech/Abbot 公司）首次上市，氨磺必利（amisulpride）在欧洲几个国家上市。运动神经元疾病肌萎缩性侧索硬化症（ALS）的第一个治疗药利鲁唑（riluzole，Rhone-Poulenc Rorer 公司）在美国和欧洲获批上市；两种治疗多发性硬化症的新药 β－干扰素（Biogen 公司）和 Copaxone（Avonex 和 Teva 公司）分别在美国和以色列上市。

多个抗 HIV 新药在 1996 年上市。几种新的反转录酶抑制剂如奈韦拉平（nevirapine，Boehringer Ingelheim 公司）和拉米夫定（lamivudine，Biochem Pharma/Glaxo Wellcome 公司）与三种蛋白酶抑制剂沙奎那韦（saquinavir）、印地那韦（indinavir）、利托那韦（ritonavir）合用，给艾滋病的三联药物治疗提供了多种选择。但艾滋病疫苗的开发无重要进展，开发疫苗中期望值最高的 MicroGenesys 公司的 VaxSyn，在关键性的Ⅱ期临床试验中结果令人失望而中止开发。在肝炎治疗药物领域，Medvea 公司的疫苗在乙型肝炎Ⅲ期临床试验中取得了可喜结果。Smith Kline Beecham 的泛昔洛韦（famciclovir）、Biochem Pharma/Glaxo Welleome 公司的拉米夫定用于乙型肝炎治疗均获成功。两种甲型肝炎疫苗 Avaixm（Pasteur Merieux/MSD 公司）和 Vaqta（Merck&Co 公司）成功上市。

在抗肿瘤新药方面，治疗结肠直肠癌的几种新药首次上市。最重要的是 Zeneca 公司的雷替曲塞（raltitrexed），是多年来一线治疗晚期结肠直肠癌的第一个新的细胞毒药物。批准用于二线治疗的药物有 Sanofi 公司的奥沙利铂和 Pharmaeia/Upiohn 公司的依林特坎（irinotecan）。治疗卵巢癌的 topotecan 和治疗乳腺癌的 letrozole 分别在美国和英国首次上市。第 2 个乳腺癌基因 *BRCA2* 的完整序列已经搞清，据认为高达 40% 的遗传性乳腺癌的早期启动是由该基因引起的。1996 年真正成为抗癌药头条新闻的是英国生物技术公司的马立马司他（marimastat），一种金属蛋白酶抑制剂，其Ⅱ期临床试验结果表明能降低患结直肠癌、卵巢癌或前列腺癌患者的血中癌抗原浓度。

还有一些重要的新药，如 Zeneca 公司治疗哮喘的新药爱克雷特（Accolate）是白三烯拮抗剂类药物中第一个上市的新药，作为哮喘预防和长期治疗的口服药在美国、爱尔兰和芬兰上市。另有两种类固醇吸入剂 Glaxo Wellcom 公司的氟替卡松（fluticasone，商品名 Flovent）、Astra 公司的布地奈德（budesonide，商品名 Pulmicort Tubuhaler）在美国获批上市。Wyeth/Interneuron 公司的减肥药右芬氟拉明（dexfenfluramine，商品名 Redux）在美国上市，这是 20 年来 FDA 批准的第一个减肥药。此外 FDA 还批准了 Knoll 公司的减肥药西布曲明（sibutramine）。Boehringer Ingelheim 公司的新一代非甾体抗炎药环氧化酶 -1（COX-1）抑制剂美洛昔康（meloxicam）在南非上市，它比现有的环氧化酶 -1 和 2 抑制剂的胃肠道副作用要小。Warner-Lambert 公司的口服胰岛素增敏剂曲格列酮（troglitazone）向 FDA 递交新药申请。Cephalon 公司的重组胰岛素样生长因子 1（Myotrophin，IGF-1）在美国获准作为研究中的新药。此外，1996 年底共有 6 048 个药物处于研发中，比 1995 年增加近 200 个。其中神经系统疾病药物、抗癌药和抗感染药数量最多（表 1-10）[52, 53]。

表 1-10 1996 年 12 月研究领先的治疗药物类别

治疗类别	化合物数目
神经病	1 265
抗癌药	1 196
抗感染药	1 184
生物技术药物	954
肌肉骨骼	769
复方制剂	751
心血管药物	726
营养 / 代谢	641
血液和凝血	573
免疫制剂	479
呼吸系统药	418
生殖泌尿（和性激素）	387
皮肤病药	359
各种各样药物	189
感觉器官	167
激素（性激素除外）	141
抗寄生虫药	58

四、新药相关法规体系逐步建立

药品是一种特殊商品，依法对药品的研制、生产、经营、流通进行监督管理对于保证药品质量，保障人体用药安全，维护人民身体健康和用药的合法权益具有重要意义。我国药品相关法规出现于20世纪60年代初，卫生部、化工部等部门联合制定并发布了《关于药政管理的若干规定》及《药品新产品管理暂行办法》，第一次以法规形式开始对新药进行审批管理。1978年国务院批转了卫生部颁发的《药政管理条例（试行）》，明确规定科研、生产单位应向省级卫生厅报送新药研究的有关资料及样品，由省级卫生厅批准、组织临床试验以及批准生产。同时还规定，凡属我国创新的重大品种等，由卫生部直接审批，未经批准不得生产。1979年，在全面总结新药管理经验的基础上，卫生部与国家医药管理局共同制定了《新药管理办法（试行）》，并于同年2月24日颁布试行。该办法明确了新药的定义、新药的分类、新药审批的有关资料及临床试验手续等，还规定新药要由卫生部审批。1984年9月20日第六届全国人民代表大会常务委员会（简称“全国人大常委会”）第七次会议审议通过了《中华人民共和国药品管理法》（简称《药品管理法》），并于1985年7月1日起正式施行，第一次将药品审批制度以国家法律形式确定下来。1985年，卫生部根据《药品管理法》中关于新药和新生物制品审批的规定，制定发布了《新药审批办法》和《新生物制品审批办法》，我国从此开始实行新药统一审批的管理模式[54]。截至1996年“1035工程”实施之前，我国药品管理依据的基本法规是《中华人民共和国药品管理法》（1985年7月）和《新药审批办法》（1985年7月），以及随后发布的相关配套法规，包括《新生物制品审批办法》（1985年9月）、《关于新药审批管理的若干补充规定》（1988年1月）、《新生物制品审批办法补充规定》（1988年1月）、《新药审批办法中有关中药部分的修订和补充规定》（1992年5月）及《关于新药保护及技术转让的规定》（1987年3月）。

（一）《中华人民共和国药品管理法》

为加强和规范我国药品管理，保障人民合理、安全用药，1981年6月国务院发布《关于加强医药管理的决定》。1983年10月国务院批转国家医药管理总局《关于中药工作问题的报告》，由于药政管理法规不完善，药品质量不高，事故不断发生而得不到妥善解决，人民意见不断向中央反映，于是全国人大常委会第六次会议时，由卫生部副部长谭云鹤作了《关于药政法草案的说明》，全国人大常委会分组进行了讨论。鉴于《药政法》极其重要，责成有关部门从速从严制定法律、加强药品监督管理，保障人民健康和用药安全。时隔两月，全国人大常委会于1984年9月召开第七次会议，着重讨论了《药政法》问题。由全国人大法律委员会副主任沈鸿作了关于《关于中华人民共和国药政法草案》审议结果的报告。全国人大常委会反复讨论审议《药政法草案》报告，作了补充和修正的意见，一致认为应尽快颁布药政法，用法律手段加强管理[55]。

《药品管理法》于1985年7月1日起施行，是我国历史上第一部具有法律性质的药品管理法规，国家把有关药品监督的方针政策和原则，用法律的形式确定下来，以保证药品质量，增进药品疗效，保障人民用药安全，维护群众身体健康。是总结了我国建国以来药政管理上正反两方面的经验并参考了国际上行之有效的一些做法而制定的。《药品管理法》的颁布标志着我国药政管理工作已进入法制化的新阶段[56]。社会各界对《药品管理法》颁布高度关注，卫生部负责人在答《健康报》记者问时讲到：国家制定《药品管理法》的目的，就是把党和国家有关药品监督的方针政策和原则用国家法律的形式确定下来，把药品的质量置于国家和广大人民群众的严格监督之下，以保障人民用药安全有效。制定《药品管理法》，充分体现了党和政府对人民健康的重视和关怀，有利于进一步加强对药品的监督管理，标志着我国药政管理工作进入了法制化新阶段[57]。

为宣传、贯彻、落实《药品管理法》，医药卫生各界举办了一系列座谈、研讨和培训活动，对《药品管理法》进行学习、研究、讲解和宣传。有学者对《药品管理法》的基本原则，包括实行药品监督制度、许可证制度、新药审批制度、实行国家和地方两级药品标准制度、特种药品实行特殊管理、实行药品淘汰制度、从业人员定期健康检查制度进行了详细的阐释。我国《药品管理法》规定，研制新药进入临床试验或临床验证阶段，须经卫生行政部门批准后，方可进行。完成临床试验或者临床验证并通过鉴定的新药，由卫生部批准，发给证书。依据药品管理法规定，新药投入生产，须经卫生部批准，并发给批准文号。其他部门和地方政府都没有这个职权。但生产中药饮片除外。为了加强药品质量管理，卫生部和省、自治区、直辖市成立药品审评委员会，负责新药审评工作。该委员会为法定机构，非一般学术团体，其所作的审评决定具有法律效力。对于药品标准，实行国家和地方两级药品标准制度。我国《药品管理法》规定，由卫生部颁布的《中华人民共和国药典》和药品标准为国家药品标准。国家药品标准中没有列入的其他药品，省、自治区、直辖市可以制定地方性药品标准。符合国家药品标准或者省、自治区、直辖市药品标准的药品，均可在国内销售。药品标准实行两级制度是从我国实际情况出发制定的[58]。时任国家医药管理局副总工程师沈家祥在谈学习《药品管理法》体会时讲到：药品又是一种特殊商品，它的质量和疗效具有无比的重要性。我们有责任帮助企业干部职工提高认识。对《药品管理法》一定要认真学习、正确理解，自觉执行[59]。

（二）《新药审批办法》

1985 年我国颁布了《新药审批办法》，与《药品管理法》一样，也是自 1985 年 7 月 1 日起施行。《新药审批办法》对新药的概念做了定义，即新药系指我国未生产过的药品。已生产的药品，凡增加新的适应证，改变给药途径和改变剂型的，亦属新药范围，按照新药进行管理。对化学药（西药）、中药和生物药（生物制品）的注册分类进行了界定将其各分为五类[60,61]。对新药临床前研究做出了明确的要求，包括研究目的、内容、要求等，如要求安全性评价要逐步推行GLP（实验室管理规范）等。对新药临床试验也提出了具体要求，如新药临床试验要求分三期进行，对各期病例数也做出了要求。要求新药临床试验要逐步推行GCP（临床试验管理规范）。此外，对新药的申报程序、新药审批过程、新药的试生产、新药的补充申请以及对新药的保护等均做了相应的规定[62,63]。

《新药审批办法》的实施使我国新药生产管理逐步走上科学化、规范化轨道。据报道，1992年全国共批准432种新药，比1986年批准新药的数量增加61倍，全国300多家药厂也从新药生产开发中获得显著效益。有关方面认为，实施《新药审批办法》以来，不仅提高了新药研制质量、保证了新药安全可靠，而且促使我国新药走上了科学化、规模化与标准化的轨道。新药审评在数量不断提高的同时，质量上也有了很大提高。此外，新药审评办公室还努力为全国制药厂家提供优质服务，每周有一天为全国各地药厂免费咨询，回答申报单位提出的问题，并开办了近百次各种类型的新药讲习班，帮助企业培训新药开发技术和管理方面的人才，使我国的新药生产和研制开发工作提高到了一个新的水平[64]。

（三）药品管理规范

1. 药品非临床研究质量管理规定（GLP）

药品非临床研究质量管理规定（Good Laboratory Practice，GLP）是1976年首先由美国食品和药品管理局（FDA）发布的对药品、食品添加剂和生物制品的非临床安全性研究进行质量管理的政府法规。该法规的实施对提高新药非临床安全性研究的质量，保障新药上市后的公众安全发挥了重要作用，因而受到各国政府的重视和积极响应。GLP逐渐成为非临床安全性研究的重要国际法规。

1993年12月11日，中华人民共和国国家科学技术委员会令第16号发布了《药品非临床研究质量管理规定（试行）》，从1994年1月1日起试行，这是我国新药研究和开发与国际标准接轨的重要举措。我国药品安全性研究的主管部门——国家科委会同卫生部和国家医药总局在制订GLP法规的过程中，全面参考了美、日、英等国的GLP法规，考察、访问了一些国外药品安全性研究机构和药品管理部门，参照国外GLP法规所确立的质量控制体系和手段，并结合我国的实际情况，形成了发布的法规[65]。《药品非临床研究质量管理规定（试行）》共有九章四十条。对药品非临床安全性研究的全过程提出了一整套规范化的要求，明确了非临床实验室的组织管理体系和各类人员的岗位职责，对SOP和实验方案的制定和实施、各类仪器设备和实验动物的管理都作出了明确规定，以保证安全性评价的质量[66]。

2. 药品临床试验管理规范（GCP）

美国FDA于1976年颁布GLP之后，少数发达国家开始注意到另一个环节，即药物临床试验质量管理。最初是由国际医学科学组织理事会（The Council for International Organizations of Medical Sciences，CIOMS）提出要在临床研究中纠正不尊重受试者和患者的行为，成为赫尔辛基宣言的基础。几乎同时，美国FDA也注意到上述问题，在1980年前后以法律的形式在美国执行。欧洲共同体于1981年制定了“医药产品试验中的最佳临床实践”，即现今的“药物临床试验质量管理规范”（Good Clinical Practice，GCP），其核心是保障受试者与患者的权利，保证临床试验的科学性。规定了临床试验的有关各方，即申办者、研究者及管理当局在临床试验中的职责、相互关系和工作方式。随后在1986—1991年，欧洲共同体、英国、法国、韩国、日本及澳大利亚等先后制定颁发了各自的药物临床试验管理规范。20世纪80年代末，WHO考虑到药物临床试验管理规范应成为各国共同接受的原则，着手拟定WHO药物临床试验管理规范，于1993年公布。由于各国药物管理规范不统一，一种新药在一个国家上市后到另一个国家上市必须按该国家的要求进行临床前和临床研究。为统一各国规范问题，美国、欧盟和日本自1991年起每隔2年举行一次，人用药品注册技术要求国际协调会议（International Conference Harmonization of Technical Requirements for Registration of Pharmaceuticals for Human Use，ICH）经过4次会议，形成了一整套统一的药物开发质量管理规范，其中包括临床试验管理规范[67]。

我国GCP的引入、推动至实施经过了约10年的时间。自1986年起针对GCP建设开展了一系列工作，1994年举办了GCP研讨会并开始酝酿起草我国的GCP规范，1995年成立了由褚骏仁、李家泰、桑国卫、汪复、游凯5位临床药理专家组成的起草小组，起草了我国《药品临床试验管理规范（送审稿）》，1998年3月2日卫生部颁发了《药品临床试验管理规范（试行）》。国家药品监督管理局成立后对该试行版本进行了进一步的讨论和修改。我国的GCP是以WHO和ICH的GCP指导原则为蓝本，结合我国国情制定的。指导思想是既符合国际GCP的基本原则又符合我国药品管理法规，既要考虑与国际标准接轨又要考虑我国国情，要能够基本可行。与发达国家相比，我国当时开展临床试验的时间短，条件相对较差，熟悉GCP并有实际经验的人员（研究者、监视员）不够多，执行的严格程度与质控还不够好，数据收集和处理的方法不够先进，生物统计人才较少，技术指导原则也有待更新[67,68]。1998年国家药品监督管理局成立，对《药品临床试验管理规范》进行了修订，于1999年7月23日经国家药品监督管理局局务会审议通过，于1999年9月1日起施行[69]。

3. 药品生产质量管理规范（GMP）

药品生产质量管理规范（Good Manufacture Practice for Drugs，GMP）是在药

品生产全过程中，保证生产出优质药品的管理制度。在 1969 年举行的第 22 届世界卫生大会上，WHO 建议各成员国的药品生产采用 GMP 制度，以确保药品质量和参加国际贸易中药品质量认证体制。WHO 提出的 GMP 制度是药品全面质量管理的一个重要组成部分，是保证药品质量，把发生差错事故、混药、各类污染的可能性降到最低程度所规定的必要条件和最可靠的办法。此后世界很多国家都各自制定了 GMP 制度，并应用于药品生产管理和质量管理。世界上第一个 GMP 是 1962 年由美国 FDA 颁布实施的，1969 年 WHO 公布了制定的 GMP，标志着 GMP 从此走向了世界。

当时 GMP 有三类：一是国际的，如 WHO 制定的 GMP、北欧七国自由贸易联盟制定的 GMP 等；二是国家的，如美国、日本、英国、法国、澳大利亚等国制定的 GMP；三是工业组织自己制定的 GMP，如美国制药联合会制定的，标准不低于美国政府制定的 GMP。从 GMP 制度的性质来看，美国、日本等国家已列为法规，药品生产必须符合 GMP 的要求，美国已将 GMP 列入新版药典。有的国家的 GMP 则是建议性质的，对药品的生产管理起指导作用。各国在执行过程中不断地进行修改和完善，并制定了详细规则和各种指导原则。实践证明 GMP 是行之有效的科学化、系统化的管理制度，对保证药品质量起到积极作用，已得到国际普遍认可。WHO 国际贸易中药品质量认证体制中已规定出口药品的生产厂家必须按照 GMP 规定进行生产，并接受出口国药政管理部门按 GMP 要求的监督。因此，按照 GMP 要求生产药品已成为药品进入国际市场的先决条件，因此也就成为国际性的药品质量控制和检查的依据[70,71]。

卫生部药政局江焕波在 1988 年发表的文章中对我国 GMP 制定过程做了详细介绍。中国医药工业公司于 1982 年制定了《药品生产管理规范（试行本）》，并于 1985 年修订成《药品生产管理规范》，作为行业的 GMP 要求正式颁布执行，同时，也颁布了《药品生产管理规范实施指南》。对推动我国药品生产企业实行 GMP 要求起了积极的作用，并在执行过程中取得明显的效果。我国药品生产质量管理规范的制定工作是从 1984 年 4 月开始。经过对我国药品生产现状的调查分析，调查组提出了 GMP 可行性调研报告，认为在我国应该逐步推广 GMP 制度，并以 WHO 的 GMP 为基础，着重参考《药品生产管理规范》，正式起草了我国《药品生产质量管理规范》（草案），后经多次征求医药工业管理部门，药品生产企业，以及全国各省、自治区、直辖市药政、药检系统的意见，组织了五次较大修改，卫生部于 1988 年 3 月 17 日正式颁布[70]。

GMP 是规范药品生产质量管理的重要技术法规和基准，对从药品生产的全过程到影响产品质量的诸多环节和因素均进行了技术性规范，是一种全过程、动态的质量管理系统，改变了以往靠药品最终检验结果作为控制药品质量的做法，是保证药品质量安全最重要、最可靠的技术规范，也是制药企业取得准入资格的强制和必备条件。1998年国家药品监督管理局成立后，为了加强药品生产的监督和管理，提高药品质量，保证人民的用药安全，解决医药生产企业多、小、散、乱的问题，进一步规范和加强了GMP的认证工作。一方面修订了《药品生产质量管理规范》，发布了药品生产质量管理规范认证管理办法，制定了GMP认证规划，组建了认证检查员队伍，提出了若干政策措施；另一方面根据2001年修订的《中华人民共和国药品管理法》，确定对药品生产企业执行GMP进行强制认证，制订了五项主要措施：①制定了分剂型、分步骤、限期强制实施药品GMP规划，明确规定全部制剂和原料药生产企业必须在规划要求时限前达到GMP标准，否则将停止生产；②明确规定新药、仿制药申请，生产必须符合药品GMP标准；③有计划开展药品GMP检查员培训和考核聘任工作；④开展GMP认证调查研究，补充完善药品GMP检查标准及规范；⑤依法开展国家和省级两级认证工作。1999年8月，国家药监局下发了《关于实施GMP有关规定的通知》，进一步明确认证计划、重点和目标，即到2000年底前，粉针剂、大容量注射剂和基因工程产品完成GMP认证；小容量注射剂生产在2002年底前符合GMP要求。2001年10月，根据国务院领导加快推进监督实施GMP步伐的指示精神，国家药监局调整药品制剂生产企业通过GMP的最后期限，从原来的2005年底提前到2004年7月1日[71]。

推行GMP管理制度要求厂房按生产工艺流程及规定的洁净级别合理布局。在当时我国制药工业硬件条件较差，企业经济状况参差不齐等情况下，对推行GMP在“硬件”上采取分步走、逐步实现的办法。逐步推行GMP既符合国情，符合制药企业的实际情况，又能推进生产厂按GMP要求不断改善“硬件”条件[72]。国家医药管理局郭鸿运于1989年撰文讲到，我国不少药厂与“规范”的要求差距很大，要所有药厂都按“规范”行事，所面对的任务相当艰巨。为使在这方面的努力得到成效，首先必须从两方面开展工作：一是现有药厂还达不到“规范”者，都要有改造的规划，其实施应按“规范”要求行事，一次改造达标；二是新建厂不按“规范”办事者，不准基建，更不准投产。不能让不合格的老厂未改造竣工，又出现新的不合格药厂，使改造的任务永难完全。提出在我国要推行“规范”应从十个方面开展工作，即人的因素、工艺规程、原材料、机器设备、标签与包装、厂房设施、质监部门、记录与报告、产品的贮存与销售、产品质量的申诉与处理[73]。

第二章

“1035 工程”的战略部署

实施“1035 工程”的目的是为了迎接挑战。“1035 工程”实施前，我国新药研发虽然发展迅速，但总体药物创新能力还很薄弱。面对当时我国新药研发及制药工业的发展状况以及加入 WTO 所面临的严峻形势，我国医药发展该选择什么样的道路、如何解决中国人民的吃药问题成为摆在政府面前的一个严峻问题。宋健同志在 1996 年全国医药科技工作会议上的讲话[74]，对“1035 工程”的战略部署具有重要指导意义。宋健同志在讲话中指出：各国都在加强知识产权的保护。为了增强在医药领域的竞争力，各国都在谋划对策、调整战略。这一发展态势，对我国医药行业的发展产生深远影响，提出了新的挑战。科学技术是第一生产力。科技水平是决定我国医药产业发展的关键。在跨入“九五”之际，医药行业将全面实施“科教兴药”战略，为实现“九五”和 2010 年长远规划目标而奋斗，这是十分正确的发展战略，将对医药事业的发展具有决定性意义。要实现医药行业今后 15 年奋斗目标，最为重要的是自主创新能力建设和提高产业的规模和技术水平。

宋健同志在讲话中对自主研发新药和医药产业发展提出了具体要求：随着世界贸易新秩序的建立和知识产权保护的加强，靠仿制国外新药的日子已经一去不复返了。中国是 12 亿人口的大国，不能单纯依靠进口药品或医药技术。要解决中国人民的吃饭、健康问题，只能靠我们自己。因此，必须立足创新，尽快建立自己的新药研究开发和生产体系，发展民族的医药产业。当前，在医药工作上，一方面应集中力量，加速开发生产一批临床效果明显、不侵犯专利权而又对我国具有较大应用价值的产品；另一方面，从长远发展考虑，应大力强化创新，努力研制具有我国特色、拥有自己知识产权的新型药物和生物制品，进而发展我国的医药产业。宋健同志强调：我们所讲的创新，并非孤立地指研究开发和经济运行本身，而是以满足社会需求为宗旨，市场导向，以提高国际竞争力为目标，从课题选择、研究开发、成果转化、产业化生产等，一直到市场开拓、推广应用的整个过程。所以，医药的创新，一是要着眼于社会的需求和产业发展，强化政策措施，使研究机构和产业部门实现从源头上的结合；二是要特别注意构筑好创新过程中的每一个环节，抓好各个环节之间的接口工作，如筛选和研究开发的接口，实验室与临床的接口，生产和临床的接口，生产和销售环节的衔接等。要全程推进研究、生产、临床、销售的科学水平和技术进步。

为加强新药研究与开发的宏观组织协调工作，1993 年 1 月 11 日成立了国家新药研究与开发协调领导小组。领导小组由国家科委、卫生部、国家医药管理局、国家教委、中国科学院、国家计生委、国家中医药管理局、总后卫生部、财政部九个部委组成。其主要任务是制定我国新药研究与开发的战略和重大方针、政策，决定新药研究与开发重大项目及国际交流与合作的有关重大决策。领导小组组长由国家科委副主任惠永正担任，副组长由卫生部副部长胡熙明和国家医药管理局副局长张鹤镛担任，秘书长兼办公室主任由国家科委社会发展科技司司长甘师俊担任。领导小组的常设办事机构是国家新药研究与开发管理办公室，负责新药研究与开发的日常组织管理工作，挂靠国家科委。其主要任务是：编制新药研究与开发战略规划和年度计划；发布新药基金指南，受理、评审、审批和检查评估新药基金项目；组织推动新药成果的转化和产业化；组织符合国际标准的国家新药研究与开发实验室、临床试验研究中心和药品生产车间（GLP、GCP、GMP）；新药研究与开发的宏观组织协调；国际交流与合作；人才培训等。国家新药研究与开发的咨询机构有两个：一是国家新药研究与开发协调领导小组顾问组，由知名专家、学者和有关部门、企事业单位的领导共 17 位成员组成；二是国家新药研究与开发专家委员会，是国家新药研究与开发协调领导小组的专业技术咨询机构。专家委员会设常务专家委员会和若干专业组[75]。在国家新药研究与开发协调领导小组的组织和领导下，会同有关部门和专家，认真研究、分析了我国医药产业发展所面临的严峻形势以及当前和未来发展需求，紧密结合我国医药产业和新药研发的基础、已取得的成绩和存在的主要问题，经过反复论证和不断完善，确立了实施“1035 工程”的指导思想、战略目标、重点任务、运行机制及保障措施等。“1035 工程”的含义为：至 2000 年，研制 10 个具有自主知识产权的创新药物，并实现产业化；另一方面按照国际规范，建成 5 个新药筛选中心、5 个新药临床前安全性评价中心（GLP 平台）、5 个新药临床试验研究中心（GCP 平台）。以下内容根据“1035 工程”有关资料整理。

第一节　战 略 目 标

一、指导思想

（一）体现科学技术是第一生产力的思想

新药研制离不开科学技术，企业如果没有新药将难以生存和发展。因新药研制是涉及多学科和高新技术集成的一个系统工程，所以要充分发挥多学科的优势，使科学技术这个第一生产力体现在新药创新的全过程中。

（二）体现技术创新的思想

只有依靠自主创新，我国新药开发和医药产业才能走出困境。按市场经济的规律，按照技术创新的思想来组织创新药物的研究开发。在实施过程中，要体现科技与经济结合，注重新药开发与企业生产的有效结合，切实解决新药技术转移过程中的难点和关键环节，加速新药的开发的进程。

（三）体现统筹规划，突出重点，全过程开发的思想

充分做好调查研究，面向国内和国际两个市场，制订好新药研制规划，全过程推进新药的研制和产业化。

（四）体现按国际规范开发新药的思想

要在创新药物的研制中，按照国际标准、规范指导新药研制，使我国新药研制水平逐步向国际规范化标准靠拢。

二、战略目标

（一）总体目标

认真落实“科学技术是第一生产力”的思想，围绕“两个转变”，提高医药科技对经济增长的贡献率，建立民族的跨国医药产业集团，推动我国医药产业的发展；应用现代科学技术，在继承的基础上大力推动我国中医药现代化，坚持创新，促进中医药传统优势和现代科学技术的融合，发挥技术对经济的推动作用，

为我国人民防病治病成功研发一批创新药物，基本形成符合国际规范化标准的医药创新体系，提高我国新药研究开发的总体水平和综合实力，使我国医药产业在国际上占有一席之地。

（二）具体目标

1. 至2000年，研制成功我国具有专利保护的10个创新药物，实现产业化，并在国内市场占有一定份额，力争其中2～3个药物进入国际市场。到2005年可新增产值20亿～50亿元人民币。以10个新药的产出为目标是“1035工程”新药研发的量化指标，其主要目的是期望通过10个新药的研发，探索我国新药研发的模式和机制，积累研发经验，为我国未来自主创制新药发挥带动、引领和示范作用。

2. 至2000年，按照国际规范化标准建成5个新药筛选中心、5个新药安全性评价研究中心（GLP）、5个新药临床试验研究中心（GCP）。“1035工程”为解决创新药物的关键和薄弱环节，为实现新药由仿制向创制转轨打下坚实基础。通过GLP和GCP的建设，建立并辐射带动我国新药研发标准化和标准体系的建设。建立筛选平台的目的一是为了提高新药发现的能力和水平，二是为了使我国发现的活性化合物、活性成分、有效部位等“青苗”资源不流失，通过申报专利保护起来，将来用于新药研发。

3. 提高我国自主创制新药的综合实力，至2005年形成10个年销售额为20亿～50亿元人民币的医药企业集团。“1035工程”遴选出30多项研发基础好、发展前景好的品种与制药企业合作，将企业做为转化基地，如在上海张江等地设立了转化基地，进行中试和产业化研究，其目的在于探索产学研结合的成果转化机制，增强企业的技术创新能力，提高药品生产的技术和规范化水平，为培育大型骨干企业积累经验。

4. 培养造就一批具有国际先进水平的中青年学科带头人，初步建立起一支稳定的、从新药研发到产业化各个环节学科配套、专业齐全、力量雄厚的科技队伍。“1035工程”将人才培养作为重要任务之一，采取培养和引进相结合的方式，加快人才队伍建设。如通过设立博士基金，着重培养青年人才，通过加强与海外留学生合作，吸引一批留学生回国创业。

5. 提出新药创制各个技术环节的规范化标准，如GCP、GLP等，完成国家药物安全评价中心和国家临床试验中心的认证制度，制定医药产业发展政策。

第二节　战 略 重 点

一、重点项目

（一）创新药物研制和产业化开发

通过调研、广泛收集已有较好研究基础的新药苗头，通过论证评选出 30 个左右的候选药物作为研发重点给予立项，从中研制成功 10 个创新药物。即根据我国人口疾病死亡率、疾病流行规律和社会发展需要等进行综合考虑，优先选择严重危害人民生命健康的心脑血管疾病、肿瘤、感染性疾病以及老年性痴呆（阿尔兹海默病）、糖尿病等老年病防治药物 30 种，开展临床前研究，并按 GCP 标准进行临床试验，确保完成 10 个有较好疗效和市场前景的新药研发，通过新药审评，获得新药证书，投入生产，并推向市场和临床应用。

（二）建立新药筛选中心

研究建立分子和细胞水平的体外活性筛选方法及评价系统，使筛选工作做到微量、快速、简便。面向全国范围，对天然药物、中药、化学合成药物、微生物代谢产物、生物和生化药物以及海洋生物等进行广泛筛选，发现新药，并进一步对由天然产物中筛选发现的先导化合物进行结构修饰、优化及合成。将筛选方法、技术指标及管理办法进行规范化建设，使之符合国际标准规范。根据不同药物类别，分别筹建 5 个新药筛选中心，包括 3 个化学药物筛选中心、1 个微生物药物筛选中心、1 个中药筛选中心。

（三）建立新药安全性评价研究中心（GLP）

按国家《药品非临床研究质量管理规定（试行）》的要求，建成 5 个国家级新药非临床安全性评价研究中心。以承担我国具有专利保护的一类新药的安全性评价为主要工作，建立开放式的服务体系。其中已开始筹建的 3 个中心于 1997 年前建成，达到验收水平，另外 2 个分别于 1996 年、1997 年各筹建 1 个，于 2000 年建成。要求建成的新药安全性评价研究中心能够按照 GLP 规范要求进行全套新药非临床安全性试验，承担国内外有关新药非临床安全性评价的研究任务，提出的安全性评价报批资料能得到国内新药审评机构的认可，并逐步与国际接轨，得到国际认可。同时培养一批跨世纪的学科带头人，培养一支技术规范、管理科学、符合国际标准规范要求的从事新药安全性评价研究的专业人才队伍。

（四）建立新药临床试验研究中心（GCP）

按照国家 GCP 规范的要求，建成 5 个新药临床试验研究中心，达到验收标准，并逐步与国际接轨，基本达到国际 GCP 中心的水平，得到国际认可。主要接受、完成我国创制新药的临床试验研究任务。1998 年前建成防治心脑血管病药物与抗感染药物 2 个新药临床试验研究中心；2000 年建成抗肿瘤药物、中药和综合性学科 3 个新药临床试验研究中心，其中 1996 年筹建 2 个，1997 年筹建 1 个。同时培养一支符合国际标准规范要求的新药临床试验人才队伍，为新药研制提供支撑条件和技术保障。

二、选择原则

1. 根据我国国情、针对严重危害人民健康的主要疾病重点筛选和研制防治心脑血管病、肿瘤、老年性痴呆（阿尔兹海默病）、神经精神系统疾病、病毒性疾病（艾滋病、肝炎等）及耐药菌、深部真菌感染等新药。

2. 根据国际医药相关学科发展的趋势，研究建立新的筛选模型与方法，深入开展创新药物的研究开发。

3. 选择创新药物，必须同时兼顾具有良好的市场开发前景，能产生较大的社会和经济效益，并能为科技进步和社会发展做出贡献。

4. 必须选择国内技术力量强、设备条件好、并在新药研发方面具有良好基础、积累了丰富经验的单位承担“1035 工程”的研究任务。

第三节 组织机构与运行机制

为实现“1035 工程”的战略目标，切实解决新药创制和技术转移过程中的关键问题和薄弱环节，逐步建成我国新医药产业，在项目组织实施过程中，要将运行机制也作为计划的重要组成部分，实现管理创新。

一、技术来源与选择

1. 新药研发项目的主要来源包括科研院所、大学、企业等正在进行的新药研发项目；国家新药研究与开发基金支持的项目；国家“863 计划”、国家科技攻关计划及国家自然科学基金支持的项目以及国外引进项目。由国家科委生命科学技术发展中心、中国生物工程开发中心、国家医药管理局科教司通过调研、招标、组织及专家评审，确定候选药物，具体落实到承担项目的科研机构、高等院校及有关企业。

2. 新药筛选中心、新药安全性评价研究中心（GLP）、新药临床试验研究中心（GCP）的选择则从已建立的科研院所、大学、医院中遴选。

二、项目管理

国家科委生命科学技术发展中心、中国生物工程开发中心和国家医药管理局科教司共同对项目实施全程管理。

（一）项目遴选和立项程序

新药研发项目通过调研、招标、专家评审后，经专家委员会初审后提出候选项目清单，再经评审委员会提出计划建议文本，确定30个候选药物，最后由国家科委批准；中心建设项目通过顶层设计做出部署，由生命科学技术发展中心从国内有科技实力和工作基础的新药研发机构及新药临床研究基地中遴选，通过专家评审、组织论证，择优确定承担单位，以择优委托的方式自上而下安排研究和建设任务。并与卫生部、国家医药管理局、国家中医药管理局、总后卫生部等有关部门共同协商，取得上述部门的支持。

（二）评审委员会的组成与评审指标的确定

评审委员会由药物专家、临床专家、工程技术专家、市场专家、科技管理人员、新药评审专家和管理人员、专利专家及少部分企业家组成。新药研发项目的评审指标从技术水平、市场前景、经济效益、项目成熟程度、社会效益、产业基础6个方面确定。中心建设项目的评审指标从基础条件、技术和管理队伍、学科带头人、运行机制四个方面确定。

（三）成立若干“1035工程”项目小组

项目小组由项目负责人、项目依托单位负责人、科技管理人员、新药评审专家及市场、经济专家组成，一般每个项目小组为5～7人，对项目实行全过程目标管理。

（四）建立“1035工程”评估制度

为确保项目顺利进行，项目评估委员会定期对项目执行情况进行评估和跟踪，及时发现问题，调整项目计划，滚动实施。

三、技术开发、技术转移及其产业化、商品化

（一）组织医药技术创新网络

以国家科委生命科学技术发展中心为核心，组织10个医药院校作为新药研究与开发环和20个制药企业作为生产与销售环。国家科委生命科学技术发展中心通过立项支持和信息咨询服务等方式，促进科研院所与制药企业结合，共同实施项目的产业化，形成优势重组的“官、产、研（学）”新型医药产业集团。

（二）组建工程技术研究中心，加快新药技术开发和技术成熟

“九五”期间在科研院所和企业中组建10个新药工程技术研究中心。已组建了2个中成药工程技术中心，还将筹建新药研究与开发工程技术中心、天然药物工程技术中心、海洋药物工程技术中心、生化药物工程技术中心、微生态制剂工程技术中心、新制剂工程技术中心、药物包装工程技术中心和生物药工程技术中心等8个中心。

（三）以部分科研院所、大学为主体，通过技术开发、技术转移和产业化，逐步形成医药科技开发集团

使科研院所由事业法人变成企业法人，促进医药研究院所的体制转轨。拟选择新药研发能力较强、基础和条件较好的研究所试进行产业化转轨。

（四）以企业为主体与科研院所结合形成科技型企业集团

拟选择一批新药研发基础和条件较好的等企业，通过技术创新网络，使企业与新药研究机构自愿结合，共同开发新药。

（五）政府对新药科技成果实行收购，产权为国家所有

国家科委生命科学技术发展中心在充分评估的情况下，收购少部分科研院所和大学的前期新药研究项目，组织全国优势力量进行技术开发、中试和产业化，逐步形成新的医药产业集团。

（六）建立若干医药科技产业基地

按照国际药物规范化标准和市场规律，以地方政府为主，中央和地方共同筹建广东（中山）、上海（浦东）、云南、广西、陕西等5～10个医药科技产业基地，作为新药中试和生产基地，以及与国际接轨的窗口和示范区。

（七）市场创新

根据国内和国际医药市场动态，以国内市场为主，编制拟开发的 10 个创新药物市场开发战略和营销计划。在市场开发中，要特别注意专利和注册这种长期以来不被人们重视却又至关重要的工作。并根据市场变化，及时调整和修订创新药物研发计划和生产计划。

（八）建立海外医药桥头堡

通过我国驻外机构，加强与美国、欧洲、亚洲各国政府、医药企业界、国际机构、医药研究机构的广泛交流与合作，及时了解世界医药发展趋势和市场动态，了解美国 FDA、欧盟及 WHO 药物的规范标准以及有关注册、专利的程序，为我国药物打入东南亚和世界市场，为形成我国具有竞争力的医药企业集团做必要准备。

四、支持系统

（一）资金筹集

“1035 工程”的经费主要来自政府投入，项目承担单位自筹，项目依托单位、部门以及所在地方政府匹配。此外，通过风险基金、国家科技贷款、国内外金融机构投资、筹建海外医药基金等多种渠道筹集资金。

（二）建立信息支持系统

为了配合“1035 工程”的实施，充分利用现有医药信息的硬件设备和软件系统，在全国范围内重点建立化合物筛选、新药开发、生产、专利、注册、市场营销和国外医药信息数据库，并通过生命科学技术发展中心，以简讯的形式定期、快速向有关部门、单位提供信息和咨询服务。

（三）建立有效的人才培训制度

一方面定期组织开展对医药科研、管理和企业等有关人员的国内外培训活动，另一方面针对“1035 工程”实施过程中出现的问题，组织开展针对项目、课题研究人员、管理人员、企业有关人员的定向培训活动。按照卫生部新药审评的要求和国际标准进行新药的研制，并通过支持新药博士项目，培养一批跨世纪医药学科带头人，逐步形成一支多学科的创新药物开发和管理队伍。

（四）制订有关创新药物的政策和法规

奖励实施“1035 工程”有突出贡献的科技人员、管理人员和企业家。从实施项目产生的效益中（返回国家的部分）拿出部分资金，用于奖励有突出贡献的有关人员（奖励办法另有相关规定）。

（五）组织保障

由国家科委牵头，1993 年成立了国家新药研究与开发协调领导小组，下设办公室，大大加强了对我国新药研制工作的宏观领导与组织协调。“1035 工程”的组织实施采取了集中力量办大事的方式，由领导小组组织实施。设立项目主任和项目工作组。由国家科委副主任惠永正任“1035 工程”的项目主任，负责项目的组织领导与重大问题的决策；工作组由国家科委社会发展司牵头、国家科委生命科学技术发展中心、中国生物工程开发中心、国家医药科教司参加，由国家科委社会发展司司长甘师俊担任组长，由国家科委社会发展司司长助理陈传宏、生命科学技术发展中心副主任么厉等担任副组长，在项目主任的领导下具体负责项目管理工作，研究确定项目实施过程中不同阶段的工作重点和要求，负责重大问题的组织协调，组织课题和专题的评标、审查立项、中期评估和验收等工作。

“1035 工程”是国家科委“九五”重中之重的项目之一，由国家科委牵头，多部门参与，分工负责。国家科委负责总体设计和新药研发、标准制定、平台建设以及国际合作等工作；国家计委负责新药中试研究及产业化，并设立了与之相衔接的“技改专项”，经费充足，对项目实行分工、分段支持。新药研发的分工是研发机构做研发、企业做产业化。此外，由国家医药管理局推动产业化标准和 GMP 建设，国家中医药管理局负责中药新药研发，国家药政局负责新药审评审批，卫生部负责成果推广应用。领导小组各部门之间分工明确、相互配合，协同推进，为“1035 工程”成功实施提供了有力组织保障。

第四节 实施“1035 工程”的意义

1996 年我国举行了全国医药科技工作会议，对于我国医药创新和产业发展来讲，这是一次具有历史意义的重要会议。与会代表充分肯定了我国医药工作的成就，总结交流了医药科技与教育的工作经验，并就如何加速医药科技进步，促进医药产业发展进行了广泛、深入的讨论，提出了意见和建议。时任国务委员、国家科委主任的宋健同志参加了会议并做重要讲话。宋健同志在讲到我国医药产业发展和新药研发存在问题时指出：多年来，我国医药产业增长速度较快，但仍然没有摆脱传统的外延型、粗放型增长。医药行业的产品质量、技术水平和劳动生产率较低，新药创制能力差，企业规模小且普遍达不到GMP标准，这些因素制约着我国医药事业的发展，急需在今后的改革与发展过程中加以解决。目前，世界排名前15位的跨国医药公司都到中国来投资生产、开拓市场。竞争已"逼进家门"。宋健同志还指出:《国民经济和社会发展"九五"计划和2010年远景目标纲要》向我们展示了未来15年社会主义现代化建设的前景，同时也向医药战线提出了新的、更高的要求。全社会都在关注提高新药研究开发能力，提高技术水平，向GMP标准靠拢，实现生产现代化。中医药研究开发和生产也要实现现代化，全社会对此呼声很高，要求也很迫切。这对包括医药事业在内的经济和社会发展来讲，是新挑战，也是新的机遇[74]。为应对当时我国所面临的知识产权挑战，同时根据我国在医药科技进步和促进医药产业发展的总体部署，国家启动了"1035工程"。这是一项针对性很强、指导思想和目标十分明确的科技专项，组织实施该专项的主要意义如下。

第一，面对复关后药品知识产权保护的严峻形势，自主创制具有我国自主知识产权的新药已刻不容缓，具有重要战略意义。长期以来，我国的药物研究开发以仿制为主，创新药极少。自1993年开始，我国对药品和专用化学品实行专利保护，并相继与美国、欧盟、日本等签署了类似保护知识产权的协议，使我国再也不能无偿仿制国外研制的新药。我国在当时已是一个12亿人口的大国，如果靠引进新品种或进口药品，势必耗资巨大，给国民经济带来极大的负担。因此，依靠自己的力量解决我国人民的吃药问题是战略性问题，必须走自主创制新药和自主发展医药产业的道路。

第二，药品是人民防病、治病、救灾、战备的重要战略物资。为防治疾病、保障健康，为人民群众提供安全有效、价格便宜的新药，具有重要现实意义。随着科学技术的不断发展和不断创制新药，许多严重危害人类健康的疾病如传染病已得到较好的控制，但细菌产生的耐药性问题却日趋严重，当时在部分地区一些严重传染病又有"死灰复燃"之势；另一方面，心脑血管病、恶性肿瘤已成为发病率、死亡率居前一、二位的重大疾病，且尚无理想的防治手段，严重威胁人民生命健康。此外，随着社会人口的老龄化，老年性疾病如阿尔兹海默病、糖尿病、骨质疏松等发病率持续升高，艾滋病、神经精神系统疾病等也日渐增加。因此，临床对于疗效更好、更安全的新药的需求十分迫切。

第三，自主研制新药、实现产业化，是改变我国医药产业产品结构、提高产品质量和水平，推动我国医药产业成为支柱产业的根本途径。医药产业在世界经济中占有重要地位，创制新药是制药产业永恒的主题，是企业获取高额利润的根本途径。因此，必须不断增强新药研发的综合创新能力，自主创制新药，推动我国医药产业发展，成为我国国民经济支柱产业之一。通过"1035工程"的实施，推动药品产业化平台和基地建设，对于加快新药成果转化、实现产业化以及提高产业化水平均具有重要意义。

第四，针对新药发现和开发研究的关键环节，建立先进、规范的技术平台，对于我国新药研发和长远持续发展将发挥重要技术支撑作用。新药研发涉及新药发现研究和开发研究两个重要过程，需要多学科紧密配合，是一项涉及多学科的系统工程。新药发现研究中的药物筛选和开发研究中的临床前安全性评价和临床试验，是新药研发过程中的关键环节，也是我国新药研发领域的薄弱环节。严格按照国际统一的标准和规范化要求研制新药是我国新药研发的必由之路，因此，建立技术先进、规范的新药研发平台不仅对于自主研发新药将发挥重要支撑作用，对于引领和推动我国新药研发技术平台规范化建设亦具有重要意义。

第五，培养、造就一批具有国际水平的新药研发领军人才和结构合理、学科专业配套的人才队伍，是我国新药研发创新发展的重要保障。改革开放以来，经过不断努力和建设，已形成了一批从事新药研究开发力量较强、专业配套、技术水平较高、设备条件较好的高校和科研院所，在“七五”和“八五”期间，又相继建立了 10 多个国家重点实验室和工程技术研究中心。依托上述平台、经过培养和锻炼，已形成了一支从事新药研制的中、青年学术带头人和骨干队伍，成为我国新药研发的主要技术力量。但在领军能力、学科专业配套、技术水平等方面与发达国家相比还有较大差距，还不能满足我国新药研发和产业发展的需求。“1035 工程”高度重视人才培养，对新药研发、平台建设及人才培养和创新团队建设进行了全面、系统部署。通过“1035 工程”实施，逐步培养了一批新药研发领军人才和专业人才，对于我国新药研发持续创新发展具有十分重要意义。

陈传宏（科技部重大专项司）
张永祥（军事科学院军事医学研究院）
陈彦丞（科技部重大专项司）
周文霞（军事科学院军事医学研究院）
铁　偲（科技部重大专项司）

参考文献

1. 童光东，刘惠玲 . 复关后我国医药行业面临的挑战与对策 . 医学与哲学，1994，3：1–4.
2. 医药技术创新“1035 工程”简介 . 中国肿瘤，1995，4（1）：6.
3. 蔡莉，王新 . 中国医药工业发展趋势模拟研究 . 科学学与科学技术管理，1999，20（3）：20–22.

4. 恽榴红 . 中国化学药物研发的历史回顾与展望 //2006 第六届中国药学会学术年会论文集 . 广州：中国药学会，2006：70–76.
5. 刘鲁亚 . 旧中国的制药工业 . 历史档案，1995，2：105–112.
6. 国家医药管理局 . 当代中国的医药事业 . 医药工业，1984，9：1–7.
7. 编辑部 . 我国医药经济增长进入高速期 . 中国中医药信息杂志，1997，4（7）：45.
8. 潘广成 . 1995 年我国医药经济运行分析与 1996 年发展趋势展望 . 中国药业，1995，12：4–5.
9. 编辑部 . 五年来我国医药经济实力显著增强 . 中国药业，1997，12：2.
10. 王延中 . 经济全球化进程中的中国制药工业：差距与对策 . 中国卫生经济，2001，20（8）：24–27.
11. 国家医药管理局评出 1996 年医药工业企业 50 强 . 中国药业，1996（9）：3.
12. 俞观文 . 市场、问题与对策——我国医药工业发展战略探讨 . 上海医药，1997，2：7–10.
13. 吴泉 . 2000 年全球制药工业回眸 // 二〇〇一年全国医药工业技术工作年会专题报告选编 . 襄阳：中国化学工业制药协会，2001：24–37.
14. 编辑部 . 我国医药经济结构性矛盾突出 . 国际医药卫生导报，1997，4：40.
15. 薛荣久 . 中国加入世贸组织的动因、作用与对策 . 思想理论教育导刊，2000，6（18）：48–51.
16. 张志刚 . 历史性的跨越——中国加入世贸组织的回顾 . 全球化，2011，增刊 5：26–28.
17. 张中伟 . 与时俱进主动应对——关于中国加入世贸组织的战略性思考 . 理论前沿，2002，9：9–10.
18. 郑学新 . 抓住机遇，迎接挑战——谈加入世贸组织的利与弊 . 华东政法学院学报，2000，2：60–61.
19. 彭东浩 . 加入 WTO 后中国制药业发展的战略思考 . 江苏商论，2002，2：12–14.
20. 关于我国新药开发、研制及推广应用的几点意见——卫生部药政管理局潘学田局长在“全国首届新药与临床学术研讨会”上的讲话 . 中国药房，1992，3（5）：1–3.
21. 王普善 . 再论药品专利与新药研究开发（一）. 中国药房，1993，4（2）：4–8.
22. 张清奎 . 我国药品知识产权保护法规急需调整 . 专利法研究，2002，12：144–156.
23. 王晓浒 . 我国药品的知识产权问题 . 中国新药杂志，2003，12（2）：146–149.
24. 刘丽，张涛 . 目光盯向世界科技发展前沿——再论 20 世纪 90 年代台湾科技政策 . 海峡科技与产业，2016，4：15–19.
25. 编辑部 . 迎接知识经济的新时代 . 中国科技论坛，1997，4：1–2.
26. 丁智勇 . 95 科技光辉旅程 . 世界知识，1996，3：8–9.
27. 卢继传 . 生命科学将是 21 世纪的带头学科 . 中国科技论坛，1991，6：29–31.
28. 朱丽兰 . 21 世纪初主导科学——生命科学 . 生物学通报，1997，32（4）：2–4.
29. 强伯勤 . 人基因组研究进展 . 中华医学信息导报，1995，10：2.

30. 李雨民，陈洪．近年生命科学的研究热点（1992—1994 年）. 生命科学，1996，8(1)：42–47.
31. 侯云德．发展生物高技术——实现生物技术产业化计划．高技术通讯，1993，4：1–2.
32. 程功章，谈玉林．解放前上海新药业在全国占优势的原因分析．上海经济研究，1988，6：71–75.
33. 茅明安．迅速发展的中国化学制药工业．精细与专用化学品，1995，增刊 1：7–9.
34. 刘静明，倪慕云，樊菊芬，等．青蒿素（Arteannuin）的结构和反应．化学学报，1979，37（2）：129–143.
35. 杨耀芳．青蒿素及其衍生物的药理作用和临床应用．中国临床药学杂志，2003，12（4）：253–257.
36. 贺小青，方鹏飞．青蒿素及其衍生物的药理作用．医药导报，2006，25（6）：528–530.
37. 邓蓉仙．我国近几年抗疟药研究新进展．中国医药工业杂志，1989，20（8）：372–376.
38. 王同寅，徐汝昌，黎仲英，等．蒿甲醚治疗恶性疟的临床研究．昆明医学院学报，1981，1：28–31.
39. 单成启，刘光裕，焦岫卿，复方蒿甲醚临床治疗恶性疟的效果观察．寄生虫与医学昆虫学报，2005，12（1）：14–16.
40. 复方篙甲醚进美国，成首个进美的中国原创专利药．临床合理用药，2009，2（7）：13.
41. 沈基飞．抗疟新药复方蒿甲醚获 2010 美国盖伦奖．科技日报，2010–12–27.
42. 徐叔云，李俊．我国新药研究的现状及开发思路．安徽医药，1997，1（1）：1–3.
43. 陆效平．我国 10 年来批准西药新药简析．江苏药学与临床研究，1996，4（3）：1–3.
44. 杨军，袁伯俊．我国中药新药研究开发的现状、问题和对策．中草药，1998，29(7)：499–501.
45. 吴蓬，杨俊斌．我国中西新药的状况分析．中国新药杂志，1996，5（5）：321–323.
46. 张木，侯爱军，刘育新，等．我国基因工程制药产业发展的现状存在问题及对策和政策建议．中国科技论坛，1999，6：16–19.
47. 张荔子．我国正在开发数十种生物技术新药．中国药房，1998，9（3）：124.
48. 王军志．我国生物技术药物开发现状与发展趋势 // 第四届中国新医药博士论坛论文集．北京：中华中医药学会，1999：469–473.
49. 刘亚琴．1995 年美国 FDA 批准以及上市的新药．国外医学（药学分册），1996，23（5）：304–305.
50. 林跃，邹栩．1995 年美国 FDA 批准的新药．中国新药杂志，1996，5（4）：313–314.
51. 廖斌，序清江．1995 年国外研究开发新药概况．药学进展，1996，20（2）：92–99.
52. 许关煜．1996 年全球范围内的新药开发成果．上海医药，1997，6：31–32.

53. 姚春芳，恽榴红 . 1996 年新药研究和开发进展 . 中国新药杂志，1997，6（3）：231–236.
54. 张晓东，李连达 . 我国药品注册管理法规体系的形成及现状思考 . 中国新药与临床杂志，2010，29（2）：155–158.
55. 薛愚，孙定人 . 我们要药，我们要好药——热烈拥护《中华人民共和国药品管理法》. 中国医院药学杂志，1986，5（7）：44–46.
56. 江水 . 我国药政管理工作进入法制化新阶段 . 药学通报，1984，19（12）：3.
57. 保护人民健康的一个重要立法——卫生部负责人就《中华人民共和国药品管理法》的公布答《健康报》记者问 . 药学情报通讯，1984，4：9–11.
58. 陈明光 . 卫生立法与卫生法规——第七讲　中华人民共和国药品管理法 . 中国社会医学，1987，5：57–58.
59. 沈家祥 . 加强药品监督，促进生产经营管理 . 药学通报，1984，19（12）：4.
60. 新药审批办法 . 药学通报，1986，21（10）：636–637.
61. 新生物制品审批办法 . 中国新药杂志，1999，（6）：423–425.
62. 张志军 . 我国新药审批办法及实施现状 . 中国药房，1994，5（5）：1–2.
63. 潘学田 . 中国新药审批管理 . 国际医药卫生导报，1996，1：4.
64. 七年来我国新药审评工作成绩显著 . 中国医药工业杂志（信息版），1993，6：38–39.
65. 沈伽弟 . 我国药品非临床安全性研究实施 GLP 法规 . 解放军医学情报，1995，9（3）：117–119.
66. 药品非临床研究质是管理规定（试行）. 中国药事，1994，8（5）：260–264.
67. 诸骏仁 . 中国的药物临床试验和 GCP. 中国新药杂志，1999，8（8）：510–511.
68. 田少雷，宫岩华 . 我国 GCP 的实施与药品临床研究基地的发展中国临床药理学杂志，2000，16（4）：315–318.
69. 药品临床试验管理规范（GCP）. 中国医药导刊，1999，1（1）：5–9.
70. 江焕波 .《药品生产质量管理规范》形成、内容和实施问题概述 . 中国药事，1988，4：224–227.
71. 申丽莎，胡启飞，陈国庆 . 药品生产质量管理规范（GMP）在我国的实施与展望 . 重庆中草药研究，2010，1：33–37.
72. 袁迪 . 试论如何在我国推行药品生产质量管理规范 . 中国药事，1993，3：180–181.
73. 郭鸿运 . 谈推行《药品生产质量管理规范》. 中国医药工业杂志，1989，7：298–301.
74. 宋健 . 立足技术创新发展规模产业——在全国医药科技工作会议上的讲话 . 中国药业，1996，6：4–6.
75. 国家新药研究与开发协调领导小组简介 . 中国临床药理学杂志，1994，10（1）：55–57.

第二篇

药物篇

自 20 世纪 50 年代开始，国际医药市场进入快速发展的黄金时代。为了满足不断增长的健康需求，新药产品不断推陈出新，医药产业以高于平均经济增长的速度递增，医药产业成为充满期待的朝阳产业。

我国医药产业伴随共和国成长，至 20 世纪 90 年代初期，经历了计划经济和改革开放初期两个阶段，初步布局了维系我国人民健康基本需求的医药产业体系。但是，我国医药产业总值仅相当于一个跨国医药公司的年销售额，化学药物 97% 以上均为仿制产品。

正值我国医药产业沐浴改革开放春风、孕育进入快速发展之际，1992 年中国和美国鉴署了《中美政府关于保护知识产权的谅解备忘录》。我国根据有关要求，于 1993 年 1 月 1 日起实施新的《专利法》，对所有化学物质发明（包括药品和精细化工品）进行专利保护。对于长期以来依赖仿制的医药产业，无疑是一次严峻的挑战。

在此背景下，由国家科委牵头，会同有关部门和地方，积极推进创新药物的研制和产业化开发。

第三章

国内外新药研发背景与“1035 工程”新药研发布局

第一节　国内外新药研发背景

一、国内新药研发状况

1978 年 6 月国家医药管理局成立，开创了中国医药科研、生产、经营统一管理的格局。1985 年 7 月我国第一部《药品管理法》开始实施，我国药品研发、生产、经营进入有法可依的发展阶段。1998 年 4 月，国家医药管理局转变职能，合并原卫生部药政司，吸收国家中医药管理局的部分职能，组成了国家药品监督管理局。国家药品监督管理局根据药品的特殊性，承担政府监管的职能，监督药品的质量、安全、疗效，对社会和市场负责。

与此同时，我国医药产业格局也发生了深刻的变化。20 世纪 80 年代初，沐浴改革开放的春风，医药企业开始探索“承包经营”，建立多种形式的“经济责任制”，激发了蕴藏在广大员工、经营者中的积极性和创造性，迸发了企业经济增长的活力，实现了产值和利税的增长。随着改革开发的步伐，跨国药企纷至沓来，在中国境内设立中外合资、中外合作、外商独资经营企业；民营企业、股份制企业如雨后春笋，蓄势待发成为公有制经济的补充。但是，我国企业新产品开发仍然几乎全部是仿制药，因此导致无序竞争和低水平重复。如 1992—1993 年掀起的“沙星大战”“伪麻热”，导致喹诺酮类原料药有 40 多家药厂申报，各类制剂有 280 多家申报，含盐酸伪麻黄碱的复方制剂有 50 多家申报[1]。

为了满足我国人民的健康需求，创新药物的研发从来没有停止过。如为抗击血吸虫病、疟疾、乙肝等疾病的危害，我国曾有组织地开展新药研究。经过我国新药研发工作者的不懈努力，利用我国特有的资源和特色，一批自主创新的药物如抗疟药蒿甲醚、重金属解毒药二巯基丁二酸、治疗老年痴呆症的石杉碱甲等已经在国际上产生了重要的影响，治疗肝炎一类新药联苯双酯、双环醇等新药也已引起广泛关注[2]。但总体而言，我国尚未建立起完整的创新药物研究开发技术体系，在若干新药研究、评价的关键技术和环节与国际规范存在较大的差距。

二、国际新药研发趋势

时至 20 世纪 90 年代初，世界新药发展经历了三个发展阶段，即以天然活性物质为主、以合成药物为主，以及生物作用机制为主的新药发现。20 世纪 70—80 年代，由于生理学、病理学、药理学、生物化学等基础研究取得一系列重要的成绩，推动新药研发快速发展。1970—1989 年的 20 年间，全球年平均首次上市新化学实体（NCE）药物为 50 个，是新药发现的黄金时代[3]。我国“1035 工程”启动之际，1990—1995 年全球年均上市新药 42 个，除了 1993 年、1995 年上市 39 种，其他年份都在平均数以上。这一阶段首次上市的新药中心血管药物、抗感染药物、消化道溃疡药物、中枢神经系统药物占有重要比例。如钙拮抗剂硝苯地平缓释片、氨氯地平分别在 1991、1992 年上市；1987—1993 年间先后有 10 个血管紧张素转换酶（angiotensin converting enzyme，ACE）抑制剂上市。此外，抗肿瘤药物研发受到高度关注，生物技术药物已经显现快速增长的趋势。

20 世纪 90 年代小分子“重磅炸弹”药物开启了新的篇章。1986 年西咪替丁销售额突破 10 亿美元之后，改写了“重磅炸弹”药物年销售额超过 5 亿美元的门槛。1994 年雷尼替丁年销售额达到 38 亿美元，1996 年奥美拉唑超过了雷尼替丁登上全球畅销药榜首地位，于 2000 年达到最高年销售额 62.6 亿美元。大多数小分子“重磅炸弹”药物具有一个共同的特点，被广泛用于治疗某种常见疾病，诸如抗感染、高血压、高胆固醇、疼痛、溃疡、抑郁症等，潜在的人群越大，药物成为“重磅炸弹”的可能性越大。以“重磅炸弹”药物为的代表的医药挽救生命，提高人类生活质量，同时促进医药产业蓬勃发展[4]。这一时期，由于市场容量较大，药物跟踪性创新盛行，且不乏后来者居上，“me better”药物往往成为销售额最高的药物。例如，雷尼替丁超过西咪替丁，阿伐他汀超过所有“他汀”类药物一度成为“重磅炸弹”药物的神话。

20 世纪 90 年代前后世界各大制药企业研究开发费用与年俱增，速度惊人。据美国药品研究和制造商协会（Pharmaceutical Research and Manufacturers

of America，PhRMA）统计，该协会成员在全世界的研究和开发投入1990年比1985年增长了1倍，且1990年起继续以每年12%~19%的速度递增。1993年高居研究开发费用榜首的医药企业接近12亿美元，几乎是1990年的2倍[5]。

20世纪90年代，国际新药研究产生了一系列革命性的新技术。其代表性的四大技术为计算机辅助药物设计、高通量筛选、化合物库技术、成药性（ADME/T）评价。计算机技术的发展和应用提高了计算的速度和精度，建立和完善了定量构效关系、计算化学的方法。结构生物学的研究结果提供了大量靶标生物大分子的结构信息，以及药物分子和靶标生物大分子相互作用的重要参数。计算机辅助药物设计综合计算化学、生物信息学、结构生物学信息，把新药随机发现推向理性设计。高通量筛选和化合物库技术的结合，通过高效获取和管理化合物，整合自动化、信息处理、生物学等技术，以微板形式检测、采集，获得分子生物学和细胞生物学实验数据，推动了药物发现技术进一步实现了快速、微量、灵敏、准确。在分析新药临床研发失败原因的基础上，尽可能在药物发现阶段开展成药性研究，即影响药物成功率的吸收、分布、代谢、排泄、安全性问题，以实现"fail cheaper，fail earlier"的早期淘汰，降低成本，提高成功率。

三、我国新药研发的迫切需求

1994年，世界药物市场年销售额超过2 000亿美元，每年有40~50个新药上市，"重磅炸弹"药物不断增长。1985年有3个年销售额超过5亿美元药物，1987年有10个，1989年有15个，1990年有24个[6]。1994年我国医药工业总产值为862亿元人民币，销售额为713亿元，仅与美国默沙东制药的销售额相当（87.74亿美元）。新药研发是我国医药产业发展的迫切需求。

20世纪90年代初期，我国经济进入一个新的增长时期，改革不断深化，随之我国人民对于健康的需求不断增长。但是我国那个时期研制的化学药物97.4%为仿制产品。据统计，截至1994年12月31日，卫生部共批准上市新药（包括原料药及制剂）共1 123种，其中西药763种，中药360种，而一类新药只有16种，其中药材6种，原料药5种，制剂5种。1993年实施药品专利保护，我国人民的健康需求面临严峻挑战。

20世纪90年代初期，我国制药企业创新能力十分薄弱，规模小，研发投入不足，新药研发条件和标准与国际规范相距甚远。当时，我国有3 700多家制药企业，最大的企业年销售额仅为十几亿人民币。新药研发的队伍多数在研究院所和大学，每年新药研究基金仅200万元，1992年增加到2 300万元[7]。新药成果向企业转移过程中，存在机制、体制和技术、经济条件等多方面制约。我国在新药发现、临床前开发、临床研究诸方面水平与国际差距较大，技术体系不完备，即使在最关键的药物筛选、安全评价、临床研究环节，实验条件和规范标准远未与国际接轨。新药研发是提升创新能力的重要载体，开展创新药物研究与开发是培养创新人才队伍，建设高水平技术平台，实现与国际规范接轨的迫切需求。

第二节 “1035 工程”新药研发布局与实施

一、新药研发布局

自 1993 年实施药品专利保护以来，创新药物研究开发得到了国家及其有关部门的得高度重视和支持。启动实施了国家医药技术创新“1035 工程”。“10 个创新药物的研究与产业化开发”是“1035 工程”的重要组成部分。该课题根据国际、国内人类健康和市场需求，优先选择心脑血管疾病、肿瘤、糖尿病、感染性疾病，以及阿尔兹海默病等老年病防治的创新候选药物，组织全国有条件的科研院所、大专院校，集成优势，开展规范的临床前和临床研究，获得 10 个具有较好疗效和市场前景的新药品种，通过规范的法定审评程序，获得新药证书。

二、组织实施

当时我国新药研发在国家新药研究与开发协调领导小组的统一领导下组织实施，组建了由 17 位院士和有关部门领导组成的国家新药协调领导小组顾问组，以及 37 位知名专家、中青年骨干组成的国家新药研究和开发常务专家委员会，有力保障了领导小组对新药研发重大决策的科学性和权威性，对项目管理的规范化、程序化。

一批从事新药研究开发力量较强、专业配套、设备条件较好的重点高等院校和研究院所，在“七五”“八五”期间相继建立了数个与新药研发相关的国家重点实验室和工程技术中心，形成了一支队伍，成为我国创制新药的主要技术力量。“八五”期间，筛选出一批研究基础较好的新药苗头，为后续研究奠定了重要基础。

1993 年 1 月 27 日卫生部发文通知，“国家新药研究基金”资助的一类新药的审批由卫生部直接受理，不再经过省级卫生行政部门初审。

1996 年 11 月 11 日“新药研究与产业化开发”项目即“1035 工程”总体实

施方案得到国家科委批复，项目实施周期覆盖“九五”。

1994年至1998年，面向全国征集1 600多项新药研究项目。从技术水平、市场前景、经济效益、项目成熟程度、社会效益、产业基础六个方面确定评审指标，择优支持368项，占申报总数的23%。其中化学药130项，中药150项，生物技术药58项，其他30项。在立项项目中，针对严重危害人民健康、发病率高的重大疾病予以重点支持，其中心脑血管疾病药物91项，抗肿瘤药物82项，抗感染、抗病毒药47项，抗炎免疫药50项，老年病药物46项，共占支持项目总数的85.9%。在所有资助的项目中，一类新药209项，二类新药88项，三类新药41项，其他30项，一类新药占资助项目总数的57%。

至2000年底，获资助项目中处于临床前研究的项目有264个，占71.7%；已经或即将获准进入临床试验的57个，占15.5%；已经或即将获得新药证书的14个，占3.8%。在已经或即将获得新药证书的项目中，拥有自主知识产权的一类新药9个，完成了创新药物研发的目标。

经过长期、艰苦的努力，以“1035工程”为起点，陆续成功开发一批新药上市。本篇选择其中一部分化学药、中药、生物技术药的成功案例加以介绍。

沈竞康（中国科学院上海药物研究所）
杨　哲（科技部重大专项司）

参考文献

1. 孔英梅. 10年来我国新药（西药）的现状和分析. 中国药事，1995，9（3）142–147.
2. 陈凯先等. 加强自主创新，推动我国医药产业可持续发展. 中国医药导刊，2006，8（4）：235.
3. 姚春芳，恽榴红. 世界新药及其市场分析. 中国新药杂志，1994，3（1）：4–11.
4. Jie Jack Li. “重磅炸弹”药物——医药工业兴衰录. 张庆文，译. 上海：华东理工大学出版社，2016.
5. 杨继彰. 世界新药研究和开发的费用投入及浅析. 上海医药，1994，8：42–43.
6. 金言. 国外畅销药物预测. 上海医药情报研究，1994，3（4）：31–38.
7. 张文康副部长在1994年全国中医药工作厅局长会议上的报告. 中国中医药信息杂志，1994，1（2）：4–5.

第四章

化学新药研发主要成果

第一节　抗脑缺血疾病新药丁苯酞

缺血性脑血管病在中老年人中已成为常见病，即缺血性脑卒中，根据不同来源的报道，缺血性脑卒中已占全部脑卒中的 70% ~ 80%。在中国年发病约 200 万人，是造成城市和农村第一位或第二位的死亡原因。此外，它还造成大量残疾和生活不能自理的人群，给社会及家庭均带来巨大的伤害和负担。由于脑卒中的损伤机制较多且复杂，病理变化险恶，给药物研发带来较多困难。

缺血性脑卒中的病理损伤首先表现为大脑或局部脑组织供血中断，短时间内造成急性缺氧，能量耗竭，立即引起缺血中心区部分脑组织损伤和一定的脑功能丧失，一般中心区脑组织的损伤是不可逆的，而中心区周边的组织随缺血时间的延长，也会逐渐坏死，这部分组织称作缺血半暗带，如抢救及时，尽快恢复供血，则半暗带组织可以恢复正常。因而，急性缺血性脑卒中的治疗原则主要是抢救半暗带组织，尽可能减小损伤部位，最大限度地保护脑功能。此外，在半暗带中也会出现缺血引起的级联反应，如能量耗竭引起的细胞膜上离子泵功能异常，细胞内钠离子和钙离子堆积，钾离子丢失，细胞外高钾，这些都造成细胞膜电位升高，兴奋性和耗氧量增加；同时增加的细胞内钙可以激活多种酶系统，如蛋白酶、酯酶等，引起组织蛋白损伤。细胞的兴奋性增加可进一步引起神经递质，炎症介质的释放，如兴奋性氨基酸的大量释放，引起兴奋性毒性，缺血损伤引起的胶质细胞激活，进而释放出大量的炎症因子；此外，缺血造成线粒体功能损伤，由此产生的氧自由基和细胞膜脂质过氧化均对细胞产生致命的损伤。

一、研究背景

临床上治疗急性缺血性脑卒中的药物中 t–PA 曾一枝独秀，但由于它相对较窄的时间窗（约 3 h）和易引起颅内出血的问题，限制了其使用。基因重组的 t–PA（瑞替普酶 rt–PA，去氨普酶和替奈普酶 TNK–t–PA）显示了更长的时间窗（5 h）和较低的出血率，在临床上广泛使用。但由于就诊时间、病人年龄、病情、用药史等复杂情况，我国城市急性脑卒中病人仅有 5% 左右可以进行溶栓治疗。而绝大部分病人只能用其他药物治疗。上面已经提到，除了 t–PA 以外，其他药物并没有证明在临床上广泛的有效性。因而，迫切需要针对急性脑缺血损伤的不同病理环节，设计开发治疗急性脑卒中的多靶点药物，使更多的病人受益。

二、研发过程

20 世纪 70 年代中国医学科学院药物研究所杨峻山教授对芹菜仔药用成分进行了系统研究，分离出左旋丁苯酞（L–NBP），并进行抗癫痫研究。由于直接提取药源有限，1980 年杨靖华教授合成了消旋丁苯酞（NBP），但未能发展成抗癫痫药物而被放弃。20 世纪 80 年代末期，冯亦璞教授基于脑缺血和癫痫均有神经元损伤的特点，在多种动物模型上观察了 NBP 对脑缺血的药理学作用，发现效果良好，并且优于现有治疗急性缺血性脑卒中药物，从而开始系统地研究开发。1993 年完成了临床前研究并进行了专利申请。1996 年 NBP 被批准进入临床研究。1996—2002 年，在北京协和医院完成了临床Ⅰ～Ⅲ期试验，结果表明药物组有效率为 85%，对照组有效率为 59%。NBP 于 1999 年由中国医学科学院药物研究所转让给了石药集团，2002 年 NBP 取得了国家药品监督管理局颁发的新药证书及试生产文号批件。2003 年，为实现丁苯酞产业化，石药集团投资兴建了石药集团恩必普药业，完成了科研成果向生产的转化。2005 年 2 月，丁苯酞软胶囊获得正式批准文号，正式上市，商品名为恩必普。2005 年 8 月，完成 2050 例的Ⅳ期临床研究。2005 年，被收录入《中国脑血管病防治指南》。

丁苯酞初始研发时，由于技术原因，同时受理化性质制约，最初仅有软胶囊一个剂型上市，但简单的口服制剂对于脑卒中的及时治疗存在诸多不足。为进一步满足伴有吞咽困难、意识障碍等症状的脑卒中患者的临床需求，石药集团经过 8 年的研究，于 2010 年获得了丁苯酞注射液的新药证书和生产批件，丁苯酞注射液作为我国自主知识产权的二类新药，是继软胶囊之后的又一战略性产品，于上市当年被评为“十大重磅处方新药”之首。

（一）抗脑缺血作用

实验证明，丁苯酞可以缩小局部脑缺血大鼠脑梗死体积和改善神经功能缺失；可以明显改善小鼠全脑缺血脑能量代谢；可以减轻局部脑缺血大鼠脑水肿；可以明显改善缺血区脑血流；可以抑制血小板聚集和血栓形成；可以改善局部脑缺血大鼠记忆障碍。

脑缺血缺氧引起神经元严重损伤，使功能受损，这是脑卒中患者或其他脑缺血性疾患引起后遗症的主要原因。实验证明丁苯酞有很明显的改善局部脑缺血引起记忆障碍的作用。最近经过系统的抗血管性痴呆的临床前研究，2016 年经 CFDA 批准已开始了 NBP 抗血管性痴呆的新适应证临床研究。

（二）抗脑缺血作用机制

研究表明其作用机制与线粒体相关的抗凋亡有关；与抗神经炎症损伤有关；与抗血小板聚集有关（丁苯酞使用十余年来，从未出现出血的副作用）；与阻断 TREK-1 钾通道有关，其脑保护作用可能是通过抑制 TREK-1，减少脑缺血期间细胞内钾外流从而抑制细胞凋亡的发生（目前临床上尚无以 TREK-1 为靶点的药物上市）。与促进神经元新生，加快组织修复有关。许多神经系统药物可以促进海马神经再生，除丁苯酞以外，抗抑郁药物氟西汀、单胺氧化酶抑制剂吗氯呗胺、锂等也能够增强海马神经再生。经典的抗精神药物如氟哌啶醇、氯氮平、奥氮平、利培酮等均可以增加海马亚颗粒细胞层新生细胞的个数和神经元存活。神经干细胞以及脑缺血后神经再生，可以对缺血后的脑组织进行一定程度上的修复。许多内源性分子机制研究表明，其可协同促进脑缺血后神经前体细胞增殖、存活、迁移到损伤区及功能整合。另外，外源性应用各种生长因子也可促进脑缺血后的神经再生。促进神经再生的药物研究目前面临的主要挑战是：其是否可以促进脑缺血后形成足够的新生神经细胞，减少新生神经细胞的凋亡，并且促进新生神经细胞形成新的神经通路。丁苯酞作为一线抗脑缺血药，其促神经再生功能为神经保护药提供了新的思路。

三、临床与疗效

目前 NBP 已经广泛应用于急性脑缺血的患者，临床效果良好，年销售额已经接近 50 亿元。除了治疗急性脑缺血病人外，NBP 也被批准临床适用用于治疗血管性痴呆。近来丁苯酞临床上治疗肌肉萎缩性侧索硬化症（ALS）也取的初步结果，并被美国 FDA 授予罕见病候选药物，用于治疗 ALS。

四、展望

多年研究证明，丁苯酞是一个安全有效，机制明确，多靶点的抗急性脑缺血的药物，在“1035 工程”的支持下，得以快速完成基础及临床研究，造福于广大卒中患者，现已成为我国自主研发的最重要的、广泛使用的治疗脑卒中的药物。丁苯酞的研发对我国在该领域的药物研发起到了明显的带动作用，例如，丁苯酞前药的开发已取得可喜的进展，其口服和静脉注射剂型均已完成Ⅲ期临床试验，且已证明安全有效，生物利用度提高了 3 倍，体内转化后无残留物质，注射剂无需助溶，因而避免了赋形剂引起的毒副反应。

王晓良（中国医学科学院药物研究所）

第二节　抗肝炎新药双环醇

双环醇是中国医学科学院药物研究所研制的具有我国自主知识产权的国家一类抗肝炎新药，对多种不同类型实验性肝损伤均有保护作用，其机制与抑制炎症因子、抑制氧化损伤、抗细胞凋亡、改善纤维化等多个靶点及通路的调控密切相关。临床具有临床疗效肯定、口服方便、不良反应少的特点。该药成功地实现了科研成果的产业化，累计销售额 40 亿元，并在 8 个国家进口注册及陆续上市。

一、研究背景

病毒性肝炎是严重危害人类健康的重大传染病之一，而我国是慢性乙型病毒性肝炎（HBV）的高发区。流行病学资料显示，我国现有 9 000 万 HBsAg 携带者，2 000 万慢性 HBV 患者需要治疗。此外，慢性 HBV 患者经 5 ~ 20 年后约 12% 可发展为肝硬化，甚至肝衰竭和肝癌。目前虽有众多药物用于慢性病毒性肝炎的治疗，但多为国外产品。因此，研制具有我国自主知识产权的安全、有效、反跳率低、不良反应小的抗肝炎药是多年来一直是中国医学科学院药物研究所肝药理研究的热点，也是为之不懈努力的目标。

二、研发过程

中国医学科学院药物研究所是最早系统开展以活性天然产物为先导的新药研

发，并取得丰硕创新成果的国家级研究单位之一。20 世纪 80 年代末，通过药理学家刘耕陶和药物化学家张纯真的紧密合作，对联苯类化合物进行了结构 – 活性关系的研究，合成了一系列结构新颖的衍生物。经不同类型的化学和药物性肝损伤模型的活性筛选，发现联苯类衍生物的保肝活性与两个苯环上次甲二氧基的位置、侧链羧酸的长度、两个羧酸基团被羟基还是羧基取代以及两个苯环间的杂环密切相关，最终设计并成功合成了一个侧链被羟甲基取代、活性优于已上市药物联苯双酯的新化合物——双环醇［4，4′– 二甲氧基 –5，6，5′，6′– 双（亚甲二氧基）–2– 羟甲基 –2– 甲氧羰基联苯，Bicyclol］。由于在联苯结构中引入了不同侧链取代基 6– 羟甲基、6′– 甲氧羰基，促进了药物的体内吸收，提高了药物的生物利用度及生物活性。

临床前药效学研究证实，双环醇对于免疫性、化学性、药物性等肝损伤和肝纤维化模型均有明显保护和治疗作用，不仅肝功能生化指标明显改善，肝病理形态学损伤（出血、坏死、炎症细胞浸润、脂肪性病变、纤维化等）也明显减轻。此外，双环醇在体外 HBV 转基因细胞和鸭肝体内模型也显现出一定的抗 HBV 活性。作用机制研究显示：双环醇可通过抑制促炎因子受体及配体（CD14、TLR4 等）的过表达，诱导热休克蛋白，调控炎症刺激诱导的 NF–κB 表达和活性，抑制炎症通路相关促炎因子如 TNF–α、IL–18、iNOS 的过表达，从而发挥抗炎作用；可提高抗氧化物 GSH 和抗氧化酶的活性，清除自由基，抑制 ROS 和 NO 生成，从而发挥抗氧化 / 硝化损伤的作用；可通过清除自由基以维持肝细胞膜（膜电位和流动性等）和线粒体膜的稳定性和功能（ATP 合成等）；可抑制多种信号转导通路诱发的内、外源性细胞凋亡，减轻肝细胞损伤；可通过抑制促纤维化因子（TGF–β）表达和调控多条涉及炎症和纤维化的通路，抑制肝纤维化的形成和发展。综上所述，双环醇的抗肝损伤作用是通过调控与炎症、氧化损伤、细胞凋亡、纤维化等一系列病理过程相关的多靶点、多通路而实现。此外，双环醇对肝癌模型亦有一定的化学预防作用。

三、临床与疗效

1996 年 11 月，双环醇片获得卫生部药政管理局“新药临床研究批件”。1996 年 12 月按照双盲、随机、多中心的 GCP 原则，在北京、上海、广州等多家医院进行了双环醇 I ~ IV 期临床试验研究。健康志愿者的耐受性试验表明，双环醇口服最高剂量（450 mg/d）后未见明显不良反应，也不抑制正常志愿者的转氨酶水平，提示该药的口服安全性和依从性好。2002—2003 年完成了多中心、大样本Ⅳ期临床研究，纳入 40 个城市 68 家医院共 2 200 例 12 ~ 65 岁乙型和丙型病毒性肝炎患者，证实该药服用安全，保肝疗效与Ⅲ期临床试验持平。基于双环醇治疗慢性乙型和丙型病毒性肝炎安全、有效、反跳率较低的临床疗效，2004年9月国家食品药品监督管理局批准正式生产并核发药准字文号。

四、成果与特色

双环醇是我国第一个拥有自主知识产权的抗肝炎新药，已在美国、欧盟等15个国家和我国台湾地区获得专利保护。该药成功地实现了科研成果的产业化，独家转让给北京协和药厂（商品名为百赛诺）。2001年11月8日，人民大会堂重庆厅，“迎接WTO挑战，探索我国创新药物研究开发与产业化之路——国家一类抗肝炎新药百赛诺科研成果发布会”隆重举行，时任全国人民代表大会常务委员会副委员长吴阶平、卫生部副部长黄洁夫、科学技术部副部长李学勇等领导、专家出席并致辞。新闻媒体对该药问世进行了多方位报道，中央电视台科教频道制作了专题片《百赛诺，中国的》。作为创新药物研制里程碑之一，首个具有自主知识产权一类抗肝炎化学新药双环醇研发成功入选当年的中国医药科技十大新闻。2001年2月，“抗肝炎新药双环醇的研究”项目被评为“九五”国家重点科技攻关计划优秀科技成果奖；2005年获北京市科学技术一等奖；2006年获得国家科技进步二等奖。

新药的研发是周期长、投入高、风险大的科研工作，需要多学科的科研人员合作共同努力，方有可能取得成功。从1985年双环醇的合成到2004年获得正式生产，充分展现了药物研究所化学合成、药理、制剂、质量控制等不同专业的数十位专家历经20余年的通力合作和呕心沥血的艰辛研制历程以及协和药厂的后期临床研究的参与，也证实了大胆创新是未来我国创新药物研究重要途径之一。

双环醇上市后，对其药理和临床作用的特点和机制研究并未停止，而是延续至今。根据临床治疗的需求和反馈，开展了双环醇对酒精/非酒精性、缺血再灌注、肝切除术后、药物性（抗肿瘤药、抗结核药、抗生素及调血脂药）实验性肝损伤及急性肝衰竭的保护作用。结果表明，双环醇对上述不同类型肝损伤均有明显的治疗作用。可降低内毒素水平，促进肝再生能力。此外，双环醇在治疗顺铂、雷米封/异烟肼/吡嗪酰胺、阿托伐他汀等引起的药物性肝损伤的同时，不影响上述药物的疗效或体内代谢。根据上述研究结果，双环醇现已申报扩大临床适应证，用于药物性肝损伤，目前正在临床研究中。此外，双环醇上市后的临床研究报道，双环醇与干扰素合用后可增加抗病毒的疗效，减少干扰素的不良反应；双环醇与拉米夫定合用可减少后者停药后的乙肝病毒（HBV-DBA）的反跳率，对拉米夫定耐药者仍有疗效；双环醇与阿德福伟酯或病毒唑（利巴韦林）合用可提高抗病毒的疗效；双环醇治疗肝纤维化患者，治疗前后肝穿刺标本对比，可明显改善肝纤维化、炎症和坏死程度以及血清肝纤维化生产指标；双环醇对酒精性肝炎和脂肪肝亦有疗效。上述研究为后续临床观察和扩大临床应用提供了重要的实验依据。

2005年，双环醇片质量标准转正为国家药品标准，新增规格50 mg获批准文号。2013年和2014年，采用“渗透泵”技术的双环醇缓释片新剂型和双环醇片治疗急性药物性肝损伤新适应证获准开展临床试验。2015年，双环醇及片剂入选《中华人民共和国药典》(简称《中国药典》)(2015年版二部)。为了实现双环醇作为核心产品的技术全面升级和专利延伸保护，北京协和药厂正在与国内一流科研、医疗单位持续开展多项合作，通过双环醇新型制剂的关键技术突破，新适应证的规范临床试验以及作用机制的深入科学研究，为肝病的临床治疗提供更好的用药选择，为“健康中国”助力护航。该药自2001年上市后已累积销售近40亿元。依靠双环醇的品质优势、积极的政策支持和高端的学术交流，协和药厂积极开拓海外市场，特别是前瞻性地瞄准“一带一路”沿线国家，为国产创新药物“走出去”提供了有益经验。从2004年至今，百赛诺（Bicyclol）已在俄罗斯、乌克兰、哈萨克斯坦、乌兹别克斯坦、塔吉克斯坦、吉尔吉斯斯坦、格鲁吉亚、摩尔多瓦等国家和地区进口注册并陆续上市；2014和2017年，百赛诺获得药品检查国际公约组织（PIC/S）成员国乌克兰的GMP证书，标志着该药的生产质量管理水平对接国际标准，产生了重大的社会效益和经济效益。

目前，双环醇基础和临床研究已发表论文480多篇（包括SCI收录期刊51篇、中国科技核心期刊203篇）。该药2004年起先后入选历版国家及各省级基本医疗保险药品目录、军队合理医疗药品目录、十余个省级新型农村合作医疗报销药物目录或基层常用药品清单；2005年起陆续成为国内《慢性乙型肝炎防治指南》《酒精性肝病诊疗指南》《非酒精性脂肪性肝病诊疗指南》《药物性肝损伤诊治指南》《中草药相关肝损伤临床诊疗指南》及《肝炎症及其防治专家共识》等10余项肝病专业指南、共识推荐的一线保肝用药；2016年被列入国家卫生和计划生育委员会发布的病毒性肝炎（甲、乙、丙型）、非酒精性脂肪性肝病、药物性肝损伤等6项肝病临床路径的治疗方案。

百赛诺产业化课题先后列入“1035工程”、2002年北京市高新技术成果转化项目、火炬计划项目和国家高技术产业发展项目、国家重点新产品计划项目，2004年科学技术部“科技兴贸”行动计划项目，2005年“863计划”创新药物和中药现代化重大专项，2006年北京市科学技术委员会科技重大项目、入选《中国高新技术产品目录》，2009年国家“重大新药创制科技重大专项”药物大品种技术改造项目，2010年北京市工业发展资金项目等。自2006年至今，协和药厂获得双环醇相关中国发明专利11件、欧洲和韩国发明专利各1件；“百赛诺”第5类注册商标四度获认定“北京市著名商标”，并已在13个类别注册。

五、展望

双环醇的研究历程充分体现了具有中国特色的产学研协同创新的新药研发模式，积累了丰富的循证医学证据，形成了保肝抗肝炎治疗“中国方案”。双环醇的研制成功将为我国以天然药物为创新药物的重要源头，结合现代药学和生物学研究技术，针对国内外重大疾病，研制具有中国特色的创新药物提供宝贵经验。

李燕、王晓良、庚石山、赵立敏（中国医学科学院药物研究所）
兰　培（北京协和药厂）

第三节　抗癌新药博安霉素

博安霉素（boanmycin）是以中国医学科学院医药生物技术研究所为主研发的我国首创研发的抗肿瘤抗生素一类新药。原称争光霉素 A6，是轮枝链霉菌平阳新变种所产生。其特点是水溶性较强、对肌体的免疫系统和造血系统几乎无损害。属博莱霉素族，但其肺毒性显著低于同类产品。临床研究表明，它对头颈部鳞状细胞癌、恶性淋巴瘤疗效显著，对肝癌也有较满意的疗效。是新一代低毒、高效且广谱的肿瘤化疗产品。

一、研究背景

20 世纪五六十年代微生物药物的应用从抗菌消炎扩展至恶性肿瘤治疗领域。一系列抗肿瘤抗生素被推上临床，但是这些几乎全部属于强烈细胞毒物质，在治疗肿瘤的同时，可引起严重的免疫系统损坏、骨髓造血系统损害以及重要器官消化道，心、肝、肾、肺不同程度的伤害。

20 世纪 60 年代早期，日本学者梅泽滨夫发现了抗肿瘤抗生素博莱霉素，其产生菌为轮枝链霉菌。该抗生素由十余种活性组分组成，主要组分为 A2、B2。博莱霉素对某些肿瘤有较强的亲和力，特别对鳞状上皮细胞组织肿瘤细胞有抑制作用，是一个有效的抗肿瘤药物。它较少损害机体免疫系统和骨髓造血系统，也较少损害消化道、心、肝、肾。但缺点是抗瘤谱不够广，有较严重的肺毒性。肺炎样症状发生率在 10% 以上，有 1% 以上的病人因产生不可逆的肺纤维化而死亡。因此寻找抗瘤谱广，有特点且肺毒性低的新品种是这类药物开发研究的重要目标。

20 世纪 60 年代末，我国菌种专家赵仪英从浙江平阳县土壤中分离出疑似博莱霉素产生菌。后经分类研究订名为轮枝链霉菌平阳新变种。经过发酵产物提取鉴别初步判定与博莱霉素基本一致，并定名为争光霉素。在对争光霉素进行深入研发的过程中，发现争光霉素的组成与博莱霉素不相同。根据国外报道，博莱霉素是个有 10 多种成分的复合物，并且以 A2、B2 为主；争光霉素的活性组分虽也有 10 多种，但其主要组分不是博莱霉素 A2、B2，而是博莱霉素 A5。A2、B2，变成了次要的小组分，这和博莱霉素制剂有重大不同。在天然发酵产物中活性组分 A5 的含量占 50% 以上，A5 组分在博莱霉素制剂中是几乎不存在的小组分，这引起进一步思考，并最终决定走自己的路，开发 A5 组分。

在对单组分争光霉素 A5 进行深入研究过程中，特别是通过与生产企业通力合作、全面深入地成功开发，证明 A5 组分不仅抗瘤作用好、抗瘤谱广，而且肺毒性低，显著优于国外的博莱霉素。被命名为平阳霉素推向生产和临床。平阳霉素作为中国首创、独立开发成功的低毒广谱抗肿瘤抗生素，1982 年荣获国家发明二等奖，1990 年被收入《中国药典》，1994 年列入《国家基本药物名录》。

在深入研究争光霉素过程中，另一个重要的发现是从争光霉素生产菌所产生的活性复合物中分离出了博莱霉素 A6 组分。通过对不同厂家多批次产品进行反复分析，证明博莱霉素 A6 组分的存在都在 10% 左右，最多可达 15%。文献报道日本博莱霉素产生菌只能产生痕迹量 A6 组分，即使往发酵培养基中加入 A6 组分的侧链前体物也依然如此；而其余组分则不同，如果往发酵培养基中加入特定组分的侧链前体物，则这种特定组分的产量比会大幅度上升，其他组分的产生则被抑制。唯有 A6 组分例外，其原因是加到培养基中的 A6 侧链前体物被酶切割分解，A6 的产量仍是痕迹量。这种情况表明争光霉素产生菌能产生 10% 以上的博莱霉素 A6 组分不是偶然的。它表明两种产生菌的代谢特点有重大不同，即该菌种不具有 A6 组分侧链的切割酶；还表明利用该菌种有可能把 A6 组分开发成为中国独有的新药。

二、研发过程

博莱霉素 A6 组分原是平阳霉素生产中下脚料中的一个活性组分。通过与平阳霉素生产企业天津市河北制药厂合作，从平阳霉素生产的发酵产物中分离得到博莱霉素 A6 并进行深入研发，发现 A6 组分确是一个抗瘤作用好，毒副作用低，尤其肺毒性显著低于博莱霉素和平阳霉素的好品种。特别值得重视的是在甄永苏院士指导下发现 A6 组分在动物体内对肝癌有良好的治疗效果，为以后将 A6 组分用于临床肝癌治疗提供了坚实的实验基础。天津市河北制药厂对研发材料样品的提供、质量标准的制定、临床制剂的制备以及临床研究的投入也做出了不少贡献。

A6 组分原来只是平阳霉素发酵产物中的一个小组分，约占 10% 左右，而平阳霉素的发酵水平本来就很低，要把发酵工艺提高到有经济意义的生产水平有很大的难度。因此提高平阳霉素的发酵水平和改进提取分离工艺以提高收益是一直被关注的重点。实验证明，通过往发酵培养基中加入前体物，A6 组分的产量比在活性复合物中可以提高到 50%～60% 甚至更高。这个试验结果确切的证实了当初的推测：该菌种确实不同于博莱霉素菌种。不但通过在发酵培养基中加入前体物可以大大提高 A6 组分，在活性产物中所占的比例从 10% 提高到 60% 以上，而且活性组分的组成也大大简化，变成了只有 3 个组分，A5 组分变成一个小组分。同时发酵总活性提高 5 至 6 倍。通过菌种选育，发酵工艺和提取纯化工艺整体调整、改进、优化整合，特别是去除了引致发烧的杂质。最终使 A6 的总收率有了数十倍的提高，质量也大为改善。但 A6 组分的前体物要从国外进口，价格昂贵（每公斤价格七万多元），不适合规模化生产。据文献报道，其合成条件苛刻、收率又只有 20% 以上，因此实验室不具备自己合成的条件。幸运的是药物化学所戴敦华教授以其独具创意的工艺改革，通过反复实验成功地解决了问题。该工艺不但条件简单、收率还可达 80% 以上，为 A6 组分高产率规模化生产开辟了光明的前景。

三、临床与疗效

20 世纪 80 年代末正式申报临床，将 A6 组分命名为“博安霉素”。1993 年开始，临床研究由医科院肿瘤医院主持完成。在 429 例各种晚期恶性肿瘤中，有 424 例可评价疗效。主要病种是头颈部癌、恶性淋巴癌、肺癌、肝癌、食管癌和乳腺癌等共 400 例，占全部病例的 93.2%。包括单一用药 168 例，联合用药 256 例。其中尤以对头颈部癌，恶性淋巴癌疗效突出。对肝癌的治疗单一用药介入治疗肝癌和肝转移癌 65 例，有效率 30.8%。联合化疗介入治疗肝癌和肝转移癌 38 例有效率为 42.1%。在临床统计的 430 多例中，最重要的副作用为不同程度的发热，未发现显著肺毒性表现，未发现对肌体免疫系统和造血系统的明显损害，特别是在单一用药的病例中。

博安霉素的临床结果表明：在诸多抗癌药中博安霉素是少有的水溶性化合物之一，也是少有的对免疫系统和造血系统无损害的药物；博安霉素是临床在用的同类药物中肺毒性最低的一个；在肝癌治疗中，博安霉素对肝癌有较为满意的疗效，尤对早期肝癌疗效十分满意；其对晚期肝癌则能显著地降低病人的痛苦、改善病人的生活质量。

博安霉素首先获批的适应证：头颈部鳞癌。待扩展的适应证：淋巴瘤、肝癌、肺癌、乳腺癌、宫颈癌、肠癌及消化道癌。还有除对恶性肿瘤以外，对良性肿瘤如包括肝血管瘤在内的各种血管瘤以及各种外用的疑难杂症。如尖锐湿疣、黄色眼睑瘤、翼状胬肉等都有可能扩展为博安霉素新的适应证。

四、成果与特色

1. 产生博安霉素的菌种是具有不同代谢特质的新种。
2. 博安霉素生产中作为能大幅度提高产率的前体物合成工艺获得了重大突破。
3. 博安霉素是经生物学结构改造的成功典范之一，是我国发明的一类新药。
4. 值得向国外推销，特别是向“一带一路”国家推广。

以中国医学科学院医药生物技术研究所为主研发的新抗肿瘤抗生素博安霉素从 20 世纪 80 年代早期立项，经过长期艰苦的努力和企业的合作，得到了自然科学基金，卫生部新药基金、国家自然科学基金、“九五”和“十五”专项攻关课题以及“863”重大抗生素发酵工程专项基金资助，特别是在国家科委“1035 工程”的资助下，终于在 2004 年获得国家一类新药证书和生产批文。高产率博安霉素发酵法专利也获得授权。整套工艺得以完成并实现了产业化。2016 年前后，有两家企业获生产权注册投入生产。

五、展望

博安霉素类化合物由于在广大的抗癌药中是水溶性的，又具有不损害肌体免疫系统和造血系统的特点，且抗瘤谱广、疗效好、毒性低。因此它值得，也容易与来源于中药系统中有效、低毒的抗癌成分联合或接合，以得到更优良的品种。

许鸿章（中国医学科学院医药生物技术研究所）

第四节　抗细菌感染疾病的半合成新药依替米星

江苏省微生物研究所（新药研究室）自 20 世纪 80 年代初就致力于氨基糖苷类抗生素（AG）的研究，首创建立了一套通过遗传学途径筛选获得新抗生素产生菌的方法，以新颖的生物技术手段，设计了一套将新抗生素筛选与菌种选育结合的方式成功筛得目标新菌种，如小诺霉素（MCR）、西索米星（SISO）和庆大霉素 C1a（GMC1a）单组分及产生庆大霉 B 等生产菌种。其后以庆大霉素 C1a 化合物为母核，进行了有目标的结构改造，在其 1-N 位上引入了乙基，获得了一个高效，低毒，抗耐药菌（包括临床分离的 MRSA）有临床价值的半合成一类新抗生素——依替米星（Etimicin，ETM）。该新药拥有自主知识产权，获中国发明专利和美国、英国、日本、俄罗斯、哈萨克斯坦等国际专利。

一、研究背景

依替米星的研究始于国家新药研究基金设立之初，自我国加入药品知识产权保护国际组织后，新药的研制从重仿制药物逐步转型为药物创新研究为主方向的新时代。依替米星属氨基糖苷类抗生素（AG），此类抗生素由于其独特的药理特点，其与头孢类抗生素等药物的联合应用的协同作用，一直是临床上重要的抗感染药物和治疗严重感染、免疫缺陷者等感染联合用药的常用品种。由于这类抗生素长期使用产生的耐药性和可能对易感病人引起的耳、肾毒性，使人们对研制高效、低毒、抗耐药菌的新药物引起高度关注。

对氨基糖苷类抗生素的结构改造是获得新抗生素的有效途径，国外学者虽已成功地将卡那霉素（KM）改造成阿米卡星（AMK）；西索米星（SISO）改造成奈替米星（NTL）；但对庆大霉素（GM）的结构进行改造以获得新抗生素并应用于临床尚无先例。依替米星系由江苏省微生物研究所（新药研究室）独立自主研究发明的新药，属国际首创的抗感染新抗生素。由于该新药具有高效、低毒、抗耐药菌（包括临床分离的 MRSA）等特点已成为临床治疗细菌感染的新药，拥有自主知识产权。

二、研发过程

江苏省微生物研究所新药研究室根据氨基糖苷类抗生素（AG）化学修饰的构效关系，构建了以庆大霉素 C1a 为母核进行结构改造创制一类新药的思路，设计制定了一类新药依替米星的研究目标。

首先选择一个合适的母核化合物——庆大霉素 C1a（GMC1a）：庆大霉素系一个多组分抗生素，主要组分为 C1、C2 和 C1a，根据对庆大霉素各个组分的抗菌活性和毒副作用的研究结果显示庆大霉素 C1a 是其中一个抗菌力强，毒性较低的组分，而庆大霉素 C1a 单组分高产菌种的成功筛得为母核化合物提供了可靠保障。其次进行了有目的结构改造：在 GMC1a 化合物 2-DOS（2- 脱氧链霉胺）的 1-N 位上引入乙基以期获得一个毒性低、抗耐药菌的有价值的一类新药依替米星。

（一）GMC1a 高产菌株的选育

在 GMC1a 单组分菌种筛选中，设计采用遗传学途径筛选，结合发酵产物进行薄层层析和纸层析 – 生物显影的早期鉴别手段，根据庆大霉素（GM）– 小诺霉素

（MCR）生物合成代谢途径成功筛得在 C– 甲基化和 6′–N– 甲基化阻断的代谢阻断型突变株 JIM–202，即专利菌株，国家菌种保藏中心保藏号 –CGMCC N0 0197。该菌株发酵产物经 UV、IR、NMR、MS 四大谱等测定，确认其为 GMC1a。研究人员应用控制代谢流的调控原理，设计建立磷霉素（细胞壁合成抑制剂）超敏突变株筛选模型，成功筛得 GMC1a 效价较亲株有大幅度提高的高产生产菌种，以此单组分高产菌种发酵、提取、精制获得大量高纯度母核化合物、供合成新药依替米星。

（二）合成工艺的攻关研究

最初的非保护合成工艺制得的目的产物杂质多，纯度不理想，合成收率低下，无法达到新药的质量要求和产业化生产的技术需要。为了使合成工艺既切实可行，又能满足产业化生产和新药严格的质量控制的目标。科研人员设计了双基团保护的二步法合成新工艺，能专一性地在 1–N 位上引入一个乙基；又创新采用离子交换树脂从三乙酰化反应液中有效地提取中间产物；其后又采用本所发明的大孔吸附型树脂分离专利技术分离、精制反应中间体和目的产物，制得了符合新药质量要求的高纯度新抗生素依替米星。

（三）依替米星质量监控和新药质量标准的研究

依替米星系一类创新药物，国内外药典均无可参考的新药质控标准，研究人员在进行工艺研究的同时，研究制定了中间产物及新药依替米星的鉴别和质量检测方法（薄层层析、高效液相层析等），为工艺控制、质量监控提供了科学依据。为了质控需要，研究制备了高纯度依替米星基准标准品，研究并制定了一类新药依米星的质量控制标准，提交中国检定所抗生素室审核确定，我所提供的新药依替米星基准标准品已由中国检定所定为国家标准。本项发明技术整体上达到了国际先进水平。

三、临床与疗效

在完成依替米星工艺技术研究同时，按一类新药要求制备了供药理，毒理，临床研究所需的药品。由新药研究基金办公室主持协调，国内知名药理、毒理和临床研究基地和实验室协作进行了含有依替米星药用组合物（依替米星水针剂，依替米星无菌冻干粉针剂）的药理、毒理和各期临床试验。各项实验方案均经卫生部，国家医药局（现为国家药监局），国家科委等相关职能部门领导和专家的严格审核和确定。

药效学研究表明，该新药对临床分离的 1 106 株致病菌（革兰阳性菌，革兰阴性菌），半数以上的最低抑菌浓度（MIC）≤ 1 mg/L。对耐药菌有较好的抗菌作用，半数以上耐药菌对依替米星的敏感浓度≤ 8 mg/L（在其安全有效的血浓度范围内），对 66% 的中高度甲氧西林耐药金葡菌（MRSA）有效（所需依替米星血药浓度为 0.5 ~ 8 mg/L，而庆大霉素则无效），新药依替米星与氟氧头孢（FMX）1 : 1 联合，对高度耐药的 MRSA 有良好的抗菌疗效，优于去甲基万古霉素（NVM）和阿贝卡星（ABK），具有重要的临床实际意义。显示依替米星是一个高效的抗感染新抗生素。

依替米星按国家一类新药的技术要求和规范，进行了各项药理，毒理试验，尤对此类抗生素可能产生毒副反应的靶器官——耳和肾，更是严密深入地进行研究和考察。药理、毒理试验选用了庆大霉素（GM），丁胺卡那霉素（AMK）和美国先令公司进口奈替米星（NTL）针剂为对照药。

肾毒性试验仅见个别肾功能指标异常（停药后恢复正常），病理形态上仅有轻微变化，其肾毒性比庆大霉素低得多。耳毒性试验未见耳蜗损害；也未见前庭损害。而同剂量对照药均出现不同程度耳蜗听毛细胞缺损，庆大霉素更是出现外毛细胞全部消失和听力损害的情况。研究表明本品对耳蜗和前庭毒性极其低微，是所试验的氨基糖苷类抗生素中最低的一个，耳毒性顺序为：GM > AMK > NTL ≫ ETM。本品进行的长期毒性试验结果也表明依替米星是一个安全的新药。其三致试验结果呈阴性，其生殖毒性试验也证实依替米星的安全可靠性。

新药依替米星的剂型主要为水针剂（商品名：悉能），无菌冻干粉针（商品名：爱大），其后又开发了大输液剂型。

依替米星各期临床试验按国家一类新药的技术规范进行，对照药品为美国先令公司的奈替米星水针。Ⅱ期临床 ETM 水针（悉能）、粉针（爱大）完成临床病例 407 例（对照 NTL202 例）；Ⅲ期扩大临床试验 ETM（悉能，爱大）共完成临床有效病例 4 000 例。Ⅱ期临床试验中本品（ETM）临床总有效率 87.3%，对照药 NTL（先令产品）87.1%；细菌清除率 ETM89.7%，NTL88.7%。毒副作用较小，尤其耳、肾毒性较低，临床取得了满意的疗效。Ⅲ期临床试验结果表明：依替米星二种剂型的临床总有效率水针（悉能）89.06%，粉针（爱大）91.8%；细菌清除率悉能 89.1%，爱大 91.7%；总不良反应发生率悉能 4.36%，爱大 4.33%。

以上临床试验经卫生部，国家医药局等相关职能部门和临床专家组审评，认为依替米星作为我国自行开发的国家一类新药，经Ⅱ期、Ⅲ期临床试验结果证实依替米星为氨基糖苷类抗生素中毒性较低、安全有效的新品，值得重视并推广应用。

四、成果与特色

依替米星 1997 年获新药证书和生产批文，同意在无锡山禾药业公司和杭州爱大制药有限公司被许可实施专利，生产新药依替米星。

“一种含 1–N– 乙基庆大霉素 C1a 或其盐的药用制剂及制备方法”申请的发明专利已获中国发明专利证书（ZL 931 12412.3）和 PCT 国际专利［英国专利（UK GB 2 293 383 B）、美国专利（US 005814488A）、俄罗斯专利（No 2180226）、日本专利（特许第 3578766 号）、哈萨克斯坦专利（No 12509）］。依替米星发明专利 1999 年获中国专利优秀奖，江苏省优秀专利奖和十佳专利奖。新药研究项目 1997 年获国家医药局新药研制一等奖，这系新药研究基金设置十余年来（1980–1997）所资助的 382 项新药基金项目中唯一获得一类新药证书的半合成抗感染新抗生素。1998 年获卫生部颁发的吴阶平 – 保罗·杨森奖。2001 年一类新药“半合成新抗生素依替米星”获国家科技进步二等奖；江苏省科技进步一等奖。

该新药研究先后被列为：国家新药研究基金重点项目（编号 89–07）；国家知识产权保护新药重点项目（编号 94–ZD–03）；江苏省“九五”重大科技攻关项目（编号 BG–96013）；依替米星产业化项目得到科技部、江苏省科技厅、江苏省知识产权局、无锡市政府的大力支持和指导。为了促进新药产业化，依替米星产业化项目被列入“1035 工程”。

“年产 2 000 十亿依替米星项目”被国家经贸委、国家计委列为高新技术示范工程（投资 1.5 亿元，已在无锡市新区竣工投产）。同时江苏省微生物研究所又以该新药的专利成果参股，与江苏阳光集团、江阴高科技发展公司等单位合作创建常州方圆制药有限公司，该企业按国家 GMP 标准建设，从原料药到制剂生产整体通过 GMP 认证，企业通过了 ISO14001 国际双认证，形成年产 4 800 十亿硫酸依替米星原料药和制剂生产线，以及一流的质量检测中心。“常州方圆”获新药批文以来的二年中累计销售达 1 亿元，创利税 2 000 元，企业资产增值一倍。其生产的依替米星（商品名：创成），被评为国家重点新产品。

其后，江苏省微生物研究所又向杭州爱大制药有限公司许可依替米星大输液剂型，并获新药证书和生产批准文号。该新药又获准在江西、海南等地的制药企业生产，创造了巨大的经济效益和社会效益。新药依替米星的研发成功将为提升我国医药行业的创新能力，加快产业结构调整，促进社会发展做出贡献。

五、展望

20 世纪 40 年代美国人瓦克斯曼发明了第一个氨基糖苷类抗生素——链霉素并应用于抗感染和肺结核病，50 年代在日本发明了卡那霉素，继后由该国的梅泽滨夫利用半合成方法发明了丁胺卡那霉素（正式名为阿米卡星），从此开创了对付耐药菌的先河。此后，美国先令公司用半合成方法将西梭米星改造成奈替米星，从而大大地提高了对耐药菌的抵抗能力。但对庆大霉素的结构改造获得新型抗生素未见报道。我国发明的依替米星尚属首创，这一发明大大地提高了人们战胜耐药菌的能力。相信对庆大霉素 C1a 其他部位的修饰，会对其他高度耐药病菌如对耐碳青霉稀耐药菌、鲍曼不动杆菌、沙雷氏菌属、克雷伯菌、肠杆菌科等耐药菌有较好的抗菌治疗作用；新抗生素西梭米星（plazomicn）半合成成功，即为一个很好的范例。因此对庆大霉素类半合成抗生素的继开发，仍然会具有广阔的前景！

赵敏、范瑾（江苏省微生物研究所有限公司）

第五节　抗皮肤病新药乙氧苯柳胺

乙氧苯柳胺是皮肤科领域为数不多的一类新药和非激素类药物之一，它具有抗组胺及抗炎作用，治疗痤疮效果良好，对瘙痒症、湿疹、过敏性皮炎等皮肤病也有效。与以往的皮肤病治疗药物相比，乙氧苯柳胺为非激素类药物且只有轻微的局部不良反应，可望避免甾体激素类药物长期应用带来的尿潴留、肾损伤等毒副作用。它的研发成功不仅给予皮肤病患者更好的选择，还体现了我国新药创制方面的不断进步。

一、研究背景

皮肤病在我国是常见病，发病率较高。有些皮肤病不易根治，易反复发作，病种繁多且病因不明居多，具有治疗困难的特点。痤疮是一种常见的慢性炎症性皮肤病，在青少年中的发病率达到 80% 以上，全球疾病负担研究组估计痤疮的人群发病率可以达到 9.4%。痤疮已成为了全球常见病之一，给患者及家庭都会带来很多身体和经济上的负担。痤疮发病部位以颜面部为多，也可见于胸背部，自觉稍有瘙痒，病程往往此起彼伏，新疹不断继发，可持续数年。痤疮虽不影响人体正常生理机能，但若治疗不当，易导致色素沉着、瘢痕疙瘩残留，对患者的外观和心理造成很多不良影响，导致患者生活质量下降。因此，合适且有效的痤疮治疗方法显得尤为关键。

用于治疗痤疮的药物有口服和外用两大类。口服的治疗痤疮药物主要有维甲酸类药物、抗菌类药物和激素类药物等。口服的维甲酸类药物主要用于重度痤疮，但有致畸作用；口服的抗菌药物适用于中、重度痤疮患者，但易产生耐药性；口服激素类药物中抗雄激素类药物用于女性患者，但长期使用会引发高胰岛素血症。外用药物的优势在于可以直接作用于患处，减少系统吸收，增加毛囊皮脂腺单位的药物浓度，但对局部皮肤刺激大。

湿疹、皮炎，也是皮肤科最常见一类疾病，临床表现慢性、反复发作，患者由于瘙痒和皮损经常影响正常的工作和休息，外用疗法尤其是皮质激素类药物，以其方便的特点更多地被采用。激素类外用药的优点在于局部涂敷能很快缓解炎症、减轻瘙痒，但多数患者长期反复大量使用激素，在症状缓解的同时，造成的皮肤毛细血管扩张、皮肤萎缩、色素沉着、多毛甚至引发或加重感染以及影响小儿生长发育，并可形成一定的依赖性造成停药反弹。

二、研发过程

在我国民间，一直流传着一种“验方”——用酒浇感冒药片来治疗腹泻。1983 年，大庆油田总医院在临床应用此验方十余年并且拥有良好的治疗效果后，开始寻找主要的治疗成分，并从酒浇感冒药片的残渣中分离出了 6 个单体。经过沈阳药学院（1994 年更名为沈阳药科大学）对其中含量最高的一个结晶单体进行了光谱分析，由沈阳药学院的刘百里老师进行该结晶单体化学合成，得到了结晶 N 的化合物，并命名为益肤酰胺。

接下来，对益肤酰胺开展了更深入的研究工作。辽宁省药物研究所冯玉书教授对酒浇药片残渣中分离出的 6 个单体做了抑制肠蠕动实验。结果表明，6 个单体中有两个化合物有抑制肠蠕动作用，而其中含量最高益肤酰胺恰恰没有。经查阅了大量的科技文献后，他在日本的“昭 52—110835”上查到了与益肤酰胺同结构类型的具有免疫和抗炎活性化合物。

1987 年该研究获得了国家新药研究基金资助。经过一年的努力终于探索出一条比较成熟的工艺合成路线。因为工艺缜密，一举放大成功，为后续工作提供了可靠的保障和积累了试验数据。接着，对处方设计、溶出度、原料和制剂的初步稳定性进行了周密系统考察。只有药效研究一直没有突破。

在沈阳药学院和国家医药管理局新药管理中心、新药审评专家们的帮助下，计志忠在人力、物力、实验条件方面给予了及时的支持和指导。安徽医科大学徐叔云教授协助设计了益肤酰胺的药效学试验方案——根据免疫抑制与抗变态反应的相关性，设计了该药的抗变态反应及抗炎药效学实验方案，科学地证实了益肤酰胺具有抗变态反应活性和抗炎活性。与此同时，中国医学科学院南京皮肤病研究所吴绍熙教授也证实了益肤酰胺的抗痤疮酸杆菌活性，并对局部用药的毒性反应作了科学的评价。1990 年 11 月，课题组再次申请新药基金资助时，该药一举从 C 类跃升到 A 类，获新药基金资助 20 万元。

根据该药的药效学特征，沈阳药学院药剂科研室孙淑英老师帮助确定了软膏剂型，并于 1991 年 7 月向辽宁省卫生厅申请进行临床试验，同年 11 月向卫生部药品审评中心申请临床试验。卫生部在批复的同时，提出了在体内起活性作用的是益肤酰胺，还是在体内的代谢产物水杨酸的问题。后在原白求恩医科大学李章教授和原浙江医科大学卞如廉教授的鼎力支持下，科学地论证了该药低剂量比水杨酸高剂量的抗变态反应活性还强，确认了起抗变态反应作用的主要是益肤酰胺。至此，临床前的研究工作全部结束。经国家新药研究管理中心推荐引导，山东新华制药股份有限公司获得了益肤酰胺（后命名为：乙氧苯柳胺）及其软膏剂的生产批件。

三、临床与疗效

1993 年 12 月，经过 471 例临床，结果显示该药完全可以代替长期以来在国内外广泛用来治疗变态性反应皮肤病的甾体药物。该药的安全性评价显示：乙氧苯柳胺只有轻微的局部不良反应，可望避免甾体激素类药物长期应用时带来的尿潴留、肾损伤等毒副作用。

四、成果与特色

1996 年 6 月，沈阳药科大学、大庆油田总医院和山东新华制药股份有限公司共同申请新药证书和生产批文，于 1997 年 6 月 2 日获得批准，该药正式命名为乙氧苯柳胺（商品名：艾迪特）。乙氧苯柳胺为皮肤病外用药，具有抗组胺及抗炎作用，治疗痤疮效果良好，对瘙痒症、湿疹、过敏性皮炎等也有效，且无明显不良作用。

目前皮肤病药物市场全球规模达 110 亿美元，国内总量 150 亿元以上。皮肤病总患病率 1.32%，有 1 600 万人经常受皮肤病困扰。现阶段，皮肤科外用药中皮质激素类药物占据较大的销售比重，具有抗炎、抗过敏作用的非激素化药在临床中属于稀缺品种。因此，乙氧苯柳胺在皮肤病领域具有明显优势，具有巨大的市场潜力。

在乙氧苯柳胺研发过程中，国家新药基金给予了大力支持。1987 年，乙氧苯柳胺获国家新药基金资助 3 万元。1990 年 11 月，乙氧苯柳胺获国家新药基金资助 20 万元。后又获得了“1035 工程”的资助。

五、展望

乙氧苯柳胺的创制成功不仅仅反映了刘百里老师和同事锲而不舍的努力，而且还见证了我国新药创制方面的不断进步。相信伴随着我国科研水平不断地提高，技术的不断进步，会有越来越多的创新药问世，从而推动世界医药事业的发展进步。

陈国良（沈阳药科大学）

第六节 抗心律失常新药盐酸关附甲素

盐酸关附甲素（acehytisine hydrochloride，Guanfu base ahydrochloride，GFA）是治疗阵发性室上性心动过速和室性心律失常的有效药物，2005 年 8 月盐酸关附甲素及其注射液获得国家食品药品监督管理局颁发的西药一类创新药证书（国药证字 H20051128/9）和生产批件（国药准 H20051679/80）。关附甲素是从关白附中分离得到的 C_{20} 二萜生物碱。关白附为毛茛科乌头属植物黄花乌头（*Aconitum coreanum*（Lèvl.）Rapaics）的块根，属常用中药，我国本草记载关白附具有祛风痰、定惊痫和散寒止痛作用，主治心痛血痹、中风痰壅、口眼歪斜、癫痫和偏头痛。

一、研究背景

抗心律失常药物研究进展较快，临床应用的药物已近 20 个品种。应用较早的有普鲁卡因胺、利多卡因等。由于副作用的影响，目前用量减少。进入 20 世纪 80 年代后，普罗帕酮、氟卡尼相继应用，该类药物可直接作用于细胞膜而发挥作用，是具有较强活性的钠通道阻滞剂。20 世纪 90 年代初，吡美诺、尼非卡兰等药物在日本上市。正当人们对抗心律失常药物充满信心的时候，美国进行了规模抗心律失常药物抑制试验，得到的结果却是抗心律失常药物组死亡率明显上升，世界上由此注意到抗心律失常药物有促心律失常的问题，药物治疗未必获益，从此抗心律失常药物进入低谷。从我国抗心律失常药物使用结果看，应用成熟的药品与国外差距较小，在室性心动过速用药中普罗帕酮、索他洛尔占有主导地位。但我国缺乏自主研制的抗心律失常药物，结合深远的中药文化背景，使从中草药中寻找抗心律失常活性成分成为可能。

二、研发过程

从 1978 年起，南京药学院（1986 年更名为中国药科大学）刘静涵老师就开始了关附甲素的研究。1981 年采用乙醇萃取的方式从关白附中分离并鉴定了 C_{20}

二萜生物碱关附甲素的结构，1993 年盐酸关附甲素原料药提取工艺成功获得国家专利。关附甲素质量标准的研究中，随着液相色谱的发展和普及，建立了高效液相色谱法来测定盐酸关附甲素的含量及其有关物质。深圳大佛药业有限公司从 1994 年开始介入开发，为关附甲素下阶段的研究提供了一定的保障。

提取出关附甲素后，首先进行了“三致”实验（致癌、致畸、致突变），该实验过关后课题组着手准备对关附甲素进行药理活性实验。根据我国药学巨著《本草纲目》中对关白附（白附子）的记载：白附子主治心痛血痹，又重新做了心脑血管方面的活性实验，结果显示关附甲素具有抗心律失常活性，可对抗高钙、结扎冠状动脉及乌头碱诱发的室性心动过速和心室颤动、乙酰胆碱诱发的心房扑动和心房颤动，并可浓度依赖性降低对心肌快反应动作电位的最大速度（Vmax）。使用膜片钳全细胞法证明：该药具有抑制快反应心肌细胞的 Na^+ 内流为主的多离子通道的作用，是一个较好的抗心律失常的天然产物。

为了确保新药的安全和质量，借鉴国际认可的医药标准和规范，对研发过程中的临床前药品安全性研究、临床试验、质量标准、临床血药浓度标本等各个环节都实行了严格的控制。

首先进行动物药效学实验，包含离体试验和在体试验两部分。离体试验结果显示盐酸关附甲素（GFA）对大鼠离体心脏冠状动脉结扎诱发的心律失常有保护作用，与利多卡因作用相似；GFA 可抑制低钾高钙诱发的离体大鼠心脏室速及室颤，与维拉帕米作用相似。在体试验结果显示与利多卡因作用相似；GFA 能对抗氯化钙诱发的大鼠室颤和减少死亡率，作用与维拉帕米相似。临床试验结果亦表明该药具有明确的抗心律失常作用。1994 年，在完成了常规的动物试验后，又进行了清醒狗的最大耐受剂量的研究，并且同步观察心电图的变化，进一步说明了应用的安全性。

之后进行了动物安全性实验，研究结果表明：盐酸关附甲素可以拮抗多种动物模型所致的心律失常，包括室颤、室速、房颤。经专家反复论证及国家药品审评中心批准同意盐酸关附甲素作为抗心律失常药物进行临床研究。

三、临床与疗效

1995 年 7 月关附甲素被批准进入Ⅰ期临床研究。首先要进行的就是临床安全性试验，由当时北京阜外心血管病医院负责。由于紫花乌头中含有的毒性较大的 C_{19} 二萜生物碱（如乌头碱等），这让很多人对黄花乌头块根关白附中分离得到的单体化合物关附甲素也产生了一些质疑。I 期试验是在完全没有人类应用经验的情况下进行的，而且当时我国的临床试验处于起步阶段。为了保证试验的科学性和受试者的安全，负责人亲自守在受试者床边，观察用药后的反应，直到确认安全为止。临床血药浓度的测定是在北京采样当天回南京进行测定，这才解决问题。

根据《新药临床试验指导原则》中有关抗心律失常药物的规定，Ⅰ期临床试验分为耐受性试验研究、耐受性补充试验研究、电生理作用研究、血流动力学作用研究、人体药代动力学研究5项。Ⅰ期临床试验于1998年12月结束。试验证明正常人对盐酸关附甲素注射液的耐受性较好，副作用轻微；对心脏不同组织有一定的电生理效应；在血流动力学方面无明显的不利作用；其药代动力学具有分布快而消除半衰期较长的特点等。因此该药有可能具有临床抗心律失常的使用价值，且耐受性很好。

1999年3月获国家药品监督管理局Ⅱ期临床试验的批文专利号（专利号ZL93110509.9）。同年7月获国家药品监督管理局“关于同意盐酸关附甲素Ⅱ期试验方案的批复”。1999年中国宝安集团及武汉马应龙药业集团控股深圳大佛药业有限公司决定开发盐酸关附甲素。2000年4月得到中国医学科学院阜外医院伦理委员会的批准进行临床Ⅱ期试验。在Ⅱ期和Ⅲ期试验开始时，我国刚刚实行GCP，由于基础薄弱，各项配套规定不成熟，一切都没有经验，尤其是没有我国自行设计的随机双盲试验的经验。是否采取这一科学的方法，成了当时一个重要的议题。在牵头单位和各协作中心的共同努力下，终于制定了切实可行的方案。中国药科大学生产出了试验用的双盲药品。另一方面，由于黄花乌头药材较难获得，同年还进行了黄花乌头栽培种植技术的研究并取得成功，实现了规模种植，从而又解决了药材的来源问题。

2000年5月至9月，完成Ⅱ期预实验，包括27例SOP试验，23例VOP试验。之后进行Ⅱ期临床正式试验。2001年10月至2003年12月完成盐酸关附甲素注射液终止阵发性室上性心动过速随机双盲对照多中心试验（SB试验，203例）；2001年10月至2004年2月完成盐酸关附甲素注射液治疗室性心律失常多中心随机双盲试验（VB试验，201例）；2000年10月至2002年10月完成电生理作用试验（EP试验，15例）。

Ⅲ期临床正式试验包括两个部分，2000年10月至2003年12月完成盐酸关附甲素注射液终止阵发性室上性心动过速随机开放对照多中心试验（SO试验，加入预试验的27例共210例）；2000年10月至2003年8月完成盐酸关附甲素注射液治疗室性心律失常多中心随机开放试验（VO试验，200例）。

全国11家临床药理基地或三级甲等医院参与了Ⅱ期、Ⅲ期的临床试验研究。并且在Ⅲ期临床试验时，制定了一系列符合GCP的管理条例，包括盲法和随机方法、不良事件和报告程序、伦理委员会及GCP原则、试验质控、监查与稽查、试验药品管理、中期分析SOP、每项试验的操作细则等。在人体进行的Ⅱ、Ⅲ期临床试验中共观察了852例患者（其中盐酸关附甲素组患者53例），未见QT、

QTc 延长，无促心律失常作用，无严重不良事件，耐受性及安全性好。Ⅰ、Ⅱ、Ⅲ三期临床历时近十年，由 11 个临床基地按方案实施。

2004 年临床试验结束。2005 年 8 月，抗心律失常药盐酸关附甲素及其注射液获得国家食品药品监督管理局颁发的西药一类创新药证书（国药证字 H20051128/9）和生产批件（国药准 H20051679/80）。

2007 年，中国医学科学院阜外医院负责继续开展Ⅳ期临床研究试验，试验参加单位分布在全国 20 个省（自治区、直辖市）的共 69 家二级甲等以上的医院。每家医院观察病例数 10 ~ 20 例，其中三甲医院占 90%，国家药品临床基地单位占 33.33%。Ⅳ期临床同样遇到病源较少等困难。

四、成果与特色

盐酸关附甲素疗效肯定，不良反应少且轻微，充分显示了天然药物的优越性。不同于现有的临床常用抗心律失常药物，盐酸关附甲素及其注射液是我国自行研制并具有自主知识产权的抗心律失常一类创新药，更是第一个从天然产物中开发的用于抗心律失常的一类创新药。该药符合《中国药典》（2000 年版）和现代质量控制的要求，原料药达到 98.0% 以上纯度，其提取分离和精制的技术达到了国外一类新药的要求。它的成功是我国药学科学家在世界医药史上又一个重大发现，改变了我国抗心律失常药物长期依赖于化学合成药物，且新型药物只有依靠进口的局面，为我国抗心律失常药物的开发开辟了一条新的道路。同时，提升了我国中药研究及生产的现代化水平、缩小了本行业与国际前沿水平的差距，这对增强我国医药产品在国际市场上的竞争力以及提高我国医药行业在国际上的地位具有重要的意义。可以说，盐酸关附甲素的研发成功为中药现代化提供了思路，是中药现代化的成功范例之一，证明了在心血管领域实现中药现代化是完全能够成功的。该研究获得了“七五”国家重点科学技术项目（75-63-01-2）、“1035 工程”（96-901-01-83）的支持与资助，使得盐酸关附甲素的Ⅱ、Ⅲ期临床试验能够顺利进行，并最终获得国家食品药品监督管理局颁发的西药一类创新药证书和生产批件；后又获得了“十五”期间国家“863 计划”、“创新药物和中药现代化”重大专项（2002AA2Z3102）以及滚动资金（2004AA2-Z3820）的资助，使盐酸关附甲素及其注射液的深入研究得以顺利进行。

五、展望

近年来中医学者对心律失常的治疗做了大量的研究，显示出中医药治疗此病的潜力和优势，在利用现代医学研究方面，也有极大的进展。从临床到试验研究，从整体到细胞分子水平，都已开始做一些有益的探索。GFA 是我国自主研发的抗心律失常的新药，截至目前已有大量的基础试验和临床试验证实了其有广谱的抗心律失常作用，GFA 具有较好的抗心律失常作用，且不良反应较少，但有关该药治疗心律失常的分子生物学机制尚未十分明确，仍然需要进一步研究，为临床广泛应用提供试验基础与理论依据。今后还将对盐酸关附甲素进行更深入地研究，使它获得更多经济效益，并走向国际市场，造福人类。

抗心律失常药物的研究一直没有停止，每一个新药的研究都是一个长期的过程。以满足临床需求为导向，可鼓励市场短缺和创新药品的研发生产。根据国内外抗心律失常药物主导品种分析，抗心律不齐药物市场十分可观。盐酸关附甲素在治疗抗心律失常疾病的创新性和潜在市场价值是不可比拟的。

刘静涵、卢祎萌、赵盼盼、汪豪（中国药科大学）

第七节　抗肠道蠕虫新药三苯双脒

三苯双脒为中国疾病预防控制中心寄生虫病预防控制所研制的我国第一个研制成功的驱肠道线虫创新药。它毒性低、无致畸及致变作用，具有抗多种肠道线虫活性，抑制虫体活动、破坏虫体组织的作用迅速，顿服治疗人体蛔虫、钩虫感染不良反应少、疗效高、排虫快，治疗美洲钩虫感染的效果尤为突出。肠道线虫病广泛流行于全球热带、亚热带地区，发展中国家人群感染率高，在肠道线虫病防治中，三苯双脒有着广阔的应用前景。

一、研究背景

肠道线虫包括钩虫、蛔虫、鞭虫和蛲虫。肠道线虫病流行广泛，肆虐于热带和亚热带的东南亚、非洲、东地中海、美洲和西太平洋地区，全球感染人数在10亿以上，其中一种以上多虫种感染者常见。肠道线虫感染导致消化系统机械性损伤与症状、营养不良、贫血、并发急腹症等，其感染率、感染度尤以5～14岁儿童最高，是影响儿童智力发育与健康素质以至于日后劳动力的重要病因，也是发展中国家亟待解决的公共卫生问题。

在我国，寄生虫病防治受到党和政府的重视，早在20世纪50年代，《1956—1957年全国农业发展纲要（草案）》已将钩虫病列入限期达到基本消灭的9种疾病之中。1980年代，首次全国人体寄生虫分层随机抽样调查结果显示：我国肠道寄生虫中以蛔、钩、鞭虫居多，依据感染率推算的全国蛔、钩、鞭虫感染人数分别为 5.31 亿、1.94 亿和 2.12 亿。在全国 3.1 亿 14 岁以下的儿童中，蛔、钩、鞭虫感染人数分别为 1.9 亿、4 000 万和 7 000 万。为此，卫生部和国家教育委员从 1992 年开始，在全国中、小学推行群体驱虫治疗。

1960—1970 年代，国外左旋咪唑、噻嘧啶、甲苯达唑、阿苯达唑等相继问世，驱肠道线虫药有了很大进步，尤其苯并咪唑类以其驱虫谱广、疗效好（美洲钩虫除外）、不良反应较少，很快推广应用。依据抗感染药物抗性发生的规律，随着频繁使用，药物的抗性问题在所难免，发展从结构到作用方式不同的新药的是抗肠道线虫药发展的必然趋势。长期以来我国驱肠线虫药只能亦步亦趋地仿制，以必要的储备为目标、从非咪唑类新型结构入手，开展驱肠道线虫自主创新药物研究，符合创新药物研制的方向。

自 1950 年建立以来，抗寄生虫药物研究就作为寄生虫病预防控制所具有特色的重点研究领域。取得“抗日本血吸虫创新药呋喃丙胺”（1960 年代），“抗疟创新药物磷酸咯萘啶”（1970 年代末）以及“抗血吸虫新药吡喹酮”（1970 年代末至 1980 年代初）等新药成果，在我国寄生虫病预防控制中取得了显著效益。针对流行与危害，开展肠道线虫创新药物研究十分必要而且可行。

二、研发过程

1980 年，中国疾病预防控制中心寄生虫病预防控制所药化室与药理研究室合作，在一系列非咪唑类新型化合物中优选出了三苯双脒，主要结果表明，三苯双脒具有抗多种肠道寄生虫活性，对美洲钩虫感染疗效尤为突出；且毒性低、未见致畸和致突变作用。建立合成路线，其反应条件与结果可控，产出的质量稳定，且原料均为国产。三苯双脒作为一个驱肠道线虫候选新药受到关注。

1989 年“广谱驱肠道线虫新药三苯双脒”申请成为国家新药基金项目，中国疾病预防控制中心寄生虫病预防控制所与山东新华制药股份有限公司签约合作。遵循卫生部药政局《新药（西药）临床前研究指导原则》，按照新药研究规范严格要求呢，完成了三苯双脒药学、药理学、毒理学研究。以阿苯达唑为对照，应用巴西日本圆线虫 - 大鼠、美洲钩虫 - 金色仓鼠、犬钩虫 - 犬、蛲虫 - 小鼠、犬弓蛔虫 - 犬等一系列肠道线虫感染模型感染模型进行了药效学实验治疗，证明三苯双脒治疗肠道蠕虫具有广谱、疗效高、排虫迅速特点以及治疗美洲钩虫感染的疗效尤其突出。发现对自然感染鸡的两种带绦虫同样有效。而且毒性低无致突变和生殖毒。1996 年 11 月 29 日三苯双脒肠溶片获卫生部药政管理局颁发的新药临床研究批件。

经评审列入“1035 工程”项目，中山医科大学临床药理基地及其抗寄生虫药物验证基地负责三苯双脒临床试验。Ⅰ期临床试验由中山医科大学临床药理学教研室负责完成。Ⅱ期临床试验中山医科大学附属第三医院传染科负责，任组长单位。依据疾病流行与分布，Ⅱ期临床试验第一阶段在广东省和江苏省选 2 个点，分别由广东省和江苏省寄生虫病防治研究所负责。第二阶段在广东、江苏、安徽省选定 4 个点，分别由广东、江苏、安徽省寄生虫病防治研究所和徐州医学院寄生虫学教研室负责进行。

1997 年 7 月 15 日临床试验主持举行“三苯双脒临床试验研讨会”，中山医科大学临床药理基地、中国疾病预防控制中心寄生虫病预防控制所、新华制药股份有限公司等项目人员共同参加。遵循《药物临床试验质量管理规范》的规范要求，参照《卫生部临床药理基地管理指导原则》《中国药品临床试验管理规范（试行）》《新药申报资料形式审查要点》《新药生物统计的指导原则》和《肠道寄生虫病防治手册》，对《三苯双脒Ⅱ期临床试验计划与实验设计方案》各个环节及其细节进行了研讨论证。1997 年 3 月至 1998 年 11 月 30 日，三苯双脒肠溶片临床试验按照统一的方案要求实施，如期完成。达到了预期目标。结果表明三苯双脒已具备一个驱肠道线虫新药的条件。

三、临床与疗效

Ⅰ期临床试验结果提示三苯双脒肠溶片在肠道发挥驱虫作用，单次口服 400 mg 以下可能是安全的；口服 400 mg 每天一次，连续 3 天需注意观察心电图以及心血管、消化、神经系统不良反应。单次口服 600 mg 出现较多不良反应，不推荐作为治疗蛔虫、钩虫感染的临床用量。

Ⅱ期、Ⅲ期临床试验的第一阶段在广东、江苏省 2 个点同时进行。第二阶段在广东、江苏、安徽 3 省 4 个点同时进行。多中心随机双盲对照临床试验取得主要结果是：对 4 种肠道线虫的疗效研究表明，治疗钩虫中度和重度感染三苯双脒的疗效显著性优于阿苯达唑（p=0.003）。三苯双脒治疗单纯美洲钩虫感染和两种钩虫混合感染的疗效显著性高于相同剂量的阿苯达唑（p=0.029 和 p=0.003）。排虫速度：三苯双脒服药后 10 小时即有排虫，24 ~ 36 小时达高峰，第 3 天基本排净；阿苯达唑排虫慢，第 3 天达高峰，持续时间达 4 天以上。三苯双脒不良反应发生率为 4.99%（24/481），多无需特别处理而自行消失。阿苯达唑不良反应发生率为 7.01%（23/328）。

Ⅳ期临床试验：三苯双脒上市以后，2005—2007 年在海南、贵州及四川进行了Ⅳ期临床试验，三苯双脒肠溶片治疗钩、蛔、鞭等肠道线虫感染共 1292 例，其中 4 ~ 14 岁儿童顿服三苯双脒 200 mg 治疗 899 例。三苯双脒治疗钩虫、蛔虫疗效显著、不良反应少而轻等优点得到验证。

四、成果与特色

经多年不懈努力，终于获得丰硕成果。各期临床试验结果一致表明三苯双脒治疗钩虫、蛔虫和蛲虫感染有显著疗效，对鞭虫感染亦有治疗作用。2001 年“一类新药三苯双脒”被评为国家“九五”攻关计划优秀成果。2004 年，三苯双脒获得一类新药证书，新华制药股份有限公司获得三苯双脒原料药及肠溶片“力卓”的生产批文。2005 年通过 GMP 认证。2006 年三苯双脒获得国家重点新产品证书，被列入 2006 年国家高新技术产品目录。

国家新药研究基金在临床前研究阶段给予了管理和经费的支持。同时以药品研究规范标准的严格要求，督导三苯双脒的临床前研究达到了预期目标。使其顺利通过临床试验的申请。

经过评估与筛选，三苯双脒被入选“新药研究与产业化开发项目”十个创新药物的研究与产业化开发专题。“1035 工程”给予了经费、管理的支持，督导了三苯双脒在国家创新药物研究轨道上圆满完成临床试验。“1035 工程”在三苯双脒达到新药审批规定的临床研究质量标准，实现创新研究与产业化目标中发挥了关键性作用。

在多个有意合作的制药企业中，山东新华制药厂（现新华制药股份有限公司）曾经生产斯锑黑克并在基本消灭黑热病中发挥了重要作用，之后又及时再次生产该药，保证了国内外黑热病防治的需求。由此具备信任与合作的良好基础，优势互补、密切协作保证了三苯双脒开发研究进程。企业及时介入保障了各个阶段的经费以及与各个合作单位的密切协作、信息交流与任务的组织实施，保证了研究与产业化开发的运转与进程。在实现三苯双脒临床前研究、临床试验与产业化目标以及推广应用中，新华制药股份有限公司发挥了不可或缺的重要作用。

在临床研究阶段，得到了一批具有资质、最有影响的专业机构及其专业人员的支持与合作。中山医科大学临床药理基地发挥了新药临床试验专业人才与条件资源优势，在临床试验设计和方案制定中认真研讨论证，在实施与总结中细致、客观，保证了临床试验报告的科学性和可靠性。

团结协作的寄生虫病防治研究专业研究团队保障了三苯双脒研究顺利实施。“1035 工程”三苯双脒项目负责人姚润华主任自 1960 年代开始，在长期从事抗寄生虫药物研究中积累了丰富的经验。他深入到研究的每一环节，模范地熟悉并执行新药研究有关规范，保证了临床前研究成果水平与质量。带领团队完成的三苯双脒项目被评为“九五”优秀科技成果。

三苯双脒临床前药理研究负责人任海南研究员在建立人体美洲钩虫 - 仓鼠模型中，她承受钩虫感染的损伤和贫血等症状历时长达两年多。该模型在发现三苯双胍治美洲钩虫感染疗效尤为突出的特点中起到关键性作用。

中国疾病预防控制中心寄生虫病预防控制所药化室主任黄兰孙教授根据寄生虫病预防控制和药物发展趋势，率先部署、指导新型结构驱肠道线虫活性化合物的合成研究；药理室主任肖树华为促进该类药物发展做了大量工作。他们的无私奉献体现了老一辈科技人员对我国创新药物发展的支持与热切期待。

五、展望

肠道线虫病广泛流行于热带和亚热带地区，是贫穷国家和地区的主要公共卫生问题。加强健康教育开展社区群体治疗是预防控制肠道线虫病的重要措施。20世纪末被世界卫生组织列入治疗肠道线虫感染的药物有阿苯达唑、甲苯达唑、左旋咪唑和噻嘧啶等，它们都具有广谱性，应用已有数十年。在兽医应用中显现的抗药性已有报道。发展新型药物、联合应用以应对人体使用中的抗性已受到关注。在应对驱肠道线虫感染药物抗性方面，新结构的三苯双脒的问世有着特殊的意义。

世界卫生组织制定“2008—2015年与被忽视热带病作斗争的全球规划”。首次发布了《被忽视热带病：全球影响与防治对策》，在世界卫生组织推荐的预防控制被忽视的热带病公共卫生策略的5项综合措施中预防性化疗位居首位。在被列举的17种被忽视的热带病中，肠道线虫感染位列其中，三苯双脒在全球疾病预防控制中有着广阔的应用前景。

吴慧敏（中国疾病预防控制中心寄生虫病预防控制所）

第八节　心血管病诊断新药盐酸去甲乌药碱

盐酸去甲乌药碱（曾用名：附子I号，英文名 Higenamine，简称 HG）为中药乌头子根“附子”的一有效成分，现为合成法制备。中国医学科学院药物研究所与阜外医院等合作进行了药学及临床研究，证明有增加心率，对心血管系统有正时性、正力性效应。还有起效快，作用强，持续时间短的特点。更适用于“心脏负荷试验药物”提高对心血管病的诊断率。经研发，现已完成Ⅲ期临床试验，临床效果与安全性均优于同类药。新药类别为1.1类。

一、研究背景

国内外应用药物负荷试验检测冠心病人的心肌缺血，已广泛应用于核素心肌灌注显像（MPI）、核素心室造影等领域，成为冠心病准确的无创伤性诊断方法。阜外医院是我国心血管病诊治的领先医院，最早进行应用。以精良的核素－显像仪器配合药物负荷，诊断心血管病。当用仪器诊断冠心病时，须增加心脏的负荷（如测血压时需将手臂缠绕，包内打入气体增加负荷，方能测出准确的血压值的原理相似）。当药物灌注后（增加心率、扩张冠脉……），可清楚地观察到有无心肌缺血，确定缺血部位，提供冠心病诊断及评价心功能及预后、手术疗效等综合信息。当时可用药物有潘生丁（双嘧达莫）和多巴酚丁胺（DB），但副作用较高（30%），不够理想。若有好的药物适配，显像效果及确诊率会更佳。

中国医学科学院药物研究所与阜外医院等已对盐酸去甲乌药碱进行了系统研究。证明其属 β－受体的激动剂。具有多种功能：对心脏有正性肌力作用，能增加心率、扩张冠脉、提高左心室射血分数、增强心肌收缩力。但对血压影响小，显示有高度可耐受性，并有起效快、作用强、停药后作用消失快、副作用较小等特点，可避免现用药物的不足。应成为更适配的药物。为此双方进一步合作，目标是将盐酸去甲乌药碱开发成 SFDA 批准的新药，用于临床提高冠心病的早期诊断率，及早救治病人，并有全国先进性和推广意义。

二、研发过程

1975—1982 年，盐酸去甲乌药碱已完成了 377 例治疗研究。中国医学科学院药物研究所进行了盐酸去甲乌药碱的全合成，药理毒理研究。阜外医院及西苑医院等全国十家医院，对 377 例心血管病人进行了临床治疗研究，证明对缓慢性心律失常等有较好治疗效果。增加窦房结自律功能对Ⅱ度阻滞疗效显著近 100%。在治疗研究中发现，该药功能特点更适于“诊断用”，并做了“诊断用”前期的基础研究，掌获了立项依据。

《药品管理法》出台后正式立项，开始该药的“诊断用”研究。1994 年立题时按规定增加“诊断用”新用途，且剂量比治疗量小 1/3，又为单次给药，更具安全性。可按五 / 四类新药申报。1996 年 7 月按四类药申报，经北京市卫生局药检所及专家初审通过；但请示卫生部后认为：需按一类新药申报。因按一类新药的要求还得补充大量的基础研究，需大量经费和时间；如若不继续进行，该药就只能半途而废。接受为一类药后又因经费不足，试验时断时续；在得到国家新药研究基金和“1035 工程”资助后才得以顺利完成。

（一）药学研究

盐酸去甲乌药碱原料药及制剂工艺研究：创新了工艺方法，由 8 步反应变为 4 步，总收率由 12% 升至 37%，且方便了操作，缩短了近半的周期、降低了成本，并确证了化学结构。获国家发明专利（专利号：ZL 200310101649.4）。

制剂研究：通过处方筛选和优化，研制成水针剂（曾为冻干剂），具有方便制备、方便使用、稳定性好（于10℃存放10年，质量稳定）的优点。曾获优秀论文奖。获国家发明专利（专利号：ZL 97121801.3）。中国医学科学院药物研究所完成了该项目研究工作，完善了质控研究，制定了质量标准，并与技术受让单位——珠海民彤药业（现珠海润都药业）进行了技术交接，完成了原料药及注射剂5批次的工艺放大，制备了临床研究用药。经国家药检所检测，证明质量良好，符合规定。

（二）药效学研究

阜外医院刘秀杰教授组开展了有关药理药效学研究。药物负荷辅佐仪器诊断中，观察了盐酸去甲乌药碱对麻醉犬心脏血流动力学的作用，与多巴酚丁胺（DB）对比（注：试验时尚无腺苷上市），以研究其作为一种新型心血管负荷试验药物的可能性。观察了盐酸去甲乌药碱在核素－心室显像法用于犬心脏的负荷试验及耐受性、安全性。将其与多巴酚丁胺（DB）对比（注：试验时尚无腺苷上市），在各项血流动力学指标上作比较；并对盐酸去甲乌药碱的耐受性和安全性进行测验。同时应用核素显像测定了盐酸去甲乌药碱对心血管的血流动力学以及对冠心病人心肌缺血的探测。

试验结果如下：多巴酚丁胺在小剂量时心率、血压变化不大。大剂量（20 $\mu g \cdot kg^{-1} \cdot min^{-1}$）时，使心肌收缩力、心率、外周血压都增高，不利于高血压及不稳定心绞痛患者。盐酸去甲乌药碱对舒张压轻度下降。其对心率的促进作用比多巴酚丁胺更显著，所以盐酸去甲乌药碱可能成为一种有前途的临床心脏负荷试验药物。盐酸去甲乌药碱具有明显的正力性、正时性作用。它在一定剂量（2～4 $\mu g \cdot kg^{-1} \cdot min^{-1}$）时能增强心率，作用比多巴酚丁胺更显著、增加心输出量及冠状动脉血流量，而又不使收缩压升高。血流动力学表明：盐酸去甲乌药碱能增加心率和左室射血分数（LVEF），也随HG使用剂量的增加而上升；与文献记载和以往的研究结果相一致。可作为负荷试验药物。

（三）药代动力学研究

完成了HG在比格狗的药代动力学研究（已有兔的文献数据，曾同意减免）；建立固相萃取，高效液相色谱－电化学检测法，测定了狗静注HG 10 mg/kg，血浆中HG的药－时浓度。经程序计算符合二室模型；与文献中兔静注HG结果基本一致。

（四）耐受性及安全性研究

盐酸去甲乌药碱在耐受性及安全性实验中，低剂量时（2～4 $\mu g \cdot kg^{-1} \cdot min^{-1}$）

显示出良好的负荷试验特性；而且在高剂量时（12 ~ 100 μg · kg^{-1} · min^{-1}）对实验犬显示有高度可耐受性。

结论：盐酸去甲乌药碱可作为负荷试验药物；能作为心肌缺血诊断的重要药物。

三、临床与疗效

在“1035 工程”支持下开展了临床研究，珠海润都制药公司为组织者，中国医学科学院药物研究所与阜外医院为参加者。由中国医学科学院北京协和医院牵头，组织北京安贞医院等全国 10 家顶级的心血管病诊治研究医院，进行了严格的Ⅰ~ Ⅲ期临床试验，临床研究设计严谨、观察细致、纪录详实。2004 年 11 月—2011 年 4 月共完成 512 例。

Ⅰ期临床试验 2004 年 11—12 月 32 例，完成了“人体药代动力学”研究（北京协和医院完成）。结果证明：HG 可使心率加快，不良反应轻，耐受性良好，取得了盐酸去甲乌药碱可用于临床诊断用满意的效果。人体药代研究也掌握了血药浓度与心率、舒张压、收缩压的关系，可用以指导临床安全用药。

Ⅱ期临床试验 2008—2009 年 120 例（与 2003 年新上市药——腺苷对照，由北京协和医院、北京安贞医院、南京医科大学一附院完成）。采用随机，开放，阳性药对照，交叉设计，多中心临床研究方法，以冠状动脉造影为金标准进行疗效比较。结果：在用于超声心动图诊断冠心病方面，盐酸去甲乌药碱与腺苷，敏感性无统计学差异，盐酸去甲乌药碱略优；在用于核素心肌显像诊断冠心病（MPI）方面，盐酸去甲乌药碱与腺苷比，敏感性无统计学差异，盐酸去甲乌药碱各指标均与腺苷相当；在不良反应方面，与腺苷比较，盐酸去甲乌药碱不良反应轻微，停药后很快缓解或消失，安全性良好。且临床表明，腺苷不适合缓慢心律失常、慢性阻塞性肺病和哮喘的患者，但盐酸去甲乌药碱适合。

Ⅲ期临床试验 2009 年 11 月—2011 年 4 月 360 例（北京协和医院牵头，北京安贞医院、南京医科大学第一附属医院、卫生部北京医院、山西医科大学第一医院、上海交通大学医学院附属仁济医院、上海市第一人民医院、南京市第一医院、中山大学附属第一医院、徐州医学院附属医院共 10 家医院参加，共同完成）。方法：随机、盲法分析、安慰剂对照，交叉设计（2 × 2）多中心临床研究方法。发现盐酸去甲乌药碱的有效性和敏感性随病变血管的支数而增加，单支血管为 41.3%，双支血管 67.6%，三支血管 74.2%；并与各支冠脉血管狭窄程度成正比。由此找到了安全给药的剂量规律（即给药起始剂量和顺序递增剂量，与给药时间关系的规律）。临床结果表明：盐酸去甲乌药碱敏感性显著优于安慰剂，差异有统计学意义。不良反应轻微，停药后很快缓解或消失，安全性良好。

临床研究结果表明，盐酸去甲乌药碱作为心脏负荷试验药物，用于核素心肌灌注显像诊断冠心病，敏感性、安全性和有效性与对照药腺苷比无统计学意义，但各指标均略优；与安慰剂比，敏感性显著优于安慰剂，差异有统计学意义。盐酸去甲乌药碱不良反应轻微，停药后很快缓解或消失，安全性良好，可克服多巴酚丁胺、腺苷的不足之处，可望成为一种新型的心脏负荷试验药物。

此次临床试验完成 512 例，加上 1980 年代的 377 例共完成 889 例。研究也可为后续“治疗用”研究打下基础。

四、成果与特色

1. 经工艺创新后，盐酸去甲乌药碱及制剂生产工艺简单，收率高，成本低。制剂使用方便，稳定性好。质控方法完整严谨，产品质量提高。原药和制剂均获国家发明专利。

2. 对盐酸去甲乌药碱的药效和作用机理及毒理进行了细致研究；在动物（犬）和人体（I 期临床）观察了药代动力学和血流动力学。清楚了解本药的作用原理和特点；盐酸去甲乌药碱的平均血药浓度与心率、收缩压、舒张压的关系，指导安全用药。

3. 临床疗效研究并与同类药物比较，盐酸去甲乌药碱与现用的腺苷比，“敏感性”与“特异性”均略优于腺苷。且腺苷不适合缓慢心律失常及慢性阻塞性肺病和哮喘的患者。

4. 盐酸去甲乌药碱优于多巴酚丁胺。多巴酚丁胺有较多的副作用（30%），不适于高血压者。盐酸去甲乌药碱安全性良好，不良反应轻微。证明其为一种新型的心脏负荷试验药物，能作为心血管病心肌缺血诊断的重要药物。

5. 找到临床安全给药的剂量 - 时效规律（即给药起始剂量和顺序递增剂量，与给药时间关系间的规律）。

市场价值：开发本药以提高对冠心病早期诊断率，早期发现早期治疗，惠民是主要目的。根据目前使用腺苷的情况，预计盐酸去甲乌药碱年需求量为 150 万支，销售收入可达 12 000 万元。净利润 5 100 万元。因诊断用药的用量比治疗用量低（仅一次用药），效益低于治疗用药。可待批准后开发治疗新用途以增效益。

该研究 1994 年获卫生部开发基金项目，课题名称“心血管诊断药附子一号的开发研究”（编号：94–1–061），资助 20 万。1996 年申请了国家新药基金，课题名称“心血管诊断用药——盐酸去甲乌药碱”（编号：96–901–05–91A），资助 20 万。“1035 工程”给予了管理和经费支持。该药申报临床时与珠海润都制药公司签订了技术转让合同，临床研究费用由药厂承担。2008 年制药公司曾参与卫生部“重大新药创制项目”申请。

五、展望

该药可成为理想的负荷诊断用药，提高诊断率，能得到推广。该药有对心血管病的治疗效果，可用于治疗或急救。可开发口服给药等剂型。拟进行后续研发，进一步提高市场价值。有文献报道：盐酸去甲乌药碱还有抗血栓，平喘等功效；在多种中药，如买麻藤、细辛、莲子芯、吴茱萸、良姜等均含 HG 成分，使其具有广阔开发前景。

陶忠华（中国医学科学院药物研究所）

本章介绍的 8 个化学新药是在“1035 工程”支持下已上市或即将上市的成功案例，在已经批准的 130 项化学新药研究项目中占比还是比较小的，但是在中国新药创制的进程中却起到了重要的引领作用。在本章的编写和审校过程中，深深地感触到了药物研发的艰辛和不易，作为先行者尤其如此。多年来，在国家政策和相关职能部门的大力支持下，由于一代代科研人员的长期、艰苦和不懈地努力，才使我国的化学药物研发有了蓬勃发展的局面，有关产品惠及广大患者。

蒋建东、刘超（中国医学科学院药物研究所）

第五章

中药新药研发主要成果

第一节　治疗腰椎间盘突出症新药腰痹通胶囊

腰痹通胶囊是在我国著名的中医骨科专家孙树椿教授治疗腰椎间盘突出症（血瘀气滞、脉络闭阻证）“脊柱Ⅱ号方”的基础上，结合其独特治疗理论，研发出的治疗腰椎间盘突出症的原国家级三类新药（国药证字Z20010041），治疗腰椎间盘突出症起效迅速、疗效可靠、复发率低，上市后累计销售11亿元，受益患者超过1 000万人。自2002年上市以来，通过药效物质基础、作用机制、质量控制体系等方面的深入研究，为患者提供了一种治疗腰椎间盘突出症的专利创新中药，可替代临床大部分激素和手术疗法的使用，避免以上疗法较大的副作用，已在全国1 837家医院临床应用，为腰椎间盘突出症的治疗发挥了重要作用。

项目成功培育出年销售过亿元的腰痹通胶囊中药大品种，形成重大科技成果转化的优良范例，为我国中药口服制剂产业化开发提供了研究思路和方法。

一、研究背景

腰椎间盘突出症是临床上引起腰腿痛最常见的原因之一，而且随着人们生活和工作方式的改变，腰椎间盘突出症的发病率正在逐年增高，国内文献报道腰痛门诊中大约15%～20%的患者诊断为该病。目前医学界对本病的治疗，采取保守治疗和手术治疗两种方法相结合，其中只有5%的患者才必须手术治疗，但由于多种原因导致术后疗效不佳并且并发症较多，现代医学将非手术治疗作为本病的首选疗法。

近年来大量的临床报道指出保守治疗中激素类药物的诸多副作用，所以传统中医药的治疗作为腰椎间盘突出症的重要方法，以其简便易行，安全可靠受到广泛地关注和重视。

腰痹通胶囊是在我国著名的中医骨科专家孙树椿教授治疗腰椎间盘突出症（血瘀气滞、脉络闭阻证）“脊柱Ⅱ号方”的基础上，结合其独特治疗理论，有效提取方中有效成分，并运用现代制剂手段，研发出的治疗腰椎间盘突出症的原国家级三类新药（国药证字Z20010041），治疗腰椎间盘突出症起效迅速、疗效可靠、复发率低，列入国家中药保密品种，保密期满后，再次列入国家中药保护品种。

该品种上市以来，围绕“安全、有效、可控”的目标，通过药效物质基础、作用机制、质量标准提升等方面的深入研究，将腰痹通胶囊打造成物质基础和作用机理相对明确、疗效确切、质量稳定可控的中药大品种，累计销售2 200万盒，销售收入11亿元，受益患者超过1 000万人，在骨科止痛中成药市场占有率第二，腰椎间盘突出症中成药市场占有率第一，保障了临床用药的安全性、有效性，更好地服务于患者。

二、研发过程

1. 针对腰椎间盘突出症的基本病机，创新研制出一种具有自主知识产权的中药新组方，创制中药新药——腰痹通胶囊。

腰椎间盘突出症以腰腿疼痛为主要特征，多见于腰椎间盘突出症的急性期。中国中医科学院首席研究员、博士生导师孙树椿教授在长期的临床实践中总结出该病的基本病机为：血瘀气滞、脉络闭阻，在治则立法上，采用“活血化瘀、祛风除湿、行气止痛”，并在治疗中活血化瘀配合养血、滋阴、补肝肾、强筋骨之品，同时配伍祛风通络之品，疏通经络，以达到标本兼治的目的。经过长期的临床探索，形成了治疗腰椎间盘突出症的有效方药——“脊柱Ⅱ号方”，主要由三七、川芎、延胡索、白芍、牛膝、狗脊、熟大黄、独活组成，并获得专利授权（ZL 02146042.6、ZL03138025.5），荣获“第二届全国杰出专利工程技术项目”“第六届国际发明展览会金奖”。

Ⅲ期临床试验研究表明，治疗腰椎间盘突出症（血瘀气滞、脉络闭阻证）临床总有效率94.3%，显著优于腰痛宁胶囊对照组的84%（$p<0.01$），入选国家中医药管理局《24个专业105个病种中医诊疗方案（试行）》治疗腰椎间盘突出症推荐用药。

2. 基于网络药理学分析，揭示腰痹通胶囊多成分－多靶点－多通路－多途径治疗腰椎间盘突出症的科学实质。

（1）采用首创的软件平台“中医药网络药理学智能信息平台”（软著登记号：

2013SR140685），应用网络药理学研究方法分析了腰痹通复方化学成分与功效相关靶点的相关性。

根据组方药材在《中国药典》（2010 年版）中的植物拉丁名，从天然产物数据库（universal natural products database，UNPD）中检索八味药材，获得 633 个化学成分，网络药理学分析发现 146 个化学成分对 35 个靶点有较强作用，可能是其药效物质基础。

（2）创新性采用 HPLC–QTOF–MS/MS 法对腰痹通胶囊中化学成分进行系统分析研究，为其药效物质基础研究奠定基础。

利用 HPLC–QTOF–MS/MS 技术对腰痹通胶囊的化学成分进行系统分析和指认，共指认 47 个化学成分，包括：三七皂苷 R1、人参皂苷 Rb1、人参皂苷 Rg2、棕榈酸、阿魏酸、川芎内酯 A、巴马汀、盐酸小檗碱、延胡索乙素、芍药苷、芍药内酯苷、没食子酸、原儿茶酸、大黄酸、大黄素、大黄酚、蜕皮甾酮、齐墩果酸、牛膝皂苷 A 等。

结合腰痹通复方的网络药理学分析结果，在预测对与疾病密切相关的 35 个靶点有较强相互作用的 146 个化合物中，有 35 个化合物从腰痹通胶囊中得到了指认，且这些化合物可分别与醛糖还原酶、内皮型一氧化氮合酶、基质金属蛋白酶 9、前列腺素 E 合酶、环氧酶 1、阿片受体、神经生长因子受体、凝血因子 IX 等 27 个靶点相互作用，涉及 PGE2 和 NO 合成、细胞外基质代谢、血液循环等环节，从而调控细胞外基质平衡、降低局部组织的炎症介质和改善微循环等。

（3）体内外药效评价印证 14 个入血活性成分群为腰痹通胶囊的主要效应物质基础。

根据腰痹通胶囊临床作用及药理活性，建立抗炎、镇痛、抗凝血等体外筛选模型，以 35 个潜在药理活性成分分别在以上模型上进行药效筛选，共得到 26 个有较强活性的化合物。

利用 HPLC–QTOF–MS/MS 技术对腰痹通胶囊复方及其单味药材提取物口服后大鼠血浆成分进行分离鉴定，结合 26 个活性化合物，共鉴定出 14 个原型血浆暴露量较高活性化合物。根据筛选得到的 14 个入血活性成分，从复方中提取富集含有上述成分的活性成分群，进行整体动物实验，并与上市药品腰痹通胶囊进行比较，进一步验证了复方的药效物质基础。

结果表明，含有上述成分的活性成分群作用于硅胶片压迫腰椎神经根致腰椎间盘突出模型大鼠，能显著提高模型大鼠造模后肢压痛痛阈、降低血清三种炎性因子 TNF–α、PGE2、IL–6 含量、改善神经根病变，和胶囊内容物具有相似的作用强度；活性成分群对大鼠自体髓核移植腰椎间盘模型作用后，具有提高造模后肢压痛痛阈、降低血清免疫球蛋白 IgG、IgM 水平、降低大鼠外周血 $CD4^+$ 含量和 $CD4^+/CD8^+$ 值，同时对神经根部位病理变化有改善作用，与胶囊内容物比较，具有相似或更好的作用强度。

（4）基于药效物质基础研究，建立功效相关的全过程质量控制体系，能够更全面地保证产品质量均一性和安全性。

基于 14 个功效成分，建立了具有功效专属性的药材内控标准，固定了药材来源，从源头保证各功效成分含量。

建立处方中三七、川芎、延胡索、白芍等 8 味药材指纹图谱标准，分别对 8 味药材中的功效成分进行含量测定并规定了含量范围，包括三七中的 3 个功效成分（三七皂苷 R1、人参皂苷 Rb1、人参皂苷 Rg1）、川芎中的 2 个功效成分（棕榈酸、阿魏酸）、延胡索中的 3 个功效成分（巴马汀、小檗碱、延胡索乙素）、白芍中的 2 个功效成分（芍药内酯苷、芍药苷）、牛膝中的 1 个功效成分（蜕皮甾酮）、狗脊中的 1 个功效成分（原儿茶酸）、熟大黄中的 1 个功效成分（大黄酸）、独活中的 1 个功效成分（蛇床子素）；参照《中国药典》（2010 年版）及《美国药典》（USP36）建立了 8 味药材中有害物质（重金属与有害元素、农药残留、黄曲霉素等）的检测方法及限量标准；以药材地理分布环境、生物学特性等评价药材分布区域与生产布局，结合内控标准，固定了药材来源。

建立生产过程功效成分指纹图谱及含量测定标准，保证工艺过程各功效成分转移率"点点一致，段段一致"。通过对多批次工艺全过程各工艺环节中功效成分转移率等指标的分析，明确关键工序段、工艺环节和质控点；采用"质量源于设计"（quality by design，QbD）方法，在充分理解工艺的基础上，辨识了关键工艺参数与质量属性的相关性，通过工艺品质调控，优化、细化了提取加热温度及时间、浓缩温度及相对密度等一系列工艺参数，提高关键工艺环节的工艺精密度、稳定性；共对生产全过程 4 个关键工序、6 个工艺环节、6 个质控点进行过程控制，设置 130 个质量控制项目（含 9 张指纹图谱，含药材 76 个质量控制项），建立 275 个 SOP。

14 个功效成分在提取浓缩、干燥、制粒及总混等各关键工序、工艺环节的转移率显著提高，批间波动明显降低，RSD（%）均低于 5%。

2011—2013 年，590 批大生产跟踪结果表明，成品中功效成分含量较研究应用前明显提高且"批 - 批"一致，药效显著提高且稳定一致，验证了该全过程控制体系科学可行。

针对成品中功效成分的极性建立了 1 张高效液相指纹图谱，含量测定质控成分由原 2 个成分增加为 14 个成分。

2011—2013 年，590 批大生产的质量回顾研究表明，腰痹通胶囊 14 个功效成分的含量、指纹图谱相似度等主要质控指标批次间波动［RSD（%）］均低于 5%，同时，各功效成分的含量较研究应用前提高 10% 以上。590 批样品中抽检的 36 批样品批次间药效均一、稳定。

三、临床与疗效

腰痹通胶囊自 2002 年上市以来，在全国各大医院均有应用，受到医生和患者的一致好评。列入《国家医保目录》、《国家基本药物目录》、《国家中药保护品种》（ZYB2072009005）、国家中医药管理局《24 个专业 105 个病种中医诊疗方案》，载入《中国药典》（2015 年版），累计销售 2 200 万盒，销售收入 11 亿元，受益患者超过 1 000 万人，2017 年销售收入近 2 亿元，在骨科止痛中成药市场占有率第二，腰椎间盘突出症中成药市场占有率第一，保障了临床用药的安全性、有效性，更好地服务于患者，获得 2016 年度中华中医药学会科学技术一等奖。

四、展望

通过“1035 工程”的实施，加快推进了治疗腰椎间盘突出症的临床有效方剂的新药研发，研制出专注治疗腰椎间盘突出症所致腰痛的专药，成功产业化后临床应用更加广泛，服务患者群体更为广大；通过系统阐明复方中药多成分、多靶点、多通路、多途径治疗疾病的中医药科学内涵，为推动复方中药得到中西医一致认同提供了研究思路和方法；同时也为提高中药行业整体质量控制水平提供了产业化示范。

章晨峰、王团结（江苏康缘药业股份有限公司）

第二节　治疗脑中风新药葛酮通络胶囊

脑梗死是指因脑部血液循环障碍，缺血、缺氧所致的局限性脑组织的缺血性坏死或软化，而出现相应的神经系统功能缺损。本病属于中医学“中风病”，以猝然昏仆、口舌歪斜、半身不遂、语言不利为主症。

脑卒中主要分为两大类，即缺血性脑卒中和出血性脑卒中。临床实践表明约 70%～80% 的患者为缺血性脑卒中，而其首要治疗方案是尽快恢复缺血组织的脑血流，减轻因缺血带来的损伤。缺血性脑卒中的损伤机制极其复杂。脑缺血后，局部脑组织氧化磷酸化障碍，导致脑内的能量中间体 ATP 生成急剧减少。首先 ATP 依赖性的 Na^+–K^+ 泵激活引起细胞内的 Na^+ 外流，细胞外 Ca^{2+} 内流；渗透压作用使水大量流入细胞，最终导致细胞毒性脑组织水肿。随着时间的延长，脑内神经元因缺乏能量供应而大量死亡并伴有大量自由基、具有兴奋作用的氨基酸

（主要是 Glu）生成，继而引发固有免疫反应。缺血性脑卒中是一个多因素、多细胞介导的病理损伤过程，目前对于损伤的机制及治疗的研究，着重于神经元保护方面的相关药物。

一、研究背景

脑血管病属于中医“中风”病范畴。《黄帝内经》即有关于“中风”的记载，明确提出了中风病的病位在头部。中风是在气血两虚的基础上，加上劳倦内伤、忧思恼怒、嗜食厚味等诸多诱因，引起气血逆乱，直冲犯脑，致脑脉痹阻或血溢脑脉之外而导致的以突然昏仆、不省人事、半身不遂、口舌歪斜、言语不清或失语、偏身麻木或不经昏仆而仅以半身不遂为主症的疾病。有学者通过收集国内外医学期刊发表的中风病医案，建立现代中风病医案数据库，采用频数分析和聚类分析方法，总结了中风病的用药规律。结果显示，292 例医案中，包括 249 味药物。在常用药物中，共涉及 17 类药物。其中，方剂中出现频率较高的防治中风的中草药有：当归、石菖蒲、广地龙、黄芪、川芎、红花、巧药、丹参、怀牛膝、鸡血藤、天麻、益母草、葛根等。因此从常用治疗中风的中草药中，针对急性脑缺血损伤的不同病理环节，寻找开发治疗急性脑卒中的多靶点药物，使更多的患者受益。

二、研发过程

20 世纪 90 年代初，原北京军区政委陈先瑞将军组织一批专家到安徽大别山区进行扶贫和考察，北京协和医学院药用植物研究所陈迪华研究员在考察中发现大别山区有大量野生野葛未被利用，采样分析后发现大别山野葛的根含有丰富的异黄酮。野葛的乙醇提取物制备的中成药“愈风宁心片”具有疏利血脉、解肌、定眩止痛的功效，临床上用于治疗颈项强直以及高血压头疼等症。由于愈风宁心片是由葛根乙醇提取物加葛根药材打粉制成的片剂，有效成分含量低，每次服用 5 ~ 7 片，服用量大，技术含量低，因此陈迪华课题组决定应用新技术来提高葛根提取物有效成分含量，降低服用量，提高葛根制剂的质量控制水平。在中国医学科学院开发基金的支持下，课题组对有效组分异黄酮的提取工艺进行了系统研究，获得了含量达 80% 以上的总黄酮，并对总黄酮的成分进行了分析，确定了总黄酮中 12 个主要异黄酮成分，建立了总黄酮的质量标准。在此基础上对葛根总黄酮进行了药效筛选，研究发现葛根总黄酮具有较好的改善脑血流的作用，对多种原因所致的局部或全脑缺血有较好的保护作用；具有激活纤维溶解酶的作用，对体内外血栓形成具有一定的抑制作用，其溶栓作用温和而持久。在分析了药效实验结果后，课题组决定按照中药二类新药的要求研制一个治疗中风的中药新药。在研制的过程中，先后有多家企业与北京协和医学院药用植物研究所接洽，希望可以合作开发治疗中风的二类新药。1995年安徽九方药业与北京协和医学院药用植物研究所签订协议，联合开发葛根总黄酮治疗脑中风新药，1996年课题组完成了二类新药临床前研究，申报临床，2000年获得新药临床批件，经过湖南省中医研究院、中国中医科学院西苑医院、北京中医医院、安徽中医学院第一附属医院和湖南中医药大学第一附属医院5家医院的临床研究，证实了葛酮通络胶囊治疗脑梗死恢复期瘀血痹阻脉络证有良好疗效。2006年获得了葛根总黄酮原料药以及葛酮通络胶囊两个新药证书。

（一）葛根总黄酮抗脑缺血的药理作用

1. 对脑缺血动物的作用

葛根总黄酮能够防治局部及全脑缺血所致的脑组织损伤，减轻脑坏死的面积和范围，并能保护脑组织，减少脂质过氧化物的产生，减缓能量代谢，提高耐缺氧能力。

2. 对脑血管的作用

葛根总黄酮对犬大脑血流有升高趋势。对血管阻力有降低趋势。可以增加脑相对血流量。其血流量增加比值较对照组有明显差异，且呈量效关系。对大鼠脑膜血流量有明显的增加作用。

3. 对血小板的作用

葛根总黄酮对血小板聚集无直接促进作用。它可以抑制ADP和胶原蛋白所致的血小板聚集。体外ED50为20.45 mg/ml。体内有效剂量在50～200 mg/kg之间。

4. 对血栓形成的影响

体内外实验结果表明，葛根总黄酮具有溶栓作用，与阳性药尿激酶相比，其特点是作用缓慢但持久。体内溶栓具有较好的药理活性。

5. 对凝血系统的影响

葛根总黄酮具有抗凝血的作用，其中对凝血酶原和部分凝血活酶的作用强于对凝血酶的作用。

6. 对血液流变学的作用

葛根总黄酮大剂量（1.2 g/kg，0.36 g/kg）对正常大鼠血流变有所影响。可使全血黏度明显降低。小剂量（0.11 g/kg）则作用不明显，但可见血沉明显加快 . 对高分子右旋糖酐所致大鼠高黏全血，葛根总黄酮具有明显的药效作用，有效剂量范围在50～200 mg/kg。且较对照药明显。

7. 对脑膜微循环的作用

葛根总黄酮具有增加正常大、小鼠脑膜血流量的作用，改善脑膜微循环，并能增加全脑缺血再灌时，脑膜血流量。

8. 对血压的作用

葛根总黄酮对肾性高血压大鼠具有较明显的降压作用。长期口服较一次性静脉注射效果明显。对正常大鼠血压无明显影响。

9. 对小鼠镇痛作用

葛根总黄酮给小鼠口服，对热板法所致小鼠疼痛无明显作用，但是对于化学刺激（0.5% 乙酸）所致疼痛有明显的作用。小剂量（50 mg/kg）药效突出，接近阳性对照药“华南牌去痛片”。

10. 对脑功能的影响

葛根总黄酮对于脑缺血再灌注引起的学习记忆障碍有一定的治疗作用，各剂量组间无明显的量效关系。主要表现在记忆功能的恢复上。而对学习功能的作用具有一定的治疗作用趋势，同时，三个剂量组都有保护海马 CA1 区神经元的作用。其神经元个数明显高于模型组。

葛根总黄酮，能显著改善急性缺血性脑卒中患者的临床症状，降低 NIHSS 评分；提高患者的日常生活行为能力，增加 BI 得分。且葛根总黄酮较丹参酮的效果更为明显。对于急性卒中后出现的情感障碍，葛根总黄酮较丹参酮Ⅱ A 更能改善患者的焦虑、抑郁情绪，治疗后 HAMA、HAMD 评分更低，差异有统计学意义。提示对于卒中后出现的情感障碍症状，葛根总黄酮较传统中成药丹参酮Ⅱ A 能更好地改善患者的焦虑、紧张、抑郁情绪。此外，急性脑梗死后 2 周测定血清氨基酸水平和单胺类递质（5-HT）水平，葛根素治疗组和丹参酮治疗组比较，血清氨基酸水平未见明显差异，无统计学意义；但 5-HT 浓度，葛根素组明显高于丹参酮治疗组，差异有统计学意义，进一步从生化角度证实葛根素较丹参酮对于急性脑梗后的情感障碍更有效。这也提示临床上针对急性缺血性卒中患者出现的情感障碍，除了运用传统的控制焦虑、抑郁的 SSRI 类、苯二氮卓类等药物外，葛根总黄酮制剂也是另一种理想的药物替代选择。

（二）葛根总黄酮抗脑缺血的机制研究

1. 葛根总黄酮神经细胞保护作用机制

线栓法制作大鼠模型，造成脑组织局灶性缺血改变，脑缺血再灌注后模型组损伤侧脑组织含水量明显增加，MDA 含量升高、SOD 活性下降，可见大量的 iNOS 及细胞色素 C（CytC）表达。葛根总黄酮高、中、低剂量组（200，100，50 mg/kg）模型大鼠脑含水量明显降低，能明显缩小脑梗死体积；MDA 含量下降、SOD 活性升高。其中，脑梗死体积及 SOD 活性，中、高剂量效果优于低剂量组。高、中、低剂量组脑组织 iNOS 及 CytC 表达减少，NO 降低，中、高剂量效果优于低剂量组。葛根总黄酮可能通过降低脂质过氧化、减少自由基与 NO 的生成及抑制 iNOS、CytC 表达来发挥其神经保护作用。

2. 葛根黄酮抗血栓的机制

脑缺血发生过程中，血液处于高凝、高黏、高聚状态，易于血小板依赖性血栓的形成，血栓的形成则直接参与了脑缺血的发生发展。血小板功能异常亢进，血小板激活之后的聚集和黏附则是血栓形成的主要环节，如出血及 ADP 等血小板激活剂等因素均可诱导血小板聚集和黏附，使得血液处于高凝状态，以至于形成血栓，这是造成继发性脑损伤的重要原因之一。研究发现葛根黄酮不仅能减少脑缺血区面积，也能抑制大鼠体内血栓的形成，抑制 ADP 诱导的血小板聚集。提示葛根黄酮对大鼠脑缺血的保护作用与其抑制血小板聚集、干扰血小板依赖性血栓的形成有关。

3. 葛根总黄酮对高糖致血管内皮细胞损伤的保护作用及其机制

葛根总黄酮对高糖致脐静脉内皮细胞损伤具有一定的保护作用，该作用的产生可能与其抑制高浓度葡萄糖作用下脐静脉内皮细胞的增殖，促使细胞由 G_0/G_1 进入 S 期，使 DNA 合成增加，使细胞上清液中 SOD 活性和 NO 含量增加，而细胞间黏附分子 -1 的含量降低等有关。葛根总黄酮对防治糖尿病血管病变的发生发展具有积极的意义。

三、临床与疗效

安徽九方药业在获得新药批准文号后，在国家创新药物与产业化项目的支持下，建立了相关的新药生产线，生产能力 2 亿粒 / 年，自 2012 年开始上市销售，当年销售额达到 5 700 多万元，2013 年及 2014 年销售额在 9 500 多万元，2015 年后销售额为 1.2 亿元，2017 年销售额达到 1.5 亿元，治疗人数超过了 40 万人。2017 年被列入国家医保名录。

四、展望

以上研究证明，葛根总黄酮是一个安全有效、主要成分明确、多靶点的抗脑缺血的现代中药，在“1035 工程”的支持下，得以快速完成基础及临床研究，造福于广大卒中患者。2016 年以来，安徽九方药业还与中华中医药学会脑病分会的主委单位广东省中医院，联合开展“基于真实世界十万例葛酮通络胶囊治疗脑梗死恢复期的比较效果研究”，首期一万例华南地区脑血管病多中心、前瞻性登记研究已于 2017 年 6 月在广东（罗浮山）正式启动。2017 年 9 月，安徽九方药业与国家中医临床研究基地重点病种承担单位，安徽中医药大学附属第一医院内分泌科方朝晖主任的团队合作开展的“三万例基于真实世界葛酮通络胶囊治疗糖尿病合并周围神经病变的疗效评价”工作正在按计划推行，这项科研工作旨在进一步研究葛酮通络胶囊在高血糖引起的周围血管病变，起到有效的预防和治疗作用，本项目计划吸纳 80 家医院共同开展。相关临床研究完成后，有可能扩展葛酮通络胶囊的用途，惠及更多的患者。

斯建勇（中国医学科学院药用植物研究所）

第三节　止泻药物双苓止泻口服液

婴幼儿腹泻是儿科临床常见多发病，病势急骤，是发展中国家婴幼儿主要死亡原因之一。双苓止泻口服液是 20 世纪 90 年代四川省人民医院院开发的新药（院内制剂）。WHO 当时提供的数据表明：每年全世界婴幼儿因腹泻而死亡的高达 800 万 ~ 1 500 万。其中轮状病毒引起的占 40% ~ 50%，在亚洲和拉丁美洲 5 岁以下小儿每年约有 7.5 亿人次患急性腹泻，年死亡人数在 300 万 ~ 600 万，80% 发生在 2 岁以下婴幼儿，平均发病率为 27.3%。1986 年有关于国内七省一市发病率的报道：年发病率为 201.46%（标准化发病率），年平均每人每年发病率为 2.01 ~ 2.03 次，四川省居第二，卫生部 1986 年将小儿腹泻列为“四病”防治之一。当时，治疗腹泻病尤其是病毒性肠炎，尚无疗效确切、价格便宜的药物，一般采用国外进口消化道黏膜保护剂“思密达”（蒙脱石）进行治疗。因此，研究开发新型的治疗婴幼儿腹泻尤其是轮状病毒的药物显得迫在眉睫。涪陵中药厂（现太极集团涪陵制药厂有限公司）与四川省人民医院自 1990 年开始共同研制借古方五苓散和二陈汤加减化裁而成的治疗病毒性腹泻的新药——双苓止泻口服液。双苓止泻口服液为新型复方中药制剂，其处方和制剂以及功能主治等均未见文献、古籍记载，也未见相似的研究报告，因此，此项研究具有重大创新意义。

一、研究背景

中医理论认为，泄泻其发病机制多由冷热失调，饮食失宜以致脾胃失调，临床治疗多采用清热利湿、健脾止泻等遣方用药。双苓止泻口服液处方借古方五苓散和二陈汤加减化裁而成，由白术、茯苓、肉桂等九味中药组成，以白术、茯苓益气健脾，配伍半夏、陈皮的燥湿、和胃降逆，组成一组燥湿运脾药。以白术、肉桂、茯苓、猪苓在利尿作用上的相互配伍，并按五苓散原方方意，用肉桂温膀胱之气，促进膀胱气化，以增强白术、茯苓的利尿功效。使湿邪分利并有助于缓解腹泻。以上两组药都包含有白术、茯苓，是充分利用白术与茯苓在健脾益气和利尿渗湿两方面的双重效果，两组药相辅相成，互为促进。贯中清热解毒，地榆凉血解毒，具收敛功效，这两种药同黄芩的清热燥湿作用相配伍，组成第三组药以清热解毒。这组药同第二组利尿去湿药共同发挥除湿功效。

二、研发过程

确定处方以后，四川涪陵中药厂（以下简称涪陵药厂）迅速组织研发队伍进行相关研究，1990 年 1 月至 1993 年 9 月完成了双苓止泻口服液的制备工艺、质量标准及其稳定性考察、主要药效学试验、急性及长期毒性试验资料。通过处方筛选、工艺研究、质量标准研究、药理学、毒理学等研究，初步证明双苓止泻口服液是一种理想的中药止泻剂，其处方设计符合中医理论，制剂工艺合理，质量标准稳定易控，药效学有止泻、抗炎、解热、抗菌、镇痛等作用，毒理试验证明安全可靠，于 1994 年向卫生部申请临床研究批文，1995 年 10 月获临床研究批件，由北京中医药大学附属东直门医院进行临床试验，临床研究结果表明：双苓止泻口服液治疗湿热内蕴证及轮状病毒性肠炎具有湿热内蕴证者有显著疗效，总有效率达 97.33%，总显效率 79%。1996 年 8 月向卫生部申请三类新药生产批件及新药证书，于 1998 年 10 月 30 日获得国家药品监督管理局生产批件及新药证书。批准文号：国药准字（1998）Z–219；新药证书编号：国药证字（1998）Z–199 号。该产品的问世，对婴幼儿轮状病毒性肠炎起到了有效的防治作用，填补了国内对病毒性腹泻没有理想纯中药止泻剂的空白，具有广阔的市场前景。

该品种 1992 年获得四川省科技进步二等奖，1994 年获得中国新产品新技术博览会金奖，1999 年列入国家重点新产品计划，2004 年列入国家二级中药保护品种。

（一）药学研究

本项目在药学方面开展提取纯化工艺研究、制剂矫味研究、质量标准研究。

首先对处方中药味根据成分性质进行了分类提取。白术、陈皮、肉桂采用了水蒸气蒸馏提取方法，既保留了水溶性成分，也保留了挥发性的成分。猪苓、茯苓使用了加水温浸提取的方法，既保证有效成分的提取，又避免淀粉等无效物质的提取，保证成品的稳定性。其余四味药加水煎煮提取。提取工艺条件都采用正交实验进行了筛选，保证了工艺条件的科学性。为了保证成品的稳定性和外观形状，使用了乙醇沉淀除杂技术除去提取液中的无效成分，解决单次生药服用量过大导致的口服液外观性状问题。

本品建立了完整的质量控制标准，收纳了白术、陈皮、黄芩、肉桂的薄层色谱鉴别和陈皮的含量测定，对产品质量进行了有效控制。

所得口服液留样观察，在初步稳定性试验的基础上，再继续观察 15 个月，试验方法按《双苓止泻口服液质量标准草案》规定进行。试验结果表明：各项检查均符合要求，说明双苓止泻口服液工艺合理，质量稳定。

（二）药效学研究

1. 对实验性腹泻的影响

对内毒素所致小鼠腹泻的影响进行考察。实验结果表明双苓止泻口服液在 30 g/kg 时能非常显著防止内毒素所致小白鼠腹泻，明显减少腹泻发生百分率，明显推迟腹泻潜伏时间，并显著减少腹泻严重程度。

对前列腺素 E2 所致小鼠腹泻的影响进行考察，实验结果表明 20 g/kg 的双苓止泻口服液能明显减少腹泻鼠数，并明显延长腹泻潜伏期，对前列腺素 EE 引起小鼠腹泻有止泻作用。

对蓖麻油所致小鼠腹泻的影响进行考察，结果表明双苓止泻口服液对蓖麻油所致小鼠腹泻有显著的抑制作用，能明显降低腹泻发生百分率，延长腹泻潜伏时间，减轻腹泻严重程度。

对硫酸镁所致小鼠腹泻的影响进行考察，结果表明双苓止泻口服液能明显对抗硫酸镁所致小鼠腹泻，减少腹泻小鼠个数。

采用多种不同原因所致实验性腹泻模型来研究双苓止泻口服液的作用，其中前列腺 E2 可认为是多种病理性腹泻的最终机制之一，内毒素与多种感染性腹泻的发病及加重密切相关，蓖麻油腹泻与其分解产物对肠道的刺激及大量脂肪油有关，硫酸镁属于容积性泻药。结果发现，双苓止泻口服液有明显的对抗腹泻效果，能降低腹泻发生百分率，推迟腹泻潜伏时间，减轻腹泻严重程度。故可认为双苓止泻口服液具有明显的抗实验性腹泻作用，这一作用可能是其主要药效学基础之一。

2. 对肠道推进功能的影响

对正常小鼠肠道推进功能的影响进行考察，实验结果表明双苓止泻口服液 7.5 ~ 90 g/kg 间正常小鼠炭末推进功能有不同程度的抑制作用。

对新斯的明所致小鼠肠道推进功能亢进的影响进行考察，实验结果表明双苓止泻口服液在 60 g/kg 时能明显抑制新斯的明的肠道推进功能亢进的作用。

双苓止泻口服液对正常小鼠肠道推进功能有抑制作用，较大剂量能拮抗新斯的明所致肠道运动亢进。由于多种腹泻都伴有肠道运动的这种亢进，故双苓止泻口服液的这一作用也是其临床疗效的药理基础之一。

3. 抗炎作用

对角叉莱胶所致大鼠足爪肿胀的影响进行考察，实验结果表明大剂量双苓止泻口服液对角叉莱胶所致大鼠足肿胀有明显的抑制作用。

对蛋清所致大鼠足爪肿胀的影响进行考察，实验结果表明大剂量双苓止泻口服液对鸡蛋清所致鼠爪急性炎症有明显的抑制作用。

对巴豆油所致小鼠耳肿胀的影响进行考察，实验结果表明大剂量双苓止泻口服液对巴豆油所致鼠耳急性炎症有显著抑制作用。

对大鼠背部皮肤毛细血管通透性影响进行考察，实验结果表明双苓止泻口服液对 5-HT 和 PGE2 大鼠背部皮肤毛细血管通透性亢进有明显抑制作用。

4. 解热作用

对内毒素所致家兔发热的影响进行考察，实验结果表明双苓止泻口服液对内毒素所致家兔发热有明显解热作用。

对酵母所致大鼠发热的影响进行考察，实验结果双苓止泻口服液对酵母所致大鼠发热有明显解热作用，尤其 5 ~ 10 小时具有非常明显的降温作用。

5. 对免疫功能的影响

对小鼠网状内皮系统（RES）吞噬功能的影响进行考察，实验结果表明双苓止泻口服液对 RES 功能无明显影响，对胸腺、脾、肝等重要免疫器官重量也无明显影响。

对小鼠腹腔巨噬细胞吞噬鸡红细胞的影响进行考察。实验结果表明双苓止泻口服液对吞噬细胞指数具有明显影响，能显著提高吞噬细胞对 CRBC 的吞噬。

6. 镇痛作用

末次给药 1 小时后小鼠腹腔注射 0.8% 醋酸生理盐水 0.25 ml/ 只，观察 20 分钟内小鼠发生扭体反应的次数。结果双苓止泻口服液能明显抑制醋酸所致小鼠扭体反应。

7. 抗细菌作用

双苓止泻口服液对临床分离菌株有较广谱的抗菌效果。

8. 抗病毒作用

以法国进口药“思密达”为阳性对照组，在临床患儿以排毒时间为指标观察双苓止泻口服液的抗轮状病毒作用。结果双苓止泻口服液与阳性药思密达比较，对于患儿的退热时间、腹泻停止时间的疗效无显著性差异。经用 PAGE 法检测，双苓止泻口服液治疗患儿粪便中轮状病毒排毒时间为 2 ~ 6 天，较文献中报道的通常排毒时间 9 ~ 21 天短，而与思密达组相同。

（三）安全性试验研究

1. 急性毒性试验研究结果：双苓止泻口服液对小白鼠一次灌胃的 LD50 为 460 g/kg，此剂量相当于成人每天剂量的 307 倍，表明双苓止泻口服液毒性极低。

2. 长期毒性试验研究结果：双苓止泻口服液以每日 30 g/kg、198 g/kg、131 g/kg，对大鼠连续灌服 1 月，对血液学指标、肝肾功能均无明显影响，对各组大鼠主要脏器均未见病理性改变，表明无明显毒性、临床用剂量安全。

三、临床与疗效

由北京中医药大学附属东直门医院作为临床研究负责单位，于 1995 年 10 月至 1996 年 3 月在成都中医药大学附属医院、成都市儿童医院、成都市第一人民医院、成都市第二人民医院、成都市铁路中心医院进行临床研究工作。450 例临床（治疗组 300 例、对照组 150 例）研究结果表明：双苓止泻口服液治疗湿热内蕴证及轮状病毒性肠炎具有湿热内蕴证者有显著疗效，总有效率达 97.33%，总显效率 79%；与法国进口药“思密达”相比治疗小儿轮状病毒性腹泻总有效率无明显差异（$p < 0.05$），起效时间有明显差异（$p < 0.05$），双苓止泻口服液起效更快。临床结果显示对病毒性肠炎、细菌性肠炎均有较好疗效。

该产品自 1998 年投产以来，取得了较好的社会效益和经济效益。通过对太极集团售后服务中心及不良反应检测中心的来电来信统计，未发现明显不良反应报道，也无质量抽检不合格公告，因其安全有效被遴选为 OTC 药物。

四、展望

腹泻是世界各地婴幼儿最常见的疾病之一，轮状病毒是全世界婴幼儿重症腹泻最重要的病原，而双苓止泻口服液是目前国内唯一用于治疗轮装病毒引起的婴幼儿腹泻的中成药，该产品的问世，填补了中药治疗病毒性腹泻的空白。多年的临床应用表明，双苓止泻口服液对轮状病毒肠炎具有明显止泻效果，能显著缩短腹泻的总病程，避免了因剧烈、持久的腹泻引起的脱水和电解质紊乱，因此具有广阔的市场前景。双苓止泻口服液具有市场占有率高、市场需求大、疗效肯定等特点。未来将通过剂型改革、工艺创新等持续二次开发，使儿童顺应性更高、疗效更好，进一步扩大品种销售份额，造福更多的临床病患，形成具有市场竞争力、科技含量高的中药大品种。

秦少容、黄静（太极集团有限公司）

本章介绍的 3 个中成药是在“1035 工程”支持下已上市并具较好临床应用效果的成功案例，在已经批准的 23 项中药新药研究项目中占比 13%。“1035 工程”共支持中药项目 88 个，其中 23 个为中药新药研发项目，通过核查，其中 13 个品种研制成功并注册为中药新药，2 个申报为保健品，另有 8 个获得临床批件。本章编写之初，从 13 个成功注册的中药新药研发品种中筛选出 9 个产业化较好的品种准备成稿，然而，由于从立项至今已逾多年，诸多负责人、研发人员已退休或单位变更，导致材料、信息不完全，最终以腰痹通胶囊、葛酮通络胶囊、双苓止泻口服液 3 个品种为代表列入书中。此 3 个品种都有比较完整的研发过程记录，临床与疗效较好，一定程度上代表当时中药新药的研发状况。

"1035 工程" 实施给中药新药研发注入了活力，促进了中药新药技术平台体系的建设，在项目实施过程中充分体现中药新药开发与企业生产的有效结合，推动了企业作为主导与科研院所一起承担中药新药研发工作，加速了中药新药研发和产业化进程。在组织编写和审校过程中，深深地感触到了中药新药研发的艰辛和不易，作为先行者尤其如此。多年来，在国家政策和相关职能部门的大力支持下，由于前辈科研人员的长期、艰苦和不懈地努力，才使我国的中药新药研发有了蓬勃发展的局面。从中，也可汲取经验和力量，不忘初心，砥砺前行。

陈士林、刘艳（中国中医科学院中药研究所）

第六章

生物药新药研发主要成果

第一节　b 型流感嗜血杆菌结合疫苗

b 型流感嗜血杆菌（Hib）是引起婴幼儿呼吸系统感染和多种侵袭性疾病的重要病原菌，国外流行病学资料显示主要引起 5 岁以下婴幼儿化脓性脑膜炎、会厌炎、关节炎、败血症、肺炎及骨髓炎，尤其是 Hib 脑膜炎及肺炎因其发病率高、死亡率高和致死率高而被受到国际卫生界重视，20 世纪 80 年代后期，国外已经研制成功了安全、有效的预防用疫苗。经过近 10 年的广泛使用，Hib 侵袭性疾病的发病率显著下降。1996 年，世界卫生组织（WHO）和儿童免疫创议（children's vaccine initiative，CVI）组织建议各国将 Hib 结合疫苗纳入扩大免疫规划（expanded programme on immunization，EPI）范畴，在婴幼儿中广泛接种。

一、研究背景

我国 Hib 流行病学资料非常缺乏，Hib 在婴幼儿中引起的疾病种类及其比例尚不清楚。但已有的医院监测资料和有限的流行病学调查结果显示，Hib 在我国婴幼儿中引起的疾病并非罕见，在 5 岁以下小儿中，Hib 引起的化脓性脑膜炎可占到全部化脓性脑膜炎的 20% 左右，更重要的是 Hib 可能是引起我国小儿肺炎的主要病原菌之一，Hib 肺炎占所有肺炎的 30% 左右。据 WHO 估计，Hib 肺炎的病死率比 Hib 化脓性脑膜炎的病死率高 10 倍，是严重威胁婴幼儿健康和生命的疾病，但我国当时尚无预防 Hib 的疫苗，研发适合中国国情的 Hib 结合疫苗已成为当务之急。

二、研发过程

1. 疫苗的设计

兰州生物制品研究所以 Hib 细菌的荚膜多糖（CPS）为抗原，破伤风类毒素（tetanus toxoid，TT）为蛋白质载体，用溴化氰将 Hib 的 CPS 活化后再与己二酸二肼共价结合，使 Hib CPS 上形成六碳连接臂（Hib-AH），在 1- 乙基 -3-（3-二甲基氨基丙基）- 碳二亚胺缩合剂的作用下，使 Hib-AH 与 TT 多位点共价结合形成 Hib CPS-TT 结合疫苗，研制出 b 型流感嗜血杆菌结合疫苗产品。在该疫苗研制过程中，他们对生产用菌种、细菌培养、CPS 纯化、多糖衍生物和多糖 - 蛋白结合工艺进行了优化，同时建立了生产过程中各中间产物、原液和成品的检定方法，并对其效力和稳定性进行了系统观察，同时参考 WHO 有关规程，提出了该疫苗的制造和检定规程。在获得国家药品监督管理局批准的情况下，他们对研制的 b 型流感嗜血杆菌结合疫苗进行了人体的安全性和免疫原性研究。

2. 临床前研究

该疫苗的临床前研究主要包括：Hib CPS 生产用菌种的检定和生产用培养基的选择；Hib CPS 的制备；Hib CPS 的己二酸二肼衍生化；破伤风类毒素纯化、浓缩；Hib CPSAH 衍生物与破伤风类毒素结合物的制备；Hib CPS 结合疫苗效力试验等。

3. 临床研究

Ⅰ期临床研究：主要是观察该疫苗的接种安全性，本着先幼儿后婴儿，开放性临床观察的原则，本疫苗的接种对象为 3 ~ 5 月龄婴儿，为保证婴儿接种的安全性，先选择 10 名成人接种该 b 型流感嗜血杆菌结合疫苗，先只接种一剂，观察接种 72 小时内的局部和全身副反应。在确保成人接种安全后，再选择 3 ~ 5 岁健康幼儿进行接种，也是接种一剂后，再观察接种 72 小时内的局部和全身副反应，再次证明该疫苗的安全性后，再选择 3 ~ 5 月龄健康婴儿进行疫苗接种，观察接种 72 小时内的局部和全身副反应。

Ⅱ ~ Ⅲ期临床研究：在Ⅰ期临床研究证明该疫苗安全性的前提下，以市售的法国安万特巴斯德生物制品厂所生产的 b 型流感嗜血杆菌结合疫苗（安儿宝）为对照，以兰州生物制品研究所研制的 b 型流感嗜血杆菌结合疫苗为试验疫苗，用 3 ~ 5 月龄健康婴儿为研究对象，按照开放性临床研究的原则，分别于 0、1 和 2 月各免疫接种一针，共接种 3 针，每次接种后 72 小时内详细观察局部、全身以及异常反应的发生。

在所观察的 22 名 3 ~ 5 周岁幼儿和 144 名 3 ~ 5 月龄的婴儿中，仅在第一针接种后各有一例出现局部弱反应性红肿，而三针接种过程中均未观察到接种婴幼儿的局部中、强反应性红肿。第一针接种后，122 名 3～5 月龄婴儿的全身体温中反应发热率为 1.6%；第二针接种后全身体温中反应发热率为 0.9%。第三针接种后全身体温中、强发热反应率为 2.1%。上述反应均于接种后 72 小时消失，该结果与国外该疫苗的报告基本一致，其反应类型和反应程度没有随接种次数的增加而加重，表明所研制的该疫苗具有良好的安全性。免疫学研究结果显示，疫苗免疫前血清抗 b 型流感嗜血杆菌 PRP 平均抗体浓度（GMC）为 0.074 0 μg/ml，三针免疫后一个月的平均抗体浓度（GMC）为 6.678 6 μg/ml，免疫后比免疫前增长了 89 倍。抗 b 型流感嗜血杆菌 PRP 平均抗体浓度大于 0.15 μg/ml 的有 104 人，占总测定样品的 99.0%（自然保护临界值）。抗体浓度大于 1.0 μg/ml 者为 102 人，占总测定样本的 97.14%（长期保护临界值）。免疫前与免疫后血清平均抗体浓度具有显著性差异（$p < 0.001$），显示出该疫苗具有良好的免疫学效果。

三、临床应用及效益

b 型流感嗜血杆菌结合疫苗（呵尔贝）用于预防由 b 型流感嗜血杆菌所引起的侵袭性感染（包括脑膜炎、肺炎、败血症、蜂窝组织炎、关节炎、会厌炎等），该疫苗具有良好的免疫保护效果和安全性。b 型流感嗜血杆菌结合疫苗在欧美 12 个国家和地区大规模使用后的回顾性流行病学资料显示，使用该疫苗两年后，各国 5 岁以下儿童 Hib 侵袭性疾病的发病率开始下降，使用 8～10 年时，该病的发病率较使用前下降 90% 以上，显示出 b 型流感嗜血杆菌结合疫苗具有良好的免疫保护效果。

2003 年 12 月 31 号，兰州生物制品研究所研制的该疫苗获国家药品监督管理局颁发的生产文号，2004 年开始组织生产。截至 2014 年底，该产品上市销售超过 9 000 万剂量，销售收入 17.3 亿元人民币。由于该疫苗具有优异的保护效果，在预防 b 型流感嗜血杆菌感染、保护人民健康等方面具有重大的社会意义。

四、展望

b 型流感嗜血杆菌结合疫苗于 1996 年立项，在“1035 工程”的支持下，得以快速完成基础及临床研究。2000 年，获得国家药品监督管理局颁发的临床研究批件。2002 年，完成Ⅰ～Ⅲ临床试验。2003 年 12 月，获国家新药证书（国药证字 S20030075）和生产文号（国药准字 S20030102）。2004 年，实现产业化并市场推广应用（商品名：呵尔贝）。2007 年完成上市后Ⅳ期临床研究，经过 11 000 名受试者研究证明，本产品具有安全、有效和质量可控的特点，其效果与 Sanofi Pasteur 公司进口的同类产品相同。b 型流感嗜血杆菌结合疫苗是我国第一个自主研发并批准上市的细菌多糖 - 蛋白质结合疫苗，填补了我国在细菌多糖 - 蛋白质结合疫苗研发领域的空白。

谢贵林、谭小梅、杜琳（兰州生物制品研究所有限公司）

第二节　聚乙二醇化重组人粒细胞刺激因子注射液

中性粒细胞减少是肿瘤化疗常见和具有潜在危险的不良反应，常常导致化疗延迟或不得不降低化疗药物剂量，从而影响肿瘤化疗的疗效。重组人粒细胞刺激因子（rhG-CSF）可选择性地作用于粒系造血祖细胞，促进其增殖、分化，能加速粒细胞、单核细胞的分化和成熟，减少化疗后骨髓功能抑制所致感染的发生率，从而保证化疗顺利进行，是防治肿瘤化放疗所致中性粒细胞减少症的有效药物。rhG-CSF 已广泛应用于临床，然而由于其血清半衰期短，癌症患者化疗后需要每日注射升白细胞药物 rhG-CSF，并抽血检测血象，患者使用的依从性差因此，急需研制一款长效的升白细胞药物 rhG-CSF。

一、研究背景

尽管重组人粒细胞刺激因子（rhG-CSF）可有效防止肿瘤化疗所引起的中性粒细胞减少以及由此带来的感染，由于重组人粒细胞刺激因子（rhG-CSF）需要每日注射，并每天抽血检测血象，这给治疗带来不便，给患者增加痛苦，治疗费用较高，患者依从性也较差。

甲氧基聚乙二醇丙醛（PEG）是一类无毒的水溶性中性多聚体，其相对分子质量在（5 ~ 60）$\times 10^3$ 之间，已被美国食品和药品监督管理局（FDA）批准用于人体局部、胃肠道和静脉给药，安全性好。通过共价连接对蛋白质进行化学修饰，PEG 化修饰后可改变蛋白质的分子大小、疏水性及电荷等生物化学特性，并增加蛋白水溶性和稳定性。

PEG 化修饰后的蛋白能有效地克服蛋白质类药物在临床应用中的一些缺点，如可以提高蛋白药物的体内稳定性，延长血浆半衰期，提高生物利用度，减低蛋白质的免疫原性，增加药物疗效及安全性等。

二、研发过程

为解决 rhG-CSF 的长效化修饰这一技术难题，石药集团百克（山东）生物制药有限公司于 1997 年成立研发团队，开始了长效型 rhG-CSF 的研发。

在长效型 rhG-CSF 的研发过程中，存在制备工艺和资金缺乏等困难。

工艺方面，如何选择 PEG 分子种类，药物与 PEG 分子的交联工艺等方面因素都可能导致不同种类 PEG-rhG-CSF 的临床疗效和 / 或耐受性方面存在差异。其次，要实现 rhG-CSF 得长效性，需要解决 PEG 化交联反应和纯化技术两个技术瓶颈。

研发资金方面，长效 rhG-CSF 的研发周期较长，需要进行大量探索性、重复性试验，还需要进行临床前试验及Ⅰ、Ⅱ、Ⅲ期临床试验。因此，本项目需要大量的研发资金支持。

石药集团百克（山东）生物制药有限公司针对这些难点，加大了研发力量和资金投入，使研发项目得以顺利进行。

工艺方面，石药集团百克（山东）生物制药有限公司克服了多个技术难题，在大量实验的基础上，最终确定采用相对分子质量为 20×10^3 并具有反应活性基团的直链甲氧基聚乙二醇丙醛，建立了 PEG 分子与 rhG-CSF 的定点交联技术。通过合适的还原催化反应条件，使 PEG 分子在 rhG-CSF 的 N 末端进行定点交联，在此反应条件下得到的最终产物 PEG-rhG-CSF，可保持较高的生物学活性，同时反应效率达到了理想的结果，保证了最终产品收率及纯度。

资金方面，在加大研发投入的基础上，石药集团百克（山东）生物制药有限公司还积极申请其他的国家科研经费的支持。这一项目被列入“1035 工程”后，还获得国家蛋白和疫苗类发展专项、山东省自主创新专项、国家重大新药创制专项等多项资金支持。

经研发团队的艰苦努力，1999 年末，PEG-rhG-CSF 研制成功，此后经过大量工艺探索和优化，完全掌握了其产业化生产的关键技术，2002 年 11 月，该产品获得了国家药监局颁发的临床试验批件，并被批准为国家一类新药，2011 年，取得国家一类新药 PEG-rhG-CSF（津优力）的生产批件和新药证书，2012 年取得 GMP 证书，并作为国内首家长效升白细胞药物上市。

石药集团百克（山东）生物制药有限公司委托蛋白质药物国家工程中心进行了津优力与美国安进公司 Neulastim 对比研究。从 PEG 修饰位点分析、N 末端序列、HPLC-UV & ESI-MS 双肽图峰归属、氨基酸组成分析、等电点测定、二硫键定性分析、相对分子质量测定、肽质量指纹谱及序列覆盖率测定、C 末端氨基酸序列分析（质谱法）、圆二色谱鉴定等进行了检测和对比，二者有着良好的一致性。

PEG-rhG-CSF 的药理作用简介如下。

（1）PEG-rhG-CSF 单次给药效果优于多次给予 rhG-CSF：药效方面，PEG-rhG-CSF 临床前研究及临床试验表明，该药的耐受性良好，单次给予此药升高中性粒细胞绝对值的效果比多次给予 rhG–CSF 更强，维持时间更长。药代动力学研究表明，PEG–rhG–CSF 半衰期较长，清除率较慢，可以解释临床表现的升高中性粒细胞的长效作用特点。PEG–rhG–CSF 这一长效特点可以减少患者反复接受注射的痛苦和不便，提高治疗依从性。

（2）PEG–rhG–CSF“自我调节”的药效学特点：PEG–rhG–CSF 注射后具明显的长效型制剂的药代动力学特征，PEG–rhG–CSF 半衰期为 44.6~49.8 小时，较 rhG–CSF（半衰期为 3.5 小时）明显延长，血药清除率明显下降。原始细胞 / 骨髓有核细胞（ANC）减少期间血药浓度均一直保持较高水平，其明显下降均出现在 ANC 开始回升后，这提示 PEG–rhG–CSF 在血液中的清除受 ANC 介导。rhG–CSF 主要通过肾清除，而 PEG–rhG–CSF 分子大，肾小球滤过少，肾清除少，PEG–rhG–CSF 的清除主要受白细胞介导。G–CSF 受体是 1 型细胞因子受体家族成员，主要存在于早幼粒细胞和成熟中性粒细胞表面。G–CSF 与受体结合形成的复合物通过胞吞作用进入细胞内，继而 G–CSF 被降解，这一过程可以有效地清除循环血中的 G–CSF。当化疗引起白细胞减少时，白细胞介导的清除减缓，所以 PEG–rhG–CSF 的清除减慢，而药物起效后，白细胞回升，白细胞介导的 PEG–rhG–CSF 的清除作用增强，其血清浓度迅速下降，药效逐渐消失。这样，在白细胞较低时，PEG–rhG–CSF 可以持续发挥作用，而当白细胞增高时则被清除，使白细胞维持在相对正常的水平，不致于过高。PEG–rhG–CSF 的这种“自我调节”的药效学特点有助于简化给药方法，并且避免了 ANC 过高可能导致的不良反应，提高了治疗安全性。

（3）PEG–rhG–CSF 与 rhG–CSF 安全性相似：在药品安全性方面，PEG–rhG–CSF 和 rhG–CSF 一样具有良好的安全性，它的不良反应种类、发生率与 rhG–CSF 相似。常见不良反应主要为肌肉、骨骼疼痛，一般无需特殊治疗，停药后即可自行恢复。

三、临床与疗效

2012 年，该药物取得 GMP 证书，并作为国内首家长效升白细胞药物上市，以其长效、安全的特点，日益被医疗机构和患者所接受，并于 2017 年正式进入《国家医保目录》。

石药集团百克（山东）生物制药有限公司所研发的聚乙二醇化重组人粒细胞刺激因子注射液（津优力）是我国首家上市的 PEG–rhG–CSF 产品，填补了国内空白。2017 年 12 月，津优力专利技术《一种聚乙二醇修饰的 rhG–CSF 药物组合物及其制备方法》（专利号 ZL 201310022078.9）被国家知识产权局评为中国专利金奖。

四、展望

通过长效型的 rhG-CSF 的研发，搭建了 PEG 化蛋白药物平台，对于同类蛋白质药物的研制，具有重要的借鉴意义。在此基础上，课题承担单位正在研发聚乙二醇化重组人胰高血糖素样肽 -1 受体激动剂、聚乙二醇化干扰素 α-2a 等长效蛋白药物。

2016 年，国内粒细胞刺激因子类药物销售额共计 13.4 亿元，rhG-CSF 销售占比 87.8%，PEG-rhG-CSF 占比 12.2%，我国还是由 rhG-CSF 占据绝大部分市场，而国外数据显示 PEG-rhG-CSF 销售占比为 76%，rhG-CSF 为 24%。在我国治疗机构中，PEG-rhG-CSF 越来越被医生及患者认可和接受，PEG-rhG-CSF 取代 rhG-CSF 是市场发展趋势，这也和国外趋势是一致的。

李宏民、王文本、戴秀君、张雪梅、王龙山
（石药集团有限公司）

第三节　口服重组幽门螺杆菌疫苗

在 20 世纪 80 年代以前，人们一直认为消化性疾病是非感染性疾病，“无酸无溃疡”的定律决定着临床医师对这类患者的诊断、治疗与预防。然而，幽门螺杆菌（*Helicobacter pylori*，*H. pylori*）的发现从本质上更新了这一定律，并成为人类胃肠病防治与研究史上的一次革命。

1984 年，澳大利亚两位科学家瓦伦和马歇尔教授在研究胃部细菌时，在显微镜下发现了幽门螺杆菌并猜测可能是导致胃病的元凶。为了证实自己的观点，马歇尔教授拿自己做实验，服下满满一杯幽门螺杆菌培养液，让自己患上了急性胃病，结果证实幽门螺杆菌感染可引起胃炎。1984 年英国权威医学杂志《柳叶刀》刊载马歇尔的这项研究报告，全世界掀起了一股研究幽门螺杆菌的热潮，此后，经全世界微生物学、消化病学专家的共同研究证实，幽门螺杆菌是引起慢性胃炎、胃溃疡、十二指肠溃疡及胃癌的主要致病菌。该发现在国际医学引起了巨大震动，彻底推翻了沿袭久远的“无酸无溃疡”的定律，为有效诊断、预防与治疗胃病提供了光明前景。瓦伦和马歇尔教授因上述发现而获得了 2005 年诺贝尔生理学或医学奖。

这一事实让世界相信：幽门螺杆菌是造成胃病的罪魁祸首，WHO 已将幽门螺杆菌列为与胃癌发病密切相关的第一类致癌因子。遗憾的是，此后十几年间，没有人在这一领域再取得进一步的突破。对幽门螺杆菌的认识还不够全面和深入，胃病治疗尚有许多困惑，如何预防和根治幽门螺杆菌引发的胃病，仍是一个待解之谜。

一、研究背景

目前国际上已将幽门螺杆菌相关疾病确定为感染性疾病，WHO 将幽门螺杆菌确定为引发胃癌的 I 级致癌因子。我国人群幽门螺杆菌感染率为 57%，大约 7 亿人为幽门螺杆菌感染者，约有 2 亿人患有慢性胃炎、消化性溃疡及胃部肿瘤等，其中，每年因胃癌死亡 30 万人，新发胃癌 60 万人，我国是幽门螺杆菌感染危害的重灾区。

临床上主要应用抗生素加铋剂或 H^+ 拮抗剂治疗幽门螺杆菌感染，但存在较多不足：①疗效不稳定，易复发；②易产生耐药性；③毒副作用大；④医疗费用高；⑤最大的缺陷在于不能通过抗生素治疗而最终彻底消灭幽门螺杆菌。由于幽门螺杆菌在胃内栖居部位的特殊性，以及对一些抗生素容易产生耐药性，单纯依靠药物根除幽门螺杆菌并不是一件易事，况且人群中幽门螺杆菌感染率又这么高，也不可能对所有的幽门螺杆菌感染者使用抗生素进行幽门螺杆菌根除治疗。所以，对幽门螺杆菌感染所致的胃、十二指肠疾病的防治难度仍很大，必须寻找新的有效途径。

人类与病原微生物的长期斗争的历史表明，有效控制和彻底消灭某种传染病的最佳途径是疫苗接种。耐药苗株不断增多以及发展中国家幽门螺杆菌感染率不断增高的事实，使人们更寄希望于幽门螺杆菌疫苗。

早在 1991 年，Czinn 及 Nedrud 即获得了免疫接种具有保护性的实验结果，提示建立一种免疫接种方案以预防幽门螺杆菌感染及其相关疾病是有可能的。猫螺杆菌小鼠动物模型的建立使得验证这一假设成为可能。更有意义的是，幽门螺杆菌疫苗不单具有预防作用，还同时可能具有治疗效果。Doidge 等用猫螺杆菌或幽门螺杆菌经口接种小鼠能根除已感染的细菌。Corthesy-Theulaz 等亦证实了这一发现，且均未观察到病变加重情况。这标志着选择有效的保护性抗原及佐剂在幽门螺杆菌感染的人群施行治疗性免疫接种是能够成功的。

疫苗控制幽门螺杆菌感染不仅能克服现行抗生素疗法存在的毒副作用等不足，而且在个人防治费用上将大幅度节省，群体防治效果更佳。因此，发展有效幽门螺杆菌疫苗对预防和控制幽门螺杆菌感染，大幅降低幽门螺杆菌相关性疾病具有重大社会效益和经济效益。

二、研发过程

20 世纪 80 年代以来，全世界许多医学、药学、基因工程等领域的专家都一直致力于幽门螺杆菌疫苗的研究，欧美国家有多个幽门螺杆菌疫苗尚处于Ⅰ、Ⅱ期临床研究阶段，无商品化疫苗问世。

幽门螺杆菌疫苗研发是本领域国际性难题，主要是由于幽门螺杆菌在感染方式、免疫应答、致病机制等方面具有以下与众不同的特殊性和面临必须解决的难题：①幽门螺杆菌自然感染人体后在血液中能产生较高水平 IgG 抗体，但此类抗体却无法防止幽门螺杆菌对人体的再感染，原因是什么呢？需要激发哪一类免疫机制？产生何种抗体才能预防幽门螺杆菌感染呢？②幽门螺杆菌感染定植在胃肠道黏膜部位，具有抗高酸环境生成的特殊机制和能力，什么样的抗体才能到达胃肠黏膜部位并发挥有效作用呢？③幽门螺杆菌属微需氧生长细菌，大规模培养极其困难，何种生产工艺和技术才能满足幽门螺杆菌疫苗大规模生产呢？④幽门螺杆菌具有潜在的致癌性，在幽门螺杆菌 1 500 多个蛋白质分子中选择哪些成分作为疫苗保护性抗原才是安全有效的呢？⑤人类是幽门螺杆菌唯一的自然感染宿主，建立什么样合格的动物模型才能满足疫苗研究评价的需要呢？

面对上述难题，应用传统方法研制幽门螺杆菌疫苗是根本行不通的，因此，必须探索新的研究思路和建立新的技术方法才有可能成功。

从 1995 年起，第三军医大学邹全明教授带领科研团队，紧紧围绕幽门螺杆菌疫苗研究中的重要理论和重大技术难题，坚持不懈刻苦攻关。他们在没有相同疫苗参考资料的情况下，克服重重困难，多年如一日地刻苦钻研。经过无数次的失败，他们完成了数以千万计的实验数据，将基因工程、蛋白质工程等现代分子生物技术与原有研究基础紧密相连，突破了研制中的许多关键性技术难题，终在胃病疫苗的设计原理、种子工程菌株、工艺流程、中试技术指标、剂型配方、质量标准、鉴定方法、动物模型等方面获得了一批原创性成果，其中最具代表性的是：在国际上率先创立了“分子内佐剂黏膜疫苗”设计原理及其关键技术，应用该原理设计并研制出幽门螺杆菌疫苗，高效诱导机体产生了特异性黏膜 sIgA 抗体，解决了常规血清抗体无法预防幽门螺杆菌感染的难题，为幽门螺杆菌疫苗的发明奠定了坚实的理论基础。同时，为其他黏膜感染病原体新型疫苗研究提供了全新的思路与借鉴。采取独特的基因工程疫苗分子构建模式，在黏膜表面产生免疫力，避免了以往因幽门螺杆菌在黏膜表面感染而难以防治的情况；建立了多种长期稳定的动物感染模型，为评价胃病疫苗提供了必要条件，成功解决了该领域的世界性难题；采用特殊工艺剂型，克服了胃酸、胃蛋白酶对疫苗的破坏作用，提高了疫苗的有效性和稳定性。“口服重组幽门螺杆菌疫苗”分别于 2003 年 5 月和 2004 年 12 月获国家食品药品监督管理局批准，在江苏省完成了Ⅰ、Ⅱ期和Ⅲ期临床试验，该临床研究试验完全按照国际规范程序进行，即随机、双盲、安慰剂对照设计，受试对象以知情同意、自愿参加为原则，初筛试验一万余人，参加Ⅰ、Ⅱ、Ⅲ期临床试验受试者共 4 464 人，研究结果表明该疫苗对人体具有良好的安全性和有效性。疫苗组特异性抗体阳性率超过 85%，远高于安慰剂对照组，两组有统计学显著性差异。该疫苗预防幽门螺杆菌感染的保护率高达 71.8%，取得了口服疫苗的良好效果。在国内外口服疫苗中，其保护率位居前列。

2009 年 3 月该疫苗获得国家一类新药证书。从实验设计到菌种构建、中试放大、生产工艺、制剂配方及临床研究均为原始创新，具有完全自主知识产权，为全世界首个也是目前唯一获批的幽门螺杆菌疫苗，2009 年 4 月 23 日，科技部专门为此疫苗的成功研制召开了新闻发布会。该疫苗已获国际及国家发明专利授权 16 项，并获国家技术发明二等奖和重庆市技术发明一等奖。该项目同时被评为 2015 年度“中国高等学校十大科技进展”“中国生命科学领域十大进展”及“中国医药生物技术十大进展”。于 2016 年 3 月被亚太消化病学会充分论证列入《亚太胃癌防治专家共识意见》，成为首个被国际组织推荐为预防胃癌的疫苗。

2015 年 6 月 30 日，国际顶级医学期刊《柳叶刀》在其官网首页头条位置刊出了邹全明教授作为通讯作者的研究论文《口服重组幽门螺杆菌疫苗的有效性、安全性和免疫原性研究——中国儿童随机、双盲、安慰剂对照Ⅲ期临床试验》，并同期配发了澳大利亚墨尔本大学 Philip Sutton 教授的专题评述。Philip Sutton 教授在其评论中指出，该疫苗的成功研制向着预防幽门螺杆菌所致胃癌迈进了重要的一步。这将重新激发这一重要课题的激情，通过进行深入的临床试验推动本领域的不断进展。

该项目已成功转让给芜湖康卫生物科技有限公司，获转让经费 2.25 亿元，已完成工业化试生产，并申请 GMP 认证及生产批件审批。

三、临床与疗效

我国是人口大国，也是胃病大国。我国幽门螺杆菌感染率大于 53%，慢性胃炎、胃与十二指肠溃疡患者超过 2 亿，2014 年胃癌发病率位居第二，胃癌死亡者达 20 万以上，治疗幽门螺杆菌所致疾病超过 100 亿元。传统疗法一直依靠抗生素治疗幽门螺杆菌引发的相关疾病，但抗生素滥用导致幽门螺杆菌耐药菌不断产生。我国成为幽门螺杆菌高感染率和胃癌高发区以及幽门螺杆菌疫苗最大的潜在市场。“口服重组幽门螺杆菌疫苗”的成功研制，使我国民众能够在全世界率先享用幽门螺杆菌疫苗，成为控制和减少幽门螺杆菌感染相关疾病的科学有效手段。对于保障人民健康和推动生物高技术产业发展具有十分重大社会和经济效益。

2010 年 6 月，幽门螺杆菌发现者、2005 年诺贝尔生理学或医学奖获得者 Barry J. Marshall 教授来到项目研发实验室现场考查，并签署了相关合作协议。2011 年 12 月，他在对该疫苗的书面评价中这样写道：他们的确在幽门螺杆菌疫苗研究方面取得了其他研究者未能获得的成功（Not only had he shown the same interest but he actually achieved what many other researchers have failed to achieve.）；该项目的重要性在于中国现已有大量人群感染、将来也有很多人会感染幽门螺杆菌，该疫苗是目前防治幽门螺杆菌最经济、适用的手段（The importance of this work is that so many people in China have *Helicobacter pylori*，or will likely catch *Helicobacter pylori* during their lifetime，that a vaccine is by far the most cost-effective preventative means.）。

四、展望

虽然幽门螺杆菌疫苗研究已取得了突破性进展，但其保护率仍有待进一步提高。未来研究将主要围绕几个方面进行：①充分利用已完成测序的幽门螺杆菌基因组信息和蛋白质组学以及生物信息学技术，挖掘和筛选特异性更高、保护性更强的抗原；②寻找安全性更高和更能激发人体胃肠道黏膜免疫应答的新型佐剂；③应用纳米等技术，研制靶向、缓释的疫苗投递方式，增加有效性维持时间；④从细菌、宿主两方面研究幽门螺杆菌感染与免疫的机制，为新一代幽门螺杆菌疫苗甚至治疗性疫苗研制提供科学的理论基础。

邹全明、毛旭、郭刚、鲁东水（陆军军医大学
国家免疫生物制品工程技术研究中心）

第四节　神经生长因子

神经生长因子（nerve growth factor，NGF）是一种影响神经系统生长发育的生物活性物质，是被阐明并确立化学结构的典型神经营养物质，是外周感觉神经和交感神经系统分化与生存所必需的一种蛋白质。NGF 的发现和研究开拓了神经科学一个崭新的领域，推动了神经科学、发育生物学及细胞生物学的发展，相关研究获得了 1986 年诺贝尔生理学或医学奖。

一、研究背景

神经系统疾病是临床上的常见病，但在该领域迄今尚缺乏有效的防治手段。以神经损伤为例，包括外伤、疾病、中毒老化等原因造成的中枢及外周神经系统的损伤，几乎无药可治。而对于老化性神经病变，如吉兰 - 巴雷综合征、阿尔茨海默病、帕金森病等患者的老化的神经不可能代偿增生，这些患者的悲惨命运难以言表。在科技高速发展的今天，人们希望能在神经系统疾病治疗药物研究上有所突破，以解决这一领域中的难题。

二、研发过程

兰州生物制品研究所所承担的神经生长因子的研究与开发课题为“九五”国家重点科技攻关项目，该项目是“1035 工程”重点资助项目。该产品以健康小鼠颌下腺作为原材料，采用现代生物技术，经层析纯化、精制、冻干制成具有天然活性的神经生长因子。1997 年，完成中试和动物试验，得到临床研究批件。所研发的产品“冻干神经生长因子”属国家一类新药，历经 7 年研究，建立了完整的质量标准和独特的规模化生产工艺。并在世界上首次选用化学中毒性周围神经病作为临床研究适应证，并开创了我国用成组序贯法进行临床试验的先河。NGF 药理和药效学研究结果表明，用产生治疗效果的剂量给药，对小鼠和犬都无不良反应。而用 2 000 ~ 4 000 BU/kg 剂量的 NGF 进行肌肉注射给药后，对大鼠和小鼠有良好的促进周围神经再生的作用。NGF 的眼球旁注射可对视网膜缺血 - 再灌注损伤产生保护作用。在临床前安全性研究中，急性毒性和长期毒性试验均未见动物产生明显的异常反应，同时过敏试验和局部刺激试验也未见异常反应，说明本药的使用是安全的。临床试验结果经统计学分析显示，神经生长因子对于正己烷中毒性周围神经病的治疗具有显著疗效。该创新药物于 2001 年 10 月取得国家药品监督管理局颁发的新药证书。

三、临床与疗效

神经生长因子在神经疾病治疗上能显著发挥保护、营养、再生受损神经的作用，对周围和中枢神经系统疾病有很好的疗效。神经生长因子自 2003 年上市以来，现已成为市场中的中流砥柱，在神经保护剂、神经营养剂和神经再生剂领域发挥了重要作用。在临床领域，神经生长因子已广泛应用于神经内科、神经外科、儿科、骨科、眼科、耳鼻喉科、康复科、职业病科、内分泌科等在内的 10

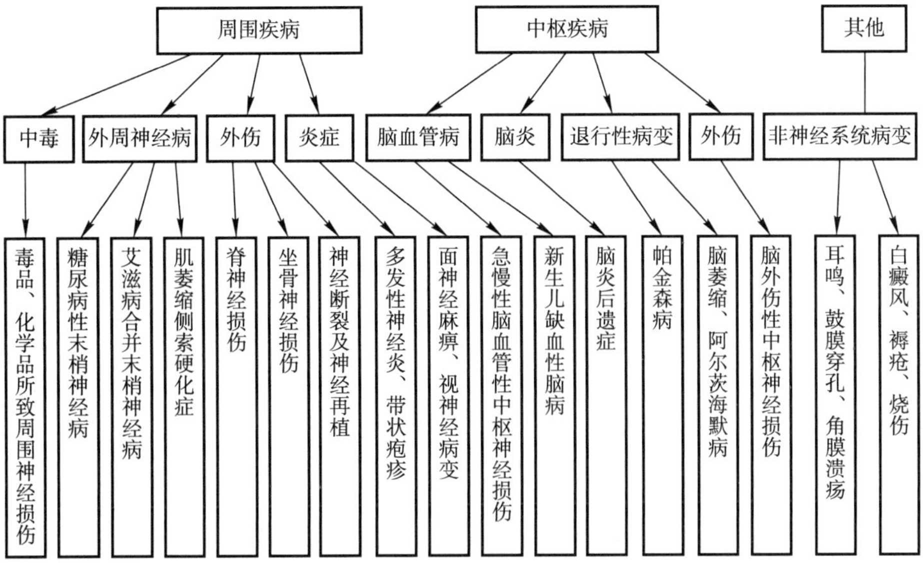

图 6-1　神经生长因子适应证

余个科室，用于治疗各种颅脑外伤、急性脑血管意外、脊髓损伤、新生儿缺血性缺氧性脑病、小儿脑瘫等 20 余种临床常见神经系统疾病（图 6-1）。随着 NGF 多种生物学效应及其作用机制的阐明，以及扩大适应证的临床研究，必将得到更加广泛的临床应用。

2010 年后，神经生长因子销量得到了快速提升，恩经复（商品名）的销售规模有了质的飞跃，根据 IMS 数据的多年监测，2014 年市场规模已突破 500 万支，2015 年销售额约为 6.75 亿元，2016 年、2017 年的年销售额均超过 10 亿元。注射用鼠神经生长因子是世界上第一个也是目前唯一一个直接促进神经再生的治疗药物，是我国在神经系统疾病上药物开发的创举，填补了世界上神经损伤没有直接治疗药物的空白，在国际上首次将神经生长因子用于治疗化学品中毒引起的外周神经损伤，取得极其明显的效果，已经治疗超过百万例患者。对不断缩小我国与西方发达国家在生物技术领域的差距，发展民族创新生物工程技术，推动生物制药产业现代化，具有重要的意义，并带动了上下游相关产业，增加地方财政收入与就业机会，有着良好的社会效益。

四、展望

本项目致力于国家一类新药神经生长因子的研发及产业化，是产学研相结合的良好范本，为生物医药的发展带来新的发展模式，既促进了技术成果的产业化，又为医药制造业的发展开拓了新的道路，近年，神经生长因子在完成上市后再评价及Ⅳ期临床研究后，产品已纳入了《中国药典》（2015 年版三部），表明本产品工艺成熟和临床效果明确。加之神经生长因子在神经损伤治疗领域的突出表现，使得加大推广应用力度及产品深度开发（包括新适应证及新剂型开发），这将有利于恩经复在较长的时间内保持快速成长趋势，为广大神经系统疾病患者带来福音。

沈心亮、潘爱华、蒋琳、丁学因、朱丽萍
（兰州生物制品研究所有限责任公司）

第五节　重组葡激酶

在基因工程新药的注册者中，率先的注册者绝大多数是欧美等发达国家的公司和研究机构，偶有古巴、印度的研究者也在其列。在这个领域中，从未有中国人首先注册，这一历史在2003年被改写。2003年7月8日，中国食品药品监督管理局批准了由中国科学院上海植物生理研究所与成都金鹏生物技术有限公司（本节以下简称“金鹏公司”）研制的“注射用重组葡激酶”的新药注册，颁发了新药证书，中国的研究者在基因工程创新药物的研究领域，率先注册了以汉字命名的生物制品的新药，并首先制定了该药的质量标准和使用说明书。这是一个新时代的开始，它向世界显示，在基因药物研究的领先者中有了中国人，这也预示着，中国人在这一领域将会对世界作出应有的贡献。

一、研究背景

重组葡激酶（recombinant staphylokinase，r-Sak）是通过基因工程的方法所制备的一种新型溶血栓药物，用于由血栓引起的急性心肌梗死的治疗，并有治疗外周血管血栓及由血栓引起的缺血性组织坏死类疾病的应用前景，也可开发成预防治疗血栓病的药物。它与当时临床使用的链激酶（SK）、重组链激酶（r-SK）、尿激酶（UK）、组织纤溶酶原激活剂（t-PA）相比，具有溶血栓速度快、毒副反应小、成本低且易于生产等优点。因此，新型高效的r-Sak被列入国家“九五”科技攻关计划和“十五”重大科技专项（863计划）的重要课题，是国家规划研制完成的十种一类新药之一。r-Sak在国际生物医学领域也是一个研究热点，世界卫生组织（WHO）推荐6种溶血栓药物在急性心肌梗死和脑梗死进行临床应用和大规模临床研究，r-Sak是其中优先推荐的药物。

二、研发过程

该项目的研究开发得到了科技部、国家经贸委、中国科学院、上海市政府、四川省政府和吉林省政府等机构给予的政策、资金方面的大力支持。在产品的申报审批过程中也得到了国家食品药品监督管理局及所属部门的大力支持。在临床前研究、Ⅰ期临床、Ⅱ期临床第一阶段、开放试验以及试验药品检定等审批和检定工作中，药品审批的有关部门都是用加快审批的程序进行工作，技术审评及行政审批的高效率大力支持了研究工作。

r–Sak 的研究从开题、试验室基因克隆及表达、中试研究、临床前研究、Ⅰ、Ⅱ期临床及开放试验，到批准新药注册，取得新药证书，历经 20 多年时间，30 多个科研单位和大学中的约 150 名科研人员先后参加了研究工作，所发表的论文 50 余篇。以下是 r–Sak 的主要研发历程：

r–Sak 的研究始于 1982 年。1985 年，研究负责人王家驯等人率先发表了《产生葡激酶的溶原性转换噬菌体的研究》的论文（王家驯等，1985），并于 1990 年在国内率先克隆出葡激酶的基因，此后成功构建了 r–Sak 工程菌株。1995 年中国科学院上海植物生理研究所与金鹏公司合作，组成联合研制小组，由金鹏公司负责，开始进行该品种的中试研究，探索并建立了大规模发酵、纯化和冻干的生产工艺，并对 r–Sak 的 23 项检控质量指标进行研究，编制了产品的检定规程，期间对该药物进行了系统的临床前动物药理、药效、毒理、药代动力学等方面的研究。1996 年 11 月本品向卫生部药政局药品审评中心申请进行临床试验。1997 年 12 月，经卫生部药政局批准（〔97〕制申体第 48 号），在南京医科大学第一附属医院进行 Ⅰ期临床研究。1999 年 3 月，药品审评中心组织专家对本品的Ⅰ期临床及人体药代动力学研究结果进行了审评，并批准进入Ⅱ期临床研究（〔1999〕制申体字第 24 号）。按批件要求Ⅱ期临床分两个阶段进行。第一阶段由临床研究负责单位北京协和医院和南京医科大学第一附属医院进行。在完成第一阶段试验后，经审评批准进入了Ⅱ期临床试验的第二阶段，在 15 家医院进行。2001 年 7 月，该药物开始进行开放试验。临床研究历经 6 年时间，完成了 300 多例临床病例，经国家药监部门对试验结果的综合评价，证明该药是治疗急性心肌梗死的安全有效的药物。

2003 年 7 月 8 日，国家食品药品监督管理局批准了金鹏公司与中国科学院上海植物生理研究所联合研制的溶血栓创新药物（新生物制品第一类）——“注射用重组葡激酶”的新药注册，并颁发了新药证书。2005 年 2 月 3 日，“注射用重组葡激酶”生产车间获得国家食品药品监督管理局颁发的 GMP 证书。这是中国研究者在基因工程创新药物研究领域率先注册了以汉字命名的生物制品的新药，并首先制定了该药的质量标准和使用说明书。该项研究已获得多项中国发明专利，是一个有完全自主知识产权的研究成果。

三、临床与疗效

在各种疾病中，血栓病是一种危及生命的疾病，死亡率较高。急性血栓病大致可以分为两类：一类是急性心肌梗死，另一类是脑梗死。据统计，国内急性血栓病年平均发病率为 64.55 人 /10 万人，心肌梗死平均发病率为 42 人 /10 万人；而国内脑梗死年平均发病率为 216.6 人 /10 万人，与发达国家相比，我国急性血栓病的发病率在世界上处于发展中国家水平，还比较低，但分布不平衡，目前北方大城市已接近发达国家的发病率。而且随着营养状况的改善，以及城市化进程的加速，发病率呈增长趋势，根据预测，年均增长率可达到 5%左右。

20 世纪 80 年代以来，使用溶栓药物治疗急性心肌梗死已成为一种基础疗法。临床试验证实，对心肌梗死患者采用溶栓治疗的成功率达到 70% ~ 80%，死亡率大大降低。因此，能有效治疗血栓病的药物一直是医药市场上的急需产品。当前溶栓药物主要集中用于治疗急性心肌梗死，主要溶栓药物有 UK、r–SK 和 t–PA，这三种药物的使用约占溶栓药物的 80%。但总的来看，溶栓药物的使用还不普及。主要有两方面原因，一是现有药物的再通率（疗效指标）较低；二是价格昂贵，如 t–PA 的每个治疗人份需要 12000 元人民币，患者难以承受。据国外研究文献报道，r–Sak 与 TPA、r–TPA 等同类药物比较，是安全的，且疗效是相似的，对富含血小板血栓患者的疗效比 TPA 和 r–TPA 还要好。本项目临床研究的对照试验结果也表明，r–Sak 的再通率为 82.35%，显著高于 r–SK 的 65.08%。另外，r–Sak 具有结构稳定、半衰期长、生产工艺简单并易于制备，所以它的生产成本低廉，比同类溶栓药物价格便宜的多，一旦在临床上应用，是老百姓都能用得起的新药。

国外有关 r–Sak 研究文献仍在陆续发表，主要集中在新的临床适应证的研究以及降低免疫原性和长效剂型的研究方面，其结果对 r–Sak 的广泛的临床应用前景的评价是肯定的。据研究证实，心肌梗死的发病是由于微血管形成的血栓向主血管逐渐淤积而触发的。在临床研究中还发现，在施行了溶栓和介入治疗的心肌梗死患者中，有超过 50%患者会出现不同程度的再闭塞，其原因也是由于溶栓后的血栓残片由微血管再向主血管倒流形成的，因此临床上需要治疗微血管血栓的药物。此外，r–Sak 具有高稳定性、长半衰期、易于制备及生产成本低等特点，可以通过改变给药途径或方法，使 r–Sak 适用于多种血栓病的临床治疗。还可以通过改构新的剂型，使其成为无抗原、长效型的具有保健功能的药品，用于心脑血管及其他血栓病的预防性治疗，该药将有很好的临床应用前景。新的临床适应证的研究以及新剂型的制备及临床前研究工作正在进行。

四、展望

1996 年 12 月，课题承担单位技术方（成都金鹏生物技术有限公司，中国科学院上海植物生理研究所）与通化鸿淘茂药业有限公司联合组建了项目的产业化公司——通化玉金药业股份有限公司，合资公司注册资金 3 亿元人民币，技术资产作价 1.2 亿元人民币投资入股。这次资产重组为项目的产业化和临床研究打下了很好的基础。产业化公司经过历时 6 年的建设和管理经营，r–Sak 的生产车间已竣工并投入试运行，使用的生产设备及辅助设施均为 20 世纪 90 年代世界上的先进产品，从 1999 年试运行至今，生产的多批药品通过国家药检所检定后，用于临床试验证明完全符合质量标准。目前企业已通过国家 GMP 认证，并投入大规模生产。r–Sak 与同类溶血栓药物比较是安全有效的。由于它具有高稳定性、长半衰期、易于制备及生产成本低等特点，可以适用于多种血栓病的临床治疗，并可能通过改构成无抗原、长效剂型，使其具有保健功能的药品，用于心脑血管及其他血栓病的预防性治疗，该药将有很好的临床应用前景。

佟彬、王世鹏、黄琳（成都金鹏生物技术有限公司）
王家训、司稚东（中国科学院上海植物生理研究所）

本章介绍的 5 个生物药（包括 3 个疫苗和 2 个重组蛋白药物）是在“1035 工程”支持下已上市或已经获得新药证书即将上市的成功案例，在已获批准的 29 项生物药新药研究项目中约占 17% 的比例。虽然上市的生物药数量尚不很多，但在我国新药创制进程中却起到了重要的引领作用，其中国家一类新药——聚乙二醇化重组人粒细胞刺激因子注射液和神经生长因子的年销售额都超过 5 亿元，带来了巨大的社会效益和经济效益。

有关项目从立项至今已历多年，许多项目的负责人、主要研发人员都退休或单位变更，但在组织编写和审校过程中，还是获得了有关人员的热情参与和倾力协助，感人至深。有些项目从立项到药物上市历经十余年甚至二十多年时间，也令人深切地感受到新药研发的艰辛和不易。多年来，在国家政策和相关职能部门的大力支持下，由于一代代科研人员的长期、艰苦和不懈地努力，促使我国的生物药，特别是抗体和疫苗的研发有了蓬勃发展的局面，能够将自己的创新产品推向市场，惠及广大患者。

魏于全、邓洪新（四川大学华西医院）

第七章

新药研发的影响、经验与展望

第一节 重大影响

“1035 工程”是新药研发的宣言书。面对 1993 年 1 月 1 日起实施新的专利法的严峻挑战，著名药物科学家嵇汝运先生表达了广大药学工作者的心声，“这标志着我国的药品生产，必须逐渐转向创制自己的新药。”时任国务委员兼国家科委主任、党组书记宋健在国家新药研究与开发协调领导小组成立大会上指出，“我国人民的温饱问题已经基本解决……人们对科技界，特别是医药卫生界的期望越来越大，要求越来越高，希望医生能治各种病，医药界能开发和生产更好的药，以保证人民的健康，保持社会的生机和活力。”①

“1035 工程”是新药研发的里程碑。从设立“国家新药研究基金”到实施“新药研究与产业化开发”项目，是我国有组织地开展新药研发的起点，是我国医药产业长期以来依赖仿制，转向创制新药的重要里程碑。新药研发的国家目标凝聚了我国医药科技工作者的注意力，激发了创新的热情。国家自然科学研究基金项目、国家高技术研究发展计划（863 计划）纷纷支持创新药物研究，一批新药研发国家实验室蓬勃发展，一批高水平的新药研发专业人才茁壮成长。“创新药物研究的现代理论和方法”经过攀登计划的培育，入选 1998 年首批启动的国家重点基础研究发展计划（973 计划）。

“1035 工程”播撒了新药研发的种子。“1035 工程”实施以来，我国政府主管部门和医药科技工作者清醒地认识到我国新药研发的基础十分薄弱，与发达国

---

① 摘引自《科技日报》1993年7月23日第一版。

家差距甚远。“1035 工程”的实施，是改革开放以来我国医药科技工作者思想的再一次解放，认识的再一次腾飞。审视国际新药研发的前沿技术和发展趋势，瞄准国际规范。2000 年科技部启动“创新药物研发和中药现代化”重大专项，基本建立了门类齐全的新药发现、临床前研究、临床研究技术平台。2006 年，发布《国家中长期科技发展规划纲要》，“重大新药创制”纳入国家重大科技专项。至 2017 年，初步形成国家药物创新技术体系，临床前安全性评价技术体系已基本与国际接轨，其中 11 家 GLP 平台通过了 28 项国际认证；GCP 平台积极服务新药研发，其中 66 家平台获得 139 项国际认证。30 多个品种获得Ⅰ类新药证书，数百项创新药物进入临床研究，近 20 个品种在欧美发达国家开展国际Ⅱ、Ⅲ期临床研究。我国已经成功研制了盐酸埃克替尼、阿帕替尼、呋喹替尼、西达本胺、康柏西普、重组埃博拉病毒病疫苗（Ad5-EVOB）等多个具有自主知识产权的重大新药品种。22 个中药品种获得新药证书，并通过中成药二次开发，成功培育一批中药大品种。一批创新型生物医药企业如雨后笋，强劲发展，数个企业已将先后在美国和香港上市。一批骨干医药企业医药探索依托创新转型发展的道路，稳步成长。2017 年，我国规模以上医药企业主营业务收入达到 29 826 亿元，同比增长 12.2%。已有两家企业主营收入超 500 亿元，另有 17 家企业主营收入超百亿元。新药研究开发为保障人民健康，促进生物医药战略性新兴产业发展，正在发挥越来越重要的作用。

第二节 主要经验

新药研发是保障人民健康，惠及民生的千秋大业。“1035 工程”实施的过程再一次证明了，政府引导下全国上下齐心协力、精心组织，从头描绘出了创新药物蓬勃发展的宏伟蓝图。

“1035 工程”新药研发的实施过程是依托广大医药科技工作者，以满足临床需求为目标的科技创新。凡与人民健康密切相关，临床需求迫切的创新产品就有生命力。

“1035 工程”新药研发的实施过程是多学科、多团队合作的成功范例。新药研发与仿制药研发比较，涉及学科多、周期长、情况复杂，从新药研究、临床研究到成果转化过程中高效集成的多学科、多团队紧密合作是新药研发成功的重要保障。

“1035 工程”新药研发的实施过程是瞄准科学前沿，吸收国际成功经验，按照国际规范开展创新研究的过程，也实在创新实践中提升创新能力的过程。

第三节　存 在 问 题

由于历史的原因，我国对新药研发创新能力不足，创新条件受限，规范化技术平台尚处于培育中，缺乏有经验的研发人才和团队，是“1035 工程”创新药物研发不得不付出的代价。

“1035 工程”新药研发实施之际，我国医药企业规模狭小，创新投入有限，对于创新风险的承受能力不足，企业创新意识不强远离创新主体，是对新药研发毅力的巨大挑战。

“1035 工程”新药研发实施之际，我国尚处于社会主义市场经济的探索阶段，创新生态环境尚未形成，社会创新资源的整合能力薄弱，经费有限，新药研发摸索前行。

第四节　展　　望

回顾 1993—2018 年，我国改革开放取得了前所未有的巨大成就。尤其是近年来，党和政府高度关注创新发展，新药研发取得了显著进步，新药审评出台一系列鼓励创新的政策，我国加入 ICH，创新生态环境大大改观，我国新药研发迎来了难得的发展机遇。同时，面向新的形势，面临新的挑战。

为了满足人民不断增长的健康需求，需要研究开发更多作用独特、疗效确切、安全可控的新药，满足临床尚未满足的需求。我国新药研发将瞄准国际发展前沿，更加重视基础研究，关注原始创新，注重转化研究。研究开发更多、更新、更好的具有国际影响力、竞争力的新药，惠及民众，造福人类。

新药研发具有高投入、高技术、周期长、风险大的特点，需要药学科技工作者坚韧不拔的精神，持之以恒。需要全社会对于新药研发的理解和容忍，进一步聚集社会优质资源，优化创新生态环境，加大投入力度。

新药研发是挽救患者生命的神圣事业，医药产业是与人民健康形影相随的朝阳产业。我国医药企业将逐步成为药物创新的主体，形成与学术界分工明确、密切联系、良性互动的协同创新体系，推动医药产业实现从仿制为主到创新驱动的根本转变，得到国际社会尊重；推动我国实现从医药大国成为医药强国的根本转变，满足人民健康需求。

沈竞康（中国科学院上海药物所）
杨　哲（科技部重大专项司）

第三篇

平台篇

新药研发是一项需要多学科合作和多种技术方法整合的复杂工程，其中多个环节相关技术的集成称之为“平台”，技术平台的集合就是新药研发的技术体系。“1035 工程”实施的平台建设，开启了我国新药研发技术体系的构建，推动了我国新药创制的能力建设。

尽管我国科学家始终没有停止过药物的创新和研发，但由于各种客观原因的影响，直到 20 世纪 90 年代我国还没有形成完整的新药研发技术体系。面对我国新药研发的整体技术水平和创新能力的现状，平台建设是新药研发能力建设的重要举措，在平台建设中，对平台类型的选择也至关重要。经过客观分析我国国情和科学论证，针对新药研发关键环节，确定了“1035 工程”建设的三类关键技术平台，即“新药筛选”平台、“药物安全评价”平台和“药物临床试验”平台，每类平台规划建设五个分布于全国的中心。这三类技术平台的建设不仅为我国新药研发提供了重要的技术支撑，更重要的是发挥了引领作用。

新药筛选技术平台的建设是创新药物研发的起点。药物筛选的目标是发现新药，是开展创新药物研发的最为关键的环节。新药筛选技术平台的建设突出了高通量药物筛选这一现代新药发现的技术特征，探讨符合中国国情的新药发现的策略和技术，把握了新药研发的起始环节。“1035 工程”支持建设药物筛选技术平台，既要求这些筛选平台能够在我国新药研发中发挥技术服务作用，更希望通过技术平台的建设，推动筛选理论和技术的推广，提高医药科技工作者和研发机构的创新意识，提高我国新药的源头创新能力。

药物安全评价技术平台的建设是保证药物安全性的重要环节。临床前药物安全性评价在新药研发中占有极为重要的地位，可以有效提高我国新药安全性评价的规范化和技术水平。GLP 主要用于涉及人类健康的非临床评价研究。GLP 是药物进行临床前研究需要遵循的基本准则，是从源头上提高新药研究质量的重要措施。药物安全评价技术平台的建设是在我国药物研发过程中推广 GLP 模式的切入点，通过 GLP 实验室建设提高药物安全评价的技术水平，也提高研发人员的规范化研究意识，对我国新药研发的规范化发展起到了重要作用。在我国也就将新药安全性评价实验室简称为 GLP 实验室。

药物临床评价技术平台是新药研发技术复杂程度高、药物研发成功的最后环节。GCP 是规范药物临床试验全过程的标准规定，其目的在于保证临床试验过程的规范，结果科学可靠，保护受试者的权益并保障其安全。建设 GCP 中心的重要作用在于推动药物临床试验质量管理规范，在全国发挥示范作用和技术辐射作用，通过平台建设提高我国药物临床评价的整体水平。

第八章

新药研发技术平台建设

第一节　构建技术体系，提升创新能力

一、20世纪90年代中期我国新药研发的状态与需求

新中国建立以来，医药科技工作者在极端困难的条件下，积极开展新药研究，取得了一些重要成果，但由于国际社会的封锁和我国经济发展的落后，临床应用的药物主要是中药和少数化学药物。

随着世界医药产业快速增长，20世纪90年代我国医药产业和创新药物研究具备了一定基础，但当时我国创制新药的总体水平及综合实力与发达国家相比差距甚远，还存在很多问题和困难。首先，基础研究相对薄弱，难以为创新药物的设计和研发提供思路和理论依据，新药发现成为制约新药研发的关键环节；其次，新药研发的支撑条件和研发能力薄弱，技术方法落后，研究结果达不到国际的规范化标准；第三，新药成果技术转移及产业化开发能力差；第四，经费严重不足。其中，最突出的问题是没有形成完整的药物研发技术体系，不利于新药的研发，也不符合药物研发的规律，更不能适应新药研究的要求。因此，建立适应现代药物研发的技术平台成为我国进行新药研发的基础工作，也是开展新药研发的重中之重的工作。

二、新药研发技术平台建设的重要意义

在我国进行新药研发，是一个重要的战略问题，从政府到新药研究机构和医

药生产企业都认识到，加强新药研发是我国经济发展和社会发展当时面临的极其重要的任务，也给予了充分的重视。新药研发技术平台的建设就是实现我国新药研发的重要措施。根据当时的具体条件，采取顶层设计、系统规划、重点推进的策略是正确的，具有深远的意义。

新药研发技术平台建设的意义在于构建国家新药研发的技术体系。技术平台建设不仅直接制约新药研发工作的进行，也制约我国创新药物的长期稳定发展。提高我国新药研发能力，建设国家新药研发的技术体系至关重要，而国家新药研发技术体系的建设需要多种单元技术平台的支撑。在当时条件下，从单元技术平台开始建设是切实可行的战略布局。

第二节　新药研发技术平台建设布局

经过反复研讨和论证，“1035 工程”最终确定的布局是首先建设三类各 5 个技术平台，在“1035 工程”实施过程中，将这些技术平台的建设称之为“中心”：即以新药发现为目的的药物筛选技术平台，规划建立 5 个新药筛选中心；以评价药物安全性为目标的药物新药非临床安全评价技术平台，建设 5 个新药非临床安全评价中心（GLP 实验室）；以最终评价药物有效性和安全性为主要任务的药物临床研究技术平台，建设 5 个新药临床试验中心（GCP 中心）。

这一布局考虑了药物研发的规律和要求，在三个关键环节分别进行了布局，奠定了新药研发的技术体系基础，对于构建国家新药研发技术体系具有极为重要的意义，技术平台在国家新药研发技术体系中的战略位置如图 8–1（深色区）所示。这一规划和项目的实施，也是作为“九五”期间面对知识产权挑战的一个应急专项行动。

图 8–1　新药研发的技术流程示意图

一、新药筛选中心

新药的研发要从药物的发现开始，新药筛选是新药研发的起始步骤，是新药发现的关键技术。在当时我国新药研发领域，新药筛选恰恰是最薄弱的技术环节。因此，建设药物筛选中心可以直接提高新药发现水平，发现新的药物，为新药研发提供技术和物质保障；建设药物筛选中心，可以为全国新药研发机构提供药物筛选服务，促进我国的新药研发；还可以为企业和研究机构提供技术服务，支持国内研究机构和企业提高药物筛选技术水平，发挥技术辐射作用。更重要的是通过新药筛选中心的建设，传播药物筛选技术和药物发现的知识，促进我国医药领域创新意识的全面提高，引领我国新药研发的方向，激发新药研发的热情。

二、新药非临床安全评价研究中心

新药的非临床安全评价研究是新药研发过程中特殊而又重要的技术环节，新药非临床安全评价研究中心的主要任务就是全面评价新药的安全性。人类用药历史上大量药物毒性反应事件的发生使人们对药物的安全性更加重视，早期评价其安全性是保证药物研发成功的关键环节，甚至决定药物研发成败。而在非临床安全性评价方面，由于使用实验动物进行评价，存在种属差异是显而易见的，如何通过动物实验达到准确评价新药的安全性，就成了非临床安全性评价的关键技术。到 20 世纪 90 年代，发达国家的药物非临床安全性评价已经建立了规范的技术方法，我国在此基础上开展规范的药物非临床安全性评价，对我国新药研发将产生积极的导向作用。

三、新药临床试验研究中心

新药临床试验研究中心是新药研发过程的最后阶段，通过临床试验研究，才能够真正证明药物的有效性和安全性。而在 20 世纪 90 年代，我国由于新药研究很少，新药临床试验研究的技术和管理都很落后。新药临床研究是一项非常复杂的研究工作，一方面，由于疾病的复杂性和动态变化，准确评价药物的治疗作用和治疗效果不仅需要严格的设计，更需要科学的观察和对结果的分析。另一方面，在评价新药有效性的同时，药物的安全性评价也是重要的评价研究内容，要保证药物在应用中的安全性，临床研究过程的密切观察就显得更为重要。因此，重点建设新药临床试验研究中心正是把握了我国新药研发的关键环节。

根据以上分析可以看出，在“1035 工程”中布局新药筛选、新药非临床安全评价研究和新药临床实验研究三类平台是合理的战略布局。事实证明，这一布局对我国新药研发事业的发展发挥了积极的作用。当然，新药研发涉及到的技术很多，如药效评价、药物代谢评价、药物制剂和质量研究等，都是不可或缺的，但分步建设是合理的。

第三节　技术平台建设，支撑新药研发

一、新药筛选中心

新药筛选中心的建设在推动我国新药研发的事业中作用突出且显著，通过新药筛选的实践，更多的从业人员认识到了创新的途径和方法，领会了创新的现实和需求，更重要的是被创新的实践激发出的创新热情，成为推动我国创新药物研发的动力。

新药筛选中心提供药物筛选服务，在技术上支持了我国的新药研发，使众多不具备新药研发条件的企业和研究机构通过筛选服务获得了开展新药研发的条件，也使更多具备条件的机构和企业开始构建独立的新药筛选中心或技术体系，开展了大量的新药筛选工作，成为我国新药研发创新体系中的重要组成部分。

新药筛选中心的运行和成功的案例使更多的科技人员在创新意识和研发规律的认识方面有了极大提高。例如，早期中国医学科学院药物研究所国家药物筛选中心建设的药物筛选样品库和数据库，不仅为新药研发积累了大量可供筛选的样品，奠定了新药发现的物质基础，还为国内药物研发机构提供了样品库和数据库建设的技术支持，更重要的是提高了对物质基础重要性的认识，推动了我国各种样品库的建设，使更多的科研人员对样品库建设有了更为科学的认识。通过国家药物筛选中心的建设，带动了国内一批具有一定基础条件和创新能力的大学、研究机构和企业建立了具有一定规模的药物筛选实验室 10 余家，并开展了药物筛选工作。

二、新药非临床安全评价研究中心

新药非临床安全评价中心建设取得了非常重要的进展，通过这些中心的带动作用，我国已经有 60 余家符合 GLP 要求并经过认证的研究中心，这些中心多数都参加了国际相关的标准认证，是我国的安全评价与国际标准接轨，为我国新药研发提供了强有力的支撑作用。

我国新药非临床安全评价中心技术不断成熟，技术水平不断提高，不仅达到了国际先进水平，一些创新技术也应用于新药的安全评价中。新药非临床安全性评价研究中心的自身发展能力通过实践得到全方位提高，支撑了我国的新药研发，而且能够完成国际药物研发机构的非临床安全性评价，创造了经济效益和社会效益。

三、新药临床试验研究中心

我国新药临床研究的总体条件和技术水平在国家大力支持下发展迅速，完成了大批国内新药的临床试验工作，同时还参加了大量国际多中心药物的评价，技术水平不断提升，一些临床研究机构经过了国际的相关认证。但是，从新药研发的需求来看，新药临床研究的总体水平依然不能适应新药研发的需要，特别是我国医疗机构的医疗环境和工作条件限制，进行新药临床研究还存在不适应的问题，有待在实践中解决。

通过这些中心的建设，提升了我国新药临床研究的技术水平，提高了新药研究的创新能力，支撑了我国新药研发，引领了新药研发的建设方向。一些研究机构、大专院校、研发企业纷纷开始建设以先进技术为特征的技术平台，成为我国新药研发体系的重要组成部分。更重要的是，在当时条件极其困难的环境下，这些中心发挥积极作用：①技术支撑作用。支持了研发机构的新药研发工作。②技术辐射作用。通过技术培训，联合研发以及培养技术人才等方式，传播了先进技术。③技术服务作用。这些中心利用掌握的先进技术直接为企业或其他研究机构提供随技术服务，推动了新药研发进程。④创新引领作用。

这些技术中心在实践中不断进行创新，不断提交技术水平，在国内同行中发挥着重要引领作用。

杜冠华（中国医学科学院药物研究所）
王月华（中国医学科学院药物研究所）
曲凤宏（中国农工民主党中央委员会）

第九章

新药筛选平台

第一节 建设背景

一、20 世纪 90 年代国际新药筛选的发展状况

药物筛选就是应用适当的筛选方法和筛选技术，建立适当的药物筛选模型，对可能作为药物使用的物质，包括天然产物、化学合成的化合物、蛋白多肽、海洋微生物等，进行生物活性检测从大量化合物中筛选出具有药理活性的化合物，为开发新药提供活性化合物。现代药物筛选技术的发展是发现新药、提高研发效率、缩短药物研发周期、降低药物研发成本的关键步骤。

传统的药物筛选主要是采用传统药理学方法，通过体内、体外的多种实验，发现样品的药理活性。这些筛选方法存在动物消耗多、劳动强度大、实验周期长、筛选成本高等缺点，且不适应大量样品的筛选。随着细胞生物学、分子药理学、生物化学等学科的发展，特别是 20 世纪 80 年代中期，实验室自动化工作站的应用，促进了药物筛选方式的转变，促使药物筛选由整体动物实验为主转变为体外实验为主，形成了高通量药物筛选模式。高通量药物筛选技术具有高效、快速、微量化等特点，在世界范围内广泛开展，大大促进了药物筛选技术的发展。90 年代后期问世的高内涵筛选技术，使得在细胞水平从疾病相关基因调控网络水平全面评价活性化合物的作用机制，更进一步解决了药物发现过程中需要解决的瓶颈问题，将新药筛选技术推向了新高点。

在发达国家，创制新药不仅是跨国制药公司的主营业务，而且有政府相关部

门积极参与，得到国家的重视和支持。例如，美国国家癌症研究所在全美各地建立了 7 个研究中心，在全球范围收集样品用于新药筛选，每年投入数十亿美元的经费。因此，提高我国药物研究的水平必须首先培育新药筛选能力，学习和借鉴国外药物筛选的先进技术和经验。

二、国内药物筛选状况

国外的成功经验表明，药物发现在很大程度上依赖筛选大量化合物样品，从中找到针对特定作用靶点的活性化合物，通过后继研究，确定具有临床应用价值的先导化合物，进而开发成新药。长期以来，我国的药物研究一直以仿制国外产品为主，虽然科研人员在新药研发方面进行了积极探索，但创新的研发条件、技术积累、资金支持、人才队伍都十分匮乏。加入世界贸易组织后，中国医药产业实现从仿制为主到创新为主历史性转变之关键在于提高自主创新能力。因此，发现创新药物品种迫在眉睫。

发现新药是新药研究的起点和前提。扩大先导化合物的来源，尽快寻找可供开发成一类新药的有效化合物是我国药学研究中面临的迫切任务。从天然产物中发现新颖化合物进而研发创新药物是行之有效的重要途径。天然产物特有的化学结构复杂性和生物活性多样性，奠定了从天然产物中研发创新药物的成功概率。发掘可进行结构修饰和改造的化合物，在此基础上进行类型衍生化与系列设计，可以扩大筛选样品库的建设。

在新药创制过程中，发现具有生物活性的先导化合物是新药研究开发的源头和起点，对整个创新药物的研究具有决定性意义。我国新药创制的整体水平在 20 世纪末与发达国家相比存在不小的差距，主要表现为基础研究薄弱、药物筛选技术落后、缺乏原创性发现等。其中，缺乏若干必备的基础配套设施，如大规模化合物样品库、高通量和高内涵活性筛选平台、符合国际规范的临床前和临床研究基地乃是重要的制约因素。

三、建立新药筛选平台的重要意义

在我国当时条件下，建立药物筛选技术平台具有重要意义，主要表现以下几个方面：第一，推动新药研发的源头进步，增强我国新药研发的创新能力；第二，发挥创新药物的理论和意识的传播作用，提高我国医药领域的创新意识；第三，开展药物筛选，提高技术水平，为新药研发机构提供药物筛选技术服务；第四，发挥技术示范和辐射作用，带动全国新药发现的技术提升；第五，为构建国家药物创新体系进行布局，发挥引领和支撑作用；第六，探索符合中国特色的新药发现技术路线和模式。经过二十多年的发展，“1035 工程”建设的国家药物筛选中心，经过项目实施和各药物筛选中心科研人员的共同努力，取得了显著成绩，达到了预期目标。

四、新药筛选平台建设布局

“八五”期间，我国开始重视新药筛选工作，在国家计委支持下，由中国科学院上海药物研究所新药研究国家重点实验室、北京医科大学天然药物及仿生药物国家重点实验室、中国医学科学院药物研究所组成“国家医药筛选协作组”，面向全国征集样品，尝试进行药物筛选。但由于经费短缺，技术、设备落后，供筛选样品过少等原因，我国新药筛选工作远远落后于国际先进水平。

“九五”期间，“1035 工程”在全国规划建立 5 个国家级新药筛选中心，包括中国科学院上海药物研究所牵头建立的“国家新药筛选中心”、中国医学科学院药物研究所牵头建立的“国家药物筛选中心”、北京大学医学部（原北京医科大学）组建的“新药筛选技术平台”、中国医学科学院医药生物技术研究所“国家新药（微生物）筛选实验室（北京）”、福建省微生物研究所“国家新药（微生物）筛选实验室（福建）”。此外，为探索企业与院校合作筛选的新运行机制，依托中国药科大学与山东新华制药联合建立了校企合作的“新中新药筛选实验室”。各中心 / 重点实验室依据各自的工作基础和学科优势，有所侧重针对重大疾病的防治进行新药筛选，共同构成了我国新药筛选的平台技术体系。

这些国家新药筛选中心以创新技术集成的大型科学装置和先进仪器设备为基础，以现代信息和网络技术为支撑，致力于建设服务于全国新药创制的样品资源、筛选技术和专业条件，旨在助推我国医药产业的创新驱动和转型发展。

第二节　新药筛选中心的建设与发展

一、上海国家新药筛选中心

（一）上海国家新药筛选中心的建设

1996 年，国家科委、中国科学院和上海市共同立项，依托中国科学院上海药物研究所建立我国第一家国家级新药筛选中心。根据上海市和我国创新药物研究和医药产业发展的战略部署，“国家新药筛选中心”选址张江高科技园区，于

2000 年 11 月迁入新建的实验大楼，并于 2001 年 1 月 8 日通过由科技部组织的专家组验收评估。2001 年下半年，丁健院士接替叶其壮博士担任国家新药筛选中心主任，带领研究团队于 2002 年和 2003 年分别荣获了上海市科技进步一等奖和国家科技进步二等奖。2003 年下半年由王明伟教授接替丁健院士担任主任。

（二）上海国家新药筛选中心运行机制

上海国家新药筛选中心建设期间的组织管理实行项目建设领导小组领导下的项目经理负责制，成立项目科学技术委员会、海外科技咨询委员会、用户委员会和生物安全与伦理委员会等协助领导小组和项目经理的工作。实行理事会领导下的主任负责制，设立理事会、国际顾问委员会、用户委员会、学术委员会和综合办公室。借鉴国际新药研究开发的成功经验，实行“对内加强管理、对外加强经营”的方针，强化体制机制的改革与创新，以“矩阵型”方式组成由不同专业背景人员参加的项目小组，充分利用各种人力和智力资源，通过目标管理和协作创新，提高工作效率，加快研究进展。

上海国家新药筛选中心按照章程的规定，实行理事会领导下的主任负责制，由专家委员会对其中长期发展方向提供指导性意见，对筛选模型和筛选方法提出技术性建议，对科研进展和服务质量进行客观的评价。中心还聘请一批国外相关领域的资深科学家担任科技顾问或兼职教授，在课题实施策略、模型建立和技术开发、实验材料制备及具体方法指导等方面给予帮助，加快了相关项目的研究进度。

在建设各种软硬件设施的同时，还围绕样品应用和技术服务形成了以下的功能系统：样品储备系统、结构确认系统、活性筛选系统、分子设计系统、结构优化系统、毒性评价系统、数据管理系统和成果跟踪系统。

（三）上海国家新药筛选中心的发展

通过主持和参与国家科技重大专项、国家高科技研究发展计划（863 计划）、国家重点基础研究发展计划（973 计划）、国家自然科学基金课题、中国科学院知识创新工程重大项目和上海市科学技术发展项目等一系列重点科研项目，中心的科研实力日益加强，在国际著名学术刊物上发表了一系列有影响的论文，申请了一批国内外发明专利，在多个研究领域达到世界前沿水平。2006 年以来，中心的科研经费逐年增加，尤其是拓展了与国内外医药企业的合作，横向资助的来源明显扩大，并保持着稳定增长的良好势头。

为了推动我国医药产业早日实现从仿制为主向创新为主的历史性转变，中心积极发挥其作为创新源头的公共技术平台作用，筛选服务向全国开放，在没有固定经费保障的情况下坚持提供免费筛选服务，对象涉及全国数百家高等院校、科研院所和医药企业，产生了巨大的社会效益。

中心采取积极有效的措施构筑人才高地，实施“吸引急需人才、用好现有人才、留住关键人才、储备未来人才”的策略，先后从海内外引进多位优秀科学家加盟，不断提高科研队伍的总体素质和学术水平。

在过去 20 余年的建设发展中，中心努力体现其作为我国新药创制公共技术平台的作用，以市场为导向设立研究课题，不断增强技术实力，提高辐射功能，在化合物库建设、新颖模型建立、检测技术研究和对外专业服务这四个方面形成了特色和优势。中心还采取多种形式实事求是地宣传其业务范围，以点带面，创立品牌，围绕自主创制新药和带动产业发展这两个中心点，积极创新，勇于开拓，达到“国内一流、国际著名”的建设目标。

（四）上海国家新药筛选中心建设成效及研究成果

针对严重危害我国人民健康和生命的重大疾病，研究建立了一大批药物筛选新模型，形成了以分子、细胞水平模型为初筛，组织、器官或整体动物模型为复筛的药物筛选体系，其中有相当一部分是反映国际先进水平的高通量筛选模型，累计完成数千万样次的筛选，日筛选能力超过 10 万个样品。承担了国家化合物样品库的建设任务，通过 20 余年的努力，化合物库的数量和质量都有了极为显著的提高。在化合物库的建设和管理中，中心高度重视对知识产权的保护，与每个送样人或送样单位签署保密协议，采用国际通用的数据管理系统由专人定岗负责，严防数据泄密，受到了送样者的信任和好评。

二、北京国家药物筛选中心

（一）北京国家药物筛选中心的建设

北京国家药物筛选中心依托中国医学科学院药物研究所，在“1035 工程”支持下，按照整体规划，筹建综合性的国家新药筛选中心。在 1990 年代早期，时任中国医学科学院药物研究所所长张均田教授就敏锐地认识到，采用先进技术进行药物筛选是创新药物研发的必然选择，由于新药研发是一个漫长而艰辛的过程。为缩短周期、降低成本、减少风险，新技术新方法新策略的引入成为重要的措施，于 1995 年就自筹资金购置了亚洲第一台用于高通量筛选的自动化操作系统，为建立“北京国家药物筛选中心”奠定了物质基础。为了确保项目的顺利开展与完成，在前期积极筹备的基础上，自 1998 年 7 月 1 日起，由杜冠华教授牵头负责该项目的具体实施，并成立了专门的药物筛选部门——国家药物筛选中心。

（二）北京国家药物筛选中心的发展

北京国家药物筛选中心在国内最早实现了高通量药物筛选，建设了我国第一个技术体系完整的高通量药物筛选技术体系。在国内率先建立了一系列药物筛选相关的管理制度，如样品登记管理、样品入库管理、样品配制、对外筛选服务管理，质量控制管理，实验报告管理等，奠定了筛选中心健康运行的基础，完成了现代药物筛选技术平台的整体设计和构建。该管理制度探索了药物筛选中心服务全国的新机制，推动了药物筛选工作的顺利开展。

北京国家药物筛选中心率先创建适合于药物筛选的样品库和样品管理的数据库。经过精心设计和认真筹划，建设了我国第一个药物筛选样品库和样品管理的数据库，同时结合计算机辅助设计和辅助筛选技术，形成与筛选操作密切结合的样品库管理系统。在建立知识产权保护的基础上，在全国范围内收集合成化合物样品、天然产物样品及天然提取物样品，建立样品库和相应的信息自动化管理系统。

北京国家药物筛选中心建立了一批用于新药筛选的高通量药物筛选模型。围绕神经退行性疾病、心血管疾病、代谢性疾病、炎症免疫性疾病和肿瘤等影响人类健康的重大疾病，建立了一系列高通量药物筛选模型，并制定了标准操作规范（SOP），并在筛选中心网站进行公开，为全国医药研发机构提供技术服务。

北京国家药物筛选中心在开展新靶点确证研究、高通量药物筛选和药理活性发现的同时，对前期发现的一批候选化合物进行了规范化的临床前研究，平行开展药物生物利用度和生物等效性与药物晶型的关系的探索性研究。为了发掘利用前期筛选成果，促进我国药物研发信息之共享，中心还承担了“国家药学科学数据中心”的建设任务。

北京国家药物筛选中心围绕药物发现的最终目标，进行了系统的深入研究和探索。开展了药物筛选相关的新技术新方法研究和应用，如虚拟筛选技术、蛋白质芯片技术等；针对复杂性疾病和重大疾病，在进行基于靶点的药物发现的同时，积极探索药物发现的新策略，提出了“网点式靶点组合”筛选和“整合靶点”的药物发现策略；对传统中药的现代化研究提出了“有效成分组”的研发理念。

北京国家药物筛选中心在“十五”期间得到科技部“新药与中药现代化”专项的重点支持；在国家科技重大专项“重大新药创制”中，作为单元技术平台建设承担单位和综合性药物研发技术平台的重要组成部分，承担着重要的建设任务；同时也得到国家自然基金项目、北京市自然基金项目、北京市科技发展项目以及卫生部专项基金项目的支持。

经过近 20 年的建设与发展，北京国家药物筛选中心药物筛选管理制度更加完善，筛选技术方法和策略更加先进，药物筛选模型形成体系，样品库建设水平与国际接轨，实际投入筛选的样品数量超过 30 万个，人才队伍在历练中得到不断提升。药物筛选中心已经形成了 8 个相互关联的研究方向，包括信息管理、样品制备管理、模型建立、高通量筛选、活性评价、中药复方研究、新技术研究和对外联络等，涉及药理学、分子生物学、中药学、药学信息学、计算机科学及化学等多个学科领域。各学科以新药发现为目标，药物筛选为抓手，在长期实践中形成了分工明确又密切配合的运行结构，研究团队多学科交叉融合又各具特色，药物筛选体系密切结合知识创新与技术创新，取得了良好的成效。

（三）北京国家药物筛选中心的建设成效及研究成果

在北京国家药物筛选中心建设起步阶段，建立并实施筛选了 20 余个筛选模型，完成了 10 万样次的筛选，发现了 100 余个活性化合物，为后续研究奠定了基础。同时，中心还为国内医药研究机构提供了近万样次的筛选服务，发现了数十个活性化合物，包括进入临床前和临床研究的活性化合物。该“1035 工程”项目于 2000 年底通过结题验收，得到科技部专家和领导的高度评价。相关成果于 2002 年获得北京市科学技术进步二等奖和同年中华医学科技三等奖。

在中国医学科学院药物研究所杜冠华教授带领下，完成了以高通量药物筛选为主要技术的新药筛选技术体系，完成了现代药物筛选的技术平台建设。其中包括建立了 100 余个分子和细胞水平的高通量药物筛选模型，创建了国内第一个化合物样品库和计算机信息管理的药物筛选样品数据库（其中包括天然化合物、合成化合物、组合化学合成化合物、中药提取物和中药提取分离组分样品，样品数量达到 30 万个）；创建了系列筛选新技术，在国内率先实现高通量药物筛选，并向国内药物筛选同行提供筛选技术，建设期间每年完成 50 余万样次的筛选；同时为全国药物研发机构提供了大量筛选服务，发挥了筛选中心的服务功能。召开了国际性的药物筛选学术会议，发表了一批相关文章；出版了介绍现代药物筛选技术的专著《高通量药物筛选》一书，陈传宏同志为该书作序，有效传播了新药发现的理论和技术。

新靶点研究与确证是创新性药物发现的重要基础。中心围绕多种重大疾病开展了相关研究，并建立了相应的药物筛选模型用于筛选，发现了一批活性化合物，为后续奠定了基础。已完成了 600 万样次的高通量筛选，发现活性化合物数千个，经过体内外活性确证和 ADME/T 的初步评价，找到了数十个具有开发前景的先导化合物，来源包括自主研究和对外服务的活性化合物。其中匹诺塞林、百可利和丹酚酸 A 已经获得临床批件或进入临床研究，DL0309 和 DL0410 等处于临床前研究阶段。

为促进药物晶型关键技术的发展，中心以药物晶型为基础，以关键技术为支撑，以临床疗效为核心，以优质产品为目标，通过跨学科融合推动品种研发并以此带动技术创新，率先在我国创建了从化学药物晶型的发现到制备、鉴别到分析、评价到成药、标准到质控、研发到生产的完整技术链，形成了国内唯一的“化学药物晶型关键技术体系”——应用该体系发现了两千余种新晶型和上百种药物优势晶型，实现了我国晶型药物技术从无到有、从弱到强的历史性跨越，为我国创新药开发和仿制药突破国际技术壁垒提供了技术支撑。“化学药物晶型关键技术体系的建立与应用”于 2016 年度荣获国家科学技术进步二等奖。

三、北京大学医学部新药筛选中心

北京大学医学部（原北京医科大学）新药筛选技术平台依托于北京大学医学部药学院，于 1992 年组建，曾承担了国家“八五”至“十一五”创新药物筛选及“十二五”样品资源库建设等研究课题，由细胞库、筛选信息库、细胞学实验室、分子生物学室、动物室和国家化合物样品库卫星库等组成。筛选范围包括抗肿瘤、抗心血管病、抗糖尿病、抗病毒和抗菌药物以及免疫调节剂等。2006 年到 2010 年期间，又建立了高内涵筛选系统和全自动高通量筛选机器人工作站，使该筛选平台达到国际水平及国内领先的地位。

该平台在“十一五”期间建立了体外筛选方法 60 种和体内模型 25 个，基此开展了 25 万样次的高通量筛选，经复筛确认的活性化合物 1 200 个，对应 61 个先导化合物和 25 个候选新药。设施的空间与装备在“十二五”期间得到了很好的发展。对外筛选服务的常用单位已经超过 40 家。

四、国家新药（微生物）筛选中心（北京）

国家新药（微生物）筛选中心（北京）在筹建阶段充分发挥了依托单位的综合优势，建立了适合微生物样品和活性特色的新药筛选平台，新建抗病毒、抗耐药菌、抗肿瘤药物及抗代谢综合征药物筛选模型 10 个，形成了对外服务的新药筛选体系；提供从全国各地采集样本建立微生物药物筛选资源库，利用多种模型共完成了大量的活性筛选，获得一批阳性菌株，经深入的活性产物分离，得到一系列活性产物，其中 2 个被选作先导化合物，并申请了国家发明专利。实验室于 2000 年 11 月 1 日通过了科技部组织的专家组验收。

“十一五”期间，该新药筛选平台新建高通量或高内涵药物筛选模型 71 个，累计拥有分子与细胞水平筛选模型 166 个，并建立了标准化操作程序。利用其中的 123 种模型完成 268 万样次的高通量筛选，获得 680 个经复筛后确定的活性化合物和阳性菌株，通过后继研究从中发现 36 个先导化合物，有 18 个成为候选新药。该平台还建立了辐射全国的创新微生物药物筛选服务平台。其中，华北制药集团和上海来益生物药物研究开发中心作为企业不但自己开展规模化药物筛选，还向社会提供筛选服务达 16 万样次（涉及 40 多家单位）。“十二五”期间，该筛选平台库存达到 57.5 万个，通过快速分离与制备获得微生物产物纯品 2 200 个，560 多个为新结构或新活性样品；新建筛选模型 68 个，利用其中 150 个开展了 503 万样次的筛选，获得一批活性化合物或阳性菌株，对应 42 个先导化合物和 20 个候选新药；对外筛选服务 30 万样次（涉及 54 家单位），申请发明专利 39 项，获得授权 26 项。荣获 2011 年国家科技进步二等奖和 2012 年国家自然科学奖二等奖。

五、国家新药（微生物）筛选中心（福建）

国家新药（微生物）筛选中心（福建）将小单孢菌和海洋微生物来源的微生物药物作为研究特色和重点研究方向。福建省微生物研究所坚持微生物新药筛选基础与应用研究的结合，一方面加快创新药物的筛选研究，重点开展海洋来源的抗肿瘤干细胞化合物 Rakicidins 以及 mTOR 靶向抗肿瘤雷帕霉素新衍生物等候选药物的研究；另一方面面向市场，选择具有重要临床价值和经济价值的微生物药物开展研发，重点课题有免疫抑制剂环孢素、雷帕霉素、他克莫司，抗耐药抗生素替考拉宁、达托霉素和抗艰难梭菌新型抗生素菲达霉素等。实验室于 2000 年 12 月通过了科技部验收，2001 年被福建省科技厅列为福建省重点实验室。

自建立以来，其规模不断扩大，目前共有固定人员 42 人，其中拥有高级职称的 22 人，11 人具有博士学位，是一支高水平的科研团队。实验室面积 1 000 余平方米，仪器设备总价值 3 200 多万元。

积极开展微生物菌种资源平台建设。目前保藏微生物菌种 1.5 万多株及部分微生物基因组 DNA 样品、土样或海洋样品。已为中国微生物菌种资源平台重新整理提供了 1 000 余株活性菌株，并在中国药用资源网等公共服务网站上实现资源共享，已对外提供菌株数千株。建有药物筛选模型 24 个，采用抗细菌、抗真菌等模型进行微生物药物筛选达 35 万样次。此外还建立了微生物发酵代谢产物库及化合物库，从稀有放线菌中获得了 Rakicidns 等数个具有开发前景的先导化合物。

在积极开展微生物新药筛选研究的基础上，坚持走产学研相结合道路。基于对活性先导化合物 Rakicidns 等的前期研究，申报两项国家“十三五”重大新药创制专项课题并已获批。同时也加快了新型 mTOR 靶向抗癌等系列药物开发。在成功研制雷帕霉素的基础上，采用半合成技术合成了系列新结构化合物，正进行体内外药效学研究。

六、中国药科大学新药筛选中心

中国药科大学新药筛选中心是在中国药科大学和山东新华制药于1995年联合建立的中国药科大学新中新药研究开发中心为基础发展而来。1997年获得“1035工程”资助，2001年获得江苏省科技厅“三药”平台项目资助，2001、2002年2004年均获得“863计划”资助，2009年和2011年获得科技重大专项“重大新药创制”平台项目资助。

中国药科大学新药筛选中心是“十一五”科技部重大新药创制专项资助的4个筛选技术平台之一，同时也为“国家南京新药筛选中心”，2001年成为江苏省科技厅的重点实验室——江苏省新药筛选重点实验室。遵循“创新、跨越、持续发展”的理念，在国家持续有力的支持下奠定了人才和技术基础，积极吸收新理论、新技术，完善新药筛选体系，并致力于药物创新和筛选体系的研究，为国内外医药院所和企业提供科学、简便、快捷的药物筛选服务，在非放射性筛选领域已经达到国际主流筛选实验室的同等水平。中心筛选平台分工明确，形成了模型建立、体外筛选和体内评价一整套新药研发体系，遵循“开放、流动、竞争、协作”现代科研管理制度，先后建立了43项规章制度、52项仪器操作规范、150项实验技术操作标准规程。实行全天、全项目开放运行，随时安排外单位人员进行新药筛选及评价研究。同时，充分利用国内外基础数据、科技信息、科技设施等可共享科技资源，加强与国内外药物研发机构的开放互动，共享提高，促进学术交流，提高平台的应用水平和服务水平。

中国药科大学化合物样品库目前已具备科研、筛选和对外服务的综合功能。与实物库互补，样品信息库的特色鲜明、结构多样、信息齐全，符合国际相同行业规范，容量达37.3万个。该化合物库在“十一五”期间对外供样23万余个，累计完成筛选500多万样次，发现了573个活性化合物，对应86个先导化合物和32个候选药物。“十二五”期间，该化合物库加大对外服务力度，向社会（涉及国内80余家机构）提供多种形式的科研合作和技术服务，对外提样1万多个，发现42个活性化合物，获得6份临床批件。

中国药科大学的筛选平台拥有基于分子靶标的高通量筛选模型100余个，利用其筛选了60万样次，发现了数百个活性化合物，其中十余个先导化合物已完成了动物体内的初步药效学及安全性评价，4个候选药物已经完成或正在进行大动物试验及安全性评价，将申报一类新药临床试验，2个小分子药物进入了Ⅰ期临床试验，28项专利获得授权。筛选成果获得江苏省科技进步奖一等奖、山东省科技进步奖一等奖和教育部科学技术进步奖二等奖。

第三节　新药筛选平台建设成果

一、积极发挥药物筛选平台功能

经过“八五”到“十五”的持续建设，在国家科技攻关计划、“863 计划”和“973 计划”的不断支持下，形成了以中国科学院上海药物研究所、中国医学科学院药物研究所 / 医药生物技术所、中国药科大学、北京大学医学部和福建省微生物研究所为依托单位的六大新药筛选中心或实验室，初步形成了我国专司药物筛选的技术平台体系。

新靶点的研究取得了一定的进展。发现了一些针对原发性肝癌、与肿瘤发生相关的信号转导途径、与胆固醇代谢调节和动脉粥样硬化症、阿尔茨海默病等疾病相关的特异性蛋白，为进一步研究奠定了基础。高通筛选模型数量、质量及技术水平明显提高。针对重要疾病的关键靶点，研究建立了数百个分子和细胞水平的高通量筛选模型，其中包括许多具有国际先进水平的新型模型。

我国的新药筛选工作已经取得一定成绩，筛选技术平台建设也取得显著进展。我国从 1996 年至 2005 年利用 10 年的时间初步建立了先进的药物筛选技术体系，并作为公共技术平台，面向全国的高等院校、科研机构和医药企业长期提供新药筛选和专业咨询服务，为新药创制做出了积极的贡献。但与国际大型制药企业（如诺华制药、辉瑞制药和阿斯利康公司）的药物筛选设施相比，仍然存在规模小、模型少和样品少等明显差距。在后 10 年的发展中将通过整合国内优势力量进一步完善新药筛选技术平台，进而显著提高我国创新药物研究的整体水平和综合实力。

到 2000 年“1035 工程”项目结题，各新药筛选中心均通过科技部组织的专家验收，为后期新药筛选创建了条件，积累了技术，培养了人才，提升了理念，顺利完成了“1035 工程”的研究任务。

“九五”期间由科技部（原国家科委）推动建立的药物自主创新联合攻关机制，涵盖了国内多家新药研究机构。经过十几年发展，该网络的各参与单位在不断积累筛选经验的同时也各自储备了具有鲜明特色的化合物样品。

二、积极发挥资源共享功能

（一）药学科学数据信息共享

为了推广利用药学领域的研究成果，加强信息资源整合与共享，促进我国药物信息化进程，北京国家药物筛选中心与国家食品药品监督管理总局信息中心共同建设了“国家药学科学数据中心”。该数据中心通过对药学数据标准化研究和资源整合，现已建有药物研发、药物资源、药事管理、药品生产和药品使用等5大类型的41个药学资源数据集，覆盖药物研究、开发、药品生产、流通、使用和管理全链条的信息资源，数据总量近120万条，可为政府决策、科研教育、生产经营、医疗卫生和百姓健康等提供科学数据服务，目前用户访问量已达100余万人次。

同时，数据中心建设机构还承担了“创新药物研究”专题服务，主要围绕严重危害我国人民健康的10类重大疾病的重大新药创制专题建立新药动态数据库、药物靶点数据库及中国天然产物数据库，并定期跟踪并发布国内外新药研发动态，为我国新药研发工作者提供参考。

（二）化合物样品资源共享功能、技术与咨询服务平台建设

在“1035工程”实施过程中建设的化合物样品库，在新药发现中发挥了重要作用，奠定了资源共享的基础，提高了新药研发机构对样品库建设的认识，推动了我国药物筛选用化合物样品库的建设。

国家化合物样品库是在“重大新药创制”国家科技重大专项支持下创立和运行的国家级药物发现资源平台。采取集中力量办大事体制，整合全国优势资源，实行“核心库＋卫星库”的组织形式。截至2017年10月底，国家化合物样品库储存总量已超过221.8万个，其中核心库储量为179.2万种；拥有526种常规和高通量药物筛选模型；配置了大批先进的药物筛选仪器设备，国家化合物样品库具有结构多样化、存储专业化、管理集中化、信息系统化和质控标准化等特点，其储量规模为亚洲之最，全球公共化合物库之首。

国家化合物样品库的各参与单位既有新药筛选能力又掌握化合物资源，在充分保障知识产权和互惠互利的前提下建立了战略联盟，践行“统一标准、分地存放、集中管理、协调使用”的创新型经营模式，及时升级、更新和完善样品化学和生物活性信息集成和管理系统，做到“专储设施、专用电脑、专配软件、专人管理”，构建可同步进行双向、多向、不受时间、空间和地域限制的网络资源和技术平台，通过样品外供和模型内引，提高化合物的使用效率，增强对外服务能

力，体现了对源头创新的支撑、带动和辐射效应。

（三）条件与技术共享功能

新药筛选中心在建设之初就将技术咨询服务作为重要的工作重点，建立了基于网络、电话、邮件以及会议、培训班等多种形式的技术咨询服务功能，为全国开展新药筛选提供技术支撑、人才培养等服务功能，传播了新药发现的理念和知识，提高了整体新药筛选技术水平，推动了新药发现工作的进展。

三、积极发挥筛选技术服务功能

药物筛选技术服务是筛选中心建设之初就确定的建设内容之一，筛选中心在建设过程就开始对国内新药研发机构提供药物筛选的技术服务，服务形式多样，完成了大量的筛选任务，产生了良好的效果。

国家新药筛选中心坚持向从事新靶点、新机制研究的公立科研机构提供样品资源和技术服务（实行成本核算机制），并以“服务外包”模式向社会开放样品物资源和筛选技术（实行市场化机制）。国家药物筛选中心除了承担完成多项国家重大或重点研究项目外，每年还面向全国提供大量的药物筛选和活性评价服务，仅北京国家药物筛选中心完成的筛选工作就惠及500余家研究机构。为了扩大国际影响，筛选中心还积极参与加拿大OCEAN公司和日本第一制药等的国际合作，技术水平和筛选质量均得国外同行的赞许。近20来，北京国家药物筛选中心就收到委托筛选的样品数达2万多个，反馈样品生物活性数据20余万条，若干个委托筛选的样品经系统评价后进入了临床研究，指证涵盖抑郁症、肿瘤和神经系统疾病等。中心每年还面向全国提供虚拟筛选、化合物活性预测、靶点预测以及ADME/T预测服务，支持委托单位的新药研发服务单位达30余家，受到大家的好评与肯定。

通过引进和创新相结合的方式，建立和发展了一批新的高通量筛选技术，包括*XY*轴向阵列测试方法、钙离子浓度检测技术、亲近闪烁检测法以及生物芯片技术等10多种新手段，提高了高通量筛选的效率和准确性，日筛选能力从2万药次提高到10万药次，形成了规模化效应。

四、加强国际合作交流

北京国家药物筛选中心在建设过程中不仅在自身技术水平的建设方面取得进展，在学术和技术交流方面也发挥积极作用，通过学术和技术的交流，提高了药物研发领域的创新意识，推动了我国药物发现工作的进展。如2000年我国第一次以新药发现为主题的国际学术交流会，就受到了全国各地学者的关注。这次大会由中国医学科学院药物研究所国家药物筛选中心主办，大会主席杜冠华教授邀请了国际药物筛选专家介绍高通量药物筛选技术进展。参会代表不仅来自研究机构，也有企业参与；不仅来自内地，也有香港的代表和国外代表；不仅来自北京上海等研发机构集中的城市，也有偏远地区的代表。特别是一些著名的学者参加研讨会，为新药发现给予大力支持。在进行国家药物筛选中心建设过程中，开展广泛的国际学术交流、技术合作和技术服务，为国际新药研发机构提供筛选服务，既加强了国际交流，扩大了国际影响，也提高了整体筛选技术水平。中心先后与加拿大、日本、法国等国家的新药研究狗提供了筛选服务；与欧美发达国家和国际制药公司开展了广泛的合作。同时，为东南亚、非洲等国家进行了技术人员的培训，推动了药物发现过程的国际合作。

上海国家新药筛选中心积极拓展与世界卫生组织、美国 Scripps 研究所、美国华盛顿大学、新西兰奥克兰大学等国际研究机构以及丹麦诺和诺德、法国施维雅、英国阿斯利康等跨国医药企业的互利合作，研究范围涉及基因组学、蛋白质组学、分子生物学、分子药理学、细胞生物学、生物信息学、药物化学等多个学科领域。在科技部、原国家卫计委、世界卫生组织和丹麦诺和诺德公司等支持下，牵头组织了被忽视疾病药物发现的国际合作，联手印度、尼日利亚、肯尼亚和美国的科学家，对多个结核杆菌、曼氏血吸虫、马来丝虫病原体和东海岸热的分子靶点进行了新药筛选。由此发现的一批活性化合物交付世界卫生组织组织后继研发。利用国际合作单位的基础研究资源优势和国家新药筛选中心的样品资源优势，主持了高通量药物筛选及后续研究，发现了多个活性化合物，发表了三篇 SCI 收录论文。另外，还对两名非洲国家的青年科研人员进行一年的专业培训，在 2015 年和 2016 年连续两年接受了 13 位马来西亚的实习生，为促进南南合作做出了贡献。

第四节　筛选平台建设对国家新药研发的支撑作用

一、药物筛选平台建设推动我国药物筛选技术的发展

20 世纪下半叶以来，生命科学和生物技术的研究成果成为最激动人心的科学成就之一。这些领域日新月异的发展，推动药物研究与医药产业进入了一个革命性变化的新时代。人类基因组计划的完成以及后续功能基因组、结构基因组和

蛋白质组计划的实施，深刻地改变了药物研究开发的思路和策略，形成了新药研究的新模式——从基因到药物。在科技发展的推动下，国际上创新药物研究的发展趋势呈现出集群式研究的特点。生命科学前沿技术如功能基因组、蛋白质组和生物信息学等与药物研究紧密结合，以发现和验证新型药物靶点作为主要目标，取得了显著的进展。

随着基因组研究的不断深入和多种新技术的应用，针对肿瘤、神经退行性疾病和代谢性疾病的创新药物研究有了重要而迅速的发展，在研究思路、研究方向和研究技术上呈现出许多新的趋势，正酝酿着新的重要突破。经济的高速发展和社会的不断进步，人类对疾病防治的需求日益增长。抓住后基因组时代药物研究面临的跨越式发展机遇，大力加强我国创新药物的研究将改变我国医药产业新产品依赖仿制的被动局面，进一步提高创新能力，形成核心竞争力，拓展国际医药市场，这对保障民主，促进我国经济和高新技术产业发展具有重大意义。

当前，许多严重威胁人民健康和生命的疾病，如肿瘤、神经系统疾病和代谢性疾病等，尚缺乏有效的治疗药物，对各国造成巨大的经济压力和社会负担。因此，新药创制始终是国际社会所关注的一个重要领域。以重大疾病的靶标蛋白及其调控通路或网络为研究对象，克隆关键基因，表达相关蛋白，建立分子和细胞水平的集群式高通量筛选方法；运用现代分子和细胞生物学手段，通过系统化克隆、基因转染和表达相关分子靶标，建立细胞水平的高内涵筛选技术；两者有机结合，构筑通用的筛选技术平台，对各种来源的化合物样品实施大规模随机筛选，有望提高发现先导化合物的速率及其成药性。经过筛选发现的、针对上述重大疾病的先导化合物，一旦发展成为新药，在缓解病痛、造福人类的同时可以产生数亿、甚至数十亿的经济效益，推动我国医药产业的持续发展。

经过二十多年的不懈努力，围绕新药创制的技术链建立了一系列具有公共服务功能的专业平台，集中全国新药研发的优势力量联合攻关，在药物筛选模型建立、高通量筛选技术应用、化合物样品库建设以及先导结构评价等四个方面开展了大量卓有成效的研究工作，发现了一批值得深入开发的活性化合物，取得了多项具有国际先进水平的研究成果，培养了一批拥有良好专业背景和丰富实践经验的科研人才，为我国以生物大分子靶点为龙头的创新药物研究奠定了良好基础，初步构建起具有中国特色的现代化药物发现体系和筛选网络。因此，我国医药产业创新能力薄弱的状况正逐步摆脱人才、技术和资本匮乏等因素的影响。

通过利用物联网、云计算和无线通讯等先进技术搭建的可同步进行双向、多向，且不受时间、空间和地域限制的网络联动平台，将逐步成为广大用户获取资源支持和技术服务、搜索专业信息、跟踪样品轨迹、反馈筛选结果、更新实验数据和推进知识积累的重要途径，最终形成具有我国特色、大数据输入、分析、存储和使用中心，并以此为基础开展跨境、跨地区和跨机构的自动化资源和技术服务、专业咨询、科研协作、项目共建和成果共享。在此同时，相应的高通量/高内涵筛选模型系统、虚拟筛选数据库和早期成药性评价体系将得到更合理的利用，不仅具有较高的实用价值和潜在的经济效益，而且可以达到信息资源共享和“一物多筛，永续利用”的目标，进一步克服因化合物资源分散所造成的局限性影响，使技术、物质和信息资源得到有机的结合和充分的利用。

二、对实施国家“重大新药创制”科技重大专项的影响

国家新药筛选中心承担了科技部的“十一五”及“十二五”重大专项课题，即“药物发现前沿关键技术的研究、优化与应用”与“国家化合物样品库的建设发展和资源共享”。两者紧密衔接、相续推进，促进了在集中力量办大事体制指导下的信息共享、资源共享、技术共享、知识共享和设备共享。研究成果包括一系列具有国际先进水平的高通量药物筛选模型；与之相配套的、多种在我国首先使用的药物筛选技术或方法；通过活性筛选发现和后继研究确定了多个结构新颖、具有深入开发意义的药物先导化合物等。部分成果（主要是药物作用新靶点、新型筛选模型和活性化学结构）体现原创性。

我国医药产业处于转型的关键期，而基于重要靶点的新药创制药关键技术体系的建设和完善将有助于推动这一历史进程。“重大新药创制”科技重大专项的实施极大地推动了我国药物筛选技术的发展，显著提高了我国新药研究开发的综合实力和国际竞争力，有助于实现人口与健康领域的国家目标，带动生命科学等相关学科和高新技术的发展，保障我国生物医药产业的强劲增长。

国家化合物样品库在2009年被中国科学院纳入“国家重大科技基础设施建设项目”范畴，2010年卫生部和上海市达成了共投共建之共识，2011年又被选为中国科学院与卫生部院部合作共建的重点项目，并得到了国家科技重大专项“重大新药创制”的大力支持。化合物样品库（上海）的储量在2008年接受丹麦诺和诺德公司捐赠的47.72万种和既往十余年自身积累的10.47万种化合物的基础上增量显著。

“1035 工程”启动筹建了 5 个新药筛选中心和 1 个重点实验室，根据依托单位工作基础，在筛选药物的作用对象上各有侧重，突出重点。这些中心和重点实验室本着边建设边筛选的原则，精选骨干、组建队伍、引进技术和人才，促进了我国新药研发事业发展，我国新药相关的国内外发明专利申请量和授权量不断增加，亦多次获得国家级和省部级奖励。新药筛选中心的建设为国家科技重大专项“重大新药创制”的实施奠定了良好基础。

杜冠华（中国医学科学院药物研究所）
蒋华良（中国科学院上海药物研究所）
王明伟（中国科学院上海药物研究所）
王月华（中国医学科学院药物研究所）
刘艾林（中国医学科学院药物研究所）
曲凤宏（中国农工民主党中央委员会）

第十章

新药安全评价研究中心

第一节　新药安全评价研究中心建设背景

一、GLP 概念的引入

药物非临床研究质量管理规范（GLP）是药物进行临床前研究必须遵循的基本准则，其内容包括药物非临床研究中对药物安全性评价的实验设计、操作、记录、报告、监督等一系列行为和实验室的规范要求，是从源头上提高新药研究质量、确保人民群众用药安全的根本性措施。

我国药物非临床安全性评价工作是一个不断摸索，不断创新的过程。广义地说，从神农尝百草时代起，人类就开始积累有关安全性评价方面的知识。20 世纪 60 年代震惊世界的“反应停”事件，增强了人们对药物毒副作用的认识，从而进一步完善了现代药物的审批制度。在 1906 年以前，美国的药物研究和食品加工还处于立法的空白期，造成当时药政管理不严、组织无序。正是在这种背景下，很多新药经过简单的动物实验看到有一定疗效、毒性不大就进入临床，所以用药事故层出不穷，比如二硝基酚减肥致死事件，妇女使用黄体酮保胎致先兆流产事件等，这些不良事件的发生在一定程度上促进了食品、药品、化妆品的监管，但并没有引起社会和相关部门足够的重视，直到“反应停”事件的发生，全球受其影响致畸的婴儿多达一万余人，一时间舆论哗然、世人震惊，这场波及 17 个国家的药害悲剧增强了人们对药物毒副作用的警觉，更是直接促成了相关国家药品监管立法。从某种意义上说，GLP 与其他的相关药品立法是伴随着一次次的药害事件而诞生的。1972—1973 年，新西兰、丹麦率先实施了 GLP 实验室登记规范。1976 年，美国食品药品管理局（FDA）推出了《药物非临床研究质量管理规范》(GLP）草案，并于 1979 年 6 月 20 日正式施行。美国 GLP 的颁布产生了巨大的影响力，各国逐渐认识到药品临床前安全性评价的重要性，此后针对自身的临床前研究的发展状况，各国相继制订了一系列的 GLP 相关法规与条例。1981 年，国际经济合作与发展组织制定了 GLP 原则。80 年代中期，日本、韩国、瑞士、瑞典、德国、加拿大、荷兰等国也先后实施了 GLP 规范。GLP 逐渐成为国际通行的确保药品非临床安全性研究质量的规范。

严格说来，真正意义上的药物非临床安全性评价是在现代毒理学理论与方法基础之上，围绕多起药害事件，经过药政管理部门、制药企业和患者三方的多轮博弈、协商，逐步立法、逐渐完善而形成的一整套知识和经验。现代实行的药物非临床研究质量管理规范是药物进行临床前研究必须遵守的基本准则，其内容包括药物非临床研究中对药物安全性评价的实验设计、操作、记录、报告、监督等一系列行为和实验室的规范要求。

安全、有效、可控是新药研究开发中需要明确的三个基本问题，其中临床前安全性评价是决定新药能否进入临床试验的关键因素之一。临床前安全性评价的目的是提供新药对人类健康是否存在危害的科学依据，预测上市新药对人类健康的危害程度。临床前安全性评价研究的质量直接关系到人民用药的安全，GLP 的建立就是为了确保实验资料的真实、完整和可靠，保障人民的用药安全。20 世纪 80 年代以前，我国在新药审批方面制定了新药毒理学研究指导原则，但对毒理实验过程的质量监督管理还不规范，新药审评中毒理实验资料的质量不高，虽然目前没有造成重大的药害，但不能视而不见，必须加以警惕。随着我国加入 WTO，国际药品专利保护制度的规范，我国创新药物的发展是必然趋势，然而创新药物的发展是以安全质量为前提条件的。GLP、GCP、GMP、GSP 是国际通行的保障药品研究、生产、流通和使用达到科学、安全和有效的质量规范，其中 GLP 是保障用药安全至关重要的第一关，也是多年来国际新药安全评价的共识和互认的基本要求。因此，GLP 是我国新药研究同国际接轨的铺路石。我国研制和开发的新药要获得国际的认可，就必须具有在 GLP 条件下实验获得的非临床安全性研究结果。

我国的毒理学家在追踪国际毒理学前沿的同时，敏锐地感觉到我国的新药安全性评价研究必须要走符合国际规范的道路。例如，在 1983 年，我国著名药物毒理学家滕翕和教授撰写文章《非临床实验室工作质量管理规范简介》，将美国 GLP 规范最早介绍给国内同行①。1984 年，在美国 GLP 规范观念指导下，我国著

① 滕翕和. 非临床实验室工作质量管理规范简介. 军事医学科学院院刊，1983，S2：128–130.

名药物毒理学家宋书元、滕翕和和李培中教授等在我国尚无 GLP 规范的情况下，基本参照美国 GLP 规范首次系统地开展了我国研制的抗疟疾新药青蒿素的非临床安全性评价研究工作。

国家科委在“八五”计划中提出了“建立与国际接轨的新药研究开发体系”专项课题，其目的就是要建设一个符合我国国情又符合国际通行规范的药物研发平台，推动制药工业整体水平的发展，为我国制药业能够走上国际市场，参与竞争打基础。GLP 专家组在考察了日本、美国、英国、瑞士等国的近 20 个 GLP 实验室后，召开了系列 GLP 研讨会，经过不懈的实践和努力，最终制定了我国首部 GLP 规范，即《药品非临床研究质量管理规定（试行）》，至此 GLP 理念在中国真正落地生根。

二、GLP 法规起草与施行

我国的 GLP 起步较晚，在引进 GLP 的概念之后，便开始对 GLP 建设进行探索。经过 20 多年的发展，我国 GLP 建设不仅逐步走向了科学规范的道路，而且取得了一系列重大突破，相关法律法规不断完善。

1985 年以前，我国新药申报要求有毒理学实验资料。1985 年 7 月 1 日，我国实施《中华人民共和国药品管理法》，对毒理学评价做出了规范要求。从 1991 年开始 GLP 专家组酝酿制定我国 GLP 规范。1993 年 12 月 11 日，为了规范药品毒理试验质量监督管理，国家科学技术委员会颁布了《药品非临床研究质量管理规定（试行）》（国家科委 16 号令），1994 年 1 月 1 日施行，开启了中国实施药物 GLP 研究的大门。1996 年 8 月 6 日国家科委又发布了《药品非临床研究质量管理规定实施指南（试行）》和《执行情况验收检查指南（试行）》。国家科委颁布的 GLP 在一定程度上推动了我国 GLP 的发展但实际并未执行。

1998 年 6 月，国家药品监督管理体制进行了重大改革，成立了国家药品监督管理局，包括 GLP 在内的所有药品监督管理法规进行了执法主体的转移，GLP 由国家药品监督管理局安全监管司研究监督处主管，理顺了管理体制。在研究监督处的组织领导下，1998 年 8 月召开了 GLP 专家座谈会，1998 年 10 月起重新制订了 GLP 规范，并于 1999 年 10 月 14 日发布了 14 号令《药品非临床研究质量管理规范（试行）》，1999 年 11 月 1 日起施行。

2001 年 2 月，《中华人民共和国药品管理法》第三十条明确规定，药物的非临床安全性评价研究机构必须执行药物非临床研究质量管理规范，将 GLP 作为药物非临床安全性评价研究机构必须执行的法定要求。以此为标志，我国药品 GLP 正式走上了法制化和正规化的发展道路。

2003 年 6 月，经国家食品药品监督管理局审议通过，修订并正式颁布了

《药物非临床研究质量管理规范》（局令第2号），对规范行业行为，推动药品研发，确保药品质量起到了积极的推动作用。2003年8月，国家食品药品监督管理局发布《药物非临床研究质量管理规范检查办法（试行）》（国食药监安〔2003〕206号）及检查标准，并于10月1日开始实施。2006年11月，国家食品药品监督管理局发布了关于推进实施《药物非临床研究质量管理规范》的通知（国食药监安〔2006〕587号），要求自2007年1月起，新药安全性评价研究强制实施GLP，要求新药的安全性评价研究必须在通过GLP认证的实验室进行，这一举措大大推动了我国GLP认证步伐，保障了GLP规范的顺利实施。2007年4月，国家食品药品监督管理局对《药物非临床研究质量管理规范检查办法（试行）》进行了修订，并更名为《药物非临床研究质量管理规范认证管理办法》，我国的GLP认证程序及管理更加规范。

近年来，随着我国药物非临床安全性评价研究能力的不断提升和评价数量的快速增长，以及药物非临床研究领域新概念的产生和新技术的应用，需要对于药物非临床研究质量管理规范内容调整和细化，以适应行业发展和监管工作的需要。为进一步贯彻落实《国务院关于改革药品医疗器械审评审批制度的意见》（国发〔2015〕44号），满足药物非临床安全性评价研究发展的需要，参考国际通行做法，国家食品药品监督管理总局再次组织修订了《药物非临床研究质量管理规范》，"1035工程"立项支持的几家GLP中心在本次修订过程中发挥了极其重要的作用。2017年8月，新修订《药物非临床研究质量管理规范》（局令第34号）正式颁布，2017年9月1日起施行，标志着我国对申请药品注册而进行的药物非临床安全性评价研究的要求已经与国际全面接轨。

三、规划新药安全评价研究中心

为适应知识产权保护的新形势，提高我国自主创制新药的综合能力，加速我国自主研制新药的进程，进一步提高我国新药研究与开发水平，1993年2月，国家新药研究与开发协调领导小组及其专家委员会提出了"1035工程"，计划在2000年前，针对严重危害群众健康的心脑血管病、肿瘤、病毒性（肝炎、艾滋病）及耐药菌感染、老年性及神经精神系统疾病等，寻找有效的防治药物，完成10个具有我国自主知识产权保护的创新药物的研制，按照国际规范，建立5个新药筛选中心、5个药物安全性评价中心（GLP）、5个药物临床试验研究中心（GCP）。

在项目实施过程中，"1035工程"支持建设的GLP中心主要包括中国药品生物制品检定所国家药物安全评价监测中心，军事医学科学院新药安全评价研究中心，上海医药工业研究院新药安全评价研究中心，沈阳化工研究院新药安全评价研究中心，浙江省医学科学院新药安全评价重点实验室，广州医药工业研究院新药安全评价重点实验室和四川大学新药（中药）安全评价研究中心。

第二节　新药安全评价平台的建设

一、统筹安排，立项支持

1993 年 2 月，国家新药研究与开发协调领导小组决定在“九五”期间实施“1035 工程”，根据我国 GLP 发展情况，决定成立 3 个国家级 GLP 中心的重大举措，即筹建国家药物安全评价监测中心、国家北京新药安全评价研究中心和国家上海新药安全评价研究中心。1993 年 8 月，于“1035 工程”正式立项，每个中心获资助经费 400 万元。1997 年 9 月，国家科委司发文（国科社字〔1997〕034 号）批复沈阳化工研究院筹建国家沈阳新药安全评价研究重点实验室，批复浙江省医学科学院筹建国家浙江新药安全评价研究重点实验室，批复广州医药工业研究院筹建国家广州新药安全评价研究重点实验室。1999 年 6 月，国家重点科技项目（攻关）计划（合同号 96-901-03）支持筹建国家药物安全评价监测中心、国家沈阳新药安全评价研究中心、国家上海新药安全评价研究中心。2000 年 2 月，科技部批准四川大学华西医院牵头筹建国家成都中药安全性评价中心。

2002 年 10 月，科技部在“创新药物与中药现代化”重大专项中将“临床前安全评价关键技术及平台研究”课题列入国家高技术研究发展计划（863 计划）并予以立项支持（2002AA2Z3421），2004 年 10 月获得科技部的滚动支持（2004AA2Z3770），共批复资金 4 960 万元人民币，目标是进一步完善创新药物临床前安全性评价研究的技术平台建设，提高 GLP 管理水平和专业技术水平，大力开展化学创新药物、生物技术药物和中药新药的急性毒性、长期毒性、生殖发育毒性、遗传毒性、药代和毒代动力学等安全性评价研究。包含“1035 工程”筹建中心在内共 9 家单位获得资助。

2008 年 10 月至 2015 年 12 月，科技部设立“重大新药创制”科技重大专项，紧密围绕构建国家药物创新体系目标，新药专项实施管理办公室先后遴选了 13 个 GLP 平台和 19 个核心关键技术给予支持，“十一五”“十二五”期间中央财政经费累计投入约 4.1 亿元。旨在推进全面符合国际 GLP 规范、具有一定规模的药物临床前安全性评价技术平台的建设，实现 GLP 管理水平的国际化；提高我国创新药物的临床前安全性评价的技术服务能力，推动我国创新药物进入国际市场，并提升我国在药物安全评价国际外包服务方面的竞争力；攻克一批制约创新药物研究开发的药物临床前安全性评价关键技术，并实现毒性评价技术和方法的规范化和国际化；培养和造就一支具有国际水平、结构合理的药物安全性评价研究人才梯队。加强平台间技术协作与信息共享，提升整体专业性新药研发技术平台技术水平和协作攻关能力。

此外，国家还通过科技部国家科技支撑计划、科技部国家重点科技攻关计划、国家发展改革委“科技服务平台建设”、商务部“科技服务外包产业”、国家自然科学基金等 10 余项国家重点项目资助，累计科研经费 1.2 亿元。

在各 GLP 中心的筹建过程中，得到了北京、上海、沈阳、浙江等各级地方政府的关怀和支持，如北京市科委、上海市科委、浙江省科技厅、成都科技局等共获得专项支持 15 项，累计 1.5 亿用于购置新药安全性评价工作所急需的大型仪器设备以及承担新药基金项目的实验补贴费。保证了各 GLP 中心的顺利建成和投入运营。各中心的上级主管部门如中国药品生物制品检定所、上海医工院、沈阳化工研究院等也都给予了必要的政策、设施、设备、人员和经费等多方面的支持。此外，国家北京药物安全评价研究中心还获得了军队重大新药创制重大专项的立项支持。国家药物安全评价监测中心和沈阳化工研究院还获得日本国际协力机构（Japan International Cooperation Agency，JICA）1.8 亿日元资助。这些项目的资助，显著推动了各 GLP 中心的发展。

二、实验室硬件建设和人员队伍建设

各中心硬件建设总投入约 5.3 亿元人民币，实验室建筑面积达 7.36 万 m^2，其中动物房约 4.4 万 m^2，具备开展非人灵长类动物、犬、小型猪、家兔、豚鼠、大鼠、小鼠等各类动物的实验设施；功能实验室面积约 1.4 万 m^2，主要用于一般毒性、生殖毒性、遗传毒性、安全药理等各类毒性试验、病理学检测、临床检验、供试品配制、药代和毒代分析检测、计算机网络管理、档案保管等。硬件设施的改建和完善，大大提高了我国在 GLP 条件下从事药物安全评价的能力，增加了药物评价数量和种类，缓解了近年来我国急剧增长的新药研发需求与 GLP 评价平台不足的矛盾。

各中心还配备了具有国际领先水平的试验仪器及设备，其中大型仪器设备 542 台（套），仪器设备总价值约 3.7 亿元。例如液质联用仪、小动物自身给药系统、大动物自身给药系统、清醒动物遥测系统、酶联斑点分析仪、精子分析仪、数字切片扫描系统、全自动染色封片系统、流式细胞仪、电化学发光仪、超高效液相色谱仪、激光眼科诊断仪、UPLC/QTRAP/MS/MS、细胞高内涵筛选及分析系统、液相芯片分析仪、荧光定量 PCR 仪、高通量基因表达定量仪等先进设备。此外，平台还建立了符合国际规范的实验室信息管理系统（Laboratory Information

Management System，LIMS），按照GLP规范要求，对试验人员、试验项目、受试物、检测数据的产生和记录分析等多环节实现了数字化采集和管理，大大提高了工作效率和自动化程度，确保实验数据的真实可靠。这些大量高尖端仪器设备的投入，显著缩短了药物的评价质量与国际标准的距离，促进了我国的新药研发，提高了我国医药产业的整体科技水平，加快了我国医药产业走向国际的步伐。

各中心现有专职GLP从业技术人员950余名。先后派遣200余人次赴美国、英国、日本、德国、瑞典和法国等10多个国家进行专业培训，邀请国外专家300余人次来来华讲学和现场指导，为国家培养了一支专业知识扎实、创新能力强、结构合理的专业药物安全性评价技术团队。博士学历人员占10%，硕士学历占26%。此外，平台还培养了药物非临床安全性评价领域学科带头人15人，国家新药评审专家20人，国家GLP检查员24人，为指导和推动行业发展提供了重要的人才保障。

三、新药安全评价中心建设中的重大事件

2000年6月，中国药品生物制品检定所与日本政府开展JICA技术合作项目，五年内对全国245家机构开展培训1 000余人次，为中国GLP的发展奠定了重要基础。

2003年5月，国家药物安全评价监测中心、国家上海新药安全评价研究中心和国家沈阳新药安全评价研究中心国内首批通过国家食品药品监督管理局GLP认证检查，具备开展药物安全评价的资质和能力，标志着符合药物非临床研究质量规范的安全评价机构全面建成，中国GLP发展真正走上规范化的道路。

2004年9月至2005年2月，浙江省医学科学院（新药安全评价研究重点实验室）、广州市医药工业研究所（新药安全评价研究重点实验室）、国家成都中药安全性评价中心、军事医学科学院毒物药物研究所（国家北京新药安全评价研究中心）也相继通过国家食品药品监督管理局GLP认证检查，“1035工程”支持的GLP中心或实验室全部获得国家GLP资质，发挥了较好的引领和示范作用。

2005年3月，国家药物安全评价监测中心通过了3批日本GLP专家团的检查，结论认为基本达到“建立、运营符合国际GLP标准的药物安全评价监测中心”，标志着我国GLP水平初步与国际接轨，改变了我国一直没有符合国际GLP规范的药物安全评价实验室的状况。

2006年5月，沈阳化工研究院新药安全评价研究中心国内首家通过国际实验动物评估和认可委员会（Association for Assessment and Accreditation of Laboratory Animal Care International，AAALAC）认证，随后其他6家平台也相继通过，标志着我国GLP实验室动物使用与管理达到了国际水平。

2009 年 7 月，国家药物安全评价监测中心国内首家接受并通过美国 FDA 的现场核查，随后四川大学新药（中药）安全评价研究中心、上海医药工业研究院新药安全评价研究中心、军事医学科学院新药安全评价研究中心也相继通过，标志着我国 GLP 水平获得美国 FDA 的认可。

2010 年 9 月，国家药物安全评价监测中心作为国内首家 GLP 实验室通过美国病理学家学会（College of American Pathologists，CAP）认证，其后上海医药工业研究院新药安全评价研究中心、四川大学新药（中药）安全评价研究中心也相继通过，标志着我国 GLP 实验室的临床检测技术水平达到国际标准。

2012 年 2 月，沈阳化工研究院新药安全评价研究中心国内首家通过荷兰食品和消费品安全管理局（VWA）OECD GLP 认证，其后上海医药工业研究院新药安全评价研究中心、四川大学新药（中药）安全评价研究中心也相继通过，标志着我国 GLP 建设的国际化进程方面又迈上了一个新台阶，对实现我国安全评价试验的标准化、规范化以及保障环境安全和公众健康有着重要意义。

2015 年 3 月，国家药物安全评价监测中心获得中国保评定国家认可委员会（CNAS）能力验证提供者（PTP）资质，对我国 100 多个临检实验室进行了检测和比对工作，提高了我国非临床研究数据的准确性和规范性，我国 GLP 行业中在初步探索和建立自主的能力认证体系方面迈出了重要一步。

2015 年 7 月，国家药物安全评价监测中心与毒理研究质量保证专业委员会合作建立了全国 GLP 质量保证从业人员（QAP）资格认证体系，并举行首次全国 GLP 质量保证从业人员资格认证考试，颁发 QAP 证书，规范了我国 QA 从业人员队伍。

2016 年至 2017 年，受国家食品药品监督管理总局药化注册司委托国家药物安全评价监测中心作为牵头单位，组织“1035 工程”平台成员和国内专家，总结我国 GLP 建设的经验，共同开展和完成我国新版 GLP 法规的修订工作，并于 2017 年 9 月 1 日正式施行，在管理规范和研究水平要求上与国际全面接轨，推进我国 GLP 行业的规范化发展。

四、工作能力与成效

在技术服务能力上，各平台能够按照美国 FDA、OECD 和 CFDA 的 GLP 规范开展各类创新药物的全套安全性评价研究，包括新型疫苗、基因治疗产品、蛋白多肽、细胞治疗产品、单克隆抗体等国际新型生物技术药物及儿科药物、眼科药物、纳米药物、吸入制剂等特殊产品的安全性评价。在建立系统、规范的毒理学评价技术体系的同时，多个平台也建立了更专业化的评价能力，形成了各平台独有的技术优势和特色服务能力，如非人灵长类疾病模型评价，基于医学影像的药物安全性评价，生物大分子药物生物分析检测，放射性代谢分析服务，小型猪毒性评价，食蟹猴生殖和发育毒性评价等。此外，部分 GLP 平台除了开展药品的安全性评价研究外，还将 GLP 平台业务拓展到了农药、动物食品、兽药和环境毒物等领域的安全性评价研究，也带动和促进了其他行业的 GLP 发展。

在“1035 工程”和后续科技专项的支持下，各平台的 GLP 法规依从性进一步提高，国际化能力也得到极大提升，通过了 AAALAC、美国 CAP、OECD 和美国 FDA 的 GLP 检查等，接受了国外企业的委托项目研究和国内企业的双报项目研究。GLP 平台成员单位多次受国际组织邀请参加国外相关指导原则和技术标准的制修订工作，表明我国药物非临床研究评价的国际影响力越来越大，在国际药物研发舞台上发挥的作用也越来越重要。

第三节　新药安全评价中心的发展

一、初始阶段

1993—2005 年为我国 GLP 建设的初始阶段，在“九五”攻关、国家高技术研究发展计划（863 计划）等专项的支持下，我国从无到有初步建立了规范的药物临床前安全性评价研究技术平台。十多家 GLP 中心或实验室达到了国家 GLP 标准，通过了国家药品监督管理局的 GLP 认可。

在硬件建设方面，试验设施和仪器设备都有了较大的改善，但各 GLP 机构规模普遍较小，一般机构人数为 30 ~ 50 人，建筑面积 480 ~ 6 000 m^2。在这个时期，国家药物安全评价监测中心受国家药品监督管理局的委托，依托科技部与日本政府的 JICA 合作项目，与日本专家一起共举办了 7 次全国性的培训班和 9 次研讨会，到各地安评机构进行了 11 次技术交流，共接待访问、参观及进修 1 000 多人次，极大促进了 GLP 在全国范围内的发展，起到了很好的辐射和示范作用。

GLP 组织机构基本完善，各家安全性评价机构均设置了 QAU、毒性研究、实验动物管理、病理学研究、检验分析、供试品管理、综合管理、档案管理、计算机管理等部门。建立了符合 GLP 规范的质量保障体系，建立并实施了 QA 检查程序，保证了各项研究资料结果的可靠性和完整性。SOP 有了较大修订和补充，基本涵盖了安全性试验的各专业的技术内容，推动了我国 GLP 的规范化和标准化建设。

各中心均开展了大规模的动物背景数据的采集试验，对各种属动物的体重、血液学、血清生化学和组织病理学等指标进行长期的考察，为开展新药的安全评价工作提供了极其宝贵的资料，确保了评价的客观性和科学性。

初步探索建立了毒性病理特殊染色技术，毒代动力学检测技术，安全药理学遥测技术，疫苗、基因治疗产品、单克隆抗体、融合蛋白等生物技术药物的安全性评价技术，如酶联免疫技术（ELISA）、流式细胞术和荧光定量 PCR 等，丰富和完善了药物临床前安全性评价的技术体系。

各平台在该阶段共开展 200 多个药物的安全性评价研究，其中包括用于预防 / 治疗重大传染病的 SARS 疫苗、HIV DNA 疫苗、治疗型乙肝疫苗、双质粒 HBV-DNA 疫苗、治疗艾滋病的多肽药物哈莫克，还有重组人胰岛素、抗肿瘤药基因工程腺病毒 H101、治疗性肿瘤疫苗重组人纽表位肽 -12、治疗难治性类风湿性关节炎的基因药物 AAV-TNFR 等众多有重大意义的创新药物。

二、发展阶段

2005—2010 年为我国 GLP 建设的关键发展阶段，在国家科技重大专项“重大新药创制”等课题的支持下，药物非临床安全性评价关键技术有了重要突破，学科建设更加健全和平台体系更加完善，GLP 管理体系获得多项国际认可。30 多家 GLP 中心或实验室达到了国家 GLP 标准，通过了国家药品监督管理局的 GLP 认可。

在关键技术研究方面，各机构针对国内外共同面临的生物技术药物安全性评价无统一技术标准的难题，深入开展疫苗、重组蛋白、基因治疗产品、单抗等生物技术药物评价中免疫毒性、生物分布和组织交叉反应评价体系标准化研究，为我国生物技术药物的产业化和国际化提供重要支撑。开展特异性强、灵敏度高的新型生物标志物的研究，为国际药物毒性评价新标准的建立做好技术储备。利用毒理基因组学、转基因动物技术等先进技术，建立致癌性、遗传毒性、生殖毒性短期替代模型，推动安全性评价技术与国际接轨。开展符合中药特点的安全性评价关键技术研究，如中药注射剂过敏反应和肾毒性等研究，促进我国中药的研发。

在平台体系完善方面，按照国际标准进一步完善了毒性病理诊断标准、毒性病理数据库，药代 / 毒代分析新技术、安全药理体外评价技术、遗传毒性、生殖毒性等技术体系，建立和完善 GLP 体制下的计算机信息管理和数据采集系统，使之更加规范化和国际化。

在国际认证方面，5 家机构通过了国际 AAALAC 认证，1 家机构通过美国 FDA 的 GLP 检查，1 家机构通过美国 CAP 认证。在国际技术服务方面，按照国际 GLP 规范，共完成国内制药公司委托申报美国、欧洲、印度及韩国等地药审机构的毒理技术报告 11 项，承接美国、法国、加拿大、澳大利亚、日本、韩国等国际委托试验项目 100 余项。在国际合作与交流方面，各机构分别与美国 FDA 国家毒理研究中心（NCTR）、日本国立医药品食品卫生研究所（NIHS）等药政机构，国际药物临床前评价组织（HESI）、美国毒性病理学会等国际学术团体，美国哈佛大学医学院、美国 Hamner 毒理研究所、澳大利亚墨尔本皇家理工大学等国际著名高校与研究机构，以及美国罗氏公司、法国赛诺菲 – 安万特公司、英国阿斯利康公司等世界著名医药企业建立了长期合作关系。中国在国际上的知名度和影响力也在逐步提升。

各平台在该阶段共开展了 500 多个药物的安全性评价研究项目约 1 800 余项，为国内 150 余家生物医药企业提供技术服务。这些药物的上市将为国家带来巨大的经济效益，同时在促进公众健康方面也具有重要的社会效益。

三、快速发展阶段

2010—2015 年为我国 GLP 建设的快速发展阶段。药物研发市场规模不断扩大，新药品种层出不穷，新药研发的国际化程度越来越高，对新药临床前安全性评价的市场需求和研究水平提出更高的要求和挑战。在国家“重大新药创制”科技重大专项“十二五”等课题的持续支持下，行业发展整体初具规模，60 多家 GLP 中心或实验室达到了国家 GLP 标准，通过了国家食品药品监督管理总局的 GLP 认可，评价技术能力越来越全面，平台管理更加规范，平台水平已跻身于国际先进行列，为我国公众用药安全提供了重要的技术保障，成为我国新药研发重要的技术支撑体系。

平台核心关键技术达到国际先进水平。如针对国际上缺少评价经验的创新生物技术药物品种如新型单抗、干细胞治疗药物、小核酸药物等，建立了系列关键技术。与国际同步开展新型生物标志物研究，参与国际多项评价新标准的制定。建立了全球第四家能够开展食蟹猴发育和生殖毒性评价的实验室，显著提升了我国药物生殖毒性的评价水平。建立了系列遗传毒性评价新方法，参与国际遗传毒性工作组（IWGT）组织的 *Pig-a* 基因突变试验方法全球实验室间联合验证。建立了毒理病理学中英文数据库及远程病理诊断技术体系，实现了药物毒性病理诊断与国际规范的全面接轨等。

平台管理水平获得国际高度认可。平台的 GLP 法规依从性进一步提高，国际化能力也得到了极大提升，按照国际标准建立了实验室数据采集与管理的 LIMS 系统，7 个平台全部通过国际实验动物评估和认可委员会（AAALAC）认证；3 个平台通过美国病理学家协会（CAP）认证，美国 FDA 的检查和 OECD GLP 检查。顺利通过这些国际组织和监管部门对平台整体能力的综合考核以及对临床前试验数据的严格核查，也标志着我国 GLP 平台整体水平已经达到国际发达国家水平。

人员队伍整体水平与国际一致，GLP 平台专业人才队伍得到了快速发展，专业技术能力显著提高，掌握了安全性评价研究相关的国际先进技术，使我国 GLP 整体专业人才队伍规模与水平与国际接轨。各家机构人员规模已经扩增到 100 人至 400 人左右。我国自主的 GLP 从业人员资格评价体系基本建立，并逐步与国际对接，多个专业领域的人员拥有国际同行资质。一大批药物非临床安全性评价领域学科带头人、资深新药评审专家成长起来，为指导和推动行业发展提供了重要的人才保障。

全方位支持我国新药研发和保证公众用药安全。按照美国 FDA、OECD 和 CFDA 的 GLP 规范开展了 1 100 余种各类药物的安全性评价研究，包括国际新型生物技术药物及特殊制剂的安全性评价。此外，各平台除了开展药品的安全性评价研究外，还将 GLP 平台技术拓展到了农药、动物食品、兽药和环境毒物等领域的安全性研究，带动和促进了其他行业的规范发展。

四、组织运行机制

我国 GLP 行业的快速发展离不开国家政策的大力扶持，从早期的“1035 工程”项目，“九五”攻关，“863 计划”，“重大新药创制”科技专项等等，这些项目长期持续地投入支持，成功地建立一批高水平的 GLP 平台，成为我国 GLP 发展的核心力量，带动和引领整个行业的快速发展。通过国际合作（如中日 JICA 项目等），全方位引进和吸取国外先进 GLP 理念和经验，结合我国国情锐意创新，也大大缩短了我国 GLP 摸索的过程。中国用二十多年的时间走完了欧美等发达国家近五十年的 GLP 历程，在 GLP 行业也逐渐形成一套自己独有的运行模式和发展机制。

GLP 平台是一套严格严密的管理体系，具有明确的职能分工。药物非临床安全性评价，以评价药物对人体的安全性为目标，是动物管理、毒理、病理、临床检测、毒代动力学 / 药代动力学等多学科的知识和技术人员分工协作构成的交叉学科，各部门各学科相对独立，又密切相关。各平台在统一的组织机构下建立了一般毒理、生殖毒理、遗传毒理、安全药理、临床检测、毒性病理、动物管理、供试品管理和分析、药代 / 毒代、档案资料管理、计算机管理等部门，同时还建立了一套严格的组织管理体系，制订了涵盖非临床安全性评价全过程的 SOP，严格规范每一项操作规程，严格控制研究质量，并定期修订、周期性更新。在管理部分的相关 SOP 中明确规定了机构负责人、专题负责人（study director，SD）和质量保证部门（quality assurance unit，QAU）的职责。对试验的全过程按规定的职责进行分工有序的监督管理。其组织机构是管理核心，主要由三方面组成；

一是全面负责 GLP 研究机构的建设和组织管理的机构负责人；二是全面负责某一专题研究的专题负责人；三是对研究机构的 GLP 软、硬件和专题研究的运行状态是否符合 GLP 进行监督检查的质量保证部门。其中，设置质量保证部门是 GLP 规范中明确要求，为保证试验数据质量所采取的重要措施，也是区别 GLP 与非 GLP 试验的重要标志之一。质量保证部门按照 SOP 规定的程序，独立的对药物非临床安全评价试验中涉及的设施、仪器的状态，人员的培训教育状况、技术水平、试验过程进行全面的监督检查，使 GLP 管理下的试验数据具有可靠性和完整性。

十余年来，随着中国新药研发和药物毒理学的快速发展，在中国药学会、中国毒理学会、中国药理学会、中华中医药学会、中国环境诱变剂学会等国家一级学会下先后成立了 10 多个与药物安全性评价相关的二级专业委员会，对于人才培养和学科发展起到了持续性的推动作用，同时人才培养模式也由早期“粗犷型”向“精准型”转变发展。其中，综合性学科的主要专业委员会有中国药学会药物安全评价研究专业委员会、中国毒理学会药物毒理与安全性评价专业委员会、中国药理学会药物毒理专业委员会；单一学科的委员会有安全药理学、药物代谢、中药与天然药物毒理、生殖毒理、遗传毒理、质量保证、毒性病理、免疫毒理等专业委员会。每年各级专委会通过联合或单独组织各类学术研讨会和技术培训班 10 余次，为该领域培养了大量的高精尖的专业技术人才，也逐步形成了 GLP 行业特有的人才培养和发展模式，为指导和推动行业发展提供了重要的人才保障。

国际认证和检查显著提升了 GLP 平台的管理水平和专业技术水平。符合美国 21CFR Part11 等标准的 LIMS 系统的引进和建立，使各平台临床前电子数据的采集和处理等直接与国际接轨。AAALAC 认证是国际上公认的，并在欧美等国家的生物、化学和医药研发中普遍采用，对实验动物的管理、使用和动物福利的规范化、标准化都提出了很高的要求。美国 CAP 认证，是被世界各国公认为最适合医疗检验室使用的国际级实验室标准，通过 CAP 认证的临床检验实验室代表其检验室品质达到世界顶尖水准，并获得国际相关机构认同。美国 FDA 和 OECD 的 GLP 检查，是对平台整体管理能力和试验水平的综合评估。这些认证和检查直接采用国际行业通用的高标准和严要求，对 GLP 平台水平提升和管理规范化起到了重要的推进作用。

药物非临床安全性评价是整个新药研发链条中不可或缺的重要一环，蓬勃发展的药品研发市场为 GLP 的快速发展提供了得天独厚的机遇。据统计，自 1978 年以来，我国医药市场的平均销售收入递增幅度超过 17%，远远高于全球医药市场平均增速 8%～10% 的水平，国内医药市场旺盛的需求成为中国 GLP 快速发展的重要动力源泉。我国加入 WTO 后，全球医药市场发生了许多变化，其中一个重要的变化是跨国药企的转移生产和委托加工日益扩大，越来越多的跨国公司把药品研发外包给中国企业。这种转变带来的不仅仅是订单和利润，更重要的是国际规则、先进的仪器设备、环保、安全和质量理念以及专利保护意识等，也提高了我国药品行业的竞争能力和国际地位。同时，世界医药科研的主力军也纷纷来中国落户，跨国公司在华投资研发中心，给我国 GLP 发展带来更多的合作和面对面的学习机会，并增加成果转让机会，同时也会给国内企业创新药物研发带来巨大支持。与外资协作开发、共享成果的合作也加快了我国医药产业的创新进程。各平台针对市场研发需求，按照国际规范积极开展我国自主知识产权的创新药物品种的 GLP 试验研究，支持我国新药研发和走出国门，同时也积极开拓国际市场，扩大中国 GLP 在国际医药行业的影响力和知名度。

第四节　新药安全评价中心（实验室）建设概况

一、中国药品生物制品检定所国家药物安全评价监测中心

1993 年 3 月，国家新药研究与开发协调领导小组批准，由中国药品生物制品检定所承建“国家药物安全评价监测中心”（国新药办发字〔93〕第 007 号），同年 8 月被列入“1035 工程”，资助经费 400 万元。

1997 年 1 月，国家科委生命科学技术发展中心（国科生命字〔1997〕9 号）根据《药品非临床研究质量管理规定（试行）》对中心的组织机构、人员组成、运行机制、实验设备、实验条件、实验动物、实验记录 SOP 制定、数据处理、资料保存等进行了全面的中期评估和检查。

1998 年 3 月，卫生部批准在北京亦庄经济技术开发区建设“国家药物安全评价监测中心”（卫字〔1998〕36 号文）。

1999 年 3 月，国家药品监督管理局（国药管办〔1999〕67 号）批复同意“国家药物安全评价监测中心”工程立项，基本建设总投资 3 000 万元，其中国家预算内基建基金投资 1 000 万元。

1999 年 5 月，“国家药物安全评价监测中心”获得北京市科委立项支持（合同编号：9550211400），资助经费 100 万元。

1999 年 6 月，科技部“九五”攻关计划专题合同“筹建国家药物安全评价监测中心”，（合同号 96-901-03-06A）获得立项支持，课题负责人桑国卫，资助经费 400 万元，2002 年 1 月，通过项目验收，在土建工程、实验室建设、管理制度、人员培训等方面，完成合同规定任务。

1999 年 12 月，中国药品生物制品检定所所长桑国卫和日本国立医药品食品卫生研究所所长寺尾允男分别代表中日双方签署建设“国家药物安全评价监测中心”协作的备忘录。

2000 年 6 月，国家药品监督管理局与日本政府根据“加强两国在药品非临床安全性技术评价方面的技术合作和交流，从而保证中国药品安全性”的宗旨，以建立符合国际 GLP 标准的“国家药物安全评价监测中心”为目标，签署了中日 JICA 合作项目协议。同年 9 月，成立 JICA 项目联合协调委员会，国家药品监督管理局副局长邵明立任委员长，副局长兼中国药品生物制品检定所所长桑国卫院士任副委员长。JICA 项目领导小组：桑国卫为项目负责人，周海钧与汪开敏为顾问，王军志任项目管理小组组长。2005 年 3 月，中日 JICA 项目顺利完成并通过了日本 GLP 专家的检查。

2001 年，国家药物安全评价监测中心正式建成并投入试运行，按 GLP 标准开展了药物安全评价试验。2002 年 5 月，通过国家药品监督管理局的 GLP 试点认证，12 月通过 GLP 试点检查复查，成为我国第一批通过 GLP 认证的单位（国食药监安〔2003〕67 号）。

二、上海医药工业研究院新药安全评价中心

1993 年 3 月，国家新药研究与开发管理办公室下发《关于组建国家新药安全评价研究中心的通知》（国新药办发字〔93〕第 007 号）文件，批复同意以上海医药工业研究院为依托，组建上海安评中心。

1993 年 8 月，被列入“1035 工程”，获专项资助经费 400 万元，用于购置新药安全性评价工作所急需的大型仪器设备以及承担新药基金项目的实验补贴费。1997 年 1 月，通过了国家科委组织的中期检查和评估；1999 年科技部追加拨款 200 万元，用于添置科研急需的大型设备。2001 年 4 月 11 日根据《关于“九五”国家科技攻关计划“新药研究与产业化开发”项目专题验收结果的通知》（国科生命办字〔2011〕9 号），顺利通过了科技部组织的项目验收评估。并于 2001 年 4 月完成整体搬迁并进入全面运行。成为建立上海张江生物医药基地的重要有机组成部分之一，为上海和全国的生物医药产业发展作出了重要贡献。

三、军事医学科学院新药安全评价中心

1993 年 2 月 26 日，国家新药研究与开发管理办公室在北京召开了承担组建国家新药安全评价研究中心的评议会，会议形成决议组建“国家新药安全评价研究中心”，其中，军事医学科学院毒物药物研究所组建“国家北京药物安全评价

研究中心”。1993 年 10 月 5 日，国家新药研究与开发管理办公室拨付给军事医学科学院 400 万元用于建设“国家北京药物安全评价研究中心”。2004 年初，国家北京药物安全性评价研究中心 GLP 大楼正式启用，建筑面积 6 607 m^2，承担国家和军队系统的药物临床前安全评价研究。

四、沈阳化工研究院新药安全评价中心

1997 年，国家科委发文（国科社字〔1997〕034 号）批复沈阳化工研究院、沈阳药科大学等单位筹建新药安全评价研究重点实验室。1999 年 6 月，得到国家重点科技项目（攻关）计划（合同号 96–901–03–04）支持，筹建国家沈阳新药安全评价研究中心。同年，申请日本 JICA6000 万日元资助并获批。在国家各部委、国际组织的支持以及在依托单位沈阳化工研究院的持续投入（累积约 1 900 万元）下，2000 年国家沈阳新药安全评价研究中心完成建设，占地 28 000 m^2，建筑面积 5 435 m^2，具备符合 GLP 要求的新药安全评价研究硬件条件，建立并完善了组织机构、质量体系、标准操作规程和研究能力，能够按照 GLP 标准进行新药安全性评价工作。

五、浙江新药安全评价中心

1995 年 9 月按我国“药物非临床研究质量管理规范（试行）”以“浙江省实验动物与安全性研究重点实验室”的名义开展药物非临床安全性评价研究工作。1997 年 7 月，向国家科委提出申请“筹建新药临床前安全性评价研究重点实验室”，同年 9 月获准筹建，项目名称为“筹建新药安全评价研究重点实验室”，项目负责人为桑国卫研究员，项目经费 150 万元。浙江省医学科学院以“国家浙江新药安全评价研究重点实验室（筹）”的名义进行 GLP 实验室建设，任命桑国卫院士为该实验室主任，宣尧仙研究员为副主任（主持工作）。2000 年 8 月“国家浙江新药安全评价研究重点实验室”正式建设，通过科技部 GLP 项目验收，实验室专用总面积约 480 m^2，对外开展新药临床前安全性评价研究工作。

六、我国新药安全评价 GLP 实验室的发展

“1035 工程”立项支持的 GLP 中心对我国 GLP 行业的发展起到了非常好的示范和推广作用，其后许多药物安全评价机构如雨后春笋般不断涌现，截至 2015 年 12 月，我国通过 CFDA 认证的 GLP 机构已经达到 63 家，其中大部分分布于一线城市（如北京、上海、广州等）和医药经济相对发达地区（如江苏、山

东、四川、广东、湖北等）。这些机构中政府实验室约占 14%，大学和科研院所约占 44%，国有企业约占 18%，私营企业约占 21%。

我国开展 GLP 工作最早的是医药行业。药品 GLP 试验的范围有：①单次给药毒性试验（啮齿类、非啮齿类）；②多次给药毒性试验（啮齿类、非啮齿类）；③生殖毒性试验；④遗传毒性试验（Ames、微核试验、染色体畸变）；⑤致癌试验；⑥局部毒性试验；⑦免疫原性试验；⑧安全药理试验；⑨毒代动力学试验；⑩依赖性试验。截至 2015 年 12 月 31 日，根据国家食品药品监督管理总局颁布《药物非临床研究质量管理规范认证公告》统计，全国共有 60 余家机构通过认证（表 10–1）。

表 10–1　我国药品 GLP 实验室清单（截至 2015 年 12 月）

省区市	机构名称	试验项目
北京	中国食品药品检定研究院（国家药物安全评价监测中心）	1 ~ 10 项
	北京协和建昊医药技术开发有限责任公司（中国医学科学院北京协和医学院新药安全评价研究中心）	1 ~ 9 项
	军事医学科学院毒物药物研究所（国家北京药物安全评价中心）	1 ~ 10 项
	北京昭衍新药研究中心有限公司	1 ~ 9 项
	中国医学科学院实验动物研究所	1,2,4,6 ~ 8 项
北京	北京市药品检验所（药物安全评价中心）	1 ~ 3 项
	中国中医科学院中药研究所中药安全评价中心	1,2 项
	中国人民解放军疾病预防控制所（毒理学评价研究中心）	1 ~ 4,6 ~ 8 项
	康龙化成（北京）生物技术有限公司	1 ~ 4,6 ~ 9 项
上海	上海医药工业研究院（国家上海新药安全评价研究中心）	1 ~ 9 项
	中国科学院上海药物研究所（药物安全评价研究中心）	1 ~ 9 项
	上海中医药大学（药物安全评价研究中心）	1 ~ 4,6 ~ 9 项
	第二军医大学（药物安全性评价中心）	1 ~ 4,6 ~ 9 项
	上海市计划生育科学研究所（中国生育调节药物毒理检测中心）	1 ~ 9 项
	上海市食品药品检验所（药物安全评价中心）	1,2,4,6 ~ 9 项
	美迪西普亚医药科技（上海）有限公司	1 ~ 4,6 ~ 9 项
	科文斯医药研发（上海）有限公司	1,2,6,7,9 项
山东	山东大学（新药评价中心药物安全性评价实验室）	1 ~ 4,6 ~ 8 项
	山东省医药工业研究所（药物安全性评价中心）	1 ~ 4,6 ~ 8 项
	山东绿叶制药有限公司（山东绿叶药物安全评价中心）	1,2,6,7,9 项
	鲁南制药集团股份有限公司（新药安评中心）	1 ~ 4,6 ~ 9 项
	山东欣博药物研究有限公司（山东欣博药物安全评价研究中心）	1 ~ 9 项
	山东省食品药品检验所（药物安全评价中心）	1,2,4,6,7 项

续表

省区市	机构名称	试验项目
	山东省药学科学院（新药评价中心）	1～4,6～9 项
	山东省医学科学院药物研究所（山东省医学科学院药物安全评价中心）	1～4,6～9 项
	青岛市药品检验所（新药安全评价中心）	1～2 项
江苏	江苏省药物研究所（江苏省药物安全性评价中心）	1～8 项
	苏州药明康德新药开发有限公司	1～9 项
	江苏鼎泰药物研究有限公司（鼎泰国际毒理研究中心）	1～9 项
	苏州西山中科药物研究开发有限公司	1～4,6～8 项
	昭衍（苏州）新药研究中心有限公司	1～9 项
	中国药科大学（新药安全评价研究中心）	1～4,6～9 项
四川	四川省天然药物研究所（安全性评价中心）	1～8 项
	四川抗菌素工业研究所有限公司（国药控股安全评价研究中心）	1～9 项
	成都百康医药工业药理毒理研究院	1～4,6～9 项
	成都华西海圻医药科技有限公司（国家成都中药安全性评价中心）	1～9 项
广东	广州市医药工业研究所（新药安全评价研究重点实验室）（药物非临床评价研究中心）	1,2,6～8 项
	广州中医药大学科技产业园有限公司（新南方药物安全性评价中心）	1～4,6 项
	中山大学（药学院药物安全性评价中心）	1,2,6,7 项
浙江	浙江省医学科学院（新药安全评价研究重点实验室）	1～4,6～9 项
	浙江大学（药物安全评价研究中心）	1～4,6,9 项
辽宁	沈阳化工研究院安全评价中心（国家沈阳新药安全评价研究中心）	1～9 项
	辽宁省食品药品检验所药物安全评价中心	1,2,6～8 项
湖北	湖北省医药工业研究院有限公司（湖北省药物安全性评价中心）	1～4,6～8 项
	湖北省预防医学科学院（食品药品安全性评价研究所）	1～4,6 项
云南	云南省药物研究所（药物安全性评价中心）	1～4,6～8 项
	中国科学院昆明动物研究所（药物安全评价中心）	1,2,9 项
天津	天津药物研究院（天津市新药安全评价研究中心）	1～9 均项
	天津市药品检验所（药物安全评价监测中心）	1,2,6,7 项
海南	海南海医药物安全性评价有限责任公司（海南医学院海南省药物安全性评价研究中心）	1～4,6～9 项
	海南省药品检验所（安全性评价研究中心）	1,2,4,6,7 项
河北	河北医科大学（新药安全评价研究中心）	1,2,6,8 项
	河北省中西医结合医药研究院（新药评价中心）	1,2,6,8,9 项
新疆	新疆维吾尔自治区维吾尔医研究所（药物安全性评价中心）	1,2,6 项

续表

省区市	机构名称	试验项目
吉林	吉林天药科技药物安全评价有限公司	1～8 项
河南	郑州大学药物安全性评价研究中心	1,2,6,9 项
山西	中国辐射防护研究院（药物安全评价中心）	1,2,6,8 项
湖南	湖南省实验动物中心（湖南省药物安全评价研究中心）	1～4,6～9 项
江西	江西省药物研究所（安全评价中心）	1,2,6,7 项
黑龙江	黑龙江中医药大学（药物安全性评价中心）	1,2,8 项
安徽	安徽合源药物安全研究有限公司	1,2,6,9 项
福建	福建医科大学（福建省新药安全性评价中心）	1,2,6～8,项
重庆	重庆市中药研究院（重庆市药物安全评价中心）	1～6 项

第五节　新药安全评价中心建设成果

一、质量管理规范与认证

“1035 工程”支持的 GLP 中心的建设历程与我国药物非临床研究质量管理规范的实施基本同步，各中心通过初期试点运行摸索我国的 GLP 实验室的运营模式，建立了操作性强、可行的、符合 GLP 规范的组织结构和质量保证体系，通过参与试点认证检查逐渐建立和完善了我国 GLP 法规和检查标准。经过二十多年的良好运行，各类药物非临床安全性评价研究质量不仅符合我国药物非临床研究质量规范要求和我国药品注册要求，并已经与 OECD、美国、日本等国际一流的 GLP 规范要求接轨。

在“1035 工程”和后续科技专项的支持下，各平台的 GLP 法规依从性和国际化能力也得到极大提升，7 个平台全部通过了国际 AAALAC 认证；国家药物安全评价监测中心、国家上海药物安全评价研究中心、国家成都中药安全性评价中心 3 个平台通过美国 CAP 认证；6 个平台按照国际标准建立了 LIMS 系统，使得实验室数据采集与管理达到国际水平。国家沈阳新药安全评价研究中心、国家上海药物安全评价研究中心、国家成都中药安全性评价中心 3 个平台通过了 OECD 成员国荷兰的正式 GLP 检查；国家药物安全评价监测中心、国家上海药物安全评价研究中心、国家成都中药安全性评价中心、国家北京药物安全评价研究中心 4 个平台接受并通过了美国 FDA 的 GLP 检查。这些认证标志着我国 GLP 平台整体水平已经达到国际先进水平，极大地支持我国新药走出国门、参与国际市场竞争。

此外，在实验室资质认证方面，多个平台还获得了中国计量认证（CMA），国家认监委（CNCA）化学品 GLP 认证，农业农村部（原农业部）农药、兽药安全性评价资质，环境生态部（原环保部）新化学物质的安全性评价资质，中国合格评定国家认可委员会（CNAS）的 ISO17025 实验室认证，ISO 14000 认证等，有关质量认证和同行的认可，进一步证明了我国 GLP 实验室管理的规范化和行业影响力。

二、建立较为完善的新药安全性评价体系

新药安全性评价技术体系，涵盖发现阶段、药物非临床安全性评价阶段和临床阶段。各中心在药物发现阶段，建立了完整的短期毒性优化筛选系统，包括了早期遗传毒性、心脏毒性、肝毒性等毒性筛选技术体系，对药物早期候选化合物进行有效初筛，能够显著提高药物研发的成功率，同时降低企业的研发成本和研发风险。药物非临床安全性评价阶段，多个中心建立了符合国际标准的药物临床前安全性评价技术体系，包括完善的 SOP 体系、质量保证体系、GLP 培训体系、各类毒性评价技术体系、毒性病理评价体系、实验动物管理体系、实验信息化采集体系、供试品管理和分析体系以及档案资料管理体系等，这些体系分工明确、统一管理、相互协作，通过对整个实验实施过程中的每一个环节都进行科学、客观的监督管理，从根本上确保临床前研究结果的真实性、可靠性、完整性和可溯源性。

多个平台能够按照美国 FDA、OECD、日本和我国 CFDA 等的 GLP 规范，开展各类药物的全套临床前安全性评价研究。药物临床阶段，各中心针对临床毒性特点和上市后毒性再评价问题，建立了系列毒理评价研究关键技术，解决临床安全性评价问题。最终形成了“全程式药物安全性评价”新策略。

三、加强人才培养，推动学科发展

科学领域的竞争归根结底是人才的竞争，是否拥有高素质的人才是一项事业成败的关键。GLP 行业始终把人才培养放在了一个突出重要的位置，并积极采取“请进来，走出去”等多种方式做好人才培养工作。在“1035 工程”和后续科技专项的支持下，国家药物安全评价监测中心等 GLP 机构，依托中日 JICA 技术合作项目，并与中国药学会、中国毒理学会、中国药理学会等学会合作，积极组织全国人员培训和学术交流，至 2015 年底，先后举办 50 余次全国性学术研讨会和技术培训班，对全国 300 家安评机构负责人和技术骨干进行了 GLP 理念、标准、技术等培训约 8 000 多人次。此外，各平台还先后派遣 200 余人次技术骨干

赴美国、英国、日本、德国、瑞典和法国等 10 多个国家进行专业培训，邀请国外专家 300 余人次来华讲学和现场指导，为国家培养了一支专业知识扎实、创新能力强、结构合理的专业药物安全性评价技术团队，极大提高了我国 GLP 从业人员的 GLP 意识与专业水平。至 2015 年底，多个学科的人才队伍水平已与国际接轨，4 名毒理学家获得美国毒理学会 DABT 认证，1 人获得美国毒理学院院士（Fellow ATS），8 名 QA 人员获得美国 RQAP-GLP 资格，2 人获得日本兽医病理学专家资格（JCVP）和日本毒性病理学专家资格（JSTP），2 人获得加拿大奎尔夫大学兽医资质认证，4 人当选国际实验动物评估和认可委员会（AAALAC）检查专家，50 人通过中国毒理学家（CTCST）资格考试认证、国家兽医资格考试和 QA 从业人员资格考试，1 人入选中组部“千人计划”，2 人获得国际毒理联合会 TRAVEL AWARD 等。此外，平台还培养了药物非临床安全性评价领域学科带头人 15 人，国家新药评审专家 20 人，国家 GLP 检查员 24 人，为指导和推动行业发展提供了重要的人才保障。

四、技术服务

依托建立的符合国际 GLP 标准的药物非临床安全性评价技术平台，为国内外药物研发企业提供符合国际标准、高水平、高效化和更优惠的新药非临床安全评价服务，同时带动了我国 GLP 行业发展。各平台累计开展 1 800 余个药物的非临床安全性评价研究，其中 I 类创新药物 800 余个，化学药物 900 余个，中药 100 余个，生物技术药物 300 余个；其中涉及国家科技重大专项支持的品种 300 余个，获得国内临床批件约 220 个，为我国具有自主知识产权的创新药物的研发提供了重要保障。

随着中国 GLP 行业的蓬勃发展和水平的不断提高，受到了国际制药企业的高度关注，不断加大对中国的投资，很多公司在中国设立了研发中心，委托国内安评机构从事临床前安全评价的项目也显著增加。各平台接受了国外著名企业的委托项目研究，共涉及 50 余个品种。此外，各平台还按照国际 GLP 规范要求完成了国内大量具有自主知识产权创新品种的双报项目研究，提交境外新药 IND 申报 100 余个，其中获得美国 FDA 临床批件共 65 个，加拿大、新加坡、韩国、澳大利亚、荷兰、波兰等新药临床批件 9 个，大大加快了国内新药进入国际主流市场的步伐。

新药品种范围涵盖了肿瘤治疗创新新药、心脑血管疾病防治新药、糖尿病防治新药、免疫疾病防治新药、神经精神疾病治疗新药及预防和治疗人类重大传染性疾病新药等，通过 GLP 平台的评价，支持这些创新药物及时获批，为国家重大疾病的防治发挥着重要的支撑作用。

一些重要特色品种药物如下：针对国家预防和治疗重大传染性疾病用的

H1N1 疫苗、EV71 疫苗、艾滋病疫苗等品种进行了及时准确的评价，对于控制和防范我国疫情发作提供了重要保障。康博西普眼用注射液，是我国第一个具有全球自主知识产权、治疗视网膜黄斑变性的Ⅰ类生物新药。2013 年我国获批上市，目前已获得 FDA 批准Ⅲ期临床。西达本胺，T 细胞淋巴瘤治疗药物，是全球首个亚型选择性组蛋白去乙酰化酶（HDAC）抑制剂的Ⅰ类创新药物。2014 年在我国获批上市，美国进入Ⅰ期临床。注射用 SHR-A1403 抗肿瘤药物，是具有自主知识产权、靶向 c-Met ADC 药物，目前该靶点全球尚无上市药物，已获得美国 FDA 的临床试验批准。艾博卫泰，艾滋病治疗全球领域的第一个长效新药制剂，已完成Ⅲ期临床试验，达到预期临床终点，即将在我国申请上市。我国首个糖尿病全球原创新药——第四代葡萄糖激酶激活剂 HMS5552，进入Ⅱ期临床研究，有希望成为我国自行研发的全球原创新药。槲皮素纳米脂质体注射剂，治疗肺癌，目前已进入Ⅰ期临床试验，这是我国首个批准的中药单体成分的纳米脂质体注射剂。

上述产品仅仅是 GLP 平台评价完成品种的一些代表，这些品种的成功上市，将打破长期以来一直靠国外进口药物、占据中国市场的局面，甚至是无药的局面。

五、论著、专利及获奖情况

在“1035 工程”支持下，各 GLP 平台建设期间的研究硕果累累，至 2015 年底，累计发表学术论文 600 余篇，撰写行业专著 12 部，取得发明专利 60 个，参与制定国家技术标准 4 个、行业标准 1 个。获得国家科技进步二等奖 2 项，教育部科技进步二等奖 1 项，中国药学会科学技术奖、中华医学科技进步奖、华夏医学科技进步奖、中国实验动物学会科学技术奖等国家一级学会奖励 9 项，其他省、自治区、直辖市科学技术奖 7 项。

第六节　新药安全评价中心建设对国家新药研发的支撑作用

一、新药研发的技术与平台保障

药物临床前安全性评价是新药研发的必要阶段，直接关系着新药研发的成败与公众用药安全。建立和完善符合国际 GLP 标准的技术平台，能够提升我国临床前安全性评价研究的规范性、技术能力与评价能力，保障药物安全性评价的规范性、科学性，保障公众用药安全，促进我国卫生事业健康、持续、科学地发展，同时也保障我国新药临床前安全性试验数据获得国际认可，促进我国新药进入国际医药市场，参与全球竞争。

各平台瞄准国际新技术方法发展前沿，借鉴国外先进的毒理学评价理念，将国际上前沿技术应用于新药安全性评价中，建立了系列药物安全性评价核心关键技术，为开展新型药物安全性评价提供了重要技术保障。例如，针对新型创新生物技术药物如单抗药物、基因治疗药物、细胞治疗药物、小核酸药物等，建立了免疫毒性评价、生物分布研究、组织交叉反应研究等系列关键技术，解决了生物技术药物评价中的瓶颈。

建立了心脏毒性、肝毒性、肾毒性和免疫毒性等新型生物标志物技术，参与国际毒性评价新标准的制定。建立了食蟹猴发育和生殖毒性评价的实验室，建立了胚胎干细胞检测胚胎毒性、致畸性的试验模型，斑马鱼发育毒性试验模型等，显著提升药物生殖毒性的评价水平。建立了系列遗传毒性评价新方法，参与IWGT组织的 *Pig-a* 基因突变试验方法全球实验室间联合验证，组织FCM-MN微核检测法和体内彗星试验方法的国内联合验证，为我国遗传毒性指导原则的修订提供了依据。

建立了GLP条件下的致癌性评价技术，针对国内创新药物研发对致癌性试验的需求，开展了大小鼠2年长期致癌性试验和 *rasH2* 转基因小鼠短期致癌性试验研究。建立了多种中药注射剂过敏性评价新模型，为中药安全性评价以及毒性机理研究提供了参考。建立了基于中药复杂体系的毒代动力学研究方法和模型。建立了系列符合国际标准的早期毒性筛选技术和体外替代方法，包括胚胎干细胞检测毒性方法、分化心肌细胞药物心脏毒性检测技术、斑马鱼测验技术、生殖和靶器官毒性快速检测技术等，提高了药物研发成功率。

建立了毒性病理学中英文数据库及远程病理诊断技术体系，实现了药物毒性病理诊断与国际规范的全面接轨。建立了基于分子影像学的毒理学评价技术，将CT、数字血管减影、MRI、彩色多普勒等影像技术应用于药物毒性的研究评价，显著增强了国际竞争力。针对国内中枢神经系统药物非临床安全性评价技术难题，建立啮齿类躯体和精神依赖性评价和灵长类精神依赖性评价体系。建立了儿科用药毒理评价所需要的幼龄动物毒理研究技术，参与制定国家儿科用药临床前安全性评价指导原则。

建立了26种人类重大疾病的猴评价模型，其中8种具有自主知识产权，如眼睛黄斑变性、心衰、帕金森病、糖尿病等。建立了基于临床技术的特殊给药技术，如眼睛玻璃体注射、基于介入技术的器官内注射、关节腔注射、丘脑内注射、脊髓腔给药等技术。建立了国际先进的非临床眼科学评价实验室，建立了全面的眼科给药及评价技术体系，突破了多种药物毒性评价的技术瓶颈。建立了完善的液气式、干粉式吸入染毒评价技术，大鼠口鼻暴露式动态染毒系统，清醒大鼠全身体积描记肺功能检测系统。建立了完善的光敏剂安全性与光毒性评价技术。

建立了体外 ADME 研究和代谢组学分析方法，为新药代谢研究评价提供支持。针对军队特需药物研究的特殊性，建立了适用于军队防化、防生和防原药物研发的临床前安全性评价关键技术。这些新技术、新方法的研究保证了新药临床前安全评价研究质量，有效地推动了新药的研发进程，在与国际接轨中发挥了较大的作用，打破了以往我国安全性评价不被国际承认的瓶颈。

符合国际 GLP 规范的药物安全性评价技术平台，不仅是国家技术进步发展的一个象征，使中国在国际的安全性评价舞台上占有一席之地。平台多次受国际组织邀请参加国外相关指导原则和技术标准的制修订工作。例如，先后受美国 FDA 邀请参加 FDA 主办的（CSRC–HESI–FDA）指导原则修订会议和药物心脏毒性技术指导原则的修订会议，受 ICH 组织要求参加 ICH 指导原则专家工作组会议，受欧盟 ECVAM 特邀作为 OECD 观察员国参与 OECD 体外检测方法技术指导原则的修订，应日本邀请参加亚洲生命科学体外方法技术指南修订会议等。表明我国药物非临床研究评价的国际影响力越来越大，在国际药物研发舞台上发挥的作用也越来越重要。

二、提高新药开发的风险控制水平

依托建立的高水平的药物安全性评价技术平台，在支持我国新药研发的同时，也对被评价的药物进行风险控制和严格把关。各平台通过 GLP 安全性评价共发现 100 个评价药物存在严重的毒性风险，通过对其进行风险评估，建议委托方终止药物研发，避免了具有严重毒性的高风险药物进入临床，保证了公众用药的安全。平台通过为制药企业提供规范化的新药非临床安全性评价，提供真实、准确、可靠的试验数据，还能够有效地减少或避免新药研发中的重复试验，最大限度地降低医药企业在临床研究或上市后面临的风险，有效提高了药物研发的成功率。

近年来在应对一些重大药害事件中，平台也承担了甲氨蝶呤、鱼腥草注射液、欣弗注射液、双黄连粉针剂、参附注射剂、肝素钠注射液、莲必治注射液等 20 余种药物不良反应原因的研究工作。例如，在甲氨蝶呤（阿糖胞苷）事件的研究中实验证实了引起临床不良反应的元凶是药品中混入的长春新碱，及时准确地确定了产生药害的原因。在鱼腥草注射液事件的研究中，证实了鱼腥草注射液中吐温 –80 是引起临床类过敏反应的原因之一，并进一步探索了吐温 –80 引起类过敏反应的剂量范围和作用机制，为 CFDA 制定鱼腥草注射液的监管政策及时提供了实验依据，既保障了公众用药安全，又在科学的基础上维护了民族药企的正当权益。在上述重大药物不良事件的应对与技术处置中，平台提供了非常及时和有效的实验依据，为国家在重大药害事件和药品不良事件中的科学定性及行政执法提供了非常重要的技术支持，保障了公众用药安全。

三、示范辐射与带动行业规范发展

在“1035 工程”及后续科技专项的支持下，我国从无到有建立了符合国际 GLP 规范的药物安全评价技术体系，不断的成长和发展壮大。平台始终以带动和推广全国 GLP 发展为己任，积极与国际接轨，吸取国外最先进的 GLP 管理理念，学习国际上先进的试验技术、方法，不断提高自身的 GLP 管理水平和层次，同时将所取得的管理经验和新技术方法通过开展全国性技术培训班和学术研讨会，积极向全国各地推广，在全国的 GLP 机构建设中发挥了良好的示范和辐射作用。通过参与国家 GLP 相关法规和技术指导原则的起草和修订，及时总结经验、撰写行业专著和学术论文，推动了国家 GLP 法规和行业规范的建设，促进了我国 GLP 整体水平的提高。

此外，平台还借助国内外专业学术团体资源，建立和完善了我国 GLP 技术人员培训和资格认证体系，通过中国毒理学会毒理研究质量保证专业委员会和 QA 资格注册委员会，建立了 QA 职业注册体系，对我国 QA 人员进行资格认证考试，规范了我国 QA 从业人员队伍。平台还按照 CNAS 标准制备了临床检验比对样品，对多个 GLP 平台的临检实验室进行了检测和比对工作，提高了我国非临床研究数据的准确性和规范性。

国内所有从事药物安全性评价的 GLP 机构大多以本项目为模板进行 GLP 体系的建设。在本项目支持的 GLP 平台的带动下，全国各地先后建立了一大批运营规范和独具特色的 GLP 实验室，目前我国已有 60 余家 GLP 实验室通过了 CFDA 认证，显著推动了全国药物安全评价中 GLP 规范的建立和实施。这些蓬勃发展的 GLP 实验室在我国新药研发产业链中发挥着越来越重要的作用。

李　波（中国食品药品检定研究院）
耿兴超（中国食品药品检定研究院）
马　璟（上海医工院国家上海安全性评价中心）
廖明阳（军事医学科学院国家北京药物安全评价中心）
王　捷（沈阳化工研究员安全评价中心）
宣晓仙（浙江省医学科学院安全性评价研究中心）
王　莉（国家成都中药安全性评价中心）
曲凤宏（中国农工民主党中央委员会）
杜冠华（中国医学科学院药物研究所）

第十一章

新药临床试验研究中心

第一节　新药临床试验研究中心建设背景

一、组建新药临床试验研究平台的目的与意义

虽然临床前的非临床安全性和有效性评价可以获得大量数据和信息，可以提高临床试验的安全性，但是由于动物与人存在种属差异，非临床安全性试验不能取代临床安全性评价，新药的研究最终必须以人类为研究对象的临床试验结果为依据。药物临床试验质量管理规范（GCP）是针对新药临床研究提出的管理规范，世界卫生组织（WHO）把GCP定义为“一套临床研究，包括设计、实施、监查、终止、稽查、报告和记录的标准，以保证药物临床试验科学合理并符合伦理原则，而且试验药物的性质（诊断、治疗或预防）被适当地记录。”我国对GCP的定义：GCP是临床试验全过程的标准规定，包括方案设计、组织实施、监查、稽查、记录、分析总结和报告。制定GCP的目的在于“保证临床试验过程的规范可靠，结果科学可信，同时保障受试者的权益和生命安全”。

1980年美国最早提出GCP，在20世纪80年代中后期，日本和许多欧洲国家先后效仿美国制定并实施了GCP。1991年起WHO考虑到GCP应成为各成员国共同接受的原则，起草了WHO的GCP。

20世纪80年代起，国内在化学药、天然药及生物技术等方面的研究发展迅速，每年都有数十种药物上市，国外也有许多新药申请进入国内市场。为了保证这些药物的安全、有效，1983年卫生部药政局在全国建立了45个临床药理基

地，1985 年国家颁布并实施了《药品管理法》和《新药审批办法》等有关法规，对临床试验提出了标准化管理的要求，基本上保证了人民用药的安全、有效。我国自 1986 年起就开始了解国际上 GCP 发展的信息；1992 年参加了 WHO 的 GCP 指南的定稿会议；1993 年收集了各国的 GCP 指导原则并邀请国外专家来华介绍国外实施 GCP 的情况；1994 年举办 GCP 研讨会并开始酝酿起草我国的 GCP 规范；1995 年成立了由 5 位临床药理专家组成的起草小组，起草了我国《药品临床试验管理规范（送审稿）》，并开始在全国范围内组织 GCP 知识的培训；1998 年 3 月 2 日卫生部颁布了《药品临床试验管理规范（试行）》；国家药品监督管理局（SDA）成立后对该规范进行了进一步的讨论和修改，于 1999 年 9 月 1 日以 13 号局长令正式颁布并实施。

如何真正做到药物开发的国家规范管理，尤其是药物临床试验的质量管理，仍存在一些问题。为积极推动 GCP 在我国的发展，在借鉴国际先进做法和经验的基础上，卫生部药政局结合国内的实际情况，制订中国的 GCP，以期新药的临床试验规范化，符合伦理标准和科学标准，1996 年正式公布实施，成为我国药物临床试验的法规。

国家科委决定在“九五”期间启动“1035 工程”，规划组建 5 个国家新药临床试验研究中心，最后 7 个单位获得了支持，包括中国医学科学院北京协和医院、中国医学科学院肿瘤医院、中国医学科学院阜外医院、上海医科大学附属中山医院、上海医科大学附属华山医院、中山医科大学肿瘤中心、哈尔滨医科大学附属第二医院等。主要目的是通过这 7 家中心的建设，带动及指导我国 GCP 的全面实施。

为迎接知识产权的挑战，我国新药研究由以仿为主，向以创为主，创仿结合转轨，我国研制的一类新药会越来越多地进入临床研究，所以要求临床试验必须遵循国际的规范和标准，使我国的临床研究迅速达到国际水平。在此期间，中国医学科学院药物研究所在张均田所长倡导下，为了尽快推动药物临床研究与国际接轨，根据我国新药研发的发展需求和国际发展的趋势，具有前瞻性的与国际临床研究组织合作建立了国内最早的 GCP 实验室，将国际标准和管理模式带到中国。但由于当时各方对这件极具创新性事物还不理解，未能顺利运行。

正是在这样的情况下，科技部在国内有较好基础的医院建立数个较高水平的新药临床试验中心，完全按 GCP 标准承担国内一、二类新药及国外未上市新药的临床试验，成为我国新药临床试验的示范和指导中心，将国内药物临床试验的水平提高一个层次，使之尽快与国际接轨。

二、实施 GCP 保证药物临床试验安全性的必要性

由于新药的临床试验是在人体进行，新药临床试验结果是新药能否批准上

市的重要依据，实施 GCP 可以确保受试者权益和试验的质量。WHO 已制定和发布了 GCP 指导原则，我国临床试验要逐步与国际接轨，必须实施 GCP。国外新药到中国申请注册的越来越多，这些新药的临床试验要求按国际 GCP 标准执行。从国内新药研究来看，药物临床试验存在不少问题，实施 GCP 有助于解决这些问题，使新药评价质量不断提高。在临床试验中实施 GCP，可以提高治疗学的理论水平，提高临床试验机构水平，促进我国新药研究开发。

实施 GCP 是保证药物临床试验安全性的必要条件：①合格的研究人员和试验机构。建立合格的临床试验机构，培训合格的临床研究人员和指导人员，建立研究人员的工作报告和考核制度、临床检验人员的技术考核制度。②标准化的实验室与测试条件，建立与临床药理试验有关的标准测试实验室与质控制度。③科学的试验设计与试验方案，建立临床试验科学程序与管理制度。④建立试验质量的监督系统，以保证规范实施的质量，从而保证药物临床试验安全性。

三、临床试验机构必须具备的条件

新药的临床试验并不是在任何医院都可以进行，也不是所有的主任医师都可以作为临床试验的负责人。新药的临床试验必须是在国家药品监督管理局（SDA）指定的国家药品临床试验机构进行。每一个药品临床试验机构只能按其所具有的基地专业承担相应的药品临床试验，并不是一个临床试验机构可以评价所有的新药。开展临床试验的单位的设施与条件必须满足能够有效进行临床试验的需要；所有研究者都应具备承担该项临床试验的专业特长、资格和能力，并经过药物临床试验管理规范的培训。临床试验前，研究者和申办者应就试验方案、试验的监查、稽查和标准操作规程及试验中的职责分工等达成书面协议。

临床试验机构必须具备的条件：①所在单位领导重视，对新药临床研究具有正确认识，愿为我国新药研究开发、评价管理、推动临床药理与治疗学发展做出贡献。②已具备一支符合要求的药物临床试验队伍。③对特定的某类药物及所治疗的主要疾病的评价具有学术界承认的专业水平。④有相应的专业实体机构和开展临床药理研究的实验室基本条件。⑤具有 20～40 张床位的专科病房和相应的救护措施及Ⅰ期临床受试者的生活休息场所，并能保证有 10 张以上床位用于治疗本类新药研究与评价所需的病人。

目前我国新药临床试验的分级已与国际接轨。《药品注册管理办法》中指出：临床试验一般分为Ⅰ、Ⅱ、Ⅲ、Ⅳ期，各期之间存在着有机联系，每期临床试验要有妥善的计划、方案及评价标准，以保证试验的科学性，从而客观地评价药物的安全性和有效性。

四、新药临床试验研究中心的主要目标与任务

建设新药临床试验研究中心，使之成为国家相关领域药物临床试验研究的中心，其药物临床试验的规模应居国内之首，质量达国内一流水平，并逐渐达到国际标准，力争在几年内获国际认可，进行国内外新药的Ⅰ、Ⅱ、Ⅲ期临床试验。

新药临床试验研究中心的任务是承担卫生部药政局下达的各种国内新药及国外进口药物的临床试验；参与上市药物的再评价。承担国外未上市新药的Ⅰ、Ⅱ、Ⅲ期临床试验；作为国家的新药临床试验研究中心，承担招收国内医院医务人员来中心学习，通过举办培训班向全国推广；接受院外药物临床试验标本的检测；提供国内外药物信息资料的咨询和调研；与国外相应机构进行国际合作与交流，包括培训、进修、交流 GCP 方面的经验等；定期轮流组织全院有关科室的医务及技术人员学习有关临床药理尤其是生物统计学和 GCP 的基本知识及法规。

五、我国药物临床试验研究发展概况

药物临床试验是药品从研发到应用不可或缺的重要环节，其重要性体现在新药临床试验的风险性和药品管理法律法规的强制性。在欧美发达国家，药物临床试验经过了近一个世纪的发展，面临着日益尴尬的处境，高额的临床试验支出，征募受试者越来越困难，国际多中心临床试验的开展也日益频繁。与发达国家和地区的成熟体系相比，我国还存在很多不足，药物临床试验的具体实施条例不完善，药物临床试验机构建设尚在持续提升中，具备临床试验熟练能力的研究者较少，受试者和公众对临床试验不了解，造成了我国药物临床试验发展滞后。临床试验在很大程度上推动着一个国家的药品研发和临床研究水平的提高，因此在全球药物临床试验产业的转移和发展过程中，中国需要加强对临床试验的监督和管理。在科技部门和各级科技主管部门的高度重视下，各中心承担单位开始建设并得到了不断地发展和完善。

加强档案管理和数据管理。每个单位都专设药品临床试验档案室，由中心秘书兼职专管，每种临床试验药品均单独设档，即“一药一档”，并规范归档资料目录，原始病例登记表（CRF）及知情同意书也收入档案，长期保存备查。中心主任对近期完成试验的档案进行不定期检查，发现缺失的材料，要求及时追回补齐。试验药品管理。医院在药剂科药品库房内专设临床试验药品贮存区及专用柜或者设立独立的临床试验专用药房，由专人进行登记，验收及发放。建立伦理委员会，执行知情同意，参加临床试验的受试者在开始临床试验前签署知情同意书。

各中心均制定了一系列临床试验相关的规章制度，包括："中心"管理标准操作规程（SOP）、各专业组临床试验管理 SOP、人体药代动力学研究 SOP、人体药物生物利用度研究 SOP、伦理委员会管理 SOP、Ⅰ期临床试验病房管理 SOP、档案管理 SOP、试验药品管理 SOP、财务管理 SOP 等，并适时修订，严格遵照执行。

管理制度的 SOP 中有机构组织构成及人员职责、临床试验运行管理制度、药物管理制度等；设计规范的 SOP 中有药物临床试验方案设计规范、知情同意书规范、病例报告表设计规范等；标准操作规程的 SOP 中有临床试验项目审查、药物临床试验方案设计、受试者知情同意等；应急预案的 SOP 中有医疗突发事件应急预案、断网应急预案、断水应急预案、心肺脑复苏抢救等。

伦理委员会的 SOP 包括标准操作规程的撰写、审查、颁布与修订、伦理委员会的组成、保密承诺、利益冲突声明及回避制度、伦理委员会成员的培训、项目递交的管理、初始审查、快速审查、复审、修订案审查、化学药生物等效性研究的伦理审查、医疗器械临床试验的伦理审查、干细胞研究的伦理审查等。

在"1035 工程"实施过程中，各中心均设置Ⅰ期临床试验专用病房和专业型生物分析实验室，组建Ⅰ期研究团队，建立和完善Ⅰ期临床试验质量控制体系。Ⅰ期临床试验病房及实验室各项设施能够满足Ⅰ期临床试验的任务需求，可以承担国外一类新药的药代动力学研究。

第二节　新药临床试验研究中心的建设与发展

一、中国医学科学院北京协和医院药物临床试验研究中心

中国医学科学院北京协和医院是卫生部属临床药理基地中承担试验药物种类最多的医院，包括内分泌、皮肤病、抗肝炎及传染病、抗变态反应免疫、消化道、心血管、麻醉、妇产科及计划生育、呼吸系统、肾病、神经病、放射性、血液药、胃肠外营养药物，共涉及 15 个专科。每个科室成立临床药理领导小组，负责试验或验证方案的设计及审查总结报告，最后由临床药理中心审核签发，全院临床药理骨干已近百人，90% 具有高级职称，其中 6 人在国外进修该专业 1 年以上，90 人取得北京医科大学临床药理研究中心培训班的结业合格证，8 人曾担任卫生部第三届药品审评委员，有 18 人任卫生部第四届药品审评委员，2 人任卫生部进口药品审评委员。每年由卫生部药政局或中华医学会下达进行临床试验或验证的药物，以及临床验证国外准备进口的药物，共约 80 余种，其中 1/3 左

右由本院任组长单位。在药物试验过程中累积了较为丰富的经验，试验的质量获得了卫生部药品审评委员会及药政局的认可，承担多种国家二类新药的Ⅰ期临床试验，包括耐受性、药代动力学及生物利用度研究。此外，还进行几种上市药物的生物等效性试验，将临床药理研究推向更深的层次。

北京协和医院15个科室各自都设有专业实验室，有关专科药物临床试验中的特殊实验室检测，大部分都能在相应的实验室完成，院内设置的计算机断层仪（CT）、核磁共振仪（MRI）、单光子计算机断层仪（SPECT）、多功能血管造影仪、彩色多普勒超声诊断仪、双光子骨密度仪等大型精密诊断仪器均可用于药物临床试验中的某些指标监测。设置Ⅰ期生物分析实验室：临床药理研究中心的实验室占地150 m^2，已初步具备Ⅰ期临床试验所需的各种设施：高效液相色谱仪4台（岛津LC-4A、LC-4A，waters 210、510）、气相色谱-质谱仪1台（TRIO 1000）、同位素质谱仪1台（ABCA），以及超低温冰箱、高速离心机、低温离心机等设备。仪器设备基本满足当时国内新药的药代动力学测试要求，但距离国际先进水平仍有很大差距。承担临床试验中的血、尿常规及血液生化的检测任务，以确保实验室检测质量；可进行临床药代动力学及生物利用度研究，能承担药物Ⅰ期临床试验。中心的临床药理专科病房，占地近1 000 m^2，可同时进行30～50名健康志愿者的Ⅰ期临床试验。

北京协和医院在“1035工程”实施过程中，设置Ⅰ期临床试验专用病房。病房面积增至200 m^2，6间病房、床位12张，配置监护设备和抢救设备，另有受试者休息室、试验药物准备室、标本采集室以及医生/护士办公室。北京协和医院Ⅰ期实验室：设置Ⅰ期生物分析实验室，承担Ⅰ期临床试验的药代及生物利用度检测工作，装备高效液相色谱仪、气相色谱、质谱等分析仪器，并配置必要的辅助设施。至1996年3月，实验室仪器基本到位、安装和调试。增购新型液相色谱-串联质谱仪1台（Sciex API 3000）、新型高效液相色谱仪2台（waters 600E）、超纯水机1台（Millipore）。生物分析实验室的仪器设备达到国内领先水平。另外增置自动生化分析仪1台（RA1000）、血细胞计数仪1台（Coulter）、尿液自动分析仪1台（Clinitex 100）。在当时情况下，发挥了临床试验“中心实验室”的功能。药物临床试验中的血、尿常规和血生化样本送至临床药理中心实验室测定。建设实验室质量控制体系，按照GLP标准制定了各类SOPs，由专人负责及实施严格的质量控制。

北京协和医院完善临床药理研究中心管理体制。由院长直接领导院临床药理研究中心开展各项工作。院内调拨约200 m^2面积开设Ⅰ期临床试验病房，另调拨200 m^2面积建立临床药理研究中心实验室，并贷款200余万购置专用仪器。中心筹建期间顺利通过卫生部对临床药理基地的验收及科技部专家组的中期评估，并由15个专业组扩展为17个专业组。中心设正、副主任及建领导小组，配专职秘书及Ⅰ期临床试验病房护士长各一名。

北京协和医院伦理委员会由 11 人组成。先后由院党委书记及院长任伦理委员会主任委员，聘请院外律师及伦理学专家为委员，非专业人员占 4/11，女性占 3/11。自 1996 年 4 月始，国产一、二类新药及国外未上市新药，一律经伦理委员会讨论审批合格签发审核表后才开始临床试验，并执行知情同意书的签署。1999 年 5 月始除上市后再评价项目外，项目均经伦理委员会审批，并要求签署知情同意书。

重视临床试验人才梯队和人才储备的建设，注重人员培训，制定“中心”及各专业组骨干的培训计划。北京协和医院的“中心”成员 1996 年赴美国、日本考察 4 个临床药理单位，重点了解国际Ⅰ期药品临床试验的现状，作为规范Ⅰ期药品临床试验的借鉴；10 个专业组各有 1 人被派往先进国家学习进修临床药理专业 3 ~ 6 个月，已全部学成归来，成为各专业组的骨干力量，为组建“中心”的骨干梯队准备条件；另有 15 人分别参加北京医科大学及中山医科大学临床药理培训班，并取得结业证书，至 1999 年底全院已有 113 人获国内培训班结业证书。

二、中国医学科学院肿瘤医院药物临床试验研究中心

中国医学科学院肿瘤医院药物临床试验研究中心是 1983 年卫生部指定的我国第一批抗肿瘤药物临床药理基地，中国医学科学院肿瘤医院内科的多位专家担任卫生部药品审评委员，积累了比较丰富的抗肿瘤新药临床试验的经验。

中国医学科学院肿瘤医院内科实验室承担了药物临床试验研究中心抗肿瘤新药临床试验的实验室工作，实验室有高速离心机、低温离心机、冰箱等仪器设备，能够进行临床试验血液标本的分离、保存等项工作。医院具有完备的病理、影像诊断等专业科室，能为抗肿瘤药物临床试验过程中明确病理诊断和疗效的影像学评估提供保证。

中国医学科学院肿瘤医院在医院领导的高度重视和支持下，成立了药物临床试验研究中心和伦理委员会，建立了Ⅰ期临床试验病房，完善和加强了实验室的功能。1997 年 4 月成立了药物临床研究（GCP）中心，孙燕教授担任主任，下设办公室，办公室有专职秘书 1 人，兼职秘书 1 人。中国医学科学院肿瘤医院参加临床试验的相关人员均参加了国内或本院举行的 GCP 培训班并获得结业证书。

中国医学科学院肿瘤医院 GCP 中心伦理委员会始建于 1996 年 11 月，目前为第五届伦理委员会（2017 年 8 月始），由 11 位不同性别、不同职业背景的委员组成，其中包括医院管理人员、医学伦理专家、临床医师、药学专业人员、律师等。既有非医学专业的人员，也有院外人士参加。

中国医学科学院肿瘤医院药物临床研究中心建立了Ⅰ期临床试验病房，实验室也得到了进一步建设，1995 年开始举办第一届全国抗肿瘤药物临床研究 GCP 培训班。2008 年以后，在国家“重大新药创制”科技重大专项的支持下，为了适应国内外抗肿瘤新药研发快速发展的需求，创建并不断完善了抗肿瘤新药临床试验的药代动力学实验室。实验室建立了可以满足不同种类药物（包括化学药、蛋白质 / 多肽药物等）分析需求的实验室生物样品分析方法，包括高效液相色谱法（HPLC）、微生物法、酶联免疫法（ELISA）、液相色谱 – 串联质谱联用法（LC/MS/MS）等，采用了专业的临床药代动力学研究软件以及实验室信息管理系统（LIMS），对临床药代动力学研究进行全程“跟踪”。编制质量体系文件，包括质量手册、程序文件、作业指导书和记录四大类文件等共 220 多个，实现了标准化的管理和质量控制，获得中国合格评定认可委员会（CNAS）17025 检测实验室认证，建立多个生物样本中抗肿瘤新药的药代分析方法，获得多项国家发明专利。建立抗肿瘤新药分子靶点检测技术平台，完成了首个具有自主知识产权的国产新药埃克替尼注册Ⅲ期临床试验患者 EGFR 基因突变状态检测，提供了 *EGFR* 基因突变状态和埃克替尼疗效的数据，实验室被授予“抗肿瘤分子靶向药物临床研究北京市重点实验室”。

三、中国医学科学院阜外医院药物临床试验研究中心

中国医学科学院阜外医院始建于 1956 年，是国家级三级甲等心血管病专科医院，也是国家心血管病中心、心血管疾病国家重点实验室、国家心血管疾病临床医学研究中心所在地，以诊治各种复杂、疑难和重症心血管疾病而享誉国内外，已成为世界上最大的心血管疾病诊治中心和集医疗、科研、预防和人才培养于一体的国家级医学研究与教育中心。阜外医院的心血管药物临床评价汇集了全院的医疗技术水平，在几代领导的带领下，在长期的药物临床评价研究实践中，已拥有一支药物临床研究的专业化队伍，积累了丰富的研究经验，成为我国该专业的重要基地之一，研究水平得到了国内外的公认。

1983 年，阜外医院被卫生部批准成为首批临床药理基地之一，在著名的心血管病专家陶寿淇教授的倡导下，成立承担心血管药物临床研究的实体单位——临床药理研究室，著名心血管临床药理学家陶萍教授任研究室第一任主任。

1997 年科技部论证和专家审评之后，阜外医院以临床药理研究室为实体单位，经过三年的筹建，2000 年通过科技部验收，成立“阜外医院国家新药（心血管药物）临床试验研究中心”，并获得国家“九五”科技攻关成果奖。

2001 年 12 月，通过卫生部审评，批准在阜外医院成立我国第一个“卫生部

心血管药物临床研究重点实验室”，通过对不同类别的药物进行相关的心血管疾病临床研究，建成具有一流的研究队伍、一流的研究设施、一流的管理水平，为我国的医药卫生事业做出一流的创新科研贡献的研究平台，进而实验室向社会开放，可以为药物临床研究提供公益性研究成果和服务。

2002 年被国家国家药品监督管理局（SDA）局认定为“阜外医院药物临床试验机构”；2005 年，机构正式通过国家食品药物监督管理总局（CFDA）“药物临床试验机构资格认定”；2014 年 CFDA 批准阜外医院具心血管、内分泌、小儿心血管三个专业临床试验资质。

在数十年的发展历程中，培养了一批批思想敏锐、视野开阔、创新意识强的药物临床评价的优秀人才，以强烈的责任感主动谋划和推进医院国家药物评价的改革，深入探索世界一流、中国特色的发展道路，为医院发展注入了新的活力。

四、复旦大学附属中山医院药物临床试验研究中心

复旦大学附属中山医院原为上海医科大学附属中山医院（2000 年，复旦大学与上海医科大学合并）。

为适应我国新药审批，加强药品审批和管理，1983 年卫生部批准上海医科大学为第一批部属临床药理基地，在中山医院成立心血管专业组和放射专业组。1987 年上海医科大学加强临床药理基地，建立上海医科大学临床药理研究所，组成有 10 个临床研究室，中山医院心血管药理研究室和放射性药研究室（与华山医院合作）为其组成单位。1992 年诸骏仁教授引入各国药品临床试验研究管理规范，并组织人员翻译成册。1995 年与国内专家组成五人专家组起草我国的 GCP，并于 1999 年在中国正式实施 GCP，从而推动我国的临床试验工作，逐步与国际 GCP 接轨。

1997 年根据新药临床试验基地发展需要，上海医科大学领导决定改组基地。中山医院、华山医院分别成立分基地，中山医院原有心血管、放射用药专业外，又有 8 个新申请专业。2000 年根据国家食品药品监督管理局要求，正式成立中山医院国家药品临床研究基地，到目前为止中山医院共有 28 个专业组，其中 27 个临床专业组和 1 个工期临床试验研究室，严格按照 GCP 的要求进行临床试验，并在国内外具有一定影响。“九五”期间，科技部在全国建成 10 个国家新药临床试验研究中心，中山医院是其中之一（诸骏仁教授负责）。“十五”重大科技专项“创新药物和中药现代化”中全国共有 15 家临床单位（包括 5 家中药医院）获得立项，中山医院亦列其中。

中山医院伦理委员会成立于 1996 年 7 月，包括临床试验伦理委员会、生物

医学伦理委员会和器官移植伦理委员会。每个委员会由 15 名委员组成，包括社区代表 1 名、法学人员 3 名、外科教授 4 名、科研人员 1 名、内科教授 4 名，药学人员 2 名。伦理委员的专业涵盖了呼吸科、心内科、肿瘤内科、肝肿瘤外科、普外科、临床药理、心外科、肝肿瘤内科、消化科、流行病学、统计学、法学以及社区代表。2011 年和 2018 年分别通过亚太地区伦理审查委员会论坛（FERCAP）的发展伦理审查委员会能力启动战略（SIDCER）认证和复核认证。根据 GCP 的要求，建立了符合国际和国内要求的伦理委员会标准操作规程，审查能力在国内处于领先水平。配合研究者接受了 FDA、PMDA、CFDA 视察、接受勃林格殷格翰公司对于亚太地区伦理委员会视察时均有好评。

“九五”期间，更新了主要的仪器设备。中山医院于 1998 年建立了总面积 90 m^2 的Ⅰ期临床试验病房和 500 m^2 的实验室。Ⅰ期临床试验病房配备有床位 9 张，内设受试者休息室、样本采集室、试验药物准备室、医师及护士办公室。仪器设备有分床监护仪、抢救车、除颤器、呼吸机、血压计、心电图机及超声心动图机。实验室设有 3 个室，分别为临床药理室、临床生化室、常规化验室。同时还建立了总面积 400 m^2 的Ⅱ期临床试验病房，内设 30 m^2 的治疗室、100 m^2 的监护室及抢救室、20 m^2 的医师办公室、50 m^2 的护士办公室。主要的仪器设备有心电图机、监护仪、除颤器、呼吸机、血气分析仪、Waters Alliance 2690、717plus 自动进样器以及紫外、荧光检测器、低温离心机、超低温冰箱、分析天平等。健全标准操作规程和各种制度，完成了国外进修培训计划。

2013 年至 2017 年 10 月评审的项目如下：①临床试验伦理委员会：注册类临床试验 439 项，复审和修订 799 项。②生物医学伦理委员会：涉及人的临床研究 806 项，复审和修订 387 项。③器官移植伦理委员会：对活体器官肾、肝移植伦理审查，其中评审活体肾移植 132 对，7 对活体肝移植；对人体死亡后的全器官捐献审查 50 次 50 例。

五、复旦大学附属华山医院药物临床试验研究中心

1983 年上海医科大学被批准为卫生部首批临床药理基地，在附属华山医院成立抗感染、神经、心血管和放射医学 4 个专业组。经多年建设后，于 1997 年通过了卫生部对临床药理基地的检查。1998 年上海医科大学临床药理基地首批通过了卫生部复核和确认，并增加至 10 个专业组。其中，依托于华山医院抗生素研究所建立的抗感染专业组，由于其在开展抗菌药物临床试验工作中的良好基础，1994 年被国家科委批准筹建“国家抗感染新药临床试验研究中心”，2000 年建成并通过验收。在国家抗感染新药临床试验研究中心筹建期间及建成以后，完成 40 余种国内外抗菌新药临床试验研究，包括原分类 1 类和 2 类抗菌新药 15 项

及抗菌新药国际多中心临床试验研究 8 项，多次接受美国、英国、日本的稽查或视察，均获通过。

在国家抗感染新药临床试验研究中心主任汪复教授、副主任张婴元教授带领下，在药物临床试验中按国际规范化要求，进行 GCP 建设并取得成果。汪复教授作为五人专家组成员之一参与起草了我国的 GCP。主要骨干均有至美国、英国、加拿大等国家进修临床药理、临床微生物学经历，并形成了从事抗菌药临床试验的医、护、药理人员老中青结合的研究梯队。1996 年建立了伦理委员会、学术委员会。建立并完善了包括药物临床试验各项管理制度和标准操作规范（SOP）并实施。1995—2000 年，对中心人员多次进行 GCP 培训，并先后举办了 8 届 GCP 培训班，培训来自全国十余个省、自治区、直辖市的学员约 800 名。中心配置专门用于开展Ⅰ期临床试验的场所和开展Ⅱ、Ⅲ期临床试验的相应病房、门诊设施与设备，拥有高效液相色谱仪、荧光偏振免疫仪、多点接受仪、万能显微镜、厌氧罩、PCR 仪、DNA 杂交仪等仪器设备，强化了抗菌新药临床药理研究和临床微生物研究平台。

六、哈尔滨医科大学药物临床试验研究中心

卫生部哈尔滨医科大学药物临床试验研究中心（临床药理基地）成立于 1990 年 7 月，包括 11 个临床研究方向（分别为：①呼吸系统药；②麻醉药；③老年病及抗衰老药；④抗生素；⑤心血管药；⑥消化系统药；⑦血液病药；⑧神经药；⑨激素类；⑩免疫用药；⑪避孕药物）和临床药学药物研究所，拥有研究人员 158 人，其中高级职称研究人员共计 35 人，中级职称 40 人。

1994 年 6 月哈尔滨医科大学被正式批准为国家新药临床研究中心筹建单位，在哈尔滨医科大学临床药学药物研究所原有Ⅰ期临床试验病房 3 张病床的基础上，增加病床 21 张，配备临床医生 5 名，护士 4 名，并配备有独立的处置室、药房、营养室等以满足Ⅰ期临床试验受试者的需求，占地面积达 600 m^2。与此同时，Ⅰ期临床实验室还在原有大型分析仪器的基础上，增购了高压液相色谱仪 1 台、中压液相色谱仪 1 台及全自动生化分析仪等检验仪器，以满足日益增长的药代动力学研究、生物利用度测定和治疗药物监测的需求。

哈尔滨医科大学临床药理基地伦理委员会成立于 1996 年，委员 7 名，由医学、药学、法律、社会伦理学等专业构成。建立了伦理委员会工作制度。伦理委员会的工作独立于研究者和申办者，并且不受任何其他方面的影响。

哈尔滨医科大学临床药理基地分为：临床药理研究室、临床药物分析研究室、临床中药研究室、临床药剂研究室、抗生素应用研究室、药品质控研究室、中心生化免疫实验室及中心动物实验室、中心仪器分析实验室、情报资料室、仪

器修理室及财务室等配套研究室。哈尔滨医科大学新药临床试验研究中心设主任和国际顾问、客座研究员，中心下设办公室，中心包括哈尔滨医科大学临床免疫中心、临床药学药物研究所、神经系统疾病研究所、呼吸系统疾病研究所和心血管系统疾病研究所。拥有大型仪器设备 20 台套，高压液相色谱仪 2 台、中压液相色谱 1 台、荧光分光光度计 1 台、紫外分光光度计 1 台、TDX 血药浓度测定仪 1 台、薄层扫描仪 1 台、心功能测定仪 1 台、高速冷冻离心机 1 台等。

哈尔滨医科大学临床药理基地按国际标准建立国家新药临床研究中心，促进我国的新药研发工作早日与国际接轨，达到临床试验管理规范（ICH–GCP）的标准。国家、省、大学的科技主管部门先后划拨建设资金 700 万元，对 I 期临床试验的病房进行翻新改造，购进包括高效液相色谱仪在内的大型仪器设备 8 台套，聘请美国、瑞典临床药理专家为哈尔滨医科大学国家新药临床研究中心的国际顾问，还聘请国内有影响力的三名临床药理、神经内科及药代动力学博士作为中心的客座研究员，指导国家新药临床试验研究中心的筹建工作，同时对卫生部哈尔滨医科大学临床药理基地的临床试验工作进行指导和评估。

第三节　新药临床试验研究中心建设成果

一、中国医学科学院北京协和医院药物临床试验研究中心建设成果

（一）平台建设

1999 年通过科技部、卫生部及 CFDA 联合验收成为“国家新药（综合）临床试验研究中心”（本节以下简称“北京协和医院 GCP 中心”），是全国 10 个 GCP 中心中唯一的综合性药物临床试验中心。2008 年 25 个专业组经 CFDA 现场检查获得药物临床试验资格，2012 年新增 11 个专业组，2017 年内科重症医学专业获批，目前共有 37 个获得药物临床试验资格的专业，数量居国内之首。

北京协和医院 GCP 中心主要承担卫生部临床药理基地及后来国家食品药品监督管理总局（CFDA）药物临床试验机构的职能，负责组织管理全院的药物临床试验，行政上受院长领导，业务上受 CFDA 指导和视察。中心每年审批通过约 120 余项临床试验合同，平均每年有 300 余项临床试验在实施中，并组织各层次培训，全院共有 738 人获得 GCP 培训证书。2017 年全年新项目共 182 项（药物 109 项、器械 73 项），其中国际多中心项目 24 项，任组长单位 55 项（药物 26 项、器械 29 项），I 期临床试验 27 项，一类新药 27 项，签署合同总金额

12 741.75 万元，全院项目负责人涉及 78 名教授和副教授，目前正在运行的项目 423 项，是国内规模最大的药物临床试验机构之一。

北京协和医院 GCP 中心先后承担“1035 工程”、“十一五”、“十二五”等重大科技专项项目，多个专业组曾多次通过国内外（包括美国 FDA、欧盟 EMEA 等）权威机构的核查。无论是在药物临床试验数量、质量还是科学研究水平方面，在国内外均具有很高的知名度。

北京协和医院另设药物临床试验伦理委员会，组建于 1996 年，负责审核Ⅰ～Ⅳ期药物及医疗器械临床试验，是为药物临床试验专设的独立工作机构。以《赫尔辛基宣言》、中国《药物临床试验管理规范》及《药物临床试验伦理审查工作指导原则》为指导，并受中国相关法律、法规约束。其宗旨是在确保临床试验科学性的同时，保障受试者的尊严、安全和权益。伦理委员会一贯秉承严格审查、独立判断的准则，在业内享有盛誉。每月召开一次会议已形成制度，2017 年共召开会议 13 次，审议临床试验项目 270 项（其中会审 171 项、快审 99 项）。强调必须保护受试者的权益及有关的补偿内容，同时严格审查试验用药的安全性。对 105 项临床试验提出修改意见，修改后再审 7 项，否定 1 项。

北京协和医院 GCP 中心拥有国内最大规模、完成临床研究项目最多的Ⅰ期临床试验研究室。该Ⅰ期临床研究室主要从事药物和临床治疗的早期临床研发，经过 20 多年的发展，已经建立了以临床药理为基础的良好的功能性平台（面积共 2 000 m^2），包括临床病房（40 张床位），生物测定实验室（10 套 LC-MS / MS），具备药物注册用生物分析、生物转化，代谢酶和转运蛋白、定量药理学和药物基因组学等方面的研究能力。作为成功在生物分析方面获得全球认证（ISO17025 和计量认证）首个中国的Ⅰ期临床研究中心，北京协和医院临床药理研究中心Ⅰ期临床研究室始终致力于利用电子管理系统（Promasys 和 Watson LIMS 用于临床和生物测定实验室数据流）生成最准确和最完整的数据，最大限度地利用 SAS，Phoenix（WINNONLIN 和 NLME），NONMEM，SIMCYP 等现代化软件进行数据挖掘。截至目前，Ⅰ期临床研究室已进行了 200 多个各类药物的临床试验。以往的研究质量和成果使得北京协和医院临床药理研究中心Ⅰ期临床研究室在业界获得了良好的声誉。

Ⅰ期临床研究室目前包括研究医生、临床药理学研究人员、生物分析研究人员、研究护士、统计师、研究协调员、数据管理员和 QA / QC 等约 60 名专职人员组成。多人在相关学术委员会担任副主任委员或委员或青年委员等社会兼职，亦有多名研究人员担任 CFDA 的药品审评专家委员会成员。Ⅰ期临床研究室负责人胡蓓教授和江骥教授具有丰富的临床药理研究经验与声望，在中国临床药理学，生物化学与分子药理学，药物代谢与有机质谱联合会等多个学术委员会担任社会兼职。北京协和医院临床药理研究中心Ⅰ期临床研究室旨在通过专业、高质量的临床药理研究提高我国创新药物早期临床研发效率和质量，为中国和全球患者做出更多贡献。

实验室建设和质量管理规范获国际和国内认证。Ⅰ期实验室已经建立了完善的质量控制体系，现有各类SOP 248个，完全覆盖生物样本分析全过程。在2005年9月，正式获得了ISO/IEC 17025国际实验室质量认可证书，是当时国内同类实验室中唯一一家取得ISO质量认证的科研机构，可以出具国际认可的药物浓度检测数据。

Ⅰ期研究室建立了较为完善的创新药物早期临床评价体系，2015年成为创新药物临床PK/PD研究北京市重点实验室。在首次人体试验、单次和多次临床药代动力学特征研究、食物影响试验、代谢/排泄特征研究、特殊人群药代动力学特征研究、药物-药物相互作用研究、药代动力学/药效动力学研究和首次患者试验方面积累了丰富的研究经验，对新药早期临床研究的策略和技术、评价标准和方法，以及结果的分析均形成了一套科学的研究体系。

Ⅰ期研究室先后获得多次国家重大专项的科研支持。2005获得“十五”重大科技专项计划“临床试验关键技术及平台研究”的子课题“Ⅰ期临床试验关键技术及平台研究”，以及国家科技支撑计划“药物临床研究关键技术研究与应用”课题资助；2010年，获得国家“十一五”科技重大专项课题“自身免疫性疾病、神经退行性疾病和糖尿病及其并发症新药临床评价研究技术平台”课题资助；2012年，获得国家“十二五”科技重大专项课题“自身免疫病、糖尿病及骨质疏松症药物新药临床评价研究技术平台”。2017年，获得国家“十三五”科技重大专项课题“创新药物早期临床药理学评价研究关键技术平台”。

（二）人才培养

注重人才培养，推动相关学科发展。经过多年的发展，北京协和医院Ⅰ期研究室现有正高职称2人、副高职称7人，博士生导师2人、硕士生导师2人。全部研究者都接受过CFDA举办的GCP培训，根据工作岗位建立专门的培训计划和培训档案，使其能够得到与工作职责相符的专业培训，以此保证研究质量和研究团队的专业性。

建立临床药理学学科体系。以胡蓓教授和6位协和-罗氏fellowship学员为教员班底，参照美国纽约州立大学布法罗分校和英国曼彻斯特大学的培训课程建立临床药理学培训体系。包括：①在北京协和医学院研究生院开设新药临床药理学课程。不仅介绍最新理论，还强调学科起源及各种理论的演变，不仅要求从数学上进行模型论证，还要求从生理/病理层次理解模型意义。这种系统课程不仅给学生打下了非常坚实的理论基础，也让学生具备了创新的基本素质和视野。②依托于中国药理学会定量药理分委会和中国生物分析协会（CBF）定期举办定量药理青年论坛、生物分析论坛进行的专题汇报和实例讲解。③与国际和国内临床药理学权威机构有良好的互动，包括美国 FDA/OCP 的定量药理学部，中国 CFDA/CDE、美国纽约州立大学布法罗分校、英国曼彻斯特大学、罗氏制药新药研发中心、强生制药新药研发中心。

注重骨干研究人员接受系统的临床药理学培训。2007 年以来，实验室分别有 3 人至美国（1 人前往美国哈佛大学医学院附属麻省总医院，1 人前往 University of Buffalo 及 FDA）或欧洲（荷兰莱顿大学医学院人类药物研究中心）留学 1 ~ 2 年，作为博士后或在读博士接受系统的临床药理学专业培训。2012 年至今，实验室先后选送 6 名硕士以上学历的工作人员去英国曼彻斯特药学院参加为期两年的远程定量药理学硕士课程。2010 年以来，实验室先后两次送 3 名骨干研究者分别前往英国和法国接受临床药理学的短期课程培训。

2012 年以来，先后通过临床药代动力学与药理学系列课程讲座（授课老师为来自 FDA 的专家和来自不同制药企业的临床药理学高级研发人员）、定量药理学系列讲座（授课老师包括本实验室内的外聘专家和本实验室内的定量药理学资深研究者）和 WinNonLin 软件应用与操作系列讲座（授课老师为 Certara 公司的 Taka）对全体研究人员进行系列培训，取得了良好的效果。此外，每年都组织研究人员参加国内和北京地区的专业会议和学术活动。实验室每年都选派工作人员和在读研究生参加 SIMCYP 公司举办的“PBPK 模型在新药研发中的作用和应用”专业培训。并于 2014 年与 SIMCYP 公司合作，在北京协和医院举办了一次专业培训。实验室还多次邀请国内外的专家来研究室为工作人员进行蛋白质药物分析、系统药理学模型、体内体外药代动力学预测（IVIVE）、蛋白质组学、科研欺诈案例分析、多地区临床试验的利与弊等专题讲座。并于 2012 年成功地在北京协和医院举办了“国际临床药理学学术论坛”。

2010 年以来，先后 4 次在全国范围内举办“药物早期临床研究”培训班（其中后两次是与 CFDA 的高级研修班联合举办），每次为期 5 ~ 7 天，反响热烈，获得业界同行的好评，现已成为国家级继续教育项目，学员可获得 I 类学分 10 分。

作为博士生、硕士生培训基地和博士后工作站，先后培养了 20 名博士，23 名硕士，5 名博士后。

（三）技术服务及承担临床试验情况

迄今为止，北京协和医院 GCP 中心已完成了超过 200 项药物 Ⅰ 期临床试验及相关的生物样品分析。其中包括丁苯酞、羟尼酮、布格呋喃、氯苯哌酮、奥生乐赛特、硝克硫胺、伪人参皂苷、甲磺酸银杏叶内酯 B、艾力沙坦等 62 个 1.1 类创新化学药物（包括 31 个国产 1.1 类新药）的临床药理学评价项目。在全国 195 家从事早期临床试验的临床药理基地中，开展的 1.1 类创新化药和 1 类生物药的品种数分别占当年国家新批准的创新药物品种数的 15.3% 和 14.8%，在我国新药临床早期评价中心中位居第一（数据统计至 2016 年初）。这些药物中，2009—2015 年期间已成功上市的药物有丁苯酞和埃克替尼和艾力沙坦，占我国同期已批准临床上市的 1.1 类新药 20%，同样在我国新药临床早期评价中心中位居第一。目前正在进行 8 个 1.1 类创新药物的早期临床评价，有 4 个新药为 First-in-class 药物。值得一提的是在国外重磅新药本地化研究中也做出了重大贡献：在美国 2010 年度销售前 50 的药品中约 20% 的药物由该中心完成的中国人 PK 桥接研究，包括：立普妥（辉瑞），耐信（阿斯利康）、氯吡格雷（施贵宝）、缬沙坦（诺华）、西地那非（辉瑞）、文拉法辛（辉瑞）、非诺贝特（雅培）、奥美沙坦（三共）、西格列汀（默克）和奥美沙坦氢氯噻嗪合剂（三共）等。近 5 年发表 SCI 论文超过 60 篇，其中 IF>3.0 的 10 篇。埃克替尼项目荣获 2015 年国家科技进步一等奖。

北京协和医院Ⅰ期临床试验室研究方面已接近国际水平，获多家国外大药厂的好评，Ⅰ期临床试验中健康志愿者的依从性是保证试验质量的重要环节之一，研究机构吸取了因依从性差造成试验失败的教训，总结出“欢迎、感谢、理解、帮助”的工作要领，从而理顺了研究者和志愿者的关系。

二、中国医学科学院肿瘤医院药物临床试验研究中心建设成果

（一）平台建设情况

自 20 世纪 90 年代开始，中国医学科学院肿瘤医院率先在我国建立了一个符合国际标准和规范、比较完整的抗肿瘤新药临床评价研究技术体系，并在全国推广应用。中心具有高水平的人才梯队和高素质的研究者队伍、专门的组织机构和比较完善的管理制度、较完备的临床及相关研究设施和设备，建成了具有完备的Ⅰ期临床试验病房和与此相配套的临床常规检查、药代、药效和分子靶点检测等转化性研究实验室，承担了国内外大量抗肿瘤新药的临床试验研究任务，协助国家制定抗肿瘤新药临床研究相关的各种规范和规章制度。具有成功组织Ⅰ～Ⅳ期临床试验研究和国际多中心临床试验研究的经验。中国医学科学院肿瘤医院是国家癌症中心的挂靠单位，整体实力雄厚、病例资源丰富、协作单位广泛，在国际多中心临床试验研究中的研究结果得到国外申办者和稽查机构的认可。

获“1035 工程”支持之后，又先后获得“十五”、“863 计划”、“十一五”和“十二五”国家“重大新药创制”科技重大专项课题“抗肿瘤新药的临床评价研究技术平台建设”项目，“十三五”国家“重大新药创制”科技重大专项课题“示范性新药临床评价技术平台建设”项目资助。“十一五”和“十二五”期

间，在完善GCP的管理体系、Ⅰ期病房、临床数据信息化、质量控制等方面取得了长足的进步，抗肿瘤新药临床药代动力学实验室通过中国合格评定认可委员会（CNAS）17025认证，实验室2012年成为“抗肿瘤分子靶向药物临床研究北京市重点实验室”，到目前已经进行了1 300多项临床试验，使130多个新药/新适应证上市，90多个纳入国家基本医疗保险药物目录。仅2016年在研的抗肿瘤新药Ⅰ期临床试验达73项，其中新开展的27项。

（二）人才培养

1985年，中国医学科学院肿瘤医院内科举办第一届全国肿瘤化疗学习班，到2005年共举办了15届，学员累计超过2 000人。1995年举办第一届全国抗肿瘤药物临床研究GCP培训班，到2017年共举办了11届，学员累计超过3 000人。1997年发起成立中国抗癌协会临床肿瘤学协作专业委员会（CSCO）。2006年以孙燕院士为首的专家团队将美国国立综合癌症网络（national comprehensive cancer network，NCCN）非小细胞肺癌和乳腺癌临床指南引进我国，之后的几年间，又引进了其他我国常见肿瘤的临床指南，为推动我国肿瘤规范化诊治水平与国际接轨起到了积极的促进作用。2006年发起成立中国老年学学会老年肿瘤专业委员会（CGOS），2007年发起召开第一届中国肿瘤内科大会（CSMO），2010年发起成立中国医师协会肿瘤医师分会（CACO），2010年发起召开中国肺癌个体化治疗大会（CCLCPT），2014年，发起成立中国药学会抗肿瘤药物专业委员会，2016年发起召开第一届中国抗肿瘤学临床试验峰会（CSOT）。

从1962年起，开始为全国培养肿瘤内科进修医师，到2014年2月共招收900多人，短期参观学习者无法计数，他们中的绝大多数成为我国肿瘤内科和抗肿瘤药物临床试验研究的骨干和中坚力量。作为教育部肿瘤内科博士和硕士学科点，从1978年到2014年，共培养了170多位博士和硕士研究生。共在*The Lancet Oncology*等国内外权威学术期刊上发表与抗肿瘤新药临床试验相关的文章170余篇，SCI收录20余篇，编写著作20多部。研究成果多次在美国临床肿瘤学会年会（ASCO）、欧洲肿瘤内科学会年会（ESMO）等国际权威肿瘤学术会议上进行交流。

（三）技术服务及承担临床试验情况

中国医学科学院肿瘤医院从1990年至2000年进行临床研究80余项，涉及药物品种80余种。2000年以前完成国产新药12种，包括M25（甘磷酰芥）、N-甲酰溶肉瘤素、平阳霉素、贞芪扶正冲剂（胶囊）、扶正女贞素、固元冲剂（颗粒）、增生平片、盐酸博安霉素（天津太河制药厂）等。2000—2012年，经过中国医学科学院肿瘤医院临床试验获得批准上市的国家一类新药有8个，如下表所示：

年限	药品名称	商品名	申办方	注册证文号
2000—2004	尿多酸肽注射液	喜滴克	合肥永生制药有限公司	国药证字：H20040767
2000—2005	重组人血小板生成素注射液	特比澳	沈阳三生制药股份有限公司	国药证字：S20050044
2000—2006	重组人白细胞介素11衍生物	百杰依	东阿阿胶制药厂	国药证字：S20080003
2001—2004	重组人血管内皮抑制素	恩度	山东麦得津 / 江苏先声药业	国药证字：S20050074
2002—2004	尼妥珠单抗	泰欣生	百泰药业	国药证字：S20080001
2003—2008	PEG 化重组人集落细胞刺激因子	津优力	山东格兰百克制药有限公司	国药证字：S20110004
2008—2011	盐酸埃克替尼片	凯美纳	浙江贝达药业有限公司	国药证字：H20110024
2009—2012	西达本胺片	爱谱莎	深圳微芯生物科技有限责任公司	国药证字：H20140061

相关研究成果获得一系列奖励：①“O6- 甲基鸟嘌呤 - DNA - 甲基转移酶与肿瘤预见性化疗新策略”获得 2006 年国家科学技术进步二等奖；②“血管抑制剂抗肿瘤新药的药物设计、千克级制备技术及临床应用”获得 2008 年国家技术发明二等奖；③“金港榄香稀系列抗肿瘤植物药研究及其应用”获得 2009 年教育部科学技术进步一等奖；④“榄香烯脂质体系列靶向抗癌天然药物产业化技术及其应用”获得 2012 年国家科学技术进步二等奖；⑤“小分子靶向抗癌药盐酸埃克替尼开发研究、产业化和推广应用”获得 2015 年国家科学技术进步奖一等奖；⑥“抗肿瘤新药临床评价研究技术平台的建立及推广应用”获得 2014 年中华医学科技奖一等奖。

三、中国医学科学院阜外医院药物临床试验研究中心建设成果

（一）开展药物临床试验

在陶萍、陶寿淇教授的带领下，在过去几十年间，药物临床评价的能力和水平不断提高，具备了心血管创新药物早期临床研究能力，从新药首次人体试验（first in human），Ⅱ期、Ⅲ期安全性有效性临床评价，直至以临床结局事件为终点的大规模多中心临床试验综合评价，为我国自主研发的心血管创新药物提供覆盖全流程的、高质量的临床评价技术支撑。

据不完全统计，阜外医院在 1988—1999 年间完成新药临床评价 46 项，2000

年至2017年完成Ⅰ～Ⅳ期新药临床试验项目近300项，涉及100多个新药品种，几乎涵盖了当今世界所有种类的心血管病新药研究，充分发挥了对心血管药物临床评价的导向性作用。通过阜外医院药物临床评价平台科学、规范地实施，评价药物在人体有效性、安全性，指导临床用药。拜耳公司于1997年经过Ⅰ～Ⅳ期临床试验后拜斯亭（西立伐他汀）上市。该药品用于混合高脂血症、高胆固醇血症以及高甘油三酯血症（特别是降胆固醇）的调脂治疗，剂量为1.6～3.2 mg/日。但是发达国家集中报告了52名患者，在服用此药期间因横纹肌溶解、肾功能不全的不良反应死亡。拜耳公司于2001年8月将其从全球市场上撤出。由于阜外医院主持该品种试验的研究医师，具丰富的新药疗效/安全性评价经验，得出中国人应用小剂量西立伐他汀即可以降低血中胆固醇（0.1～0.3mg）。所以在中国，拜斯亭（西立伐他汀）于2000年7月正式上市，数千例中国病人使用过该产品，但在临床应用中未发现1例严重不良反应。

（二）牵头组织实施国际大规模多中心临床试验

自20世纪80年代起，阜外医院在我国开启了以临床事件作为结局指标的大规模随机对照临床试验的先河，与英国牛津大学等多家国际一流的临床研究机构合作，先后牵头组织实施了COMMIT、THRIVE等30余项国际大规模多中心临床试验，建立了覆盖我国内地所有省份超过1 600家二级、三级医院和3 600家基层医疗机构的协同网络，在全国累计入选各类心血管病患者超过15万例，取得了一系列具有里程碑意义的研究成果。这不仅大幅提高了我国在全球循证医学研究领域的影响力，更重要的是获得了常用心血管药物在我国患者中疗效和安全性的第一手证据：在全球首次证实了氯吡格雷可降低急性心梗的院内死亡率和主要血管事件发生率，β受体阻滞剂可减少再梗和室颤的发生，但可能增加心源性休克风险；首次揭示我国患者辛伐他汀的肌病严重不良反应发生率较西方高10倍，提示西方人群的药物安全性评价结果不可直接用于亚洲等其他地区人种。这些证据使得中美药品监管机构对药品说明书做出修订，并得到20余项国内外权威临床指南推荐。

（三）建立通过国际认证的“中心实验室”检测平台

实验检测结果的正确与否直接影响到药物人体临床评价的最终结果。2000年以前，由于国内缺乏国际认可的“中心实验室”，国外新药临床研究很少在中国进行。为使研究结果达到标准化、规范化的目的，有些临床试验的血、尿等体液标本必须送到国外实验室检验。建立标准化的“中心实验室”既是GCP的要求，也是我国新药临床评价与国际接轨的标准之一。阜外医院从2001年开始，依托卫生部心血管药物临床研究重点实验室，按照国际ISO17025/15189认证标准要求，建立人员精干、管理科学、装备良好、检测结果准确可靠、专门负责检测参与临床试验受试者标本的符合国际规范的医学检测实验室——“中心实验室”。“中心试验室”下设 3 个子实验室，分别为：药代实验室、临床检验/检测实验室和药物基因/蛋白质组学实验室。2008 年至今，实验室分别通过了 ISO 17025 实验室（CNAS）认可/计量认证现场评审、监督评审和复评审，持续获得中国合格评定国家认可委员会颁布的 ISO 17025 实验室认可/计量认证证书（证书编号：CNAS L3456），表明实验室管理水平被国际认可。

药代实验室致力于人体药代动力学研究、群体药动学/药效学模型研究。实验室拥有高效液相色谱仪、液-质联用仪，酶标仪、免疫分析仪等定量分析仪器，可满足痕量药物浓度的高通量定量分析需求，进行各类心血管类药物的人体药物代谢研究。实验室依据国家相关法规，建立并执行标准化、规范化的人体药物分析质量保证体系，全部使用国际认可的药动学软件或经过充分认证的程序，确保结果准确性。实验室已建立数十种心血管药物的体内分析方法，涵盖大部分心血管药物。

临床检验/检测实验室拥有全自动生化分析仪、全自动血细胞分析仪、尿液分析仪、双光路免疫浊度分析仪、全自动电化学免疫发光分析仪、全自动血凝分析仪等。可为临床试验提供临床化学、血液学、尿液分析、血栓/止血等近 300 项检测项目，满足各类新药Ⅰ~Ⅳ期临床试验的需要。具有承担多中心临床试验临床检测的能力。2013 年至今，参加美国 CAP 能力验证计划，成绩优良。

药物基因/蛋白质组学实验室着眼于利用人类药物基因组学和蛋白质组学的先进技术，结合药物临床研究的 PK/PD 技术进行药物临床评价。实验室拥有全自动遗传分析仪、荧光定量 PCR 仪、高速冷冻离心机、电泳仪等相关仪器设备。不仅可开展基因测序、SNP 基因分型等工作，还可进行各种测序和片断分析应用——包括微卫星分析、AFLP、LOH、SNP 验证和筛选、基因突变谱分析，基因的表达分析等。开展的基因多态性与华法林剂量预测关系的研究已获得阶段性的成果，并建立了中国人华法林初始和稳定给药剂量的预测模型，现已应用到临床指导华法林个体化用药。

（四）建立完善的临床研究数据管理与统计分析综合技术平台

阜外医院临床研究数据管理与统计分析综合技术平台主要为药物和医疗器械的转化医学临床研究提供全方位的技术服务，包括临床研究的上市前注册、研究方案顶层设计及方案审核、病例报告表设计及审核、现场监查及稽查、数据管理、统计分析及报告；同时，还进行实效研究、系统综述及 Meta 分析、卫生经济学评价、纵向队列研究、技术咨询及技术培训等。

经过多年的发展和积淀，该平台汇集了数理统计学、生物统计学、临床医学、临床药学、药理学、生物学、护理学、计算机科学及经济学等领域的高级技术人才，还聘请了在欧美技术审评部门工作多年、具有丰富临床研究设计及评价经验的专家，并遵循国家食品药品监督管理总局（CFDA）药物临床试验质量管理规范（CFDA-GCP）及美国食品药品监督管理局（FDA）ICH-GCP的相关法律法规，制定了一整套适合本土、同时又符合国际规范的标准操作规程（SOP），拥有科学的临床研究管理及操作流程，多次顺利通过美国及欧盟临床试验稽查，已具备了组织、协调、管理、实施及分析国际高水平临床试验的能力。长期以来，每年举办数十次面向各层面（国内外政府药物/医疗器械监管审评部门、药物及医疗器械厂家、临床研究者、大专院校及科研院所等）的培训及公益讲座，为提高临床研究从业人员素养，使之能客观、科学、公正的评价药物及医疗器械的安全性和有效性、进而造福广大病患做出了巨大贡献

（五）建立完善的临床研究质量管理体系

在新药临床评价实践中，阜外医院建立了系统的管理模式，制定了临床试验管理制度和临床试验实施各个环节SOP近300项，覆盖临床研究的所有实践活动，保证每项临床试验和实验室的各个操作环节都有相应的可操作的SOP。建成了全国首个获得ISO认证的临床研究设计和运行的质量管理体系。其中“我国规范化心血管疾病临床研究评价体系的构建及推广”相关成果2015年获得北京科技进步一等奖。

在科技部、卫生部的大力支持下，阜外医院从“九五”到“十二五”先后牵头和承担多项国家重大课题，并与药监管理部门政策互动，参与多项国家颁布的法规、指南的制定，推进了《临床试验管理规范（GCP）》的实施，缩短了我国与发达国家新药研发临床研究技术方面的差距，进而发挥了对治疗心血管疾病新药的临床评价导向性作用。药物临床评价需要执着、永不放弃的精神，不断超越自己是发展的内生动力。在这支一体化、年轻化、国际化和规范化的临床研究科研队伍的努力下，有信心将阜外医院GCP平台继续建设成为面向国家战略需求的、国际化的科研基地，为我国的人体药物临床研究做出新的更大的贡献。

四、复旦大学附属中山医院药物临床试验研究中心建设成果

复旦大学附属中山医院新药临床试验研究中心经过持续建设，整体条件和研究能力得到全面提高。

诸骏仁教授主编了《临床用药须知》《中华人民共和国药典临床用药须知·化学药和生物制品卷》《中国成人血脂异常防治指南》等7种医药书籍，李雪宁参与编写了“全国高等教育医学数字化规划教材（国家医学电子书包）”《临

床药理学》、《实用物联网医学》和《Ⅰ期临床试验设计与实施》等教材与专著。

1991 年至 1992 年，诸骏仁、李志善负责的“无创性核素时相分析和心脏断层显像在早期诊断冠心病中的研究”获得国家科技进步三等奖、卫生部科技进步二等奖。1995 年，诸骏仁作为中国药物临床试验质量管理规范（GCP）起草人之一，负责起草及主译中国 GCP。2003 年，诸骏仁、李志善负责的“普罗帕酮、莫雷西嗪、美西律的疗效与安全性再评价”获得上海市科技进步三等奖、上海市医学科技奖三等奖；李雪宁承办的“MK-0869（阿瑞匹坦）在中国人和高加索人中的药代动力学比较研究（单次给药）”项目首次在中国开展了高加索人与中国人群 PK 桥接试验的Ⅰ期临床试验研究。

临床检验实验室于 2012 年和 2015 年分别通过了中国合格评定国家认可委员会（CNAS）认可 15189 的复核检查。Ⅰ期临床试验生物样本分析室于 2013 年和 2018 年分别通过中国合格评定国家认可委员会（CNAS）的 ISO17025 实验室认可和复评审。经过多年的努力，目前已经建立较为完善的评价体系和技术，培养人才推动相关学科发展，为国内研发的新药提供了临床试验技术服务。总结临床研究经验，出版了多部学术专著，为我国临床研究提供了参考，并发表论文 100 余篇。

复旦大学附属中山医院临床试验机构每年新开展药物临床试验、医疗器械临床试验和体外诊断试剂试验项目 100 余项。近 5 年来，机构共承接Ⅰ～Ⅳ期药物临床试验项目 354 项，其中完成 126 项，在研 172 项（表 11-1），其中 98 项国际多中心项目。承接的医疗器械临床试验和体外诊断试剂试验项目共计 209 项目。

表 11-1　临床试验项目汇总（2013—2017 年）

试验分期	完成项目	在研项目
Ⅰ期	18	11
Ⅱ期	20	31
Ⅲ期	77	115
Ⅳ期	11	15
总计	126	172

五、复旦大学附属华山医院药物临床试验研究中心建设成果

2000 年以来，以抗感染新药临床研究为特色的华山医院 GCP 平台先后获得“863 计划”和“十五”项目支持。2008 年以来，“抗耐药菌新药 GCP 平台建设”项目又连续获得国家“十一五”、“十二五”、“十三五”国家“重大新药创制”科技重大专项的支持。2008 年，经国家食品药品监督管理局（SFDA）药物临床试验机构资格认定检查，获批 10 个专业组。目前增加到 18 个专业组，包括感染、

心血管、内分泌、血液、神经内科、神经外科、皮肤、泌尿、医学影像（诊断、治疗、核医学）、普通外科、肾病、骨科（含手外科）、麻醉、肝炎、风湿免疫、消化、中医呼吸及Ⅰ期临床研究室。各专业组在药物临床试验研究中已积累了长期的工作经验和具有良好的工作基础，近年来每年新开展和完成Ⅰ~Ⅳ期及国际多中心临床试验100余项。

2007年底，华山医院成为WHO/FERCAP在国内成立的首家GCP培训和伦理培训中心。华山医院伦理委员会于2008年通过SIDCER国际认证，2011年和2015年分别通过复审。2015年伦理委员会副主任伍蓉教授牵头完成了上海市《人体生物医学研究伦理审查规范》的制定。

华山医院Ⅰ期临床研究室目前专用病房拥有24张床位。并将于2019年9月在华山医院虹桥院区新增50张床位，专门建设以神经、抗感染以及皮肤免疫等创新药物评价为主的早期临床研究示范性临床研究病房。华山医院医学检验中心实验室（承担所有安全性数据）为国内首家（2005年）通过美国病理学家协会（CAP）认证的单位，华山医院药物临床试验机构下属临床药理研究室和微生物实验室于2013年通过了ISO17025实验室认可，后者同时通过了实验室计量认证（CMA）。

（二）人才培养

自2000年以来，复旦大学附属华山医院GCP中心面向全国，开办GCP培训班40余期，培训从事药物临床试验的骨干人员1万余人次，对提高我国药物临床试验质量管理规范化水平起了重要作用。有序安排多名青年骨干赴美国、英国、瑞典、澳大利亚等国家接受药物临床研究、临床药理学、定量药理学培训。注重培养新药临床研究专业人才，包括博士研究生50余名、硕士研究生30余名和博士后3名。

（三）技术服务和临床试验情况

2001—2016年，华山医院Ⅰ期临床研究室先后完成了首次应用于人体Ⅰ期临床研究13项，药代动力学研究30项，生物等效性试验60项；3项老年人中药代动力学研究，在国内率先开展了肝功能减退患者中的药代动力学研究，并已先后完成了放射性同位素方法研究抗菌新药代谢和排泄研究，以及全面QT（QT/QTc）研究，研究资料同时报送国家药品监督管理局（NMPA）和美国FDA。成为国内率先将群体药代动力学（PPK）和药代动力学/药效学（PK/PD）等抗菌药临床评价关键技术应用于抗耐药菌新药Ⅰ~Ⅳ期临床研究中的单位。自2015年7月以来接受申办方和CFDA稽查和核查19次，均已通过。

自2000年以来，完成抗菌新药Ⅰ期临床研究45项，Ⅱ~Ⅳ期多中心临床研究 29 项（其中作为牵头单位 27 项），国际多中心临床研究 3 项（作为牵头单位 1 项）。牵头完成的 1.1 类新药奈诺沙星成为 NMPA 自 2015 年 7 月开展临床试验自查和核查通知后首个获批上市的 1.1 类新药。“PPK 和 PK/PD 关键技术应用于抗耐药菌新药临床研究”入选“十二五”国家“重大新药创制成果展”。

作为主要承担单位参与撰写了 NMPA 下属的药品审评中心（CDE）主导下的《抗菌药物立题评价指导原则》《抗菌药物药代动力学 / 药效学研究技术指导原则》《抗菌药物说明书撰写技术指导原则》《抗菌药物临床试验微生物实验室技术指导原则》4 个指导原则，并参与了《抗菌药物临床试验技术指导原则》《抗菌药物折点研究技术指导原则》撰写工作。

六、哈尔滨医科大学药物临床试验研究中心建设成果

1994 年，哈尔滨医科大学卫生部临床药理基地获知国家科委即将开展“1035 工程”，积极争取，经多次答辩，与国家科委签署合同被列为国家新药临床研究筹建中心。与此同时，建立了以哈尔滨医科大学校长为首的“中心筹建”领导小组，指导中心的筹建工作，在校筹建小组的直接领导下，以哈尔滨医科大学附属第二医院临床药理基地为专职单位，成立了一套独立开展筹建工作的领导班子，随着建设工作的不断深入，“筹建”领导小组和班子成员也不断进行人员调整，以适应新情况、新变化，最终保障 GCP 平台和国家新药临床研究中心的建设得以顺利完成。建立了 GCP 平台并成立了国家新药（心血管药物）临床试验研究中心，研发的中药 2 类新药“双黄连气雾剂”获得了新药证书及生产批件。

2000 年，通过科技部组织的国家新药（心血管药物）临床试验研究中心的验收，为我国多中心临床研究实施的组织协调、监督管理水平与国际接轨奠定了基础。同时，检验科室还定期参加卫生部检验中心的室内、室间质控，定期进行仪器维护及校准。

探索解决化学药物分析技术存在的问题；初步建立了复合蛋白沉淀剂、柱衍生法进行药物分析等平台关键技术，从而简化了心血管类药物的体内分析技术，适于药物人体生物等效性的研究；完成了经 CYP1A2 途径代谢药物确定的技术平台；建立经 CYP2D6 途径代谢药物确定的技术平台；完成了经 CYP3A4 途径代谢药物确定的技术平台。

平台建设期间共培养博士后 4 名，博士研究生 15 名，硕士研究生 30 名。培养和造就高素质的药物临床评价学科带头人和专业技术骨干，加强临床药理专业知识及 GCP 培训，全面提高研究人员整体素质。同时，项目建设期间有 53 人次参加了 SDA 组织的“GCP”培训班和“生物统计学培训班”的学习。并且另

有 3 名医生参加了诺华公司的 GCP 培训。此外，还在全院范围内举行了 GCP 相关知识的培训，全面提高了研究人员专业知识、综合素质和临床试验研究的整体水平。

为企业提供生物等效性服务 49 项，Ⅱ期临床试验 26 项（其中 1.1 类临床试验 6 项、牵头试验 3 项），Ⅲ期临床试验 27 项，国际多中心临床试验 3 项。发表核心期刊论文共计 45 篇。

平台建设期间共承担新药Ⅱ、Ⅲ期临床试验 53 项，生物等效性临床验证性试验 49 项，基地负责人和 / 或主要研究者从这些实际工作中得到了锻炼，积累了丰富的经验。

第四节　新药临床试验研究平台建设对国家新药研发的支撑作用

临床试验是新药研究开发过程中的重要环节，对评价新药的安全性和疗效具有关键作用。为了保证临床试验过程的规范可靠，结果的科学可信，保障受试者的生命安全，因而要求临床试验规范化，如同对药物非临床试验研究提出必须遵守 GLP 规范相似，在药物的临床试验中提出 GCP 规范。

“1035 工程”立项和实施过程中，将 GCP 平台建设纳入其中，充分显示了国家对新药临床研发的高度重视，在“1035 工程”GCP 平台建设的实践中不断提高对新药临床试验的认识，逐步与国际 GCP 接轨。“1035 工程”GCP 平台建设是我国新药临床试验向国际先进水平迈进的开始，产生了深远的历史意义，在接下来的“十五”重大新药创制专项、“863 计划”、“十一五”重大新药创制专项、“十二五”重大新药创制专项、“十三五”重大新药创制专项的持续支持下，我国 GCP 平台建设和新药临床试验研究的水平取得了显著的进步，特别是国产创新药物的临床试验研究不断得到国际认可，为我国新药研发整体水平的提高、为我国生物医药产业的发展，发挥了积极的作用。

有效贯彻实施 GCP 是保证药物临床试验安全性的有效手段和法律保证。为了保证临床试验过程的规范可靠，结果科学可信，同时保障受试者的权益和生命安全，我国于 20 世纪 90 年代开始实施 GCP，至今已有二十余年，我国的 GCP 管理制度正在逐步系统化、规范化，不断解决 GCP 实施过程中存在的问题，使药物临床试验质量不断提高，加速我国新药临床研究水平与国际接轨的进程。

石远凯（中国医学科学院肿瘤医院）
张　菁（复旦大学附属华山医院）
田　蕾（中国医学科学院阜外医院）

李雪宁（复旦大学附属中山医院）
杜智敏（哈尔滨医科大学附属第二医院）
张　莉（哈尔滨医科大学附属第二医院）
王焕玲（中国医学科学院北京协和医院）
王洪允（中国医学科学院北京协和医院）
张　弛（中国医学科学院北京协和医院）
唐　乐（中国医学科学院肿瘤医院）
曲凤宏（中国农工民主党中央委员会）
杜冠华（中国医学科学院药物研究所）

参考文献

1. 杜冠华 . 高通量药物筛选 . 北京：化学工业出版社，2002.
2. 沈嘉 . 体外药物筛选 . 北京：化学工业出版社，2006.
3. 恽榴红 . 国外加快新药研发的技术动向 . 国际药学研究杂志，2002（5）：264–266.
4. 肖小河 . 试论中医药现代化的机遇与挑战 //2002 中医药博士论坛——中医药的继承、创新与发展 . 中华中医药学会博士学会研究分会，2002.
5. 杜冠华 . 新药研发策略转变高于一切 . 中国经营报，2002–01–14.
6. 江一帆 . 日益加剧的世界新药研发竞争 . 中国医药报，2002–01–01.
7. 江一帆 . 新药研发：竞争日趋激烈 . 中国高新技术产业导报，2001–11–08.
8. 么历 . 建立国家新药研究与开发体系 // 中国药理学会第八届全国药物毒理学术讨论会论文摘要集 . 青岛：中国药理学会，2001.
9. 蔡年生，曲凤宏 . 我国新药筛选研究的回顾与展望 . 中国新药杂志，2001，11：801–803.
10. 杜冠华 . 高通量药物筛选在新药研究中的应用 . 基础医学与临床，2001，4：289–293.
11. 杜冠华 . 新药发现与高通量药物筛选 . 医药导报，2001，6：339–340.
12. 王月华，杜冠华 . 现代表型药物筛选——药物发现的有效途径 . 中国新药杂志，2016，25（4）：395–403.
13. 王广基 . 药物代谢动力学在新药设计和研究中的作用 // 第九届制药工业药理学术会议论文摘要汇编 . 海口：中国药理学会制药工业专业委员会，2000.
14. 杜冠华 . 高通量药物筛选与新药开发 // 中国药理学会 . 第七届全国生化药理学术讨论会论文摘要集 . 中国药理学会，2000.
15. 白东鲁 . 传统中药走向世界的机遇和挑战 . 科学新闻，2000，2：20.
16. 杜冠华 . 新药研究中若干战略问题的思考 // 第四届中国新医药博士论坛论文集 . 科技部生命科学技术发展中心，1999.

17. 杜冠华，胡娟娟，夏丽娟，等 . 药物筛选的发展与现状 . 药学学报，1998，11：77–80.
18. 王德心 . 寻找新药的捷径——组合化学 . 中国新药杂志，1997，5：5–7.
19. 朱宝泉 . 基因工程技术在医药工业中的应用及进展 . 中国医药工业杂志，1997，2：8–10.
20. 蔡年生 . 我国新药研究开发的现状与展望 . 中国人口资源与环境，1995，4：79–82.
21. 徐国柱 . 药物临床试验与 GCP. 中国药物依赖性杂志，2001，4：251–253.
22. 雷燕，王永炎 . 关于中医特色 GCP 的思考 . 世界科学技术，2000，6：16–19，57.
23. 桑国卫 . 中国药品临床试验现状 . 中国药事，1999，6：21–22.
24. 姚光弼 . 积极推行药品临床试验规范 . 新药与临床，1997，5：60–61.
25. 王浴生 . 临床药理学、GCP 与新药开发概述 . 四川生理科学杂志，1996，4：1–7.
26. 梁爱华 . 中药安全性评价研究在中药现代化战略中的重要地位 // 中药研究论文集 . 北京：中医古籍出版社，蔡仲德 . 2000.
27. 付立杰 . 毒理学在中国现代化建设中面临的机遇与挑战 . 中国药理学与毒理学杂志，2000，5：321–335.
28. 包定元 . 临床前毒理研究规范（GLP）与新药研究 . 四川生理科学杂志，1999，4：2–3.
29. 袁伯俊，陆国才 . 非临床优良实验研究规范（GLP）与新药研究 . 中国新药杂志，1999，5：3–7.
30. 秦伯益 . 新药评价工作的展望（二）. 中国新药杂志，1999，2：3–6.
31. 王爱平 . GLP 规范管理的工作范围 . 中国卫生质量管理，1998，3：55.
32. 何惠宇，赵璐，黄志高 . 中药新药研究应尽早实施 GLP 标准 . 中国中医药科技，1996，2：8–9.
33. 胡娟娟，杜冠华 . 药物筛选模型研究进展 . 基础医学与临床，2001，4：302–305.
34. 陈伟，王莉莉 . 走在药物发现前沿的高内涵药物筛选 . 国际药学研究杂志，2007，3：204–207.
35. 汪小涧，杨倩，尤启冬 . 基于分子片段的药物发现 . 中国药科大学学报，2009，4：289–296.
36. 杜冠华 . 高通量药物筛选技术进展与新药开发策略 . 中国新药杂志，2002，1：31–36.
37. 蔡年生，曲凤宏 . 我国新药筛选研究的回顾与展望 . 中国新药杂志，2001，11：801–803.
38. 杜冠华 . 创新药物研究与高通量筛选 . 中国新药杂志，2001，8：561–565.
39. 郭家彬，李学军 . 现代生物学对药物发现的影响 . 生理科学进展，2007，1：25–31.
40. 李洪林，沈建华，罗小民，等 . 虚拟筛选与新药发现 . 生命科学，2005，2：125–131.
41. 钟武，肖军海，赵饮虹，等 . 药物信息学在新药发现中的应用和研究进展 . 中国医药生物技术，2010，4：241–245.
42. 王明伟 . 新药发现与开发的技术展望 . 生命的化学，2005，2：81–82.
43. 王忠，刘建勋，肖诗鹰，等 . 中药复方活性筛选形式与技术研究进展 . 世界科学技术·中医药现代化，2004，5：51–55.
44. 黄牛 . 计算机模拟药物筛选在新药设计与开发中的应用 . 基础医学与临床，2001，4：298–301.
45. 吴梧桐 . 系统生物学与药物发现研究 . 药物生物技术，2006，5：315–321.
46. 刘昌孝 . 代谢物组学在中药现代研究中的意义 . 中草药，2004，6：601–605.
47. 李韶菁，杜冠华 . 细胞水平的高通量药物筛选技术研究进展 . 中国药学杂志，2008，2：84–87，118.
48. 黄家学，胡娟娟，刘艾林，等 . 高通量药物筛选活性数据的计算机处理 . 中国药学杂志，2000，3：145–147.
49. 杜冠华 . 生物信息学与新药开发研究 . 医药导报，2002，12：757–761.
50. 李勇，杨慧敏，祝伟，等 . 药物筛选研究进展 . 云南化工，2003，增刊 1：87–90.
51. 李学军 . 药物蛋白质组学与药物发现 . 生理科学进展，2002，3：209–214.
52. 穆鑫，杜冠华 . 潜在药物发现新靶点水通道蛋白 . 中国新药杂志，2008，3：181–185.
53. 吕秋军，高月 . 受体药物筛选研究进展 . 中国药学杂志，1999，1：6.
54. 王普善 . 整合新模式提高药物发现效率 . 中国新药杂志，2007，20：1629–1636.
55. 张莉，杜冠华 . 高内涵药物筛选方法的研究及应用 . 药学学报，2005，6：486–490.
56. 张莉，张海霞，任德成，等 . 高通量药物筛选生物活性分析技术研究进展 . 基础医学与临床，2001，4：306–309.
57. 仇文卫，李静雅，李佳，等 . 光亲和标记技术在药物发现中的应用 . 生命科学，2005，4：296–303.
58. Neal H，刘锦秀 . 优良实验室操作规范（GLP）. 药学情报通讯，1990，1：69–73.
59. 袁伯俊 . 药物安全性评价与 GLP//2006 年全国药物毒理学会议论文集 . 2006：1.
60. 宫岩华，李茂忠 . 日本和韩国 GLP 考察报 . 中国药品监管，2004，2：57–58，60.
61. 叶祖光 . 国际药物安全性评价的规范化现状 . 世界科学技术，1999，1：20–22.
62. 丁季春 . GLP 的历史、现状及发展 . 重庆中草药研究，2005，2：36–41.
63. 张靖，范潇予，靳洪涛，等 . 中国药品非临床研究质量管理规范发展情况的回顾与展望 . Journal of Chinese Pharmaceutical Sciences，2017，26（7）：534–544.
64. 汪溪洁，马璟 . 药物安全性评价新技术和新方法研究进展 . 中国医药工业杂志，2017，48（3）：341–350.
65. 彭真 . 我国药物非临床研究机构现状及对策研究 . 长沙：中南大学，2014.
66. 周建平，胡宇驰，曹春然，王志斌 . 我国药物非临床研究质量管理规范（GLP）建设的现状、问题及思考 . 首都医药，2013，20（24）：17–19.

67. 董延生 . 药物安全性评价毒性病理平台的规范化建设与实践 . 北京：中国人民解放军军事医学科学院，2012.
68. 贾博宇，吴娟，严妍，等 . 药物安全性评价实施 GLP 的意义 . 牡丹江医学院学报，2012，33（1）：81–82.
69. 王宏涛 . 药物安全性评价与 GLP 建设 . 中南药学，2010，8（10）：775–777.
70. 曹彩 . 我国药物非临床实验质量管理的历史、现状与展望 . 中国处方药，2010，8：5，10–11.
71. 廖明阳，吴纯启 . 药物毒理学研究的发展现状与趋势 . 毒理学杂志，2007，5：356–358.
72. 中国药品 GLP 实施 10 周年礼记 . 中国新药杂志，2013，22（16）：1853–1858.
73. 中检所安评中心李波主任赴美国参加“2008 国际生物大会”. 药物分析杂志，2008，28（7）：1158.
74.《生物技术药物安全性评价》出版 . 药物分析杂志，2008，28（12）：2076.
75. 吕建军，李波 . 临床前药物安全性评价中毒性病理学新技术的应用 . 药物分析杂志，2010，30（7）：1336–1339.
76. 白山稳，任璐 . 我国药物安全性评价及 GLP 的有效实施 . 陕西行政学院学报，2009，23（2）：125–128.
77. 王文 . GLP 在中国：不断完善 稳步发展 . 中国医药报，2008–05–22.
78. 王华锋 . 我国药物安全性评价实施 GLP 意义重大 . 中国医药报，2008–05–08.
79. 关继涛，任雪珠，阎锡新 . 多中心、多物种临床前研究向临床研究的转化进展 . 国际呼吸杂志，2014，增刊 1：89–92.
80. 何莲珠，孔秋焕，葛洁英，等 . 当前临床研究大环境下研究护士 / 研究协调员在研究团队中的参与模式探讨 . 实用医学杂志，2015，20：3457–3459.
81. 李艺影，邹丽娟，孟霞，等 . 提高大型临床研究管理效率的关键措施 . 中华神经外科杂志，2015，5：524–525.
82. 林阳，所伟，刘文芳，等 . 药物临床试验机构临床研究协调员管理及运行的经验 . 中国医药，2014，10：1564–1566.
83. 赵彤芳，张雅丽，蒋健，等 . 药物Ⅰ期临床试验病房管理与受试者护理 . 护理研究，2013，35：4079–4080.
84. 丁正磊，丛骆骆，吴彬 . 药物临床试验机构监管常见问题及对策研究 . 中国药事，2018，3：299–304.
85. 殷宏美 . 加强药物临床试验档案管理之我见 . 浙江档案，2012，5：64.
86. 刘思聪，张朝欣，李春英，等 . 医疗机构药物临床试验成本测算方法探讨 . 中国卫生产业，2018，22：126–128.
87. 杨玉姝，朱瑞雯 . 专职研究护士在药物临床试验中的作用 . 上海护理，2011，2：

79–81.

88. 金剑，肖忠革，金芝贵，等. 药物临床试验的质量控制. 药学服务与研究，2008，6：476–477.

89. 李兴，陈吉生，关向东，等. 药物临床试验机构 SOP 的建立、管理及其意义. 现代食品与药品杂志，2006，5：46–47.

90. 罗柱，李娅杰，沈亚丽，等. 美国 FDA 关于抗菌药物临床研究评价的考虑. 中国感染与化疗杂志，2006，6：418–419.

91. 刘翠，杨书程，李民，等. 药物筛选新技术及其应用进展. 分析测试学报，2015，34（11）：1324–1330.

第四篇

产业篇

“1035 工程”的实施，开启了我国创新药物研究和创新体系建设的进程。

本篇将重点介绍在“1035 工程”项目实施后，创新药物产业化的成果，以及建立国家工程技术研究中心及国家生物医药科技产业基地的情况。这些创新药物的研发集中体现了我国在生命科学和生物技术领域前沿新成就和新突破，其中有些创制的新药在其获得新药证书后，已将企业作为转化基地，进行了中试和产业化研究，探索了产学研结合的成果转化机制，增强了企业技术创新能力，提高了药品生产的技术和规范水平，积累了培育我国大型骨干企业的经验，具有示范的作用。另外，还将介绍根据当时的总体规划部署，组建了 4 个工程技术中心，即国家新药开发工程技术研究中心、国家中药制药工程技术研究中心、国家中成药工程技术研究中心和国家中药现代化工程技术研究中心，以及它们在推动新药的中试研究及产业化工作中取得的成绩。可以看出，随着我国医药产业的发展，一批企业逐渐建立和增强了自身科技力量，积累了研究经验，逐步具备了开展规范化的新药临床前和临床研究的能力，从被动接受研发单位的新药证书到已经具备模仿创新的基本能力。此外还将介绍国家（上海）生物医药科技产业基地和国家中药现代化科技产业（四川）基地建立的情况等。

第十二章

创新药物的产业化成果

为促进和加快我国民族医药产业的发展，针对危害我国人民健康的重大疾病，如肿瘤、心脑血管疾病、老年病、感染性疾病及病毒性疾病等，不仅需要开发一批安全有效的药物，与此同时，还要加强创新能力的建设，并建立、健全医药创新体系，推动民族医药工业的健康发展。“九五”期间，根据医药技术创新的思想，国家科委将“1035 工程”确定为“九五”攻关计划中的重中之重项目。此项目从新药源头到产业化全面考虑，其总体目标是：针对新药研究的薄弱环节，重点推进医药技术创新工作，培育新的经济增长点，扶持和培养具有国际竞争能力的民族医药跨国集团。具体目标包括 2000 年研制成功具有我国自主知识产权的 10 个创新药物，实现产业化，并在国内市场占有一定份额，力争其中 2 ~ 3 个药物进入国际市场。到 2005 年可新增产值 20 亿 ~ 50 亿人民币。

在技术开发、技术转移及其产业化、商品化方面，“1035 工程”提出了要促进研究院所与制药企业结合，共同实施项目的产业化的要求。另外“九五”期间，拟在研究院所和企业中组建 10 个新药工程技术研究中心，探索科技与经济结合的新途径，加强科技成果向生产力转化的中心环节，缩短成果转化的周期。“1035 工程”总体规划中，还决定由国家计委负责新药的中试研究及产业化，并设立了与之相衔接的“技改专项”，由企业负责产业化，对项目实行分工、分段支持，并准备按照国际药物规范化标准和市场规律，以地方政府为主，中央和地方共同筹建 5 ~ 10 个医药科技产业基地，作为新药的中试和生产基地，以及与国际接轨的窗口和示范区。1998 年，根据国务院机构改革的精神和国务院对国家计委、科技部的职能分工，“九五”攻关计划中国家计委负责分管的部分移交给了科技部，从而形成了科技部统一管理的局面。

为了实现以上的计划，国家科委通过发布文件，宣传设立“1035 工程”的重大意义，鼓励有条件的单位（主要是国内从事医药研究的科研院所、高等院校）申报创新药物品种研究的国家项目，尤其是具有知识产权的创新药物品种的申报，并经过评审确立了了368个项目。到2000年底，已经或即将获得新药证书的项目有14个，其中拥有我国自主知识产权的一类新药有9个，达到了创新药物研发的计划目标。

在新药的产业化方面，除了新药的研制单位做出了积极的探索外，我国一批有实力、有远见的制药企业也大胆地迈出了将我国创新药物实行产业化的步伐。在突破关键技术方面，不断将传统产业的技术提高，使其达到高新技术的水平，促进了产业的结构优化和升级，科技创新能力持续提高，开始迈向国际化。

第一节　抗脑缺血疾病新药丁苯酞

中国医学科学院药物研究所研制的丁苯酞是历经十余年，在中草药活性成分研究的基础上开发出的化学药物，治疗缺血性脑卒中疗效显著，毒副作用小，与国内外上市及文献报道的新药相比有着独特的优势。1993年该化合物申请了系列专利，1999年这些专利陆续被批准，商品名为恩必普（NBP）。成为继青蒿素、双环醇之后中国第三个拥有自主知识产权的药物。该药是我国脑血管病治疗领域第一个拥有自主知识产权的国家一类新药，填补了我国脑血管病治疗领域无自主研发高新技术药品的空白。1996年丁苯酞开始进行Ⅰ、Ⅱ、Ⅲ期临床研究。当时国内医药产业的高速增长主要依靠生产原料药、仿制药，在耗资、耗时巨大的新药研发方面畏首不前。石药集团认识到若仅生产仿制药，企业就会丧失创新的活力与能力，发展停滞不前，永远处于医药产业链条的末端。于是1999年石药集团大胆购入了新药物品种丁苯酞。2002年3月，丁苯酞软胶囊Ⅲ期临床研究结束，2002年10月获得了国家食品药品监督管理局颁发的一类新药证书和试生产批文。

2003年，为实现丁苯酞产业化，石药集团立项申请并获得了国家“十五”重大科技专项“创新药物和中药现代化”项目的支持，公司投资3.8亿元兴建了石药集团恩必普药业，主营品种丁苯酞。工程占地面积10万m^2，建筑面积3万m^2，绿地面积占40%，主要设备由德国及意大利引进。至2018年底，石药集团恩必普药业已经发展成为中国最专业的软胶囊制剂产品生产企业，被国家发改委认定为“高新技术产业化示范工程”。经过石药集团在丁苯酞产业化过程中的高新技术研究，2005年该企业组织完成了2050例的Ⅳ期临床研究，由北京协和医院牵头，在全国11个城市94家医院进行，丁苯酞治疗急性脑缺血的有效率高达78.2%。该次临床试验也被称为中国神经内科领域当时最大规模、最高标准的临床试验。同年8月丁苯酞软胶囊获得正式批准文号，同年，丁苯酞被收录入《中国脑血管病防治指南》。

丁苯酞成功上市后成为国内第一个年销售额突破10亿元的中国自主创新药物，而后石药集团继续投资1亿元用于支持恩必普注射剂型的研发。2014年5月17日，恩必普药业因其卓越的表现成为中国医药行业自主创新产业转化和市场转化的典范，获得被誉为中国工业“奥斯卡”的“中国工业大奖”，是历次评选中唯一荣获此奖项的制药企业。至2018年底，丁苯酞已实现年市场销售额突破40亿元，是名副其实的治疗脑血管病的重磅炸弹式的药物。此后恩必普药业还积极开拓了该药新的适用症，2018年初美国FDA批准了丁苯酞治疗脊髓侧索硬化症（ALS）孤儿药资格，“丁苯酞治疗血管性痴呆Ⅲ期临床研究”项目将于2019年启动。恩必普的深入研究开发将给全世界患者的健康带来巨大福音。

该创新药物的研制初期曾得到了“八五”和“九五”国家科技攻关项目、国家自然科学基金重大项目“手性药物的化学与生物学研究”以及“1035工程”重大项目的支持。“丁苯酞原料及系列制剂”课题被纳入了国家“十五”重大科技专项“创新药物和中药现代化”项目，并成功研制出丁苯酞软胶囊。2008年，“丁苯酞高端制剂及其作用靶点、作用机理研究”列入了国家“重大新药创制”科技重大专项项目，丁苯酞氯化钠注射液为该项目研究成果。2011年，“丁苯酞氯化钠注射液IV期临床试验研究”被列入“重大新药创制”科技重大专项“十二五”计划。同期，“丁苯酞软胶囊IND国际临床研究工作”被纳入了“重大新药创制”国家科技重大专项“十二五”第三批立项课题中的“石药集团心脑血管药物创新综合平台建设”任务，2017年4月，恩必普正式在美国启动了Ⅱ期临床试验，目前正处在受试者入组阶段，有望成为第一个真正走出国门的自主创新药品。

2009年，“丁苯酞原料及软胶囊”项目获得国家科学技术进步奖二等奖。同年，“芹菜甲素在制备预防和治疗哺乳动物或人类脑缺血引起的疾病的药中的应用”专利荣获国家知识产权局颁发的“中国专利优秀奖”。2010年，丁苯酞氯化钠注射液被评为中国“十大重磅处方药新品种”之首。2011年，丁苯酞软胶囊获得“心脑血管类产品品牌十强”称号。同年，“丁苯酞软胶囊及其制备工艺”专利荣获国家知识产权局和世界知识产权组织颁发的“中国专利金奖”。2013年“十二五”国家科技重大专项支持的“丁苯酞氯化钠注射液Ⅳ期临床试验”项目取得了突破性的进展，并荣获“国家战略性创新产品”奖。2014年，“国家一类新药恩必普（丁苯酞）产业化项目”获得“中国工业大奖”。丁苯酞系列产品还先后被纳入《国家医保目录》《军队合理医疗药品目录》，并被《中国脑血管病防治指南》《中国急性缺血性脑卒中诊治指南2010》《中国急性缺血性脑卒中诊治指南2014》《缺血性卒中脑侧支循环评估与干预中国指南（2017）》《中国急性缺血性脑卒中诊治指南（2018）》《脑小血管相关认知障碍中国诊疗指南（2019）》列为指导用药。

截至2018年底，恩必普新药拥有近四十项国内发明专利以及多项国际PCT（专利合作协定）专利，在世界数十个国家和地区受到保护。恩必普商标被国家工商总局认定为中国驰名商标。基于在国际市场的影响力和全方位的专利保护，恩必普新药先后向欧盟、美国、韩国等世界发达国家和地区进行了专利和市场销售权的授权转让，恩必普因此成为中国第一个向发达国家进行知识产权授权的化学药品，并在全球几十个国家和地区受到保护，开创了我国医药行业以知识产权开发国际市场的先河，为中国医药行业树立了标杆，为中国医药行业走向国际市场提供了新的思路。

石药集团秉承"做好药、为中国"的企业理念，以新药恩必普为核心，已培育出玄宁、欧来宁、津优力、多美素等多种自主创新产品，正在研发的新药有200余个。制剂与原料药的销售比例从2001年的3∶7变为2018年的8∶2，制剂产品利润占到总利润80%以上，顺利实现了主动转型。新药恩必普的开发成功，不仅让石药集团实现了新药研制从仿制向自主创新的战略性转轨，更形成了石药集团转型后新的核心竞争力。

表13-1　恩必普实施重大试验一览表

时间	试验名称	获支持项目名称
2011—2016年	恩必普对缺血性脑卒中复发高危人群二级预防的安全性和有效性研究	
2011—2017年	丁苯酞氯化钠注射液Ⅳ期临床研究	"重大新药创制"科技重大专项
2016年至今	丁苯酞治疗肌萎缩侧索硬化多中心、随机、双盲、安慰剂对照临床研究	
2013—2017年	提高高原军事作业能力新药——丁苯酞软胶囊的临床前研究	"重大新药创制"科技重大专项
2016年至今	丁苯酞治疗血管性痴呆的临床研究	
2017年至今	丁苯酞用于急性缺血性卒中静脉溶栓或血管内治疗患者的疗效研究BAST	国家重点研发计划重点专项项目
2017年至今	丁苯酞对大动脉粥样硬化型脑梗死患者动态脑血流自动调节功能改善作用的研究EBCAS	国家重点研发计划重点专项项目
2017年至今	丁苯酞治疗脑小血管病多中心、随机、双盲、安慰剂对照研究MAP-CSVD	重大新药创制科技重大专项项目
2017年至今	丁苯酞对食蟹猴脑梗死后脑内β-淀粉样蛋白沉积与认知障碍的疗效研究BACIS	重大慢性非传染性疾病防控研究重点专项项目

续表

时间	试验名称	获支持项目名称
2017 年至今	丁苯酞治疗轻度认知功能障碍的临床研究 EBMCI	重大慢性非传染性疾病防控研究重点专项项目
2017 年至今	丁苯酞（恩必普）对中晚期或 DBS 术后 PD 认知障碍的防治作用和规范化研究 BCPD	重大慢性非传染性疾病防控研究重点专项项目

王金戍、张赫明、徐鹏飞（石药集团有限公司）

第二节 抗肝炎新药双环醇

20 世纪 80 年代中期，中国医学科学院药物研究所研制了抗肝炎新药双环醇，用于治疗慢性肝炎所致氨基转移酶升高。1984 年，该所与日本大正制药公司开始了全面合作，其中双环醇是合作的项目之一。就双环醇在日本及在全世界的专利保护问题，双方多次谈判，最后达成一致意见，以双方名义作为共同申请人，中方为发明人，先在日本申请专利，然后申请世界范围的专利保护。随后 1987 年 2 月 6 日在日本申请专利。之后，在此日本专利基础上，又向美国、德国、日本等 16 个国家及我国台湾地区申请了专利，并都得到专利授权。略显遗憾的是，由于我国 1992 年之前实施的《专利法》尚不保护药物化合物的发明，双环醇未能申请中国发明专利。从此，双环醇成为尚没有中国专利保护，但得到了世界专利保护的新药。在遴选“1035 工程”中的 10 个创新药物中，中国医学科学院药物研究所因其超前的专利保护意识，所发明的新药双环醇以其具有知识产权保护为特色，符合该工程支持创新药物研究的要求而中选。

1991 年中国医学科学院药物研究所及其实验药厂（1992 年初更名为北京协和药厂）向北京市卫生局提交了双环醇及片剂的临床申请，并在审评期间充实了临床前研究。1996 年获得了卫生部药政管理局“新药临床研究批件”。1997—2000 年，在“1035 工程”资金的支持下，在北京、上海、广州等多家医院完成了双环醇片Ⅰ期、Ⅱ期、Ⅲ期临床试验。2000 年，药物研究所以 3 000 万元将双环醇及片剂转让给了全资企业北京协和药厂；同年 11 月，该企业对双环醇的中试研究立项并获得了科技部“科技型中小企业技术创新基金”的支持，由此开始对该药物的开发进行了后续研究。2001 年 2 月，“抗肝炎新药双环醇的研究”被科技部、财政部等四部委评为“九五”国家重点科技攻关计划优秀科技成果；同年药物研究所与北京协和药厂共同申报了双环醇及片剂的生产；8 月，商品名“百赛诺”获第 5 类“商标注册证”；9 月，国家药品监督管理局核发了双环醇及片剂“新药证书及生产批件”（国药证字 X20010626/X20010627，国药试字 X20010007/ X20010008），批准北京协和药厂独家试生产，并给予了 12 年的新药保护期。这是我国研发的第一个具有自主知识产权的国家一类抗慢性病毒性肝炎合成新药，并在我国的药厂完成了成果转化。入选 2001 年中国医药科技十大新闻。

2002—2003 年，北京协和药厂克服了 SARS 疫情的影响，组织完成了双环醇多中心、大样本临床研究——百赛诺Ⅳ期临床试验，40 个城市 68 家医院共 2 200 例 12～65 岁慢性乙型和丙型肝炎患者参加试验，证实该药品不良反应轻微，保肝疗效与Ⅲ期临床试验疗效持平。2004 年，国家食品药品监督管理局批准了双环醇及片剂正式生产，并核发了“国药准字”文号。2005 年，双环醇片质量标准转正为国家药品标准，新规格 50 mg 获批准文号。

之后，北京协和药厂在将双环醇产业化的基础上，继续探索了采用高科技技术对双环醇新药进行深度开发的研究。商品名为百赛诺的双环醇新药多项产业化课题由北京协和药厂申请，先后列入了 2002 年国家高技术产业发展项目、国家重点新产品计划项目、2004 年科技部科技兴贸行动计划项目、2005 年“863 计划”创新药物和中药现代化重大专项、2006 年《中国高新技术产品目录》、2009 年国家“重大新药创制科技重大专项”药物大品种技术改造项目，以及北京市高新技术成果转化项目、火炬计划项目、科技重大项目和发展资金项目等，极大地促进了该企业的高新技术的发展，包括在绿色制药工艺的理念下，消除了造成环境污染的有害原辅材料、催化剂、溶剂和副产物，成功设计并采用了安全有效、节约能量、环境友好的先进生产工艺和技术，实现了清洁生产。创新研究的科研队伍在成长。2013 年和 2014 年，国家食品药品监督管理总局分别批准了采用“渗透泵”技术的双环醇缓释片新剂型、治疗急性药物性肝损伤双环醇片新适应证开展临床试验。基于北京协和药厂的质量研究，双环醇及片剂入选《中国药典》（2015 年版二部）。

2006—2018 年，北京协和药厂获得与双环醇相关的中国发明专利 11 件、欧洲和韩国发明专利各 1 件；百赛诺第 5 类注册商标四度被认定为“北京市著名商标”，并已在 13 个商标类别注册。至此北京协和药厂凭借着创新药物双环醇的开发研究和生产，累计销售额已近 40 亿元。

凭借着双环醇卓越的安全性和显著的保肝疗效，以及专业的学术推广，百赛诺的应用领域从治疗病毒性肝炎已拓展到治疗多种非病毒性肝病。截至 2017 年 10 月，国内外已发表双环醇的基础和临床研究论文 480 余篇（包括 SCI 收录期刊 51 篇、中国科技核心期刊 203 篇），积累了丰富的循证医学证据，形成了抗炎保肝治疗“中国方案”。该药自 2004 年起先后入选历版国家及各省级基本医疗保险药品目录、军队合理医疗药品目录以及十余个省级新型农村合作医疗报销药物目录、基层常用药品清单；2005 年起陆续被《慢性乙型肝炎防治指南》《酒精性肝病诊疗指南》《非酒精性脂肪性肝病诊疗指南》《药物性肝损伤诊治指南》《中草药相关肝损伤临床诊疗指南》《中国肝病诊疗管理规范》及《肝炎症及其防治专家共识》等列为指导和推荐用药；2016 年列入国家卫生和计划生育委员会发布的甲型肝炎、慢性乙型肝炎、慢性丙型肝炎、药物性肝损伤、非酒精性脂肪性肝病等 6 项肝病临床路径的治疗方案。“国家一类抗肝炎新药双环醇的研究”项目 2001 年获科技部、财政部、国家计委、国家经贸委联合颁发的“九五”国家重点科技攻关计划优秀科技成果；2005 年获北京市科学技术一等奖；2006 年获国家科学技术进步二等奖。

2004—2018 年，百赛诺已在俄罗斯、乌克兰、哈萨克斯坦、乌兹别克斯坦，塔吉克斯坦、吉尔吉斯斯坦、格鲁吉亚、摩尔多瓦等国家和地区注册并陆续上市，形成了一定的销售规模；2014 年和 2017 年，百赛诺顺利通过国际药品认证合作组织（PIC/S）成员国乌克兰的 GMP 认证，标志着该药生产质量管理水平已对接国际标准。可以说，在“1035 工程”的支持下，在后续一系列国家政策的扶持下，北京协和药厂已向具有国际竞争能力的民族医药跨国集团迈开了新的一步。

兰培、冯剑波（北京协和药厂）

第三节　抗癌新药博安霉素

博安霉素（boanmycin）是以中国医学科学院医药生物技术研究所为主研发的我国首创研发的抗肿瘤抗生素一类新药。原称争光霉素 A6，是轮枝链霉菌平阳新变种所产生。其特点是水溶性较强、对肌体的免疫系统和造血系统几乎无损害。属博莱霉素族，但其肺毒性显著低于同类产品。临床研究表明，它对头颈部鳞状细胞癌、恶性淋巴瘤疗效显著，对肝癌也有较满意的疗效。是新一代低毒、高效且广谱的肿瘤化疗产品。先后得到卫生部新药基金、国家自然科学基金、“九五”和“十五”专项攻关课题，以及“863 计划”重大抗生素发酵工程专项基金资助，特别是在“1035 工程”支持下，于 2004 年获得国家一类新药证书和生产批文。高产率博安霉素发酵法专利也获得授权。整套工艺得以完成并实现了产业化。

2004 年，国家食品药品监督管理局批准了天津太河制药有限公司生产博安霉素注射液。天津医药集团所属的天津太河制药有限公司与中国医学科学院医药生物技术研究所经过十多年的研究，成功研制出盐酸博安霉素原料及其冻干注射剂。该技术采用物理加生物菌种选育方法，经过菌种诱变、选育、分离、提纯等工艺，进行技术攻关，通过上百次的试验最终得到了生产过程中环境污染小、产品纯度高、毒副作用小的生物制药技术，并建立了生物制药菌种选育的新方法。同时在生产工艺中的关键技术具有其独特性，不易仿制性，2004 年 6 月获得新药证书和生产批文，2006 年正式上市，是我国又一首创研究和开发的新型抗肿瘤抗生素，是全球独家上市的创新药物，属我国拥有完全的自主知识产权一类创新药物。博安霉素的研发成功和工业化生产，对天津的创新药物发展具有非常重要的划时代意义，它填补了国际空白，也实现了天津医药由仿制到创制的技术突破。目前，企业已在天津市大港区石化科技园区，按照 GMP 要求建设了一个原料车间和一个制剂车间以及与之相配套的化验室等，产品除在国内销售以外，也将会有部分制剂出口，进入国际药品市场。2006 年实现产量 1 万支，销售收入 700 万元、利税 150 万元。

2006 年，国家食品药品监督管理局又批准辽源市迪康药业有限责任公司生产博安霉素注射剂。公司开发的博安霉素项目，荣获 2007—2010 年度“国家重点新产品项目”、“辽源市科技进步一等奖”。公司此后又办理了增补适应证，增加了肝癌、食道癌、恶性淋巴肿瘤的治疗，并已经通过国家医药审批中心的批准，适应证的增加，将使博安霉素产品治疗功能增加，扩大患者群。

第四节　抗细菌感染疾病的半合成新药依替米星

国家一类新药硫酸依替米星是我国科技人员独立研究开发的具有自主知识产权的新一代氨基糖苷类抗生素，由江苏省微生物研究所和无锡市第一制药厂共同研制开发成功。该新药研究先后被列为：国家新药研究基金重点项目（编号 89–07）、国家知识产权保护新药重点项目（编号 94–ZD–03）、江苏省“九五”重大科技攻关项目（编号 BG–96013）。该药系国际上首创的新一代半合成氨基糖苷类抗生素，具有高效、安全、广谱抗菌、抗耐药性等特点。原料药已在 1997 年 1 月由无锡市第一制药厂试产，粉针剂由浙江省新昌制药厂生产。1997 年，硫酸依替米星、硫酸依替米星注射液、注射用硫酸依替米星分别获得了试生产批准文号。该药已获得中国、英国、美国、俄罗斯、哈萨克斯坦、日本 6 国专利，并荣获国家科技进步二等奖和江苏省科技进步一等奖。

为推进硫酸依替米星产业化，依替米星产业化项目得到了科技部、江苏省科技厅、江苏省知识产权局、无锡市政府的大力支持和指导，并获“1035 工程”支持。

江苏省微生物研究所及专利主要发明人以该新药的专利成果参股，在江阴方园制药有限公司的基础上（创建于 1994 年 4 月，为研发代号“8907”（后定名硫酸依替米星）的科技型孵化企业），于 2000 年 4 月在常州国家高新技术产业开发区“三药”科技产业基地，创建了常州方圆制药有限公司。经原国家发展计划委员会批准，硫酸依替米星原料药、注射液及冻干粉针被列入国家高技术产业化示范工程项目（计高技〔2002〕2270 号），形成了年产 3 200 kg 硫酸依替米星原料药、750 万支硫酸依替米星注射液和 300 万瓶硫酸依替米星冻干粉针剂生产线以及一流的质量检测中心，通过了国家 GMP 认证和 ISO 14001 国际国内双认证。2007 年，常州方圆制药有限公司全资收购了江苏省微生物研究所。

常州方圆制药有限公司生产的硫酸依替米星产品已拓展到包括原料药、小容量注射剂、冻干粉针剂等，且均被列为国家重点新产品、中国驰名商标产品、江苏省高新技术产品、江苏省名牌产品和江苏省优秀新产品。相关药品有：硫酸依替米星注射液（国药准字 H200551224 ml：0.2 g）；硫酸依替米星（国药准字 H20020127）；硫酸依替米星注射液（国药准字 H200201282 ml：100 mg）；硫酸依替米星注射液（国药准字 H200201291 ml：50 mg）；注射用硫酸依替米星（国药准字 H20042000 按 C21H43N5O7 计 100 mg）；注射用硫酸依替米星（国药准字 H20041999 按 C21H43N5O7 计 50 mg）等。硫酸依替米星已先后被纳入《国家基本医疗保险、工伤保险和生育保险药品目录》2009 年版、2017 年版。自上市以来，已进入全国 3 000 多家医院，在医药市场中具有广泛的认知度。2014—2018 年硫酸依替米星产品累计实现销售收入超过 17 亿元。

方圆制药秉承“让好药服务民众，用创新成就方圆”的经营宗旨，坚持科技创新，积极与国内外高校、科研院所合作，每年将 5% 以上的销售收入作为研发经费投入科技创新。通过对硫酸依替米星原专利工艺优化与创新，公司实施的“国家一类新药硫酸依替米星技术改造”项目被列入国家“十二五”重大新药创制科技重大专项（2012ZX09201101-008）。公司还承担实施了国家科技攻关计划项目、工信部重点产业振兴和技术改造专项、科技部中小企业创新基金、国家火炬计划、江苏省科技成果转化资金项目等国家、省部科技及技改项目 30 余项；申请国内外发明专利 56 件，授权国际发明专利 5 件、国内发明专利 24 件，获得新药证书 4 件，制定国家质量标准 4 项。

此外，还向杭州爱大制药有限公司许可了依替米星大输液剂型的生产，并获新药证书和生产批准文号，获准在海南、江西、浙江等地的制药企业生产，创造了巨大的经济效益和社会效益。新药依替米星的研发成功为提升我国医药行业的创新能力，加快产业结构调整，促进社会发展做出了贡献。

陈代杰（常州方圆制药有限公司）

第五节　抗肠道蠕虫新药三苯双脒

三苯双脒为中国疾病预防控制中心寄生虫病预防控制所研制的我国第一个驱肠道线虫创新药。其毒性低、无致畸及致变作用，具有抗多种肠道线虫活性，抑制虫体活动、破坏虫体组织的作用迅速，顿服治疗人体蛔虫、钩虫感染不良反应少、疗效高、排虫快，治疗美洲钩虫感染的效果尤为突出。肠道线虫病广泛流行于全球热带、亚热带地区，发展中国家人群感染率高，在肠道线虫病防治中，三苯双脒有着广阔的应用前景。1996 年 11 月 29 日，三苯双脒肠溶片获卫生部药政管理局颁发的新药临床研究批件。经过评估与筛选，三苯双脒被入选“1035 工程”。在“1035 工程”经费及管理的支持下，促成了与山东新华制药股份有限公司一起与中山医科大学临床药理基地以及相关流行区的各省寄生虫病防治研究机构的合作，督导三苯双脒按照国家创新药物研究的要求完成临床试验，并使三苯双脒达到了新药审批规定的临床研究质量标准，在实现创新研究与产业化目标中发挥了关键性作用。1998 年三苯双脒肠溶片如期完成了临床试验。2001 年“一类新药三苯双脒”被评为国家“九五”攻关计划优秀成果。2004 年，三苯双脒获得一类新药证书，新华制药股份有限公司获得三苯双脒原料药及肠溶片“力卓”的生产批文。2005 年通过 GMP 认证。2006 年三苯双脒获得国家重点新产品证书，被列入 2006 年《国家高新技术产品目录》。

第六节　治疗腰椎间盘突出症新药腰痹通胶囊

腰痹通胶囊是在我国著名的中医骨伤科专家孙树椿教授治疗腰椎间盘突出症（血瘀气滞、脉络闭阻证）“脊柱Ⅱ号方”的基础上，结合其独特治疗理论，提取方中有效成分，并运用现代制剂手段，研发出的治疗腰椎间盘突出症的原国家级三类新药（国药证字 Z20010041），获得 2 项授权发明专利（ZL02146042.6、ZL03138025.5），治疗腰椎间盘突出症起效迅速、疗效可靠、复发率低。

该新药融合“活血化瘀、祛风除湿、行气止痛、益肾强骨”中医治疗法则，研制出专注治疗腰椎间盘突出症所致腰痛的专病专药，可大幅减少止痛药和手术疗法的使用，为同类中药新药开发提供了示范；集成系统药理学等现代研究手段，系统阐明复方中药多成分、多靶点、多通路、多途径治疗疾病的中医药科学内涵，为推动复方中药得到中西医一致认同提供了研究思路和方法；建立了基于效应成分群的大生产全过程质控体系，显著提高了复方中药复杂体系的质量均一性，为提高中药行业整体质量控制水平提供了产业化示范。

自 2002 年上市以来，通过全面深入研究，成为药效物质基础和作用机理相对明确、疗效确切、质量稳定可控的中药大品种。为保证临床用药的安全、有效提供保障，已在全国 1 837 家医院临床应用，累计销售 2 200 万盒，销售收入达 11 亿元，受益患者超过 1 000 万人。被列入《国家医保目录》、《国家基药目录》、《国家中药保护品种》（ZYB2072009005）、国家中医药管理局《24 个专业 105 个病种中医诊疗方案》，并被载入《中国药典》（2015 版）。在我国骨科止痛中成药市场上占有率为第二，在治疗腰椎间盘突出症中成药市场上占有率为第一。荣获 2016 年度中华中医药学会科学技术一等奖。

王团结（江苏康缘药业股份有限公司）

第七节　治疗脑中风新药葛酮通络胶囊

葛酮通络胶囊是由中国医学科学院药用植物研究所与安徽九方制药有限公司合作开发的国家中药二类新药，获得中国医学科学院专项基金项目、国家“九五”重点科技攻关计划，“1035 工程”资助。2006 年 7 月获得国家二类新药证书，同时获得该产品唯一成分葛根总黄酮中药原料药二类新药证书。具有原料药和成药双专利。它是目前唯一的葛根总黄酮单体植物药，其有效成分总黄酮含量达到 80% 以上，远高于国内外其他植物黄酮类制剂。功能主治活血化瘀，用于缺血性中风，动脉粥样硬化性血栓性脑梗死和腔隙性脑梗死；糖尿病引起的周围血管病变；颈项僵痛；突发性耳聋等。道地的药材和先进的生产质检设备，造就了优质高效、绿色安全的葛酮通络胶囊，该产品是国家中药保护品种，经国家四部委联合认定为“国家重点新产品”。在葛酮通络胶囊研发成果鉴定会上，王永炎、刘耕陶两位院士给予该项研究成果高度评价：该研究设计合理，制备工艺先进，药效物质明确，质量稳定可控，临床应用口服安全有效。

安徽九方制药有限公司在获得葛酮通络胶囊新药证书和生产批准文号后，在国家创新药物与产业化项目的支持下，建立了相关的新药生产线，2007 年“年产 1 亿粒国家中药二类新药葛酮通络胶囊”项目被列入国家发展和改革委员会生物医药高技术产业化专项，并被评为高技术产业化示范项目。2009 年公司又投资 3 000 余万元改造生产线，将葛酮通络胶囊生产能力提高到 2 亿粒 / 年，当年销售额达到 5 700 余万元；2015 年销售额达 1.2 亿元，首次实现单一品种年销售额过亿元；2017 年销售额达到 1.5 亿元，受益患者超过 40 万人。葛酮通络胶囊上市十余年来，近千万例临床应用证实其安全有效，在公布的 2017 年版《国家基本医疗保险、工伤保险和生育保险药品目录》中，葛酮通络胶囊被收录在册，医保编号“中成药 516”，此次医保目录增补填补了国家医保目录中中成药治疗腔隙性脑梗的空白。

随着葛酮通络胶囊销售的稳定提升，公司迈入当地的中药制药纳税大户的行列，一跃成为经济开发区的经济支柱，持续的赢利能力为公司稳定发展提供了经济保障。为确保葛酮通络胶囊的质量稳定可控，九方制药在中国中医科学院指导下，投资 3 000 余万元在大别山区建立了万亩葛根 GAP 种植基地。2015 年公司斥资 2 亿元在中华药都亳州建设葛根总黄酮、葛酮通络胶囊产业化技改扩建工程，该扩建工程被列入安徽省战略新兴基地项目，建成 6 万 m^2 现代化厂房，包括前处理车间、中药提取车间、制剂车间以及污水处理、仓库和其他配套工程。其中数字化提取车间与自动化制剂生产、质检系统处于国内先进水平。项目投产后年提取葛根中药材 6 000 t，年产葛酮通络胶囊 8 亿粒。相关工作均为葛酮通络胶囊的质控提供了保障，也确保了其产品安全性和有效性。

2016 年以来，安徽九方制药还与中华中医药学会脑病分会的主委单位广东省中医院，联合开展了“基于真实世界十万例葛酮通络胶囊治疗脑梗死恢复期的比较效果研究”，首期一万例华南地区脑血管病多中心、前瞻性登记研究已于 2017 年 6 月在广东罗浮山地区正式启动。2017 年 9 月，九方制药与国家中医临床研究基地重点病种承担单位，安徽中医药大学附属第一医院内分泌科方朝晖主任的团队合作开展的“三万例基于真实世界葛酮通络胶囊治疗糖尿病合并周围神经病变的疗效评价”启动并在按计划推行，这项科研工作旨在进一步研究葛酮通络胶囊在高血糖引起的周围血管病变，起到有效的预防和治疗作用，本项目计划吸纳 80 家医院共同开展。这些临床研究完成后，有可能进一步扩展葛酮通络胶囊的用途，惠及更多的病人。

斯建勇（中国医学科学院药用植物研究所）

第八节　b 型流感嗜血杆菌结合疫苗

b 型流感嗜血杆菌结合疫苗（商品名：呵尔贝）是兰州生物制品研究所研制的，用于预防由 b 型流感嗜血杆菌引起的侵袭性感染（包括脑膜炎、肺炎、败血症、蜂窝组织炎、关节炎、会厌炎等）。该疫苗具有良好的免疫保护效果和良好的安全性，在 2003 年 12 月获国家新药证书（国药证字 S20030075）和生产文号（国药准字 S20030102），2004 年实现产业化并市场推广应用，至 2018 年累计销售 1 亿多瓶。产品具有国际同类产品的品质，因其副反应小，免疫效果好，受到接种人群的青睐，对预防我国婴幼儿 b 型流感嗜血杆菌的感染发挥了非常重要的作用。b 型流感嗜血杆菌结合疫苗是我国第一个自主研发、批准上市的细菌多糖 - 蛋白质结合疫苗，填补了我国细菌多糖 - 蛋白质结合疫苗的空白。

b 型流感嗜血杆菌（简称 Hib）是一种引起婴幼儿严重疾病，甚至死亡的致病菌。20 世纪 80 年代早期，Hib 荚膜多糖疫苗面世，流行病学研究表明该疫苗可使 18 月龄以上的婴幼儿获得约 90% 的保护，而对 18 月龄以下的 Hib 高发年龄组保护效果不佳，再次注射后没有加强免疫应答反应，表现为典型的 T 细胞非依赖性抗原，因此，该疫苗在 1988 年停止使用。Hib 荚膜多糖疫苗之所以免疫原性差，是由于荚膜多糖属于相同重复单位的核糖醇 - 磷酸聚合而成的半抗原，即 T 细胞非依赖性抗原（TI），此类抗原要想产生保护水平的 IgG 抗体，有赖于机体 B 淋巴细胞系统的发育成熟，而这一系统的成熟只有在出生后的第二年才能完成。所以，要预防婴幼儿 Hib 疾病，必须将 Hib CPS（荚膜多糖）从 TI 抗原转化成 TD 抗原，即用化学的方法，将具有载体效应的蛋白质分子通过共价结合方式与 Hib CPS 结合，从而将 Hib CPS 的抗原信息传递给 B 淋巴细胞克隆，激活 B 淋巴细胞产生特异性保护抗体。

兰州生物制品研究所研制的 b 型流感嗜血杆菌结合疫苗采用了纯化的 b 型流感嗜血杆菌（Hib）荚膜多糖抗原，通过连接剂如己二酰肼（ADH）与载体蛋白共价结合制成。其生产可分为荚膜多糖的生产、蛋白载体的生产、多糖蛋白结合物的制备和纯化、半成品配制和分装以及成品检定多个程序。2005 年兰州生物制品研究所有限责任公司按照欧盟标准，投资 2.4 亿元人民币，为 Hib 结合疫苗等产品专门建设了细菌多糖及多糖蛋白质结合疫苗项目工程，2008 年通过 GMP 认证，达到了年 2000 万剂的生产能力。此外，兰州生物制品研究所研制的 b 型流感嗜血杆菌结合疫苗与其他疫苗的联合疫苗，如 DTaP-Hib（吸附无细胞百白破 - b 型流感嗜血杆菌联合疫苗）、DTaP-sIPV-Hib（吸附无细胞百白破 - 脊髓灰质炎 -b 型流感嗜血杆菌联合疫苗）正在研制，预期将获得更大的社会和经济效益。

杜送田（兰州生物制品研究所有限责任公司）

第九节 聚乙二醇化重组人粒细胞刺激因子注射液

津优力是由石药集团研发的我国第一个批准上市的长效重组人粒细胞集落刺激因子注射液（商品名：津优力），此产品是提升化疗患者体内中性粒细胞水平的国家生物一类新药，适用于非髓性恶性肿瘤，可以降低发热性中性粒细胞减少引起的感染发生率。该药为国内首家上市品种，填补了国内同类产品空白，打破了国外制药企业的垄断局面，让广大患者受益。此产品于 2011 年 10 月获得国家食品药品监督管理局批准（国药准字 S20110014）上市，2012 年 3 月取得 GMP 证书。

从行业影响力上来说，聚乙二醇化重组人粒细胞刺激因子注射液（长效升白细胞药物）的研发和生产是国际先进、国内领先的。上市后，以其长效、安全的特点，日益被医疗机构和患者所接受，并于 2017 年正式进入国家医保目录。津优力在研发及产业化过程中先后获得国家“新药研究与产业化开发”、“九五”攻关项目十个重中之重的创新一类新药、十二五“国家重大新药创制”科技重大专项项目、国家蛋白类生物药和疫苗发展专项、山东省自主创新专项等多个重大课题支持；授权 4 项发明专利、9 项实用新型专利，其核心专利：“一种聚乙二醇修饰的 rhG-CSF 药物组合物及其制备方法”荣获中国专利金奖（专利号 ZL 201310），“聚乙二醇化重组人粒细胞刺激因子注射液及产业化”荣获山东省科学技术进步一等奖，“津优力”荣获山东省名牌产品。

津优力（ PEG-rhG-CSF ）自上市以来，销量持续快速增长。为了匹配销售实现快速提产，公司采取以下几方面的措施保证销售市场的供应：一是梳理打通生产瓶颈环节，采用填平补齐的方式解决了生产的瓶颈点；二是从提高设备 OEE 入手，最大限度提高设备利用率，减少设备空闲时间增加产量；三是从提升技术指标入手，通过工艺技术攻关，实现了各项技术参数的精准控制和最优控制。津优力 2013 年销售收入 162.8 万元，2014 年 1 444 万元，2015 年 7 104 万元，2016 年 1.34 亿元，2017 年销量超过 20 万支、销售收入 4 亿元，2018 年销量超过 40 万支、销售收入近 7 亿元。未来，公司还将从扩大生产规模、新建厂房等方面入手来匹配市场快速扩增的需要。

李宏民、王文本、戴秀君、张雪梅、徐光
（石药集团有限公司）

第十节　神经生长因子

神经生长因子（商品名：恩经复）是由未名生物医药有限公司（本节以下简称未名医药）产业化的，用于神经损伤修复治疗的药物，是福建省第一个国家一类新药。

神经生长因子（nerve growth factor，NGF）是一种影响神经系统生存发育的生物活性物质，也是外周感觉神经和交感神经系统分化与生存所必须要的一种蛋白质。NGF 发现于 19 世纪 50 年代，由 Rita Levi-Montalcini 和 Stanley Cohen 在 2 个鼠肉瘤中发现，并描述为一种“扩散因子”。Cohen 从蛇毒和鼠颌下腺中纯化了 NGF，经测定它们都是蛋白质，根据其显示的生物学特性，命名为神经生长因子。NGF 的发现和研究开拓了神经科学一个崭新的领域，推动了神经科学、发育生物学及细胞生物学的发展。由此，两位专家荣获 1986 年诺贝尔生理学或医学奖。

天然的 NGF 多分布于小鼠颌下腺、蛇毒、豚鼠前列腺等动物器官中，其中，小鼠颌下腺的 NGF 分为大分子（7S）和小分子（2.5S）两种类型，后者的相对分子质量约为 13.5 kD，与人 NGF 相应的 β 肽链同源性为 90% 左右，决定了它们功能上的高度相似性。NGF 不仅影响神经元的生长、发育与分化，而且对感觉神经元的物质代谢和大分子物质的合成亦有促进作用。

兰州生物制品研究所从昆明种小白鼠的颌下腺提取的鼠神经生长因子，于 1997 年获得了临床批件获准进行临床试验。在临床试验期间，兰州生物制品研究所开始与厦门北大之路生物工程有限公司（2014 年更名为未名生物医药有限公司）合作开发该产品，后续工作由未名医药继续完成，巧合的是在临床试验期间，某皮革厂爆发了正己烷群体性中毒事件，一百多名工人患病，由于正己烷中毒的突出表现为中毒性周围神经病，使用鼠神经生长因子治疗临床效果非常明显，促进了神经生长因子于 2001 年获得新药证书。2003 年 1 月，神经生长因子以正己烷中毒性周围神经病作为适应证，率先在中国被批准上市销售（未名生物医药有限公司生产）。恩经复的产业化也改变了当时神经系统疾病无特效药的历史。经过近 10 年的临床应用，显示出对神经系统疾病的良好治疗效果，获得了临床医生的一致好评，具有重要的经济价值和社会意义。截至 2018 年，未名医药已经实现累计销售额超过 46 亿元人民币；在未名医药将该产品产业化上市后，国内先后又有 4 家企业获准销售神经生长因子产品，其年销售额合计超过 20 亿元，这在生物制品中是不多见的，神经生长因子已经属于“重磅炸弹”药物。2009 年，该产品进入《中国医保目录》。

神经生长因子应用前景广阔，国内需求空间仍然很大。恩经复上市以来，按照国家食品药品监督管理局的要求，对该产品进行试生产、标准试行并开展更广泛的 IV 期临床实验，以进一步考察其安全性、有效性、质量可控性。未名医药也在此期间在正常生产临床所需药物的同时对 NGF 进行进一步深入研究，开展新规格、新适应症、新给药途径开发工作。未名医药的重组人神经生长因子研发近期即将申请新药注册，用以取代之前的鼠神经生长因子。

未名医药申请了与本项目有关的相关发明专利共 13 项，后续专利持续增加申请中。其中，《鼠神经生长因子的制备方法和注射用鼠神经生长因子的制备方法》（专利号 200810071315.X）获第十七届国家专利奖优秀奖。

在项目研发及产业化阶段，中央和省市各级政府对未名医药的神经生长因子给以了大力扶持，包括国家科技攻关项目、“863计划”重点项目、国家重大专项“重大新药创制”，期间完成了规模生产工艺、新药申报和I期、II～III期临床和上市后的工艺改进等工作。先后多次获得国家级项目和荣誉，见下表。

年	项目名称	项目类别	级别
1997	神经生长因子研究与开发	国家“九五”攻关项目	国家级
1999	神经生长因子产业化	国家高技术产业化示范工程	国家级
2001	神经生长因子 NGF 产业化	重点引智项目	国家级
2002	神经生长因子 NGF 产业化	重点引智项目	国家级
2002	国家一类新药神经生长因子产业化	科技型中小企业创新基金	国家级
2002	神经生长因子	国家级火炬计划项目	国家级
2003	神经生长因子	重点国家级火炬计划项目	国家级
2007	核酸和多肽药物的规模化制备技术——多肽药物的合成与纯化	“863计划”重大专项	国家级
2011	北大之路创新药物孵化基地	“重大新药创制”科技重大专项	国家级
2012	国家创新药物大品种神经生长因子技术升级	“重大新药创制”科技重大专项	国家级
2012	神经生长因子生产技术升级及其产业化	国家火炬计划创新型产业集群	国家级
2013	北大之路创新药物孵化基地	国家引智项目	国家级
2013	国家一类新药恩经复生产线扩建	国家重点产业振兴和技术改造项目	国家级
2013	恩经复（注射用鼠神经生长因子）18 μg（≥ 9 000 AU）	国家重点新产品	国家级
2015	第十七届国家专利奖优秀奖（专利号200810071315.X）	国家专利奖	国家级

注射用鼠神经生长因子是世界上第一个也是目前唯一一个直接促进神经再生的治疗药物，是迄今唯一由中国人率先产业化的诺贝尔生理学或医学奖成果，是我国在神经系统疾病上药物开发的创举，填补了世界上神经损伤没有直接治疗药物的一项空白，在国际上首次将神经生长因子用于治疗化学品中毒引起的外周神经损伤，取得极其明显的效果，迄今为止已经治疗超过百万例患者。对不断缩小我国与西方发达国家在生物技术领域的差距，发展民族创新生物工程技术，推动生物制药产业现代化，具有重要的意义。并带动了上下游相关产业，增加地方财政收入与就业机会，有着良好的社会效益。

神经生长因子产品现今已纳入了《中国药典》（2015年版三部）。由于神经生长因子在神经损伤治疗领域的突出表现，今后将加大推广应用力度及产品深度开发（包括新适应症及新剂型开发），这将有利于恩经复在较长的时间内保持快速成长趋势，为广大神经系统疾病患者带来福音。

2003 年以来，广大临床专家不仅发表了上千篇的学术文献（恩经复被几十本医学权威专著、教材收录），且在逾百万例临床实践的基础上，达成了“神经生长因子（恩经复）临床应用”的专家共识。更为可喜的是，经多位临床科室权威专家的推荐，恩经复被收录到“临床路径治疗药物释义”系列丛书，在神经外科、骨科、皮肤科等神经损伤疾病相关病种的治疗方案中，更进一步确立了恩经复对神经损伤的治疗作用。鉴于其良好的市场前景，2013 年未名医药建设的第二条“年产千万支恩经复生产线”通过 GMP 认证，经过规模化工艺放大，取代之前年产不足 300 万支的生产线，从而厂房面积从约 7 000 m^2 扩增为近 1.2 万 m^2。

恩经复是未名医药的拳头产品，也是截至目前唯一的产品，借此产品开发，未名生物医药有限公司搭建的生物医药研发及产业化平台，分别获得国家博士后工作站、福建省工程中心、福建省技术中心等资质挂牌。借此产品的销售，未名医药数年来一直位居福建省生物医药产业龙头企业地位，累计纳税近 5 亿元。在工信部的《中国医药统计年报》中，未名医药位居国内生物制药企业前 20 名。2015 年成功上市（代码 002581.SZ），未来将借助资本市场力量，推进研发、生产，进一步把神经生长因子产品做强做大，为更多病患提供解决方案。

付永超（北大未名生物医药有限公司）

第十三章

工程中心及产业基地的建立

第一节　国家新药开发工程技术研究中心

1996年国家科委以中国医学科学院药物研究所为依托，组建“国家新药开发工程技术研究中心”，这也是国家科委在国内建立的唯一的一家新药开发工程技术研究中心。2000年通过科技部验收，正式命名为“国家新药开发工程技术研究中心”。宗旨为：探索药物研发中技术与市场结合的新途径；加强科研与产业化的衔接；构建与国际接轨的新药研发技术平台；为全国医药行业提供服务。并确定了4个主要研究方向：自主知识产权的创新药物的工程化研究；药物研究开发中关键技术的研究；化学三类新药工程化研究；工程化相关技术服务。

国家新药开发工程技术研究中心从1996年至今，以中国医学科学院药物研究所为依托，以企业形式独立运作，一套人马、两块牌子，形成了集新药研发、技术转让、技术服务、中试研发于一体的新格局。新药中心形成了董事会领导下的总经理负责制。建立了与现代企业制度相适应的完善的董事会议事制度和规则。

一、产业化成果

国家新药开发工程技术研究中心现有3 000多m^2的实验室和800 m^2的中试车间，并配备有较为完备的药物研发与工程化研究所需的仪器设备。拥有近20台高效液相色谱仪以及气相色谱仪、手性旋光检测仪等检测设备；配备有溶出仪、冻干机、滴丸机、压片机、灌封机、粒径测定仪、包衣机在内的制剂研发设备和30L、50L玻璃反应釜、以及中试CC系列层析设备在内的189台套高水平中试研究设备。总价值 730 万元。除了新药中心自有设备外，通过依托单位及首都科技条件平台，实现了新药中心及基地内仪器设备的开放共享。依托单位药物研究所具有的新药工程化全部研究领域的仪器设备对新药中心都是无条件开放的，这些完备的基础设施与现代化设备，为新药中心创新药物的研究开发提供了必要的物质基础保证。

2002 年国家新药开发工程技术研究中心在北京注册成立了“北京科莱博医药开发有限责任公司”。2003 年“北京科莱博医药开发有限责任公司”在北京协和药厂投资，建立了新药研发综合中试基地。2005 年与海翔药业共同建立了手性药物合成中试基地；在新疆西部加斯特药业有限公司建立了新疆维吾尔药研发中试基地。2006 年作为第一批成员单位加入了中关村 CRO 联盟；与中关村大兴生物医药产业基地共建了手性药物分析检测服务平台；与温州医学院合作组建了药物制剂工程研发基地；被评为北京市专利试点单位。2007 年作为第一批化学药物研发成员单位加入了中国生物技术创新服务 ABO 联盟；与云南楚雄星升生物科技开发有限责任公司合作组建了云南楚雄民族药研发基地。2008 年成为国家高新技术企业。2009 年作为第一批成员单位加入了首都科技条件平台，并成为中国医学科学院研发实验服务基地主体运营机构。2010 年，成为北京市科技研究开发机构；通过中国合格评定国家认可委员会的 CANS 实验室认证。2012 年，成为中关村高新技术企业；获得中关村国家自主创新示范区新技术新产品（服务）证书。2014 年，成为化学创新药物研究开发北京市国际科技合作基地。2013—2018 年，中心从事创新药物工程化、研发百余项，共有 27 个项目实现了成果技术转让，签订技术转让合同 28 份，总合同金额达 9 780.50 万元。自中心成立以来，共申请了 53 项专利，获得授权 27 项，其中发明专利 26 项，实用新型专利 1 项获得授权。2016 年被授予北京市专利示范单位及全国知识产权优势企业称号。中心与药物所教授合作的项目“中草药微量活性物质识别与获取的关键技术及应用”荣获国家科学技术进步奖二等奖。

二、产业化资源共享和服务业绩

1. 对外开放机制

承担了国内企事业单位委托服务；作为研究平台，吸收了外部人员，开展合作研究；拥有多个中试基地，根据不同项目各自开放共享资源并独立开展工作；服务辐射全国，为国内外多家研究机构、制药企业提供全方位的技术服务。截至 2018 年底，国家新药开发工程技术研究中心已分别与国内外数百家研究机构、制药企业、国外研究机构通过共同研究、委托加工、技术咨询服务等方式进行了交流合作。中心还积极参加了 ABO 联盟及 CRO 联盟的工作；新药中心作为首都科技条件平台、中国医学科学院研发实验服务基地主体运营机构及成员单位之一，从2009年起每年完成对外开放共享服务数百项，服务合同金额上亿元；新药中心还与中关村大兴生物医药产业基地继续共建并担任其“手性药物分析检测服务平台”；与中国协和医科大学及河北医科大学建立了实习基地，不仅从设备资源上实现了开放共享，更从人才团队及人才培养方面实现了开放与共享。

2. 研发设施的开放

拥有的所有设备面向全社会开放。国家新药开发工程技术研究中心的分析实验室，通过了中国合格评定委员会（CNAS）实验室认证，提高了中心研发设施对外开放的程度和技术服务质量，服务范围基本涵盖全国各省（自治区、直辖市）的生物医药企、事业单位。新药中心加入了首都科技条件平台，作为主体运营机构，代表依托单位中国医学科学院药物研究所承担了医药专业领域平台的对外技术服务任务，实现了4.24亿元科技资源向社会开放共享；还申请加入了中关村开放实验室单位，这将进一步促进中心研发设施的对外开放和共享。

3. 基地的服务业绩情况

国家新药开发工程技术研究中心共拥有7个中试基地，持续多年良好运转。基地的建设为多个新药研发提供了非常关键的技术指标，使新药中心在手性药物的规模化生产方面具备了很高的能力，技术水平达到了国内先进水平。基地的建设也推动了所在地区的产业化水平的提高，例如“新疆维药研发中试基地”的维吾尔药产业化进程和云南楚雄民族药研发基地的民族药产业化进程，也为西部和偏远民族地区培养专业技术人才贡献了力量。

国家新药开发工程技术研究中心到2018年底参与了11个创新药的研发，已有6个创新药进入Ⅱ期临床试验，2个创新药进入Ⅰ期临床试验，推动了52个3类药的研发并获得了25个药物临床批件，实现了32个项目的成功转让，获得技术转让收入达2亿元。同时依托基地内的平台及对外开放共享的设备与资源为上百家企业提供技术服务等。

4. 国际合作的开展情况

国家新药开发工程技术研究中心积极拓展国际合作渠道，并通过渠道的建设，将国际先进的技术、成果源源不断地向基地内进行转移与转化。新药中心相关人员多次赴欧洲、美国进行考察，与相关企业、研究机构进行了接触并就合作模式进行了洽谈，与欧洲LP公司、奥地利G.L公司、美国Rainbow Pharma Tech公司、美国布什家族、奥地利科学院分子生物学研究所（IMBA）等搭建了国际合作渠道。

例如，在与法国赛诺菲－安万特公司开展合作的基础上，就创新成果的国际转移转化模式进行了深入的探讨。推动了以“知识产权许可”为核心的国际创新品种的技术转移与转化。SAR项目是法国赛诺菲－安万特公司与科莱博公司合作开展的一项 1.1 类国际技术转移品种。前期双方以“专利独家许可”的方式，由新药中心在中国大陆地区进行开发，Ⅱa 期临床试验结束后赛诺菲优先回购。通过知识产权的转让，让中心完全拥有了 SAR 项目的权益，为后续产品临床试验的融资与转化等具体工作扫清了障碍。通过 SAR 项目的推进，后续期待以相同的模式与赛诺菲能够开展更多创新品种的技术转移与转化。

再如，探索了以“对接国际标准”为核心的国际技术转移、转化新模式。在前期多年的工作基础上，在国家实施《中国制造 2025》强国战略行动纲领的指导下，国家新药开发工程技术研究中心结合中国制药产业与国际上的差距，重点探索了“对接国际标准”的国际技术转移与转化模式；自主拓展了以欧洲为核心的国际技术转移与转化渠道，通过渠道的建立与欧洲制药公司按照此模式启动了以产品转移为载体，以“接轨欧盟 GMP 标准”为核心的技术转移模式。

5. 创新药物研发及产业化的直接成果

截至 2018 年底，国家新药开发工程技术研究中心已获得临床批件的项目共 23 项，其中已成功转让给制药企业的项目达 16 项。

2014 年，国家新药开发工程技术研究中心围绕化药三类新药的临床样品制备及产业化问题，围绕企业需求特点，构建了以企业为主体的成果转化特色基地，与悦康药业合作搭建了成果转化中心暨高端制剂仿制药成果转化基地。该基地主要利用中心自身研发优势为企业个性化定制创新产品，并保证每年向企业提供 3 ~ 5 个品种供其选择。基地已完成咪达那新片剂、雷美替胺片剂、苹果酸阿莫曲坦片剂、非诺贝酸片剂、枸橼酸托法替布片剂、阿齐沙坦片剂共 6 个高端仿制药品种的工程化研究及产业落地工程项目。

三、对我国医药产业化的影响

1. 解决新药研发中共性问题，提升了行业整体技术水平

国家新药开发工程技术研究中心以解决创新药物研发中的问题为主要目标，解决了新药研发从实验室到生产中的技术问题，其中重点解决了一些原料药中试工艺、手性药物中试放大、手性药物分析检测、制剂工艺研究放大、中药中试工艺研究等方面的问题，建立了与新药生产成熟配套的工艺技术，使有关研究均达到了国内领先水平，并有效推动相关产品达到中试阶段。新药中心建立以来，已对数十项创新药物进行了研究，建立了新药质量标准百余项，促进了行业整体技术水平的提升。

2. 联合技术攻关，突破了行业中的关键核心技术

国家新药开发工程技术研究中心致力于开展多学科联合技术攻关，解决创新药物研究开发的不同阶段遇到的关键技术难题。如对手性药物分析检测平台、化学合成技术平台、质量分析平台、天然药物中试平台的建设。积极参与了与依托单位中国医学科学院药物研究联合共建的“药物晶型研发关键技术研究平台”和“药物使用安全技术平台”等业务。新药中心与依托单位联合承担了国家“十二五”重大专项项目：“综合性新药研究开发技术大平台”的建设，并承担了子课题“药物工程化技术研究”项目。还积极与医药企业开展合作，通过联合共建研发中试基地与成果转化基地的模式，不仅解决了药物研发中的关键问题，为我国药物从实验室走向市场的产业化、工程化提供了有力的政策支持和技术支持，并提供了具有科学性、普适性、应用性的共享关键技术支撑。

3. 推动了行业产、学、研结合

国家新药开发工程技术研究中心以依托单位中国医学科学院药物研究所为技术支撑，将依托单位产生的实验室的科技成果，进行技术创新和改造，完成中试化放大后，再以技术转让、技术服务等形式为制药企业提供了大量的成果和服务。既保证了依托单位把主要精力投放到创新药物研发上，又能满足制药企业对新产品的需求及快速转化，极大地提高了制药企业的技术水平和在同行业中的竞争力，在新药研发中真正起到了“桥梁”的作用。

4. 提升了行业竞争力

国家新药开发工程技术研究中心对于技术创新成果产业化及技术成果辐射所做的大量工作，不仅为已走向成熟的新药产品寻找到了新的市场，延长了技术和产品的生命周期，同时也给制药企业带来了新的品种和新的经济增长点，满足了制药企业和研究单位长期以来对新技术、新方法、新工艺、新产品的需求。

王　珂（国家新药开发工程技术研究中心）

第二节　国家中药制药工程技术研究中心

国家中药制药工程技术研究中心于 1994 年经国家科委批准筹建，在国家中医药管理局和管委会的直接领导下，于 1998 年 4 月通过了科技部的验收，为科技部首批建立并成熟运行的国家中药现代化研究公共技术服务平台，由国家中医药管理局和上海市科委直接领导；又于 1999 年被科技部优化为第二期再建的国家级工程中心之一（科技部〔1999〕052 号文件）。通过科研改制而转型以后，依托于“上海中药制药技术有限公司”，拥有上海张江生物医药基地开发有限公司、上海医药（集团）有限公司、上海新药研究开发中心等 7 家股东单位共同参加组建，现坐落在国家生物医药基地——上海张江高科技园区中医药创新园内。

一、发展历程及组织运行机制

国家中药制药工程技术研究中心于2000年6月通过科研体制改制，注册成立了上海中药制药技术有限公司。初创期的股东结构为上海医药（集团）总公司、上海新药研究开发中心等多家股东投资的有限责任公司。公司是专业从事新型中成药和衍生产品的研制、生产、销售以及中药现代化新技术、新工艺开发的高新技术企业，拥有国家级中药制药工程技术研究中心的全面技术支撑。

通过改制后的多年运行，中心（公司）积累了一批专利技术与新药研发的成果。并且通过了两轮的GMP改造，均获得国家食品药品监督管理局验收通过。目前已是中药行业内首家具有GMP资质的公共服务技术平台。依托单位上海中药制药技术有限公司实现了资产的保值增值。被专业审计所评估为优质资产。于2008年底由上海张江生物医药基地开发有限公司出资以1∶1.3的高价回购了上海天友高新技术产业投资有限公司、上海天然置业有限公司二家股东的股权。中药中心于2008年完成了第三次资产重组。引入并增加了上海张江生物医药基地开发有限公司（归并了原张江高科技园区开发公司的股权）在公司的股份持有量。上海张江生物医药基地开发有限公司成为公司的第一大股东，该公司在张江园区生物医药基地的相关资源，将扶持、支撑中心（公司）的技术开发、技术积累与发展，使中心（公司）迎来新一轮发展的良好机遇。

资产重组工作经国资委审批通过，并在上海联合产权交易所交易完成了股权交易的相关法定程序。2008年，公司注册资本为1 661万元，7家股东大部分为国有资本。（上海张江生物医药基地开发有限公司，上海医药（集团）有限公司，上海新药研究开发中心，浙江省中药研究所有限公司，上海市药材有限公司，北京新技术应用研究所，上海中医大资产经营有限公司）

国家中药制药工程技术研究中心自2000年经科研体制改制后，依托“上海中药制药技术有限公司”多年的运行，期间工程中心中试孵化基地通过了两轮的GMP改造，均获得国家食品药品监督管理局验收通过（附GMP证书）。又于2015年再次完成了第四次资产重组，股东单位由原来的上海张江生物医药基地开发有限公司、上海新药研究开发中心、上海中医药大学等7家股东改为由上海方心健康科技发展股份有限公司、上海张江生物医药基地开发有限公司、上海市生物医药科技产业促进中心3家组成。其中民营资本占比51%，依托单位已经改制成为混合型资本的有限公司。资产重组后的大股东单位方心健康科技发展股份有限公司具有现代制药技术背景和GMP生产条件下的设备，使中心的制药工程技术研究和孵化平台得到了延伸。同时，引进的民营资本推动了依托单位所有制改革，进一步实现了机制体制的市场化转变，有力地提升了技术和市场核心竞争能力。

二、产业化成果

1. 形成了工程化研发与中试基地

中药现代化生产中试（孵化）基地——中药提取流水线；中药现代化生产中试（孵化）基地——符合GMP规范的中药制剂流水线；研发基地——中药新药、质量标准、新制剂研究开发的技术及配套设施；中药现代化产业化孵化GMP条件的中药生产流水线。

2. 产业化资源共享和产业基地的服务业绩

国家中药制药工程技术研究中心广泛开展了国内、国际合作与交流；与国内多家大专院校、科研机构进行了科研合作；同时作为我国中药现代化、国际化战略推进的桥梁与孵化器，形成了“小中心，大网络”的模式。合作模式多样，既可以是组建联合实验室，联合实验基地，共建技术平台，也可以形成战略联盟平台，还可以项目形式的合作。

国家中药制药工程技术研究中心充分发挥现有研究能力、技术储备、仪器设施等多方面的综合优势，为社会为行业通过共享服务，定位于提供技术研究、产品研发、中试孵化及检测、培训服务等方面，面向制药企业和个人。对行业、企业、研究机构的服务主要通过如下技术和平台服务实现：提供先进的中药生产工艺技术和配套的工程技术；应用高新技术研制新剂型、新工艺；提供中药制药工程技术、管理方法；提供中药现代化应用研究、孵化技术和装备平台；提供中药专业技术人才培育，产业化实践基地。

国家中药制药工程技术研究中心现有的设备设施均参加了上海大型仪器共享平台，对社会开放，所产生的知识产权有偿对社会开放共享。中药中心以提高行业技术水平，实现中药现代化为己任，积极为行业内开展了一些新技术培训、推广活动、学术会议、参加展览会等会展业务，以此提高了工程中心的知名度以及在行业内的显示度。先后配合中国中医药研究促进会和中科院院士上海浦东活动中心等单位和组织，召开了多项大型会议，为促进新型药用辅料、中间体在药物（特别是中药新药）剂型开发中的应用和技术推广起到了较好的推动作用。

国家中药制药工程技术研究中心在完成新技术的研究和探索工作基础上，将其反哺于社会，积极推广已经成熟的工程技术。以微波萃取工艺技术与装备的两个发明专利为核心技术，与工程装备企业结成合作伙伴。以多年积累的工艺技术、提取技术，结合中药制药过程相配套的工程装备与参数，共同向行业推广。

国家中药制药工程技术研究中心先后为上海中医药大学、华东理工大学、海军军医大学（原第二军医大学）等提供校内本科生、研究生的中药工程技术及生产实践培训，为多家企业培训技术骨干，为上海市社保局提供制药行业内技术工人的多种专业技能培训，为上海保健品行业协会、浦东中医药行业协会合作开办了技术培训班十多批次，培训人员达 2 000 人次左右。

3. 医药产业化与国际接轨及进行国际合作

国家中药制药工程技术研究中心在项目开展及技术研究过程中积极开展国际合作，承担了多项国家及地方的国际合作项目，包括“济泰片”方剂的配伍规律及生物效应的物质基础研究；双黄连分散片的国际化研究等项目。项目成果形成美国专利（United States Patent 6 787 165. Composition comprising extracts of flos lonicerae，fructus forsythiae and radix scutellariae，uses and preparation thereof），品种双黄连根据美国 FDA“关于植物药生产的指导”，完成了双黄连分散片申请美国 FDA-IND Ⅱ临床研究资料的撰写、整理、编制、申报和受理。IND 号：IND109790（A20）。同时在工程化方面与国际知名制药设备供应商德国 Glatt 公司、日本中川公司等开展平台共建，为国内中医药产业的发展引进先进的制造设备提供了技术支持。

4. 创新药物研发及产业化的直接成果

国家中药制药工程技术研究中心开展并完成了多项药物研发项目，并取得了多项成果（表 13-2）；目前已成功开发出一批具有良好疗效和市场反应度的国家级新药。先后有 4 个药品获得国家 SFDA 批准的生产批文，其中“清肺抑火胶囊”和中药戒毒药“济泰片”已投产上市，成为公司主打产品，获得新药临床批准在研临床新新药二项；还有一批在研的新药科研项目，其研究治疗范围涵盖了免疫系统疾病、代谢系统疾病、心血管疾病、妇科类等多个方向。

表 13-2　国家中药制药工程技术研究中心研发的主要新药情况

序号	项目名称	项目情况	中药类别
1	济泰片	2004 年 11 月获生产批文，现为公司主导产品	中药 11 类
2	双黄连分散片	已获得生产批文	中药 9 类
3	清肺抑火胶囊	已获得生产批文，现已投产上市	中药 9 类
4	六味地黄胶囊	已获得生产批文	中药 9 类
5	康妇炎颗粒	临床前研究	中药 6 类
6	糖克软胶囊	已完成二期临床试验，将开展三期临床试验	中药 5 类
7	病毒灵喷雾剂	已完成二期临床试验，将开展三期临床试验	中药 6 类

国家中药制药工程技术研究中心在项目开展及技术研发中，不断在知识产权方面积累，累积获得专利授权约 50 项（表 13-3）。

表 13-3　国家中药制药工程技术研究中心申请和授权的国家发明专利

已获得授权的发明专利（39 项）	复方双黄连制剂及制备方法
	树脂型膏剂及制备方法
	一种用于治疗糖尿病的中药制剂及制备方法
	枸杞颗粒及制备方法
	微波诱导萃取中药有效成分的方法
	中药微波萃取装置
	一种抗疱疹病毒的中药制剂及制备方法
	蛤蟆油粉及制备方法
	一种治疗冠心病的中药组合物及其制备方法
	一种促血管新生的中药复方制剂
	高纯度贝母素甲，贝母素乙的制备方法
	高纯度延胡乙素的制备方法
	高纯度白术内酯Ⅲ的分离制备方法
	一种抗肿瘤的中药制剂
	一种治疗皮肤癌的中药外用透皮制剂
	双黄连分散片及其制备方法
	一种治疗银屑病的中药组合物及其制备方法
	真空干燥动力学研究实验装置
	一种中药组合物在制备防治中风的药物中的应用
	复方双抗素制剂及制备方法（美国专利）
	中药复方戒毒药及其制配方法
	一种中药组合物在制备防治记忆障碍，改善记忆的药物中的应用
	一种中药组合物在制备防治血栓的药物中的应用
	一种中药组合物在制备防治脑缺血的药物中的应用
	一种中药组合物在制备防治中风的药物中的应用
	高纯度苯甲酰新乌头原碱的制备方法
	一种应用膜过滤技术制备金银花提取物的方法
	一种防治月经不调的中药组合物的制备方法
	一种治疗带状疱疹的中药组合物的制备方法
	高纯度 z- 蒿苯内酯和蛇床内酯 A 的制备方法
	一种应用膜过滤技术制备柴胡提取物的方法
	一种治疗肝病的外用贴剂及其制备方法
	归苓分散片及其制备方法
	一种应用膜过滤技术制备栀子提取物的方法

续表

	一种应用膜过滤技术制备黄柏提取物的方法
	治疗冠心病心衰的中药组合物及其制备方法
	一种热熔压敏胶及其制备方法和用途
	高纯度沉香四醇和4′-甲氧基沉香四醇的分离制备方法
	高纯度5-羟基-3，7，4′-三甲氧基黄酮的制备方法
已申请的国家发明专利（11项）	高纯度连翘苷的分离制备方法
	一种对化学性肝损伤有辅助保护作用的中药组合物及其制备方法和用途
	一种有降糖兼具抗氧化疗效的中药组合物及其制备方法
	具有高释药性能的树脂型膏剂及其制备方法和用途
	一种治疗红斑狼疮的中药组合物的制备方法
	一种治疗红斑狼疮的中药组合物
	一种防治月经不调的中药组合物及其制备方法
	一种中药复方制剂在制备治疗帕金森病的药物中的应用
	一种治疗慢性前列腺炎的中药组合物
	五味子提取物滴丸的生产方法
	一种中药复方制剂在制备预防和/或治疗新型毒品成瘾导致的脑损伤的药物中的应用

“戒毒中药济泰片技术提升及防复吸机理研究与康复模式创新”项目获2014年度上海市科技进步奖二等奖。创新药物“济泰片”为上海市医保药物，入选公安部禁毒药物目录。

三、对我国医药产业化的影响

国家中药制药工程技术研究中心发展方向是提高中药制药技术领域的研究水平、科技成果的转化率和产业化水平。在“创新、产业化”方针指引下，探索科技与经济结合的新途径，加强科技成果向生产力转化的中间环节，促进科技产业化；面向企业规模生产的需要，推动集成、配套的工程化成果向相关行业辐射、转移与扩散，促进新兴产业的崛起和传统产业的升级改造；促进科技体制改革，培养一流的工程技术人才，建设一流的工程化实验条件；围绕国家《中医药事业发展规划》《中医药发展战略规划纲要》的战略规划，形成我国中医药科研开发、技术创新和产业化研发的核心基地和孵化平台。

对中医药产业影响包括：以推动中药现代化为重点，积极开发研究中药制药的新技术，努力进行新技术成果的孵化及成果转化。以国家中药现代化的技术平台建设项目为契机，以先进的中药制药生产工艺技术和配套的工程技术研究，积极探索为行业服务，发挥平台功能的新模式。运用多年积累的高新技术，集成应用研究，开展中药创新药物的研究与开发，为临床急需的重大疾病，疑难杂症，开发体现中医特色的现代中药。

姚譞（国家中药制药工程技术研究中心）

第三节　国家中成药工程技术研究中心①

国家中成药工程技术研究中心于1994年获得国家科委批复建立，2002年正式挂牌，是中药行业首批4个设在企业的国家级工程技术研究中心之一，依托单位为华润三九医药股份有限公司、辽宁华润本溪三药有限公司，注册资金2 358万元，2016年通过科技部第五次运营评估答辩。技术合作单位为中国中医科学院、沈阳药科大学、辽宁中医药大学等十余所高校和科研单位。建有本溪研发基地和深圳研发基地两个基地。

国家中成药工程技术研究中心现有员工94人，拥有一批高级专业技术人员，其中博士9人，硕士42人，高级职称14人。有较强的自主研发能力，先后开发新药39个，授权发明专利51项，承担国家科技重大专项12项，部省级项目20余项。取得了十余项重大科研成果，其中“参附注射液品质控制与产业化关键技术应用”和“基于活性成分中药质量控制新技术及在药材和红花注射液等中的应用”项目荣获国家科技进步二等奖、“南药资源可持续开发利用的系列研究”项目荣获国家教育部科技进步一等奖，此外还获得多项辽宁省、广东省科技奖项。自主创新开发了8项实用中药工程技术；系列中成药研制开发、中药固体口服制剂、中药提取及过程控制研究、中药野生转种等技术处于国内先进水平。现已形成集中成药研究、工程技术开发、人才培养、技术服务及成果转化为一体的新型中成药研发和产业化基地。

国家中成药工程技术研究中心结合依托单位技术优势及近年来中成药行业发展需求，采用机制创新与技术创新并重的方针，承担企业创新中药及核心品种产品力提升的基础性研究和工程化技术研究工作，主要研究方向有：系列中成药研究，有效部位及组分中药研究；中药生产自动化、在线监测工程化技术研究；中药大品种质量与药效相关性“谱－效－色－卡”研究；中药DNA条形码鉴定、

① 材料来源：国家中成药工程技术研究中心网站，百度词条“国家中成药工程技术研究中心”。

中药生物效应质量控制；中药材野生转家种研究；中药配方颗粒行业标准研究。

本溪研发基地主要承担中药制药工程技术中试及产业转化研究，位于国家辽宁（本溪）生物医药科技产业基地。综合实验楼建筑面积 6 561 m^2。功能包含制剂技术研究、植化研究、仪器分析、理化分析、稳定性试验、图书情报、档案资料、学术交流等。中试提取车间建筑面积 2 000 m^2，集成以动态多级逆流提取、多效浓缩和真空低温连续干燥等新型高效节能单元工艺装备，运用系统集成优化技术和生产过程控制技术，建立目前国内技术领先的集成化、管道化、模块化和数字化中药先进提取生产线。中试制剂车间建筑面积 1 200 m^2，能够批量加工片剂、胶囊剂、颗粒剂、微丸、缓控释、喷雾剂、自微乳、微囊等制剂。

深圳研发基地主要承担中药制剂及质量控制技术创新研究，位于深圳观澜华润三九高技术产业园区。创新研发综合实验楼面积为 10 280 m^2，包括中药植化分析、中药理化分析、中药栽培组学、高效液相分析检测、气相分析检测、红外光谱分析检测、薄层色谱分析、药物稳定性试验、制剂研究、微生物检测、中药口服制剂、中药缓控释制剂、中药外用制剂等实验室。工程化设备超过 150 台套，试验研发设备、仪器超过 200 台套，设备原值超过 7 000 万元，实验条件达到国内领先水平。

国家中成药工程技术研究中心根据中医辨证施治理论，在系列中成药开发方面取得了突出成就，获得胃病系列新药 3 项、痹症系列新药 3 项、乙肝系列新药 3 项、感冒系列新药 4 项。在大品种技术升级方面，通过物质基础研究、全息指纹图谱研究、网络药理研究等，创造性建立了“谱 – 量 – 效 – 卡”产品质控新模式。

已建立高新技术、中药材种植示范推广基地 10 个，受益企业和农户超过 2 000（家、户）。与 31 所国内知名大专院校、科研机构开展技术合作，实施合作项目（课题）超过 65 项。形成了以中国药都及东北三省中药生产企业为核心，覆盖国内外相关企业及科研单位的辐射网络，开展工程化转化、技术服务，带动和促进了行业技术进步，推动了中药产业结构调整和优化升级，促进了我国中药现代化战略的实施。

第四节　国家中药现代化工程技术研究中心①

国家中药现代化工程技术研究中心是经国家科委批准，旨在推动国家《中药现代化科技产业行动计划》而成立的中药行业骨干研究中心。1997 年由国家

① 材料来源：国家中药现代化工程技术研究中心网站，百度词条“国家中药现代化工程技术研究中心”。

科委、国家中医药管理局、广东省科技厅、珠海市科技局、丽珠医药集团、广州中医药大学等共同出资筹建，依托于丽珠医药集团股份有限公司和广州中医药大学，主管部门为国家中医药管理局和广东省科技厅。2001 年 10 月经专家认证，因已具备良好的发展"中药现代化"硬件基础和技术优势，完成组建任务项目，通过国家验收，正式挂牌成立。按照"小核心、大网络"的架构建设，下设具有法人资格的载体公司"珠海现代中药高科技有限公司"。建有如下平台。

1. 中药材道地性判别的技术平台

由国家中药现代化工程技术研究中心与中国药科大学、香港中文大学及北京同仁堂、广州香雪制药等进行合作研究，采用化学分析和基因分析等技术，对中药材基因序列、DNA 芯片进行统计分析，探索其化学型与基因型的相关性，进而鉴别药材的产地和真伪。先后出版了《中药分子鉴定》《香港市售药材图录》等专著，发表论文 60 余篇。

2. 中药系统生物学的技术平台

由国家中药现代化工程技术研究中心与北京中医药大学、香港浸会大学、香港中文大学、丽珠集团利民制药厂等合作，建立的一个系统生物学技术平台，主要对参芪扶正注射液开展了以下研究：化学组学研究确定参芪扶正注射液中 33 个化合物的相对分子质量、12 个化合物的结构式，对 10 个皂苷类物质进行了初步鉴定。基因组学研究对参芪扶正注射液作用靶点的研究，通过"量变基因"和"质变基因"表达谱的生物信息学分析，寻找出药物的作用靶点基因调控，以解释参芪扶正注射液的在肿瘤辅助治疗的作用机理。蛋白质组学研究对参芪注射液干预心肌缺血损伤原理、治疗机理和作用靶点的研究，通过对 19 种表达发生升、降变化的蛋白质分析，阐明其对心肌缺血保护作用的机理。出版了专著《数字化中药探索——参芪扶正注射液》。

3. 中药抗新发传染性疾病（禽流感）的研发平台

由国家中药现代化工程技术研究中心与香港大学国家新发传染性疾病重点实验室、丽珠集团光大制药有限公司等合作，建立了一个抗禽流感 H5N1 病毒中药筛选平台。实验证实丽珠牌抗病毒颗粒对 H5N1 病毒有良好的预防与治疗作用。这也是全球首次通过 P3 实验室证明中药对治疗人感染的禽流感有效。就抗病毒颗粒治疗禽流感的处方、工艺、用途，申请了 2 项中国发明专利，先后在欧洲、美国、日本等国家和地区申请了专利。

第五节　国家（上海）生物医药科技产业基地①

一、园区介绍

上海国家生物医药产业基地前身是上海奉贤现代农业园区，成立于 2001 年，是上海市九大市级开发区之一。园区占地 20 km^2，分为生产型服务业功能区和生物医药产业功能区两大板块，北起大叶公路、南至浦南运河、西起 S4 高速、东至金汇港。2009 年分别被国家发改委和国家商务部及科技部列为“上海国家生物产业基地”以及“国家科技兴贸创新基地（生物医药）”。目前落户了上海莱士、上海铭源数康生物芯片、上海海利生物医药、上海本庄生物科技、赛可赛斯药业等多家生物医药企业。作为上海国家生物产业基地、国家科技兴贸创新基地、国家医药出口基地的核心区，基地内集聚了国内外生命科学领域的企业、科研院所及配套服务机构 400 多个，形成了完善的生物医药创新体系和产业集群，是国内生物医药领域研发机构最集中、创新实力最强、新药创制成果最突出的基地之一（表 13–4）。

二、园区规划

上海奉贤经济开发区周边已经规划成南桥新城，南桥新城是上海市三大新城之一，规划面积 84 km^2，计划容纳人口 100 万，拥有完备的生活配套设施。作为紧邻南桥新城的园区之一，园区从 2009 年 8 月起逐步进行产业结构调整和优化，实现了从农产品深加工到生物医药产业以及生产型服务业的转变。其中生物医药产业功能区规划面积 2.5 km^2。重点发展药物制剂、生物制品和血液制品，疫苗诊断试剂和医疗仪器设备等。生产型服务业功能区：规划面积 1 平方公里。重点发展企业总部经济，研发服务外包中心，展览展示销售中心，文化创意产业等。

表 13–4　进驻国家（上海）生物医药科技产业基地的医药公司名录

序号	名称	主营方向
1	上海西宝生物科技有限公司	面向生命科学领域，从事经营科研机构及生产企业所需的各类试剂、仪器、耗材、书籍等

① 材料来源：互动百科网站，维基百科网站。

续表

序号	名称	主营方向
2	上海达安医学检测中心	以检测服务网络形式向临床医生、病人、健康大众以及公共卫生机构，全方位提供医学检测服务
3	上海景源医疗器械有限公司	主要经营包括医疗器械产品、体外诊断试剂，并进行设计开发、生产、销售和售后服务等
4	爱可泰隆医药技术（上海）有限公司	负责其已在中国上市的产品全可利（Tracleer）的市场营销
5	澎立生物医药技术（上海）有限公司	打造中国首个专业化的国际标准临床前药理学评价综合实验室平台。服务涵盖专用动物模型的开发与运用、试用药物与医疗器械的药理效用和生物相容性测试、以及体外生物学与药代动力学和药效动力学的关联研究
6	上海杏灵科技药业股份有限公司	公司主导产品银杏酮酯及其制剂杏灵颗粒、斯泰隆银杏叶片，并通过科技营销防治心脑血管疾病的新一代银杏系列天然药物
7	上海尚华医药研发服务集团	旗下拥有 3 家全资子公司，睿智化学、开拓者化学和凯惠医药，主要从事医药、化学领域的服务性开发及研究
8	和记黄埔（上海）有限公司	致力于为全球市场开发创新药物
9	上海美迪西生物医药有限公司	致力于向全球制药行业提供综合的生物，化学和临床前研究服务
10	美迪森（上海）医疗器械有限公司	生产销售 MEDISON 品牌超声诊断仪
11	鹏凌生物医药科技（上海）有限公司	从事化妆品的临床研究、天然植物 – 化妆品的研究开发、代理进口化妆品注册申报和药品临床研究的专业代理
12	珀金埃尔默仪器（上海）有限公司	提供领先的精密仪器、试剂和化学品、软件及服务
13	奥迪康国际贸易（上海）有限公司\奥迪康（上海）听力技术有限公司	世界知名的助听器研发、生产、销售一体化公司
14	上海诗丹德生物技术有限公司	为全球天然产物研究者及以天然产物为原材料的生产企业提供优质的中药标准对照品、高含量提取物、高品质植物药材及相关技术服务
15	上海新生源生物医药有限公司	以新药研发和产业化实施为主营业务，通过建立多种技术平台服务于社会
16	上海基康生物技术有限公司	专注于基因组学和蛋白组学等领域的基础研究、知识产权开发及技术服务，也从事研发服务和临床检验服务
17	上海力智生化科技有限公司	主要从事具有自主知识产权的高附加值、高科技含量的化学原料药、医药和农药专用高级中间体产品、香料及中间体、食品添加剂的研究开发
18	盟科医药技术（上海）有限公司	公司已经申请了 5 个抗生素药物的全球专利，首先进入中国市场，随后开发全球市场

续表

序号	名称	主营方向
19	上海雷允上药业有限公司	集农工商、科工贸、产学研于一体的大型中药企业
20	上海杰美基因医药科技有限公司	从事新型诊断、实验用诊断试剂盒的研究开发
21	拜奥生物科技（上海）有限公司	以香港为发展基地的生物科技公司。研制出了首个抗癌药物 BCT-100，主要治疗人体内以精氨酸为生的恶性肿瘤
22	润东科若华医药研究开发（上海）有限公司	从事药物开发、临床研究及相关服务
23	诺华（中国）生物医学研究有限公司	重点研究方向为研发创新药物，以及天然药物的生物医药研究
24	上海华升化工科技有限公司	专注于医药领域内的新技术开发与市场推广，特别是药用脂质体的工艺开发
25	上海攀祺生化技术有限公司（上海安祺生化技术有限公司）	依靠领先的专有技术，致力于结构多样性氨基酸的不对称合成，为手性药物研究和开发提供优质产品和用户定制氨基酸服务
26	方达医药技术（上海）有限公司	致力于生物制品、医药制品的研究、开发及药物药理分析、质量管理咨询
27	诺华赛分离技术（上海）有限公司	以分离技术为基础的成套设备及零配件的研发、设计、加工、组装、销售、咨询等一系列的服务
28	维亚生物科技（上海）有限公司	提供各种新药研发技术服务和产品，如高通量药物筛选、药物设计、分子生物学及细胞生物学等
29	上海久阳药业有限公司	中成药的研究、开发的企业
30	海南康联药业有限公司	从事中成药、化学原料药及其制剂、抗生素原料药及其制剂、生化药品，生物制品的销售
31	上海海威健康科技有限公司	主要针对企业和个人 / 家庭的健康管理
32	爱斯特（成都）医药技术有限公司	主要从事新型医药中间体、电子化学中间体的研究开发与生产，以及化学合成工艺的优化与定制合成等服务
33	上海贝西生物科技有限公司	重大疾病诊断产品研发，主要产品 HA 检测试剂盒、CIV 检测试剂盒
34	美星隐形眼镜（上海）有限公司	从事隐形眼镜的研发、包装、生产，主要技术由韩国大丘工业园区的专业研发机构提供
35	理源医疗科技（上海）有限公司	致力于研发、生产和销售高科技医用纤维
36	上海联友制药技术有限公司	公司具有“手性技术”特色，对化学拆分、酶拆分、手性柱拆分及不对称合成具有丰富的经验，致力于医药中间体和临床原料药的合成及中试放大与工业化生产
37	上海冷木化工有限公司	主要业务为有机化合物定制合成，涉及的领域包括糖化合物、芳香族化合物、手性化合物等

续表

序号	名称	主营方向
38	百奇生物科技（上海）有限公司	主要从事多克隆抗体的应用研究
39	海丰汇医用仪器有限公司	集研发、生产、销售临床体外诊断试剂和医用仪器设备于一体的生物医药高科技企业
40	上海蓝心医药科技有限公司	具有口服胰岛素产品。计划通过收购拥有固体制剂生产线并符合 GMP 标准的国内药厂实现产业化
41	上海欣百诺生物科技有限公司	专门从事生物技术和基因工程研究开发的生物技术服务公司
42	上海骏杰生物技术有限公司	专业从事植物药提取分离和合成，主要以加工和经营高品质的抗肿瘤原料药中间体为主
43	上海华拓医药科技发展股份有限公司	主要从事医药产业的技术研发，包括新药研发、中药现代化研发和仿制新药研发
44	伊藤生命科技（上海）有限公司	专精于多肽合成工艺及筛选工艺的研究、创新多肽药物的研发、健康食品和功能性食品的研发、多肽原料药的生产
45	O.M.G. Chemicals（S）PTE. LTD \ 欧恩吉（苏州）特殊化学有限公司	为客户和生产商提供高品质的精细化工产品，同时提供高品质、创造性以及高效的服务
46	上海赛艾生物科技有限公司	从事家用型环保检测和治理以及生物科技产品的研发、生产及销售的高新技术企业
47	国家新药筛选中心	重点筛选和研究领域为治疗严重危害人类健康与生命的重大疾病（包括肿瘤、中枢神经系统疾病和代谢性疾病等）的原创药物
48	上海海欣生物技术有限公司	主要从事具有自主知识产权的生物技术药品的研究、开发、应用、生产及相关的技术服务、技术转化、技术咨询和技术培训
49	联化科技股份有限公司	专注于各类精细化学品的研究开发和产业化生产，主要经营医药中间体和农药中间体系列产品
50	上海龙翔生物医药开发有限公司	专业生产抗肿瘤原料药和新化学药物的高新技术企业
51	锦胜生物技术（上海）有限公司	集产品“伊莎美尔”系列化妆品（主要功效为去皱、抗衰老）的研发、策划、市场营销、售后服务能功能于一身的企业
52	上海美全生物科技有限公司	主要致力于食品安全快速检测领域的产品研制和技术推广
53	益思美诠生物科技（上海）有限公司	致力于研制、开发适合中国市场的高品质诊断产品
54	上海绿健医药技术有限公司	主要从事医药产品、精细化工产品、医药中间体的销售，产品主要用于心脑血管疾病等多种疾病的治疗领域
55	上海蓝园生物工程有限公司	主要从事诊断试剂用酶的研究、开发以及大规模制备

续表

序号	名称	主营方向
56	上海富纯中南生物技术有限公司	以开发具有自主知识产权的新型基因重组药物和诊断产品为主的研发型生物技术公司
57	上海奥博生物医药技术有限公司	主要从事新药、医药原料药及精细化工中间体的研究、开发、生产、销售和技术服务
58	海伊华科技有限公司（上海市临床检验中心）	主要从事研发、生产体外诊断试剂
59	上海四极钛业有限公司	主要从事钛产业的投资管理、经营管理、国际业务、研发与咨询服务等业务
60	上海科胜药物研发有限公司	以药物化学、组合化学和工艺化学为技术核心，为跨国制药公司提供优异的化学合成服务
61	上海稻田染色技术研究有限公司	主要从事日本住友化学染料在中国市场的推广及技术服务为主的工作
62	上海优益绩医药技术有限公司	致力于精细化工、活性中间体、药物中间体的研究开发、制造和销售
63	白鹭（上海）贸易有限公司	致力于中国区的生产和研发。专业从事乳制品系列营养补充剂的生产和服务，包括乳清蛋白、乳钙、乳糖等各种食品添加剂及其他微量营养素
64	上海市浦东食品药品检验所	上海市药物监督管理局下属的法定药品检验机构
65	上海理奥生物医药科技有限责任公司	主要从事原创药物开发；高附加值新型医药中间体的研发以及工艺优化；精细化工以及原料药合成的研发和工艺优化；同时提供优质的医药化学品及其协议
66	上海白宇越升生物科技有限公司	主要从事体外诊断试剂（血脂血糖类）的销售
67	上海加起生物技术有限公司	主要从事生化试剂（主要为血脂血糖类）的销售
68	宏欣资源有限公司	定位为研究开发类孵化中心，致力于自主知识产权的生物技术研发和创新药物开发
69	美药典医药标准物质研发（上海）有限公司	主要从事处方及非处方药物、食物补充剂和其他保健产品公共药典标准的制订和修订工作
70	药源药物化学（上海）有限公司	致力于创新型有机合成研发、客户合成和技术咨询
71	伊诺药物化学（上海）有限公司	以药物化学技术研发为核心，致力于手性药物中间体、小分子药物、天然活性化合物及创新型多功能活性药物中间体的研发与生产
72	富美实（上海）化学技术有限公司	提供用于农业、食品业、制药业和特殊工业的化学品制造的技术支持及其他相关咨询服务，从事化学应用技术的研发
73	中国人民解放军军事医学科学院科技发展中心	已引进第一批 5 个启动项目：①神经精神类药物研发及产业化基地；②分子诊断技术平台及产业化基地；③人血代用品系列生物制品产业化基地；④人源化抗体技术平台及产业化基地；⑤中药现代化研发及产业化基地。

第六节　国家中药现代化科技产业（四川）基地[①]

1997 年，国务院十八个部委联合编制了《中药现代化科技产业行动计划》（纲要），引起了四川省的高度重视。四川自古就有“中医之乡、中药之库”的美誉，全省共有药材资源 5 000 余种，道地药材 30 余种，人工栽培品种近 200 种，中药材种植面积近 100 万亩，年产量达 10 多万吨，是我国最大的中药材产地之一。四川省拥有四川省中药研究所、成都中医药大学、四川大学等一批在中医药研发领域有较强实力的研究机构，专门从事中医药研究开发的科技人员达 2 000 多人。中药制药工业经过多年发展，中成药产值已从 1990 年的 8 000 万元增长到 1999 年的 41.5 亿元，位居全国前列，年均增长速度达 56%，涌现出了成都地奥集团、成都迪康药业、四川新绿色药业等一批在全国有影响的中药企业。发展中药现代化科技产业，四川有着不可多得的优势和巨大的潜力。

为抓住国家实施中药现代化科技产业行动计划的机遇，促进资源优势转化为经济优势，在广泛调查研究及多方征求意见的基础上，四川省科学技术委员会、四川省卫生厅、四川省中医管理局等省级有关部门联合提出了建立“中药现代化科技产业（四川）基地”的设想，并着手编制实施方案，启动了基地筹建工作。四川省委、省政府高度重视基地筹建工作，省政府常务办公室和省委常委会议先后审议通过了《中药现代化科技产业（四川）基地实施方案》并下发了实施方案要点。同时，科技部等国家有关部门对基地筹建工作给予了高度关注和支持，1998 年 11 月，科技部正式批准组建中药现代化科技产业（四川）基地。1999 年 6 月，科技部、卫生部、国家药品监督管理局、国家中医药管理局、中国科学院与四川省人民政府签订了共建基地协议，基地建设正式全面启动。为推进基地建设，省委省政府采取了一系列有力措施：一是强化领导、加强协调，与国家五部（局、院）联合成立了基地协调领导小组，领导小组下设办公室（设在四川省科技厅）；二是明确职责，确定了省级各部门在基地建设中的分工；三是组织制定了基地“一园四体系”实施方案，确定了年度实施计划；四是将基地建设纳入省政府目标管理，加强对各部门的监督考核，确保各项工作落到实处。

四川中药基地作为第一个经科技部批准建立的中药基地，和全国唯一一个由科技部、卫生部、国家食品药品监督管理局、国家中医药管理局、中国科学院与地方政府共建的国家中药基地，在基地建设中，始终坚持依靠科技创新、体制创新、机制创新，按照市场经济规律，借鉴国际通行的标准规范，发挥传统中医药

① 材料来源：国家中药现代化科技产业（四川）基地网站。

的优势、特色，集科工贸、产学研为一体，加快中药现代化进程，并促进四川经济发展，率先提出了包括中药现代化科技产业园、中药研究开发体系、中药材生产体系、中药制药体系和配套服务体系在内的“一园四体系”建设模式。

一、中药现代化科技产业园建设

中药现代化科技产业园设在成都国家高新技术产业开发区西区。在全力推进园区基础设施建设和招商引资工作的同时，着力于园区科技创新和配套环境的营造，一方面引导一批中医药研究机构进入园区，以此为依托构建园区研究开发和中试孵化中心；另一方面设立了高科技风险投资资金，引进了信息、金融、咨询、GMP 达标辅导等中介机构，为园内企业提供了完善的配套服务。经过三年的努力，园区基础设施建设基本完成，引进医药项目 25 个，投资规模 30.15 亿元，到位资金 14.9 亿元，建成项目 6 个，在建项目 9 个；成都中医药大学产学研基地、四川省中药研究所中试孵化中心、迪康药物研究中心、美大康药业、奇力制药等项目已相继建成并顺利运转，康益药业、迪康生产基地等即将建成投产。

二、研究开发体系建设

研究开发体系是基地“一园四体系”的核心和枢纽，其建设将借鉴国际通行的标准规范，按市场经济规律，优化配置科技资源，加大创新力度，创建全国一流的中药研究开发机构，逐步形成全省以企业为创新主体，研究开发机构为核心，运行机制灵活的创新体系。

经过三年的努力，基地研究开发体系建设已初建成效。一是按新机制筹建了研究开发 7 个中心，其中 5 个中心已与企业实施联合，中药筛选评价中心、中药制剂研究中心、GLP 中心分别与企业签订了股份制合作协议，实施了企业化运作。二是加大对中药科研的投入，仅四川省科技厅三年共投入科技三项费 3 300 万元，支持了一批高水平的中医药研究开发和能力建设项目。该省重点支持的 30 余个二类以上新药研究开发项目，已有 10 余个完成临床前研究，部分已进入临床研究阶段，并带动了全省中药研究开发工作，1997 年以来，四川省已有 61 个中药新药获得批准进行临床试验，47 个中药新药获得批准进行生产。四川省自主开发的 CO_2 超临界萃取、超微粉碎、大孔树脂吸附等制药新技术、新设备研究项目，已应用于中药的研究开发和生产，由地奥集团牵头开发的三大类天然药物有效成分提取分离技术及成套设备达到了国内领先水平。

三、药材生产体系建设

药材生产体系是中药现代化的源头和关键所在，四川以药材规范化生产科技示范区建设为重点，加强 GAP、SOP 研究制定和运作机制探索，逐步建立技术规范化、生产规模化的各类规范化药材生产基地，创出川产名牌药材。结合农业产业结构调整、扶贫开发、生态保护、退耕还林（还草）等工作，按照政府引导、科技支撑、企业运作、带动农民的运行机制，大力推进规范化药材生产科技示范区的建设，进行药材规范化种植、加工技术研究及药材生产基地运作机制探索。首批启动的川芎、附子、麦冬等 13 种药材规范化生产科技示范区建设进展顺利，示范区面积 4 300 亩，带动了药材生产面积 20 万亩，第二批 15 种药材规范化生产科技示范区也已顺利启动。这些示范区多数以企业为主体，按照公司加农户、种植园或企业承包办基地等模式运作，取得了较好的经济和社会效益，带动了全省药材规范化种植工作的开展。

四、中药制药体系建设

中药制药体系建设是体现四川中药产业优势的关键所在。其建设以提高企业技术创新能力和竞争力为着眼点，大力推进企业技术改造、GMP 认证及企业技术中心建设等工作，引导企业成为技术创新的主体，同时着力推动其现代企业制度建设，培育大型企业集团。四川省已有 46 家医药企业通过了国家 GMP 认证，9 户企业建立了国家级、省级企业技术中心，地奥集团、康弘制药公司等还先后建立了博士后工作站。地奥集团、迪康药业、绿色药业等已加快了发展步伐，逐步向大型医药企业集团发展。

五、配套服务体系建设

配套服务体系在整个基地建设中起着服务和支撑的作用，正逐步形成中医药信息、人才培训、技术产权交易、电子商务、营销服务、金融等服务网络，为基地建设提供全方位服务。中医药信息网络中心建设和药品电子商务试点工作进展顺利，四川 INTERNET 公司、成都中医药大学、倍特集团等联合建立了四川中药通电子商务股份有限公司，成功取得了国家首批药品电子商务试点资格，启动了药品电子商务试点工作。2001 年四川省率先在全国开展了百家药店网上联合招标活动；2002 年千家药房网上联合招标采购，在全国产生了较大影响。

经过三年的努力，基地建设取得了初步成效，“一园四体系”初具雏形。基地建设不仅促进了四川中药产业的发展，培育了新的经济增长点，还优化了四川经济结构，对四川经济社会发展产生了较大影响。2001 年，四川省中药工业实现产值 52.27 亿元，增加值 22.80 亿元，销售收入 45.94 亿元，利税 11.46 亿元，占全省医药工业的比重分别达到 50.28%、53.65、58.02% 和 70.55%，对推动整个医药化工支柱产业的形成和发展起到了重要作用。全省各地逐步认识到了中药产业对本地经济社会发展的重要性，16 个市州相继成立了中药业发展领导小组，制定了中药产业发展规划，将中药产业确定为本地重点产业。

2008 年，四川省中药工业产值 178 亿元，居全国第 3 位，较 1999 年增长 320%；中药饮片工业产值 59.83 亿元，居全国第 1 位；45 户中药企业年销售收入上亿元，以企业为主体的创新能力和市场竞争力显著提高。全省中药材人工种植面积 355 万亩，产值达 26 亿元，川芎等 5 个中药材基地通过国家 GAP 认证。建立和完善了国家级研究开发中心 2 个、国家工程技术研究中心 1 个、国家重点实验室 1 个，科技创新能力明显增强，开发了一批疗效确切、市场占有率高的中药新药，以地奥心血康为代表的中药大品种不断壮大。近 10 年注册申办中药新药 1 149 个，获批准 465 个。建设了 37 种药材规范化种植科技示范区；制定了 20 个中药材的生产技术规程；川芎等 5 个中药材基地通过国家 GAP 认证；四川全省药材人工种植面积稳定在 355 万亩左右，产值 26 亿元，占全省经济作物总产值的 3.7%，促进了农民增收。在全国首批开展了药品电子商务试点，建成了西部最大的药品物流配送中心、基地信息中心。成功举办了两届中医药现代化国际科技大会和五届中医药国际科技博览会。

第七节　实施及效果

由“1035 工程”支持的 10 个创新药物研究为起点，极大地促进了我国医药产业创新技术的提高。一部分企业得益于创新药物的开发研究，积极地申请中国与国际专利，严格地落实国家 GMP、GCP 等要求，迅速向现代医药企业发展。在这些企业的积极努力下，部分企业继续获得了国家项目的支持，如双环醇的开发研究，先后列入了 2002 年国家高技术产业发展项目、国家重点新产品计划项目，2004 年科学技术部科技兴贸行动计划项目，2005 年“863 计划”创新药物和中药现代化重大专项，2009 年国家“重大新药创制”科技重大专项药物大品种技术改造项目，及北京市高新技术成果转化项目、火炬计划项目、科技重大项目和发展资金项目等，这些项目计划，极大地推动了相关企业的高新技术的发展。又如，为实现丁苯酞产业化，2002 年，由石药集团立项申请并获得了国家“十五”重大科技专项“创新药物和中药现代化”项目的支持，2003 年成立了石药集团恩必普（丁苯酞的商品名）药业有限公司，主营品种丁苯酞被列入了“国家高新技术产业化示范工程”。在“十一五”和“十二五”期间均获得了国家“重大新药创制”科技重大专项的支持，推进了丁苯酞的新制剂的开发研究，丁苯酞软胶囊在2011年荣获“心脑血管类产品品牌十强”称号，氯化钠注射液在2013年荣获“国家战略性创新产品”奖。

实现了创新药物双环醇产业化的北京协和药厂因拥有双环醇的多个国家的专利，已将百赛诺销往世界上许多国家和地区，并已参与到了我国“一带一路”的战略发展中；将丁苯酞产业化的石药集团也因此获得了多项国际专利，并已经在美国开展了恩必普的Ⅱ期临床试验，有望成为中国真正第一个走出国门的自主创新药品。两个企业不仅因实现了创新药物的产业化而获得了丰厚的经济效益，而且从此实现了主动转型，向具有国际竞争能力的民族医药跨国集团迈开了新的一步。

“1035工程”实施以后，2008年由国务院批准启动了“重大新药创制”科技重大专项，许多药企在这一专项的支持下，开展了创新药物的研究。数据显示，专项实施的十年间，逐渐诞生了许多创新品种。在2017年（第十届）中国医药战略峰会上，国家卫生计生委科教司新药专项实施管理办公室顾金辉处长就《“重大新药创制”科技重大专项实施进展和展望》的报告中介绍，截至2017年底，共95个品种获得新药证书，其中29个为自主创新1类新药，新药临床批件的品种共135个，获批上市的创新药数量是实施前的5倍。顾金辉同时介绍，可喜的是，我国创新新药正逐渐获得国际认可。2017年5月《华尔街日报》对我国创新药物态势进行高度评价，据不完全统计，已有16个品种新药在国外获批上市，主要集中在高端用药品种。例如，拉莫三嗪在美国市场占有率已超过60%；山东药企创制的新药“利培酮”，也已完成美国临床试验，材料直接递交美国食品药品监督管理总局。此外，一些创新中药（如地奥心血康）已在欧盟上市，丹参则完成了Ⅲ期试验。不过，目前国内研发新药尚无一类新药在国外注册上市。截至2017年底，我国主营收入超过百亿元的医药企业，已从2008年的2家增至16家，预计2020年能诞生3～5家500亿元主营收入的企业。截至2017年底，全国已支持了200余个平台，形成了以网络化为基础的创新体系。部分传统型企业正逐渐转向创新（四川科伦药业等），已开展较大的全面布局，研发力量也相当成熟，3至5年间将有大量药品品种能够进入临床、并逐渐上市。

国家对创新药物的研究与开发也加大了支持的力度，设立的国家重点实验室也开始支持一些开展与创新药物研究有关的高新技术医药企业，建立了“中药制药共性技术国家重点实验室”（鲁南制药集团股份有限公司），“创新药物与制药工艺国家重点实验室”（上海医药工业研究院），“药物先导化合物研究国家重点实验室”（上海药明康德新药开发有限公司），“药物制剂新技术国家重点实验室”（扬子江药业集团有限公司），“长效和靶向制剂国家重点实验室”（绿叶制药集团有限公司）。

总之，“1035 工程”的启动实施已经过去多年，不仅开发了 10 个新药，建立了若干研究平台和产业基地等，更为重要的是促进了我国重视自主创新开展新药研发的理念，促进了研发人员和研究机构医药知识产权的意识，加强了与国际先进知识和技术接轨的决心及产学研结合的实践。正是在“1035 工程”的基础上，使我国今天建立起比较完整的新药研发体系，使过去的几乎完全仿制到目前的仿创结合，并培育了日益增强的创新势头，新药研发主力已从国家“大院大所”转到以企业为主，并且有越来越多的中国创新药物走上世界，进入发达国家的临床试验，我国的创新药物已经从后台走到前台，相信在不远的将来我国的药物研发将会走到世界舞台的中央。

司伊康、王晓良（中国医学科学院药物研究所）

第五篇

国际合作篇

1992年中美签订知识产权谅解备忘录，我国于1993年1月1日实施新的《专利法》，开始对药品、化学物质实行专利保护，并相继与美国、欧共体、日本等近20个国家和地区签署了类似知识产权保护协议，使我国再不能无偿仿制国外专利药品，我国的新药研究开发开始步入法制的轨道。当时国内市场销售和临床应用的化学药品97%以上均为仿制药。作为拥有12亿人口的大国，如果仅靠引进新品种或进口药品，势必耗资巨大，国民经济难以承受，无法解决我国人民的用药问题。这对于长期以来，以仿制药物为主的我国，无疑是一次严峻的挑战。

另一方面，新药研究与产业化开发，历来受到各国重视。它不仅会带来巨大的经济效益，也将极大地推动制药工业的发展。据统计，1994年世界药品销售总额达2 040亿美元，在世界经济中占有重要地位。我国药品总产值也高达862亿元人民币，在国民经济中具有重要战略地位。我国的新药研究开发不仅要满足国内医药工业生产和人民防病治病的需要，更要不断提供具有专利保护的创新药物，使我国自主研制的新药能够打入国际市场，以创造更大的社会和经济效益。而当时我国的新药研究水平与发达国家相比有较大的差距，我国还没有一个取得国际专利的创新药进入国际市场。

为了迎接经济全球化和加入WTO后的挑战，我国在药品国际化方面亟须发挥各有关部门的作用和优势，广泛开展国际交流与合作，学习引进新技术、新方法，积极学习创新药物研发及注册等相关国际规范、法规及经验，为我国医药企业进入国际市场打下基础。在“1035工程”支持下实施的新药国际化战略，旨在通过积极开展国产药品国际临床研究及新药注册，为加速我国创新药物研发与国际接轨、打入国际市场探明道路，为实现我国新药的国际化注册起到推动作用。

第十四章

任务部署与组织实施

第一节 条件与基础

面对经济全球化和加入 WTO 之后的挑战，在当时条件下，我国药品的国际化机遇和挑战并存。一方面，我国在开展药品国际化方面已具备一定条件。

（1）我国药学研究具有悠久的历史，新中国成立以来，以仿制为主，充分利用世界创制新药的成果和自力更生的医药工业，结合我国临床需要，以优选的品种、最短的时间、最少的投入在我国研制、投产，产量仅次于美国，居世界第二位。在创新药物方面，能力有一定提高，青蒿素、复方蒿甲醚、山莨菪碱等自主创制的新药得到国际上的重视。

（2）在"七五""八五"期间，已形成了一支从事新药研制的中、青年学术带头人和骨干队伍，是我国创制新药的主要技术力量，经过国内外的培养、深造，学术水平和研究能力得到显著提升；建立和引进了一批国际先进技术，相继建立了十多个国家重点实验室，使创制新药的能力有了一定提高。

（3）当时国际医药市场正处于竞争、动荡、兼并和重组的过渡时期，而国内市场对医药的需求不断增长，医药市场逐步规范，制药企业在竞争中不断重组和优化，国际金融和贸易中心——香港，即将于 1997 年回归祖国，可望发展成为国际和国内两个市场的衔接点和我国医药产业走向世界的桥头堡。

但另一方面，我国新药创制水平和国际化能力与世界水平相比存在很大差距。

（1）新药创制能力薄弱。截至 1994 年底，卫生部批准上市的原料药及制剂共 1 123 种，其中一类新药只有 16 种，而结构全新、临床疗效优于现有药物并能大量生产者很少，且尚无一个新药能在发达国家注册、进入国际市场。

（2）制药企业规模小，投入严重不足，难以参与国际竞争。我国当时虽有 3 700 家制药企业，但规模都很小，最大的制药企业年销售额仅为十几亿元。1994 年全国医药工业总产值为 862 亿元，销售额为 713 亿元。而美国默克公司 1994 年的销售额为 87.74 亿美元，全国的医药销售额仅与一个国际大医药企业大致相当。国际大医药企业一般将销售额的 10% 以上用于新药创制，平均一个新药需投入 2.5 亿美元，而我国不论政府还是企业对创新药物的投入还远远达不到这样高的水平。不用说在国际市场上难以参与竞争，就连国内市场也同样面临着严重的挑战。

（3）新药创制过程中的各技术环节达不到国际规范化标准。虽然我国已开始筹建 3 个药物安全评价中心和 3 个药物临床试验中心，但当时我国在药物筛选、安全性评价、临床试验等方面的实验条件和规范标准还没有得到国际认可，创新药物很难进入国际市场。

（4）我国具有特色和优势的中药难于以药品形式打入国际市场。中医药是我国数千年来人们生存与发展的重要宝库，在防病治病中发挥着重大作用。中医药本是我国的优势，但因临床适应证定位、质量控制、制剂、临床疗效判定等方面达不到国际标准，在世界中药市场所占份额不足 10%，90% 为日本、韩国的产品。

第二节　组织实施与发展目标

“八五”期间，我国就已启动并组织开展新药国际化工作，如开展抗疟疾药青蒿素资源保护工作，避免了原料药出口，与瑞士汽巴 – 嘉基公司合作，使当时为数不多的具有一定知识产权的新药能够进入国际市场，参与国际竞争，为“九五”实施“1035 工程”奠定了良好的基础。另外，也启动了一系列国际合作与交流，如组织承办由国家科委和联合国开发计划署（UNDP）联合主办的天然药物发展国际研讨会，通过考察、访问与美国 FDA、NIH 及德国卫生部等建立了密切联系，为我国医药产品走向国际市场打下了一定基础。

在开展药品国际化过程中，“1035 工程”紧紧围绕我国亟待解决的创新和技术国际转移过程中的关键问题和薄弱环节，采取“引进来、走出去”策略，不断探索创新药物国际注册及在国际市场上运作相关的国际规范、法规、规律等，引进新技术、新方法、新理念，并在此基础上积极推进国产新药品种的国际化注册和推广，为我国医药企业进入国际市场积累经验，打好基础。

“1035 工程”在药品国际化方面的目标是通过学习国外的做法和经验，引进新技术、新方法、新理念，推动我国建立符合国际规范标准的医药创新体系，提高新药研究开发的总体水平；并按照国际标准和规范推进我国新药国际化进程，促使新药研发与国际接轨，为国产新药打入国际市场探索道路和积累经验，发挥示范和引领作用。同时争取其中 2～3 个具有知识产权保护的创新药物达到国际注册要求，使我国医药产业在国际上占有一席之地。

第三节　国际化发展历程

“1035 工程”在实施过程中，通过多种方式开展了广泛的国际合作与交流，学习国外的做法和经验，引进了一系列新技术、新方法、新理念，并第一次按照国际标准和规范开展了新药研发和我国特色品种的国际注册，为后续发展积累了经验，打下了良好的基础。从策略上看，采取了“引进来、走出去”的策略，一方面是引进来，如了解、学习国外新药的定义、标准、研究思路与方法等，另一方面是走出去，派专家出国学习，学习技术、法规、国际注册经验等；从措施上看，通过在美欧建立医药桥头堡，举办国际学术研讨会、组织交流培训，与海外留学生合作等多种方式，积极推进国际合作与交流，从中学习先进的科研与开发管理经验以及国际创新药物研究与开发的最新动态；从内容上看，包括学习引进国外的新技术、新方法、新理念，新药定义、标准、研究思路与方法，新的创新服务模式如 CRO 模式以及医药领域的风险投资机制等，并且第一次按国际标准和规范开展了国产新药的国际合作研究与注册等工作，包括复方蒿甲醚国际化过程中与诺华公司的合作、复方丹参滴丸在美国注册开展临床研究等。

一、建立海外医药窗口

在“1035 工程”实施期间，我国通过在美国、中国香港和荷兰的驻在机构，建立了海外医药桥头堡，加强了与美国、欧洲及亚洲等国家和地区的政府、医药企业和医药研究机构、国际机构之间的交流与合作，及时了解世界医药发展趋势和市场动态，了解美国 FDA、欧盟及 WHO 关于药物的规范标准，以及有关注册、专利的程序，为我国药物打入东南亚和世界市场、形成我国具有竞争力的医药企业集团做必要的准备。

1993 年，提出将在美国、亚洲分别建立医药窗口，推动我国医药研究与开发和国际的交流与合作，为中国医药走向世界奠定基础。1993 年，由时任“1035 工程”项目工作组副组长陈传宏带队，第一次到美国访问考察新药研发。

1994 年，筹建美国新药办事处，加强与美国 FDA、NIH 以及制药企业的交流与合作，跟踪国际新药研究与开发的动态。该年底，在美国筹建医药窗口的合作基本落实。

1995 年，进一步请对外贸易经济合作部批准，以国家新药研究开发管理办公室（设在科技部）名义在美国、欧洲、澳大利亚等国家和地区设立办事机构，以成为我国中药等医药产品进入发达国家医药市场的桥头堡，同时为我国生物医药科技产业的国际交流和合作服务。标志性的成果之一，是 1998 年由国家科委生命科学技术发展中心牵头组织并具体实施了中成药在美国进行新药临床开发的申报工作。

二、组织出国考察与培训，召开国际性学术研讨会议

为了更好地组织我国的新药研究与开发工作，学习借鉴国外的先进经验，逐步实现我国新药研究开发同国际接轨，推动我国研制的新药走向国际市场，“1035 工程”实施期间加强了国际合作工作，组织了多批出国考察和培训，召开了多次国际性学术研讨会议等。并通过考察、访问，与美国 FDA、NIH 及德国卫生部建立了密切的联系，对国外新药研究的方向、重点任务、制药企业的发展动向等有了新的了解，为与国外大型医药企业进一步合作开辟了渠道。

（一）举办 GLP、GCP、GMP 和专利、药物注册研讨班

按照国际规范标准要求，新药研制必须按 GLP 规范做好临床前研究，又要按 GCP 规范做好新药临床试验研究工作，这是新药进入国际市场必要的基础工作。因此，为使我国研制的新药走向国际市场，“1035 工程”加强了 GLP 与 GCP 建设方面的工作。包括举办 GLP、GCP、GMP 和专利、药物注册研讨班，聘请国内外专家对新药研究、生产和管理人员进行培训，熟悉国际药物规范和标准，指导和推动了我国的新药研究与开发工作。

1993 年，国家科委组织创新药物培训班。为提高我国新药研究、生产、管理人员的水平，学习外国先进的经验和技术，国家科委组织了全国从事新药研究、开发与管理的人员，于 1993 年 3 月 15 日到 4 月 15 日赴美国进行了为期 32 天的有关新药研究与开发的 GLP、GCP、GMP 的培训。这是为了适应知识产权保护，我国举办的第一次新药培训班。通过这次培训，全部学员受益匪浅，了解了美国新药研究与开发的情况，包括新药研究与开发和美国 FDA 对新药的评审与管理，GLP、GCP、GMP 规范与实施，新药研究与专利保护，新药上市情况等。同时也学到了很多先进的医药技术及管理经验，这对指导我国新药研究与开发的管理工作有着现实的意义。本次培训工作得到了国家科委及有关部门的充分肯定和好评。

1993 年，结合国内新药安全评价研究中心的组建和我国 GLP 规范发布，由国家科委组织国内有关 GLP 方面的专家，赴美访问了 FDA、斯坦福大学研究中心（SRI）等，考察了美国一些 GLP 实验室建设和 GLP 实验规范，对比美国的有关标准，最后制定出符合我国国情的新药 GLP 实验规定，以指导全国的新药研究与开发工作。

1994 年，SRI 毒理室主任 Maegnegor 专程来华，详细考察了上海 GLP 中心，提出了建设性改进意见，并商谈与我国进行 GLP 合作问题。美国昆泰（Quintiles）公司总裁 Dennis Gillingo 1994 年 10 月来华洽谈与我国进行 GCP 合作，表示可派人来我国培训 GCP 及 GCP 相关的电脑处理等工作。我国也与英国的 MCA，就 GLP 规范问题进行交流与交换文件，并探讨 1995 年在我国举办 GLP 研讨会等问题。并同英国的 PJB 公司，协商了信息合作事项。

1995 年，为借鉴与学习国外的先进经验，使 GLP 与 GCP 的建立和建设能在较高的起点上得以发展，并尽快与国际接轨，在前一年学习美国、日本经验的基础上，1995 年又组织有关专家赴欧洲考察学习，邀请国外专家来华举办讲座，开展学术交流。此外，召开了“中国 GLP 研讨”及 GLP 规范国际协调研讨会，邀请日本、瑞典的专家参会，与我国专家交流经验。同时，也组织协调了药物的国内外专利申请和注册工作，保护我国药品知识产权，推动国产药物尽快走向国际市场。

（二）召开国际性研讨会议及开展学术交流

积极参与国际新药学术活动和技术交流，拓宽合作地区和领域，为我国医药产业与国际市场接轨奠定基础。

1. 举办天然药物国际研讨会

1993 年 10 月 19 日至 23 日，由国家科委和 UNDP 联合主办的天然药物国际研讨会在北京举行。由国家科委副主任、国家新药研究与开发协调领导小组组长惠永正担任执委会主席。来自中国、美国、日本、德国、英国、法国、瑞士、韩国、印度等 26 个国家和地区 250 多位医药方面的专家、学者、制药企业的代表和药品管理部门的官员参加。其中，包括一百多位外宾。时任全国人大常委会副委员长吴阶平、国务委员宋健出席了大会并发表讲话。会议共收到论文摘要 180 多篇，其中 18 篇论文在大会报告，60 篇论文进行了分组交流。

会议期间，美国 Hipple 癌症研究中心以及美国国立卫生研究院举行了一个卫星会议，重点介绍了美国新药研究与开发及药品管理的情况，并举行了圆桌会议，由中外研究所和制药企业介绍了各自的情况，然后重点就天然药物研究与开发的最新进展，新技术新方法在天然药物研究中的应用，天然药物研究与开发战略，天然药物开发过程中的资源和生态环境保护以及国际天然药物研究与开发的合作与交流等方面进行了研讨，会议学术气氛十分活跃。会议副主席 Schmidt 教授、黄量教授、Kharazzmi 教授等都对这次会议给予了很高评价。代表们对会议报告反应热烈，并对其学术水平给予了较高评价。这次会议既是一次天然药物研究与开发的战略研讨会，也为参会代表提供了一次非常重要的学习和交流机会，为我国及国际天然药物的研究与开发起到了积极推动作用。

2. 举办中国－诺华生物技术研讨会

自 1998 年至 2000 年，共举办了三届中国－诺华小型学术研讨会。科技部和诺华公司双方于 1998 年和 1999 年分别于上海、北京成功地合作举办了以“天然药物”和“人类基因研究”为主题的两届研讨会。2000 年 11 月 22 日至 24 日在上海市召开以“神经科学研究”为主题的第三届中国－诺华小型学术研讨会，就“新基因的发现、新的治疗药物和治疗手段的研究应用”“神经系统疾病发病机理及临床治疗”和“神经药物药理学”等三个分题，进行了深入研讨。该会是为了加强新药研究领域的信息交流，探讨这一领域的最新发展动态和趋势，寻找双方有兴趣的共同合作研究课题而举行的。共有 24 位中外专家作了精彩的学术报告。著名神经科学家杨雄里院士、陈宜张院士参加了会议。研讨会的召开对于交流神经科学研究和神经性疾病治疗的最新成果和进展，推动神经系统疾病治疗药物的研制与开发，进一步加强科技部与诺华公司的合作，促进中国和其他国家科学家之间的友谊具有重要的意义。

3. 举办中国－意大利生物医学国际研讨会

2000 年，举办了中国－意大利生物医学国际研讨会，该研讨会由中国科技部和意大利外交部主办，科技部国际合作司、意大利驻华使馆科技处、科技部生命科学技术发展中心及意大利高等卫生研究院承办。科技部、意大利驻华使馆等有关方面的负责人出席了会议，意大利高等卫生研究院的专家、学者和中国医学科学院、清华大学、北京大学、中国预防医学科学院等研究院所的资深专家以及国家食品药品监督管理局等单位的管理人员约 90 人参加了本次研讨会。本次研讨会是继 1999 年中国－意大利医药卫生信息技术应用研讨会以来，中意双方在医药卫生科技领域的又一次研讨会，会议旨在通过广泛开展国际交流与合作，学习引进新技术、新方法，尤其是先进的科研与开发管理经验，了解国际创新药物研究与开发的最新动态，为我国医药企业进入国际市场打下基础。

另外，1993 年还与意大利、荷兰、加拿大、韩国等国家和地区的医药公司、医疗器械公司、大学以及旅美科技协会、美中医药开发协会等充分交流了医药信息，探讨了医药和医疗器械领域合作与交流的可能性；选派了一位新药研发专家赴美国参加美国华人生物医药学会会议，介绍了我国生物技术方面的工作，受到了大会的好评。为借鉴、学习和掌握国际先进经验，与美国食品药品管理局（FDA）、美国哈佛大学公共卫生院、美国 Covance 公司、美国 Quntile 公司、瑞士 Novartis 公司等分别开展了技术合作、人员培训和学术交流，取得了有益的成效。

（三）与海外留学生加强联系与合作，吸引部分留学生回国创业

当时中国高新科技产业发展迅猛，是国内发展高新技术和留学生回国创业的最好时期。自改革开放以来，我国出国留学人员总数近 40 万人，当时已回国约 13 万余人。但当时我国尚没有固定的海外人才吸引机制和权威的信息平台，而我国医药产业发展也比任何时候更需要新产业的推动者。“1035 工程”实施期间，在吸引海外人才方面做了诸多卓有成效的工作，包括与海外留学生建立和加强联系与合作，吸引部分留学生回国创业。

“海归”创业的代表性案例：“海归”彭朝晖回国在深圳成立赛百诺并成功研发世界首个基因治疗药物“今又生”。1997 年末，在看到国内令人振奋的发展形势后，先后赴日本和美国留学的原第一军医大学教授彭朝晖回国创业。1998 年，他从深圳市政府获得 30 万美元的创业基金，创立了深圳市赛百诺基因技术有限公司。此后，又获得 500 万美元的私人投资和 600 多万美元的政府津贴。当时世界上有近 100 家基因治疗公司，有 700 余个基因治疗临床方案，包括德国、英国、日本、法国等发达国家都在研究，但一直没有安全有效的基因治疗药物问世。1998 年，赛百诺第一个开展了基因治疗一类新药临床试验。2003 年，“重组人 P53 腺病毒注射液（今又生）”获得国家食品药品监督管理局批准颁发的生物制品一类新药证书，成为世界上第一个获得批准上市的肿瘤基因治疗新药。

（四）医药科技产业基地建设

建立医药科技产业基地，使之成为具有竞争能力的现代化新药研究与开发、生产与市场一体化的示范基地，成为中国创新药研究与开发同国际接轨的窗口，这是医药规划的重点领域之一。

1993 年，积极推动中山健康科技产业基地的建设，以中山市政府为主，与美国 FDA 合作，按照国际药物标准、国际惯例、现代化管理和全新的运行机制，筹建我国新药研究与开发基地。

1994 年，医药科技产业基地建设取得明显进展，积极配合上海市、广东省中山市政府进行基地的筹建工作。并于 1994 年 9 月分别举办了上海、广东医药情况介绍会，有十多个国家的制药企业和金融机构的 40 多位国外代表应邀参加，国内新药协调领导小组成员单位，制药集团经理和一些医药院所的专家出席了会议。共同听取两地筹建基地的总体规划及可行性分析，参观了基地现场，共商两地医药产业的发展大计。通过与国外代表的广泛交谈与讨论，达成了 30 多项合

作或投资意向，形成了中央政府与地方政府共同推进我国新药产业化发展的新局面，也是我国迎接知识产权挑战的一个重要的举措。

1998 年，四川省开始筹建“中药现代化科技产业（四川）基地”。基地以地方政府牵头，中央各有关部门支持，按市场规律运作，形成以企业为主体，大专院校、科研机构为依托，政府引导扶持的新型运行机制，使基地成为四川省新的经济增长点和国家中药现代化科技产业的示范基地。以中山基地为代表的一批产业集群，起到了积极的示范引领作用，有力的支撑了我国医药产业的发展。

（五）国产新药国际化发展历程

在“1035 工程”实施期间，第一次按国际标准和规范开展了国产新药的国际合作研究与注册等工作，部分代表性事件如下。

1994 年，抗疟新药复方蒿甲醚项目由国家科委牵头，在卫生部、国家医药局、总后卫生部、国家专利局等有关部门的大力配合下，与瑞士诺华公司达成合作协议，并在 80 多个国家申请专利保护，为我国药物走向国际市场探索和积累了可喜的经验。

1998 年，加蓬成为第一个批准复方蒿甲醚（Coartem®）上市的国家。

1998 年，为尽快开展中药进入国际药品市场，选择以美国作为突破口。由国家科委生命科学技术发展中心牵头组织并具体实施了中成药在美国进行新药临床开发的申报工作。在哈佛大学、Covance 公司配合下，与美国 FDA 探讨传统药物标准事宜，复方丹参滴丸、银杏灵产品通过美国 FDA 批准，直接进入Ⅱ～Ⅲ期新药临床试验。

1998 年，复方丹参滴丸的研究专题（专题编号 96–901–01–013）被评为 1998 年医药卫生十大科技新闻，表明我国中药首次叩开美国医药市场大门，项目取得的进展和为我国医药科技所作出的贡献已为社会所公认。

1999 年，复方蒿甲醚在瑞士获准上市，相当于在全欧洲获得药品注册，全年累计在 14 个国家实现销售。

2000 年，启动与辉瑞公司中草药合作项目。与辉瑞公司经过多次接触，商谈了有关合作事宜。并在新药安全评价与新药临床试验方面进行培训，在开展中草药领域研究项目的国际合作方面进行了多层次的探讨，其中包括辉瑞公司提供经费，双方共同遴选中草药项目，进行药效学遴选，对有苗头的项目进行系统的临床前研究等。

第四节　国际化案例

一、中国抗疟疾药的国际化

（一）复方蒿甲醚的国际化①

1. 背景

1967—1981 年由国家科委和总后勤部牵头、多个部委参与领导，由军事医学科学院设专职办公室并具体组织实施和管理协调的中国疟疾防治药物研究协作项目（523 项目），开创性地研制出青蒿素及其衍生物蒿甲醚、青蒿琥酯和多个化学合成抗疟新药包括本芴醇、萘酚喹等，由此奠定当今在全球被广泛认可和一线采用的青蒿素类复方（artemisinin-based combination therapy，ACT）药物的基础。20 世纪 90 年代，全球疟疾的发病率和死亡率超过以往，疟疾一度曾被 WHO 列为传染性疾病的“头号杀手”。当时全球唯一没有产生抗性的药即是青蒿素类药物，WHO 提出必须保护青蒿素类药物，指出一旦青蒿素类药物抗性产生，全球将在十年内对疟疾束手无策。

军事医学科学院微生物流行病研究所为保护青蒿素类药物，延缓抗药性产生，优势互补，克服单药不足，早在 20 世纪 80 年代就在国内外率先进行了青蒿素类复方药物的研究。1992 年，该所成功研制出抗疟新药复方蒿甲醚（由蒿甲醚和本芴醇组成），获得卫生部颁发的新药证书及生产批件。其中，本芴醇是该所研制的一类抗疟新药，是我国第一个获得国家技术发明奖一等奖的药学项目，而蒿甲醚是中国科学院上海药物研究所研制的青蒿素衍生物。二者各有其优缺点，如蒿甲醚半衰期短，显效迅速，但药效维持时间短；本芴醇半衰期长，药效维持时间长，但起效慢。因此单独使用均受到限制，二者配伍使用则能够取长补短，发挥更好疗效。大量的临床前和临床研究证实，蒿甲醚与本芴醇以 1∶6 的比例配伍，具有增效、互补、延缓抗药性产生等显著特点。因当时我国尚没有专利法，因此两种新药均没有专利。

2. 国际化历程

1990 年到 2002 年是中方与诺华公司开展专利许可合作和药品按照国际标准

---

① 材料来源：复方蒿甲醚历程纪念——复方蒿甲醚研发30周年和国际合作20周年.北京：军事医学科学院，2011.内部资料.

再开发的阶段，在2002年复方蒿甲醚被列入WHO基本药物核心目录。在20世纪90年代初期，我国尚未实施GLP、GCP、GMP，因此我国研制的新药难以进入国际市场。在当时的条件下，要使中国研制的抗疟药走向世界，借助诺华的资金和技术，帮助中国药品走出去是非常正确的选择。同时也使两个没有专利的新药成为一个具有专利保护的新药。

1990年，国际医药巨头瑞士诺华公司的前身汽巴－嘉基公司对中国的青蒿素类药物和复方蒿甲醚进行了审评。

1991年，在国家科委的组织下，军事医学科学院微生物流行病研究所和昆明制药厂、中信集团采取科、工、贸合作方式，组建科工贸联合体，与瑞士汽巴－嘉基公司签署了《第一阶段协议/First Phase Agreement》，确认申报国际专利和药品重新开发计划，确定未来协议的基本条款，即国际市场专利许可合作模式（销售额的4%支付中方专利使用费）和开展国际临床验证及技术支持。根据瑞士汽巴－嘉基公司专家帮助撰写的专利申请书再次进行提交（申请号91102575.8），由该公司起草并符合国际专利申请要求的专利文本在全球63个国家和地区递交。

1992年，瑞士汽巴－嘉基公司完成确定最终剂型的基础实验工作，准备开始全球多中心的临床试验。

1993年，中瑞双方组成专家组，瑞士汽巴－嘉基公司提供临床方案及经费，在海南按国际GCP规范进行复方蒿甲醚临床验证试验，结果与中方原试验结果完全一致，由此合作开发从风险研究进入正式协议协商期。瑞士汽巴－嘉基公司与中方签署委托第三方生产本芴醇的协议。完成本芴醇、蒿甲醚药代动力学分析和对比实验，军事医学科学院微生物流行病研究所提供的高效液相色谱法测定人体血浆中的本芴醇含量的方法被诺华公司认为是符合国际水平的唯一的方法。

1994年，按国际GCP标准在海南开展第二次复方蒿甲醚临床试验，临床试验设计双盲、随机、对比，总数150例，结果证明该复方组方科学合理。瑞士汽巴－嘉基公司与中方签署正式复方蒿甲醚专利《许可和开发协议/Licence & Development Agreement》，协议明确瑞方提供中方科研补偿费，国际专利申请及注册费均由瑞方支付，中瑞双方为国际专利的共同专利权人、发明人为军事医学科学院微生物流行病研究所周义清教授和宁殿玺教授等，瑞方负责国外的市场销售。中方从瑞士汽巴－嘉基公司获得前期科研补偿费和本芴醇停产补偿费。军事医学科学院微生物流行病研究所、昆明制药厂和中信集团（三方）与浙江新昌制药厂（现浙江医药）签署《关于委托新昌制药股份有限公司生产“本芴醇”的合作意向书》。瑞士汽巴－嘉基公司开展多项全球范围内的临床试验。

1995年，中外各方签署本芴醇原料药生产的合同，昆药制药厂将本芴醇生产权授权给新昌制药厂生产。军事医学科学院与北京市科委等单位开展青蒿人工大面积种植工作。WHO/TDR 开始参与诺华公司在非洲进行的复方蒿甲醚现场试验研究，促进 ACT 药品使用和治疗政策的改变。蒿甲醚针剂列入 WHO 基本药物候补目录。瑞士汽巴－嘉基公司组织召开有中方科学家参加的复方蒿甲醚片国际研讨会。

1996 年，瑞士汽巴－嘉基公司与瑞士山多士公司合并成立诺华公司。诺华公司专家考察新昌制药厂的有关化学设施，新昌制药厂 20 吨本芴醇车间开始设计和建设，诺华公司进行工艺设计和文件准备。

1997 年，在瑞士汽巴－嘉基公司与瑞士山多士公司合并成立诺华公司后，陆续裁减了很多项目，但保留了本项目。诺华公司根据复方蒿甲醚的疗效和从能够挽救百万生命的角度承诺继续开发复方蒿甲醚。美国专利获批，至此复方蒿甲醚共获得各国授权专利 49 个。

1998 年，诺华公司完成全球 15 个多中心临床试验的总结报告，共招募近 3 000 例受试者。加蓬成为第一个批准复方蒿甲醚 Coartem® 上市的国家。

1999 年，复方蒿甲醚在瑞士通过快通道程序获得注册并获准上市，根据欧盟共同认可程序相当于在全欧洲获得药品注册，在英国上市销售。诺华公司在全球推出两个品牌 Riamet® 和 Coartem ® 的复方蒿甲醚片，采取双品牌、双价格的市场模式，全年累计在 14 个国家实现销售。在非疟疾流行区的国家，复方蒿甲醚被冠以 Riamet® 商标销售。在发展中国家，诺华则计划以第二品牌 Coartem® 商标发布。1999 年，中国人民解放军总后勤部授予“抗疟新药复方蒿甲醚”军队科学技术进步二等奖。

2000 年，军事医学科学院抗疟药课题组被中国人民解放军总后勤部党委授予“科技创新模范”荣誉称号。北京诺华制药公司昌平工厂通过澳大利亚 TGA 和英国 ACA 的 GMP 认证。北京诺华制药公司生产出第一批商业包装的复方蒿甲醚。

2002 年，蒿甲醚－本芴醇作为第一个青蒿素类复方药物和唯一的复方抗疟药组方列入 WHO 发布的第 12 版基本药物核心目录。

3. 成果及影响

1998 年起进入复方蒿甲醚全球市场推广阶段，诺华公司以复方蒿甲醚为核心的公益项目参与全球抗击疟疾行动，引领和带动了全球 ACT 药物的广泛认可和应用，世界疟疾流行趋势明显好转。2006 年，WHO 颁布的《疟疾治疗指南》中强调指出，为保护青蒿素类药物，防止抗药性的产生，停止使用青蒿素类单方制剂治疗无并发症恶性疟，必须使用以青蒿素类药物为基础的复方药物即 ACT，并推荐复方蒿甲醚为首选药。复方蒿甲醚还通过了素有“黄金标准”之称的美国食品药品监督管理局的药品注册，并先后在非洲、亚洲、欧洲、美洲等国家获得注册，其中 Riamet® 为 27 个国家，Coartem® 为 47 个国家，累计在 32 个国家销售。截至 2011 年 5 月，复方蒿甲醚在全球销售超过 4 亿人份，挽救了近百万疟疾患者的生命。

复方蒿甲醚同时开创了中国原创新药取得国际专利的先例，是目前唯一在国际市场享有巨大声誉的由中国科学家发明、并具有国际知识产权的药品，也是我国唯一与国际医药巨头签署专利许可并成功付诸实施的专利药品。自国际多边合作开展以来，复方蒿甲醚在 49 个国家 / 地区获得了发明专利，20 年来中方获得的专利使用费（诺华公司支付）已达上亿人民币。

在“1035 工程”等项目的资助下，军事医学科学院率先研制的复方蒿甲醚通过国际合作成功走向世界，登顶世界抗疟药巅峰。复方蒿甲醚项目于 2007 年获国家科学技术进步二等奖、复方蒿甲醚发明人团队于 2009 年获欧洲发明人奖、2010 年复方蒿甲醚以其创新性的治疗方案和卓越的疗效获得拥有“医药界诺贝尔奖”美誉的“美国盖伦奖最佳药物奖”。复方蒿甲醚的国际合作，被誉为“中国医药界科技合作的典范”，为我国医药界和相关产业与国际接轨提供了宝贵经验和有益的借鉴。

（二）复方磷酸萘酚喹的国际化

自从恶性疟原虫对氯喹产生抗药性后，抗药性迅速蔓延，从单一抗性到多药抗性，包括美军历时 10 多年从 20 多万个化合物中筛选出的王牌抗疟药甲氟喹，上市仅半年就报道出现抗药性。针对耐药问题，军事医学科学院李福林教授和焦岫卿教授为课题负责人的研究团队，研制出半衰期长、服用简便、口服生物利用度更高的创新药磷酸萘酚喹，1993 年获新药证书，1996 年获国家技术发明奖二等奖。

该课题组为进一步保护新药、延长新药的使用寿命，克服其缺点，在磷酸萘酚喹研究的后期提出进行磷酸萘酚喹复方的研究。由丁德本教授和王京燕教授为课题负责人的团队，历时 10 余年，组织完成了第二代 ACT 即复方磷酸苯酚喹（ARCO®）的研究。复方磷酸萘酚喹是由磷酸萘酚喹和青蒿素以 1∶2.5 的比例组成的固定比例复方。与复方蒿甲醚相比大大降低两单药的用药剂量、缩短疗程，仅需口服一次便可治愈抗药性恶性疟疾，是全球疗程最短的疟疾治疗药，大大提高了患者依从性。

该品种 2001 年获发明专利，2003 年获新药证书，2004 年转让企业，2005 年获得生产文号后开始进行国际注册。已在 18 个国家和地区获得注册，包括印度尼西亚、柬埔寨、尼日利亚、乌干达、苏丹，以及南太平洋区域多国等。在国外疟疾流行区完成的 2 000 多例国际多中心临床试验，口服一次对抗药性恶性疟治愈率达 96%，间日疟治愈率达 98%。该项目 2007 年获国家发改委生物医药高技术产业化专项资助，目的是建设符合国际标准的 ARCO® 生产基地。企业

2007 年被商务部认定为对外援助物资 A 级资格，ARCO® 被列入中国政府援助非洲的药品目录，该药由于服用简便、治愈率高深受疟区医务人员和患者的欢迎，在非洲取得了重大的政治影响。复方磷酸萘酚喹的国际注册及产业化在 2009 年获军队科技进步二等奖。

军事医学科学院自主研制的系列抗疟药（即本芴醇、磷酸萘酚喹、复方蒿甲醚、复方磷酸萘酚喹），不仅在全球遏制疟疾中作出了重要贡献，在疟疾治疗史上占有里程碑的地位，而且也为中国的第一个诺贝尔生理学或医学奖做出了重要贡献，为我国医药与国际接轨，走向世界树立了样板，提供了宝贵的经验和有益的借鉴。

二、复方丹参滴丸国际化

（一）国际化历程

复方丹参滴丸是天士力控股集团有限公司（本章以下简称“天士力”）开发研制的一种治疗心血管疾病的复方现代中药产品，于 1993 年获得国家新药证书和生产批件。上市以来，复方丹参滴丸以其疗效显著、使用安全、质量稳定等特点，受到临床医生和患者的高度评价，已成为临床上治疗冠心病、心绞痛等心血管疾病的一线首选药物并得到广泛应用。随着产品的大范围使用，天士力围绕复方丹参滴丸的药效和安全性开展了大量细致深入的基础研究工作，对复方丹参滴丸的药效作用机理、药代特征以及毒理学进行了系统研究，研究结果充分阐释了复方丹参滴丸在治疗心血管疾病方面的药效特点和安全性，为其临床合理应用提供了大量研究基础。通过复方丹参滴丸这一个现代中药品种，汇集了国内外数百名药物研发专家与临床医生，在不同的领域内开展了上千项相关研究，举办各类高水平学术会议百余场，发表科学文章 2 500 余篇，并出版了《丹参大全》等著作 20 余部，充分体现了该药物的科学内涵与临床价值。复方丹参滴丸作为国家基本药物、国家医疗保险药物、国家低价药物目录独家品种、中医必备急救药物和中药保护品种，目前已成为国内心血管领域中成药第一品牌产品。

复方丹参滴丸的国际化历程可上溯到 20 世纪 90 年代。1995 年，国家科委联合十八个部委首次提出“中药现代化”问题，随后发布了中药现代化的实施纲要，正式提出中药现代化的发展战略和指导原则，其中提出了要在三到五年内，推动两到三种中药进入西方发达国家医药主流市场的目标。1996 年，“十个创新药物的研究与产业化开发——复方丹参滴丸的二次开发”被列入国家“九五”攻关“重中之重”项目，在国家层面为复方丹参滴丸闯关美国 FDA 打下了坚实的基础；1997 年 12 月，在美国 FDA 召开了 Pre-IND 咨询会议，以 FDA 审评部门主任 Lipicky 博士为首的十多名官员及专家出席了会议；1998 年 9 月 29 日，复方丹参滴丸正式获批 IND（临床研究许可），成为中国首例获准在美国开展临床研究的复方中药。此后数年，天士力又开展了大量的补充研究工作，如按照 GAP 规范要求建设了丹参（陕西商洛）、三七（云南文山）种植基地，为控制原药材的质量打下了良好的基础。在产品的质量控制方面，利用 HPLC 建立了指纹图谱检测方法，并严格按照 GMP 要求进行生产，严格保证了复方丹参滴丸的质量可控性。

在完成了技术、装备、人才、资金等多方面的积累后，2006 年，天士力重新向 FDA 递交了新的 IND 申请，确定了预防和治疗慢性稳定性心绞痛的临床适应证，并于同年再次获得 IND 批准，获准在美国直接开展Ⅱ期临床试验。复方丹参滴丸的美国Ⅱ期临床试验自 2007 年 2 月开始准备，成立了由十几位海归专家及博士组成的核心项目团队。在项目启动之初，团队进行了大量的学习，深入学习了世界各国不同的药政法规与政策，查阅了 FDA 当时批准的唯一一个植物药 Veregen 的相关批准条款及文件，并重点研究了 FDA 在这项新药申请与审批中有关药学与生产、药理毒理研究、临床试验方案设计以及药政流程等方面的信息。项目团队还与美国斯坦福大学等重要院校的医药专家教授和多家临床研究中心的医生们进行了多次的沟通与交流，最终确认了试验方案。在 CRO 公司尚未介入并提供支持的阶段，项目组成员就奔赴美国众多临床研究中心开展调研和谈判工作。

当时海外媒体对中药的宣传是负面的，海外医生对中医药也是不认可的，所以要一个一个地去说服美国的临床医生愿意接受来自中国的中药在海外开展临床试验，特别是试验方案中还要求病人必须停用他们正在使用的抗心绞痛化学药物作为试验入组的条件，这对于病人来说也是一个不小的挑战。此外，临床试验保险在当时还是一个新兴事物，保险公司由于不熟悉中药产品的特性，大多不愿意承保，导致购买保险的谈判也进行得相当艰苦。在克服种种困难后，Ⅱ期临床试验顺利启动，2008 年 11 月入组第一例受试者，在美国佛罗里达、德克萨斯等 11 个州的 15 家临床研究中心开展了多中心、多剂量、随机双盲、平行对照的涉及多方面评价指标的临床试验。试验共完成 125 例受试者的给药与医学观察，取得了理想的试验结果。

Ⅱ期临床试验的结果显示：复方丹参滴丸对于稳定性心绞痛二次发作预防和治疗的临床试验首要疗效观察指标，即对第 4 周末最大运动耐受时间（total exercise duration，TED）的改善，具有统计学显著和临床显著双重意义；不同剂量水平的复方丹参滴丸（100 mg、150 mg）在药效学方面有清晰的量效关系，说明了疗效物质基础的存在；此外，在减少每两周心绞痛发作频率、降低每两周硝酸甘油消耗等指标上，也都一致地呈现具有显著临床及统计意义的疗效，并且遵循几乎相同的量效规则。Ⅱ期临床试验的安全性结果显示，复方丹参滴丸每一类别的不良反应发生率都非常低，不良反应与安慰剂组相比具有类同略低的发生率，且均与试验药物复方丹参滴丸无关。

为了进一步验证复方丹参滴丸的临床安全性，根据 FDA 的要求，还补充完成了 4 项Ⅰ期临床安全性与药物相互作用研究：在澳大利亚开展的最大耐受剂量研究，结果表明复方丹参滴丸具有很好的耐受性，最高剂量 800 mg 仍然是安全的（相当于国内临床使用剂量的 16 倍）。在美国开展的代谢酶鸡尾酒药物相互作用研究，结果表明复方丹参滴丸对 5 个代谢酶底物的代谢影响没有临床显著意义，说明复方丹参滴丸与大多数药物合并使用时，无相互作用。在美国开展的与华法令的药物相互作用研究，结果证实复方丹参滴丸与华法令同时服用时，二者没有相互作用。为进一步验证Ⅲ期临床研究中高剂量的复方丹参滴丸（225 mg）的安全性及耐受性，在美国开展了另一项Ⅰ期安全性研究，结果表明复方丹参滴丸在试验剂量下具有良好的安全性与耐受性。

在顺利完成复方丹参滴丸Ⅱ期临床试验后，2010 年 7 月 22 至 23 日，天士力与美国 FDA 分别召开了药学和临床两方面的Ⅱ期结题会议（EOP2），会上 FDA 充分肯定了美国Ⅱ期临床研究结果。通过美国 FDA Ⅱ期临床试验，初步证明了复方丹参滴丸在非华裔人群中的安全性和有效性，为产品进入Ⅲ期临床研发阶段奠定了坚实的基础。鉴于复方丹参滴丸在Ⅱ期临床试验中良好的有效性和安全性，FDA 于 2012 年 5 月在双方的 SPA（Special Protocol Assessment）会议上授予Ⅲ期临床试验 SPA 特许，这意味着如果Ⅲ期临床研究按照双方同意的方案完成，其阳性结果即可满足上市批准的条件。

在经历了两年的准备期之后，复方丹参滴丸的全球Ⅲ期临床试验于 2012 年 8 月正式启动。该项研究为多国、多中心、双盲、随机、安慰剂和拆方组双对照的大样本临床研究，旨在评估复方丹参滴丸在慢性稳定性心绞痛患者中的安全性和有效性，同时考查中药配伍的合理性，以及不同生产批次对有效性的影响，通过临床研究的批次差异和量效关系等证据支持建立大生产上市产品质量控制的参照标准。

复方丹参滴丸Ⅲ期临床试验在美国、加拿大、俄罗斯、乌克兰、格鲁吉亚、白俄罗斯、墨西哥、巴西等 8 个国家的 127 个临床中心开展。有了Ⅱ期临床试验的有效性与安全性的结果，美国的临床专家们对复方丹参滴丸Ⅲ期临床试验的接受度相对有了极大的提高；公司还与 ICON 公司（全球前五位的著名 CRO 公司）开展了合作，使得试验的开展过程比较顺利。在这个过程中，临床试验研究者团队也在不断扩大，由原有的 30 多个中心，逐步拓展到全球的 127 个中心，共有 910 位临床研究中心的研究人员参与了本项试验。除此之外，天士力的复方丹参滴丸国际化研发团队人员也多达 150 余人，可划分成 50 多个研究分支，涵盖了药材种植、制剂研究、药品生产、药政法规、药理毒理研究、临床研究，以及物流与储存、稽查、数据管理等各个方面，与CRO团队形成了一个对应的镜像团队，确保了双方的无缝合作与衔接。在项目组织管理上，由天士力副总裁兼技术总师和ICON公司副总裁共同担任项目主要负责人，团队首席科学家和双方项目经理也在整个试验过程中起到了举足轻重的作用。试验期间双方团队紧密配合，共召开各类讨论会、交流会、电话会议千余次；开展研究中心监查3 000余次，原始病案核对一万余份。为了最大限度招募受试者，在筛选阶段初选了上万份病历，从中选取了1 382位病人进行了前期的运动平板试验筛选，最终共随机化选定慢性稳定性心绞痛病人1 004例，实际完成955例。2016年3月完成全部研究工作，进入临床中心关闭、数据库锁定阶段，随后完成了《Ⅲ期临床试验顶层分析总结报告》(Topline Analysis Report)，并于2016年12月同FDA召开了顶层分析总结会议。主要结论如下：

（1）在第六周时，高剂量复方丹参滴丸的最大运动耐受时间（TED）与安慰剂组相比，具有统计学显著性差异（$p<0.05$）。

（2）复方丹参滴丸高、低剂量组的最大运动耐受时间增加趋势均显著优于三七拆方组、安慰剂组（$p<0.01$），证明了中药配伍的科学性与合理性。

（3）试验中三个不同生产批次的复方丹参滴丸在疗效上未见明显差异，充分证明其质量可控性、一致性。

在安全性方面，与Ⅱ期临床试验结果一致，复方丹参滴丸组的不良事件的发生率和严重程度，与安慰剂组类似；与复方丹参滴丸相关的主要常见不良事件为轻度的胃肠道症状，包括腹部不适、腹泻、消化不良、恶心等。

在Ⅲ期临床试验中，最大运动耐受时间的增加在第六周末统计学显著（$p=0.02$），表明复方丹参滴丸对慢性稳定型心绞痛的治疗有效，但是未能满足临床方案中预设的第四周终点指标，即：最大运动耐受时间的增加与安慰剂组相比在$p<0.05$的水平上具有统计学意义的要求。根据FDA批准新药上市规则，任何新药都需完成两个关键性临床研究，且两个研究的主要终点指标单独统计学显著（$p<0.05$）。因此，按照FDA在2017年6月会议上的建议，在向美国FDA递交上市申请前，天士力将开展另一个类似的临床研究以确认复方丹参滴丸在治疗慢性稳定性心绞痛第六周时主要终点指标（最大运动耐受时间增加）的有效性。

（二）结果

复方丹参滴丸的国际化之路，不仅将一个产品推进至Ⅲ期临床阶段，更收获了一系列国际化成果，以一个产品打造了一个专业化团队，建立了多个研发技术平台，积累了新药国际临床试验及国际注册等多方面的经验，也带动了国内中药国际化事业的快速发展，让更多的中药品种走向海外。复方丹参滴丸国际化进程中创造的主要成果包括：

一是天士力先后于1998年、2006年两次获得IND许可。天士力共取得复方丹参滴丸以药品、食品补充剂或保健品身份上市的国际注册批件37件，包括非洲15件，亚洲12件，美洲3件，欧洲6件，大洋洲1件。天士力先后承担复方丹参滴丸相关国家级课题19项（包括国家重点科技项目攻关计划），天津市级课题13项。天士力共获得复方丹参滴丸相关科技奖项14项，其他奖项9项。国内外各科研单位共发表复方丹参滴丸相关文章约2 500篇，出版著作20余部。

二是建立了一支全流程的国际化人才团队。天士力在国际化人才管理方面制定了“不求所在，但求所用，风险共担，利益共享”的人才战略方针。在此方针的指导下，经过多年的建设与发展，目前天士力已拥有全流程的国际化人才团队与技术平台，包括药学研究、生产与质量控制、临床前药理毒理研究、国际临床研究、数据管理、国际法规与注册等，人才规模超过150人。

三是带动了国内的相关产业发展。复方丹参滴丸的国际化实践，打造出了一条符合国际标准的一体化现代中药产业链，带动了国内智能制造、标准体系建设等方面的跨越式发展，将传统中药产业推进到现代工业文明时代，推上现代制造技术先进平台。2015年，两个国家级实验室——创新中药关键技术国家重点实验室、中药先进制造技术国家地方联合工程实验室，分别获得科技部和国家发改委批准，相继在天士力设立，也将进一步提升中药的现代化水平。依托这些高水平的研发平台，天士力还为国内多家公司的中药产品国际化提供了技术支持，并形成了强大的国际化产业联盟。

（三）启示

中、西两个医学体系融合的不断推进，会对中药国际化产生两个方面的显著影响，一是推动国内企业向国际标准的靠近，以可靠的试验证据和循证评价结果加速中药国际化进程；二是促进国内中药标准被国际认可，建立符合中药特点的研发与监管体系。在现有的竞争环境下，审视目前中药产业已经具备的优势，从中可以看到：中药的生产设备和出口产品的技术结构已有了一定的基础，中药产业已经具备了一定的国际市场适应能力，这将有助于实现产业技术升级从而提高市场竞争力；与全球产业体系的初步融合，有助于促进技术与国际接轨。科学技术的进步不断推动制药产业的发展，现代中药产业要在充分利用制药新技术的前提下，在中药材种植、加工、提取工艺、制剂工艺、质量标准提升等方面持续创新、不断完善、精益求精，才能使中药产品走出国门，真正融入国际主流医药市场。

中药国际化存在的关键问题和主要难点，是获取国际公认的药理、毒理、临床诊断和疗效等的最佳证据。近年来大量创新人才进入中医药研究领域，诞生了一批973首席科学家、长江学者、国家杰出青年科学基金获得者。同时，基于基因组学、蛋白组学、网络药理学的新技术、新方法被引入到中药研究，极大地促进了中药分析与质量控制、药代动力学、临床前安全性评价、药效及作用机制、制剂工艺、临床研究和中药信息技术等领域的发展，提高了中药研究的科学化、客观化，对推动中药国际化进程起到了不可低估的作用。

美国FDA对植物药的审评与认证十分严格，其根本宗旨就是有效确保国民能够在安全性范围内使用药物。天士力在向FDA发起复方丹参滴丸的注册申请之初，美国的审评专家就对复方丹参滴丸的药品生产质量和制备标准提出了很多质疑。为此，天士力在国内最早通过建设中药材规范化种植（GAP）基地，以保证药材基源的可靠性；率先采用中药提取生产质量管理规范（GEP），通过严格的提取工艺标准和规范化操作，保证中药有效成分的标准化提取，同时去除中药材中的重金属成分和残余农药。规范化的中药种植、提取、制剂生产均是在严格科学的管理下进行的，确保了中药产品的安全性、明确的疗效以及稳定的质量。

新药研发和申报上市从来都不是一帆风顺的，是一条曲折的、充满荆棘的道路。以二十多年来FDA批准的唯一一个抗心绞痛用药雷诺嗪为例，1987年化合物研发成功，1993年启动临床试验，1997年临床研究MARISA启动，1999年Ⅲ期临床研究CARISA启动，2002年至2004年申办方先后多次就新药申报同FDA进行沟通，FDA坚持认为仍需更多数据来评价其安全性而一直未予批准。2004年，雷诺嗪另一项Ⅲ期临床研究ERICA启动，又历时两年，直到2006年才最终获批上市。从开发历程可见，雷诺嗪的整个研发和申报上市过程持续长达23年之久，其中仅大型Ⅲ期临床试验就开展了三项，其他各阶段的临床试验达81个之多，投入的人力成本和经济成本巨大，花费的时间也是相当漫长的。

化学新药的上市之路尚且如此艰难，中药的研发及国际化更是难上加难。复方丹参滴丸的FDA申报，从IND获批到完成Ⅱ期临床试验，再到2016年完成Ⅲ期临床试验，天士力已在中药国际化发展的道路上行进了二十多年，为中药走向世界积累了丰富的经验。相信中国研发的现代化中药必将在不久的将来走向世界。

第十五章

实施效果与带动效应

第一节 实施效果

一、学习引进新技术、新方法、新理念，为创新奠定基础

“1035 工程”实施的新药国际化战略，在国家科委的牵头组织下发挥了各部门的作用和优势，采取“引进来、走出去”策略，通过引进国外的新技术、新方法、新理念（包括国外的新药定义 / 标准 / 研究思路与方法，新的创新服务模式如 CRO 模式，医药风险投资机制等），切实解决了我国新药创新和技术国际转移过程中的关键问题和薄弱环节，为我国的新药研发和平台建设发展奠定了坚实的基础，有力应对了加入 WTO 药品知识产权保护带来的挑战。同时，通过学习国外的做法和经验，第一次真正按照国际标准和规范推动了我国自主创新药物的国际化进程，包括抗疟药复方蒿甲醚与诺华公司的国际合作，复方丹参滴丸等特色中药复方品种按照西药标准在美国开展临床试验等，进而为“三种创新”（自主创新、集成创新、消化吸收再创新）奠定了基础。

二、推动我国化学药、中药的国际化发展

“1035 工程”的实施有力推动了“九五”期间我国化学药、中药的国际化发展。在化学原料药国际化方面，以维生素 C 为代表的我国原料药逐步在国际竞争中站稳脚跟，打赢了价格大战。我国原料药产业坚持以技术为先，通过

大力技术改造，在竞争中逐步建立规模优势和核心竞争力。高效分离与纯化技术、超临界萃取技术、生产过程的自动控制技术、微囊化及靶向技术等一批高新技术在医药生产中得到推广应用。青霉素产率已由“八五”末的0.7～0.8吨/（年·m^3）发酵容积提高到1.0～1.1吨/（年·m^3）发酵容积，维生素C的总收率由“八五”末的48%提高到60%左右；地塞米松生产采用生物脱氢新工艺，大幅度降低了成本，提高了国际竞争力，不仅替代了进口，而且有批量出口。青霉素、维生素C、合成维生素E、阿司匹林、扑热息痛等大吨位产品的生产企业数量已大幅度减少。医药工业销售额前60家企业的生产集中度为35.7%，比“八五”末的19.7%提高了16个百分点，一批优势名牌企业在激烈的市场竞争中逐渐发展壮大。

在新药国际化方面，以军事医学科学院研制的复方蒿甲醚的国际化最为成功，其通过国际合作成功走向世界，为我国医药界及相关产业与国际接轨提供了宝贵经验和有益的借鉴，也为中国获得第一个诺贝尔生理学或医学奖做出了重要贡献。另外，“1035工程”支持的中药“杏灵颗粒”、复方丹参滴丸通过美国FDA的预审进入临床试验，为中药进入国际市场迈出了坚实的一步。复方丹参滴丸等国际化发展的过程，为中药走向世界积累知识和经验，虽然这些药物尚未真正进入国际市场，但通过亲身参与FDA的审评审批，为我国创新药物研发与国际接轨，推动创新药物进入国际市场探明了道路（表15-1，表15-2）。

表15-1　“1035工程”支持的药品国际化注册情况（部分）

药品名称	项目资助情况	取得的国际化成果	研发单位
复方蒿甲醚	国家“九五”重点科技攻关计划“新药研究与产业化开发”（1035工程）项目：青蒿素类抗疟药国际市场开发（1994年）	已在非洲、亚洲、南美等80多个国家和地区获得药品注册。1998年加蓬成为第一个批准复方蒿甲醚上市的国家；1999年瑞士上市，全欧洲获得药品注册；2009年获美国FDA注册	军事医学科学院微生物流行病研究所
复方磷酸萘酚喹	国家“九五”重点科技攻关计划“新药研究与产业化开发”（1035工程）项目：抗疟新药复方磷酸萘酚喹（合同编号：96-901-05-162，1999年）	已在印度尼西亚、柬埔寨、南太平洋岛国区域、尼日利亚、乌干达、苏丹等18个国家和地区获得注册	军事医学科学院微生物流行病研究所
复方丹参滴丸	国家“九五”重点科技攻关计划“新药研究与产业化开发”（1035工程）项目：复方丹参滴丸的二次开发（合同编号：96-901-01-013）；复方丹参滴丸的现代化、国际示范研究（合同编号：99-929-02-01A）	1997年开始在美国FDA提交IND申请，1998年获得美国FDA批准开展临床研究	天士力控股集团有限公司

续表

药品名称	项目资助情况	取得的国际化成果	研发单位
银杏灵	国家“九五”重点科技攻关计划“新药研究与产业化开发”（1035 工程）项目	1998 年获得美国 FDA 批准开展临床研究	上海杏灵科技药业股份有限公司

表 15-2 “1035 工程”支持的药品国际化所荣获的国家和国际奖项（部分）

项目名称	获奖单位	奖项名称
抗疟新药磷酸萘酚喹	军事医学科学院微生物流行病研究所	国家技术发明奖二等奖（1996）
复方蒿甲醚的研究、国际化及产业化	军事医学科学院微生物流行病研究所	国家科学技术进步奖二等奖（2007）
复方蒿甲醚	军事医学科学院微生物流行病研究所	美国盖伦奖最佳药物奖（2010）
复方蒿甲醚发明人团队	军事医学科学院微生物流行病研究所	欧洲发明人奖（非欧洲单元）（2009）
复方丹参滴丸现代药学系列研究	天士力控股集团有限公司	国家科学技术进步奖三等奖（1999）

另外，“1035 工程”支持的新药国际化过程也为我国新药研发与国际接轨，发挥了重要的示范引导作用，为推动我国创新药物进入国际市场探明了道路，积累了宝贵经验。在复方丹参滴丸之后，我国许多中药启动了国际注册。例如，在“1035 工程”资助下，以成都地奥公司等企业为依托，联合组建了国家工程技术研究中心。由中国科学院成都生物研究所和成都地奥公司研制生产的地奥心血康胶囊于 2002 年正式启动国际注册，2012 年其作为传统草药药品在荷兰上市，成为欧盟成员国之外的第一个在欧盟上市的植物药品，也是中国在欧盟被批准的第一个中成药。又如北京北大维信生物科技有限公司研发的现代中药血脂康，1995 年 10 月获得卫生部批准的新药证书，1996 年起积极开拓国际市场，并以食品补充剂形式相继出口欧洲、美国、中东、日本、韩国等十多个国家和地区，2006 年 6 月北大维信向 FDA 提交新药临床研究注册申请（IND），2008 年 9 月获得 FDA Ⅱ期临床研究许可，2010 年 9 月血脂康国际多中心Ⅱ期临床试验正式启动。

三、吸引海外人才回国创业，研发世界首个基因治疗药物

“1035 工程”实施期间，在吸引海外人才方面也做出了显著成绩。包括与海外留学生建立和加强联系与合作，吸引了部分留学生回国创业。海归创业的代表性案例如 1998 年“海归”彭朝晖回国在深圳成立赛百诺并成功研发世界首个基因

治疗药物“今又生”。2004年，“今又生”作为世界首个获得新药证书的基因治疗药物上市，拉开了世界基因治疗的序幕。美国《时代周刊》称“今又生”的问世，是中国迈向科技大国的标志性事件。据统计，从1978年到2002年底，我国共有58万人出国留学，至2003年累计回国留学人员已逾15万人。“海归”人才的回流，已成为中国创新的重要动力。不断回国创业的海归精英们在将医药创新技术产业化的同时，创造了大量财富，促进了中国经济和制药业的发展。截至2016年底，我国留学回国人员总数达265.11万人，出国留学完成学业后选择回国发展的留学人员比例由2012年的72.38%增长到2016年的82.23%，形成了新中国成立以来最大规模留学人才“归国潮”，我国对海外人才吸引力显示出强大的“磁铁”效应。

四、学习推动CRO等创新服务模式

加入WTO后，具有自主知识产权的新药开发成了中国制药企业面临的最突出问题。出现于20世纪80年代的CRO（contract research organization，合同研究组织），作为制药企业的一种可借用的外部资源，可在短时间内迅速组织起一个具有高度专业化的和具有丰富临床研究经验的临床研究队伍，并能有效降低成本，提高效率。据统计，当时国际上从事新药研发的机构与企业已有1 000多家。在90年代中期，国内CRO市场还处于初级阶段。为利用好我国有限资金在短时间内创制新药，及时学习了解CRO这种创新服务模式非常必要。而中国具备CRO急需的独特优势以发展其业务，包括人口基数大且对医疗保健要求不断增长、经济的快速发展为更多的医疗卫生花费提供支持、具备研制新药的潜在资源。“1035工程”实施期间，CRO这种创新服务得到了快速发展，到20世纪90年代末已成为制药行业链中不可缺少的一个环节。成立于1984年的美国昆泰公司（Quintiles Transnational），是当时全球最大、国际排名第一的CRO公司，总部位于美国北卡罗来纳州，在53个国家设有办事处，拥有23 000位员工，可开展的业务范围包括向客户提供临床研究、中心实验室、数据统计等多项专业服务，服务范围涵盖肿瘤、中枢神经系统疾病、心血管疾病、血栓病、呼吸道疾病、泌尿系统疾病、自体免疫疾病，内分泌疾病和各类感染性疾病等。昆泰公司于1997年在上海成立了办事处，并在2001年注册了总部在上海的独资公司——昆泰医药发展有限公司，随后，在北京、香港设立分公司。而后，随着“重大新药创制”专项等项目的实施以及政策扶持医药创新发展，进一步推动了国内CRO行业的快速发展，提升了行业集中度，使我国的新药开发进入到了一个崭新的阶段。

五、推动我国医药领域风险投资机制的建立

加入 WTO 给当时的中国医药行业带来了巨大的冲击，由于资金的限制，很多好的苗子得不到及时有效的研究开发。为改变这种局面，把风险投资的机制引入我国新药研究与开发势在必行。风险投资当时已成为国际医药行业走向快速发展的必然选择。据统计，美国的生物技术产业在 2000 年获得投资总额达 330 亿美元，超过前 5 年该领域的投资总和。在当时我国，各类银行金融机构仍是参加科技投入的主渠道，当时非银行系统科技金融单位年投资能力为 36 亿元左右，各科技业投入达 20 亿，占国家专业银行年科技贷款总额的 13%。而在我国医药领域，风险投资还是新生事物，由于新药研发风险大、投资周期长，风险资金在考虑进入时都比较慎重，真正进入医药行业的风险资金的比例很小。“1035 工程”项目的实施，积极推动我国制药业与国际风投机构的不断交流与接触，使风投基金了解我国医药产业的自身特点和优势领域，促进了“资本”与“知本”的联合，有力推动了我国医药领域风险投资机制的建立。风险资本早期介入中药产业就是例子。中药的现代化相对于化学药的创新来说，国内有一定基础，风险比较小，相对容易取得突破，而且我国中药企业的规模相对较小，风险资金也容易将其做大。一些跨国公司就曾试水风投我国盛产天然药物的中西部地区，与当地药企合资抢占市场。时至今日，我国的新药研发正在迎来“黄金时代”，药政管理逐渐与国际接轨，越来越多的跨国制药公司已向中国投入巨资开展新药研发，生物医药领域投资也已成为我国最活跃和最受投资者青睐的行业。

第二节　带 动 效 应

一、惠及“863 计划”及国家新药研发重大项目的实施

“1035 工程”作为国家层面上实施的科技专项，集中体现了国家意志，对我国新药研发及医药产业发展具有至关重要的作用。20 世纪 90 年代，我国制药业意识到产业发展的问题所在，相比国际同类产业，创新能力弱、市场竞争力差是制约整个制药产业走向国际化的根本原因。“1035 工程”实施的新药国际化战略，为我国的新药研发和平台建设发展奠定了坚实的基础，为推动我国创新药物研发与国际接轨积累了宝贵经验，对国家药物重大专项的制定与实施起到了积极的借鉴和推动作用，并产生了深远的影响。

随着“1035工程”的实施，我国持续高度重视医药产业的创新与发展，从战略规划层面进行了系统布局。新药研发相关政策从“九五”“1035工程”实施时期的萌芽阶段，到“十五”时期的政策发展阶段、“十一五”时期的政策加速阶段、“十二五”时期的政策密集阶段，再到“十三五”政策制定日趋理性成熟，2000年之后配套规划的各大项目包括国家“863计划”、“973计划”、“十五”期间实施的“新药研发与中药现代化”乃至“十一五”启动的“重大新药创制”科技重大专项等都投入大量经费支持相关研究，并纷纷专门设立国际合作经费。这些项目的持续组织实施，使我国新药研发实现了前所未有的发展，有力推动了我国药物研发创新体系的建立，大幅提升了创新药物的研发能力，并通过国际合作的开展以及人才的吸引效应，进一步扩大了我国开展新药研发的优势。

当前，新一轮科技革命蓄势待发，必将引领新药研发发生深刻变革。站在新的历史起点上，我国应继续坚持从国家层面统筹部署新药研发重大项目的实施，并进一步坚持以全球化视野进行谋划布局，以推动我国新药研发能力的跃升，在新一轮科技革命和产业变革中占据主动。

二、对国家新药研发的长远作用

“1035工程”实施的新药国际化战略对我国医药行业的影响是深远的，在药物研发创新性方面的导向和指导意义是重大的。其切实解决了我国新药创新和技术国际转移过程中的关键问题和薄弱环节，为推动我国创新药物研发与国际接轨，推动创新药物进入国际市场探明了道路，积累了宝贵的经验，推动我国创新药物研发实现从“引狼入室”到“与狼共舞”的转变，开拓了我国生物医药领域创新发展的新局面。

时至今日，我国的新药研发国际化能力已得到显著提升。特别是重大新药创制专项实施以来，已有近30个品种在欧美发达国家获批上市，4个疫苗通过WHO预认证。华海药业生产的拉莫三嗪缓释片于2013年1月获FDA批准上市，目前已占据美国该品种处方量的70%。同时，创新品种开展国际临床研究数量持续增加。目前至少有17个品种在欧美发达国家开展国际Ⅱ、Ⅲ期临床研究。国际合作研发也顺利推进，境外并购、融资活动不断扩大。多家企业向国外转让新药权益和开展合作研发，如信达生物已与美国礼来公司达成三个品种海外市场权益的转让协议共计33亿美元。

当前，新一轮科技革命引发的颠覆式创新正引领新药研发局面发生深刻变革，也为我国赶超世界先进水平创造了新机遇。新药研发是国家核心竞争力的体现，大力推动新药研发，也是加快建设创新型国家、健康中国建设、推动经济高质量发展的战略需求。另一方面，伴随着我国药审制度改革以及加入 ICH，我国医药企业面临的国际竞争形势也日趋严峻。加入 ICH，意味着我国药品注册技术要求与国际接轨之路全面打开，药品研发和注册进入全球化时代，我国医药产业将置身于全球格局中参与竞争。目前我国新药研发能力、医药产业整体上与欧盟、美国、日本等发达国家和地区相比还存在较大差距，面对新的机遇和挑战，我国应充分利用自身的制度、资源、市场等优势条件，坚持大力推动新药研发，着力突破新药研发的关键核心问题，提升新药研发的源头供给能力，构建起自主可控的国家药物创新体系。有理由相信，中国医药在不久的将来在最大限度的满足人民防治疾病需求的同时，将实现从仿创结合到创制的转型，实现医药大国走向医药强国的转型，并且使我国医药产业成为真正的国际化的支柱产业。

李　松（军事科学院军事医学研究院）
周辛波（军事科学院军事医学研究院）
闫希军（天士力控股集团有限公司）
张永祥（军事科学院军事医学研究院）
沈竞康（中国科学院上海药物研究所）

参考文献

1. 王明学 .“九五”科技攻关对医药产业的影响和贡献 // 二〇〇一年全国医药工业技术工作年会专题报告选编 . 襄阳：中国化学制药工业协会，2001：22–25.
2. 毕峰 . 天然药物冲击 FDA 银杏制剂成新宠 . 医药世界，2001（12）：40–41.
3. 刘之椰，志华 . 渐入佳境血脂康——记北大维信科技成果产业化、国际化之路 . 首都医药，2000，7：12.
4. 段震文，郭树仁，刘平兰 . 血脂康胶囊国际化进程 // 2011 年中国药学大会暨第 11 届中国药师周论文集 . 烟台：中国药学会，2011：2074–2075.

第六篇

人才团队篇

“1035 工程”设立之初，人才培养就已经放在首要任务之中，国家意识到只有源源不断的中青年高级专业人才充实到中国创新药物事业中来，才能保证国家的药物创新战略计划的顺利实施，才能保证中国新药研发在自主创新的道路上高水平、可持续发展。“1035 工程”实施过程中，人才培养主要通过以下途径来实现：新药创新平台建设中强调要形成一支专业齐全，结构合理的人才团队，在平台建设中要特别注重中青年人才的培养；创新药物品种的支持优先考虑中青年专家的项目，尤其有海外留学经历的专家；设立博士基金，支持具有博士学位的青年学者个人申报或者联合申报。

回顾总结发现：中国工程院药学领域的院士、国内药科大学的校长、综合性大学的药学院院长、国内主要的药物研究所所长中许多人都得到过专项的经费支持；国内许多具有知识产权的创新药物成果也多半是由这些专家学者完成；他们中的绝大多数人都已成为国家“重大新药创制”科技重大专项的设计者、组织者及实施者，为中国新药创新事业的开拓和发展做出了巨大贡献。

1994 年设立医药技术创新博士基金，专为支持从事新药研究的中青年博士的研究工作，目的是培养一支具有科技先导意识、稳定的、学科齐全、专业配套、从新药的基础研究到产业化开发的跨世纪的中青年新药研究骨干队伍。博士基金共支持来自国务院五个部委以及 30 个省、自治区、直辖市和中国科学院、原总后勤部系统的 107 个专题，投入经费 1184 万元。通过博士项目的资助，其中相当比例的博士们在学术水平上有了很大的提高，并取得了可喜的成果，成为我国创新药物研发的领军人物和相关学科的学术带头人，许多博士基金专题承担人都被破格晋升为教授或研究员技术职称，成为博士生导师。据初步统计，截至 2017 年，已有 11 位获得博士基金资助的科学家被评为两院院士，其中中国科学院院士 5 人、中国工程院院士 6 人；还有一批国家杰出青年科学基金获得者、长江学者奖励计划获得者、国家“973”计划首席科学家、国家“重大新药创制”重大科技专项总体组专家、国家科学技术进步奖和国家技术发明奖的第一完成人或者主要参与者，他们中的大多数，其研究生涯的第一笔国家资助经费就来自博士基金。

第十六章

人才队伍建设

第一节　博士基金与博士论坛

一、博士基金

人才的培养和引进是医药技术创新中不可或缺的一个环节，20 世纪 90 年代初期，我国从事药物研究的科技人员约八九千人，其中研制新药的人数不到三分之一，还不及国外一个大型的制药公司，科研力量分散，人才严重不足。面对我国药学人才奇缺的现状，科技部将人才培养放在首要任务之中，意识到只有源源不断的中青年高级专业人才充实到中国创新药物事业中来，才能保证国家的药物创新战略计划的顺利实施，才能保证中国新药研发在自主创新的道路上高水平、可持续发展。1994 年国家科委率先开始设立医药技术创新博士基金（简称“博士基金”）项目，首批资助了 13 个新药前期研究或相关基础性研究课题，从实践中，发现人才，培育学术带头人。1995 年又在有重点、有代表性的招标申请中，经专家委员会评审及综合平衡，选择了一批课题立项资助，以激励青年科技人员加紧科研工作。1996 年，“1035 工程”正式启动，为了更好地支持从事研究的中青年博士的研究工作，将医药技术创新博士基金项目纳入“1035 工程”管理，其目的是培养一支具有科技先导意识、稳定的、学科齐全、专业配套、从新药的基础研究到产业化开发跨世纪的中青年新药研究骨干队伍，培养跨世纪的学科带头人，吸引更多的优秀人才投入到新药研究开发中来。

据统计，博士基金共支持来自国务院五个部委以及 30 个省、自治区、直辖市和中国科学院、原总后勤部系统的 107 个专题，投入经费 1 184 万元。其中部分博士基金资助名单如表 16–1 所示。

表 16–1　1995—1998 年获得博士基金支持的部分人员名单

项目专题名称	承担单位	项目负责人
黄皮酰胺的作用机制及临床前研究	中国医学科学院药物研究所	蒋学英
逆转肿瘤细胞多药抗性的新型药物研究	中国医学科学院生物技术研究所	戴　洁
新抗生素 sy–1331 的抗肿瘤临床前药理和化学研究	中国科学院上海药物研究所	丁　健
新的二氢吡啶类钙拮抗剂的实验研究	第四军医大学（现空军军医大学）	梅其炳
羌活苷抗癌活性的研究	北京医科大学（现北京大学医学部）	杨秀伟
抗肝衰竭新药——肝细胞 DNA 刺激合成因子的研究	湖南医科大学（现中南大学湘雅医学院）	邓　纯
川藏香茶菜的抗癌有效成分的构效关系研究	中国中医研究院中药研究所（现中国中医科学院中药研究所）	王智民
新复方抗病毒中药的开发研究	沈阳药科大学	毕开顺
偏头痛治疗药物定风痛胶囊的研究	北京中医药大学	肖诗鹰
降压中药淫羊藿有效部位的开发研究	中国药科大学	孔令义
集落刺激因子联合应用的实验研究	中国医学科学院肿瘤医院	石远凯
血管通防治冠状动脉粥样硬化临床及基础研究	中国中医研究院西苑医院（现中国中医科学院西苑医院）	史大卓
木脂体类化合物的合成转化及其抗肿瘤活性与机制的研究	中国科学院昆明植物研究所	赵　星
烯炔类新抗癌抗生素 C–1027 与其合成修饰物的前药研究	中国医学科学院医药生物技术研究所	李卓荣
大肠癌单抗的定位诊断与靶区治疗	中国医科大学	黄　伟
新型降钙素的研究	中国药科大学	张玉彬
多功能凝血酶抑制剂水蛭肽的组合化学研究	军事医学科学院（现军事科学院军事医学研究院）	刘　刚
天花粉蛋白的蛋白质工程研究	北京大学	安成才
通过重组 Ri 质粒提高黄芪品质的研究	上海中医药大学	郑志仁
决明降脂胶囊的研究	四川省中药研究所（现重庆中医药研究院）	钟国跃
肝靶向阿克拉霉素 A 毫微冻干针剂的研究	华西医科大学（现四川大学华西医学中心）	蒋学华
S–3–1 的癌预防与治疗作用研究	中国医学科学院药物研究所	陈晓光

续表

项目专题名称	承担单位	项目负责人
他莫苷芬活性代谢物 FK-435 的研制	上海医科大学（现复旦大学上海医学院）	陈 瑛
天麻苷安神益智有效成分的研究	中国医学科学院药用植物研究所	刘新民
草麻黄中一种单体成分的药用价值研究	第三军医大学（现陆军军医大学）	杨 康
非蛋白类神经生长因子先导物（+）-Lactacystin 简化类似物的合成及活性筛选研究	贵州省中国科学院天然产物化学重点研究室	杨小生
精制银耳多糖的研制	吉林省药品检验所	高其品
抗艾滋病双效缓剂的合成	内蒙古大学（高分子研究所）	博·格日勒图
麻黄碱衍生物前体药物研究	宁夏医学院（现宁夏医科大学）	刘利军
蛇床子总香豆素抗老年性痴呆二类新药开发研究	中国药科大学	王峥涛
甘肃省紫堇属植物活性成分的筛选及新药开发研究	西北师范大学植物研究所	郭守军
筛选逆转肿瘤细胞对顺氯氨铂（DDP）的抗药性逆转剂	中山医科大学（现中山大学医学院）	徐瑞华
中药二类新药旱生香茶菜总二萜抗肿瘤活性研究	昆明医学院（现昆明医科大学）	李玛琳
甘卖大枣汤抗抑郁的药效活性物质及作用机理研究	浙江中医学院（现浙江中医药大学）	葛卫红
藏药甘露妇康的开发研究	西藏自治区藏医院药物研究所	边巴次仁
非酶糖基化合高级糖基化终末产物受体致衰老模型的研究与应用	中国医学科学院医药生物技术研究所	崔大鹏
矿物类藏药和名贵藏成药有害金属水平与毒性研究	中国科学院西北高原生物研究所	杨生妹
匙羹藤总甙原料提取工艺及质量标准研究	山东绿叶制药股份有限公司	刘万卉

注：名单根据现有历史资料整理；排序和单位根据立项批复的时间。

对于很多年轻的博士来说，博士基金是他们职业生涯中受到的第一笔国家经费资助，在开展博士基金项目研究的过程中，他们当中相当一部分人很快得到成长，相当比例的博士们在学术水平上有了很大的提高，取得了可喜的成果，不少博士成了本学科的学术带头人，有不少项目承担人被破格晋升为教授或研究员，有的成为研究生导师，许多人走上了领导岗位，成为我国新药研究与开发的中坚力量，基本达到了项目设立的目的。

“1035 工程”在人才团队的建设上成就突出，通过设立博士基金，着重培养了青年人才，通过加强与海外留学生合作，吸引一批留学生回国创业，通过博士基金项目的实施，逐步形成了学科完善的专家库，完善了专家梯队建设，不断补充年轻的学科带头人进入专家机构。这对于当时了解和把握国际最新的发展动态和及时调整研究方向，对于提高研究、决策和管理水平，起到了至关重要的作用。

通过项目实施逐步培养了一批新药研发领军人才和专业人才，建立了一支稳定的、从新药研发到产业化各个环节学科配套、专业齐全、力量雄厚的科技队伍，对于我国新药研发持续创新发展具有十分重要的意义。

二、中国新医药博士论坛

为了更广泛地发掘人才，发现新的、优秀的博士，为了及时了解博士基金项目课题进展情况，同时也为了给生物医药领域的博士们提供一个高水平、高层次的学术交流及成果转化的平台，1995 年 10 月，国家科委生命科学技术发展中心（后改称中国 21 世纪议程管理中心）举办的首届“中国新医药博士论坛”在北京召开，论坛得到了国家科委的领导及国家其他有关部门的高度重视，同时也得到了药学界当年仅有的数位学部委员（院士）、著名专家的大力支持。来自全球的 100 多位博士参加了论坛，会议除了有学部委员、著名专家的专题报告以外，大多数时间都是医药领域博士们的学术讲演、研究思路和方法学探讨、研究成果等方面的展示，为青年学子们提供了一个畅谈学术思想的氛围；首次会议收到论文近 80 篇，成为我国医药博士的首次盛会。同时，论坛也得到了主流媒体的重视并予以报道，在全国引起了很大反响。由于首届博士论坛的成功召开，国家科委原则上同意每年举办一次“中国新医药博士论坛”，并批准成立了由中国科学院院士、时任中国科学院上海药物研究所所长陈凯先院士任理事长的“中国新医药博士联谊会”，负责协助国家科委举办每年一次的“中国新医药博士论坛”，并在日常工作中促进中国医药领域博士们的学术交流和成果转化，肖诗鹰博士任秘书长。

此后，先后在北京、上海、沈阳、南昌、杭州、深圳、香港等地组织召开了 10 余届“中国新医药博士论坛”。博士论坛一方面定期组织开展对医药科研、管理和企业等有关人员的国内外培训活动，另一方面针对“1035 工程”实施过程中出现的问题，组织开展针对项目、课题研究人员、管理人员、企业有关人员的定向培训活动，按照卫生部新药审评的要求和国际标准进行新药的研制。“中国新医药博士联谊会”和“中国新医药博士论坛”为及时发掘青年人才搭建了交流平台，对学术交流和成果转化起到了积极推动作用，鼓舞带动了一大批年轻人才，为我国创制新药的事业作出贡献。

第二节　杰 出 人 才

在“1035 工程”中设立医药技术创新博士基金项目，用于支持从事新药研究的中青年博士的研究工作，对于年轻博士们的成长起到了极其重要的作用，获得博士基金资助的博士们，绝大多数都已成为了医药行业的中坚力量，尤其是他们中的两院院士、一大批院校长、国家杰出青年科学基金获得者等杰出人才，为我国医药产业的创新和可持续发展做出了极大的贡献。

一、博士基金获得者中的部分两院院士

据不完全统计，截至 2017 年，医药技术创新博士基金项目获得者或“1035 工程”项目资助者中共有 11 名被评为两院院士，其中中国工程院院士 6 名，中国科学院院士 5 名（表 16–2）。

表 16–2　部分两院院士名单

	姓名	当选年度	工作单位
中国工程院院士	刘昌孝	2003 年	天津药物研究院
	曹雪涛	2005 年	中国协和医学院
	丁　健	2009 年	中国科学院上海药物研究所
	杨宝峰	2009 年	哈尔滨医科大学
	黄璐琦	2015 年	中国中医科学院
	李　松	2015 年	军事医学科学院
中国科学院院士	贺福初	2001 年	军事医学科学院
	赵进东	2007 年	中国科学院水生生物研究所
	阎锡蕴	2015 年	中国科学院生物物理研究所
	岳建民	2017 年	中国科学院上海药物研究所
	蒋华良	2017 年	中国科学院上海药物研究所

（一）中国工程院院士

1. 刘昌孝

药理学家，药代动力学家。1942 年 4 月出生，湖南省郴州市永兴县人。1965 年毕业于北京医学院。现任天津药物研究院释药技术与药代动力学国家重点实验室主任，曾任中国药理学会副理事长和药物代谢专业委员会主任委员，担

任天津市药学会和药理学会理事长和天津市学会研究会理事长。

刘昌孝同志是我国该交叉学科的带头人和开拓者之一，于1968年建立第一个药代实验室，1975年率先将该学科用于新药评价，1980年出版了第一本药代动力学专著。在已鉴定的药代程序中提出模型优化和数据批处理方案，使之应用遍及国内数百家单位，被发表在国内外的9 000多篇论文采用或引用。致力于新药研究，承担近40项国家重大科技项目和100多个创新药物的药代研究。获得国家部省级成果奖34项次，另获国际奖5项。负责本院新药研究获17个新药证书，参与20多个新药证书项目的研究。发表论文460余篇，中英文专著17部。担任 *Current Drug Metabolism* 和 *Annals of Pharmacology and Pharmaceutics* 编委，*Chinese Herbal Medicines* 主编，《中国抗生素杂志》主编等职。1992年获国务院津贴。曾评为全国、省市先进工作者，2000年获得香港紫荆花医学成就奖，2005年获得全国劳动模范称号，2013年获得国际药代学会（ISSX）特别贡献奖，2017年获得中国药学会特别贡献奖，2018年获得世界中医药联合会中药分析、质量和药代动力学终身成就奖。。

2003年当选中国工程院院士。

2. 曹雪涛

曹雪涛，1964年7月出生，山东省济南市人。1990年毕业于第二军医大学，获博士学位。现任南开大学校长、中国医学科学院学术委员会主席兼免疫治疗研究中心主任、海军军医大学医学免疫学国家重点实验室主任、国务院学位评定委员会基础医学组召集人。德国科学院院士、美国国家医学科学院院士、美国人文与科学院院士、亚大地区免疫学会联盟秘书长、中国免疫学会秘书长、中国生物医学工程学会理事长。创办《中国肿瘤生物治疗杂志》并任主编，任《中华医学杂志》主编、*Cellular and Molecular Immunology* 共同主编、*Cancer Immunology Research* 副主编，任 *Cell*、*eLife*、*Cell Research* 等期刊编委。曾任中国医学科学院院长、北京协和医学院校长、全球慢性疾病防控联盟主席、亚洲大洋洲免疫学会联盟主席、中国免疫学会理事长。

主要从事天然免疫与炎症的基础研究、肿瘤免疫治疗转化应用研究、医学科学发展战略研究。发现了数种新型免疫功能基因和新型免疫细胞亚群，揭示天然免疫识别与应答调控新分子机制、提出免疫炎症消退新观点，鉴定了预测肿瘤转移与患者预后的标志物分子，建立肿瘤免疫治疗的新途径并牵头开展树突状细胞疫苗临床试治晚期肿瘤患者多中心Ⅲ期临床试验。以通讯作者发表 SCI 收录论文 260 余篇，其中包括 *Cell*（5 篇）、*Nature*（2 篇）、*Science*（2 篇）、*Nature Immunology*（16 篇）、*Cancer Cell*（4 篇论文），SCI 他引 1 万余次。培养的 12 名博士生获得全国优秀博士论文，获得首届中国研究生教育特等奖（2014）、Nature 导师成就奖（2015）、中国工程院光华科技奖（2013）、中国科学院陈嘉庚科学奖（2016）。

2005 年当选中国工程院院士。

3. 丁健

肿瘤药理学家。1953 年 2 月出生，江苏无锡人。1992 年毕业于日本国立九州大学，获博士学位。中国工程院院士、发展中国家科学院院士、中国科学院上海药物研究所研究员，现任中科院上海药物研究所学术委员会主任、中国科学院大学药学院院长，曾任中国科学院上海药物研究所所长。

丁健研究员是我国药学界杰出的领军人物之一，在抗肿瘤药物研究中成绩斐然。领导建立了符合国际规范的抗肿瘤药物筛选和药效学评价体系，为我国抗肿瘤创新药物的自主研发提供了重要的技术支撑和能力保障。近 5 年，在“精准医疗”大背景下，瞄准国际前沿，前瞻布局了“抗肿瘤药物研发 - 敏感标志物探究 - 耐药机制探明 - 联合用药方案制定”四位一体的药物转化研发平台，聚焦肿瘤蛋白激酶研究领域，拓展表观遗传、肿瘤代谢、肿瘤免疫微环境三大系统，精准依据肿瘤分子分型，针对敏感人群研发个性化抗肿瘤新药，取得了令人瞩目的研究成果。其作为主要发明者之一研发的具有自主知识产权的 12 个候选新药正在进行临床研究，其中三靶激酶抑制剂 AL3810、我国首个 ALK 二代抑制剂丁二酸复瑞替尼等临床研究进展顺利；多个候选新药正在进行系统的临床前评价研究。在抗肿瘤药物的生物标志物和耐药机制研究方面，发现了数十余个生物标志物及多个联合用药方案，如揭示了组蛋白修饰重塑和细胞因子受体通路反馈上调是决定 EZH2 和 HDAC 抑制剂治疗实体瘤无效的关键原因，发现协同用药策略等，为自主研发的抗肿瘤新药的个性化治疗提供了实质性指导。在 *Cell*、*Cancer Cell*、*Cell Res*、*Hepatology*、*Nat Commun*、*J Nat Cancer Inst* 等杂志上发表论文 280 余篇，申请国内外发明专利 260 余项，实现成果转化 14 项。获国家自然科学奖二等奖（2 项）、国家科技进步二等奖、中国科学院杰出科技成就奖、谈家桢生命科学成就奖、何梁何利基金科学与技术进步奖等奖项。

2009 年当选中国工程院院士。

4. 杨宝峰

药理学家。1957 年 11 月出生于吉林省，吉林省松原市人。中国共产党第十七、十八、十九次全国代表大会代表。1988 年毕业于华中科技大学（原同济医科大学），并获药理学博士学位。先后赴日本、加拿大留学，分别被美国、澳大利亚、俄罗斯、日本等国著名院校聘为荣誉教授和荣誉博士。任中俄医科大学联盟（106 所大学）联盟主席，中华医学会副会长，黑龙江省科协副主席，中国心血管药理专业委员会名誉主任委员；心脏疾病研究“973”项目首席科学家，心血管药物研究教育部重点实验室主任，药理学国家重点学科、国家级教学团队及国家科技创新群体带头人。曾任哈尔滨医科大学校长，中国工程院医药卫生学部主任。

杨宝峰院士带领团队通过对 50 余种作用于心脑血管系统疾病药物的研究，发现抗心肌缺血、心律失常药物作用离子通道的特点和规律，并提出离子通道靶点学说，编入《离子通道药理学》和本科生《药理学教材》。发现离子通道、非编码 RNA 及 M3-R 等相互作用对心脏结构重构、电重构致心脏功能紊乱的机制。揭示作用于心血管系统疾病药物如 β 受体阻滞剂以及丹参、大黄等中药有效成分的心脏保护机制，阐明三氧化二砷等药物对心脏毒性作用的机制并提出防治措施。研发降脂、防术后黏连等药物并投入临床使用。曾获国家自然科学奖二等奖、何梁何利基金科学与技术进步奖、首届全国创新争先奖及黑龙江省最高科技奖，为首届“十佳全国优秀科技工作者”。主编规划教材《药理学》（6～9 版），并获全国医药优秀教材一等奖，为国家级教学名师。

2009 年当选中国工程院院士。

5. 黄璐琦

中药资源与分子生药学专家。1968 年 3 月生，江西婺源人。1995 年毕业于北京大学医学部（原北京医科大学），获博士学位。现任中国中医科学院院长、首席研究员，中国药学会副理事长。

作为全国中药资源普查工作专家指导组组长，牵头编制了《全国中药资源普查技术规范》，组织实施第四次全国中药资源普查工作，提出和发展了“分子生药学”

和道地药材形成的理论，建立了珍稀濒危常用中药资源五种保护模式和中药材鉴别新方法，使分子鉴别方法首次收载于国家药典。以第一作者或通讯作者发表论文 580 余篇，包括 *Nat Commun*、*PNAS*、*JACS* 等 SCI 论文 190 余篇。获国家发明专利 24 项，获国家科学技术进步二等奖 4 项、省部级一等奖 5 项。

2015 年当选中国工程院院士。

6. 李松

药物化学家。1963 年 7 月出生，辽宁省本溪市人。1992 年毕业于吉林大学，获博士学位。现任军事科学院军事医学研究院毒物药物研究所研究员。长期从事药物分子设计和合成研究，率先开展计算机辅助药物大规模筛选新技术新方法的研究。建立了我国自主防控流感大流行药物的国家能力储备生产线，并出色完成了国家抗流感药品战略储备任务，建成了我军第一个军用特需药物中试基地和高效发现平台。主持研发了 5 个新药，在国家战略性药物和军队特需药物的研究中做出突出贡献。获国家新药证书 10 项，军队特需新药证书 4 项，获国家科技进步奖一等奖 2 项，国家技术发明二等奖 1 项，省部级科技进步奖 6 项。以第一发明人获得中国、美国、欧盟、日本等国发明专利授权 110 项。发表研究论文 100 余篇。

2015 年当选中国工程院院士。

（二）中国科学院院士

1. 贺福初

细胞生物学、遗传学家。1962 年 5 月出生，湖南澧县人。1982 年毕业于复旦大学，1994 年获军事医学科学院放射医学研究所博士学位。2001 年当选中国科学院院士。现任中国人民解放军军事科学院副院长。

贺福初院士是国际“人类肝脏蛋白质组计划”的倡导者与领导者，开我国领导大型国际科技合作计划之先河；我国蛋白质组学的主要奠基者与学术带头人；中国人类蛋白质组组织、北京蛋白质组研究中心、复旦大学生物医学研究院、蛋白质组学国家重点实验室、国家大科学基础设施北京基地（凤凰中心）创始人；“中国人类蛋白质组计划”重点专项、国家蛋白质科学大科学设施－北京基地首席科学家，“传染病国家重大专项”副总

师。曾担任亚太蛋白质组组织主席、国际人类蛋白质组计划执委。现任蛋白质组学国家重点实验室主任，国家蛋白质科学中心（北京）理事长，北京蛋白质组研究中心理事长兼主任。

主要研究领域为基因组学、蛋白质组学、生物信息学和系统生物学。发现“发育相关进化”“协同进化”“协调进化”及“分子减速进化”等规律性现象；发现并克隆肝细胞生成素、揭示其基因调控机制，发现其受体及其两条信号转导通路；发现500余种人源新基因、新蛋白质；发现中国人群常见恶性肿瘤及慢性肝炎等的易感基因10余种；倡导并领衔了人类第一个组织、器官的“肝脏蛋白质组计划”，这也是中国第一次领导大型国际合作计划，*Nature*、*Science* 等国际著名杂志给予首肯。率先提出了人类蛋白质组计划的科学目标与技术路线，领导揭示了人体首个器官（肝）的蛋白质组表达谱、乙酰化修饰谱及其相互作用连锁图、亚细胞器定位图；发现蛋白质组构成、丰度分布和作用网络的四大规律。

曾获国际学术组织奖励3项，国家级奖励6项，省部级一等奖8项。获“树兰医学奖”“谈家桢生命科学成就奖”“求是杰出青年实用工程奖”“何梁何利基金科学与技术进步奖”等奖项。曾主持编写人类第一个器官（肝）的蛋白质组专著 *The Liver Proteome*（Wiley出版社，2012年），主编和主译专著12部。在 *Nature*、*Science*、*Nat Genet*、*Nat Med*、*Nat Cell Biol*、*Nat Biotechnol*、*Nat Methods*、*PNAS* 等国际核心期刊发表论文300余篇。

2001年当选中国科学院院士。

2. 赵进东

植物生理学及藻类学家。1956年11月出生，江苏武进人。1982年毕业于西南师范大学，1990年获美国德克萨斯大学博士学位。2007年当选中国科学院院士。现为北京大学教授，中国科学院水生生物学研究所研究员、所长。

长期从事藻类生物学研究，对蓝藻细胞分化和格式形成有系统研究，尤其对蓝藻异型胞分化中的信号转导和基因表达调控有深入研究。揭示了钙结合蛋白和钙离子信号在蓝藻细胞分化中起到的重要调控作用。对蓝藻藻胆体吸收光能在两个光系统间的分配与调节开展了系统研究，对揭示藻胆体吸收光能向光系统传递的途径和调控方式有重要贡献。1995年获国家杰出青年科学基金，2000年成为教育部长江学者特聘教授。现任中国中学生生物学竞赛委员会主任等。

2007年当选中国科学院院士。

3. 阎锡蕴

纳米生物学家。1957 年 2 月出生，河南开封人。1983 年毕业于河南医学院，1993 年获德国海德堡大学博士学位。现为中国科学院生物物理研究所研究员。系统研究了具有重要临床应用前景的肿瘤新靶点，实现了成果转化。在国际上提出了纳米酶新概念，第一次从酶学角度揭示了无机纳米材料的酶促反应动力学、催化机制，并将其用于污水治理、肿瘤诊断和埃博拉等病毒的检测，部分发明专利已进入美国、欧洲和日本。这项工作不仅揭示了纳米材料新特性、拓展其应用，还为模拟酶的基础和应用研究提供了新思想和新材料。原始论文 2007 年发表后被他引 750 余次，其结果被国际同行验证并形成了纳米酶研究与应用的新领域。获国家自然科学奖二等奖。

2015 年当选中国科学院院士。

4. 岳建民

有机化学家。1962 年 5 月出生，陕西省彬县人。1984 年毕业于兰州大学化学系，1987 和 1990 年在该校获硕士和博士学位。2017 年当选中国科学院院士。

主要从事天然有机化学和药物化学研究。以传统功效、分子生源合成途径和化学结构为导向，对 150 多种重要药用植物进行了深入系统的化学和生物活性研究，发现了 800 多个新天然化合物，包括大量新骨架类型和重要生物活性的分子，阐明了相关药用植物资源的化学成分和药效物质基础。提出了一批新骨架天然分子的生源合成路线，并通过化学合成和转化对部分生源路线进行了验证。对系列重要生物活性分子进行结构优化和构效关系研究，发现了多个药物先导和药物候选。曾获国家自然科学奖二等奖、上海市自然科学奖一等奖、吴阶平 – 保罗 · 杨森医学药学奖等。

2017 年当选中国科学院院士。

5. 蒋华良

药物科学学家。1965 年 1 月生于江苏省常州市，籍贯江苏武进。1987 年毕业于南京大学化学系，1992 年于华东师范大学获硕士学位，1995 年于中国科学院上海药物研究所获博士学位。

主要从事药物科学基础研究和新药发现。系统发展了药物作用靶标发现和药物设计理论计算新方法，为新药研究提供工具，获得国际同行和工业界广泛应用。设计高效探针分子，深入阐明和确证了一系列新靶标的作用机制和药理功能。针对肺动脉高压、精神分裂症和阿尔茨海默症等国内目前尚无自主知识产权新药的重大疾病，与他人合作进行新药开发研究，数个候选新药进入临床研究或获得临床批件，并实现技术转化。曾获得国家自然科学奖二等奖、何梁何利基金科学与技术创新奖等奖项。

2017 年当选中国科学院院士。

二、博士基金获得者中的部分高校、科研院所领导

获得博士基金项目资助的年轻博士，通过自己不懈的努力和刻苦钻研，不仅在专业学术领域取得了极大成就，相当多博士都走向了高等院校、科研院所的领导岗位，据初步统计，他们中的 80% 都先后担任过类似的职务（表 16–3）。

表 16–3　获“1035 工程”资助的部分药物研发和科研教育机构领导名单

姓名	单位
毕开顺	沈阳药科大学
曹雪涛	南开大学
常俊标	河南师范大学
陈晓光	中国医学科学院药物研究所
程卯生	沈阳药科大学
杜冠华	中国医学科学院
黄璐琦	中国中医科学院
黄文龙	中国药科大学
季宇彬	哈尔滨商业大学
孔令义	中国药科大学
匡海学	黑龙江中医药大学
李　冀	黑龙江中医药大学
李玛琳	云南省卫生和计划生育委员会
李卓荣	中国医学科学院医药生物技术研究所
刘利军	宁夏大学化工学院
刘　良	澳门科技大学

续表

姓名	单位
吕爱平	香港浸会大学中医药学院
平其能	中国药科大学
石远凯	中国医学科学院肿瘤医院
史大卓	中国中医科学院西苑医院
谭仁祥	南京中医药大学
王军志	中国食品药品检定研究院
王晓良	中国医学科学院药物研究所
王峥涛	上海中医药大学中药研究所
吴晓明	中国药科大学
肖诗鹰	中国生物技术发展中心
肖小河	解放军第三〇二医院（现解放军总医院第五医学中心）
徐安龙	北京中医药大学
徐瑞华	中山大学附属肿瘤医院
杨宝峰	哈尔滨医科大学
叶文才	暨南大学
庾石山	中国医学科学院药物研究所
张卫东	海军军医大学
钟大放	中国科学院上海药物研究所

注：上述人员工作单位统计时间为 2018 年；以姓氏拼音为序。

三、博士基金获得者中的部分“杰青”和“长江学者”

博士基金获得者中的优秀者，还先后获得过国家自然科学基金委的“国家杰出青年科学基金获得者”（简称“杰青”）和教育部的“长江学者奖励计划”（简称“长江学者”）专项资助（表 16–4）。

表 16–4　博士基金获得者中的部分“杰青”和“长江学者”名单

姓名	获批年度	单位
蒋华良	1997	中国科学院上海药物研究所
徐安龙	1997	中山大学
王峥涛	1998	中国药科大学
岳建民	2000	中国科学院上海药物研究所

续表

姓名	获批年度	单位
孔令义	2005	中国药科大学
哈木拉提·吾甫尔	2005	新疆医科大学
肖小河	2006	解放军第三〇二医院（现解放军总医院第五医学中心）
叶文才	2006	暨南大学
庾石山	2006	中国医学科学院药物研究所
黄璐琦	2013	中国中医科学院

注：单位以立项资助时间为准。

四、博士基金获得者中的首席科学家等

在获得资助的近200位博士中，部分人员还在科技部、国家卫健委、教育部、工信部、国家自然科学基金委等有关部门的科技计划中担任“首席科学家”（科技部）、总体组专家（“863计划”、重大新药专项）等。“973计划”首席科学家见表16–5。

表16–5 “973计划”首席科学家名单

姓名	“973”计划获批年度	单位
曹雪涛	2000	中国医学科学院
刘　刚	2003	清华大学
丁　健	2004	中国科学院上海药物研究所
庾石山	2004	中国医学科学院药物研究所
黄璐琦	2006	中国中医科学院
杨宝峰	2007	哈尔滨医科大学
徐安龙	2007	中山大学
刘吉开	2009	中国科学院昆明植物研究所
王智民	2012	中国中医科学院
匡海学	2013	黑龙江中医药大学
史大卓	2015	中国中医科学院西苑医院

注：单位以“973计划”立项时间为准。

回首当年，那些“年轻气盛”的博士们，在博士基金的支持下，忘我拼搏、辛勤努力！现今一大批人已经成为医药行业的开拓者、引领者和领导者，实现了“1035工程”当初的设计梦想。

第十七章

优秀团队

在科技部、教育部、国家卫健委（原卫生部）、国家自然科学基金委等部门的大力支持下，经过专家学者和从业人员的不断努力，形成了一批优秀创新团队、组建了多个国家级和省部级重点实验室，涌现了多个获得国家科技大奖的人才团队。其中，博士基金获得者参与的医药类创新团队和群体有 34 个（国家自然基金科学委资助的创新群体 4 个、科技部重点领域创新团队 17 个以及教育部创新团队 13 个），国家级重点实验室 10 家（国家重点实验室 9 家、企业国家重点实验室 1 家），国家工程研究中心 2 家，国家工程实验室 4 家，以及教育部重点实验室 5 家等。

此外，一大批博士基金获得者也从事和参与建设、完善相关医药研究平台、关键技术和企业研究基地，对提升医药学学科的研究水平、提高中药品种的科技内涵、促进医药企业的发展和推动中药现代化的进一步发展奠定了坚实的基础。

由这些博士担纲领衔且有较大影响的创新团队如下。

第一节 创新团队

一、创新群体及团队

（一）国家自然科学基金委员会资助的创新群体

一批博士基金项目获得者，因卓越的科研成就，先后获得国家自然科学基金创新研究群体。

姓名	年份	单位
谭仁祥	2014	南京大学
曹雪涛	2001，2007	第二军医大学（现海军军医大学）
杨宝峰	2011，2014	哈尔滨医科大学
李　萍	2014	中国药科大学

注：单位以博士基金获得年份为准。

（二）科技部重点领域创新团队

一大批获得博士基金的优秀人才作为主要成员获得了科技部重点领域创新团队称号，其中中药领域团队共有 6 个，其中 2013 年、2014 年各资助 1 项，2012 年和 2015 年各资助 2 项（表 17–1）。

表 17–1　中药领域的科技部重点领域创新团队名单

团队名称	负责人	依托单位	批准年份
中药资源创新团队	黄璐琦	中国中医科学院	2012
沉香等珍稀南药诱导形成机制及产业化技术创新团队	魏建和	中国中医科学院药用植物研究所海南分所	2012
中药质量与安全标准研究创新团队	马双成	中国食品药品检定研究院	2013
基于扶正培本治则的中医肿瘤研究创新团队	花宝金	中国中医科学院	2013
免疫识别、应答及调控研究创新团队	吴玉章	第三军医大学（现陆军军医大学）	2013
重大口腔疾病发病机制与防治研究创新团队	陈谦明	四川大学	2013
免疫皮肤病学创新团队	高兴华	中国医科大学	2013
复方中药研究创新团队	高秀梅	天津中医药大学	2014
食管癌变的分子机理研究创新团队	刘芝华	中国医学科学院肿瘤医院	2014
慢性痛基础研究与临床治疗创新团队	武胜昔	第四军医大学（现空军军医大学）	2014
区域高发恶性肿瘤生物靶向诊治创新团队	赵永祥	广西医科大学	2014
肺损伤相关疾病整体调节的转化医学研究创新团队	蒋澄宇	中国医学科学院基础医学研究所	2014
中医药防治老年性骨病创新团队	王拥军	上海中医药大学附属龙华医院	2015

团队名称	负责人	依托单位	批准年份
基于体内过程中药药效物质基础研究创新团队	邱 峰	天津中医药大学	2015
抗感染药物研究创新团队	游雪甫	中国医学科学院医药生物技术研究所	2015
基于中药创新药物的发现创新团队	张卫东	第二军医大学（现海军军医大学）	2016

注：依托单位以获批年份为准。

（三）教育部“创新团队发展计划”项目

获得博士基金的优秀人才中，有一大批成为教育界的主力军，许多博士入选了教育部“创新团队发展计划”，如中药领域团队共有 14 个，其中 5 个团队——分别是叶文才、何新、王峥涛、程卯生领导的团队于 2014 年获得滚动支持，孔令义领导的团队 2015 年获得滚动支持（表 17–2）。

表 17–2 中药领域的教育部“创行新团队发展计划”项目名单

团队名称	负责人	依托单位	年份
中医药干预多器官纤维化与异病同治、同病异治科学内涵的研究	牛建昭	北京中医药大学	2004
基于中药资源创新药物研究	果德安	北京大学	2005
符合中医药特点的中药复杂体系药效物质基础与质量控制研究	李 萍	中国药科大学	2008
中药和天然药物的遗传药理学基础与临床应用研究	刘昭前	中南大学	2009
中草药来源的神经系统疾病创新药物研究	叶文才	暨南大学	2009—2014 年度滚动
组分中药基础与应用研究	何 新	天津中医药大学	2009—2014 年度滚动
天然药物中活性物质的结构与功能研究	庾石山	北京协和医学院	2010
中药品质评价与技术创新研究及其应用	王峥涛	上海中医药大学	2010—2014 年度滚动
天然活性物质的结构改造与类药性研究	程卯生	沈阳药科大学	2010—2014 年度滚动
天然药物分子发现与结构优化	孔令义	中国药科大学	2011—2015 年度滚动
天然活性物质的发现、结构改造与功能研究	陈振峰	广西师范大学	2012
中医药防治心血管疾病研究	毛静远	天津中医药大学	2012
天然产物及类天然产物合成	张洪斌	云南大学	2013

注：依托单位以入选年份为准。

二、获得国家科技奖励的人才团队

（一）国家科学技术进步奖获奖项目及团队

国家科学技术进步奖授予在技术研究、技术开发、技术创新、推广应用先进科学技术成果，促进高新技术产业化以及完成重大科学技术工程、计划等过程中做出创造性贡献的个人和组织。博士基金获得者中有一大批获得了国家科学技术进步奖，有些获得了多次奖励。例如，1996—2017 年获得国家科学技术进步奖的中药学科领域项目共计 60 项（包括一等奖 4 项、二等奖 46 项、三等奖 10 项）（表 17-3）。

表 17-3　国家科学技术进步奖中药领域的获奖情况

年份	获奖数	年份	获奖数
1996 年	2 项	2008 年	2 项
1997 年	6 项	2009 年	6 项
1998 年	1 项	2010 年	3 项
1999 年	5 项	2011 年	6 项
2000 年	2 项	2012 年	3 项
2001 年	2 项	2013 年	3 项
2002 年	1 项	2014 年	4 项
2004 年	3 项	2015 年	5 项
2005 年	2 项	2016 年	7 项
2006 年	1 项	2017 年	4 项
2007 年	3 项		

其中第一完成单位包括中国中医科学院中药研究所、云南省药物研究所、军事医学科学院毒物药物研究所、军事医学科学院放射与辐射医学研究所、中国医学科学院药物研究所、中国科学院上海药物研究所、中国医学科学院药用植物研究所等科研院所，天津中医药大学、上海中医药大学、黑龙江中医药大学、苏州大学附属第一医院、暨南大学等高等院校，中国中医科学院广安门医院、中山大学肿瘤防治中心、中日友好医院、北京协和医院等医院，以及河北以岭医药集团有限公司、山东绿叶制药有限公司、江苏康缘药业股份有限公司等医药企业。

（二）国家自然科学奖获奖项目及团队

国家自然科学奖授予在基础研究、应用基础研究中，阐明自然现象、特征和规律、做出重大科学发现的个人。1996—2015 年获得国家自然科学奖的中药学科领域项目共计 3 项，其中 2012 年 2 项，2013 年 1 项。第一完成单位包括中国科学院上海药物研究所和中国医学科学院医药生物技术研究所（表 17–4）。

表 17–4　1993—2015 年期间获得国家自然科学基金奖的中药领域项目及团体

项目名称	主要完成单位	主要完成人	获奖年份	等级
中药复杂体系活性成分系统分析方法及其在质量标准中的应用研究	中国科学院上海药物研究所，北京大学	果德安，叶敏，吴婉莹，关树宏，刘璇	2012	二等奖
小檗碱纠正高血脂的分子机理、化学基础及临床特点	中国医学科学院医药生物技术研究所，南京市第一医院	蒋建东，宋丹青，魏敬，孔维佳，潘淮宁	2012	二等奖
若干中草药的化学与生物活性成分的研究	中国科学院上海药物研究所	岳建民，丁健，扬升平，张华，樊成奇	2013	二等奖

注：主要完成单位以获奖年份为准。

（三）国家技术发明奖获奖项目及团队

国家技术发明奖授予运用科学技术知识做出产品、工艺、材料及其系统等重大技术发明的个人。其中，2001—2015 年获得国家技术发明奖的中药领域项目共　计 4 项（表 17–5）：2003 年 1 项，2006 年 1 项，2011 年 1 项，2013 年 1 项；第一完成单位包括大连轻工业学院、浙江中医药大学、中国科学院上海药物研究所和大连经济技术开发区天富科技开发有限公司等。

表 17–5　2001—2015 年期间获得国家技术发明奖的中药领域项目及团体

项目名称	主要完成单位	主要完成人	获奖年份	等级
酶转化法生产 Rh2 等人参稀有皂苷	大连轻工业学院（现大连工业大学）	金凤燮，鱼红闪，卢明春，宋建国，张春枝，王玉良	2003	二等奖
超临界二氧化碳萃取中药有效成分产业化应用技术	浙江中医药大学	李大鹏	2006	二等奖
丹参多酚酸盐及其粉针剂	中国科学院上海药物研究所，上海绿谷制药有限公司	宣利江，王逸平，徐亚明，丁愉，王唯，顾云龙	2011	二等奖
一类单体中的新药参一胶囊创制的关键技术及应用	大连经济技术开发区天富科技开发有限公司，大连大学，大连医科大学附属第一医院，上海长征医院，大连医科大学	富力，马晓杰，刘基巍，王杰军，燕秋，鲁崎	2013	二等奖

注：主要完成单位以获奖年份为准。

第二节　技术平台与基地平台

一、技术平台与关键技术的构建者

获得博士基金者有一大批成为技术平台和关键技术的负责人（见前文的相关阐述），以中药领域为例，包括：中药新药发现与评价、中药制剂工艺研究、中药安全性评价、中药质量研究、中药药效物质基础研究、中药药代动力学研究、中药药效研究、动物模型构建和中药临床评价等。主要承担单位包括中国中医科学院、中国医学科学院、中国科学院、国家药典委员会等科研单位，高等院校主要集中在中国药科大学、北京中医药大学、天津中医药大学、上海中医药大学等，此外有一大批企业承担了关键技术平台的建立，如石家庄以岭药业股份有限公司、天士力制药集团股份有限公司、江苏康缘药业股份有限公司、北京中研同仁堂医药研发有限公司等。

表 17–6　部分博士基金和“1035 工程”项目获得者承担的“十一五”重大新药创制专项的技术平台和关键技术课题

方向	技术平台与关键技术名称	牵头单位	课题负责人
一	以心血管病为示范的中药新药评价研究技术平台	中国中医科学院西苑医院	唐旭东
	病毒性肝炎中药新药评价研究技术平台	上海中医药大学附属曙光医院	蒋　健
	药物筛选技术平台	中国医学科学院药物研究所	杜冠华
	综合性中药新药研究开发技术大平台	中国中医科学院	曹洪欣
	心脑血管、自身免疫、严重感染、神经退行性疾病中药的新药发现和评价技术平台的建立	第二军医大学（现海军军医大学）	张卫东
	现代中药新药发现和评价技术平台建设	天津中医药大学	高秀梅
	基于方证相对原理抗器官纤维化的中药新药发现和技术评价平台	上海中医药大学	刘　平
	中药新药发现和技术评价平台建设	中国医学科学院药物研究所	庾石山
	中药新药评价研究技术平台	北京中医药大学东直门医院	田金洲

续表

方向	技术平台与关键技术名称	牵头单位	课题负责人
	糖尿病中药新药评价研究技术平台建设	成都中医药大学附属医院	段俊国
—	中药新药（恶性肿瘤等疾病）评价研究技术平台	上海中医药大学附属龙华医院	郑　锦
	中药新药发现与评价技术平台	中国医学科学院药物研究所	庾石山
	中药新药评价研究技术平台	辽宁中医药大学附属第二医院	李国信
	中药新药评价研究技术平台建设	长春中医药大学附属医院	冷向阳
	现代中药新药发现和评价技术平台建设	天津中医药大学	高秀梅
	以 GPCR β 1/β 2AR 为靶标的中药活性筛选及创新中药发现	北京大学	王　钰
	基于中药优势病种的新药研发	中国医学科学院药物研究所	屈　晶
中药制剂研究	中药新型给药系统技术平台	江西中医药大学	刘红宁
	适宜于中药复方多组分特色的缓控释给药系统的关键技术研究	北京中医药大学	杜守颖
	中药制剂物理改性技术研究	上海中医药大学	冯　怡
中药质量研究	中药标准物质研制和开发的技术平台建设	中国药品生物制品检定所	林瑞超
	中药质量评论方法、体系及技术标准平台	中国科学院上海药物研究所	果德安
	符合中医药特点和基于药效的中药质量关键技术研究	中国药科大学	李　萍
	与药效相关的中药质量评价关键技术研究	上海中医药大学	王峥涛
	符合中药特点的质量评价方法和体系研究	解放军第三〇二医院（现解放军总医院第五医学中心）	肖小河
	中药主要重金属快速免疫检测技术及安全标准评价研究	北京师范大学	孟繁蕴
中药药代动力学研究	中药前药代动力学技术平台建设与研究	中国科学院上海药物研究所	李　川
	中药复方药代动力学研究关键技术	中国药科大学	王广基
	中药复方药代动力学研究关键技术	黑龙江中医药大学	王喜军

续表

方向	技术平台与关键技术名称	牵头单位	课题负责人
中药药效物质基础研究	中药药效物质基础及物质资源库研究关键技术	中国药科大学	孔令义
	中药药效物质基础及物质资源库研究关键技术	复旦大学	陈道峰
中药安全性评价	中药安全评价技术平台	上海中医药大学	谢家骏
	中药注射剂致敏性检测关键技术的研究	山东大学	刘兆平
	清开灵注射液安全性关键技术研究	北京中医药大学药厂	乔延江
中药工艺研究	中药生产技术及过程控制技术标准平台	中国中医科学院中药研究所	王智民
中药化合物库建立	面向新药发现的数字化中药化学成分库	中国医学科学院药用植物研究所	陈士林
	“中药化学成分库”建设	中国科学院昆明植物研究所	谭宁华
	规模化中药化学成分库的建立	中国科学院上海药物研究所	岳建民
中药临床评价	显示中医药疗效优势的中药药效评价关键技术研究	北京中医药大学	高　颖
	冠心病血瘀证中药疗效评价关键技术研究	中国中医科学院西苑医院	史大卓
	基于辨证论治治疗 RA 中药新药药效评价动物模型研制及其应用研究	中国中医科学院中医基础医学研究所	吕爱平

注：牵头单位以承担课题时间为准。

二、领衔国家重点实验室、企业国家重点实验室

获得博士基金者有一大批成为国家重点实验室和企业国家重点实验室的负责人。国家重点实验室、国家工程研究中心和国家工程实验室是国家科技创新体系的 3 个重要组成部分。国家重点实验室是国家组织高水平基础研究和应用基础研究、聚集和培养优秀科学家、开展高层次学术交流的重要基地；企业国家重点实验室的建设有利于促进企业成为技术创新主体、提升企业自主创新能力、提高企业核心竞争力；省部共建国家重点实验室的建设通过加强中央和地方的资源集成，加大创新驱动区域经济社会发展的力度。目前中药领域共有重点实验室 11 家，其中国家重点实验室 5 家、企业国家重点实验室 3 家、省部共建国家重点实验室 3 家。这些实验室中有一批是以博士创新基金获得者作为主任或副主任。

国家工程研究中心是国家发改委组织具有较强研究开发和综合实力的高校、

科研机构和企业等建设而成的研究开发实体，旨在通过建立工程化研究，验证的设施和有利于技术创新、成果转化的机制，培育、提高自主创新能力，搭建产业与科研之间的“桥梁”，促进产业技术进步和核竞争能力的提高，目前中药领域有国家工程研究中心 5 家。

国家工程实验室是依托企业、转制科研机构、科研院所或高校等设立的研究开发实体，作为重要的产业技术基础设施，国家工程实验室被纳入国家中长期科学和技术发展规划纲要，以提高自主创新能力和核心竞争力，推进战略性、前瞻性、关键性技术等核心技术开发与实验能力的整体提升。

（一）国家重点实验室

序号	实验室名称	依托单位	博士基金获得者
1	新药研究国家重点实验室	中国科学院上海药物研究所	丁　健（主任）
2	天然药物活性物质与功能国家重点实验室	中国医学科学院药物研究所	庾石山（主任）
3	天然药物活性组分与药效国家重点实验室	中国药科大学	李　萍（主任）
4	天然药物与仿生药物国家重点实验室	北京大学	杨秀伟（副主任）
5	医学免疫学国家重点实验室	海军军医大学	曹雪涛（主任）
6	植物化学与西部植物资源持续利用国家重点实验室	中国科学院昆明植物研究所	刘吉开（主任）
7	有害生物控制与资源利用国家重点实验室	中山大学	徐安龙（主任）
8	生物大分子国家重点实验室	中国科学院生物物理研究所	阎锡蕴（副主任）
9	中药质量研究国家重点实验室	澳门科技大学	刘　良（主任）

注：上述人员任职情况以项目立项为准。

1. 新药研究国家重点实验室

新药研究国家重点实验室依托于中国科学院上海药物研究所，1995 年通过国家验收，现任实验室主任蒋华良。现有两院院士 3 人，发展中国家科学院院士 1 人，973 项目首席科学家 4 人，“杰青” 14 人，“优青” 4 人，“青年千人计划” 3 人，中国科学院“百人计划”入选者 12 人，何梁何利基金科学与技术奖获得者 4 人，上海自然科学牡丹奖获得者 1 人。2004 年被科技部授予“国家重点实验室计划先进集体”称号，获金牛奖；2001—2011 年，连续三次在全国国家重点实验室评估中被评为优秀实验室。历年共获国家自然科学奖二等奖 3 项、国家科技进步奖二等奖 2 项、国家技术发明奖二等奖 1 项、中国科学院杰出科技成就奖 1

项、上海市科技进步奖一等奖 3 项、上海市自然科学奖一等奖 2 项、上海市科技发明奖一等奖 1 项。实验室采用各学科最新的理论和实验技术，在中草药和天然产物中寻找发现新药的“苗子”（先导化合物），进行临床前研究，同时开展药学领域的理论研究。

2. 天然药物活性物质与功能国家重点实验室

该国家重点实验室依托于中国医学科学院药物研究所，于 2011 年由科技部批准筹建。现任实验室主任庾石山、学术委员会主任由于德泉担任。实验室现共有中国工程院院士 1 名，教育部长江学者特聘教授 3 名，“杰青” 4 名，新世纪百千万人才工程国家级人选 6 名，“青年千人计划” 2 名，“优青” 2 名。该实验室主要围绕天然药物活性物质与功能发现研究中的关键科学问题开展创新研究。目前，实验室围绕生物靶标导向的天然药物活性物质的发现及其结构和功能研究、天然药物活性物质的成药性研究、天然药物活性物质与功能发现的新方法和新技术研究等 3 个研究方向，以肿瘤、心脑血管疾病、神经精神疾病、糖尿病、感染性疾病等重大疾病防治药物为重点建了多学科相结合的创新研究团队，取得了多项具有国际领先水平的研究成果。

3. 天然药物活性组分与药效国家重点实验室

该国家重点实验室依托于中国药科大学，于 2011 年获科技部批准筹建，2013 年 12 月通过验收，现任实验室主任李萍。实验室现有固定人员 74 人，包括中国工程院院士 1 人、德国科学院院士 1 人、教育部长江学者特聘教授 5 人、“杰青” 4 人等。实验室定位于适应国家重大需求，针对重大疾病，以我国丰富的天然药物为资源，围绕多靶标天然活性物质（群）的发现，天然活性物质的生物功能研究和天然活性物质成药性研究 3 个研究方向，开展基础性多学科交叉的创新研究，构建基于天然药物的创新药物研究理论和方法体系，为实现新药研发模式的战略转轨提供理论与技术支撑。将实验室建成国际领先的天然药物创新研究、学术交流和人才培养基地。获得包括国家科技进步奖二等奖在内的国家级和省部级科技奖励多项。

4. 天然药物与仿生药物国家重点实验室

该国家重点实验室依托于北京大学，于 1985 年由原国家计委批准筹建。现任实验室主任周德敏，实验室学术委员会主任由张礼和担任。实验室现有固定人员 49 人，其中包括中国科学院院士 2 人，教育部长江学者特聘教授 1 人，“杰青” 4 人，教育部跨世纪优秀人才计划、新世纪优秀人才计划人造 5 人，实验室围绕生物药靶的发现和确认、以生物大分子为靶的药物发现、基于天然资源的先导化合物发现与中药复杂成分的物质基础研究、药物输送系统在生物体系中及治疗过程中作用规律以及新药创制开展与天然药物及仿生药物相关的基础研究和应用基础研究。获省部级以上科技奖励 3 项。

5. 医学免疫学国家重点实验室

医学免疫学国家重点实验室依托于中国人民解放军第二军医大学（现海军军医大学）医学免疫实验室，于2005年通过国家验收，现任实验室主任曹雪涛院士。目前实验室是国家级重点免疫学科，是国家自然科学基金优秀创新团队基金的承担者，是中国免疫学会理事长单位。在免疫学基础理论探索与应用性研究方面学术特色更加明显，在国际同行中的学术影响力得到进一步提高，圆满召开了上海国际免疫学会议（2007年），实验室主任曹雪涛教授多次应邀在国际学术大会作报告。实验室拥有一支以长江学者奖励计划特聘教授、国家“973计划”免疫学项目首席科学家曹雪涛院士为学科带头人，以中青年为主体的科技攻关队伍。在依托单位的支持下，实验室发展成为国家医学免疫学研究与应用科技创新体系的重要组成部分，成为国家组织高水平免疫学基础研究和应用基础研究、聚集和培养优秀科学家、开展学术交流和培养高层次创新人才的重要基地。

6. 植物化学与西部植物资源持续利用国家重点实验室

该国家重点实验室依托于中国科学院昆明植物研究所，于2001年获科技部批准建设，实验室主任由陈纪军担任，学术委员会主任由孙汉董担任。实验室主要研究领域包括：药用植物化学成分及其生物活性、高等真菌次生代谢产物及其生物活性、天然产物结构与高选择性反应、天然创新药物和先导化学物研究、天然农药研究等。多年来，实验室以我国西部地区丰富的植物资源为研究对象。以有机化学为基础，运用化学、生物学和现代分析手段，开展植物化学成分的结构测定、生物活性与功能、结构修饰与合成、分布及演化规律的研究，与相关学科结合，为我国尤其是西部地区创新植物药和中药（广义）现代化的发展作出贡献。

7. 有害生物控制与资源利用国家重点实验室

有害生物控制与资源利用国家重点实验室原名“生物防治国家重点实验室”，依托于中山大学科学研究院，由“南中国生物防治之父”蒲蛰龙院士于1989年创建，1995年通过国家验收，并正式对国内外开放。实验室主任徐安龙教授。实验室针对我国尤其是华南地区的重大有害生物，开展有害生物的成灾机理、可持续控制的基础和应用技术研究。队伍中现有中国工程院院士1名，“千人计划”专家1人，教育部长江学者讲座教授2名、长江学者特聘教授3名，“杰青”7名，新世纪“百千万”人才3名，珠江学者特聘教授1名，广东省“千百十”国家级培养对象4名，教育部新世纪优秀人才6名。实验室目前与10多个国家以及国内的多个单位有科研合作关系，日益频繁的国际交流大大促进了海外人才与国内科研骨干的合作研究，对提升科技创新能力和综合竞争实力起到了重要作用。

8. 生物大分子国家重点实验室

生物大分子国家重点实验室依托中科院生物物理研究所建设，1991年1月通过验收并正式开放运行。

实验室成立以来，紧密围绕生物大分子的结构与功能研究这一主线，不断优化领域布局、凝练学科目标、汇聚人才团队、承担重大任务、推动交流合作、建设开放平台、创新体制机制，取得了一系列有显示度的重要成果。研究所曾在胰岛素三维结构测定、青蒿素结构解析、酶活性部位柔性及酶促动力学等方面取得重要进展，根植于生物物理所深厚的发展积淀和学科优势，实验室开创和引领了我国结构生物学的蓬勃发展，解析了我国首个真核膜蛋白复合体 LHC-II 的晶体结构，揭示了线粒体膜蛋白复合物Ⅱ及其底物结合复合体的精细结构，发展了冷冻电镜解析技术并获得国内首个近原子分辨率的质型多角体病毒结构，重构和解析了 30 nm 染色质纤维高分辨率冷冻电镜结构。经过二十多年的发展，实验室已成为我国组织生物大分子前沿研究的重要基地和学术高地，引领了我国生物大分子科学的发展。本实验室在国家重点实验室的历次（先后共次）评估中都被评为“优秀”，在建设 10 周年和 20 周年之际，均获得“国家重点实验室计划先进集体”（金牛奖）。

实验室现有科研人员 172 人，固定研究组 36 个，客座研究组 4 个。拥有中科院院士 7 人，第三世界科学院院士 5 人，“千人计划” 3 人，“青年千人计划” 6 人，“万人计划” 领军人才 5 人、青年拔尖人才 2 人，“杰青”12 人，“优青”2 人，“百人计划” 15 人，“973 计划” 首席科学家 11 人。

实验室作为国家“蛋白质研究”计划的重要研究基地，主持了 9 项科技部基础研究计划项目，牵头建议并组织实施了中科院“生物大分子复合体结构、功能与调控”战略性科技先导专项；取得了一系列原创性研究成果，获得国家自然科学奖二等奖 1 项，中国科学院“十二五”重大科技成果与标志性进展 1 项，北京市科学技术进步奖一等奖 2 项；发表 SCI 收录期刊研究论文 716 篇，其中“CNS” 论文 16 篇。

9. 中药质量研究国家重点实验室

2010 年经科技部批准，在澳门建立第一个中医药领域的国家重点实验室。实验室主任由刘良（澳门科技大学）担任。

中药质量研究国家重点实验宝针对中药质量有效性、安全性、稳定性、可控性和追溯性等 5 个关键环节，重点解决制约中药现代化、产业化和国际化的关键问题。建成与中药质量关联的药理、安全、制药、检定和信息等 5 个国际一流的研究平台，全球招聘优秀多学科中青年博士组建了 35 个多学科结合课题组，培养硕士、博士研究生 348 人，与全球著名学府、欧盟药典会和美国药典会等共建多个联合实验室。2011 年以来，发表 SCI 论文 898 篇（含 *Nature*、*Science* 和 *Cell* 系列期刊），6 篇 IF > 20，18 篇 IF 10 ~ 20，153 篇 IF 5 ~ 10，总引用 9 920 次；主编中英文专著 4 部；获欧盟、美国和中国等国家和地区发明专利数十项；获国内外重要科技奖项 80 余项。

（二）企业国家重点实验室

实验室名称	依托单位	博士基金获得者
中药制药过程新技术国家重点实验室	江苏康缘药业股份有限公司	王智民（副主任）

中药制药过程新技术国家重点实验室于2010年获科技部批准筹建，2014年9月建成验收。萧伟担任重点实验室主任，王智民、王振中任重点实验室副主任。实验室成立以来，紧密围绕中药制药过程新技术的前沿和关键问题，系统建立了中药提取精制新技术研究平台、中药现代制剂新技术研究平台、中药质量控制新技术研究平台、中药化学基础与分离工程研究平台、中试研究平台，开展中药制药过程新技术的中试、产业化应用研究及相关产品开发。目前已在工业色谱、膜分离、连续逆流萃取等提取精制技术，缓控释制剂、中药注射剂等制剂技术，全过程质量控制和在线检测等质控技术方面突破技术难关。首创适合于中药复杂化学成分（组分）大规模高效制备的方法体系与工业化装备，实现中药复杂物质群的快速、高效、系统、工业化分离；研发中药缓控释制剂释药过程评价技术、高生物利用度的速释制剂技术，探索中药制剂新技术的产业化应用；构建以功效成分为核心的中成药质控体系，实现了以“功效物质群与临床疗效一致性”为质控目标的中药生产全过程质量控制，突破了制约中成药质量均一性的瓶颈问题；建立了以中药制药过程知识管理技术为核心的智能生产技术体系，实现了中药复杂体系生产过程的信息化、数字化、智能动态优化生产，于2015年3月建成我国第一个中药数字化智能制造工厂，列入国家工信部首批智能制造试点示范项目（中药行业唯一），为中成药智能制造技术在行业内推广应用提供了示范。

实验室总体面积13 955m^2，拥有各类仪器设备341台套，设备原值8 287万元，拥有包括高级职称以上人员23人，博硕士63人在内的87人的研究团队，其中“何梁何利基金奖”获得者1人、“国家百千万人才工程”人才1人、正高8人，副高15人，博导4人。

至2017年，实验室主持了“973计划”项目1项，重大新药创制课题4项，工信部重大科技成果转化专项项目1项、中药标准化专项课题2项，共发表论文308篇，其中SCI论文42篇，申请相关发明专利61件。在中药质量控制新技术等方面取得重要创新成果，并在中药提取精制新技术、中药制剂新技术等方面取得显著进展，获国家科技进步奖二等奖2项及省部级科技一等奖5项，依托国家重点实验室在中药制药过程新技术领域的技术优势，成功开发银杏二萜内酯葡胺注射液、龙血通络胶囊、淫羊藿总黄酮胶囊等3个重大目标产品。

2017年国家重点实验室评估中，在全国99家重点实验室中被评为优秀，全国排名第七（全国共评出 25 家优秀），位居医药领域首位。

三、国家工程研究中心与国家工程实验室

（一）国家工程研究中心

全国国家工程研究中心共 127 个，其中医药行业共 15 个，博士基金获得者领衔的国家工程研究中心有 2 个。

序号	工程研究中心名称	获批年份	依托单位	博士基金获得者
1	中药固体制剂制造技术国家工程研究中心	2002	江西中医药大学	杨世林（主任） 吕爱平（董事长）
2	中药提取分离过程现代化国家工程研究中心	2002	广州汉方现代中药研究开发有限公司（现广州白云山汉方现代药业有限公司）	刘菊妍（主任）

1. 中药固体制剂制造技术国家工程研究中心

中药固体制剂制造技术国家工程研究中心是 2002 年国家计委批推设立。依托于江西中医学院（现江西中医药大学）、江中集团。着眼于制约中药现代化科技产业发展中的关键共性技术问题研究，以及中药、化学药、天然药、保健食品等创新品种开发研究。中心现有国家药典委员会委员 2 名，享受国务院特贴专家 4 名、博士生导师 6 名、高级职称 25 名、博士 23 名，形成了一支以高级研究人员为核心，中青年科研人员为骨干的精干高效的专业化研发团队。2008 年获得国家发改委授予的“国家高技术产业化十年成就奖”，2012 年获得国家发改委授予的“国家工程研究中心优秀业绩奖”。

2. 中药提取分离过程现代化国家工程研究中心

中药提取分离过程现代化国家工程研究中心是国家发展和改革委员会批准的唯一一家专业从事中药及天然药物新技术新工艺的研究开发、中试放大与工程化验证、产业化示范的国家级创新平台，以广州白云山汉方现代药业有限公司为依托单位，刘菊妍博士任中心主任。2002 年组织申报并于 2004 年获得国家发改委正式批复建设，2007 年高标准通过国家发改委验收，正式授牌运行。

成立以来，紧密围绕以先进的单元提取分离技术、在线质量检测技术和自动控制技术为核心，发展中药提取分离技术和装备，并进行系统集成和工程化验证，取得了一系列具有显示度的重要成果，在行业内起到辐射和示范作用。工程中心在长春碱系列抗肿瘤原料药的示范线建设及国际化、注射用蛋黄卵磷脂等

系列脂质原辅料的国产化、青蒿素的绿色提取、保健品“广药牌灵芝孢子油软胶囊”的开发上市、符合国际 cGMP 标准的中药提取分离生产质量体系、第五代 AOTF 近红外在线检测质量控制技术应用等方面取得重要进展及成果，其中长春碱系列抗肿瘤原料药国内品种最全、规模最大、标准最高（2017 年酒石酸长春瑞滨获得欧盟 CEP 证书）；脂质原辅料如精制蛋黄卵磷脂国内首家上市、蛋黄磷脂酰胆碱和精制橄榄油国内首家注册，并相继打破国外垄断，同时开发成功中链甘油三酸酯、胆固醇、油酸钠等关键脂质原辅料，形成国内品类最全、规模最大的脂质原辅料研发及产业化示范基地，引领国内产业的发展。顺应国内营养产业新业态的发展，工程中心在特殊医学用途配方食品领域取得重要进展。工程中心开发并建成了先进、合理、配套齐全的中药提取分离工程技术及产品研究开发、中试及工程化验证、产业化示范生产平台。在国家发改委的历次（4 次）评估中曾被评为良好，并成功申报 2011 年国家工程研究中心创新能力项目。

现拥有 30 位高水平的专家顾问团队，员工总人数 305 人，其中科研人员 127 人，双聘院士 5 名，国务院特殊津贴专家 1 名，国家药典委员会委员 1 名，广东“特支计划”青年拔尖人才 1 名，广州市珠江科技新星 3 名，高级职称 22 名（正高级 5 名），中级职称 52 名，博士（后）7 名，硕士 32 名。

成立 10 年以来，先后获国家级项目 9 项、省级项目 23 项、市级项目 47 项，合计 79 项，累计获得资助资金超 1 亿元。先后获得国家工程研究中心“优秀业绩奖”，省部级科技奖励 8 项。自主研发获得生产批文 13 项，临床批文 3 项；获得广州市科学技术成果登记证书 27 个、广东省高新技术产品 30 个；申请国家专利 101 项，其中发明专利 95 项，获专利授权 55 项；技术服务与推广 260 多项；发表学术论文 200 余篇，出版学术专著 1 本。

（二）国家工程实验室

目前医药行业（中药、化药、生物药等）共有国家工程实验室 12 个，由博士基金获得者领衔的国家工程实验室有 4 个。

序号	工程实验室名称	获批年份	依托单位	博士基金获得者
1	中药质量控制技术国家工程实验室	2009	中国中医科学院中药研究所	王智民（主任）
2	中药标准化技术国家工程实验室	2009	中国科学院上海药物研究所	果德安（主任）
3	濒危药材繁育国家工程实验室	2009	中国医学科学院药用植物研究所	魏建和（主任） 刘新民（副主任）
4	中药临床疗效和安全性评价国家工程实验室	2016	中国中医科学院西苑医院	唐旭东（主任） 史大卓（副主任）

1. 中药质量控制技术国家工程实验室

中药质量控制技术国家工程实验室由国家发改委于2009年批准，2014年通过国家验收。中国中医科学院首席研究员王智民博士担任该实验室主任。建设主体为中国中医科学院中药研究所，合作单位为修正药业集团公司和中国药材公司，分别负责中成药和饮片孵化基地的建设。实验室现有研究人员66人，正高级23人，副高级16人。完成国际、国家等相关标准220项，为国家收录的标准80项、地方标准2项；为行业企业解决了一大批关键技术问题，如一测多评（QAMS）技术、SEMAC技术、键合硅胶脱除重金属技术、花类药材硫熏替代技术等。获得国家级奖2项，省部级奖10项。经过多年建设在以下领域形成了技术优势：利用质量控制技术－标准的工程化对接形成系列核心技术和技术标准对中药大品种进行改造、中药质量标准和综合评价新技术、中药质量标准化和可溯源技术、有毒中药的系统研究和脱毒技术、新药研发和技术服务。

2. 中药标准化技术国家工程实验室

中药标准化技术国家工程实验室依托于中国科学院上海药物研究所，于2008年经国家发改委批准组建。实验室现有研究人员86人，正高级13人，副高级26人，果德安担任实验室主任。经过近8年的建设与发展，无论在平台构建、硬件基础设施建设、人员队伍建设以及发挥功能作用等方面均取得了显著的成效。为提高中药产业的自主创新能力和核心竞争力，突破中药标准化技术对中药产业生产标准化和质量标准化的制约，实现中药标准的现代化与国际化，工程实验室围绕中药材、饮片、提取物以及中成药开展了构建符合中药复杂体系特点的整体质量标准体系的研究。工程实验室主任果德安是国际上唯一在《中国药典》《美国药典》和《欧洲药典》三个国际主流药典同时任药典委员的学者。多年的积累，工程实验室建立了符合中药复杂体系特点的中药研究的系统方法，2012年获得国家自然科学奖二等奖；所制定的中药质量标准不但收载入2010年版、2015年版《中国药典》，而且还制定了首个被《美国药典》和《欧洲药典》收载的中药标准，率先让中国学者完成的中药标准走进国际药典，为中药标准的国际化和实现“中药标准主导国际标准制定”起到了示范性作用，有力地推动了中药标准的现代化与国际化发展。

3. 濒危药材繁育国家工程实验室

濒危药材繁育国家工程实验室依托重庆市中药研究院、中国医学科学院药用植物研究所、中国药材集团等8家研究机构和企业启动。濒危药材繁育国家工程实验室整合国内外药材繁育研发资源，利用现代生物技术手段，突破濒危药材繁育的野生抚育生产、优质种苗繁育、快速繁殖移栽等环节的工程化技术瓶颈。建设任务围绕我国中药产业发展受制于一大批药材濒危、急需加强资源供给的迫切需求，加强濒危中药资源关键技术研发，提升中药产业持续发展能力。通过建立濒危稀缺药材繁育的技术平台，包括高原、沙生药材等的标准化种苗繁育试验示范基地，野生抚育及栽培繁育试验示范基地，组织培养快速繁殖的工厂化育苗车间等，突破一批繁育系数低、繁育难的濒危稀缺药材工程化种苗繁育工程技术、野生抚育生态型生产工程技术、栽培繁育工程技术、规模化组织培快繁及移栽工程技术，如冬虫夏享、川贝母、肉苁蓉、石斛、甘草、三叶木通等。合理区划、实现濒危药材的产业化繁育生产，保证优质药材的持续稳定供应；开展濒危药材生物繁育的国际合作与交流，培养濒危药材繁育技术研发与推广的技术与管理人才；为濒危药材生物繁育相关领域的发展提供信息和咨询服务。最终达到促进中药产业可持续发展目的。

4. 中药临床疗效和安全性评价国家工程实验室

中药临床疗效和安全性评价国家工程实验室，依托中国中医科学院西苑医院在2016年正式启动。实验室主任唐旭东主任医师，实验室建设周期为3年，旨在构建符合国际规范的中药临床评价共性技术平台，支撑开展高质量的中药临床评价研究；探索与创新符合中医药临床特点的临床研究设计方法和评价指标，形成国际认可的、可推广的中药临床疗效和安全性评价技术方法等，以此阐明中医药的作用机制、疗效、安全性，让国内外更合理地认识和应用中医药。

四、教育部重点实验室

教育部重点实验室是国家科技创新体系的重要组成部分，在高等学校学科建设、科技创新、人才培养和培育国家级科研基地中发挥着重要作用。目前医药领域共有教育部重点实验室17家，其中由博士基金获得者担任主任者有5个。

序号	实验室名称	依托单位	博士基金获得者
1	中药标准化教育部重点实验室	上海中医药大学	王峥涛（主任）
2	中草药物质基础与资源利用教育部重点实验室	北京协和医学院	孙晓波（主任）
3	中药材标准化教育部重点实验室	成都中医药大学	彭　成（主任）
4	北药基础与应用研究教育部重点实验室	黑龙江中医药大学	匡海学（主任）
5	基于靶点的药物设计与研究教育部重点实验室	沈阳药科大学	程卯生（主任）

1. 中药标准化教育部重点实验室

中药标准化教育部重点实验室于2005年9月经教育部批准，依托于上海中医药大学，以中药研究所和上海中药标准化研究中心为主体，整合中药学院、科技实验中心等优势资源进行组建。2008 年 7 月 24 日通过了教育部专家组的检查验收，正式挂牌。实验室主任王峥涛教授。实验室在建设期间紧密结合国家和地方经济建设、中医药研发前沿中的重大基础问题，围绕中药质量不稳定、技术标准不健全这一制约中药产业发展的瓶颈问题，按“中药复杂体系分析及方法学评价”、“中药的安全性评价与质量控制研究”、“中药的生物效应物质基础与作用机理研究”、“中药标准化创新技术平台的构建与服务”等四个重点研究方向进行建设，研究方向明确，重点突出。经过 5 年多来的学科建设，团队研究人员整体素质不断提高，人才结构组成更趋合理，形成了多学科、多专业、学位层次和专业技术职称分布合理的老、中、青三代相结合的学术梯队。目前在编研究、技术人员达 40 人，其中正高级职称 17 人，副高级职称 6 人。获教育部高等学校科学研究优秀成果奖自然科学一等奖 2 项；获第 15 届中国国际工业博览会创新金奖 1 项；教育部科技进步二等奖 1 项；“药用植物学”课程 2011 年被评为上海高校市级精品课程，2012 年获上海市育才奖；获霍英东教育基金会第十四届高等院校青年教师奖 1 项；研究生论文分别获得全国优秀博士学位论文提名奖 2 人次、上海市研究生优秀论文 4 人次。在 2016 年教育部评估中获得优秀。

2. 中草药物质基础与资源利用教育部重点实验室

中草药物质基础与资源利用教育部重点实验室于 2006 年 9 月获得教育部组织的专家验收。天然药物活性物质与功能国家重点实验室，在中草药物质基础与资源利用教育部重点实验室、天然药物生物合成卫生部重点实验室和国家药学一级重点学科的基础上筹建，2011 年 3 月 29 日得到科技部的批准。现实验室主任孙晓波研究员。针对国内外天然药物活性物质与功能研究的发展趋势和我国创制新药的需求，围绕天然药物活性物质与功能研究的三个不可分割的关键科学问题，即活性物质发现、成药性和相关技术方法等，以肿瘤、心脑血管疾病、神经精神疾病、糖尿病、感染性疾病、炎症与免疫性疾病等重大疾病防治药物创制的基础和应用基础为研究方向，开展创新研究。实验室现有固定人员 74 名，平均年龄 43 岁，学术带头人 18 名，学术骨干 22 名；其中教授 33 名，副教授 12 名。学术带头人中有院士 1 名，长江学者特聘教授 3 名，国家杰出青年基金获得者 4 名，新世纪百千万人才工程国家级人选 5 名。获得省部级以上科技奖励 14 项。创制出 13 项正处于不同研发阶段的候选药物：临床前研究 4 项，Ⅰ期临床研究 2 项，Ⅱ期临床研究 6 项，已完成Ⅲ期临床研究 1 项。

3. 中药材标准化教育部重点实验室

中药材标准化教育部重点实验室依托成都中医药大学中药学国家级重点学科，在国家中医药管理局科研三级实验室、四川省高校重点实验室、四川省中药品质与资源开发利用重点实验室等的基础上，于 2003 年底获教育部批准在成都中医药大学进行筹建，2004 年建设任务书通过专家论证，2007 年 12 月 30 日通过教育部组织的专家验收，2008年正式挂牌，实验室主任彭成。实验室突出了西部中药材资源优势和中医药产业发展需要，依托“中药学”国家级重点学科，形成了中药材资源可持续利用、中药材生产的规范化、中药材质量评价指标的规范化三个稳定的研究方向，定位准确，特色鲜明，突出学科优势，促进学科交叉，符合国家西部大开发的战略目标和中医药现代化的需要，在解决国家发展和中药发展行业需求方面均具有较好的突破。现有固定研究人员共45人，其中博士生导师12人、硕士生导师33人，博士后5人、博士28人、研究员（教授）24人，客座人员26人。获得四川省政府科技进步一等奖2项；二等奖1项；三等奖5项。

4. 北药基础与应用研究教育部重点实验室

北药基础与应用研究教育部重点实验室于2008年11月通过教育部专家组论证，依托单位为黑龙江中医药大学。主要研究方向为中药及复方药效物质基础研究、中药复方配伍规律研究、中药及复方作用机理研究及安全性评价研究、中药新药开发研究，在中药性味理论研究、方剂配伍规律研究、中药血清药物化学研究、中药新药创新药物研发等领域也取得了重要的研究成果。共承担国家级科研项目36项，获得省部级以上科研奖励19项，完成学术论文259篇、其中SCI论文65篇，培养博士、硕士研究生158名。

5. 基于靶点的药物设计与研究教育部重点实验室

基于靶点的药物设计与研究教育部重点实验室依托单位为沈阳药科大学，实验室主任程卯生教授。2005年经辽宁省教育厅批准省部共建，2009年6月经教育部验收合格，正式晋升为教育部重点实验室。所属学科领域为生物与医药，实验室紧跟国际新药研发的前沿，围绕国家创新药物研究战略的要求和辽宁省生物医药产业发展规划开展相关研究。实验室现有固定人员50人，其中中国工程院院士1人，教授24人，副教授14人；博士生导师21人，硕士生导师12人。科研成果获省部级奖励19项，市级奖励12项；获国内外专利证书54个，获国家1.1类新药临床批件6个，其他类别新药临床批件15个。

综上，“1035工程”对于我国医药行业创新人才团队的建设起到了至关重要的作用。通过设立博士基金项目，给予年轻人充分的信任和鼓励，在当时的社会经济条件下是高瞻远瞩的战略举措，着重培养了青年人才。并通过建立“中国新医药博士联谊会”和“中国新医药博士论坛”，搭建了一个没有“权威定调”的仅供年轻人自由发表思想和成果学术平台，百家争鸣的学术气氛为行业引入了一缕“清风”。同时为及时发掘青年优秀人才，主动给予博士基金项目的支持、搭建了交流平台，对学术交流和成果转化起到了积极推动作用，极大地鼓舞了年轻博士们，创新、奋斗、拼搏的热情空前高涨，同时这批人才也得到了各级部门的重视，带动了一大批人才先后走向领导岗位，成为行业的领军人物。回顾“1035

工程”培养的人才和团队，现已成为药物研发、教育、管理等领域机构的中流砥柱，也成为了我国医药行业的技术创新主体、产业发展中坚力量，为中国新药创新事业的开拓和发展做出了巨大贡献。

肖诗鹰（中国生物技术发展中心）
王智民（中国中医科学院中药研究所）
朱晶晶（中国中医科学院中药研究所）
刘晓谦（中国中医科学院中药研究所）
闫利华（中国中医科学院中药研究所）
高慧敏（中国中医科学院中药研究所）
李　春（中国中医科学院中药研究所）

第七篇

药事药政篇

新中国成立以来，特别是改革开放以来，党和政府大力倡导和支持科技创新，在政策法规、知识产权、科技投入、人力资源等方面采取有效措施，为药物研发创新营造了良好的政策环境。1985 年我国实施的《药品管理法》规定“国家鼓励研究、创制新药”，从此我国新药研究开发活动纳入了法制化管理的轨道。

自 1993 年我国开始对新药实行专利保护，明确提出新药研究要由仿制向创新转轨，国家和政府高度重视创新药物研究，通过制定与实施“九五”“十五”“863”“973”等重大科技发展计划，设立各种基金，多部门、多渠道地大力扶持新药研发。1993 年 1 月 11 日由国家科委牵头成立了国家新药研究与开发协调领导小组，其任务主要是制定我国新药研究与开发的战略和重大方针、政策，决定新药研究与开发重大项目及国际交流与合作的有关重大决策。

为保障和促进我国新药研究的规范化、标准化、国际化进程，1993—2002 年，国家有关部门先后发布实施了《中药品种保护条例》、《药品非临床研究质量管理规定（试行）》（GLP）、《药品临床试验管理规范（试行）》（GCP）、《药品生产质量管理规范》（GMP）以及《中药材生产质量管理规范》（GAP）等一系列管理法规。《中国药典》作为国家药品标准体系的核心，从 1990 年版发展到 1995 年版，再到 2000 年版，经历了两次修订，药品标准不断提高，促进新药质量提升。

在改革春风的沐浴下，新一轮机构改革为药品监管工作开启了新篇章。1998 年 4 月 16 日，国家药品监督管理局正式挂牌。这是新中国成立以来，首次在国务院直属机构序列中单独设立统一监管药品工作的部门，使我国药品监管实现了“从分散到统一，从统一到提高”。国家药品监督管理局组建运行以后，把行政立法工作摆到突出位置，着手对过去的法律、法规和规章进行了分类清理、修订。1999 年 4 月 22 日正式发布新修订的《新药审批办法》《新生物制品审批办法》《仿制药品审批办法》《进口药品管理办法》和《新药保护和技术转让的规定》等规章，初步形成了我国药品审批的法规框架。

1998 年 10 月，国家药品监督管理局启动了修改《药品管理法》的工作。经广泛征求意见、反复研究、修改，形成了《药品管理法修订草案》。2000 年 8 月，国务院将草案提请九届人大常委会审议。依照立法程序，修订的《药品管理法》经过三次审议并最终正式批准通过，自 2001 年 12 月 1 日起施行。《药品管理法》及其实施条例成为当前我国药品监督管理法律法规体系的核心和基本依据。

伴随新药创制的进程，我国药品监管事业持续向前迈进，新药法规体系进一步完善，药品标准和新药质量大幅提高。实践证明，这些法规和政策的出台，促进了新药研究与国际接轨的步伐，推动了我国新药研究，特别是创新药物研究的规范化、标准化和国际化，同时为满足人民用药需求，保障公众用药安全有效，作出了积极贡献。

第十八章

标准颁布与新药创新

伴随“1035 工程”的实施，新药上市、临床前研究等工作大量开展，药品质量安全监管矛盾日益突出。药品标准完善与否将直接影响上市药品质量控制水平，影响到能否保证上市药品的安全有效。

国家药品监督管理部门为确保创新药物的质量安全可控，及时修订提升国家药品标准，并严格制定与“1035 工程”相适应的创新药物质量标准。重新界定“新药”范围，制定新药质量标准遵循原则，明确新药质量标准研究技术要求，为“1035 工程”的有效实施提供了重要的技术保障，为我国药品走向世界、实现医药产业的快速健康发展建立了最重要的技术桥梁。

第一节　质量标准建立保证新药质量可控

一、重新界定“新药”范围

我国最早将新药定义为“药品新产品”，1963 年卫生部、化工部、商业部联合下达的《关于药政管理的若干规定 》中对其做出了明确阐释。新药的定义、新药报批程序、新药临床试验、新药生产的审批、设立药品审定委员会以及哪些类药品属卫生部审批等，均在《关于药政管理的若干规定》中给予了明确的规定。

改革开放以后，随着我国经济制度的逐渐完善、市场经济的快速发展，药品生产的准入和新药的审批成为药品管理制度中的重点。1978 年国务院批准发布《药政管理条例》，首次使用了“新药”这个概念，定义新药系指我国创制和仿制的药品。

1979 年卫生部又组织制定了《新药管理办法》。这个办法较以往的管理规定有了更系统、更明确的要求，对新药的定义、分类、科研、临床、鉴定、审批以及生产管理均做了全面具体的规定。该办法给予新药定义“新药系指我国创制和仿制的中西药品（包括放射性药品和中药人工合成品）”，并根据管理需要对新药进行了分类。

1985 年《中华人民共和国药品管理法》的颁布和实施，标志着我国药政管理工作从过去的行政管理向法制管理转变，从事后管理向事前管理转变，同时也给予了新药更加清晰的定义：“指我国未生产过的药品”。同时施行的《新药审批办法》作了补充规定，“已生产的药品，凡增加新的适应证，改变给药途径和改变剂型的亦属新药范围”。《新药审批办法》的补充规定扩大了新药的外延，法规制定的初衷也是为了鼓励新药开发。

1998 年国家药品监督管理局（SDA）正式成立，正是“1035 工程”实施的关键时期。为加强药品监督管理，提高我国自主创制新药的综合实力，转化“1035 工程”科技成果，国家药品监督管理局重新制定了既能与国际接轨又符合我国国情的《新药审批办法》和《药品临床试验管理规范》等一系列管理法规。1999 年 5 月 1 日，SDA 正式颁布了《新药审批办法 》《新生物制品审批办法》《进口药品管理办法》《仿制药办法》《新药保护和技术转让的规定》等 5 个法规。《新药审批办法》明确规定新药的定义：“新药系指我国未生产过的药品。已生产的药品改变剂型、改变给药途径、增加新的适应证或制成新的复方制剂，亦按新药管理”。

《新药审批办法》首次提出加快审评的程序规定，其中凡符合第二十六条、第二十七条规定的第一类化学药品，第一类中药新药，根据国家保密法已确定密级的中药改变剂型，或增加新的适应证的品种，以及对属国内首家申报临床研究的新药、国内首家申报的对疑难危重疾病（如艾滋病、肿瘤、罕见病等）有治疗作用的新药，以及制备工艺确有独特之处的中药，研制单位可直接向国家药品监督管理局提出申请，国家药品监督管理局应加快审评进度，及时审理。这一重要规定，在加快审批过程的同时，极大地推动了“1035 工程”创新药物研究项目的成果转化和产业化开发。我国 1999 年 5 月 1 日实施的《新药审批办法》细化了新药分类，以便于研制者申报，也便于审评人员审评，降低了新药研制和审批的管理成本。

伴随着“1035 工程”的有力实施，大量科技成果不断涌现，新药审批管理也全面进入法制化、规范化、专业化的进程。2001 年，中华人民共和国第九届全国人民代表大会常务委员会通过了修订后的《中华人民共和国药品管理法》。2002 年 8 月国务院颁布《中华人民共和国药品管理法实施条例》，对新药的概念再次作出了权威性界定，规定新药是指未曾在中国境内上市销售的药品。

2002年12月,《药品注册管理办法（试行）》开始执行,“新药”的范围被严格限制，从而为提高企业新药研发的原始创新能力和核心竞争力，推动企业可持续健康发展作好铺垫。修订后的《药品注册管理办法（试行）》在加快审评的程序基础上又提出实行快速审批的规定，凡符合第四十九条规定的未在国内上市销售的来源于植物、动物、矿物等药用物质制成的制剂和从中药、天然药物中提取的有效成分及其制剂，未在国内外获准上市的化学原料药及其制剂、生物制品，以及抗艾滋病病毒及用于诊断、预防艾滋病的新药，治疗恶性肿瘤、罕见病等的新药，治疗尚无有效治疗手段的疾病的新药，都可以申请快速审批。修订后的《药品注册管理办法（试行）》规定，省级药品监督管理部门对申报新药临床研究、生产的资料进行形式审查，抽取样品通知指定的药品检验所进行检验。这样的举措维护了新药研发的科学性、严肃性，更大程度地保证了新药研制的质量。

二、制定新药质量标准遵循原则

药品是特殊商品，其质量的优劣是直接关系到人民健康与生命安危的大事。药品的质量标准是国家对药品质量、规格及检验方法所作的技术规定，是药品生产、供应、使用、检验和药政管理部门共同遵循的法定依据，因此药品质量标准是保障人民用药安全有效，促进药品生产发展的一项重要措施。

一个完整的，有科学性的新药质量标准的制定，应是各项研究工作的综合，需要各方面的协作和配合。在制定过程中，还要结合我国实际情况，制定出一个既符合中国国情又有较高水平的药品质量标准。

新药质量标准的制定要有严谨的科学作风和对人民高度负责的态度；要坚持质量第一以保障用药的安全、有效和质量可控。研究的内容和范围要求有一定广度和深度，既要充分利用常用的分析手段，亦要采用国内外已有的先进技术；要高标准、严要求、高灵敏、高精度地去进行新药质量标准的方法学研究，提高对新药内在质量的控制，体现出所制定的质量标准的科学性和先进性。

制定新药质量标准应遵循四项基本原则：①必须坚持质量第一，充分体现“安全有效，技术先进，经济合理”的原则，并要尽可能采用先进标准，使标准能起到推动提高质量、保证择优发展和促进对外贸易的作用。②要从生产、流通、使用的各个环节去考察影响药品质量的因素，有针对性地规定检测项目，切实加强对药品内在质量的控制。③检验方法的选择，应根据“准确、灵敏、简便、快速”的原则，要强调方法的适用性，并注意吸收国内科研成果和国外先进经验；既要考虑当前国内实际条件，又要反映新技术的应用及发展，进一步完善和提高检测水平。④标准中限度的规定，应密切结合实际，要保障药品在生产、贮存、销售和使用过程中的质量，并可能全面符合规定。

三、明确新药质量标准研究技术要求

为保障新药的安全、有效和质量可控，规范新药的研制、注册等行为，加强新药的审批管理，国家药品监督管理局于1999年5月1日发布实施了《新药审批办法》。2002年12月1日颁布实施《药品注册管理办法（试行）》，《新药审批办法》随之废止。至今《药品注册管理办法》已经过2次修订完善，对于新药注册的要求越来越规范、详尽，尤其对新药质量标准的要求更加严格、具体。

《新药审批办法》实施时期，正是“1035工程”创新药物研究工作大批成果转化，新药审批、注册之时。为确保新药的质量安全，切实可行地控制药品的内在质量，《新药审批办法》中列有详细条款，专门对新药质量标准申报资料的内容和要求、新药质量标准的审批和转正等事项加以说明。这些条款的设定，无疑对新药注册更具有法律的约束力，同时更加能够推动新药真正地创新。

质量标准是新药研究的重要组成部分，新药质量标准中的各项内容都应做细致的考察试验，各项试验数据要求准确可靠，以保证药品质量可控性和重现性。

《新药审批办法》中新药申报资料有关药学资料具体的要求是围绕着质量标准建立来提供试验资料的，足以说明新药质量标准研究的严谨及细致。资料项目7是质量研究工作的试验资料及文献资料，包括理化性质、纯度检查、溶出度、含量测定等。制订新药的质量标准时要遵循《中国药典》的规定，对所研制的新药进行全面的质控研究。应包括根据该药的反应路线与合成方法以及有关性质进行的各项质控内容的方法学研究，研究范围要有一定的广度和深度，包括对试验内容的理论依据和大量的实验结果，其中纯度检查和含量测定是研究重点。资料项目7应是一份对确保药物安全有效的质量控制进行方法学研究的总体试验资料。

资料项目8是质量标准草案及起草说明，并提供标准品或对照品。质量标准中制订的各项内容均来自资料项目7的研究结果，要求书写应符合《中国药典》现行版正文的格式，并使用其术语和计量单位。所用试药、试液、缓冲液、滴定液等，均应采用现行版《中国药典》收载的品种及浓度，有不同的应详细说明。药品标准起草说明要对质量标准中的质控项目的选定、方法选择、检查及纯度和限度范围等制定依据，从原理、方法的优特点逐项一一阐述清楚，但又不能等于是资料项目7的重复。质量标准中如需使用标准品或对照品时则需另附资料，说明其来源、理化常数、纯度、含量。

资料项目9要求临床研究前报送资料时应由申报单位提供至少1批样品的自检报告书；完成临床研究后报送资料时要提供连续3批样品的自检报告书。它是根据质量标准草案所制订的内容进行的全检报告。由于质量标准各项指标间有紧密的相互联系，任何一项不符合规定，视为不合格的样品。根据产品从临床研究过渡到生产时能达到的实际水平，临床研究用药的质量标准在安全、有效、可控的前提下应尽量完善，但也不宜订得过高过严。研究工作仍在进行，还需不断考察产品质量和进一步完善临床研究用药的质量标准，必要时还可对其中某些内容或进行修改或用更新的方法替代，为制订申报生产用的质量标准做准备。

资料项目 10 要求提供药物稳定性研究的试验资料及文献资料。包括采用直接接触药物的包装材料和容器共同进行的稳定性试验。通过稳定性试验给出试验数据从而确定有效期。

四、推行新药试行标准及其转正工作

随着“1035 工程”的大力实施，新药创新步伐加快、新产品研发周期缩短、标准使用数量剧增，当时仅有的各级标准难以保证大型系统研制相关工作的需要，而正式标准从立项到制定、批准、发布的周期相对较长，不能满足实际工作急需。在保持国家标准体系完整性、权威性的前提下，探索既能满足新产品开发急需，又可兼顾标准化工作长期稳定发展的途径，试行标准的推行无疑成为标准化工作中连接急需与长期稳定发展的纽带。

在“1035 工程”实施的特定时期，试行标准发挥了具有一定历史意义的技术支撑作用。我国试行标准的定义均明确指出，应通过试行标准的使用为正式标准制定积累必要的经验，即试行标准制度是制定正式标准过程中基础性工作的一种。国家试行标准虽然是一种临时性的标准，但其内容的科学性、准确性必须有可靠保证。

《新药审批办法》规定，新药经批准生产后的药品质量标准为试行标准，批准为试生产的新药，其标准试行期为 3 年，其他新药的标准试行期为 2 年。标准试行期满，生产单位必须提前 3 个月提出转正申请。在新药标准试行期内，药品生产单位应做好产品的质量考核和标准的修订工作。标准试行期满未提出转正申请，试行标准自行废止，国家药品监督管理局同时取消其批准文号。

国家药品监督管理局对试行标准的转正问题相当重视。于 2002 年 9 月 15 日起施行的《中华人民共和国药品管理法实施条例》和 2002 年 12 月 1 日起施行的《药品注册管理办法（试行）》中，对药品试行标准的转正都作出了规定，不仅对试行标准转正的程序、要求作了规定，而且也明确了相关部门完成转正工作的时限。

五、加强新药质量标准管理

20 世纪末，“1035 工程”大量科技成果转化，一批创新药物面临注册、上市。作为药品监督管理部门，承担着维护人民用药安全有效、质量可控的重大责任，承担着满足人民用药需求的重要职责。加强新药质量标准的管理，是强化新药管理、保证新药质量可控的重要手段。

加强新药质量标准的管理，有利于科研、试验和设计等工作成果的推广；有利于促进我国药品标准化水平的提高，有利于促进我国药品标准与国际药品标准和先进国家的药品标准的协调。

为了加强国家药品标准的管理，特别是新药质量标准的管理，国家药品监督管理部门充分从国家整体利益方面考虑创新药品的注册工作及标准的制定与管理工作；充分考虑创新药物可能带给中国药品市场的机遇与挑战；同时又兼顾市场开放原则、公平贸易原则、权利与义务平衡等原则，积极与国际药品市场接轨，严格执行新药质量标准管理的法律法规和技术要求。在新药标准的制定、修订、技术审评及适应性等方面对国家药典委员会、审评机构、省级药品监督管理部门及生产企业都做出了具体规定，为加强新药质量标准的管理，保证创新药物质量提供了强有力的法律支持。

（一）国家药典委员会制定国家药品标准制定和修订工作计划

国务院药品监督管理部门颁布的《中华人民共和国药典》和药品标准为国家药品标准。国家药典委员会根据国家药品标准工作规划，制定《中国药典》编制大纲。《中国药典》编制大纲经全体药典委员大会审核后由国家食品药品监督管理总局公布。

各有关部门和单位应在每年编制国家药品标准制定和修订工作计划前，向国家药典委员会提出需要制定和修订的标准立项建议或申请。立项建议或申请应当包括要解决的重要问题、立项的背景和理由、现有药品质量控制安全风险监测和评估依据等内容。

国家药典委员会组织对国家药品标准立项建议进行审核，遴选出需要制定和修订的药品标准纳入国家药品标准的制定和修订计划。在执行国家药品标准制定和修订工作计划过程中，根据药品标准管理工作的需要，可对计划项目的内容进行调整。

凡需要调整的项目，标准起草、复核单位或者其他组织和个人可提出申请，经国家药典委员会审查同意后立项。国家药品标准制定和修订计划及立项工作应当向社会公开。国家药典委员会根据药品标准征求意见稿公示结果，拟定药品标准报批稿，及时将药品标准报批稿、起草说明及综合审核意见报国家食品药品监督管理总局审批。国家食品药品监督管理总局根据国家药典委员会综合审核意见，做出审批决定。

通过审批的国家药品标准，国家食品药品监督管理总局统一进行编号，并颁布实施。《中国药典》及其增补本经国家食品药品监督管理总局批准后颁布实施。

（二）国家药典委员会负责国家药品标准的制定和修订

国家药品标准的制定与修订，应按照起草、审核、公示等环节进行。药品标准起草单位应按照国家药品标准技术规范的要求，结合药品质量控制风险制定和修订国家药品标准，起草标准草案，同时编写“起草说明”及有关附件。药品标准起草单位应对起草标准的质量及其技术内容全面负责，提交的标准草案，必须经过由食品药品监督管理部门设置或确定的药品检验机构进行复核，以保证标准起草工作的科学性、真实性和可重复性。

药品标准起草工作完成后，由标准起草单位负责整理有关技术资料，形成药品标准草案，并将药品标准草案、起草说明及标准研究资料、复核资料和实验数据一并提交审核。国家药典委员会组织对标准草案及相关资料进行技术审核，需要对标准草案进行修改的，提出审核意见，并发送至起草单位，起草单位应按照要求在规定的期限内完成修改工作并报送至国家药典委员会。

国家药典委员会根据药品标准技术审核意见和结论，拟定药品标准征求意见稿。除药品注册标准外，药品标准征求意见稿应对外公示，广泛征求意见。一般情况下，药品标准征求意见稿公示期为 3 个月。

（三）药典委员会负责国家药品标准物质的筛选和审核工作

国务院药品监督管理部门的药品检验机构负责标定国家药品标准品、对照品，药典委员会负责国家药品标准物质的筛选和审核工作。

国家药品标准物质的建立应包括确定品种、制备药品标准物质候选物、建立标准物质质量标准、分析标定、审核批准等步骤。药品标准起草单位，在完成新的国家药品标准物质候选物研究和原料制备后，经中国食品药品检定研究院对药品标准物质候选物和相关技术资料审核，报国家药典委员会，通过审核后提交标准物质候选物至中国食品药品检定研究院，由中国食品药品检定研究院组织制备、分装、标定、供应等。

（四）国家药品审评机构负责药品注册标准的技术审评

国家食品药品监督管理总局药品审评机构按照《药品注册管理办法》规定，对申请人提交的质量技术文件及研究数据进行审评。

药品注册标准申请包括：新药申请或按照新药申请程序上报的药品注册申请；生产工艺、检测方法、质量指标等优于同品种国家标准的仿制药申请；进口药申请；修订药品注册标准、变更药品处方中已有药用要求的辅料、改变影响药品质量的生产工艺等补充申请；恢复生产被中止标准执行效力品种的注册申请。

（五）省级食品药品监督管理部门负责地方药品标准工作

省级食品药品监督管理部门负责本行政区域内的药品标准工作，组织制定和修订本行政区域内的医疗机构制剂标准、地方中药材标准和中药饮片标准或炮制规范。地方药品标准应当符合《中国药典》的通用技术要求。地方药品标准在上升为国家药品标准并颁布实施后，即行废止。地方药品标准在标准发布后 30 日内将地方药品标准批准证明文件、地方药品标准文本及编制说明报国家食品药品监督管理总局备案。

（六）药品生产企业及时审查新药注册标准的适用性

《中国药典》或其他国家药品标准颁布后，药品生产企业应当及时审查其新药注册标准的适用性。对于药品注册标准与《中国药典》或其他国家药品标准的有关技术要求不符的、药品注册标准收载的检验项目少于《中国药典》或其他国家药品标准规定的、药品注册标准收载的质量指标低于《中国药典》或其他国家药品标准规定的，药品生产企业应当按照《药品注册管理办法》的规定进行修订，或申请废止该药品注册标准，执行《中国药典》或其他国家药品标准。

对于药品注册标准收载的检验项目多于或异于《中国药典》或其他国家药品标准规定的、药品注册标准收载的质量指标严于《中国药典》或其他国家药品标准规定的，药品生产企业应在执行《中国药典》或其他国家药品标准规定的基础上，同时执行药品注册标准的相应项目和指标。

第二节　创新药物研制促进国家药品标准提高

一、《中国药典》（2000 年版）标志国家药品标准水平又上新台阶

《中国药典》在我国国家药品标准体系中处于核心地位。《中国药典》从第一版到第十版，详细记录了我国药品标准质量评价方法及检测手段的发展与变革，《中国药典》的不断完善提高代表着我国药品标准逐渐走向标准化、现代化、国际化。

新中国成立以后，我国政府对药典工作非常重视，于 1950 年成立第一个标准化组织即药典委员会，并定期发布修订《中国药典》。

为加强国家药品标准工作，1993 年 5 月 21 日卫生部决定将药典委员会常设机构从中国药品生物制品检定所分离出来，作为卫生部的直属单位，这是药典委

员会机构史上一次重大的改革。

1996 年 5 月经卫生部批准，第七届药典委员会成立，1996 年召开第七届药典委员会常务委员会第一次会议，通过了这届药典委员会提出的“《中国药典》（2000 年版）设计方案”，一部确立了“突出特色，立足提高”，二部确立了“赶超与国情相结合，先进与特色相结合”的指导思想。根据这届委员会提出的设计方案，1996 年 10 月起，各专业委员会先后召开会议，落实设计方案提出的任务并分工进行工作。1997 年底，首先完成了附录与制剂通则的修改，并下发各起草单位征求意见。1998 年底药典初稿完成，经进一步征求全国各有关方面的意见，至 1999 年 10 月底，先后召开了 16 个专业委员会审定稿会议。《中国药典》（2000 年版）于 1999 年 12 月经第七届药典委员会常务委员会议审议通过，报请国家药品监督管理局批准颁布，于 2000 年 1 月出版发行，2000 年 7 月 1 日起正式执行。

《中国药典》（2000 年版）于 1996 年至 1998 年编撰完成，当时正值国家“九五”科技攻关计划之时，即“1035 工程”实施阶段。《中国药典》（2000 年版）在保持科学性、先进性、规范性和权威性的基础上，着力解决制约药品质量与安全的突出问题，为保证药品质量、保证人民用药安全有效、质量可控而制定；同时充分借鉴国际先进技术和经验，客观反映中国当时医药工业、临床用药及检验技术的水平，为提高药品质量起到了积极而重要的作用。

《中国药典》（2000 年版）历时五年时间，由数百名医药学家和数千名工作人员参加了科研、标准起草、复核及审定工作。本版药典与以往任何一版药典相比较，无论在收载品种数量、药品质量控制及检测的方法学研究进展、品种的先进、市场代表性、标准导向性等诸多方面都有长足的发展和提高，充分展现了当代中国制药工业水平，有力地推进了“1035 工程”的成果转化。2000 年版《中国药典》无论从内容、形式还是综合水平上都有重大改进和突破，更加符合当时药品生产、经营、使用及监督管理的需要，更具有药品标准的前瞻性和导向性。《中国药典》（2000 年版）是国家为保证药品质量、保护人民用药安全而制定，它的颁布标志着中国的药品标准水平又上了一个新的台阶。

《中国药典》（2000 年版）共收载药品 2 691 种，其中一部收载 992 种，二部收载 1 699 种。一、二两部共新增品种 399 种，修订品种 562 种。这版药典的附录作了较大幅度的改进和提高，一部新增附录 10 个，修订附录 31 个；二部新增附录 27 个，修订附录 32 个。二部附录中首次收载了药品标准分析方法验证要求等六项指导原则，对统一、规范药品标准试验方法起指导作用。

现代分析技术在《中国药典》（2000 年版）中得到进一步扩大应用，而且质量有了全面提升，标准中安全性和有效性的控制项目增加，检测技术手段进一步加强并更加多样化。《中国药典》（2000 年版）扩大了现代先进分析技术的应用，提高了检测方法的专属性、灵敏度和准确性，同时又保留了一些简便易行、经济实用的常规检测方法。《中国药典》(2000年版)既努力向国际先进标准看齐，又充分考虑我国制药水平的实际，突出中国特色，充分体现完善标准体系建设，加强质量全程管理的理念。《中国药典》(2000年版)中制定和修订的指导原则和通用技术要求涵盖了药品的研发源头、生产过程、检测终端等各个环节以及原料、辅料、药包材、标准物质等多个领域，形成了比较完善的标准体系。从药品监管发展历程来看，制定和完善药品标准体系是保证药品安全有效最重要的基础性工作，《中国药典》(2000年版)的颁布无疑为保证创新药物的质量安全提供了强大的技术支撑。

《中国药典》(2000年版)主要由凡例、正文及附录共同构成。

凡例是正确使用《中国药典》进行药品检验的基本原则，对正文、附录及与检验有关的共性问题做了统一的规定。《中国药典》正文部分是药品标准的核心部分，每一品种都有详细描述，是药品质量检验的法定依据。附录主要收载制剂通则、通用检测方法和指导原则。

《中国药典》(2000年版)无论在凡例、正文、附录以及检验检测项目、检验分析方法、检验新技术的应用等方面都有着明显的改进和提高，更加规范严格，与国际化标准的水平越来越接近，标志着我国药品标准水平不断向更高的台阶迈进。

二、化学药物制剂质量标准提高性评价项目推陈出新

(一)溶出度/释放度检查取代崩解时限检查

大多数口服固体制剂在给药后必须经吸收进入血液循环，达到一定血药浓度后方能奏效，从而药物从制剂内释放出并溶解于体液是被吸收的前提，这一过程在生物药剂学中称作溶出，而溶出的速度和程度称为溶出度。

从药品检验的角度上讲，溶出度系指药物从片剂或胶囊等固体制剂在规定的溶剂中溶出的速度和程度。释放度系指口服药物从缓释制剂、控释制剂或肠溶制剂在规定溶剂中释放的速度和程度。

溶出度/释放度是评价药物固体制剂质量的一个指标，是一种模拟口服固体制剂在胃肠道中崩解和溶出的体外简易试验方法。凡检查溶出度/释放度的制剂，不再进行崩解时限的检查。

对于难溶性药物而言，虽然崩解度合格，却并不一定能保证药物快速而完全的溶解出来，也就不能保证药物快速而完全的溶解出来，也就不能保证具有可靠的疗效。因此，溶出度/释放度检查，已逐步取代了常用的崩解时限检查。

（二）含量均匀度检查取代重量差异 / 装量差异检查

含量均匀度检查方法是采用以标示量为参考值二次抽样计量型的方法。本法用于检查单剂量的固体、半固体和非匀相液体制剂含量符合标示量的程度。

除另有规定外，片剂、硬胶囊剂、颗粒剂或散剂等每一个单剂标示量小于25mg 或主药含量小于每一个单剂重量 25% 者；药物间或药物与辅料间采用混粉工艺制成的无菌粉末；内充非均相溶液的软胶囊；单剂量包装的口服混悬液、透皮贴剂和栓剂，均应检查含量均匀度。复方制剂仅检查符合上述条件的组分，多种维生素或微量元素一般不检查含量均匀度。

凡检查含量均匀度的制剂，一般不再做重量差异或装量差异检查。

含量均匀度是考察制剂工艺水平的重要指标之一。以前是用重量差异或装量差异来衡量的。但随着科学技术的发展及临床要求，重量差异或装量差异检查不能满足对小剂量制剂质量控制的要求。重量差异或装量差异是检查主药和辅料的总限度，没有明确考察主药的均一性，而主药是起治疗作用的，所以控制其含量均匀度显得尤为重要。

从含量均匀度检查法在各国药典的发展状况看，经历了从计数型到计量型，一次抽样到二次抽样，以含量均值作参考值到以标示量作参考值的变化。我国含量均匀度检查法首次运用是在《中国药典》（1985 年版），《中国药典》（1985 年版）为一次抽样计数型检验方法，从 1990 年版改为二次抽样计量型检验方法，一直使用至今。

（三）紫外 – 可见分光光度检查法取代比色法

在仪器分析中，紫外 – 可见分光光度法是一种被广泛应用的光学分析方法。他是利用物质的分子或离子对某一波长范围的光的吸收作用，对物质进行定性分析、定量分析及结构分析。按所吸收光的波长区域不同，分为紫外分光光度法和可见分光光度法，合称为紫外 – 可见分光光度法。

分光光度法是在比色法的基础上发展起来的，两者所依据的原理基本上是相同的。比色法是以生成有色化合物的显色反应为基础的，先是选择适当的显色试剂与待测组分反应，形成有色化合物，然后再比较或测量有色化合物的颜色深度。由于分光光度法采用了更为先进的单色系统和光检测系统，使得分光光度法在灵敏度、准确度、精密度及应用范围上均大大优于比色法，分光光度法逐渐代替了比色法。

分子的紫外 – 可见吸收光谱是由于分子中的某些基团吸收了紫外可见辐射光后，发生了电子能级跃迁而产生的吸收光谱。由于各种物质具有各自不同的分子、原子和不同的分子空间结构，其吸收光能量的情况也就不会相同。因此，每种物质就有其特有的、固定的吸收光谱曲线，可根据吸收光谱上的某些特征波长处的吸光度的高低判别或测定该物质的含量。

将分析样品和标准样品以相同浓度配制在同一溶剂中，在同一条件下分别测定紫外可见吸收光谱。若两者是同一物质，则两者的光谱图应完全一致。

三、中药制剂质量标准特征性评价项目有效应用

（一）中药指纹图谱质量评价新应用

中药指纹图谱是指采用色谱等分析仪器所获得的能够表征中药整体化学特征的图谱或数字化信息；当仅能反映中药主要化学特征时，称之为中药特征图谱。中药指纹图谱可通过整体化学特征，用于控制中药产品质量；特征图谱可通过主要化学特征信息用于鉴别中药产品的质量。

中药指纹图谱 / 特征图谱基本属性是整体性和模糊性，这与中医理论的整体性原则和中药作用机制的模糊性是相对的。中药指纹图谱质量评价模式的提出使中药的研究方法和质量分析手段，由针对一个或者少数几个活性成分的分析，发展成为对中药多成分甚至整体成分的综合分析。

中药指纹图谱的优点主要表现为专属性强、稳定性好、重现性好。中药指纹图谱是某一药材所独有的、能与其他药材相区别的，其反映的化学信息是具有高度的选择性的；同时中药的指纹图谱是从某中药材的多批次中归纳出的共性，图谱中的共有峰或特征峰相对稳定；中药指纹图谱在规定条件下能够再现指纹特征，如共有峰数目、大小、位置等。

中药指纹图谱技术在世界已成为一种发展趋势。首先是美国食品与药品管理局（FDA）允许草药保健品申报资料可以提供色谱指纹图。世界卫生组织（WHO）在 1996 年草药评价指导原则中也规定：如果草药的活性成分不明，可以提供色谱指纹图谱以证明产品质量的一致。欧共体也将色谱指纹图谱监控技术应用于植物药质量控制。我国已将部分指纹图谱 / 特征图谱收入《中国药典》或国家药品标准，为我国中药指纹图谱检测技术引领国际发展奠定了基础。

（二）薄层色谱法专属性鉴别广泛使用

薄层色谱法是快速分离和定性分析少量物质的一种很重要的实验技术，也称薄层层析。是以涂布于支持板上的支持物作为固定相，以合适的溶剂为流动相，对混合样品进行分离、鉴定和定量的一种层析分离技术。从 20 世纪 50 年代发展起来至今，一直被广泛采用。

早期的薄层色谱法，大都使用手工自制版，分离效果差，易受载板厚度、平

整性及固定相与黏合剂的配比影响。近年来快速发展的高效薄层板具有点样量小、分离度高、受实验环境影响小、重复性好等优势，对于复杂成分样品的分析具有重要的作用，大大提高了中药鉴定的专属性。

中药材质量的优劣，直接影响中医的疗效，直接影响中成药的质量和疗效，从而直接关系到人民的用药安全有效和质量可控。薄层色谱鉴别的方法，是中药材真实性鉴别的重要手段之一，具有快速、直观、信息量大的特点，能够从一个方面反映中药材的质量，控制中药材的质量。

（三）高效液相色谱法定量分析重点推广

高效液相色谱法是以液体为流动相，采用高压输液系统，将具有不同极性的单一溶剂或不同比例的混合溶剂、缓冲液等流动相泵入装有固定相的色谱柱，在柱内各成分被分离后，进入检测器进行检测，从而实现对试样的分析。

高效液相色谱法是一项高效、快速的分离分析技术，不受分析对象挥发性和热稳定性的限制，具有柱效高、灵敏度高、分离速度快、适用范围广、重复性好和操作方便等优点，可用于分析样品高沸点、热不稳定性、大分子的有效成分，是中药有效成分含量测定中应用较为广泛的一种分析方法。

中药作为复杂体系，常含有成千上万种化学成分，且结构复杂，含量差异极大，有些成分以微量甚至痕量形式存在，这些无疑给中药化学物质组成的系统解析带来了极大的挑战。高效液相色谱法在中药有效成分含量测定中的广泛应用，已成为中药成分质量控制的重要手段。

生物碱是中药的有效成分之一，但其存在形式不同，碱性强弱不同，采用高效液相色谱法能够准确测定生物碱的有效成分含量。苷类在中药界也分布广泛，生理活性多种多样，常采用高效液相色谱法测定中药苷类成分的含量。黄酮类化合物大多数以与糖结合成苷的形式存在，多数黄酮类化合物结构中含有交叉共轭体系，采用高效液相色谱法对其含量测定灵敏度较高。萜类成分在中药界也是广泛存在、结构复杂、形式多样，故常采用高效液相色谱法测定萜类成分的含量。

（四）重金属及有害元素检测有效补充

中药中重金属的来源主要分为两类，包括处方性重金属和非处方性重金属。处方性重金属是以治疗为目的，在处方中加入了含重金属的矿物药，如朱砂含硫化汞等；非处方性重金属，又称外源性重金属，是指本身不含重金属的常用中药，由于种植环境、炮制加工、储藏、运输及制剂生产过程等因素导致重金属污染。

中药中重金属及有害元素的检测在 1996 年前多以化学反应、比色、测定吸光度或铅斑、砷斑检查为主，但中药成分复杂，测定结果易受干扰，且无法准确定量。随着中药现代化技术的发展，重金属及有害元素的检测方法快速发展，目前主要的前处理技术有微波消解、湿法消解、干法消解、压力罐消解等，主要的检测技术有电感耦合等离子体质谱法、电感耦合等离子体发射光谱法、原子吸收分光光度法、原子荧光检测法等。在元素的形态、价态分析方面，出现了高效液相——电感耦合等离子体质谱联机法。我国在重金属及有害元素的检测技术和标准建立方面已处于国际领先地位。

药典中已有重金属元素检查项品种有金银花、白芍、黄芪、西洋参、甘草、丹参、枸杞子、山楂、积雪草总苷、茵陈提取物、薄荷脑、紫雪散以及阿胶中铬含量的检查、胶囊壳中铬含量的检查等。

四、系列著作增强药品标准科学性

（一）《国家药品标准工作手册》保证标准编写的规范性

《国家药品标准工作手册》由国家药典委员会编写，主要收载了国家药品标准研究制定与应用的技术要求、指导原则；标准正文各论编写细则；起草说明编写细则以及《中国药典注释》编写原则；《临床用药须知》编写原则和细则；《中国药典》英文版编译细则；中国药品通用名称命名原则；国家药品标准起草复核工作规范和技术要求等标准相关工作规范。适合药品生产、管理、研发等相关人员使用，是国家药品标准制定的重要依据。

《国家药品标准工作手册》是指导和规范国家药品研究、起草、修订、复核及审定工作的基本技术要求和基本原则。该手册收载的各项技术要求、指导原则等，是国家药品标准技术规范最重要的组成部分，该手册是我国开展药品质量标准制修订工作必备的技术规范。

（二）《中华人民共和国药典注释》保证标准使用的正确性

为配合《中国药典》的执行，国家药典委员会组织各起草单位，在总结、整理历版药典起草和执行中积累的大量资料和经验的基础上，编写《中华人民共和国药典注释》一书。作为药典系列著作之一，供监管、生产、经营、质量管理执行药典时以及科研、教学等有关药学人员参考使用。

《中华人民共和国药典注释》是为配合《中国药典》的制修订以及执行，帮助相关单位及从业人员了解标准背景、掌握相关知识，正确理解使用编制的药典配套丛书，从结构、体例上来说与药典一致，语言精练、准确、内容科学严谨。

《中华人民共和国药典注释》采用注释结合的方法，主要内容包括实践经验的总结与介绍、相关科研成果的新进展、品种质量标准的发展方向、理化反应的原理和鉴别目的、主要鉴别特征与质量的相关性、供试品溶液制备的要点、数据处理及结果判定的依据和理由等。

（三）《中国药品检验标准操作规范》保证检验操作的一致性

药品检验是保证人民用药安全有效和评价药品质量的重要手段，我国地域辽阔，各地情况迥异，各省市药品检验机构的技术力量、检测能力及业务管理水平各有差异，为了促进全国各地药品检验机构检验数据与结论报告的正确、可靠和一致，中国药品生物制品检定所组织全国各药品检验所共同编写了《中国药品检验标准操作规范》。

《中国药品检验标准操作规范》是根据《中国药典》附录中收载的剂型和有关的检测方法而编写，基本上包涵了《中国药典》附录中的相关内容。因生物制品的固有特性及检验方法与药品检验不同之处较多，故未做收载。

《中国药品检验标准操作规范》编撰中注重了与国际接轨以及与国家标准的统一，《中国药品检验标准操作规范》是几十年来药品检验几代专业人员的药品检验操作经验积累而成的结晶，是执行《中国药典》标准的重要依据和补充，使我国药品检验工作有规可循。内容丰富完整，叙述准确易懂，科学性、实用性和可操作性均强，是一部能正确指导药品检验人员进行药品检验工作的工具书。也适用于药品检验人员的培训和进行药品研究、生产及药品经营部门、医院制剂室的质检人员使用。同时将对培养药检人才、指导相关专业实验技术工作和学科发展，确保药品检验工作的科学、准确，发挥重要作用，最终达到保证药品质量和人民用药安全有效的目的。

（四）《国家药品标准物质制备指导原则》保证检验结果的可靠性

国家药品标准物质是指供国家法定药品标准中药品的物理、化学及生物学等测试用，具有确定的特性或量值，用于校准设备、评价测量方法、给供试药品赋值或鉴别用的物质。国家药品标准物质分为标准品、对照品、对照提取物、对照药材和参考品 5 大类。

《国家药品标准物质制备指导原则》主要规定了国家药品标准物质品种的确定、候选国家药品标准物质原料的选择、候选国家药品标准物质的制备、候选国家药品标准物质的标定、候选国家药品标准物质的稳定性考察等。

《国家药品标准物质制备指导原则》用于规范和指导国家药品标准物质的制备，保证国家药品标准的执行。使药品生产企业及研发单位，包括标定单位等，在制备标定药品标准物质时有了法定参照和依据，知道如何去制备、标定、储藏和使用药品标准物质。

（五）《中华人民共和国药典中药材薄层色谱彩色图集》提供图文对照参考

《中华人民共和国药典中药材薄层色谱彩色图集》，是《中国药典》的系列著作之一，将《中国药典》中采用的薄层色谱鉴别中药材的内容，通过图文的形式集中展现。

《中华人民共和国药典中药材薄层色谱彩色图集》作为《中国药典》的配套用书于 1990 年发布第一版，并于 2009 年重新修订后再次发布。该书为检验人员提供了中药薄层鉴别图谱重要的参考依据。

该书信息量大，数据详实，样品涉及来自不同来源的中药材，具有很强的代表性和对比性，对《中国药典》中的薄层色谱鉴别方法进行了详尽的补充和提高；中药材的薄层色谱图谱采用先进的数码摄影技术收集，图像清晰、准确可靠；同时详细记录了操作时的温度和相对湿度，强调在相似的环境下操作，以提高图谱的重现性。该书对从事药品检验、教学、科研、中成药生产等方面的机构和有关人员是一部很有价值的工具书，为中药材专属性鉴别提供对照。

系列著作作为国家药品标准的有效补充，为药品标准的制定、使用提供了坚实的科学依据。

边振甲（国家药品监督管理局）
史录文（北京大学药学院）
贺　熙（新疆巴州食品药品检验所）
王　恒（石河子大学药学院）
傅孟元（北京大学药学院）

参考文献

1. 边振甲 . 中华医学百科全书・药学 . 北京：中国协和医科大学出版社，2017.
2. 杨建红 . 浅谈药品标准的研究与管理 . 中国药学杂志，2010，45（18）：1439–1440.
3. 国家食品药品监督管理局 . 新药审批办法（局令第 2 号）. 1999–5–1.
4. 国家食品药品监督管理局 . 药品注册管理办法（试行）（局令第 35 号）.2002–12–1.
5. 王轩，刘巨波，朱文涛 . 我国新药中化学药品生产批准上市申请审批制度历史演变与现状分析 . 中国药师，2018，21（2）：314–317.
6. 张颖，朱虹，韩月 . 我国药品注册审批管理制度变迁 . 黑龙江医药，2017，30（6）：1221–1223.
7. 卫生部，化工部，商业部 . 关于加强药政管理的若干规定（草案）.1963.
8. 国家药典委员会 . 国家药品标准工作手册 .4 版 . 北京：中国医药科技出版社，2013.

9. 尤思路 . 新药申报常见问题探讨及对策 . 中国中医药现代远程教育，2010，8（9）：84–85.
10. 程鲁榕 . 新药（化学药品）申报中存在的问题与对策 . 中国药事，2001，3：25–27.
11. 国家食品药品监督管理局 . 中华人民共和国药品管理法实施条例（国务院令第 360 号）.2002–9–15.
12. 张伯礼，陈传宏 . 中药现代化二十年 . 上海：上海科学技术出版社，2016.
13. 段婧婧 . 我国药品标准管理现状研究 . 西安：西北大学，2012.
14. 颜杰 . 国家药品标准管理中存在的问题及解决建议 . 沈阳药科大学学报，2015，32（8）：651–653.
15. 于江泳，余伯阳，钱忠直 . 关于制定药品国家标准的思考 . 中国药事，2013，27（4）：360–364.
16. 国家药典委员会 . 中华人民共和国药典：2000 年版：二部 . 北京：化学工业出版社，2000.
17. 刘文英 . 药物分析 .6 版 . 北京：人民卫生出版社，2007.
18. 国家药典委员会 . 中华人民共和国药典一部注释 .2 版 . 北京：中国医药科技出版社，2016.
19. 中国药品生物制品检定所 . 中国药品检验标准操作规范 . 北京：中国医药科技出版社，2005.
20. 国家药典委员会 . 中华人民共和国药典中药材薄层色谱彩色图集 . 北京：人民卫生出版社，2009.

第十九章

促进药物创新的政策与法规

国家政策在我国创新药物研究与开发中起着引导性的作用，推动我国创新药物研究与开发的政策主要包括宏观经济和产业类政策、科学技术类政策、人才发展类政策、医疗保障类政策、财税金融类政策以及采购类政策等。国家通过重大新药创制专项，以及国家自然科学基金的研究项目和科学技术人才项目等促进药物创新发展，高等院校和科研院所是药物创新基础研究的主体，企业是药物应用研究与开发的主体，在药物研究与开发的不同阶段，药物创新的利益相关方都必须严格遵循相应的政策法规和技术规范。

新药的研究与开发过程，也促进了我国新药技术指南、评价原则、标准规范以及法律法规等制度逐步与国际接轨，相关法规体系不断地完善。目前，在非临床研究及临床试验阶段涉及的法规包括《药物非临床研究质量管理规范》（GLP）、《药物临床试验质量管理规范》（GCP）、《药品注册管理办法》等。在新药申报审批阶段涉及的法律法规包括《药品管理法》《药品注册管理办法》《新药审批办法》《药品管理法实施条例》等。在新药上市后阶段涉及的法律法规包括《药品管理法》《药品注册管理办法》《专利法》《中药品种保护条例》《中药品种保护指导原则》《药品行政保护法》等。这些法律法规的建立和修订为引导我国药物研发开始走向创新奠定了坚实的基础。

本章重点介绍“1035 工程”实施期间推动我国创新药研究开发的科技政策和法律法规建设。

第一节　创新政策与《药品管理法》

一、推动创新药物研发的国家政策

（一）鼓励研究创制新药，促进科技成果转化

党的十一届三中全会使我国国民经济进入了改革开放新时期，党和政府提出了“经济建设依靠科技进步，科学技术必须面向经济建设”，“科学技术是第一生产力”的方针。1985 年我国实施的《中华人民共和国药品管理法》（以下简称《药品管理法》）第二十一条明确规定：“国家鼓励研究、创制新药”，这为我国“1035 工程”顺利实施提供了重要制度支撑和基本法律保障，从此我国新药研究开发活动纳入了法制化管理的轨道。

为了促进科学技术进步，发挥科学技术第一生产力的作用，促进科学技术成果向现实生产力转化，1993 年，《中华人民共和国科学技术进步法》经八届全国人大常委会第二次会议修订通过。1994 年，《国务院关于进一步加强药品管理工作的紧急通知》要求，加强对药品知识产权的保护，鼓励企业研制开发新药，推进我国新药研究开发事业的发展。1995 年，中共中央、国务院做出《关于加强科学技术进步的决定》。1996 年，《中华人民共和国促进科技成果转化法》颁布施行，随后国务院作出了《关于“九五”期间深化科技体制改革的决定》，这些法律政策的出台和修订有力推动了新药的研发进程，充分体现了我国政府对新药研发的鼓励政策。

（二）成立新药研究与开发协调领导小组，推动新药研发进程

为了适应知识产权保护的新形势，加强新药研究与开发的宏观组织协调工作，加速我国自主研制新药的进程，1993 年 1 月 11 日由国家科委牵头，卫生部、国家医药管理局、国家教委、中国科学院、国家计生委、国家中医药管理局、总后卫生部、财政部九个部委联合，成立了国家新药研究与开发协调领导小组。其任务主要是制定我国新药研究与开发的战略和重大方针、政策，决定新药研究与开发重大项目及国际交流与合作的有关重大决策。领导小组组长由国家科委副主任惠永正担任，副组长由卫生部副部长胡熙明和国家医药管理局副局长张鹤镛担任，秘书长（兼办公室主任）由国家科委社会发展科技司司长甘师俊担任。领导小组每年召开 1 ~ 2 次工作会议，通报新药研究工作的进展和工作重点，

研究、讨论医药科技工作中需要解决的新问题以及协调布署重点工作等。

国家新药研究与开发协调领导小组的常设办事机构是国家新药研究与开发管理办公室，负责新药研究与开发的日常组织管理工作，挂靠国家科委。其主要任务包括：①编制新药研究与开发战略规划和年度计划；②发布新药基金指南，受理、评审、审批和检查评估新药基金项目；③组织推动新药成果的转化和产业化；④组建符合国际标准的国家新药研究与开发实验室、临床试验实验室和药品生产车间（GLP、GCP、GMP）；⑤新药研究与开发的宏观组织协调；⑥国际交流与合作；⑦人才培训等。

为了保障决策的正确性和科学性，聘请有关专家，组建了新药研究与开发协调领导小组顾问组和常务专家委员会，作为国家新药研究与开发的两个决策咨询机构。国家新药研究与开发协调领导小组顾问组，由知名专家、学者和有关部、企事业单位的领导共 17 位成员组成，其主要任务是：协调领导小组作好新药研究与开发工作的宏观组织协调和有关新药研究与开发重大决策的论证；参与制定战略方针政策及组织大型的国际交流与合作。

国家新药研究与开发专家委员会于 1993 年成立，由医药界的部分院士、知名医药专家和中青年骨干组成，专家委员会设常务专家委员会和若干专业组。常务委员会的主要任务是：①参与调研和论证新药研究与开发的重大决策：②参与编制新药研究与开发的战略规划和新药研究基金项目指南；③参加新药研究基金项目的评审与论证；④参与组织大型国际交流与合作等。专家委员会专业组的任务是：①根据国家新药研究基金暂行管理办法，对申请新药研究基金的项目进行评审，并对是否立项资助提出书面意见；②对已立项课题的实施方案、实验中出现的问题以及进展等予以论证或评估；③根据国际新药研究的新动向和国内防病治病的需要，提出新药研究开发的方向和重点；④承担新药研究基金工作的其他有关技术性咨询任务。

1999 年 1 月，国家新药研究与开发协调领导小组在北京召开了工作会议，宣布机构改革后重新确认和调整的新药领导小组及办公室主要成员名单、汇报新药研究与开发中期进展及中药现代化科技产业行动实施情况，并重点讨论了生物医学工程科技产业行动纲要。在领导小组的宏观指导和协调下，新药研究开发工作取得了可喜的进展。

（三）设立新药研究基金，大力扶持新药研发

为了促进我国创新药的研究，在医药界专家的积极倡导和国家计委、科委的支持下，1987 年国家医药管理局设立了新药研究基金，资助有苗头的创新药开发与研究。自 1993 年我国开始对新药实行专利保护，明确提出新药研究要由仿制向创新转轨，国家和政府高度重视创新药物研究，通过制定与实施“九五”、

"十五"、"863 计划"、"973 计划"等重大科技发展计划，设立各种基金，多部门、多渠道地大力扶持新药研发。1993 年国家新药研究与开发管理办公室成立后，新药研究基金的资助范围从仅资助化学创新药扩大到中药、动物药、矿物药、生化药、新生物技术产品及新制剂等等，并改称为"国家新药研究基金"。为加强对基金的管理，1993 年国家医药管理局制订了《国家新药研究基金暂行管理办法》，国家医药管理局新药研究管理中心根据管理办法的规定对基金项目进行全程管理。

1993 年卫生部下发了《关于"国家新药研究基金"资助的一类新药审评程序的通知》，对"基金"资助的一类新药优先安排审批，由卫生部直接受理，可随时召开审评会议，大大提高了一类新药的审评效率。1995 年第四届药品审评委员会成立，新一届药品审评委员会除对"国家新药基金"资助的一类新药实行随报随审的审批程序外，对"863 生物工程"资助项目，其他一类新药以及针对肿瘤和艾滋病等疾病的治疗新药也采取了随报随审的加快程序。1996 年 12 月国家计委颁布了《化学药品作价办法》和《中成药作价办法》(于 1997 年开始施行)，规定了药品的销售利润率的最高值，凡达到 GMP 标准的，一类新药不受限制，二类为 40%，三类为 25%，四、五类为 12%，未列入国家新药分类管理保护范围或已不在新药保护期的化学原料药为 12%，制剂为 8%，中成药为 12%。可见，国家给予新药价格优惠，保证了企业尽快收回投资，鼓励了新药研究开发的积极性。

(四)实行新药统一审批，提高新药质量水平

新药的审批管理，是药品质量监督管理的重要一环，代表着一个国家新药研究及药品质量的水平。虽然 1979 年国家发布了《新药管理办法(试行)》，但由于分散审批，各地对新药报批的项目要求、审批权限、工作程序都不统一，低水平重复现象严重，新药审批工作处于较混乱的状态。

1985 年施行的《中华人民共和国药品管理法》第五章药品的管理第二十一、二十二条对新药的管理、审批作了法制性的规定："研制新药，必须按照规定向国务院卫生行政部门或省、自治区、直辖市卫生行政部门报送研制方法、质量指标、药理及毒理试验结果等有关资料和样品，经批准后，方可进行临床试验或者临床验证，完成临床试验或者临床验证并通过鉴定的新药，由国务院卫生行政部门批准发给证书。生产新药，必须经国务院卫生行政部门批准，并发给批准文号。"这些规定，明确了新药临床研究和生产两个阶段"必须经国务院卫生行政部门批准"，对新药由过去的省、直辖市、自治区卫生厅(局)审批改为由卫生部统一审批，建立了省级初审和卫生部审批的两级审查、审批制度，从程序上切实加强了新药审批管理的把关作用，强化了新药审批工作的科学性和法制性。

根据《药品管理法》的规定，卫生部制定了《新药审批办法》，于1985年7月1日执行，自此，新药的审批管理进入到法制化阶段，这是我国《药品管理法》的一个重要配套规章。由于该办法对新药研制的各个环节都提出了十分严格的要求，增加了药物创新的难度，为了使新药审批有个衔接和清理的过程，卫生部曾于1985年6月4日以〔85〕卫药字第63号发出“关于执行《新药审批办法》有关事项的通知”，明确了从11月1日起各地停止审批新药，按《药品管理法》规定上报卫生部审批。全国实行统一审批办法，对新药提出了统一的技术要求，有效地控制了新药的质量水平，这对加强我国新药的管理，促使新药研制走上规范化、标准化的道路起到深远的影响。

1993年，卫生部对新药基金项目的申报审批作出减少层次，加速审评的通知。1996年，卫生部出台了对国家支持的一类新药，采取“一报一审”、“随报随审”的政策，简化了审评手续，加快了新药审评过程，为我国新药开发研究的前景打下了一定的基础。

（五）对新药实行专利保护，推进药物创新

1985年，《中华人民共和国专利法》颁布实施，其中第二十五条规定药品的制备方法可申请专利。1987年卫生部发布了《关于新药保护和技术转让的规定》，规定了一至四类新药的保护期和技术转让等有关事宜。20世纪90年代初，随着中国加入WTO框架协议的谈判日渐深入，知识产权与创新已开始成为政府的主导思想，我国逐渐加大了科技投入的力度，鼓励开展创新药物研究。1992年，中美两国签署了《中美政府关于保护知识产权的谅解备忘录》，根据谅解备忘录的有关知识产权保护的协议精神，我国对《专利法》进行了修改，修订后的《专利法》于1993年1月1日起实施。与1985年的《专利法》相比，扩大了专利保护范围，将药品和化合物纳入了我国专利保护的范畴，并延长专利保护期限，我国开始对新药实行专利保护，明确提出新药研究要由仿制向创新转轨。

二、加速和促进新药研究的有关法规文件

（一）规范新药临床前研究阶段的规章和指导原则

1985年，卫生部制定并发布了《新药审批办法》，对新药毒理学评价提出了要求。1992年，国家医药管理局发布了《实验动物管理实施细则（试行草案）》。1993年7月，卫生部药政管理局组织中国药学会、中国药理学会，在卫生部药品审评办公室的协调下，根据国内实践，参考国外经验制订了《新药（西药）临床前研究指导原则》和《中药新药研究指南》。1993年12月，国家科委颁布了

《药品非临床研究质量管理规定（试行）》，于 1994 年 1 月 1 日开始试行。1996 年，国家科委又下发了《〈药品非临床研究质量管理规定（试行）〉实施指南（试行）》和《〈药品非临床研究质量管理规定（试行）〉执行情况验收检查指南（试行）》。1999 年，国家药品监督管理局颁布并实施《药品非临床研究质量管理规范（试行）》。这些试行规章和指导原则逐步推动新药研究开发单位应用科学规范的方法开展新药研究工作，帮助和指导新药非临床安全性评价研究工作纳入法制化轨道。

（二）新药临床研究阶段的规范性文件和临床研究指导原则

卫生部在 1985 年颁布的《新药审评办法》中对新药临床试验有关技术要求做出了具体规定，并于 1983、1986、1990 年先后分三批批准了 46 个临床药理基地。为加强临床药理基地的建设和管理，提高我国新药临床药理研究与评价水平，卫生部于 1992 年颁发了《新药（西药）试产期第三期临床试验实施方案》，明确新药的第三期临床试验工作由卫生部药政局委托中华医学会统一组织临床单位实施。1993 年 7 月，卫生部药政局组织有关部属临床药理基地及临床专家，在卫生部药品审评办公室的具体安排和协助下，根据国内实践，参考国际经验，起草了《新药（西药）临床前研究指导原则》。经多次研讨，并征求意见、反复修改而后定稿。

为了提高新药（中药）临床研究水平，促进新药（中药）临床研究的科学化、标准化和规范化，卫生部组织有关中药临床药理基地及有关中医药专家，研究制定了内外妇儿等多个病证的新药（中药）临床研究的指导原则，下发了《中药新药临床研究指导原则》（试行）第一、二批共 45 个病症。经过几年的实践，结合有关单位及专家提出的意见和建议，卫生部对其进行了修订，增加了第三批 31 个病证。经合并整理后，1993 年 8 月，卫生部发布了《中药新药临床研究指导原则（第一辑）》，共收载 76 个病证，对提高中药新药的临床研究和管理水平，促进中药新药临床研究的规范化，起到了积极作用。

1995 年 2 月，《卫生部临床药理基地管理指导原则》颁布；1998 年 3 月 2 日，卫生部颁发了《药品临床试验管理规范（试行）》；1999 年 7 月 23 日，SDA 正式颁发《药品临床试验管理规范》；2003 年 8 月 6 日，国家食品药品监督管理局（SFDA）修订并颁发了《药物临床试验质量管理规范》（GCP）。这些法规与技术指南是新药临床研究的法定指导依据，对我国新药临床研究质量共同发挥着监督、指导和保证作用。

（三）规范新药审批、检验收费的规范性文件

国务院于 1985 年批转了卫生部《关于卫生工作改革若干政策问题的报告》，

开始对药品审批和药品检验规定收取成本费。1986 年卫生部重新调整制订了《药品审批监督检验收费标准》及《新药审批收费事宜的通知》。1995 年国家计委、财政部联合下发了《关于调整药品审批、检验收费标准的通知》，适当调整了新药审批收费，保证了新药审批检验的顺利进行。

（四）国家科委等部门出台的政策文件

为推动“1035 工程”顺利实施，国家科委等主要负责部门制订了相关实施办法，并出台了一系列重要政策文件（表 19–1）。

相关实施办法：①充分发挥国家新药研究和开发协调领导小组的组织协调作用，科委牵头、组织“大合唱”，加强部门之间、中央和地方之间的合作。②按照技术创新和科技经济一体化的思想，组织技术创新网络，全程推进新药的开发和产业化。③开通国际合作渠道，与美国、欧盟、日本等国家和地区的政府合作，引人国际标准和规范；与国际金融机构、跨国医药集团合作，引进资金和新技术；建立海外桥头堡。④多渠道筹措资金，通过政府投入、企业投入、金融机构投入等多种途径融资，建立医药专门基金。

表 19–1　“1035 工程”实施期间我国关于新药研发颁布的重要政策文件

序号	名称	发布时间	部门
1	关于加强我国新药研究与审批体系的报告	1992 年 5 月	卫报药字〔1992〕第 39 号
2	关于成立国家新药研究与开发协调领导小组的通知	1992 年 11 月	〔92〕国科发社字 801 号
3	关于召开国家新药研究与开发协调领导小组成立会议和新闻发布会的通知	1992 年 12 月	〔92〕国科发社字 839 号
4	国家新药研究与开发协调领导小组办公室主要成员会议	1993 年 1 月	国家科委办公厅
5	关于印发宋健等领导同志在国家新药研究与开发协调领导小组成立大会上讲话的通知	1993 年 4 月	〔93〕国科发社字 227 号
6	关于“新药研究与产业化开发”项目总体实施方案的批复	1996 年 11 月	国科发计字〔1996〕504 号
7	关于召开国家新药研究与开发协调领导小组及专家委员会全体会议的通知	1996 年 12 月	国新药办发字〔1996〕3 号
8	关于对中国工程院两个报告意见的复函	1998 年 8 月	国科办农社字〔1998〕190 号
9	关于印发“国家新药研究与开发协调领导小组”工作会议纪要的通知	1999 年 1 月	国新药发字〔1999〕1 号

续表

序号	名称	发布时间	部门
10	关于我国新药研究开发工作的请示	1999 年 3 月	国科发农社字〔1999〕067 号
11	关于确定和调整国家新药研究与开发协调领导小组成员和推荐第三届顾问小组及专家委员会成员的通知	2000 年 8 月	国新药办发字〔2000〕1 号
12	关于召开“九五”国家科技攻关项目“新药研究与产业化开发”验收会的通知	2001 年 3 月	国科计字〔2001〕24 号

三、创新政策提升为法律条款

新中国成立以来，特别是改革开放以来，党和政府大力倡导和支持科技创新，为中国科技发展迎来了契机。“1035 工程”实施期间，我国相继出台了一系列鼓励药物创新的科技政策和规范性文件，为推动药物研发提供了坚强的制度保障，我国新药研究取得了重大成就。药物创新活动离不开良好的法律环境，同时，建设创新型国家，也需要从战略角度设计鼓励支持创新，以严格的法律法规管理为基础，保障药品安全有效，是药品管理中最重要的部分。

随着我国改革开放的不断深入和社会主义市场经济的发展，我国在药品研究、生产、经营、使用等方面出现了大量新情况和新问题，我国加入 WTO 的形势变化也提出了许多新课题。1984 年制定的《药品管理法》已经不能完全适应新形势的需要，为了更好地加强药品监督管理，保证药品质量，保障人体用药安全、有效，维护人民身体健康和用药的合法权益，2001 年 2 月 28 日，九届全国人大常委会第二十次会议通过了《〈中华人民共和国药品管理法〉修正案》（草案），自 2001 年 12 月 1 日起施行。

《药品管理法》的修订、颁布经过了三个阶段。①国家药品监督管理局调研起草阶段。1998 年以前，卫生部、原国家医药管理局就已着手开展修订《药品管理法》的调研工作。国家药品监督管理局组建运行以后，于 1998 年 10 月正式启动《药品管理法（修订草案）》工作，先后召开了 30 多次局务会议，局长办公会议进行研究，仅上报国务院的送审稿就七易其稿。各省、自治区、直辖市药品监督管理局配合国家局，开展了大量细致、深入的修改调研工作，提出了 1200 多条意见。②国务院审查阶段。从 1999 年 7 月起，国务院法制办和国家药品监督管理局在认真调查研究、总结实践经验的基础上，共同研究修改《药品管理法》的思路和需要重点解决的问题，并广泛征求了中央有关部门和一些地方、企业事业单位的意见，还到北京、四川、广东等地进行了调查研究。在此基础上，经反复研究、修改，形成了《〈中华人民共和国药品管理法〉修正案（草案）》。

草案经国务院第29次常务会议讨论通过，并报请九届全国人大常委会审议。③全国人大常委会审议阶段。全国人大将《药品管理法》的修订工作列入2000年立法计划，人大常委会广泛征求国务院有关部门、地方人大和企业的意见，并在浙江、河北、上海等地召开座谈会听取社会各方面意见的基础上，于2000年8月、12月和2001年2月三次审议并最终正式批准通过。修订的《药品管理法》以中华人民共和国主席令颁布，自2001年12月1日起施行。

新修订的《药品管理法》中关于新药研制监管的规定涉及以下三个方面。

（一）新药临床前研究

为加强对新药临床前研究行为的监管，《药品管理法》提出了“药物非临床安全性评价研究机构”的概念，提出其必须执行一定的质量管理规范的要求并规定相应的法律责任。由此，药物非临床安全性评价研究机构必须是一个可以独立承担法律责任的主体，即应具有法人资格和必要的组织机构，符合法定条件并经药品监督管理部门登记备案。

药物的非临床安全性评价研究机构必须执行药物非临床研究质量管理规范（GLP），GLP由国务院确定的部门制定。这是原《药品管理法》没有规定的内容，属新增加的要求，也是对药物的非临床安全评价研究机构的强制要求。药物的非临床安全性评价研究机构未按照规定实施GLP的给予警告，责令限期改正；逾期不改正的，责令停业整顿，并处5千元以上2万元以下的罚款。

（二）新药临床研究

《药品管理法》规定：研制新药，必须按照国务院药品监督管理部门的规定如实报送有关资料和样品，经国务院药品监督管理部门批准后，方可进行临床试验。提供虚假的证明、文件资料样品或者采取其他欺骗手段取得药品批准证明文件的，撤销药品批准证明文件，5年内不受理其申请，并处1万元以上3万元以下的罚款，同时取消了省级药品监督管理部门批准上临床的权力。关于药物临床试验机构必须经过资格认定，取得法定资格，才可从事药物的临床试验工作。药物临床试验机构资格的认定办法，由国务院药品监督管理部门、国务院卫生行政部门共同制定。因此，药物临床试验机构必须是一个可以独立承担法律责任的主体，即应具有法人资格和必要的组织机构，符合法定条件并经有关部门认定。另外，药物的临床试验机构必须执行药物临床试验质量管理规范（GCP），GCP由国务院确定的部门制定。这是新增加的要求，也是对药物的临床试验机构的强制要求。药物临床试验机构未按照规定实施临床试验质量管理规范的，给予警告，责令限期改正；逾期不改正的，责令停业整顿，并处5千元以上2万元以下的罚款；情节严重的，吊销药物临床试验机构的资格。

（三）新药的审评

生产新药或者已有国家标准的药品，须经国务院药品监督管理部门批准，并发给药品批准文号，第三十二条规定“药品必须符合国家药品标准”。明确药品批准文号由国家机关审批，这包括了两个方面的改动，一是取消了省级药品标准（地方标准）的规定，把药品标准都统一为国家药品标准；二是取消了地方对生产药品的审批权，明确规定国家药品监督管理局对生产药品的审批负全部责任。之前新药的审批在国家一级，仿制药品及保健药品的审批在省一级，省一级也可以批准药品上临床试验，这在某种程度上造成药品低水平重复生产、同品种竞相仿制、各地标准不一、同名不同质等问题，对我国药品质量的提高造成一定的影响。修订的《药品管理法》明确规定国务院药品监管部门和省级药品监管部门在药品审批上的事权划分，保证药品审评的统一运作。另一方面，取消了原《药品管理法》关于成立药品审评委员会的法律性规定，重新规定“国务院药品监督管理部门组织药学、医学和其他技术人员，对新药进行审评”，这是对国家药品监督管理局自 1998 年成立以来推行的新的新药审评制度的肯定，并通过法律的形式固定下来，标志着我国新药审评工作从审评委员会制向审评专家库制转变。关于审评权限，明确规定由国务院药品监督管理部门对新药审评负全部责任，通过审批的新药，由国务院药品监督管理部门批准，发给新药证书。取消了省级药品监督管理部门对新药审评的决策权限，省级药品监管部门负责对申报的原始资料进行初审，对现场进行考察并提出报告。

新修订《药品管理法》对药品研制有关行为的若干新规定，势必有利于促进我国药品研制水平和药品质量水平的不断提高，保障人民用药安全有效，确保医药行业的可持续发展和加快我国医药现代化进程。

第二节　新药上市前研究的法规建设

为保障和促进我国新药研究的规范化、标准化、国际化进程，国家有关部门制定了有利于我国新药研究开发的一系列法规和政策。1993 年底，国家科委发布了《药品非临床研究质量管理规定（试行）》；1998 年 3 月卫生部出台了《药品临床试验研究管理规范（试行）》。这些法规和政策的出台，促进了新药研究与国际接轨的步伐，推动了我国新药研究，特别是创新药物研究的规范化、标准化和国际化，同时对新药研究开发工作提出了更高的要求。

一、新药非临床安全性评价

每一个新药的研发都是一个长期、风险性极高的过程，人们在重视新药有效性的同时，更加关注新药的毒副作用，而伴随着毒理学发展起来的新药安全性评价在不同的阶段也向科研人员提出了更高的要求。

GLP 是对从事实验研究的规划设计、执行实施、管理监督和记录报告的实验室的组织管理、工作方法和有关条件提出的法规性文件。目的在于严格控制新药等安全性评价的各个环节，即严格控制可能影响实验结果准确性的各种客观因素，如保证实验研究人员具备一定素质，实验设计缜密合理，各种实验条件合格，数据完整准确，总结资料科学真实。新药临床前安全性评价对新药能否进入临床研究、预测临床研究的风险程度和最终评价其开发价值起着举足轻重的作用，而一个高质量的安全性评价工作必须遵循 GLP，这已成为各国主管部门和新药研究单位的共识。

（一）国外新药非临床安全性研究质量管理规范的形成

药品是一种特殊的商品，安全性和有效性是构成其使用价值的两个方面，缺一不可。药品临床前毒性试验的资料，是评价其安全性的主要依据。因此，一个药品在进入临床之前，如何通过动物毒性试验了解药品的毒副反应信息，以便在临床应用中尽可能避免和及时识别处理毒副作用，确保用药者的安全，这是各国政府药品主管部门普遍关心的问题。各国都把药品临床前的毒性试验指导原则（本节以下简称“指导原则”）纳入法规管理的范畴。

由于指导原则的不完善，新药临床前的毒性试验不充分或把关不严，历史上发生过多次严重的药害事件。在药物毒理学发展历史上，“反应停”的悲剧无疑是促动人类对药物安全评价沉重反思的重要事件。惨痛的教训促进世界各国均制订了一套比较严格和完善的指导原则，规定了新药临床前应该进行的毒性试验类别、所用动物种类和数量、剂量、组数、给药途径和期限、需要检测的各类指标及组织病理学检查的组织脏器等。但由于影响毒性试验结果的因素很多，即使有了毒性试验的指导原则，也难以确保试验结果的真实可靠。

1974 年，美国参议院保健委员会组织检查了新药安全性研究的报批资料和一些从事安全性研究的实验室，发现了许多影响试验质量的问题：如课题负责人缺乏药品毒理学方面的知识和经验，工作人员的训练不够、经验不足、职责不明，原始数据记录零散、转记错误、保管不当，申报材料中的数据与原始记录不一致、按自己的需要取舍，实验观察记录不完善，动物饲料中含有杀虫剂，死亡动物长时间不作处理，组织病理学检查不及时、残缺不全，不同组动物错放，试验的环境条件控制不严等等。

新药安全性试验结果的真实可靠性，引起了政府及舆论界的广泛关注。为此，美国 FDA 组织专家制订了提高药品安全性研究质量的法规 *Good Laboratory Practice*（GLP），可译为《药品非临床研究质量管理规范》。1976 年提出草案，1978 年 12 月发布，1979 年 6 月 20 日正式生效，列入联邦法规。凡不符合 GLP 标准的实验室提出的安全性研究报批资料，FDA 不予承认。此项法规标志着现代 GLP 的出现，通过强化非临床安全研究的质量管理，大大提高了药物在上临床实验前的安全性评估质量。在美国的带动下，英国、日本、法国、瑞典等国家也先后制订了自己的 GLP。自 20 世纪 80 年代初以来，新药毒理实验室 GLP 标准逐渐成了国际上从事新药安全性研究的实验室共同遵循的规范。

（二）国家科委关于药品非临床研究质量管理的规定

1. 颁布《药品非临床研究质量管理规定（试行）》

自 1985 年我国《新药审批办法》颁布以来，经多次修改和补充，20 世纪 90 年代初我国基本有了一套比较完善的新药非临床安全性试验的指导原则。但因缺乏能与国外 GLP 接轨的质量管理规定，在执行指导原则的过程中，仍然不同程度地存在着影响安全性研究质量的若干因素，所得出的实验资料 FDA 不予承认。如我国研制的全新结构的抗疟药青蒿素，虽然受到国际上的广泛重视，但国外注册材料交 FDA 的专家评阅时，明确指出："非临床安全性研究，应该在符合 FDA 标准的 GLP 实验室进行"。由于我国新药非临床安全性研究体系未能与国际接轨，我国自主研制的新药难以进入国际市场，严重影响了我国新药应有的社会效益和经济效益。

为了提高我国新药安全性研究的质量，适应药品实行专利保护和新药研究由"仿"为主向以"创"为主过渡的新形势，促进我国新药参与国际市场的竞争，获取更大的效益，1991 年 1 月，由国家科委牵头组织有关部门专家，先后考察了日本、美国、英国、瑞士等国的近 20 个 GLP 实验室，参考日本、美国、英国、OECD 的 GLP 原则，结合我国实际情况，于 1993 年 9 月撰写出我国 GLP 的正式稿，送交国家有关部门及有关专家审查修改。1993 年 10 月原国家科委召开了有关部门官员和专家会议，听取了我国 GLP 的制定工作汇报，对 GLP 稿进行了最后审定。国家科委于 1993 年 12 月，以 16 号令公开发布了《药品非临床研究质量管理规定（试行）》（本节以下简称《管理规定》），并于 1994 年 1 月 1 日开始执行。随后我国药品非临床安全性评价研究开始在研究院所和大学药理实验室进行探索性地实施，这对提高我国新药研究的国际地位和我国新药非临床安全性研究机构（本节下简称"安全性研究机构"）的建设起到了积极的推动作用。

《管理规定》对药品非临床安全性研究的全过程提出了一套规范化的要求，

纳入法规管理，这是管理科学与实验科学相结合的产物，是我国药品安全性研究机构建设所遵循的规范。共分九章四十条，主要内容可概括为下列三个方面：

一是组织管理的规范化和人员素质的培训。为使试验能按预订的规范进行，不致因某个环节的失误而影响试验结果，《管理规定》规范了一套严密的组织体系和各类人员的职责。实验的直接指挥系统是，安全性研究机构或室的负责人→专题负责人→试验执行者，逐层负责。设专门人员负责动物饲养管理、试验环境管理、供试品的调制保管及分析和资料保管等。为确保试验符合《管理规定》的要求，由专设的质量保证人员进行监督检查。各个不同部门及各类不同层次人员的职责，用标准操作规程明确规定。以便有章可循，互相衔接，紧密配合，防止错乱，确保试验的顺利进行。任何规范都是靠人去执行的，因此工作人员业务素质、思想素质、科学作风素质的培养，是正确贯彻《管理规定》和实验室建设的首要任务。

二是各种具体工作的规范化。为确保试验结果的可靠性、真实性和可重复性，尽可能降低各种主客观因素对实验的影响和出现异常时便于查寻原因，安全性研究机构内的各项工作，如动物的预定、接收、称重、检疫观察、饲养管理、营养标准、动物房的卫生消毒，供试品的接收、保管、领取、配制、分析及各种给药方法，各种仪器设备的使用、维修、保养，各种试验前的准备，试验后的处理，各种检测方法，动物房内人、物品、动物等的运行路线，各种试验方案和总结报告等等，都必须制订出相应的标准操作规程，使管理人员和试验人员的工作有章可循。因此，根据各实验室的具体情况。制订一套切实可行的标准操作规程，通过实践，不断修改补充完善，是安全性研究机构建设的重要组成部分。

三是试验设施。《管理规定》要求的试验设施包括各种实验动物的饲养管理设施，各种实验用品、动物饲料、垫料的存入供应设施，供试品及各种试剂的存放、调配及处理设施。清洗消毒设施，各种不同功能的实验室及相应的仪器设备等。在上述各种设施中，最重要的是动物房及其配套设施，这是药品非临床安全性试验的“心脏”部位。实验动物是“活的试剂”，处于不断的变化过程中，容易受到各种因素的影响，而药品的各种毒性反应信息，都要取自于实验动物。因此，除了要保证饲料的营养标准和水质卫生标准以外，对其居住的环境条件要求比较严格，如房间及笼具的大小、构造要与动物种类及收容的数量相适应，房间的布局要合理，工作人员，动物及试验用品的运行路线要分开，防止互相污染。环境条件如温度、湿度、换气、照明、噪音及空气的洁净度等要控制，防止因环境条件的变化而引起实验动物的异常反应。因此，动物房及其配套设施的设计布局是否恰当，是减少实验动物受到非药物因素的影响，防止出现假阳性或假阴性结果的关键条件。

国家科委把实施《管理规定》及 GLP 实验室的建设列入“1035 工程”。国家科委、国家医药管理局及国家中医药管理局等有关业务部门，先后举办了学习班。各有关单位根据《管理规定》的要求改建实验室和制定新药安全性实验的标准操作规程。《管理规定》的发布和实施，明显地提高了我国新药研究的质量，推动我国新药研究与国际接轨。

2. 发布实施指南和执行情况验收检查指南

为了进一步贯彻落实《管理规定》，加强我国对药品非临床研究工作的管理，提高新药研究与开发非临床研究工作的质量，促进我国药品的非临床安全性评价研究工作早日与国际接轨，1996 年，国家科委下发了《〈管理规定〉实施指南（试行）》和《〈管理规定〉执行情况验收检查指南（试行）》。

实施指南强调，药品非临床安全性研究机构（本段以下简称“机构”）的建设和运行应当符合《管理规定》的要求。机构建成后，先由行业主管部门进行初审，合格者方可向国家科委申请进行认可检查。机构可以是独立法人，也可以附属于某一科研单位或高等学校；可为其附属单位或行业服务，也可面向社会提供有偿服务。药品非临床安全性研究项目包括单次给药、反复给药和生殖毒性试验，以及为评价药物安全性而需进行的试验。机构可建立进行上述全部或部分实验项目设施。在组织管理体系方面，机构应建立健全试验的直接指挥系统以及试验的质量保障部门和条件保障部门。机构对其组织体系内各功能实验室的布局采取灵活多样的形式。实验设施的选用应具备相应标准并符合国家有关规定的实验动物；机构应配备实验动物的接收和检疫设施、饲养及处理设施；在进行毒性试验期间和恢复观察期间，要对所使用的实验动物进行各种检查；配备有病实验动物的隔离和治疗设施；配备饲料、垫料及饲养用具的存放保管设施；清洗和消毒灭菌设施、废弃物的处理设施、环境调控设施；配备各种功能实验室及相应的仪器设备，资料标本保管设施，并备有确保资料标本质量的设备；配备供试品和对照品的保管、配制设施及确保其质量的设备。各种实验动物饲养及配套设施的布局以及人、物等运行线路的设计应防止交叉污染为基本原则，以尽量防止实验动物受到非处理因素的影响。此外，机构应根据自己的特点，制订标准操作规程管理规范。

验收检查指南规定，验收检查的对象包括药品非临床安全性研究机构的工作人员及组织机构、质量保证部门、实验设施、仪器和设备、试剂、标准操作规程、实验动物管理、供试品及对照品、实验方案及实施、报告和记录以及委托其他单位实验的情况。各药品非临床安全性研究机构应按验收检查要求提供有关资料，主动接受检查。检查人员由国家有关部门、国家药品非临床研究质量管理专家委员会的专家组成，必要时邀请当地药政管理部门的人员参加。验收检查两年进行一次。必要时，可不定期进行抽查。验收检查工作结束后，由国家科委会同有关部门召开评价会议，对被检查单位分别做出等级评定，甲级指全部符合《管理规定》；乙级指基本符合或部分不符合《管理规定》，但对实验质量无明显影响；丙级指全部或部分不符合《管理规定》并明显影响实验质量。乙级或丙级的实验设施，应提出改进方案并认真落实。必要时可以对其进行再检查。机构拒绝检查或在检查时弄虚作假的，对该单位应评定为丙级。检查结果应在检查结束后1个月内通知被检查单位。实验检查时，至少要提前两周通知被检查单位，并要求与检查有关的人员在检查期间不要外出，提供有关资料，并回答有关问题。检查前，检查人员应与被检查单位商洽，确定检查日程及应准备的材料。并由被检查单位提供有关资料并详细进行说明。检查包括一般性和针对性检查，前者主要确认实验设施的软件、硬件两方面是否符合《管理规定》要求，后者主要是通过对某一实验的全过程进行检查，确认实验的各个环节是否符合《管理规定》。在检查期间还应对正在进行的实验和管理运行程序进行现场考察。

（三）修改并发布《药品非临床研究质量管理规范》

1999年国家药品监督管理局组织专家对申报新药资料进行了检查，国家科委对“1035工程”规划中“GLP中心”筹建进行了中期评估，找出了GLP试行中存在的问题和差距。在此背景下，国家药品监督管理局在广泛征求有关部门、专家意见的基础上，对GLP进行了修改，1999年10月14日发布了《药品非临床研究质量管理规范（试行）》，自1999年11月1日起施行。

本次发布的GLP对“第一章总则”的第一条进行了实质性的补充，明确写入“根据《中华人民共和国药品管理法》，制定本规范”，这是在十五大“依法治国”方略指引下“依法行政”的重要体现，使本GLP更具合法性与强制性。在文件结构上，虽然总体分九章的格局未变，但在内容上，则进行了较大的调整。如：原列在第九章附则中的“术语定义”前调至第一章，从逻辑上来说显得更为合理，也和美国、英国、瑞典、日本、韩国等国家和地区的GLP结构一致。另外。在定义上，对“非临床研究”“质量保证部门”“实验系统”“供试品”“对照品”的注释也更准确。

“第二章组织机构和工作人员”是本GLP中修改最多、最具体的一章，首次提出“建立完善的组织管理体系”的要求，并明确了相关人员的职责。完善的组织机构、明确的职责分工是有效管理的基础。在原GLP中，质量保证部门、安全性研究机构同属研究单位设立和管辖，质量保证部门的职责是模糊的，权利得不到保障。本GLP对非临床研究机构的组织管理体系作了明文规定，直接把“设立独立的质量保证部门”写进规范，作为一个独立的部门，其职能和责任都有具体的规定，以确保非临床研究机构的设施、设备及实验的运行管理符合本规范要求，进而保证实验结果真实、可靠。质量保证部门独立行使权力的能力，反过来也体现了非临床研究管理的规范性。

另一个重要突破，是对非临床研究机构工作人员、专题负责人、机构负责人的素质、条件和职责范围分别作了规定，强化了机构负责人和专题负责人的职责。由于各级人员的专业水平、实践经验和组织管理能力是决定工作质量最关键的因素，因此这一突破对提高非临床研究质量具有重要意义。对一般工作人员，增加了对其职业道德、专业素养和健康状况的要求，明确了研究人员必须及时向专题负责人报告的事宜。对机构负责人，体现了权责分明的管理思想，机构负责人全面负责和实施机构的建设和组织管理，制定主计划表，掌握各项研究工作的进展，审查批准实验方案和总结报告，组织制定和修改标准操作程序，并有权聘任质量保证部门的负责人和专题负责人。对专题负责人，赋予了其对研究专题的管理权和检查权。在第八条中，分 8 个方面阐述了专题负责人的职责，进一步规范了课题的管理程序，并具有很强的可操作性。这一特征，使本 GLP 更具指导意义，成为药品非临床研究机构建设的重要依据。

与原 GLP 相比，本 GLP 还提高了对实验设施、仪器设备等硬件水平的要求，完善 SOP 的制定和管理以加强研究过程的控制，重视实验方案的完整、具体、全面性，重视资料档案管理，规定了资料档案的保管周期和保存条件，对提高研究质量起到了有效的保证作用。

2003 年 4 月国家食品药品监督管理局（SFDA）组建后，于同年 8 月 6 日正式颁布《药物非临床研究质量管理规范》(GLP)，从 2003 年 9 月 1 日起施行。同时 SFDA 制定了《药物非临床研究质量管理规范检查办法（试行）》，并公布自 2003 年 10 月 1 日起依照该文件对药物非临床安全性评价研究机构实施 GLP 检查。2017 年 8 月，国家食品药品监督管理总局发布新修订的《药物非临床研究质量管理规范》，自 2017 年 9 月 1 日起施行。药物非临床研究的规范管理还将随着我国新药事业的发展，对中国新药研究开发管理和质量的提高产生深远影响，并进一步增强创新药物的国际竞争能力，使我国新药真正走向世界。

二、药物临床试验质量管理规范

鉴于新药的不断问世，为了对药物的临床疗效作出客观、正确和科学的评估，世界各国均制订了一系列的法规、条例，以保证临床用药的安全性和有效性，从而逐步统一为具有法律约束性的规范，因而制订了药物临床试验质量管理规范（Good Clinical Practice，GCP）。人用药品注册技术要求国际协调会议（ICH）将 GCP 定义为“一套有关临床试验的设计、组织、实施、监查、稽查、记录、分析和报告的标准，该标准保证了试验结果的准确、可靠，并保证了受试者的权利、整体性和隐私权受到保护”。我国对 GCP 的定义与此基本相同，即“药品临床试验管理规范是临床试验全过程的标准规定，包括方案设计、组织、实施、监查、稽查、记录、分析总结和报告”。制定 GCP 的目的在于“保证临床试验过程的规范，结果科学可靠，保护受试者的权益并保障其安全”。简言之，GCP 就是为保证临床试验数据科学、可靠以及受试者的权利和安全而制定的进行临床试验的标准。

（一）药物临床试验管理规范国际统一标准逐步形成

20 世纪 70 年代，世界各国已十分重视药品上市前的临床试验。通过实施药品安全性和有效性临床试验以及药品监督管理部门对药品申报的审核，一些发达国家逐步发现了药物临床试验中方法科学性、数据可靠性及伦理道德等方面存在的各种问题。这些问题首先引起了国际医学科学组织理事会的注意，并提出要在临床研究中纠正不尊重受试者和患者的行为，这成为之后《赫尔辛基宣言》的基础。

美国 FDA 率先实施了临床研究者指导原则，后经过多年对新药临床研究（investigational new drug，IND）程序的修改，才逐渐形成了其 GCP。此外，其他国家如韩国（1987 年）、北欧（1989 年）、日本（1989 年）、加拿大（1989 年）、澳大利亚（1991 年），均先后制定和颁布了各自的药物临床试验管理规范。欧盟 1992 年颁发了其 GCP 指导原则（Directive 91/507/EEC），其成员国将 GCP 加入本地的法规之中，在这些国家，如果不遵守 GCP 的条款，药品评审部门将拒绝接受制药公司为新药注册提交的临床数据，理由是这些数据的可靠性值得怀疑。1994 年世界卫生组织（WHO）也颁布了 GCP 指南，希望成为其所有成员国都能够共同遵守的标准。这些管理规范虽然原则一致，但具体细节有所不同。

一种新药在一个国家上市后，如希望在另一国家上市或生产，则必须按照该国家的管理要求重复进行整个药物临床试验，从而造成大量人力、物力、动物资源及经费和时间的浪费。为避免这种浪费，由欧盟、美国和日本三方成员国的药品管理当局和制药企业管理机构，在 1990 年发起的人用药品注册技术要求国际协调会议（ICH），开始商讨制定一系列“人用药品注册技术要求”，其中包括临床试验管理规范。ICH 于 1996 年 5 月定稿了《药物临床试验质量管理规范》（GCP）指导原则，1996 年 6 月—1997 年 3 月，欧盟、日本和美国接受或颁布法令，要求所有用于支持新药申请的临床试验均应按照 ICH-GCP 指导原则进行。ICH-GCP 已成为为了得到国际认可的所有临床试验都应遵循的标准。可见，临床试验管理规范的国际标准一致化已成为临床试验管理的必然趋势。

（二）我国新药管理与 GCP 的形成

我国自 1986 年起就开始了解国际上 GCP 发展的信息；1992 年派员参加世界卫生组织 GCP 定稿会；1993 年收集了各国和组织的 GCP 指导原则并邀请国外专家来华介绍国外实施 GCP 的情况；1994 年举办 GCP 研讨会并开始酝酿起草

我国的 GCP 规范；1995 年成立了由 5 位临床药理专家（褚骏仁、李家泰、桑国卫、汪复、游凯）组成的起草小组，起草了我国《药品临床试验管理规范（送审稿）》；1996 年曾派出考察团赴北美和欧洲，到临床试验实施机构、制药企业、CRO 了解 GCP 实施中的问题，学习已有的经验。1997 年药政部门与相关专家参加在比利时召开的 ICH4，与美国 FDA 的负责人和专家进行双边交谈。药政部门非常重视提高药物临床评价的水平，1998 年 3 月 2 日卫生部颁发了《药品临床试验管理规范（试行）》；国家药品监督管理局（SDA）成立后对该试行版本进行了进一步的讨论和修改，于 1999 年 9 月 1 日正式颁布并实施我国的《药品临床试验管理规范》，标志着我国药品临床试验实施 GCP 规范管理的开始，也标志着我国药品临床研究基地的建设进入新的发展阶段。

我国的 GCP 是以 WHO 和 ICH 的 GCP 指导原则为蓝本，结合我国的国情而制定的。制定 GCP 的指导思想是：既符合国际 GCP 的基本精神又符合我国的药品管理法规，既要考虑和国际标准接轨又要考虑我国的国情。鉴于在我国实施 GCP 的必要性和重要性，SDA 一经组建后，将全面实施 GCP 的有关工作纳入了局重点工作之一，提出的总体目标是争取在 3 ~ 5 年的时间内，使我国的 I、II 类新药的临床研究在符合 GCP 的条件下进行。

我国的 GCP 颁布以来，SDA 已在 GCP 的培训和舆论宣传等方面进行了大量的工作。GCP 已越来越多地引起研究开发单位（申办者）和临床研究机构的重视。对申办者来说，走在前面的是外资药厂和合资药厂。有不少外资和合资药厂建立了医学部或临床研究部；对有关人员进行 GCP 培训；设立监查员（monitor）并执行其对临床试验的随访监查职责；按照 GCP 要求制定并实施试验方案；采用国外 GCP 要求的各种文件和表格等。对研究者来说，有不少药品临床研究基地开始对研究人员进行 GCP 知识的培训；有越来越多的临床基地设立了伦理委员会，并在试验开始前获得受试者的知情同意书；一些研究者开始按照 GCP 要求实施临床试验，有的单位承当了申办者要求按照 GCP 进行的国际多中心临床试验并得到了国际的承认。

（三）GCP 的实施与我国药品临床研究基地建设

1983 年、1986 年和 1990 年，卫生部先后分三批批准了 46 个临床药理基地，涵盖 100 多个专业学科。1995 年 2 月，为了加强对临床药理基地的进一步管理并促进临床研究的健康发展，卫生部颁发了《卫生部临床药理基地指导原则》，并自 1996 年开始对原来指定的临床药理基地进行验收，同时受理新的临床药理基地的申请。

1998 年 SDA 成立后，药品监管的执法主体转移至 SDA，安全监管司主管基地的监督管理工作。1999 年，SDA 对原有的临床药理基地进行评估后重新确认和批准，并更名为“国家药品临床研究基地”，在再确认过程中，有部分原来以大学为依托的基地变更为以其所属医疗机构为单位，此外对某些相似但异名的专业名称进行了统一，至2000年基地总数为132个，其中西药96个，中药36个，共涉及152个医疗单位，专业科室总数达560个。这些临床药理基地的建设为我国新药临床研究的发展做了大量的工作。

第三节　创新药物研发过程中的知识产权保护

创新药物研究开发是一项投资大、周期长、风险高的工程。一个新药，从市场调查到正式生产投放市场，一般需几年、十几年乃至几十年时间，耗资上百万甚至上千万元。据有关报道，国外开发一个新药的平均投入在2.5亿～3亿美元以上，我国仿制一个新药，至少也得花几十万人民币。长期以来，我国的新药研究开发工作一直处于低水平仿制阶段，据统计，新中国成立以来97%的化学药品都是仿制品。在我国知识产权立法进程中，药品领域始终是其中的薄弱环节。为了鼓励国内企业研究创制新药，规范新药的研制和审批，我国出台的药品知识产权保护法律、法规有《专利法》、《商标法》、《药品管理法》及与之配套的《新药审批办法》、《新药保护和技术转让的规定》和《药品行政保护条例》、《中药品种保护条例》及《反不正当竞争法》等。实践证明，这些法律法规的实施，激发了我国广大科技人员从事新药开发与研究的积极性，促进了我国新药研究从仿制为主向研制具有自主知识产权新药的战略转移，为我国新药研发走向国际化奠定了法律基础。

一、TRIPS协议对中国知识产权立法的影响

20世纪90年代以来，国际形势的发展表现出了两个显著特点：一个是经济的全球化，一个是科学技术的突飞猛进。这一形势对专利制度在整个国际社会中的地位和作用产生了深刻的影响。许多发达国家，把知识产权竞争作为市场竞争、经济竞争的一个重要工具和手段，它们所向往的目标之一就是促使发展中国家按照发达国家的标准扩大专利保护对象的范围，以保证跨国公司通过技术垄断从而源源不断地获取财富。如美国不断修改其国内的贸易法，并据此发动与其他国家的知识产权谈判，以最大限度地维护美国的知识产权权益。以美国为首的发达国家在世界贸易组织的前身——关贸总协定乌拉圭回合中发起知识产权谈判，与此相关的谈判结果就是《与贸易有关的知识产权协议》（Agreement on Trade-Related Aspects of Intellectual Property Rights，TRIPS）的签署。TRIPS协议是迄今

为止最重要的一个知识产权协议，极大地推动了知识产权保护国际一体化进程的发展。有关专利制度，TRIPS 协议主要有两方面的新贡献。一是对 WTO 成员提出了专利保护最低标准的要求，从各国国内法角度加强了对专利人的保护；二是确立了两个重要的新原则，从国际协调角度加强了专利及其他知识产权的保护，加强了权利人的地位。

我国知识产权法律制度的最初确立到实施，部分原因是迫于经济全球化和发达国家的压力。当时，由于中国对医药产业的定位是解决国内缺医少药问题，对国外的药品专利缺乏保护。伴随着我国改革开放的进程，《专利法》于 1985 年 4 月 1 日正式施行，并于 1992 年、2000 年对《专利法》进行了两次修改，从程序到实体，从立法宗旨到具体制度设计，更加符合增强自主创新能力、建设创新型国家战略目标的需要。《专利法》从当初的与世界接轨为主，逐步过渡到与我国经济社会发展国情的内在需要相适应为主。

（一）对药品生产方法给予专利保护

《专利法》是我国经济体制改革和科技体制改革的一项重要成果，从法律上承认了发明创造可以作为一种无形财产受到保护，推进了我国经济体制改革和科技体制改革进一步向前迈进，显示了我国改革开放、走向世界的决心和信心。

我国在建立专利制度之初，考虑到当时国内制药工业的研发和创新能力比较落后和薄弱，需要给予特殊保护，第一部《专利法》明确规定，我国仅保护药品的生产工艺或方法，对药品不给予专利保护，即只保护方法，而不保护物质本身。这样规定的目的，在于根据当时的现实国情来合理地平衡新药研发者与社会公众之间的利益：一方面，通过对药品的生产方法授予专利权，可以使新药研发者对社会所作出的创造性贡献获得适度保护，以鼓励和促进药品领域的研究创新活动；另一方面，对任何一种药品来说，其生产方法在理论上应当不止一种，这样即使对其中已被发明出来的一种或几种方法授予专利权，只要不保护到药品本身，则在漫长的专利保护期内，随着相关领域的技术发展，其他制药企业仍然有可能通过自己的研发努力，针对该药品发明出新的生产方法，并按该方法来自由生产该药品。在当时具备药品专利申请能力和条件者主要是外国制药企业的情况下，我国《专利法》采用了只保护药品的生产方法但不保护药品本身的做法，实质上是为落后的国内制药行业预留了必要的、合理的生存和发展空间。实践表明，这种做法是完全正确的，而且也取得了明显的效果，在依据我国第一部《专利法》取得生产方法专利权的药用化合物当中，已有不少药用化合物被我国制药企业研发出新的生产方法，从而使国内企业突破了外国专利权人的权利束缚而获得了对相关药品的自由生产权。但是，由于这一时期对药品知识产权保护缺乏主动性，我国药品知识产权法律制度还没有真正起到促进药品创新的作用。

（二）对药品给予专利保护

我国《专利法》于 1985 年 4 月开始施行，但是对药品的专利保护仅限于制造方法的保护，对产品本身不授予专利权，对知识产权的保护却不够全面，这在一定程度上阻碍了我国对具有自主知识产权新药的研发，这一阶段，国内的药品研发主要是仿制国外已上市或正在研究的药物。

结合国际发展的趋势和我国实际情况，1992 年 9 月 4 日，我国第七届全国人民代表大会常务委员会第二十七次会议通过了《关于修改〈中华人民共和国专利法〉的决定》（第一次修正），对《专利法》进行了第一次修改，修改后的《专利法》于 1993 年 1 月 1 日起施行。此次修改，扩大了专利保护的范围，延长了专利权的期限，增加了专利产品进口的保护，规定了对方法专利保护延及依该方法直接获得的产品，重新规定了实施专利强制许可的条件等，这些都标志着我国专利保护水平达到了一个新的高度，与国际发展趋势日趋协调。

其中做出的主要的修改之一就是把药品和化学物质纳入了专利保护对象的范围。在我国可以获得专利保护的药品发明包括：①药物化合物或药剂的制备方法发明；②药物化合物发明；③药物制剂发明；④药物化合物或制剂的用途发明。较修订前的《专利法》增加了②、③两种保护对象，这样，药品专利客体的范围得到了扩大。

对“药品和用化学方法获得的物质”授予专利，这是对医药领域的发明由主要保护工艺技术扩展到保护产品本身，至此，我国形成了较为完备的药品保护体系，基本适应了过渡时期药品保护的要求，进一步向国际通行做法靠拢。从长远和全局看，这一新的专利保护措施，不仅有助于药品知识产权的保护，同时也极大调动了广大医药科技工作者与医药企业进一步研究开发新药的积极性。

（三）迎接入世，与 TRIPS 更趋一致

接受并在中国实施 WTO 的法律规则，是 WTO 向中国提出的加入条件，也是中国政府申请加入世界贸易组织的国家承诺。WTO 法律框架的重要组成部分之一就是 TRIPS 协议。按照其要求，各缔约方应完善自己的知识产权法律。

我国的《专利法》曾参考国际惯例在 1992 年作过第一次修订，但是仍有一些规定与 TRIPS 不尽一致。面对入世的挑战，1998 年中共中央发文，将《专利法》的修改列为九届全国人大常委会的第一类立法项目，即必须在九届全国人大期间内完成的立法项目。1999 年，《中共中央、国务院关于加强技术创新，发展高科技，实现产业化的决定》发布，其中第十三条专门论述了知识产权问题，而且特别强调了加强知识产权管理和保护。这也要求进一步完善《专利法》，使其更好地适应社会主义市场经济体制的要求，更有力地推进科技进步和创新。

2000年8月25日，九届全国人大常务委员会第十七次会议通过了《关于修改〈中华人民共和国专利法〉的决定》，并于2001年7月1日生效。从实质内容上看，本次修改主要是围绕着世界贸易组织TRIPS协议的要求进行的，主要修改内容体现在，明确专利立法促进科技进步与创新的宗旨；简化、完善专利审批和维权程序，规定实用新型专利和外观设计专利的复审和无效由法院终审，取消了专利复审委员会的终审权；与国际条约相协调，明确了通过《专利合作条约》（PCT）途径提交国际专利申请的法律依据等。

对《专利法》进行的第二次修改把“迎接入世，与TRIPS更趋一致”作为指导思想，进一步完善了我国《专利法》的有关规定。这是我国专利事业发展史上的又一个重要的里程碑，是我国实施科教兴国战略的一个非常重要的举措，充分体现了党中央、国务院对专利工作的高度重视，也为进一步做好专利工作，提高我国专利保护的能力和水平，创造了一个非常有利的条件。

二、新药的专利保护

专利保护属于法律保护，是药品知识产权保护的重要形式，也是最有效的方式之一。药品专利的保护对象主要是药品领域的新的发明创造，即技术创新，包括新开发的原料药即活性成分、新的药物制剂或复方、新的制备工艺或其改进。其中最重要的授权条件是新颖性、创造性和实用性。按照《专利法》的规定，发明专利权的期限为20年，自申请日起计算。专利权被授予后，任何单位或者个人未经专利权人许可，都不得实施其专利，即不得为生产经营目的制造、使用、许诺销售、销售、进口其专利产品，或者使用其专利方法以及使用、许诺销售、销售、进口依照该专利方法直接获得的产品。如果有人未经许可而实施其专利，专利权人或利害关系人既可以向人民法院起诉，也可以请求专利管理机关对侵权人进行处理，要求其停止侵权行为并赔偿损失。因此，专利权具有独占性。而且，按照《专利法实施细则》的规定，同样的发明创造只能被授予一项专利。

三、新药的商标保护

药品商标保护的对象是药品经营或销售中为了区别商品的可视性标志，其注册条件是没有他人在同一种商品或者类似商品上注册过相同或近似的商标。注册商标的有效期为十年，自核准注册之日起计算。期满前还可以申请续展注册，每次续展注册的有效期为十年。药品商标注册后，即在所注册的国家或地区享有独占权，任何人未经注册商标所有人许可，都不得在同一种药品或者类似药品上使用与注册商标相同或近似的商标。如果出现侵权行为，被侵权人可以向人民法院起诉，也可以请求工商行政管理部门处理。

四、新药的行政保护

新药行政保护是指新药获得新药证书后可获得的独占权保护。新药行政保护制度是在我国未对药品实行专利保护的特定历史条件下，由于我国医药企业没有能力承受巨额新药研究费用的背景下，为保护本国民族医药工业而采取的有效措施。1984 年我国制定《专利法》时，《保护工业产权巴黎公约》规定成员国有权按照本国实际情况，对专利保护的技术领域作出限制性规定的保留条款。考虑到世界上许多国家均未对药品、食品和化学物质给予保护的通行做法，我国也不承认药品专利。因此我国医药企业可以自由仿制国外的专利药品，并在我国境内生产销售国外的专利药品。为了帮助我国药品生产企业尽快掌握国外先进技术，推进药品的研究与开发，1987 年卫生部并以此为基础制定了《关于新药保护及技术转让的规定》，将新药分为一、二、三、四类，并分别给予 8、6、4、3 年的保护期，标志着我国新药行政保护制度的确立。

为了鼓励研究创制新药，保护科研与生产单位研究、开发、生产新药的积极性，避免重复研究和生产，维护药品技术市场的秩序和新药技术转让双方的合法权益，促进我国制药工业的发展，国家药品监督管理局制定颁发了《新药保护和技术转让的规定》，于 1999 年 5 月 1 日起施行。其中规定："新药经国家药品监督管理局批准颁发新药证书后即获得保护。各类新药的保护期分别为：第一类新药 12 年；第二、三类新药 8 年；第四、五类新药 6 年。凡有试产期的新药，其保护期包含试产期。"这是顺应知识经济时代需要，提高新药研究开发中知识产权保护意识，提高新药技术含量的重要措施。我国药品知识产权法律制度建设不断健全与完善，为新药的研究开发提供了法律保障。

新药保护的对象是在我国未生产过的药品，由于其中也包括了仿制药，在对药品实行了专利保护制度的前提下，原有的新药行政保护制度已经没有存在的必要，而且可能与专利制度有冲突，因此国家药品监督管理局于 2002 年 12 月 1 日起废止了原来的《新药审批办法》和《新药保护和技术转让的规定》，也即取消了新药的行政保护。

五、中药品种保护

"1035 工程"实施前期，中药品种的混乱尤其是非法移植传统名贵品种的问题，引起了企业和社会各界的强烈反响，国际上对传统药物的知识产权保护尚属空白，没有任何经验可以借鉴。由于中药处方、制剂工艺等的特殊性，使得我国的法律、法规以及有关知识产权中涉及保护的方式方法，都不能完全解决实际中存在的问题。为了真正维护和促进中药事业的发展，巩固中成药品种整顿的成果，1989 年，卫生部开始着手研究起草有关中药保护的管理办法。但由于中药保护的管理问题，涉及卫生部、国家中医药管理局、保密局等有关部门，为加快办法的制定，卫生部同时报请国务院要求制订法规。1992 年 10 月 14 日，国务院发布了《中药品种保护条例》，于 1993 年 1 月 1 日起实施。1993 年 10 月首届国家中药品种保护审评委员会在京成立，我国的中药品种保护工作全面展开。

中药品种保护的对象是在中国境内生产的、已经列入国家药品标准的品种。其条件主要是对特定疾病要有特殊或者显著的疗效，且产品的质量及标准符合要求。受保护的中药品种分为一、二级，其中一级保护的期限分别为 30 年、20 年、10 年，二级保护的期限为 7 年。期满后还可以要求延迟保护期，每次延长的期限不得超过第一次批准的期限，但二级保护只能延长一次保护期。被批准保护的中药品种，在保护期内限于由获得《中药品种保护证书》的企业生产；擅自仿制中药保护品种的，由县级以上卫生行政部门以生产假药依法论处。但是，如果批准保护的中药品种在批准前是由多家企业生产的，则其他未受保护的企业可以在规定的期限内申请补发同品种的保护证书。根据《中药保护条例》的规定，中药一级保护品种的处方组成、工艺制法，在保护期限内由获得《中药保护品种证书》的生产企业和有关的药品生产经营主管部门、卫生行政部门及有关单位和个人负责保密，不得公开。因此，对于符合规定中的新药，不仅要申请新药证书，还可以申报《中药保护品种证书》以获得双重保护。

1999 年 1 月，国家中药品种保护审评委员会（第二届）换届会议在北京召开。在此次会上，国家中药品种保护审评委员会办公室韩白石主任代表首届委员会向大会做了工作汇报，与会委员还讨论了《审评工作程序》《审评会议程序及审评要点》，审议并通过了《国家中药品种保护审评委员会章程》。“1035 工程”实施的五年，也是《中药品种保护条例》颁布实施的五年，期间共受理了 1 754 个中药保护申请，涉及全国 870 个中药生产企业；共召开了 21 次审评工作会议，完成了 1 241 个品种的审评工作，其中有 867 个品种（次）获得国家中药品种保护，涉及 484 个中药生产企业。

实践证明，以《中药品种保护条例》为基础制定的保护审评与管理措施，弥补了专利、商标等知识产权保护措施的不足，做到了“权利与义务结合，保护与提高并举”，符合我国国情和中药品种的具体情况。中药品种保护工作在很大程度上解决了中药品种的低水平重复问题，保护了中药研制单位及生产企业开发中药新品种和改进中药质量标准的积极性，有效地提高了中药品种的整体质量水平，使我国的中药生产逐步走上了良性循环的发展轨道。

随着《专利法》《商标法》《著作权法》《中药品种保护条例》等一系列法律法规颁布实施，我国药品知识产权保护取得了长足的进展，药品知识产权保护的立法已经初步形成了一个多元化、多层级的法律体系。

六、数据保护激励新药研发

药品数据保护和药品专利保护是两种完全不同的知识产权保护形式。在药品注册过程中，药品开发商必须向负责药品注册的政府部门呈交有关的未披露数据，以证明药品的安全性和有效性。专利所提供的是一个激励机制，一个社会契约，但数据保护则不同，它的责任是建立一种完善的体制来保证原创公司的秘密信息不被其他人的获取。

在我国的《药品管理法实施条例》和《药品注册管理办法》中都明确规定，数据保护期限为药品管理部门颁发上市批准后的 6 年。与此同时我国增加了专利联结的有关规定，在新药专利失效前不准仿制药品上市，以保护新药市场。这些规定都极大地增加了跨国和本土企业在中国研制创新药物的信心。

中国在 1992 年之前，对于药品实行的是新药行政保护的制度。1993 年实施修订后的《专利法》，使得中国关于药品的知识产权的保护第一次纳入到专利的保护范围之内。同时在 2001 年中国修改药品管理法的时候，也删除了新药的概念，使得中国对于药品的保护由两元制（新药的行政保护和专利保护）过渡到一元制，就是专利保护。但药品的数据保护在中国起步的时间不长，还要借鉴欧美的经验以不断完善。

第四节　新药质量保证体系初步形成

我国 1985 年颁布的《药品管理法》是我国药品管理的基本法，国家药品监督管理有关部门以其为法律依据，对药品的研究开发、生产、经营及使用环节先后颁布了一系列法律、法规，逐渐形成了我国药品管理的法律体系。“1035 工程”实施期间，我国新药审批和管理制度不断完善，药品审批与推行 GMP、GAP 结合起来，逐步与国际接轨，我国新药质量保证体系初步形成。

一、注册审批法规框架构建

1985 年，卫生部根据《药品管理法》颁布了《新药审批办法》，明确了新药审批程序和管理制度，对新药申请临床研究和生产所报送资料的技术要求以及新药临床研究的技术标准也作出了详细规定。在《新药审批办法》的基础上，1992年，卫生部颁发《关于药品审批管理若干问题的通知》，以及《〈新药审批办法〉中有关中药部分的修订和补充规定》，对中药和生物制品也分别作了补充规定，制定了专门针对中药新药分类、研究内容、质量标准、审批和再次转让的补充规定，为中药新药研究等提供了坚实的法规依据。

随着我国由计划经济体制向社会主义市场经济体制的转变，特别是医药市场格局的变化、机构改革带来执法主体的转移，这些规章已不适应新的形势，有的已严重制约和影响了药品监督管理的正常进行和医药事业的健康发展。

1998 年 3 月，国家药品监督管理局（SDA）组建后，把行政立法工作摆到突出位置，着手对过去的法律、法规和规章进行了分类清理、修订。经过长期调研酝酿、多方征求意见，1999 年 4 月 22 日正式发布新修订的《新药审批办法》《新生物制品审批办法》《仿制药品审批办法》《进口药品管理办法》《新药保护和技术转让的规定》等 5 个规章，并于 1999 年 5 月 1 日开始实施，初步形成了我国药品审批的法规框架。

这次发布的 5 个行政规章在严把药品质量关，克服药品低水平重复研究、重复生产等方面发挥着重要的作用。

（一）强化药品审批注册技术要求

在新药审批注册方面，新法规提高了标准，取消了没有意义的重复试验，使技术要求更科学、合理。同时细化了新药分类，以便于研制者申报，也便于审评人员审评，减少申报研制的盲目性，避免了研制单位人、财、物浪费，降低了新药研制和审批管理成本。

（二）依法保障和促进技术进步

新法规鼓励创制新药，不仅延长了各类新药的保护期，而且实行优先审批制度。一是延长了各类新药的保护期，一类新药保护期从 8 年延长到 12 年，二、三类新药分别从 6 年、4 年延长到 8 年，四类新药从 3 年延长到 6 年，特别是针对五类新药的特点，增加了对五类新药的保护，给予五类新药 6 年保护期；二是将原来作为一类的新生化药品降为三类管理，促使研究单位提高研究水平，去粗存精；三是建立优先审评制度。对于一类新药、属保密中药品种按加快程序审批；对首家申报临床研究的新药以及首家申报治疗疑难危重疾病的新药，可以加快审评进度；对有技术创新、使仿制药品生产成本明显降低或质量显著提高的企业，在注册审批上也将给予支持。

（三）加强防范，加大对药品研究中弄虚作假行为的处罚

为保证申报新药、仿制药品的科学性、真实性，一是强调新药研究原始试验资料和档案必须真实、科学、规范；二是加强研制单位的监督管理，增加由省级药品监督管理部门对原始试验资料进行核查，对试验场地进行考察；三是加大处罚，凡在申报新药、仿制药、进口药、技术转让过程中有弄虚作假行为的，立即终止审查，并按《药品研究与申报注册违规处理办法》予以处罚。

（四）坚持“监、帮、促”相结合的原则

其一，为加强企业与初审、复审单位的交流，新法规规定，企业对审批结论有异议的，可向国家药品监督管理局提出复审要求；其二，为加强对新药研究开发的指导，实行批准新药公告制；其三，新药申报单位可在国家药品临床研究基地中自选临床研究单位。

（五）从源头控制低水平重复

新法规主要采取了以下措施：一是将新药申报受理截止日期从批准新药生产之日起开始，改为批准临床研究之日开始，同时规定定期发布批准临床研究新药品种目录公告，避免企业盲目开发，减少重复；二是规定多个单位联合申报同一品种的，只能由一个单位生产，同一品种不同规格视为一个品种；三是宏观控制新药技术转让，规定新药技术转让应根据医疗需求，并从宏观上控制转让的品种和数量；四是原则上不再受理简单改变剂型的新药技术转让，对其他类别的新药，若申报生产新药的单位超过 3 家时原则上也不再受理转让申请；五是严格控制仿制。仿制药品的申报，增设了试制前预先申报审核批准程序，经审核同意后方可开始试制和正式申请；同时申请生产仿制药品的企业必须取得 GMP 认证证书。

二、药品生产质量全程把关

1963 年美国 FDA 颁布了世界上第一部《药品生产质量管理规范》（GMP），经过多年发展，GMP 已成为世界上大多数国家制药企业一致公认的进行药品生产质量管理的一套行之有效的管理制度，并逐步成为强制性的管理规范。我国卫生部于 1988 年根据《药品管理法》规定颁布了我国第一个 GMP 条例即《药品生产管理规范》作为正式法规。1990 年卫生部组织起草了 GMP《实施细则》，后又将《药品生产质量管理规范》和《实施细则》合并成《药品生产质量管理规范》（1992）修订本。

（一）强化企业实施 GMP 制度

实施药品 GMP 制度，是我国医药产品与国际市场接轨的需要。为了保证新药制剂质量的可控性、安全性和有效性，1993 年 2 月，卫生部颁布《药品生产质量管理规范》（1992 年修订），规定该规范是药品生产企业管理生产和质量的基本准则，药品生产企业必须认真执行。1993 年 3 月 1 日，凡新建、改建和扩建的药品生产企业（车间），必须按照药品 GMP 的要求进行设计、建筑、安装、调试，经省级卫生行政部门验收合格后，报卫生部申请认证。未取得认证证书的企业（车间），不得发给“药品生产企业许可证”。

1995 年，国家医药管理局印发的“九五”规划中进一步明确了实施 GMP 的目标与步骤。

（1）目标：全国制药企业中注射剂生产车间、无菌原料药生产车间、新开办的新药企业（含车间）及药品出口骨干企业到 2000 年要完成 GMP 改造，并符合 GMP 要求。

（2）步骤：①凡新建、扩建、改建的制药企业（车间）、合资制药企业（车间）、药品出口的骨干企业（车间）、都必须符合 GMP 的要求。②到 1997 年，粉针剂、无菌原料药生产车间要完成 GMP 改造并符合 GMP 要求。③到 1998 年，大容量注射剂生产车间要完成 GMP 改造并符合 GMP 要求。④到 2000 年，小容量注射剂、滴眼剂生产车间要完成 GMP 改造并符合 GMP 要求。⑤“九五”期间，原料药、口服制剂及其他剂型的生产车间应进行 GMP 改造，大部分车间要符合 GMP 要求。

1998 年，国家药品监督管理局成立不久，即抓紧组织对 GMP 的修订工作，在总结数年实施 GMP 的情况后，吸取 WHO、FDA、欧盟、日本等实施 GMP 的经验和教训，在充分调研的基础上，对 1992 年版 GMP 进行了再次修订，同时发布了《药品生产质量管理规范》（1998 年）附录。

1998 版 GMP 以“结合中国的国情，实事求是地制定修订药品 GMP，逐步与国际先进标准水平接轨”为主导原则进行修订。修订后的 GMP 体现了以下几个方面特点：①系统性强，内容归纳更科学、合理；②首次初步引入 QA、QC 管理思路；③生产和质量管理重点突出；④增加了 GMP 验证内容；⑤增加了对管理的要求，尤其是软件部分条款有所增多，软件内容所占比重增大。概括起来，1998 版 GMP 有两个重要的特点：一是将 GMP 内容划分为 GMP 基本原则和对不同类别药品的特殊要求两大部分，使药品 GMP 条理更加清晰，更加便于操作；二是针对当时我国制药企业普遍存在的验证工作比较薄弱的情况，在 GMP 的基本原则中专门增加了“验证”部分，强调了验证工作在药品生产和质量管理中的重要意义，为其后我国 GMP 认证规划的全面实施和顺利进行提供了有力的保证。

（二）努力推行 GMP 认证工作

GMP 认证是评价药品质量的国际公认的基本指标，是药品参与国际贸易的必要条件之一。为了正常、有序地开展中国药品 GMP 认证工作，1994 年 4 月成立了中国药品认证委员会，为国家质量技术监督局授权卫生部负责牵头组建由九部委参加的代表国家实施药品 GMP 认证的机构。根据《中国药品认证章程》《中国药品认证委员会认证管理办法》规定，认证委员会秘书处为委员会的常设机构。秘书处下设 GMP 检查办公室、检验协调处、申诉监理处和计财处。为统一管理，减少层次，克服现行行政管理体制的弊病，中国药品认证委员会不设分支机构。1994 年 11 月，中央机构编制委员会办公室批准成立“卫生部药品认证管理中心”。该中心履行中国药品认证委员会秘书处职责，保证了药品 GMP 认证工作的开展。

1995 年 7 月，卫生部发出“关于开展药品 GMP 认证工作的通知”，要求从 1995 年 10 月 1 日起，凡具备条件的药品生产企业（车间）和药品品种，可按《中国药品认证委员会认证管理办法》规定申请药品 GMP 认证。取得认证证书的企业（车间），在申请生产新药时，卫生行政部门予以优先受理；截至 1998 年 6 月 30 日，未取得药品 GMP 认证证书的企业（车间），卫生行政部门将不再受理新药生产的申请。1995 年 9 月，卫生部规定新开办药品生产企业必须按照药品 GMP 的要求进行设计、施工和安装。厂房或车间建成后，由省级卫生行政部进行验收，基本符合标准的，按卫生部规定，由企业申请药品 GMP 认证。药品 GMP 认证合格的，省级卫生行政部门发给“药品生产企业许可证”。

1996 年 4 月，国务院办公厅规定，新开办药品生产企业要经卫生部、国家医药管理局、国家中医药管理局共同批准立项；新建、扩建和改建的药品生产企业及车间，必须符合药品 GMP，并经认证后，方可发给“药品生产企业许可证”。对现有未达到药品 GMP 的企业，由卫生部和国家医药管理局、国家中医药管理局共同提出限期整顿改造的措施，逾期仍未达到标准的企业要予以淘汰。1996 年 5 月，卫生部规定省级卫生行政部门要组织力量，对现有药品生产企业进行抽查和考核，对不符合药品 GMP 要求、不具备与所生产药品相适应条件的，限期停业整顿，逾期仍达不到的，依法吊销“药品生产企业许可证”，撤销所生产药品的批准文号（表 19–2）。

表 19–2　我国药品 GMP 认证的有关政策规定

序号	文号	时间节点	GMP 认证有关规定
1	卫药字〔89〕第 39 号		新建或扩建的药厂（车间），要按《药品生产质量管理规范》规定的要求进行验收，凡不符合要求的，不得发证
2	卫药发〔1993〕第 8 号	1993 年 3 月 1 日起	凡新建、改建和扩建的药品生产企业（车间），必须按照《药品生产质量管理规范》（1992 年修订）的要求进行设计、建筑、安装、调试，经省级卫生行政部门验收合格后，报卫生部申请认证。未取得认证证书的企业（车间），省级卫生行政部门不得发给“药品生产企业许可证”
3	卫药发〔1995〕第 53 号	1995 年 10 月 1 日起	凡具备条件的药品生产企业（车间）和药品品种，可按《中国药品认证委员会认证管理办法》规定申请药品 GMP 认证；至 1998 年 6 月 30 日，未取得药品 GMP 认证的企业（车间），卫生行政部门将不再受理新药生产的申请
4	卫药发〔1995〕第 62 号		新开办的药品生产企业，必须按照药品 GMP 认证要求进行设计、施工和安装。厂房或车间建成后，由省级卫生行政部门进行验收，基本符合标准的，按卫生部卫药发〔1995〕第 53 号《关于开展药品 GMP 认证工作的通知》规定，由企业申请药品 GMP 认证。药品 GMP 认证合格的，由省级卫生行政部门发给“药品生产企业许可证”
5	国办发〔1996〕14 号		新建、扩建和改建的药品生产企业及车间，必须符合 GMP，并经认证后，方可发给“药品生产企业合格证”和“药品生产企业许可证”。对现有未达到《药品生产质量管理规范》（GMP）的企业，由卫生部和国家医药管理局、国家中医药管理局共同提出限期整顿改造的措施，逾期仍未达到规范标准的企业要予以淘汰
6	卫药发〔1996〕第 31 号		对不符合药品 GMP 要求，不具备与所生产药品相适应条件的，限期停业整顿，逾期仍达不到的，依法吊销“药品生产企业许可证”，撤销所生产药品的批准文号；新建、扩建和改建的药品生产企业及车间，必须符合药品 GMP 要求，并经药品 GMP 认证后方可发给“药品生产企业许可证”或扩大生产范围
7	卫药发〔1997〕第 43 号	1997 年 7 月 1 日起	对申请生产仿制药品的企业必须取得 GMP 认证证书，采取分阶段逐步实施的办法。要求仿制注射剂型品种的企业必须取得 GMP 认证证书
8	卫药发〔1997〕第 75 号	截至 1998 年 12 月 31 日	未取得药品 GMP 认证证书的血液制品生产企业，将停止血液制品生产，取消生产血液制品的资格，撤销其药品批准文号；凡需出具药品出口证明的， 一律凭药品批准证明和药品 GMP 认证证书向省级卫生行政部门提出申请，经同意后报卫生部办理有关手续

续表

序号	文号	时间节点	GMP 认证有关规定
9	卫药发〔1998〕第 390 号	1998 年 7 月 1 日起	对未取得药品 GMP 认证证书的企业，卫生部不予办理生产新药的申请，在批准新药后，只发给新药证书，不发给药品批准文号；对未取得药品 GMP 认证证书的企业在 1998 年 7 月 1 日前向省级卫生行政部门申请临床研究，且经审核资料齐全并已正式受理的新药，各地应按规定程序进行审评。经审评符合《新药审批办法》及有关补充规定的，在完成临床研究申请生产时可核发给药品批准文号
10	国药管安〔1998〕189 号	3 至 5 年内	血液制品、粉针剂、大输液、基因工程产品和小容量注射剂等剂型、产品的生产要达到 GMP 要求，并通过 GMP 认证。实施 GMP 工作将与“药品生产企业许可证”换发及年检工作相结合，并分步骤、分品种、分剂型组织实施。在规划规定的期限内，对未取得“药品 GMP 证书”的企业或车间，将取消其相应的生产资格。要求各地 GMP 达标工作停止进行，对已通过 GMP 达标验收的企业，和已取得中国药品认证委员会颁发的药品 GMP 认证证书的企业按新的标准审核，合格后由国家药品监督管理局颁发“药品 GMP 证书”

至 1998 年国家药品监督管理局成立之时，中国药品认证委员会共受理 114 家企业（车间）的认证，共发放 87 张药品 GMP 证书；原各地方医药管理局共对 227 家药品生产企业发放了达标证书。SDA 成立以后，统一了认证管理制度，结束了多头管理，职责不清的局面，于 2000 年初，对获得原中国药品认证委员会认证的企业（车间）及通过原国家医药管理局组织的 GMP 达标的企业经抽查复核后，换发了国家药品监督管理局的“药品 GMP 证书”。

1999 年 1 月 19 日，为了保证各省级食品药品监督管理局贯彻实施《药品生产质量管理规范》(1998 年）及其附录，规范认证检查，保证认证工作质量，国家食品药品监督管理局制定了“药品认证检查评定标准试行”，对药品 GMP 认证检查评定方法、GMP 认证检查项目进行了规定，为药品 GMP 认证的顺利进行奠定了基础。

2000 年 6 月 22 日国家药品监督管理局安全监管司为了做好粉针剂、大容量注射剂的认证，又发布了《关于落实 2000 年粉针剂、大容量注射剂认证工作计划的通知》，为 2000 年粉针剂、大容量注射剂的 GMP 认证工作的顺利进行做了充分的准备。经过各级药品监督管理部门以及药品生产企业的共同努力，我国药品认证工作在短期内取得了阶段性成果，积累了一定的经验。

2010 年国家药品监督管理部门再次修订颁布了 GMP（2010 年），并于 2011 年 3 月 1 日起施行。GMP 在我国的实施，为我国制药企业的发展提供了药品质量管理基本标准，制药行业的水平在逐渐提升。

三、中药材质量源头控制

中药材是中药的物质基础，是中药制剂研制、生产、开发与应用等整个过程的源头，在中成药研究、生产、流通逐步按照 GLP、GCP、GMP、GSP 的要求实施规范管理的时候，由于中药材生产的落后管理，中药材内在质量缺乏有效的控制，中药饮片、中成药的内在质量稳定性、均一性问题仍然得不到很好的解决。正是在这样的形势下，国家药品监督管理局决定着手研究制订实施中药材生产质量管理规范（GAP）。中国自然资源学会天然药物资源专业委员会在学习《欧共体 GAP》及日本厚生省药务局《药用植物栽培及质量评价》的基础上，1998 年 11 月在海口召开第三届学术研讨会，会上国家药品监督管理局负责人提出了实施"中药材生产质量管理规范（GAP）"的命题，并成立了以周荣汉教授为组长的 GAP 起草专家组，开展 GAP 调研及起草工作。

1999 年 5 月，国家药品监督管理局在天津市召开第二次 GAP 起草工作会议，对起草专家提出的"GAP 第一稿"进行讨论，提出修改意见。经专家组修订后，提出"GAP 征求意见第二稿"。

1999 年 11 月，中国药科大学与上海药材公司在上海举办第一期 GAP 知识培训班。来自全国 43 名学员与教师一起，经过一周学习与讨论，对"GAP 征求意见第二稿"提出许多宝贵意见。经过周荣汉教授修改后，于 2000 年 7 月 5 日寄交国家药品监督管理局安全监管司，经修订后提交第三次 GAP 工作会议讨论。

2000 年 9 月 5 日至 7 日国家药品监督管理局在四川省成都市召开第三次 GAP 工作会议。科技部、国家中医药管理局的有关领导，国家中医药管理局安全监管司、药品注册司、办公室、认证中心、中药保护办、药品检定所，及 11 个省、自治区、直辖市药品监督管理局的有关人员，GAP 起草小组专家，中药材主要生产、科研单位和中成药生产企业等 40 多家企事业单位的代表共计 100 多人参加了会议。对 GAP 进行讨论和修改，提出"GAP 征求意见第三稿"。

2000 年 12 月 8 日国家药品监督管理局将《关于印发第三次中药材生产质量管理规范（GAP）起草工作会议纪要及有关会议文件的通知》（国药管安〔2000〕58 号）下发各省、自治区、直辖市药品监督管理局及各专家组成员，在全国范围广泛征求意见，共收到 9 个单位 31 条反馈意见，整理归纳为 23 条，又征求了中国药科大学周荣汉教授、中国医学科学院药用植物所程惠珍教授及长春中医学院邓明鲁教授等几位专家的看法。采纳吸收了其中的 5 条修改意见，对 GAP 进行了修改调整，另有 18 条因与 GAP 起草原则或具体情况不相贴切，未被采纳。整理后的 GAP 经安全监管司于 3 月 29 日及 5 月 18 日两次在司务会上认真讨论，在文字方面全面把关，进行了多处修改。从 5 月 19 日到 6 月 12 日期间又征求了 GAP 起草专家小组及中国中药协会的意见，反复对 GAP 做过几次修改，形成“GAP 征求意见第四稿”，提交第四次 GAP 专家会讨论。

2001 年 9 月 22 日至 24 日国家药品监督管理局在云南省中甸召开第四次 GAP 专家组讨论会，对“GAP 征求意见第四稿”进一步修改，形成送审稿，提交局务会讨论。

《中药材生产质量管理规范试行》于 2002 年 3 月 18 日经国家药品监督管理局局务会审议通过，自 2002 年 6 月 1 日起正式施行。GAP 的实施为规范中药材种植，保证中药材质量，促进中药标准化、现代化提供了法律依据。

纵观我国创新药物研发管理走过的这一段路程，这是一个从无到有、从低到高、由浅入深、由松到严的发展过程。在“1035 工程”实施期间，我国制定了一系列有关新药研究的政策法规和技术要求，在这些政策法规和技术要求的正确指导下，新药的研究和注册审批工作步入法制化、科学化的轨道。同时，为了尽快与国际接轨，我国在新药研究和审评法规的规范化方面做了大量的工作，而且取得了巨大的成绩。这些法律法规和技术指南共同发挥着对我国新药研制的监督、指导和保证作用。伴随着科学技术的发展和中医药更广泛的应用，还将不断地补充和完善新药研究和注册审评的技术，使之更规范化、科学化、国际化。

边振甲（国家药品监督管理局）
史录文（北京大学药学院）
王　恒（石河子大学药学院）
贺　熙（新疆巴州食品药品检验所）
傅孟元（北京大学药学院）

参考文献

1. 胡敏，陈文，蒋虹丽 . 我国药品监管体系发展和改革历程 . 中国卫生经济，2009，28（8）：71-74.
2. 边振甲 . 中华医学百科全书 · 药事管理学 . 北京：中国协和医科大学出版社，2017.
3. 卫生部 . 关于“国家新药研究基金”资助的一类新药审批程序的通知 . 1993.
4. 尹宏达，余放争 . 我国新药研究开发面临机遇与挑战 . 民营科技，1999（3）：35-37.
5. 杨世民 . 中国药事法规 .2 版 . 北京：化学工业出版社，2007.
6. 赵逸虹 . 深刻领会 1999 版 GLP 提高药品非临床研究质量 . 上海医药，2000，21（9）：17-18.
7. 高荣，李见明 . 我国药物临床试验机构的发展、定位和职责探讨 . 中国临床药理学杂志，2012，28（9）：714–717.

8. 田少雷，宫岩华 . 我国 GCP 的实施与药品临床研究基地的发展 . 中国临床药理学杂志，2000，16（4）：315–318.

9. 何伍，吴顺华 . 新药研究与开发中的知识产权保护 . 中国药学杂志，2001，36（8）：507–510.

10. 李红 .TRIPS 协议对中国知识产权立法的影响 . 河南省政法管理干部学院学报，2004（5）：24–30.

11. 张清奎 . 我国药品知识产权法律法规新进展 . 中国知识产权报，2008–1–18.

12. 杨悦，李野，苏怀德 . 我国新药法规体系的形成与发展 . 中国新药杂志，1999，8（6）：365–367.

13. 付丽红，张训缨 . 中药新药研究的法规及其规范化进展 . 新疆中医药，2004，22（5）：68–70.

14. 张晓东，李连达 . 我国药品注册管理法规体系的形成及现状思考 . 中国新药与临床杂志，2010，29（2）：155–158.

15. 董润生，韩白石 . 中药品种保护工作回顾与总结 . 中国中医药信息杂志，2001，8（1）：27–29.

16. 邵明立 . 总结经验，进一步做好中药品种保护工作——在国家中药品种保护审评委员会（第二届）换届会议上的总结讲话 . 中药新药与临床药理，1999，10（3）：131–132.

17. 张爱萍 . 药品管理与药品 GMP 制度 . 中药研究与信息，1999（2）：15–18.

18. 郭巧生 . 我国中药材 GAP 起草背景、过程及实施概况 // 全国中药材 GAP 研究与应用学术研讨会会议论文汇编 . 北京：中国中医药研究促进会，中国医学科学院药用植物研究所，2004.

第八篇

启示展望篇

“1035 工程”是 20 世纪 90 年代中期国家为应对知识产权挑战威胁而在医药领域实施的一项应急性重大科技工程项目，在特定的历史环境下，为我国新药研究和生物医药领域的发展做出了不可磨灭的贡献。计划实施之初，我国医药领域普遍存在科技水平低、创新能力薄弱、国际化程度差、医药行业规模小、效益低下的状况。“1035 工程”经过五年的不懈探索和坚韧努力，初步建设了一批用先进科技装备起来、与国际标准和规范基本接轨的创新药物研发平台设施，创新药物的自主研发能力显著提升，创制了一批新药，从整体上开启了我国药物研究和医药产业发展从依赖仿制到逐渐走向自主创新的历史转折。这个计划的实施，为“十五”期间“创新药物和中药现代化”国家科技计划的实施，尤其是“十一五”期间国家重大科技专项“重大新药创制专项”的实施，打下了坚实基础。“1035 工程”的实施过程已经成为历史，但其经验和启示是非常丰富和极其宝贵的。要从“1035 工程”的丰富实践中，深刻认识其历史地位、贡献和影响，认真总结其宝贵经验和启示。

回顾和总结历史，是为了更好地创造未来。今天，我国创新药物研究和生物医药领域的发展，正处在一个新的历史节点上。放眼全球，生命科学、生物技术和相关科学领域飞速发展、日新月异，各种新策略、新技术、新方法层出不穷，既带来了空前的机遇，也带来了激烈的竞争和尖锐的挑战，更加凸显加强原始创新的重要性。展望未来，随着我国经济、社会发展的进程，一系列民生需求和经济发展需求，包括全面小康目标的实现、“健康中国”战略的实施、生物医药行业作为新兴产业的发展，都对生物医药领域的发展提出了更高的要求，更加凸显加强关键核心技术的创新、把发展的主动权牢牢掌握在自己手中的紧迫性。

总结和弘扬“1035 工程”的经验和启示，深入研究和分析国内外医药产业和新药研发的现状、趋势和需求，深刻思考新阶段的发展目标及构想，对于抓住发展机遇、迎接未来挑战，具有十分重要的现实意义。

第二十章

“1035 工程”的历史贡献与经验启示

第一节 “1035 工程”的历史地位、贡献与影响

“1035 工程”从 20 世纪 90 年代中后期开始实施，至今已有 20 多年。从那时以来，随着改革开放不断深入，我国经济、科技和各方面事业发展取得了举世瞩目的成就。我国生物医药领域的面貌发生了巨大变化，新药研发水平和产业竞争实力显著提升，科技创新意识得到空前加强，创新体系建设得到快速进步。回顾这段历史，越来越体会到“1035 工程”在这个历史进程中发挥的重大作用。

新中国成立以后，我国从一个很低的起点出发，在非常薄弱的基础上发展我国的医药产业。从 20 世纪 50 年代初开始直到 90 年代中期，总体而言，主要是依靠仿制国外的药物来支撑我国医药产业发展和满足临床用药需求。我国新药研发能力薄弱，科技水平不高，自主发明的新药很少，生产的医药产品（中药除外）中 97% 以上是仿制国外的品种。研发单位大多致力于解决仿制国外药物的工艺路线问题，只有少数单位采用一些传统、经典的药理模型开展零星、分散的药物筛选，缺乏系统、完整的新药研发技术平台。

20 世纪 90 年代中期，中国的改革开放和发展进入到一个关键性的历史节点。我国生物医药领域发展面临着全新的外部环境——我国与美国、日本、欧盟相继签订知识产权保护协定、即将加入世界贸易组织，不能再无偿仿制国外的专利药物，这就迫使我国必须迅速建立和完善创新药物研发的技术平台体系，增强自主创新能力。“1035 工程”就是在这样的大背景下诞生，可以说是对时代呼唤的一个及时回应。

“1035 工程”的核心，一是要研发一批具有自主知识产权的新药，二是要构

建先进的创新药物研发技术平台体系，实现现代化和国际化。“1035 工程”抓住了我国生物医药领域实现创新驱动发展的关键和核心问题，提出了明确的努力方向和奋斗目标，开启了重大的历史转折，产生了深远的影响，在我国生物医药发展的历程中具有里程碑式的意义。

“1035 工程”是我国生物医药领域从依靠仿制转向自主创新的历史转折。它第一次从国家战略的高度，提出了创新药物研究和创新体系建设的目标，随后逐渐形成了我国生物医药领域实现两个“历史性转变”（从仿制为主转变为创新为主、从医药制造大国转变为医药创新强国）的战略目标，开启了我国生物医药发展的崭新阶段。

“1035 工程”是我国第一个全面推动创新药物研究和启动药物创新体系建设的国家项目，把生物医药领域科技创新体现为国家意志，集中力量办大事，产生了巨大的导向作用。在“1035 工程”顺利实施的带动和影响下，国家在“十五”实施了“创新药物和中药现代化”重大专项；随后又在《国家中长期科技发展规划纲要（2006–2020）》的框架下将“重大新药创制”列入重大科技专项，在更大规模、更高水平上推动新药创制和相关技术平台体系建设，从“十一五”到“十三五”历经三个五年计划，取得了丰硕成果和重大进展。

“1035 工程”是我国全面布局、系统构建药物创新技术体系的重要开端。长期以来，我国药物研究十分薄弱，缺乏功能先进、系统完整、标准规范的技术平台体系。“1035 工程”聚焦现代创新药物研究的关键核心技术，针对我国与国际先进水平的突出薄弱环节，规划布局一批新药筛选中心、新药非临床安全评价中心、新药临床试验中心的建设，使我国新药研发的能力得到培育和增强，技术平台体系得到完善和提升。这些平台是我国最早建立的新药研究平台，经过不断建设和发展，现都已成为我国药物创新体系的核心和骨干力量。其后经过“十五”、特别是“十一五”以来国家重大科技专项的持续支持，一批综合性大平台、单项平台和资源性平台建立起来，水平不断提高，初步形成功能齐全、布局合理的技术支撑网络。

“1035 工程”是我国生物医药领域面向国际化开放发展的战略部署。以国际化的开阔视野，贯穿了遵循国际规范、融入国际体系、参与国际竞争的发展思路。GLP、GCP 等国际通行的研究规范迅速在国内得到推广和实施，推动了研究数据的国际互认，大大促进了我国新药研究和技术体系建设的国际化进程。

“1035 工程”是我国生物医药领域快速、有效推动创新人才队伍建设的宏伟实践。要实现我国生物医药领域从依赖仿制到逐步转向创新的目标，关键是要有一批了解国际药物创新规范、技术体系、发展趋势和掌握新药创制策略、技术、方法的科技人才，人才队伍建设将决定“1035 工程”的成败。“1035 工程”从一开始就对此有清醒认识，通过建立中国新医药博士联谊会、将一批优秀青年人才安排到关键性的负责岗位等举措，在实践中培育、形成和锻炼了一支年富力强、富有创新精神和国际视野、结构合理、专业配套、能担重任的人才队伍，不仅为“1035 工程”目标的实现提供了有力的保障，而且为我国生物医药领域后续更大规模的创新发展创造了条件。

“1035 工程”开启了我国生物医药产业以科技创新引领和驱动发展的新境界。自主研制新药、实现产业化，是改变我国医药产业产品结构、提高产品质量和水平，推动我国医药产业成为支柱产业的根本途径。“1035 工程”从实施之初起，就把科技创新—队伍建设—产业升级三者联动作为“工程”实施的指导思想，将推动产业升级发展作为重要目标之一。在实施过程中，努力体现科技与经济结合，注重新药开发与企业生产的有效结合，切实解决新药技术转移过程中的难点和关键环节，加速新药研发和产业化进程。实践结果表明，只有依靠自主创新，我国医药产业才能走出困境。一批走在创新前列的企业逐步显示出发展的潜力和优势，在医药产业创新发展方面发挥了重要的示范和引领作用。

回顾历史，可以看到“1035 工程”对我国生物医药领域能力建设、理念更新、接轨国际等方面都产生了十分深远的影响，不仅有力地促进了我国的新药研发，而且促进了对国际新药研发理念和规范的了解、引进和吸收，从硬件和软件、技术和管理两个方面加快了接轨国际和融入国际的进程，开拓了我国生物医药领域创新发展的新局面，是我国建设科技创新性强国的一次成功实践。

第二节 “1035 工程”的宝贵经验与启示

“1035 工程”从 1996 年开始启动，实施的时间并不长（“十五”期间纳入“863 计划”，发展成“创新药物和中药现代化”重大项目；“十一五”国家开始实施“重大新药创制”重大专项）；而且从现在的眼光看，工程投入的中央财政经费也并不多，但是实施的效果很显著，产生的影响很深远，在科技界广受好评。20 多年过去了，“1035 工程”的成效经受住了历史的考验，留下来诸多宝贵经验和启示。

一、战略研判

战略研判是首要的问题。从新中国成立开始，直到 20 世纪 90 年代中期，我国走的是一条依靠仿制国外药物发展医药产业、支撑临床用药的道路。与国际跨国制药企业集团相比，无论新药创制能力、品种开发，还是医药企业规模，都有很大的差距。时值 90 年代中期，随着改革开放日益深化，我国和美、欧、日开展知识产权谈判并加入世界贸易组织，药品专利保护首当其冲，依靠仿制的道路不能再走下去了。这是一个严峻的历史关头，是我国药物研究和医药产业发展面临的一个重大转折。

自 1993 年实施药品专利保护以后，由国家科委牵头成立了九个部委组成的国家新药研究开发协调领导小组，对我国新药研究和医药产业发展面临的紧迫形势和对策进行深入的战略研究，决策启动了“1035 工程”科技专项。“1035 工程”准确把握了发展大势，明确提出我国的药物研究要逐步转移到创新为主的轨道上来，依靠自主创新来夯实医药产业发展的基础。为此，必须要大力加强创新药物的研究，大力加强创新体系的建设，提升自主创新能力。这个战略研判及时而果断，具有前瞻性、战略性和国际视野，抓住了我国生物医药领域的核心瓶颈问题，规划了正确的发展方向和路径。

二、任务布局

方向确定之后，第二个问题就是要有科学而精准的任务布局。“1035 工程”坚持需求导向，针对创新药物研发技术链中的核心关键与薄弱环节，正确凝练科学问题和核心技术，突出技术先进性和国际接轨的规范性两个重点。

一方面，根据我国国情，针对严重危害人民健康的主要疾病，规划重点研制一批创新药物；另一方面，借鉴国际新药研发的发展趋势和经验，针对新药发现和评价的关键问题，布局新药筛选中心、新药非临床安全评价中心、新药临床试验中心三类关键技术平台，从基础做起，着力提升自主创新能力。而在技术平台体系建设中，既要突出技术的先进性，尽可能快速和全面掌握国际上最先进的技术，同时也高度重视实现与国际通行管理规范的接轨，实施和推广 GLP 和 GCP 的要求，两手一起抓，软硬兼施。

“1035 工程”目标简要明确，任务布局科学精准、纲举目张，收到了显著的效果。

三、组织实施

明确了方向和任务，如何组织实施就成了关键。“1035 工程”在组织实施过程中，坚持国家意志，集中力量办大事，不受条块、部门利益的影响，打破行业和系统的界限；坚持有限目标、有所为有所不为，重点突出，内容集中，不搞全面铺开、撒胡椒面；坚持依靠专家，自上而下和自下而上相结合，以自上而下为主，组织优势单位进行定向委托；管理围绕科研创新活动进行，纵向决策层级简捷高效灵活，管理部门与一线科技人员沟通顺畅，从实际出发，不搞繁文缛节。

实践证明，“1035 工程”在我国新药研究基础十分薄弱、中央财政投入经费有限、科技部管理部门人员不多的情况下，能够在特定的时间内取得明显成效、并对后续发展产生深远影响，应该说与组织实施过程中坚持的上述原则是分不开的。“1035 工程”为我国重大科技计划的组织实施进行了成功的探索，积累了宝贵的经验。

四、政策措施

“1035 工程”的实施实现了管理创新，在运行机制上也带来了崭新的变化和革命。主要体现在新药技术来源和技术选择、项目管理、技术开发和技术转移及其产业化和商品化等方面，出台了一系列新的政策措施。

在技术开发、技术成果转移转化（产业化和商品化）方面，实施了组织医药技术创新网络和产学研联盟；组建工程技术研究中心以加快新药技术开发、提升技术成熟度；以部分研究院所、大学为主体，通过技术开发、技术转移和产业化，逐步形成医药科技开发集团；以企业为主体与院所结合形成科技型企业集团；建立医药科技产业基地；在海外建立我国新药研究走向国际的桥头堡等举措。

国家科委（科技部）会同有关部门和地方，为实施“1035 工程”提供组织保障。在资金筹措、信息支持系统、人才培训制度、有关创新药物的政策和法规和激励机制等方面采取了一系列配套措施，营造出协调一致的创新环境。

五、队伍建设

要实现我国生物医药领域的创新发展，人才是关键。“1035 工程”在实施过程中，高度重视人才队伍建设，着力培养造就一批具有国际前沿水平的中青年学科带头人，初步建立起一支稳定的、从新药研究、开发到产业化各个环节学科配套、专业齐全、力量雄厚的科技队伍。为了实现队伍建设的目标，“1035 工程”围绕任务布局，遴选一批优秀的中青年人才，让他们肩负起项目实施的重任，在实践中锻炼成长。国家科委（科技部）还专门组织“中国新医药博士联谊会”，连续多年举行中国新医药博士论坛，交流项目进展，提高科技创新水平，受到一大批青年科技工作者的热烈欢迎，形成了一个在生物医药领域十分活跃、蓬勃向上的人才群体。他们中的许多人，现今已经成为我国创新药物研究领域的领军和骨干人物，为中国药物创新事业的开拓和发展做出了巨大贡献。

第二十一章

面向未来的展望与思考

随着世界经济的发展、人民生活水平的提高及寿命的延长，医药需求持续攀升，全球医药支出不断增加，带动新药研发和医药产业迅速发展。根据医疗健康咨询机构 IMS [①]预测，2018 年全球药品消费支出将比 2013 年增加 3 050 亿 ~ 3 350 亿美元，2018 年有望达到 1.3 万亿美元。小分子药物（包括原研药和仿制药）和生物技术药物将迎来巨大的发展空间。2015 年 5 月国务院印发的《中国制造 2025》、2016 年 2 月国务院印发的《中医药发展战略规划纲要（2016—2030 年）》、2016 年 10 月中共中央、国务院发布的《“健康中国 2030” 规划纲要》和国家发展改革委印发的《医药工业发展规划指南》等重要文件，为我国医药研究与产业确立了发展坐标。

第一节　医药产业和新药研发的现状、趋势与需求分析

一、全球医药产业和新药研究的发展状况

（一）全球医药产业发展概况

从 1998 年开始，全球生物医药产业的年销售额连续以 15% ~ 33% 的速度增

① IMS（艾美仕市场研究公司）是一家为医药和保健行业提供信息与战略咨询服务的公司，2016年与昆泰公司合并，2017更名为艾昆纬公司（IQVIA）。本章下文所及的Evaluate Pharma、Informa、医药魔方、药渡等均为医药和保健行业的信息、咨询与情报资源服务商。

长，成为发展最快的高技术产业之一[1]。2008 年以来，在金融风暴、经济危机的影响下，全球经济发展跌宕起伏，而医药行业作为高科技产业，却始终保持持续稳定增长态势。近 10 年来，全球医药产业销售的增速虽逐步放缓，但总规模依然不断扩大。2015 年全球医药市场总额为 1.069 万亿美元，2011—2015 年期间的复合年增长率为 6.2%。据 IMS 预测，到 2021 年，全球医药市场总额将达到 1.5 万亿美元（图 21–1）。

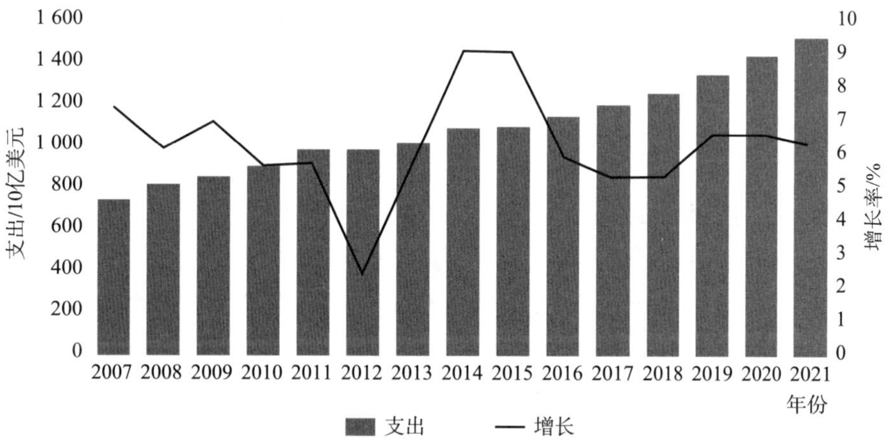

图 21–1　2007—2021 年全球市场支出和增长（数据来源：IMS）

从医药市场的区域结构来看，新兴国家医药市场在全球医药市场比重快速攀升，逐步成为全球药品销售增长的主要动力因素。中国已于 2012 年取代日本成为全球第二大医药市场。据 IMS 数据，2016 年到 2019 年间成熟市场（发达国家）的增长率仍将低于新兴市场国家（图 21–2）。

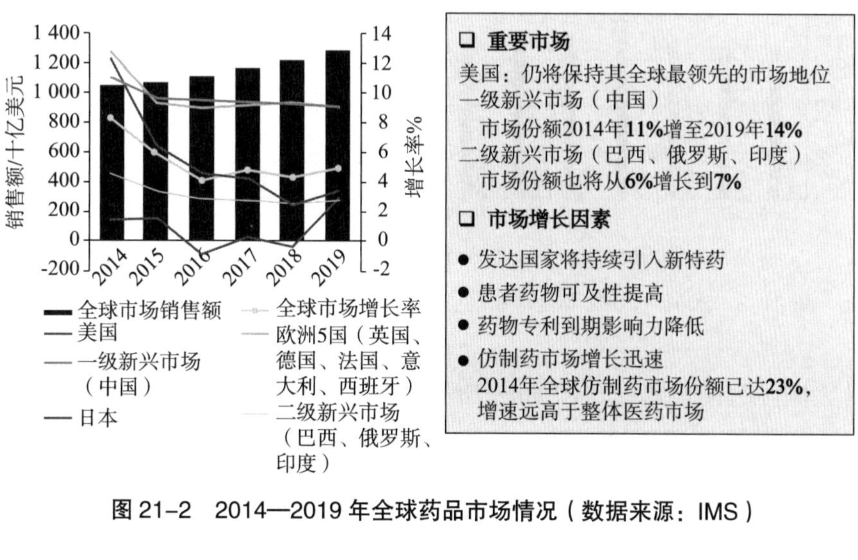

图 21–2　2014—2019 年全球药品市场情况（数据来源：IMS）

尽管 2017 年生物制药企业的并购交易规模，无论是金额还是数量均创近 5 年的历史新低，但是考虑到生物制药领域市场高度分散的状况，随着美国税法改革的实施，制药企业大规模整合的可能性很大，未来生物制药行业并购交易可能会再创新高。

（二）全球新药研发现状

随着制药工业的持续发展和生物科技领域新技术新方法的不断涌现，全球新药研发呈现了一些新变化。人们对药品安全性的要求越来越高，临床试验越来越复杂，临床试验规模逐渐扩大。受这些因素的影响，创新药物研发的难度也逐渐加大。新药研发的成功率依然严峻，新药研发所投入的人力及资金逐渐增大，风险也明显上升，尤其是肿瘤、心血管以及神经精神类慢性复杂性疾病。近年来，无论从在研药物数量还是销售市场来看，生物药的增长势头都明显强于化学药；以靶点为核心的药物研发依然是目前新药研发的主要模式。此外，随着精准医学概念的深入，依托基因组测序技术的个性化药物研发新模式也开始兴起。

1. 全球制药企业研发投入持续增长

尽管新药产出 / 投入比有所下降，但是全球医药行业研发投入却始终保持高位增长。据 Evaluate Pharma 数据统计，2016 年全球制药企业的研发投入总额达到 1 567 亿美元，2008—2016 期间研发投入年复合增长率为 2.5%，2022 年总研发支出将达到 1 809 亿美元。然而，从研发投入占处方药销售总额的比例来看，2016 年研发投入的占比为 20.4%，预计 2022 年将下降到 17.1%（图 21–3）。

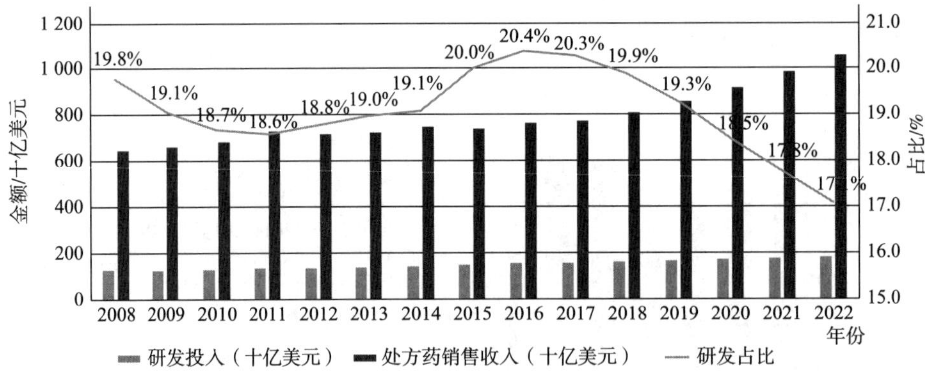

图 21–3　2008—2022 年全球制药企业研发投入及其占处方药销售额的比例

据美国《医药经理人》（*PharmExec*）杂志 2017 年 6 月发布的 2016 年全球制药企业研发投入排行榜，默沙东位居榜首，研发投入金额高达 97.6 亿美元，排名紧随其后的公司为罗氏、诺华、辉瑞以及强生。从研发投入强度来看，礼来公司的研发投入强度最大，研发投入金额约占其营业收入的 28.7%。

2. 生物药市场占有比例逐年上升

全球医药市场仍以化学药为主导，但生物药增长迅速。2010 年美国处方药市场十大畅销药中，9 个是化学药品，其中，降脂药阿托伐他汀以 126 亿美元销售收入连续 7 年高居首位。然而，近年来随着生物技术的不断发展，生物技术药物市场份额不断扩大，生物药的增长速度显著超过整个医药市场的增长速度。2016 年生物技术药销售额占全球整体销售的 25%，据 Evaluate Pharma 估计，到 2020 年，生物药的销售额占比将达到 30%。其中，单克隆抗体等为生物药快速增长的重要驱动力，生物类似物（生物仿制药）与非原创性生物药市场规模仍较小，但增速较快。据医药魔方数据，2018 年全球畅销药排名前 15 位的药品中，有 11 个是生物药，前 5 大畅销药里有 3 个是生物药（表 21–1）。

表 21–1　2018 年全球畅销药前 15 位

排序	药品	公司	销售额 / 亿美元
1	Humira（阿达木单抗）*	艾伯维制药	199.36
2	Eliquis（阿哌沙班）	百时美施贵宝公司 / 辉瑞制药	98.72
3	Revlimid（来那度胺）	新基公司	96.85
4	Opdivo（纳武单抗）*	百时美施贵宝公司 / 小野制药	75.7
5	Keytruda（派姆单抗）*	默沙东制药	71.71
6	Enbrel（依那西普）*	安进公司 / 辉瑞制药	71.26
7	Herceptin（曲妥珠单抗）*	罗氏制药	69.81
8	Avastin（贝伐珠单抗）*	罗氏制药	68.47
9	Rituxan（利妥昔单抗）*	罗氏制药 / 百健公司	67.5
10	Xarelto（利伐沙班）	拜耳制药 / 强生制药	65.89
11	Eylea（阿柏西普）*	拜耳制药 / 再生元制药	65.51
12	Remicade（英夫利昔单抗）*	强生制药 / 默沙东制药	59.08
13	Prevnar 13（肺炎球菌疫苗）*	辉瑞制药	58.02
14	Stelara（优特克单抗）*	强生制药	51.56
15	Lyrica（普瑞巴林）	辉瑞制药	49.7

* 示生物药。

从新药审批情况来看，1993—2017 年期间 FDA 批准新药总数 797 个，其中小分子药物占 82%，生物药占 18%，表明小分子化药依然占据重要地位。而在 2016—2018 年期间，FDA 连续 3 年批准的新药中，生物药占比已超过 26%，其中 2016 年生物药占比达到 32%，生物药的研发呈现明显上升趋势（图 21–4）[2]。

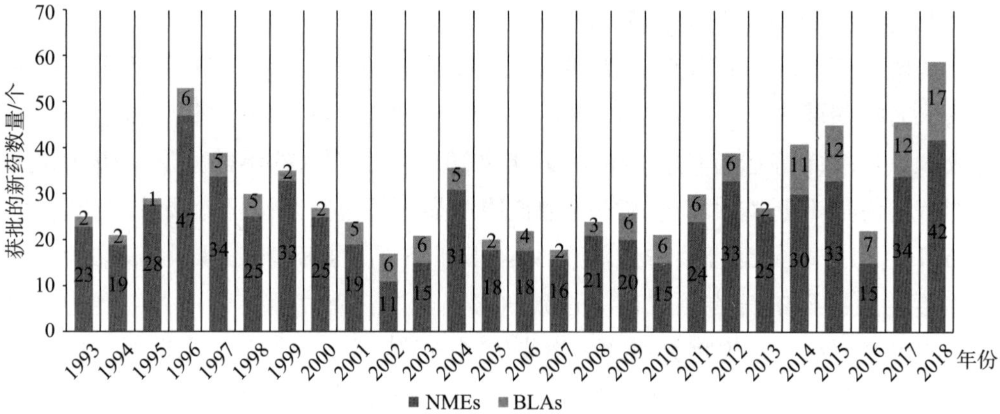

图 21-4　1993—2018 年 FDA 批准新药数量统计

3. 个性化药物研发呈上升趋势

个性化医学技术市场增长迅速。NIH 领导人 Collins 于 2010 年 7 月在新英格兰医学杂志发表“个性化治疗之路”，重点强调了个性化治疗路径的核心体系是基于敏感标志物的药物个性化。基于分子分型的“量体裁衣式”个性化药物成为治疗复杂性疾病的有效途径。2015 年 1 月 20 日，美国总统奥巴马在国情咨文中从国家战略层面提出了“精准医学计划”（Precision Medicine Initiative），正式揭开了精准医学从概念到实践与应用的大幕。2016 年，美国国会通过的《21 世纪治愈法案》（*21st Century Cures Act*）进一步强化了精准医学在药物开发中的作用[3]。

近年来，个性化药物研发在创新药物发展中已有所建树。据美国个性化医学联盟（PMC）统计，2014—2018 年期间，FDA 批准的个性化药物的总数为 69 个，占新药数量的 32%。个性化药物在获批新药中的比例也逐年上升，由 2014 年的 21% 上升到 2018 年 42%（图 21-5）。

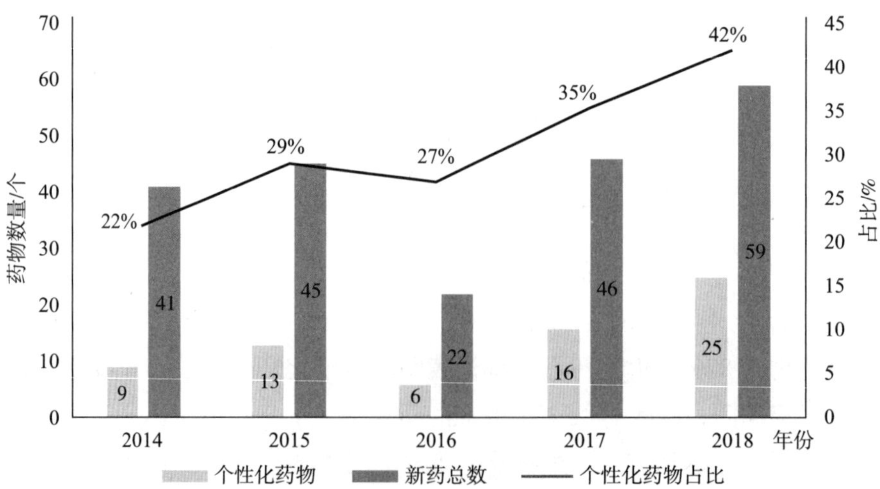

图 21-5　2014—2018 年美国 FDA 批准的个性化药物数量

个性化药物涉及各个疾病治疗领域。据统计，2014—2018 年间，抗肿瘤个性化药物有 31 个，占个性化药物总数的 45%。肿瘤领域的个性化药物研发成果最为突出，主要得益于人们对癌基因依赖和肿瘤异质性等肿瘤生物学本质认识不断深入，突破了以往的组织学、病理学分型，进入了基于基因异常的分子分型新时代，肿瘤的药物治疗逐渐从化疗模式进入到分子靶向治疗时代[4]。近年来，针对 BRAF、EGFR、ALK 以及 BCR-Abl 等基因突变癌症的小分子激酶抑制剂相继上市，并取得了良好的治疗效果，也为肿瘤个性化药物的进一步发展奠定了基础。个性化药物在其他疾病治疗领域的表现也令人惊喜，尤其是在丙肝领域，2014—2018 年间 FDA 批准的个性化药物为 7 个；神经精神领域有 7 个个性化药物获批；代谢领域有 7 个；心血管疾病领域也获批 3 个个性化药物。总之，疾病治疗正在从传统的“一刀切”模式向着利用分子信息提高疗效的更加有效的个性化医疗模式转变。2017 年 5 月 23 日，美国 FDA 批准默沙东的 Keytruda 用于针对特定生物标志物（微卫星不稳定性高（MSI-H）或错配修复缺陷（dMMR））的实体肿瘤患者的治疗。这是美国 FDA 第一次基于生物标志物而非基于肿瘤原发部位批准药品。精准医学提出的“同病异治”“异病同治”的概念，将在未来得到进一步推广。

原始创新药物（first-in-class）是新药中创新性最强的一类，最能反映药物领域的整体创新实力和引领地位。药渡数据显示，美国、欧盟、日本和中国近年来研发的首创新药药物数量（按同靶点第一个药物在全球范围内首次批准统计）中，美国遥遥领先，欧盟其次，日本再次，中国仅在 2014 年有 2 个（中国 2014 年批准西达本胺、甲磺酸阿帕替尼，均为首个亚型选择性药物）（图 21-6）。

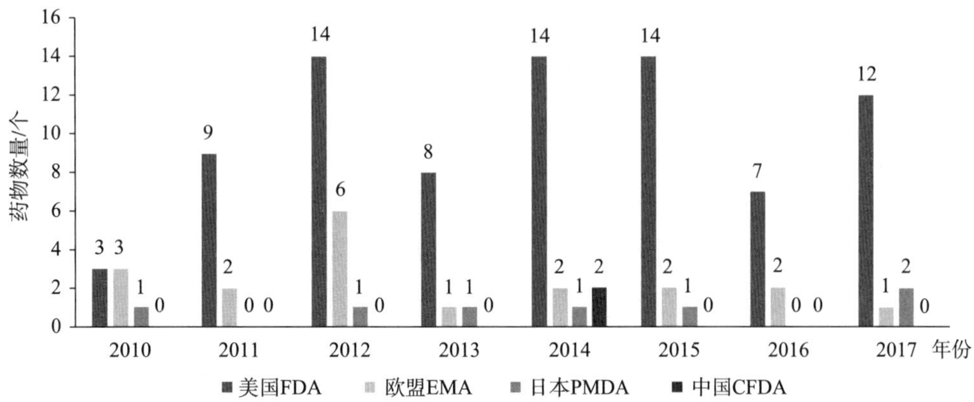

图 21-6　全球批准首创新药药物数量

二、国际医药科技发展的前沿与趋势

（一）国际生物医药科技创新的前沿动向

当前，生命科学和生物技术领域快速发展，多种学科的交叉融合日益加深，推动国际新药研发正涌现出一些引人瞩目的前沿动向，形成一些竞争激烈的热点领域，反映出国际新药研发的趋势和走向。

1. 新一代基因测序技术

基因测序被国际公认为最标准和最准确的基因检测方法，有利于分析复杂且具有高度多态性的基因，广泛应用于各种科学研究领域。20 世纪 90 年代在全球开展的人类基因组计划，采用第一代测序技术完成了总长为 30 亿个碱基对的人类基因组测序工作，打开了人类认识生命信息的大门，发现了大量与人类疾病相关的候选基因和药物作用靶点，促使生命科学研究新成果层出不穷。然而，第一代基因测序技术成本高、效率低，远不能满足研究工作的需要。二代基因测序技术，又称为高通量测序技术，可以一次对几十万到几百万条 DNA 分子进行序列测定，大幅度提高了测序效率，显著降低了测序费用。测序成本急速下降至 1 000 美元以下，获得的基因数据也呈指数级增长，促使人类对生物遗传奥秘的认识产生了质的飞跃。二代测序现已在生物医药领域得到广泛应用，包括生殖健康、遗传病检测、肿瘤诊断及治疗、心血管疾病、药物基因组学等，尤其在肿瘤诊断治疗和罕见病研究中取得显著成效。

基因检测对药物的研发和临床应用具有十分重要的意义，先进基因测序技术为分子靶向药物的研发提供了技术保障。研究人员用新的测序技术对 FISH、质谱等方法检测 EGFR 呈阴性的肺腺癌标本重新测定 *EGFR*、*ERBB2*、*KRAS*、*NRAS*、*BRAF*、*MAP2K1*、*PIK3CA*、*AKT1*、*ALK*、*ROS1* 和 *RET* 等驱动基因的突变，结果发现 65% 的病例带有这些基因的变异，随后有针对性地对患者进行分子靶向药物治疗，获得良好的治疗效果，显示出基因测序技术具有良好的检测敏感性和准确性。吉非替尼和厄洛替尼等 *EGFR* 抑制剂对 *EGFR* 突变的非小细胞肺癌患者有效；*PARP* 抑制剂奥拉帕尼对 *BRCA* 突变的患者有效；曲妥珠单抗对 *HER2* 阳性的乳腺癌患者有效；西妥昔单抗对 *KRAS* 野生型的结直肠癌患者有效。因此，美国 FDA 批准上市的肿瘤精确靶向治疗药物，都要求配有相应的伴随诊断试剂盒，临床医生在对患者使用这些靶向药物治疗之前，必须先检测这些相应的基因突变状态。2016 年 12 月 19 日，美国 FDA 批准了 Foundation Medicine 公司的 FoundationFocus CDxBRCA 产品，这是全球市场上第一个基于二代测序技术的伴随诊断试剂盒。该产品被批准用于鉴定携带 *BRCA* 突变的晚期卵巢癌患者，这些患者更易对 Clovis Oncology 公司生产的 *PARP* 抑制剂 Rubraca（Rucaparib）有反应。

除了癌症预测和治疗领域，新一代基因测序技术也给罕见病研究带来前所未有的机会。遗传在罕见病的致病因素中占据主要地位。由于基因突变与罕见病症状之间存在明确的因果关系，因此基因测序可能成为攻克罕见病的有力武器。随着新一代基因测序成本的逐步降低，及研究数据的不断积累，相信越来越多的罕见病致病基因将会被发现及注释，为开发有针对性的治疗药物奠定坚实基础，给罕见病患者带来治愈的曙光。

2. 基于大数据与人工智能的精准药物设计技术

互联网、云计算、云存储等一系列新一代信息技术的应用和推广，推动人类社会进入了一个崭新的时代——大数据时代[5]。大数据在医药领域的作用日趋显现，并可能比它在其他任何领域的发展更加卓有成效，造福社会，造福人类。

人类基因组计划（Human Genome Project，HGP）、全基因组关联分析（Genome-wide Association Study，GWAS）、DNA元件百科全书（Encyclopedia of DNA Elements，ENCODE）等大型组学计划的顺利开展，以及高性能质谱、新一代基因测序等组学技术的快速发展，为生命科学研究积累了大量有价值的基因组学、转录组学、蛋白组学、代谢组学等组学“生物大数据”[6]。结合多重组学数据以及患者的性别、年龄、生活环境以及临床等数据，可对各类疾病发展和不同病理状态进行更加准确的分类，从而提出更加精准的诊疗方案。

大数据不仅有助于疾病诊断及指导医生合理用药，而且也渗透到创新药物研发的全过程，为生物医药产业发展注入了新动力。在药物研发领域，大数据具有信息量大、种类繁多、数据产生速度快等特点，对于数据的整合、分析与解读往往比数据的收集更加关键，而数据的分析通常需要借助各种软件来实现。大数据对研发过程中药物新靶点的发现、早期化合物结构改造、临床试验受试者分类等环节都具有重要作用，从而节约药物研发成本，提高研发效率。例如，对大量肿瘤患者 DNA 进行测序，可以帮助研究者了解一些与癌症相关的新基因突变，从而发现新的药物作用靶点。从数据挖掘和分析的角度来看，对于靶点的分析也可以建立相应的数据分析模型。每年都会有大量报道靶点与药物之间相互作用的文献发表，研究者们可通过对上市药物、靶点以及患者基因组数据进行建模分析，寻找更具治疗潜力的药物靶标。研究者们可通过对大量的候选药物分子和实验室研究数据（药理、毒理、代谢、排泄等）预测建模，帮助识别更具成药性以及安全性更高的备选分子。随着技术的进步，大数据分析还可用于指导备选药物分子的结构优化。即采用合适的数组记录化合物的结构骨架、活性基团，通过计算分析指导化合物结构修饰，从而提高药物的活性、稳定性以及安全性。当药物研究进入临床试验阶段之后，利用大数据分析可以提高临床试验的效率。研究者也可通过对患者的基因组数据和药物反应数据进行系统分析，筛选出特定的受试人群进行针对性试验，从而节约成本提高效率。另外，对于临床试验数据的分析，也可以发现药物在安全性和有效性上可能会出现的问题，从而及早地采取相应的预防措施。

在大数据时代，药物开发中最热门的新领域之一是使用人工智能（artificial inttelligence，AI）驱动模型。许多人认为，在未来 3～5 年内，AI 会被应用到整个医药行业。这意味着没有经过各种 AI 驱动模型（包括预测动物毒性、人体毒性及 PK 指数等）研究的候选药物，将无法进入临床试验。人工智能结合大数据的精准药物设计，将成为创新药物研发和精准医疗的重要发展方向。尽管将 AI 用于药物研发多年前就已经开始探索，但各大制药公司真正从岸边观望变为参与其中还是近年来的事情。目前的数据和趋势显示，AI 算法可能有助于改善制药行业最大的问题——临床失败率。生物医药大数据则进一步激发了制药界对 AI 的兴趣（表 21-2）。

表 21-2　药物发现领域中的重要 AI 合作

AI 公司	技术	合作伙伴	适应证	交易年份
Atomwise	对分子结构数据进行深度学习筛选	默克制药	疟疾	2015 年
BenevolentAI	对研究文献进行深度学习和自然语言处理	强生制药	多种	2016 年
Berg	对病人数据深度学习以进行生物标志物筛选	–	多种	–
Exscientia	通过药物发现数据的配体活性的贝叶斯模型开发双特异性化合物	赛诺菲制药	代谢疾病	2017 年
GNS Healthcare	贝叶斯概率推论调查疗效	基因泰克公司	肿瘤科	2017 年
Insilico Medicine	对药物和疾病数据库进行深度学习筛选	–	年龄相关疾病	–
Numerate	对表型数据进行深度学习	武田制药	肿瘤、胃肠病和中枢神经系统疾病	2017 年
Recursion	通过图像分析进行细胞表型分析	赛诺菲制药	罕见遗传疾病	2016 年
TwoXAR	对文献和检测数据进行深度学习筛选	参天制药	青光眼	2017 年

除此之外，大数据挖掘分析与中药（民族药）研发技术相结合，在阐明中药（民族药）多组分协同作用机理、产品质量和安全性控制中也将发挥重要作用。

3. 基因编辑技术与细胞治疗

基因编辑技术是近年来发展起来的一项对生物体内源基因进行精准定点修饰

的技术，可完成基因定点突变、敲入、多位点同时突变和小片段的删除等，在基因组水平上进行精确的基因编辑，包括直接在分子水平对致病基因进行编辑、修改。其中最引人注目的是 CRISPR/Cas9 技术（clustered regularly interspaced short palindromic repeats）。基因编辑技术具有定向、高效和安全的优势，几年来已引发研究热潮，在治愈遗传性肝疾病、清除 HIV 病毒、阻止癌细胞生长等许多研究中取得令人鼓舞的进展，展现医学重大突破的前景。美国哈佛大学等机构的研究人员利用 CRISPR 技术在猪细胞中灭活了猪胚胎中的 62 个猪内源性逆转录病毒（PERVs），实现了猪基因组精确、广泛的改造，有望为器官移植领域创造出合适的非人类器官供体。美国加州大学的研究人员利用基于 CRISPR / Cas9 基础的基因驱动（gene drive）技术实现了抗虫基因在蚊子群体的繁衍，可能从根源上有效阻止疟疾的传播。中国科学院上海生命科学研究院研究人员利用 CRISPR / Cas9 基因编辑技术治愈了小鼠白内障遗传病。

在药物研发领域，基因编辑技术也显示出重大价值和巨大潜力。建立能真实再现人类疾病过程的动物模型，对于研究疾病发生、发展和调控机理、准确评价药物作用都具有十分重要的意义。基因编辑技术已经展现出对模式动物构建具有革命性意义，用传统方法构建模式动物一般需耗时 3 ~ 5 年，成本高，而且仅限于大鼠 / 小鼠等少数物种；采用 CRISPR/Cas9 技术，耗时可望缩短至 3 ~ 4 周，且可不再局限于胚胎干细胞的有限模式生物，这必将带来药物研究的巨大进步。不仅如此，基因编辑技术还在筛选、确证药物作用靶标方面发挥巨大作用。应用 CRISPR–Cas9 技术靶向编码蛋白功能结构域的外显子，对其进行突变，可对维持癌细胞生长存活及发育等过程具有重要作用的蛋白及结构域进行大规模筛选，从中寻找合适的药物作用靶点，对于开发癌症治疗药物具有重要意义。冷泉港实验室研究人员采用该技术对小鼠急性髓系白血病细胞的 192 个染色质调节性区域进行了筛选，发现了 6 个已知的药物靶点和 19 个潜在药物靶点。可以预见，基因编辑技术的发展和应用，必将对新药研发带来巨大促进作用。

近 5 年来，多个基因治疗项目在欧美获得批准上市，在治疗癌症和一些遗传病方面显示了良好效果。特别值得一提的是基因和细胞治疗技术的结合体 CAR–T 和 TCR 疗法在血液肿瘤及个别实体瘤的治疗中展现出了巨大的潜力。近年在 CAR–T 和 TCR–T 疗法的引领下，基因和细胞疗法得到了高度关注，成为研发的热点方向。

据 Informa 数据，全球 CAR–T 药物研发数量自 2014 年以来一直增长迅速，目前走在研发前列的公司主要有诺华、吉利德和新基。第一个获批上市的 CAR–T 产品是诺华制药的 Kymriah（tisagenlecleucel），第二个是 Kite Pharma 公司（被吉利德收购）的 Yescarta（axicabagene ciloleucel），这两个产品均是自体细胞疗法的 CAR–T 药物。目前，CAR–T 疗法在血液肿瘤治疗领域展现了优异成绩，期待未来在实体肿瘤治疗方面也取得突破性进展。

TCR-T 疗法是一种激活人体自身免疫系统、识别和杀伤特定肿瘤的个体化免疫疗法。它收集患者的 T 淋巴细胞，然后在这些细胞表面表达靶向特定肿瘤抗原的天然淋巴细胞受体。Kite 公司研发人员分离出内源的 TCR 并加以工程化改造，将其引入全新的 T 细胞并输注回人体，使带有靶向癌细胞能力的 T 细胞数量大增，有望对多种实体肿瘤与血液肿瘤进行识别与攻击。Kite 公司在研的 TCR-T 疗法主要有 KITE-439 和 KITE-718。KITE-718 目前正在进行针对实体瘤的临床 I 期研究，靶向的是 MAGE A3/A6 抗原。这种癌症抗原在膀胱癌、食管癌、宫颈癌、头颈癌、肺癌、卵巢癌，以及其他癌症中普遍存在。KITE-439 则是一种靶向 E7 蛋白的 TCR 疗法，由 HPV 导致的上皮癌的肿瘤细胞中会表达 E7 蛋白。

CAR-T / TCR-T 技术由于在临床研究中显示的优越表现及其广阔的应用前景，在当前激烈的医药行业竞技舞台中成为关注的热点。当前，基因和细胞治疗技术的发展和推广需要着重解决该疗法的标准化和规模化瓶颈，提高病人的普适性，减轻感染风险及毒副作用，实现科学监管。基因和细胞治疗是生物医药科技快速发展的重要成果，未来将取得突破性进展，在临床得到广泛应用，普惠广大患者。

4. 基于新型生物标志物的重大疾病治疗药物研发技术

基于生物标志物的个性化药物已率先在肿瘤领域得到实现。未来，这一研发模式在肿瘤领域将实现广泛应用，与此同时，一直以来以原发病灶肿瘤为目标进行的药物研发将逐步转向以生物标志物分类的肿瘤药物研发。同一生物标志物在不同病灶疾病中将具有普适性，依据生物标志物对不同原发病灶肿瘤采用合适的药物，将成为未来新药研发和药物治疗的新模式，这一模式也将拓展到代谢、神经精神疾病等复杂性疾病。实现这一目标依赖于疾病多维度分子分型的系统分析、新型生物标志物发现、无创生物标志物检测等关键技术发展。2017 年 5 月，美国 FDA 批准了默沙东的 PD-1 抗体 pembrolizumab 用于治疗带有高度微卫星不稳定性（MSI-H）或携带修补错配缺陷（dMMR）的无法手术 / 转移实体瘤，成为 FDA 史上第一次基于生物标志物而非基于肿瘤原发部位批准药品，开启了“泛癌症”治疗的新方向。在这之后，Loxo Oncology 公司的在研 RET（RET proto-oncogene）抑制剂 LOXO-292、TRK（原肌球蛋白受体激酶）抑制剂 Larotrectinib 有望给抗肿瘤药物研发领域带来更多基于生物标志物批准的药物。

5. 化学药物与生物药组合药物研发技术

化学药物与生物药组合药物主要包括 3 种形式，即抗体偶联药物（ADC）、免疫脂质体以及化药与生物药联合用药。

自 2013 年开始，ADC 药物研发领域引起广泛关注。目前全球有 4 个 ADC

药物被批准上市，60多个处于临床研究阶段，全部用于癌症治疗。今后需重视ADC新靶点的发现以及连接链和载荷新技术的开发，并把ADC技术拓展到癌症以外的其他适应证。整个ADC药物的研发历史就是从实验室到临床再到实验室的研发过程，相比于第一、二代药物，目前在研的第三代ADC药物更加稳定和有效。据Informa数据库统计，从ADC药物的研发管线（pipeline）来看，Roche、Seattle Genetics以及ImmunoGen公司在研ADC药物所针对的适应证数量最多。国内也有多家制药企业纷纷开展ADC药物研究，如荣昌生物制药、山东齐鲁制药、恒瑞集团、浙江海正药业和正大天晴等公司，研发靶点集中于HER2、EGFR和CD20等传统靶点。荣昌生物研发的注射用重组人源化抗HER2单抗-MMAE偶联剂（RC48），受到国家"重大新药创制"科技重大专项支持，是我国第一个申报临床的乳腺癌ADCs。

免疫脂质体制剂主要需要解决大规模制备的成本问题。化药与生物药的联合用药已经趋于成熟，特别是PD-1抗体与各类抗癌小分子抑制剂的不同组合正在临床上进行尝试。PD-1/PD-L1抗体可找的"搭档"包括靶向疗法、免疫抑制/刺激分子、疫苗、化疗、放疗等。2017年PD-1/PD-L1抗体联合用药研究数目与2015年相比有明显增长，其中与Keytruda联合用药的试验数目最多，达268项；与Opdivo联合用药的试验数目也有242项。PD-1/PD-L1抗体联合用药的主要研究领域还是肺癌和黑色素瘤。不同形式的化学药物与生物药组合药物将成为治疗癌症及其他可以应用靶向治疗的人类疾病的"新常态"，并将带来巨大的社会和经济效益。

6. DNA编码集中库的合成与筛选技术

DNA编码化合物库合成与筛选技术是化学与分子生物学交叉融合产生的一项革命性技术，筛选化学空间可从百万级扩展至亿级甚至兆级，筛选成本和时间大大降低，可以经济而高效地筛选小分子活性化合物，提升新药发现效率，明显加速药物的发现之旅，目前已经成为高通量筛选的重要补充工具。世界各大制药公司先后启动DNA编码化合物平台建设，未来的研究重点将转向DNA编码集中库的设计、合成和筛选。研究者将不仅仅满足于利用核酸编码化合物来找到靶标活性化合物，而是要通过对DNA编码集中库的筛选，找到特定靶点的高质量先导化合物，并结合筛选数据快速优化，找到可开展系统临床前评价的候选新药，以此来加快新药的开发速度。DNA集中库的合成及筛选技术得到广泛应用后，将有效加快小分子新药的开发速度，在2~3年内找到可进入临床研究阶段的原创候选新药将成为常态化。

7. 基于蛋白质相互作用与构象变化的创新药物研发关键技术

蛋白质-蛋白质相互作用（protein-protein interaction，PPI）是信号传递网络中的基本单元，参与调节几乎所有的重要生物过程。靶向PPI或蛋白质构象变化可以从源头上解决药物选择性的问题。与传统药靶相比，PPI 界面具有开放性、动态性、广泛性等特点，但不是所有结合界面都适合设计小分子进行调控和干扰，且传统的配体 – 蛋白质相互作用评价方法也不适用于该领域，因此研发具有极大难度。基于 PPI 和构象变化的新药研发关键技术，涉及计算化学、生物信息学、化学生物学、结构生物学、药物化学等多学科的交叉，需要建立快速筛选和确证、精准药物设计和药物化学优化等技术。系统掌握靶向 PPI 或蛋白质构象变化的药物研发关键技术，可能带来新药研发的突破。

8. 泛素介导的靶向蛋白降解技术

泛素介导的靶向蛋白降解技术是生物医药研究的一个新兴领域，它利用一种双功能小分子将目标靶向蛋白和细胞内的泛素连接酶拉近，从而实现特异性的靶向蛋白的降解。该技术针对的靶蛋白可以是没有明显活性位点的蛋白质，也可以是传统上难以成药的靶点，理论上该技术仅需要催化量的小分子就能实现循环降解蛋白。目前利用该技术能被降解的靶蛋白仅约 10 种左右，主要为美国和欧洲的研发者所发现，都还处于临床前阶段。随着技术的发展和成熟，可被降解的靶蛋白数量将会大大增加，大量小分子降解剂将进入临床阶段并有药物上市。该项技术目前研究的重点，是开发新的泛素连接酶、寻找新的能被降解的靶蛋白，以及解决双功能小分子生物利用度、成药性等问题。掌握泛素介导的靶向蛋白降解技术，成功推动多个降解剂药物进入临床阶段，将开辟药物研究的新突破口。

（二）创新药物研发面临的难点与问题

新药研发是一个漫长而艰难的过程，具有“三高一长”的典型特征，即高投入、高风险、高回报、周期长。从整个研发历程来看，5 000 ~ 10 000 个候选化合物中，最终可能只有一个能成为新药上市；一个创新药的研发周期可能长达 15 ~ 20 年，甚至更长；平均每个创新药的研发费用可达数十亿美元[7]。艾美仕公司于 2016 年底发布统计数字，1996—2015 年期间上市新药从初次专利申请到在美国市场上市所花费的平均时间为 12.8 年。另外，据美国药品研究和制造商协会（PhRMA）统计，过去 30 年成功研发一个新药的平均花费在不断增长，2000 年以后，开发一个创新药物的费用高达 26 亿美元（图 21–7）。临床试验设计越来越复杂、临床试验规模越来越大、适应证大多是高难度的慢性及退行性疾病、药物临床试验的失败率更高等，都是新药研发费用及时间不断增长的影响因素。

1. 新药临床试验的成功率依然严峻

据 Informa 公司、BIO 公司及 Amplion 公司联合发布数据，2006—2015 年间新药从 Ⅰ 期临床研究到最终获批上市的成功率仅有 9.6%，神经类、心血管类、精神类和肿瘤类药物研发成功率均不足 10%，其中，抗肿瘤药物的研发成功率最低，仅有 5.1%（图 21–8）。创新药物临床研究失败的最主要因素在于疗效不

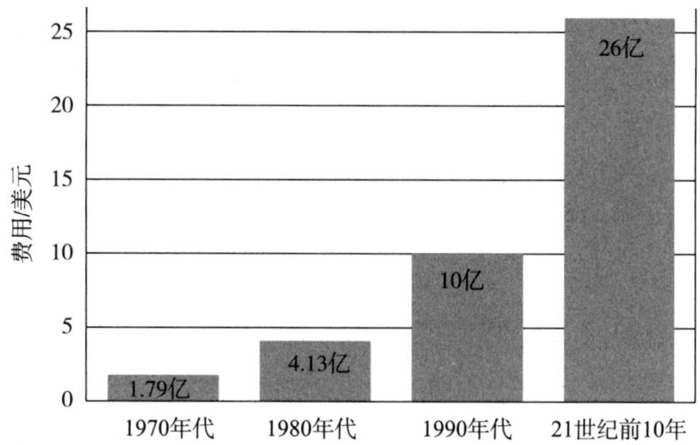

图 21-7 研发一个新药的平均花费

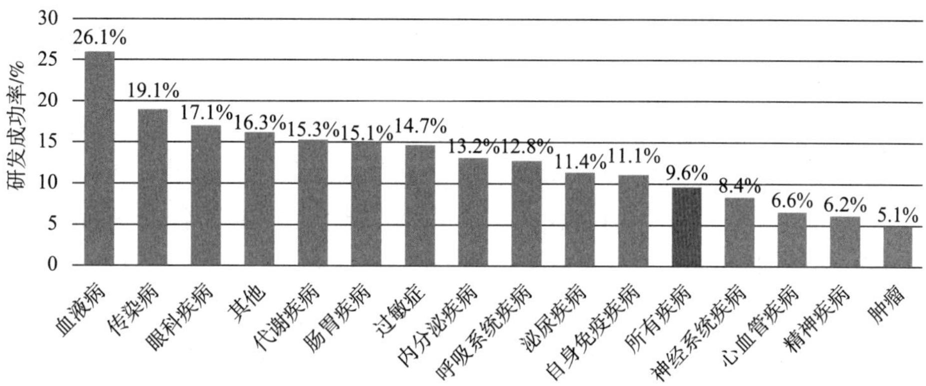

图 21-8 各疾病领域新药临床研发成功率

佳，其次是安全性问题。2017 年初，FDA 发布《22 例Ⅱ期和Ⅲ期结果不一致的临床试验案例研究》的报告，指出 22 个获得“突破性疗法”的潜在药物终止于临床Ⅲ期试验中，其中 14 个因为疗效不佳，占比 63.6%；1 个是安全性问题，占比 4.5%；7 个是因为有效性和安全性均不佳，占比 31.8%。

新药研发的整个过程，包括靶点机制的探索、先导化合物的发现、药理学毒理学研究、临床试验以及上市后监测等，每个阶段都充满了风险和不确定性，尤其是针对一些风险高度后置的靶点的新药研发。热门靶点研发失败屡见不鲜，胆固醇酯转运蛋白（CETP）、p38 丝裂原活化蛋白激酶（p38 MAPK）、热休克蛋白 90（Hsp90）、β- 淀粉样蛋白（Aβ）等靶点至今没有药物成功上市。

然而，近年来，由于获得了很多政策上的支持，罕见病药物研发成功率有所提高；另外，具有生物标志物药物研发成功率明显高于没有生物标志物的药物，“个性化药物”研发呈现出明显增长趋势。

2. 对药物靶点及疾病发生机制的复杂性认识有限

药物研发也受制于对疾病发生机制以及人体内环境的复杂性认识不足。一方面，针对新型靶标蛋白开展的新药研发，由于对靶标蛋白的正常生理功能认识不足，当药物作用于靶标蛋白发挥治疗作用时可能影响正常功能，产生严重的不良反应和毒性，即靶标相关（on target）的安全性问题。另一方面，药物进入体内除了与预期的目标蛋白发生作用，也可能会与许多其他蛋白发生作用，即脱靶（off target）作用，这些相互作用往往会超出原来的预期，从而产生毒性和不良反应。

分子靶向药物的研发虽然在很多领域都取得了不少的成绩，但是任何热门靶点在有药物成功上市之前，甚至在上市后扩大的临床研究中都暗藏风险。例如，CETP（胆固醇酯转移蛋白）抑制剂研究曾经广受追捧，辉瑞制药、罗氏制药、礼来公司、默沙东制药等多个跨国药企，曾经对其抱有极高的期望，希望开发出新型血脂调节药物。2006 年末，辉瑞制药在投资 8 亿美元且极具希望的血脂调节剂 Torcetrapib 的关键性试验中，发现可能增加患者死亡和心血管事件的风险，中止了这个 CETP 抑制剂药物的开发；罗氏制药在坚持了几年后，经过对 Dalcetrapib 的Ⅲ期试验进行中期评估，发现该药对提高 HDL-C 方面缺乏疗效，最终放弃开发；3 年后，礼来公司根据一个独立数据监察委员会的建议，停止了 Evacetrapib 的研究；2017 年 10 月，默沙东制药的 CETP 抑制剂 Anacetrapib 在 30 000 多人Ⅲ期临床达到主要终点（primary endpoint）的情况下，由于用药 4.1 年使患者 HDL 增加 104%、LDL 降低 18%，但是心血管事件绝对风险仅下降 1%，相对风险下降 9%，也宣布放弃这个药物的上市申请。至此，几个大公司 CETP 抑制剂的研发全部以失败告终。

此外，新型作用机理的药物是否能够带来比成熟药物更多的治疗效益，也是创新药物无法回避的严峻现实。任何一个新药研发项目的靶点确证数据都很关键，但对于早期就可看出苗头的项目而言，一般对靶点的不确定性要求较低。比如抗癌药在临床Ⅰ期即可看到应答，糖尿病药物在临床Ⅱ期也能看到血糖控制。但有些疾病领域如心血管疾病则无法在前期获知其最终治疗效应，必须到Ⅲ期临床才能一见分晓，从而极大增加了其成药的风险性。像 CETP 这类风险高度后置的项目，靶点本身的数据就显得十分关键。

阿尔茨海默症（AD）领域药物研发的失败率远超其他疾病领域，这与疾病发生的复杂性、发病机制不明确密切相关。除此之外，疾病实验模型匮乏，不能满足与人类疾病相当的同等性，也是导致部分药物研发失败的重要原因。历史上，在阿尔茨海默症研究领域，仅有 5 个药物获 FDA 批准上市，其中还包括一个复方制剂，但这些药物仅起到缓解部分症状的作用。据统计，1998—2014 年，有 123 个进入临床的阿尔茨海默治疗药物最终被中止或暂停，药物研发的失败率高达 97%，且这 123 种药物不仅未能治愈阿尔茨海默症，甚至连延缓疾病进程都无法实现。最近，精准医学相关技术和工具，包括基因编辑技术，已经开始应用在阿尔茨海默症发病机制的研究探索中。新技术的发展为寻找疾病治疗和预防相关的药物靶点和早期生物标志物展示了一个有潜力的前景。

3. 亟待解决的耐药问题

已经批准上市的分子靶向药物虽然给很多疑难慢病患者带来新希望，但是，靶向疗法依然存在很多难以解决的问题，最突出的挑战可能是靶向疗法产生的耐药问题。耐药性几乎存在于所有靶向药物治疗之后，如 Bcr–Abl 抑制剂、EGFR 抑制剂、ALK 抑制剂都在使用一段时间之后就出现不同程度的耐药问题。靶向治疗耐药的机制多种多样，药物转运增强、靶基因发生突变都与耐药的发生密切相关。EGFR 抑制剂类药物虽然在非小细胞肺癌（non-small cell lung cancer，NSCLC）的治疗中取得了令人鼓舞的疗效，但是，即使是前期对这类药物敏感的患者，治疗 1 年内也会有 50% 左右的患者发生耐药。第一代 EGFR 抑制剂是可逆性抑制剂，代表药物为吉非替尼、厄洛替尼和埃克替尼。第二代 EGFR 抑制剂阿法替尼为不可逆抑制剂，主要针对存在 EGFR 外显子 19 缺失突变和外显子 21（*L858R*）替代突变的转移性 NSCLC 患者。随着第三代 EGFR 抑制剂奥西替尼（Osimertinib，商品名泰瑞莎，Tagrisso）的上市，给伴随 *EGFR T790M* 耐药突变的患者带来了福音，然而奥西替尼的耐药问题同样不可避免。2015 年在奥希替尼上市前，Thress 等通过检测 15 例应用奥西替尼治疗后的 NSCLC 患者组织后发现，获得性 *EGFR C797S* 基因突变可能是奥西替尼产生耐药的机制之一[8]。从患者的角度来说，无论是原发性耐药还是获得性耐药，都严重影响分子靶向药物对患者的疗效，也是持续深入开展分子靶向药物研发的重大课题。

三、我国新药研究的现状与需求分析

生物医药产业是战略性新兴产业，对于实现“健康中国”目标具有重要意义，《国家中长期科学和技术发展规划纲要（2006—2020）》已将其确定为重大专项重点布局方向。“十一五”以来，在国家重大科技专项“重大新药创制”的组织引领下，我国创新药物研发技术平台体系建设和新药研究实现了前所未有的发展，医药科技和产业实力进一步增强、地位逐渐提升。与此同时，随着我国人口老龄化和疾病谱的变化，人民群众对于健康的需求快速上升，人口健康领域面临新的形势和挑战。

（一）我国医药产业发展现状

改革开放以来，我国医药产业得到了长足的进步和发展。据国家统计局发布的数据显示，我国医药工业总产值近 30 年来持续高速增长；特别是最近 10 年，总产值从 2008 年的 8 381 亿元增至 2017 年的 35 699 亿元，年均复合增长率高达

17.5%（图 21–9）。

我国医药市场规模已位列世界第二。据 IMS 发布的报告显示，中国医药市场在经历了持续多年的“两位数增长”之后，于 2012 年超越日本成为全球第二大医药市场。从发展趋势看，我国医药市场规模将稳定处于世界第二水平并且领先水平将进一步扩大。

化学药仍占国内医药市场主要地位。根据 CFDA 发布的《2016 年度食品药品监管统计年报》显示，截至 2016 年 11 月底，全国共有原料药和制剂生产企业 4176 家；在国内药品制剂销售中，化学药占主营业务收入 51%，高于中药（35%）和生物药（14%）（图 21–10）；从药品制剂收入来看，近年来化学药品制剂收入也始终高于中成药和生物药（图 21–11）；生物药尽管目前占比较低，但发展迅速。

从纵向发展趋势和横向国际比较来看，我国医药市场未来发展空间巨大。我国医药市场规模已位居世界第二，是全球最大的新兴医药市场，但人均药品消费支出仍然偏低。据 IMS 数据统计，我国人均药品消费仅为 121 美元，只占到美国人均药品支出的 1/7 不到，且远远低于日本、加拿大、欧洲各国及韩国的水平，也低于同为发展中国家的巴西和俄罗斯（图 21–12）。由于我国人口基数庞大，人均医药花费提高带来的医药市场增长将非常可观。随着我国人口老龄化程

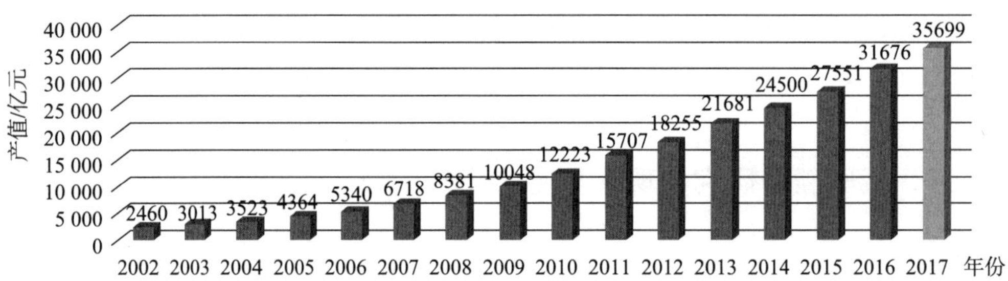

图 21–9　我国历年医药工业总产值及增幅

医药工业总产值包括中成药、中药饮片、化学原料药、化学制剂药品、生物制剂、医疗器械和卫生材料

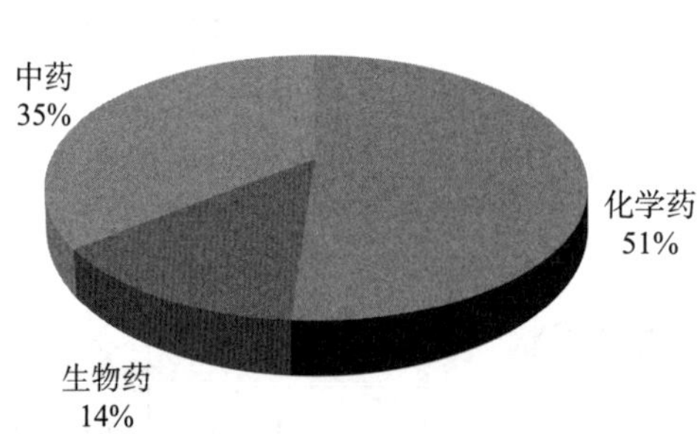

图 21–10　2016 年我国化学药、中药和生物药的主营业务收入比例

化学药包含化学药品制剂制造和化学药品原料药制造，中药包括中药饮片加工和中成药制造，生物药包括生物药品制造

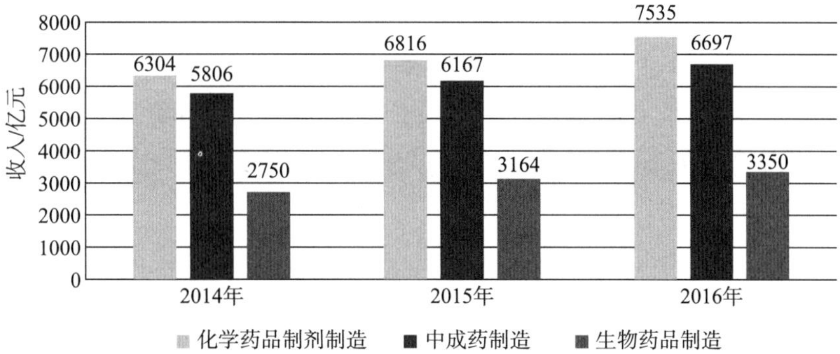

图 21-11　2014-2016 年化学药品制剂制造、中成药制造和生物药品制造的主营业务收入

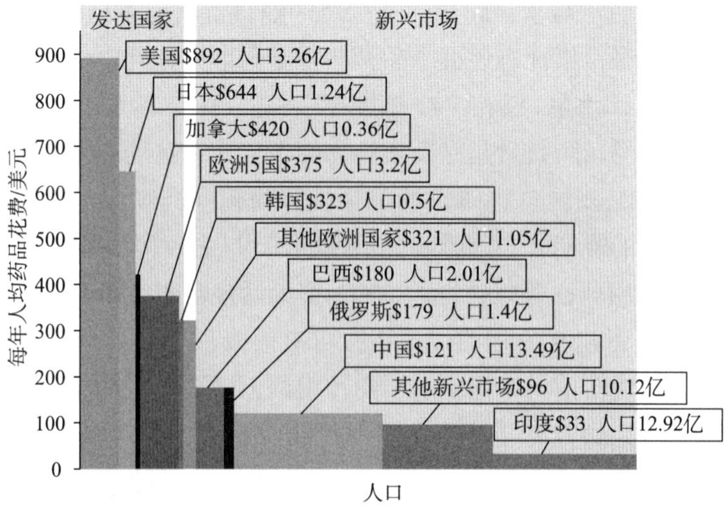

图 21-12　2016 年人均药品消费（数据来源：IMS）

欧洲 5 国：英国、德国、法国、意大利、西班牙。其他新兴市场：俄罗斯、乌克兰、波兰、罗马尼亚、土耳其、印度尼西亚、巴基斯坦、泰国、越南、阿根廷、墨西哥、委内瑞拉、埃及、南非。其他欧洲国家：除“欧洲 5 国”和归于新兴市场（俄罗斯、波兰、罗马尼亚、乌克兰）之外的欧洲国家

度加剧，慢性病患者数量不断增加，再加上医疗保障体系不断完善，可以预见，未来人均医疗花费将持续上升，国内医药市场发展空间十分巨大。据 IMS 预测，2020 年我国人均药品消费支出相比 2015 年将会有 43% 的增长，总量则会有 46% 的增长。

（二）我国新药研究与医药产业发展态势

按照《国家中长期科学和技术发展规划纲要（2006—2020 年）》，经国务院批准，重大新药创制科技重大专项（本章以下简称“新药专项”）于 2008 年启动实施，实施期为 2008 年至 2020 年，按照三个五年计划“铺、梳、突”的聚焦发展策略，分阶段落实。新药专项总体目标是针对恶性肿瘤、心脑血管疾病、神经

退行性疾病、精神性疾病、糖尿病、自身免疫性疾病、耐药性病原菌感染、肺结核、重大病毒感染性疾病及其他常见病和多发病（呼吸系统和消化系统疾病等）等 10 类（种）重大疾病，自主研制和技术改造一批药物，完善中国药物创新体系，提升自主创新能力，加快医药产业发展，加速中国医药研发由仿制向创制、医药产业由大国向强国的转变。

新药专项实施 10 年来，中国生物医药产业研发能力、自主创新能力显著提升，在保障和改善民生、支撑服务医改、促进医药产业发展等方面发挥了重要作用，推动我国新药创制领域的面貌发生了巨大变化，呈现出前所未有的强劲发展态势。

1. 新药研发成果显著，惠及广大患者

针对重大疾病防治需求，新药专项围绕产业链部署研发链。据不完全统计，新药专项实施十年来，累计有近百个品种获得新药证书，其中包括埃克替尼、西达本胺、阿帕替尼、手足口病 EV71 型疫苗、Sabin 株脊灰灭活疫苗等 30 多个 1 类新药，催生的 1 类新药数量是专项实施前的 5 倍。贝达药业研发上市的盐酸埃克替尼（凯美纳）是我国自主研发的首个抗肿瘤靶向药物，也是全球第 3 个上市的用于化疗无效的晚期非小细胞肺癌治疗的药物，被列为 EGFR 突变阳性非小细胞肺癌一线治疗用药；全球首发的 EV71 型灭活疫苗于 2015 年底在我国获批，在临床研究中便显示出 97.3% 的保护率，可有效降低手足口病的发病率和病死率，被认为是国产疫苗由“中国制造”向“中国创造”转变的里程碑式产品，得益于该疫苗的应用，2017 年上半年北京市共报告手足口病病例 4 652 例，较前一年同期下降 55.77%，无死亡病例报告[9]；深圳微芯研发的西达本胺是全球首个口服治疗外周 T 细胞淋巴瘤药物、全球首个亚型选择性组蛋白去乙酰化酶抑制剂，是我国研发的首个基于表观遗传调控机制的抗肿瘤药物；恒瑞医药研发的甲磺酸阿帕替尼是全球第一个在晚期胃癌被证实安全有效的小分子抗血管生成靶向药物，也是目前晚期胃癌靶向药物中唯一的口服制剂，可显著延长晚期胃癌患者的生存时间、有效提高患者治疗的依从性；中国科学院上海药物研究所研发的抗菌 1 类新药盐酸安妥沙星是我国自主研发的首个喹诺酮类抗菌新药，它的成功面世改变了我国该类药品依靠仿制药的局面，填补了国内该领域 40 余年来自主创制新药的空白[10]。

新药专项在支持原创药、生物技术药研发的同时，也支持药物大品种技术改造，着力推动产业技术升级换代，提高质量和产率，降低生产成本。新药专项密切结合临床用药需求，支持完成 200 余种大品种药物的技术改造，涉及国家基本药物 80 余种，显著提高了临床用药的质量；《国家基本药物目录》中，专项支持品种占 15.3%。另有 135 个品种获得临床批件[10]。

针对新发突发传染病，科学预判、超前部署，研发了帕拉米韦、磷酸奥司他韦、埃博拉病毒治疗性抗体 MIL77、重组埃博拉病毒疫苗等应急药品，为重大突发疫情的联防联控提供了技术支撑和生物安全保障。

抗体偶联药物（ADC）是国际肿瘤药物研发前沿热点，其研发难度很大，涉及抗体大分子药物、高效化学药物、偶联方法等一系列关键技术，目前全球仅有 2 种药物进入临床应用。2015 年 9 月，我国具有自主知识产权的首个 ADC 抗肿瘤新药 RC48 获批进入临床研究，标志着我国在 ADC 药物研发方面获得了突破性进展，随后两年内有数个 ADC 药物申报临床批件[10]。

2. 满足临床需求、填补空白、打破垄断、降低费用

我国自主研发多个创新药物成功上市，打破了肺癌、白血病、耐药菌防治等领域只有进口药的现状，填补临床空白，既有效缓解用药难问题，又显著减轻患者经济负担。

埃克替尼（凯美纳）上市后，临床应用不断扩大。据中国医药工业科研开发促进会的评估报告称，凯美纳的市场占有率已反超进口药易瑞沙和特罗凯，在非小细胞肺癌治疗药物市场以 38.79% 的市场份额雄踞榜首；据贝达药业最新数据，2017 年凯美纳实现营收 10.26 亿元[11]。随着埃克替尼上市应用，患者的日治疗费用从 550 元左右降到了 390 元。成都康弘开发的康柏西普眼用注射液（朗沐）是中国首个获得世界卫生组织国际通用名的拥有全自主知识产权的生物 1 类新药，填补了临床空白，上市后使进口药品雷珠单抗（诺适得）的价格由每支 9 800 元降至 5 700 元，降幅达到 41.8%。深圳微芯的西达本胺（爱普沙）上市后的价格仅为国外同类药物月治疗费用的 1/10，并且实现了我国医药行业历史上首次对发达国家药企进行专利技术授权许可使用和国际临床联合开发[12]。恒瑞医药研发的甲磺酸阿帕替尼（艾坦）上市后的价格仅为国外同类药物（以舒尼替尼为例，每月药品费为 5 万元左右）的 1/5，2017 年销售额 14.8 亿元，相当于减轻患者负担 59.2 亿元。中国医学科学院医学生物学研究所研制的 Sabin 株脊髓灰质炎灭活疫苗埃必维，打破了发达国家对脊髓灰质炎灭活疫苗的生产技术垄断，迫使进口野毒 Salk 株脊髓灰质炎灭活疫苗在我国的销售价格从每剂 198 元降至 40 元以下。

此外，新药专项支持的恩替卡韦、伊马替尼、达沙替尼等产品，均实现了进口替代。硼替佐米、富马酸替诺福韦二吡呋酯、帕瑞昔布钠、卡泊芬净、来那度胺、特立帕肽等一批重磅首仿品种以及介入人工心脏瓣膜等一批创新医疗器械产品获批上市，填补了国内各疾病治疗领域的多项空白。

3. 创新体系不断完善，创新能力显著提升

新药专项重点支持综合性大平台、单元技术平台、资源平台等创新药物研发技术平台建设，取得明显成效，逐步形成了以科研院所和高校为主的源头创新、以企业为主的技术创新、上中下游紧密结合的网格化创新体系，新药自主创新能力大幅提升。在新药专项支持下，我国药物非临床安全性评价平台（GLP）建设取得重要突破，一是新药临床前安全评价工作已与国际接轨。二是GLP平台核心关键技术达到国际先进水平；三是有力支撑我国新药研发，保证公众用药安全。依托GLP平台，累计开展3 500余个药物的非临床安全性评价研究，其中1类创新药物1 400余个，为我国具有自主知识产权的创新药物研发提供重要保障。此外，8个GLP平台帮助我国医药企业提交境外新药IND申报300余个，推动一批国内研发的药品在美国、欧盟等地开展临床试验，加快了国内新药进入国际主流市场的步伐[13]。位于浦东张江的国家化合物库样本总存量突破177.6万种，规模居亚洲第一，为高通量筛选提供坚实支撑[14]。

重大专项大力推动关键技术攻关，解决制约我国新药创制的技术瓶颈问题。随着平台建设的推进，我国相继在多个制药领域实现瓶颈性关键技术的突破，包括抗体和蛋白药物制备技术、生物大分子药物给药技术、缓控释制剂技术、中成药二次开发技术等。抗肿瘤药物多西他赛合成的关键技术获得突破，有效去除异构体杂质，减少副作用发生，同时显著提高原料药利用度，大幅降低生产成本。该药现已进入国家基本药物目录，累计销售额达50亿元[10]。此外，临床前评价、疫苗研发、抗体表达等技术也逐步由“跟跑”转变为“并跑”。在新药专项支持下，一批企业的创新能力显著提升，发展迅速，成为行业龙头[15]。

国家对新药专项的持续滚动支持，有力激发了医药产业界的创新热忱。研发投入是企业成为创新主体的重要标志，它既代表了企业的科研创新实力，也反映了企业成长的可能性。新药专项实施以来，我国药企研发投入显著增加，投入强度比新药专项实施前增长5～6倍[14]。2017年上半年，我国251家药企公布了研发费用，合计121.83亿元。其中，26家药企研发费用达到亿元级别，最高的是恒瑞医药，研发费用7.82亿元，占营业收入12.33%；复星医药和科伦药业分别位列第二、三名，研发投入分别为6.26亿元及3.93亿元，占营业收入7.49%和7.95%。此外，研发费用在3亿元以上的药企还有上海医药（3.73亿元）、健康元（3.55亿元）、海正药业（3.47亿元）及人福医药（3.24亿元）等[16]。

专项实施展现出我国生物医药领域发展的历史机遇，吸引了大批海归人才投身到国内医药领域创新创业中去。参与专项课题研究的海归人才，居各重大专项之首。

重大专项的实施取得了一批优异的科研成果，“十二五”期间，新药专项支持研发成果获国家科技奖励51项。其中，西达本胺、埃克替尼新药研究和现代中药新药发现和评价技术平台建设等项目获得国家科技进步一等奖。

4. 创新驱动作用显著，促进医药产业快速发展

新药专项的实施推动了医药产业和区域经济发展，促进了京津冀、环渤海、长三角、珠三角等地区形成相对集中、各具特色的生物医药产业集群，加快了区域经济发展和产业转型升级[17]。据初步统计，新药专项中央财政投入140多亿，产生的直接经济效益1 600亿。工业主营业务年收入过百亿的医药企业，由专项实施之初的2家增加至2018年的21家，促进规模以上医药工业增加值年均增长13.4%，居各工业各门类前列。骨干企业势头强劲，2017年4家上市药企市值过千亿。生物技术药物企业发展迅猛。企业创新主体地位持续增强，2015年规模以上企业的研发投入达450亿元，较2010年翻两番。专项支持课题企业承担比例由“十一五”的34.9%增长到当前的64.1%，部分企业研发水平接近国际上比较先进的水平。

5. 国际化步伐加快

新药专项实施以来，我国医药研究从仿制走向创新、走向国际化的脚步明显加快。我国医药工业出口稳定增长，出口结构逐步改善，制剂出口比重加大。其中，2015年出口额达564亿美元，较2010年增长42%。本土企业创新能力和水平逐渐得到国际认可。深圳微芯、江苏恒瑞、正大天晴、百济神州、溥瀛生物和信达生物等一批创新企业就自主创新品种向海外制药企业进行了专利许可的转让。

自专项实施以来，20余家制药企业获得了国外GMP认证，专项支持的品种中已有数十个制剂获批进入国际市场。中成药地奥心血康胶囊于2012年在荷兰注册成功，成为首个进入欧盟主流医药市场的治疗性中成药品种；国产抗癫痫药拉莫三嗪控释片已占据60%以上的美国市场份额；丹参胶囊等中成药在欧盟获批上市；乙脑减毒活疫苗进入了联合国采购清单。一批创新药物在国际国内同步申请临床研究和上市申报：利培酮微球注射剂获得美国FDA批准，直接提交新药申请；我国自主研发的埃博拉疫苗在塞拉利昂顺利完成Ⅱ期临床试验，应急研发的实验性药物MIL-77成功治愈英国女病人[18]；抗胰腺癌中药康莱特注射液获美国FDA认可，进入Ⅲ期临床；血脂康胶囊、扶正化瘀胶囊、穿心莲片等中药品种获得美国FDA批准开展国际多中心临床试验，即将进入Ⅲ期临床试验；杭州艾森医药研究有限公司研发的AC0058获美国FDA批准，在美国开展I期临床研究[19]。此外，丹参药材和粉末等一批药材标准进入美国药典，17种草药专论列入欧盟药典[10]。

6. 中药现代化进程加速

新药专项大力支持中药研究，重点开展中药经典名方开发、具有特色优势的中药复方及其活性成分等研究，旨在发掘中医药宝藏造福人类健康，促进多学科协同创新。新药专项实施以来，中药创新成果显著。“十一五”“十二五”期间，共有21个中药创新品种获得新药证书，7个获临床批件，其中“十二五”期间13个品种获得新药证书，6个获临床批件。中药新药研发的科技含量显著提升，江苏康缘药业开发的银杏二萜内酯葡胺注射液及龙血通络胶囊、同仁堂集团研发的巴戟天寡糖胶囊等一批高质量新药品种批准上市。疏血通、丹红注射液、血栓通等 7 个品种年销售额均突破 30 亿元，实现大品种做大做强的目标[10]。中药研究成果获得 5 项国家科技进步一等奖[20]。

（三）医药领域改革开放迎来新局面

为了鼓励创新、加速创新药物研发的步伐、提高药物质量，2015—2017 年国务院和 CFDA 密集出台了一系列药品政策法规，引导和推动生物医药领域健康发展（表 21-3）。2017 年 10 月，中共中央办公厅、国务院办公厅发布《关于深化审评审批制度改革鼓励药品医疗器械创新的意见》，从改革临床试验管理、加快上市审评审批、促进药品创新和仿制药发展、加强药品医疗器械全生命周期管理、提升技术支撑能力、加强组织实施等方面提出了重要的指导意见，涉及强化知识产权保护、全面推行上市许可持有人制度、推进一致性评价和注射剂再评价等重要问题，体现了国家推动生物医药领域发展的宏观思路和政策走向。

表 21-3　2015—2017 年医药政策法规密集出台

时间	部门	政策 / 法规 / 文件
2015-7-22	CFDA	开展药物临床试验数据自查核查的公告
2015-7-31	CFDA	征求加快解决药品注册申请积压问题的若干政策意见公告
2015-8-18	国务院	关于改革药品医疗器械审评审批制度的意见
2015-11-6	CFDA	药品上市许可持有人制度试点方案（征求意见）
2015-11-11	CFDA	关于药品注册审评审批若干政策的公告
2015-12-17	CFDA	进一步加强药物临床试验数据自查核查的通知
2016-2-26	CFDA	关于解决药品注册申请积压实行优先审评审批的意见
2016-3-4	CFDA	化学药品注册分类改革工作方案
2016-3-5	国务院	关于开展仿制药质量和疗效一致性评价的意见
2016-3-11	国务院	关于促进医药产业健康发展的指导意见
2017-3-17	CFDA	国家食品药品监督管理总局关于调整进口药品注册管理有关事项的决定（征求意见稿）
2017-6-28	国务院	进一步深化基本医疗保险支付方式改革的指导意见
2017-7-13	人力资源和社会保障部	关于将 36 种药品纳入国家基本医疗保险、工伤保险和生育保险药品目录乙类范围的通知
2017-10-8	国务院	关于深化审评审批制度改革鼓励药品医疗器械创新的意见
2017-10-27	CFDA	药物临床试验机构管理规定（征求意见稿）

1. 加入 ICH，走向国际化

1990 年由美国、欧共体和日本三方药品监管部门和行业协会共同发起成立了人用药品注册技术要求国际协调会议（ICH）。2012 年 ICH 启动改革，并最终于 2015 年 12 月由一个封闭的国际会议机制，转变成为在瑞士民法下注册的技术性非政府国际组织。ICH 的基本宗旨是在药品注册技术领域协调和建立关于药品安全、有效和质量的国际技术标准和规范，覆盖了药品注册必须的基本原则，涉及药品的开发、生产、使用、再评价等程序的技术标准，作为监管机构批准药品上市的基础，从而减少药品研发和上市成本，推动安全有效的创新药品早日为患者健康服务。经过 20 多年的发展，ICH 发布的技术指南已经为全球主要国家药品监管机构所接受和转化，成为药品注册领域的核心国际规则制订机制。

2014 年 11 月，国家食品药品监督管理总局（CFDA）在 ICH 里斯本会议上表达了加入的意愿，2017 年 3 月 CFDA 正式提出以成员身份加入 ICH 的申请。2017 年 5 月 31 日至 6 月 1 日，ICH 的 2017 年第一次会议在加拿大蒙特利尔召开，会议通过闭门表决，正式批准 CFDA 成为其成员。2017 年 6 月 14 日，经报国务院批准，CFDA 局长致函 ICH 管理委员会主席穆林博士，正式确认 CFDA 加入 ICH，成为其全球第 8 个监管机构成员。历经 3 年艰苦努力，中国的食品药品监管以越来越昂扬的姿态出现在国际舞台。加入 ICH 意味着中国的药品监管部门、制药行业和研发机构将逐步转化和实施国际最高技术标准和指南，并可以参与 ICH 指导原则的制订，同时也需要逐步在国内实施 ICH 指导原则。中国药品注册技术要求与国际接轨之路已经全面打开，药品研发和注册已经进入全球化时代，将推动国际创新药品早日进入中国市场，满足我国患者临床用药需求，同时也将对国内制药产业创新能力提出新的要求，推动国际竞争力的提升。实现国际药品注册技术要求的协调、一致，对开展国际注册的制药企业而言，将可以按相同的技术要求向多个国家或地区的监管机构申报，大大节约研发和注册的成本。

我国的制药产业整体上与欧、美、日等发达国家相比还存在差距。加入 ICH 意味着中国医药产业将置身于全球格局中参与竞争。国内医药企业要抓住机遇，积极研究、了解 ICH 指导原则，并将这些技术要求融入企业产品研发、注册和生产的各个环节，真正转化为企业自身保证有效性、提高产品安全、质量的规则，提高核心竞争力。中国拥有庞大的基础科研资源，只要不断提升规范化水平，使得所获得的研究数据质量与海外一致，就将吸引跨国企业在中国进行更多的新药研发，包括新药的药学研究、临床前和临床研究。CFDA 加入 ICH，既是机遇也是挑战，既是压力也是动力，它是 CFDA 落实习近平总书记关于食品药品监管“四个最严”要求中“最严谨标准”的具体举措，也体现出国际社会对中国政府药品审评审批制度改革的信心。

2. 深化改革开放，加速药品上市

进口新药在国内上市的进程将显著加快，药品审评审批制度将迎来新的突破。2017 年 3 月 17 日，CFDA 发布了《国家食品药品监督管理总局关于调整进口药品注册管理有关事项的决定（征求意见稿）》，目前虽仍在征求意见阶段，但一旦这一政策正式实施后，有关进口药注册的管理方式将会彻底改变。进口新药加快入市，将提高中国患者使用国际新药的可及性，也将促使中国药企加快向研发新药的方向转变。

根据全国人大常委会《关于授权国务院在部分地方开展药品上市许可持有人制度试点和有关问题的决定》、《国务院办公厅关于印发药品上市许可持有人制度试点方案的通知》（国办发〔2016〕41 号），2017 年 8 月 15 日 CFDA 发布《关于推进药品上市许可持有人制度试点工作有关事项的通知》。药品上市许可持有人（以下简称持有人，MAH）制度试点工作开展以来，各试点省（市）陆续出台实施方案，积极开展工作并取得阶段性成效，对持有人的权利义务和法律责任、委托生产中的质量管理体系和生产销售全链条的责任体系、跨区域药品监管机构监管衔接、职责划分以及责任落地等事宜，进行了大量的探索工作。MAH 试点为药品上市许可与生产许可解绑，持有人可通过委托生产的方式实现生产，免去了厂房和生产线投资建设的负担，大大鼓励了研发单位和研发人员的积极性。截至 2017 年 5 月 31 日，CFDA 共受理来自 10 个试点省市的 381 份药品上市许可持有人注册申请，其中临床申报主体中有 142 个为研发机构，占申请总数的 37%。上海市食品药品监管局的数据显示，上海 16 家申请单位中，有 12 个为研发机构，占到总数的 75%；申报品种中，22 个品种委托给 18 家企业生产。浙江医药股份有限公司的苹果酸奈诺沙星原料药及其胶囊剂和浙江歌礼药业有限公司研制的丙肝治疗新药丹诺瑞韦钠原料药及其片剂均申报了上市许可持有人，前者在 2017 年 3 月获批，成为我国 MAH 试点以来获益的首个创新药。

“十三五”国家药品安全规划发布，提出鼓励具有临床价值的新药和临床急需仿制药研发上市，对具有明显临床价值的创新药及防治艾滋病、恶性肿瘤、重大传染病、罕见病等疾病的临床急需药品，实行优先审评审批；严格审评审批要求，全面提高药品审批标准：创新药要突出临床价值，改良型新药要体现改良优势，仿制药要与原研药质量和疗效一致；对创新药临床试验申请，重点审查临床价值和受试者保护等内容，加快临床试验审批。

（四）我国药物研发面临的新需求

1. 我国未被满足的临床医药需求

药物研发的根本目的是满足患者尚未满足的临床需求。目前临床上可用的药物还远不能满足治疗需求。从疾病角度来看，尚未满足的医药需求涵盖了包括罕

见病在内的各个疾病领域。我国"十三五""重大新药创制"科技重大专项重点关注的 10 大类未满足医药需要的治疗领域包括恶性肿瘤、心脑血管疾病、神经退行性疾病、精神性疾病、糖尿病、自身免疫性疾病、耐药性病原菌感染、肺结核、重大病毒感染性疾病和其他常见病和多发病。

针对临床未满足的疾病领域治疗需求，是我国新药研发的紧迫任务。随着近几十年来经济持续快速发展和工业化、城镇化、老龄化带来的重大社会转型，居民的生存环境、生活方式、人口结构等自然和社会环境显著变化，导致我国人口的疾病谱发生重大变化。复杂慢性病成为我国面临的最主要疾病，心脑血管疾病、癌症、糖尿病等慢性非传染性疾病发病率呈现"井喷式"攀升态势，且呈现出重症化、年轻化、多样化、复杂化的特点，成为严峻的健康挑战。

《柳叶刀》发表了一篇研究报告——《1990—2013 年（基于 240 种死因）全球、地区和国家的特定年龄 – 性别全死因以及特定病因死亡率：2013 年全球疾病负担研究系统分析》。该研究由美国华盛顿大学健康指标和评估研究所牵头，包括中国在内的 700 多名各国研究人员针对 188 个国家的人口死亡数据进行统计分析。该报告重点关注了中国所面临的健康挑战，指出随着人口老龄化进程加快和机动车数量迅速增加，中国人群的疾病死亡谱发生明显变化；心血管疾病、脑血管疾病、恶性肿瘤和慢性阻塞性肺病是当前威胁国人生命健康的四大主要疾病；慢性肾病和老年痴呆症的死亡率大幅增加。2013 年慢性肾病和老年痴呆症导致的死亡率分别比 1990 年上升了 147% 和 121%。

具体的临床需求概述如下。

（1）肿瘤领域：我国食管癌、胃癌等消化道肿瘤发病率较高，每年新发的胃癌和食管癌患者多达 70 多万，相当于非小细胞肺癌患者人数，临床需求巨大；但由于这些疾病在西方发达国家患病人群较少，跨国药企普遍不予重视，现有药物不能满足临床需求。

（2）心脑血管领域：我国高血压、高血脂、血栓等难治性疾病患者人数众多，致残率、死亡率高，危害严重。2015 年安进公司开发的前蛋白转化酶枯草溶菌素 9（PCSK9）抑制剂属该领域明星产品，正在不断拓展心血管领域适应证；近年来该领域突破性药物较少，研发亟待加强。

（3）神经退行性疾病领域：其中最典型的是阿尔茨海默症（AD 症）和帕金森氏病（PD 症），药物需求巨大但研发进程缓慢。跨国大药企近 10 多年来投入巨资研发 AD 症药物，迄今无一成功。该领域的药物开发可谓是艰难中摸索前行，远远未满足需求。

（4）糖尿病领域：中国糖尿病患目前已超 1 亿，还有约 15% 的"糖尿病前期"后备人群。中国糖尿病患者的血糖控制情况并不理想，由此引起的并发症给患者的生活质量带来严重影响，如冠心病、脑卒中、微血管疾病、肾脏病变、糖尿病足等。糖尿病并发症的治疗药物是未被满足的临床需求。

（5）自身免疫性疾病领域：自身免疫性疾病常见、多发，全球每 6 个人中便有 1 人患有关节炎，我国的风湿性疾病患者高达 1 亿～2 亿人。风湿免疫性疾病缺乏根治办法，很多治疗药物都是超适应证使用。目前该领域中，生物大分子药物占主导地位。该类疾病患者死亡率低但生存质量较差，昂贵的大分子药物治疗费用造成巨大的经济负担。寻求价格便宜、疗效优良的小分子药物是临床的迫切需求。

（6）感染性疾病领域：2013 年吉利德公司将 Sovaldi（索非布韦）推向市场，在丙肝治疗领域取得了前所未有的突破，使人们对感染性（特别是病毒感染）疾病的攻克充满了期待。我国是乙肝"大国"，艾滋病防治形势严峻，针对乙肝和艾滋病等难治型感染性疾病是药物研发热点。

2. 我国仿制药行业迎来高质量发展新要求

我国是仿制药大国，制药产业基本处于"仿制为主、仿创结合"的阶段。仿制药产业发展迅速，但由于各种原因，我国仿制药行业"大而不强"，"多小散乱差"的局面依然存在，药品质量差异较大，高质量药品市场主要被国外原研药品占领，部分原研药价格虚高，广大人民群众对高质量仿制药的需求与现有药品的可及性和可负担性之间，还有一定差距，这种状况迫切需要尽快改变。

针对我国仿制药市场存在的低水平重复、工艺落后、质量参差不齐等问题，我国政府于 2016 年 2 月发布了《国务院办公厅关于开展仿制药质量和疗效一致性评价的意见》（国办发〔2016〕8 号），之后又出台了一系列政策，对仿制药质量和药效的一致性评价进行了规范，并计划于 2018 年底前完成仿制药一致性评价品种目录（共 289 个）。政策还要求基本药物口服固体制剂在 2018 年底前完成一致性评价，其他仿制药自首家品种通过一致性评价后，原则上应在 3 年内完成一致性评价。

第二节　新阶段的发展目标与构想

一、我国新药研发面临的新阶段、新要求、新任务

新中国建立以来，我国新药研究已走过 60 余年的发展历程，大体上可以划分为 3 个发展阶段。第一个阶段是从 20 世纪 50 年代至 90 年代，可以称作是**跟踪仿制阶段**。这个阶段我国药物研究主要是仿制国外的药物实现国产化，在此基础上构建和发展了我国医药产业，并支撑了临床用药的需求。新药研究主要是解

决仿制的生产工艺问题，重在化学结构的一致性，部分仿制产品在质量控制和生物活性方面与原研产品存在一定差距。这一阶段我国的药物研发还缺乏系统性的创新能力，只有一些分散、零星的新药筛选和药理评价工作，所采用的模型和方法基本上停留在经典药理学的层面。第二个阶段是从 1990 年代中期到 2010 年代中后期，可以称作是**模仿创新阶段**。这个阶段的起点是以中美知识产权谈判和中国加入 WTO 为始因和标志的。我国不能再无偿仿制国外产品，新药研究开始转入以新化学结构为主要目标的阶段。经过不懈努力，我国药物创新技术平台体系建设开始取得长足进步，一批具有自主知识产权的新药研发成功，标志着我国创新药物研究与发达国家的差距显著缩小。但我国研发的新药大多为国外已有新药的跟进（follow on），多为 me-too 或 me-better 等快速模仿性创新品种，我国自主发现的药物作用新靶点、新机制和在此基础上发展的 first-in-class 新药基本空白，产业集中度低，低水平重复现象严重，缺乏具有国际影响力的企业。第三个阶段，是从 2010 年代中后期开始，这个阶段可以称作为是**原始创新阶段**。当前正处在第二阶段到第三阶段的过渡时期，或者说处在第三阶段的启动期。近年，随着我国经济科技实力的增长和我国医药领域创新能力的不断提升，我国新药研究和医药产业发展需要实现新的历史转变，加强原始创新，从“跟跑”向“并跑”和“领跑”跨越，开创我国新药研究的原始创新（first-in-class）阶段。这就要求在科研项目布局、科研队伍组织、科研政策导向等方面都要面向新形势、研究新问题、适应新特点、承担新任务。

二、我国新药创制的新机遇与新挑战

（一）当代科技发展为新药研究带来新机遇

创新药物的研究与开发，集中体现了生命科学和生物技术领域前沿的新成就与新突破，体现了多学科交叉的高新技术创新与集成。当今时代，科学技术发展日新月异，新方法、新技术层出不穷。生命科学和生物技术飞速发展，物理、化学、计算机和信息科学等学科与新药研究的交叉和融合不断加强，深刻地改变着药物研究的面貌，推动药物研究和医药产业发展进入了一个革命性变化的时代。突出表现在以下方面。

基因治疗、表观遗传、干细胞等许多生命科学和医学基础研究的新突破，对于疾病发生和调控机制、致病基因、新靶点等的新发现，不断孕育新药研发新策略和新概念，开辟和引领创新药物研究的前沿和方向，使全新机制的新药研究成为新的潮流；

物理学、化学和工程科学、计算机和信息科学、纳米和材料科学等多种学科与新药研究深度交叉融合，不断催生具有重大潜力的新技术、新方法，推动新药研究领域高新技术的变革；

精准医学和转化医学等社会需求，不断引导研究理念和思路的更新，推动着研发组织和模式的转变。

当代科学技术快速发展的态势，为我国新药研究新阶段的发展，带来了难得的新机遇。此间需要要准确认识和判断新药研究技术变革的方向和趋势，加强前瞻性布局，才能抓住先机，占据战略主动；不然的话，就可能与科技革命和产业变革的机遇擦肩而过，丧失历史机遇，陷入战略被动。必须认真分析药物研究的发展趋势，特别是蕴含巨大潜力的新方向、新技术，做好前瞻性布局，下好先手棋。

（二）新药研发面临国际竞争的严峻挑战

新药研发和医药产业发展，对一个国家的经济发展和社会进步具有重大影响，是科技、经济国际竞争的一个战略制高点。

我国新药研究和医药产业基础比较薄弱，近 20 年来虽有了快速发展和大幅提升，但与欧美日发达国家相比，仍然存在很大差距。在面向新阶段的发展过程中，我国将面临发达国家激烈国际竞争的严峻挑战，必须认清形势，加快自主创新，迎接挑战，逐步赢得竞争。

三、我国新药创制的新格局

我国药物研发队伍由科研机构、大学和企业几支力量组成。长期以来，由于经济科技基础薄弱，我国药物研发主要集中在科研机构和大学，企业基本没有新药研发能力。即使是科研机构和大学，从事的药物研究也主要是国外已有药物的仿制开发，技术工艺成熟后移交给企业生产。“1035 工程”的实施，开启了我国创新药物研究和创新体系建设的进程；经过“十五”“创新药物研究和中药现代化”重大项目、特别是“十一五”以来国家重大科技专项组织实施，现在情况已经发生根本性的改变。这种改变，不仅体现在新药研发和创新平台建设数量的增加，而且表现在全国新药创制的整体格局发生了可喜的重大变化：

一是企业创新能力增强，逐步成为技术创新主体。随着我国医药产业的发展，一批企业逐渐建立和增强了自身科技力量、积累了研究经验，一批中小型生物医药科技创新企业蓬勃发展。他们逐步具备了开展规范化的新药临床前和临床研究的能力，从被动接受研发单位的新药证书到已经具备模仿创新的基本能力。截至 2016 年底，我国生物医药上市公司已达 238 家，覆盖化学原料药、化学制剂、生物制品、医疗服务、医疗器械、医药商业和中药 7 大领域，遍及全国 30

个省市区。一大批企业大幅增加了研发费用。Informa 公司 Pharmaprojects 数据库统计，2016 年共有 147 家中国企业涉足创新药品开发，而 2015 年该数字为 105 家。从增长态势来看，中国已经成为亚洲前列的新药研发国。在重大专项的带动下，江苏恒瑞、正大天晴、石药集团、天士力制药集团等一批创新型企业快速成长。一批中国制药企业开始认真投入原研药品的研发，尽管与国际大药企相比，我国制药企业的研发投入仍然差距很大，但部分顶级企业研发投入强度已经超过或接近营业收入的 10%，呈现大幅增长趋势。

二是一大批海归学者创新创业，正在成为一支重要战略力量。21 世纪以来，特别是近十年来，一大批留学人员学成归国，投入生物医药领域。他们大多具有在国外长期留学和在大药企工作的经历，许多人担任过研发和管理的领导职务，具有组织新药研发的经验，熟悉相关领域的法规和国际规范。他们回国后，一部分进入现有企业，担任研发部门的负责人；更多的自主创办了中小型的生物医药创新企业，开展新药研究，把创新和创业紧密结合起来。这批人才创新思维活跃，熟悉国际研究动向，具备创业的才能，充分发挥了“海外学术圈背景”+“跨国企业资源”的优势，因此虽然归国时间不长，很快就取得了显著成绩，正在逐步成为我国药物创新的风云人物和领军人才。贝达药业、深圳微芯、百济神州、药明康德、歌礼中国、再鼎医药、信达生物、亚盛医药、华领医药、艾森医药等一批企业就是由海归学者创办，埃克替尼、阿帕替尼、西达本胺、康帕西普、艾博卫泰 、丹诺瑞韦钠等一批我国自主研发的新药在这些海归企业中研发成功，预计 2020 年年底以前还将有一批重要新药被研发出来。许多海归创新企业受到投资基金的追捧，百济神州、再鼎医药等企业成功登陆美国纳斯达克，贝达药业、和记黄埔成功申请 IPO 上市，歌礼中国等企业成功在香港挂牌，开创了科技与资金结合推动新药研究的新模式。与此同时，这些企业研发的创新药物向国外生物医药公司转让海外权益的案例也越来越多见，交易数额也越来越高，甚至达到了 10 亿美元量级。

四、新阶段我国新药创制的发展目标与构想

2016 年 5 月 20 日，中共中央、国务院发布《国家创新驱动发展战略纲要》。《纲要》提出了实施创新驱动发展战略三个阶段的目标，与我国现代化建设“三步走”战略目标相互呼应、提供支撑。第一步，到 2020 年进入创新型国家行列，有力支撑全面建成小康社会目标的实现；第二步，到 2030 年跻身创新型国家前列，为建成经济强国和共同富裕社会奠定坚实基础；第三步，到 2050 年建成世界科技创新强国，为我国建成富强民主文明和谐的社会主义现代化国家、实现中华民族伟大复兴中国梦提供强大支撑。2017 年 10 月，习近平总书记在党的十九

大工作报告中明确提出，从2020年到2035年，基本实现社会主义现代化；从2035年到本世纪中叶，把我国建成富强民主文明和谐美丽的社会主义现代化强国，规划了中国发展的宏伟蓝图。

根据党的十九大和国家的发展规划的要求，新时代我国新药研发的发展目标是：2021—2035年间，努力使我国新药创新能力进入世界第一梯队，形成结构完备、运行高效的国家新药创新体系，产生一批引领全球的原创性新药产品，形成一批处于国际前列的大型医药企业，自主研发药物完全满足我国人民健康需要，推动生物医药成为国家支柱型产业，出口大幅提升。

为了实现上述发展目标，我国药物研究领域创新发展的战略构想，是实施"三步走"战略：第一阶段从20世纪90年代后半期开始，我国新药创制初步建立起自主创新体系的框架和雏形；第二阶段是从1990年代后半期到2025年左右或更长一点时间，努力使我国新药研发居于美、欧、日等发达国家和地区之后的"第二方阵"前列；第三阶段到2035年，努力使我国的新药创制能力进入国际先进行列，在"第一方阵"中占有一席之地。通过上述"三步走"战略，最终实现两个历史性转变：从仿制为主走向创新为主，从制药大国走向医药强国。

第三节　迈向创新跨越的思考与建议

一、坚持集中力量办大事的优势，继续组织实施新药创制国家重大专项

从20世纪90年代中期实施"1035工程"开始，国家连续实施了创新药物研究的重大项目。2008年以来实施的"重大新药创制"国家重大科技专项，实施时间最长，支持力度最大，产生了巨大影响。我国新药创制的能力显著增强，创新体系建设成效显著，企业、科研机构、大学和广大科研人员研发新药的热情和动力空前高涨，新药研发成果密集涌现，政策、机制、资金等创新要素汇集，有利于新药研发的创新生态环境逐步形成。企业、科研机构和广大科研人员普遍认为，这些变化是重大专项带来的丰硕成果，没有重大专项的实施就不可能有这样的深刻变化。

新药研究水平和医药产业发展的状况，对国家未来的发展影响重大，关系到科技竞争、经济发展和"健康中国"目标的实现，是一项重大国家战略需求。实施新药创制重大科技项目，把新药创制体现为国家意志，有利于发挥我国集中力量办大事的优势，集中优势队伍实现国家战略目标。

新时代，新药专项要有新定位。从研究内容上讲，要注重从传统药物向新型药物（基因治疗、干细胞、细胞免疫治疗等）和个性化用药（用药相关诊断产品）拓展；从支持的重心来讲，要从下游（应用技术研究）向上游（基础研究和原始创新）转移；在支持方式上，要从高校、科研院所向大型研发型企业转移，从多、小、散向集中委托攻关转变；政府科技管理部门要从项目管理向创新服务、政策保障转变。

二、准确把握新阶段我国药物创新体系各组成部分的定位与任务

当前，随着我国新药研究的进步和医药产业的发展，我国医药领域正处在由第二阶段——**模仿创新阶段**走向第三阶段——**原始创新阶段**的过渡时期。新形势下，我国药物创新体系各组成部分——科研机构、大学和企业这几路大军的定位和任务，也将发生重要变化。

目前在新药研究领域，我国越来越多的企业（包括研发型的生物医药创新企业）已经具备模仿性创新（me-too，me-better）的能力，而且在这类药物研发的数量上也已逐步占据了主体地位；与此同时，我国科研机构和大学的主要精力却仍放在模仿性创新上，新药研究的原始创新严重不足。这种状况，与我国新药研究逐步走向原始创新阶段的要求不相适应，同时也加剧 me-too 类药物研发过度竞争的现象，需要及时进行适当调整。

科研机构和大学等学术机构，在继续重视和适度开展模仿性创新研究（me-too 类药物）的同时，要更加重视“first-in-class”的新药研发，引领方向，抢占先机；要更加重视前瞻性、战略性的新策略、新方法、新技术研究。要注意实现两个理念上的转变：一是从出新药到出新策略、新概念，从出新化学实体到出新机制、新靶点、新方法、新技术；二是从与企业并排竞争到引领企业创新方向，研发重点应该更加向药物研发链的前端转移，把企业能做和擅长的事（me-too 类创新）留给企业。

经过这样的调整，我国药物创新体系各支力量的定位和任务会更加明确，原始创新和模仿创新布局更加合理，学术界和工业界的分工也将与发达国家逐步接近，进入到药物创新的更高阶段。

三、加强基础研究，迈向原始创新

基础研究是创新药研发的源头。基础研究薄弱、缺乏原始创新突破和核心技术，是我国药物研究和医药产业缺乏原始创新、长期受制于人的根本原因。我国医药领域基础研究进步很快，但与发达国家相比仍有很大差距。美国平均每年可

产生10个左右靶点和机制全新的“first-in-class”新药，我国多年来很少有首创药物，所研发的创新药大多数是基于已知靶点和机制的跟随型药物。

生命科学和生物技术前沿的基础研究，不仅孕育着新药发现的突破口，也不断更新药物研究的理念、创造医药产业的新形式、新业态。我国新药研究要密切关注基础研究的新趋势和新成就，主动对接科技前沿新突破，才能掌握创新引领的主动权，逐步从模仿创新转变为在一些方向上实现原始创新。

近年来，我国科研机构和大学出现了一些对药物研究原始创新具有突破意义的基础研究成果，令人鼓舞。北京大学药学院对于病毒基因组改造的研究是一个很好的范例。疫苗是预防病毒感染的有效手段，但目前疫苗的研制存在一些突出问题，主要是：临床使用的疫苗因采用病毒灭活方法制备而可能产生免疫原性、安全性差，制备工艺复杂而不通用，常由于病毒突变而导致免疫逃逸失效。北大周德敏 / 张礼和课题组以流感病毒为模型，发明了人工控制病毒复制从而将病毒直接转化为疫苗的技术。他们发现，在保留病毒完整结构和感染力的情况下，仅突变病毒基因组的一个三联码，就可使流感病毒由致命性传染源变为预防性疫苗；再突变3个以上三联码，病毒可由预防性疫苗变为治疗病毒感染的药物，并且随着三联码数目的增加而药效增强。这一技术“四两拨千斤”，使疫苗研发变得简单，而且几乎适用于所有病毒。这是一项颠覆病毒疫苗研发理念的基础研究，可能带来活病毒疫苗的重大突破。虽然这项技术还处在研发的早期，但是只要沿着这个方向加紧探索，就可能开辟和引领全球抗病毒药物研发的新方向。类似这样的基础性研究，应当引起科研机构和大学更多的关注和投入。

基础研究具有复杂性、长期性、特殊性和不确定性，尤其需要政府财政的支持和推动。政府应加强中央和地方财政资金对生物医药领域基础研究的持续投入，要更加重视前瞻性、战略性新方法、新技术、新策略的研究，更加重视“first-in-class”的新药研发，完善从基础研究向应用开发转移转化的机制。企业也要立足长远，逐步重视和加强基础研究的布局。

四、加强学科交叉融合、技术综合集成

学科交叉、技术集成已经成为当代科技发展的强大推动力。当前新药研发所需的知识、方法和技术更加深入，生命组学、系统生物学、结构生物学等新兴学科，数理和信息科学（如高性能计算和大数据分析）方法和技术，深度融入药物研发，催生了药物研发的新策略、新方法和新技术。在药学领域，基础研究、应用基础研究和应用研究的结合日益紧密，转化显著加快；药物化学、药理学、信息科学、技术科学等学科之间的界限日益模糊，多学科综合集成的趋势不断增强。

2015 年诺贝尔化学奖授予了瑞典、美国和土耳其三位科学家，表彰他们在 DNA 修复的细胞机制方面开展的研究。DNA 损伤修复机制的研究引发了新药发现的热点方向，阿斯利康公司研发的 Lynparza 成为全球首个基于该机制的 PARP（多聚二磷酸腺苷核糖聚合酶）抑制剂药物。该药于 2014 年 12 月被美国 FDA 批准单药用于治疗经过三线以上化疗的 BRCA 突变晚期卵巢癌，2016 年 1 月又被授予治疗前列腺癌的突破性药物资格（Ⅲ期）。2017 年诺贝尔化学奖又授予了瑞士、美国和英国的三位物理学家，表彰他们对冷冻电镜技术的发展做出突出贡献。这场“冷冻电镜革命”的特点是：不需要结晶且需要样品量极少，即可迅速解析大型蛋白复合体原子分辨率三维结构，从而为结构生物学研究提供了强大武器，大大促进了生物大分子结构 - 功能研究，对生物学、医学和药学研究产生巨大影响。这两个例子清楚地显示了化学、物理学、生物学、医学和药学紧密地融合在一起的学科交叉和技术融合对新药的研发非常重要。

从科技发展进步的历史来看，新药创制总是在第一时间吸收和应用生命科学和物质科学的最新的知识、方法和技术；多种学科的交叉和融合总是有力促进药物研究高新技术变革。近年来兴起的大数据研究和应用，为创新药物研发提供了重要支撑和新的动力，它将使生物过程和药物的预测模型更加专业。对于我国来说，把握学科交叉融合的趋势，还应十分注重传统医药学和现代科技的交叉融合。中医药学是伟大的科学宝库，中草药和天然产物是创新药物研发的重要源泉。青蒿素类抗疟新药的研发、三氧化二砷治疗白血病的研发等，都是中医药学和现代科技紧密结合的成功范例。近年来，中医药和天然药物宝库的深入挖掘，催生了中药和天然药物药效成分辨识、作用机理探索、复方组合设计、临床功效评价等许多新的研究方法和技术，从中有可能产生一批具有原创性和重要国际影响的创新药物。

五、大力加强关键核心技术、颠覆性技术研发力度

当代科学技术的发展，不断孕育新策略、新概念和新技术、新方法，深刻影响和改变科学技术和产业发展的趋势和方向。其中有一些是核心的甚至是颠覆性的技术，对于科技和产业国际竞争产生全局性、战略性的重大影响，一举改变力量对比和竞争格局。在生物医药领域中，这种状况也屡见不鲜，颠覆性的技术革命往往能够大大推进创新药物的研究。吉利德公司研发的抗丙肝药物，可以根治丙型病毒性肝炎，彻底改变了丙型肝炎药物的局面，是颠覆性新药的一个例证。习近平总书记指出：关键核心技术是要不来、买不来、讨不来的。必须关注和瞄准可能产生新突破的重要前沿，大力加强关键核心技术和颠覆性技术研发力度。

当前，新药研发中有许多用现有技术无法解决的问题，有望通过新的技术突破来解决。例如，从作用于单一蛋白到作用于蛋白－蛋白相互作用、从可逆性抑制到共价结合、从不具“可靶性”的靶点到蛋白降解机理的利用、从直接作用到改变微环境或作用于宿主细胞、从单一靶点到多靶作用的双特异性抗体、从直接抑制到激活免疫功能的免疫治疗或治疗性疫苗、从小分子或大分子药物的单一技术到小分子与大分子偶联技术等等，都有可能产生一些新的关键核心技术和颠覆性技术。我国创新药物研发应密切关注这些新进展。

在创新药物研究中，人工智能（AI）技术很可能是一项具有重大潜力的颠覆性技术。人工智能可以通过大量数据分析，加速药物研发的进程。人工智能助力新药研发已在药物研发的各个领域都突显成效，这些领域包括：生物学信息汇集（收集及汇总信息、理解疾病发病机制、产生新数据及新模型）、新药发现（预测已有药物新用途、生成新药候选化合物、验证候选化合物、药物设计）、临床前研究（设计临床前实验、模拟临床前实验）及临床研究（设计临床试验、招募临床试验、优化临床试验）等。目前全球已经有超过 80 家的初创人工智能公司围绕新药研发展开工作，大部分集中在临床前研究。人工智能成功的关键不仅在于学习成功案例的数据集，同时在于学习失败案例及多种无活性化合物的数据集，有效提高活性化合物的优化、改造及合成路线设计效率。新药研发的瓶颈在于早期基础研究，尤其是确定潜在的药物靶点。成熟人工智能技术将会在药物研发的不同阶段加速潜在药物靶点的确认，未来对新药研发将会更具影响力。

六、完善监管法规，加强顶层设计，促进创新发展

药物的研发、制造、应用和管理涉及众多环节，是一个复杂的系统。在今天，新药的发现、制造、应用和监管已经成为一个高度跨学科、跨行业、跨领域的概念，其前端是蓬勃发展的科技体系，中间是高度发达的制药工业，后端是日益庞大的健康需求和医药市场。监管政策和法规覆盖全部过程，既涉及许多行政管理问题，也涉及许多科学技术问题，对新药研究、生产和临床应用的质量和效率影响巨大。因此，要以深化改革的精神，不断完善监管的政策环境和机制。

药物研发的投入巨大，竞争十分激烈。药物的应用事关生命健康，衡量药品价值的唯一试金石是临床试验的结果，因此新药在应用之前必须经过严格的临床试验获得上市许可，需要通过药监部门的临床审评和上市审批。近年来，我国有越来越多的新药研发和国外同行在同一个舞台上比拼，既是同疾病赛跑，也是与国际同行赛跑，审评审批的质量和效率对于赢得创新和发展的竞争至关重要。

近年来，党和国家高度重视药物和医疗器械审评审批制度的改革，药监部门改革步伐加快。2016 年国家食品药品监督管理总局实施仿制药一致性评价，要

求企业开展仿制药一致性评价研究；2017 年又接连推出一系列重大改革举措，特别是 10 月 8 日，中办、国办联合发布《关于深化审评审批制度改革鼓励药品医疗器械创新的意见》，显示了前所未有的改革力度，极大地调动和激发了药企和科研机构创新的积极性。

药品监管和审评制度改革，涉及的方面和层级很多，要加强顶层设计，注意改革举措的系统性、整体性和协调性。中国监管标准和原则正与国际接轨，要借鉴并执行 ICH 指南，积极参与国际药品监管原则的制定和修订。这些改革开放举措可能在短期内为国内药企和研发机构带来"阵痛"，要完善相应政策举措，避免"狼已经来了，羊还未及时松绑"的现象。针对一些改革举措难以落地、可操作性不强的问题，要在实践中不断完善法律法规及审评技术指导原则。

药品监管是一门科学，要遵从"科学精神"，也要有"科学的路径"，两者缺一不可。监管政策法规要全面兼顾确保药品质量（安全性）和鼓励创新发展这两个方面，平衡好两者的关系。对于一个创新的想法，即使没有先例，只要符合科学，都容许去尝试，鼓励敢为人先的创新。

随着当代科技快速发展，生物医药领域不断涌现新的突破、新的理念、新的疾病防治策略和新的药物形态和释药系统，如基因和细胞治疗、干细胞和再生医学等等。这些科技的新发展，可能带来一些潜在风险，也可能带来临床医疗的重大进步、造福人民健康并推动科技和产业发展，对审评和监管工作提出了新挑战。药品监管部门要以积极和负责的态度，秉持科学的精神，制定和完善监管法规和标准，避免由于法规和标准的滞后和缺失贻误创新和发展。

七、形成有利药物创新的市场准入与医保报销机制

新药研发领域具有高投入、高风险、长周期的突出特点。药企只有通过药品销售获得合理回报，才能保持持续创新的动力和活力。一个新药经过千辛万苦研发出来并获准上市，如果不能及时进入医保报销目录，企业的生存和发展就会遇到极大问题，新药研发的积极性就会受到严重打击。统计资料显示，我国不少新药上市后销售困难，每年上市的创新药中大部分销售业绩甚差，年销售额达到 1 亿元的相当少见。企业难以获利，在很大程度上是导致创新乏力、偏向仿制的重要原因。随着医保制度的改革不断深化，这种状况近年来已开始有所改善，医保目录更新、药品价格谈判等措施给了药企更多创新的信心。这是一个良好开端，药品支付体系仍需继续完善，医保目录更新的周期应进一步缩短、退出机制应尽快建立，以实现医保目录药物的"优胜劣汰"。同时还要研究和建立发展商业保险机制，推动医药市场扩张，提高药品的可及性，使新药、好药能够尽快送到老百姓手上。

八、加强并深化中医药传承创新

中药研究是具有我国特色和优势的科技领域，中药产业是我国医药产业的重要组成部分。中医药是我国具有原创优势的科技资源。新中国建立以来，我国在国际上有重大影响的医药科技成果，如青蒿素类抗疟新药和砒霜治疗白血病的临床和基础研究等一批优异成果，绝大部分都是以中药和天然药物为基础研发成功的。实践证明，深入挖掘中医药宝库，有可能产生具有重大国际引领性的突破和成果。

从中药等天然产物中分离得到的活性物质往往是具有中国特色创新药物的突破点，要鼓励和提倡学科交叉融合，用现代科技方法研究和开发中药新药。同时要充分继承和发扬中医学的理论思维，加强中医药临床经验的总结和挖掘研究，研发符合中医药特色优势的复方新药。要研究和建立完善符合中药特点和规律的临床评价模式和评审办法，促进中药新药的创新和发展，使我国在新世纪再涌现出一批理论创新、证候明确、应用广泛、流传后世的名药。要推动中医药在"一带一路"合作发展中发挥重要作用，实现中医药的现代化和国际化。

陈凯先（中国科学院上海药物研究所 /
上海中医药大学）
陈传宏（科技部重大专项司）
杨秀伟（北京大学药学院）
高柳滨（中国科学院上海药物研究所）
毛艳艳（中国科学院上海药物研究所）
黄瑶庆（中国科学院上海药物研究所）
刘丽丽（中国科学院上海药物研究所）
周映红（上海中医药大学）
黄经建（中国科学院上海药物研究所）

参考文献

1. 陆怡，江洪波 . 全球生物医药产业现状与发展趋势 . 科学，2012, 64（5）：59-62.
2. Mullard A. 2018 FDA drug approvals. Nature Reviews Drug Discovery, 2019, 18：85-89.
3. 龚兆龙，林毅晖，袁泰昌，等 . 精准医学时代的抗肿瘤药物研发 . 药学进展，2017，41（2）：97-100.
4. 丁健 . 精准医疗时代的肿瘤药理学研究 . 药学进展，2015，39（10）：721-722.

5. 任思冲，周海琴，彭萍．大数据挖掘促进精准医学发展．国际检验医学杂志，2015，36（23）：3499–3501.
6. 李艳明，杨亚东，张昭军，等．精准医学大数据的分析与共享．中国医学前沿杂志，2015，7（6）：4–10.
7. 张佳博，徐佳熹．我国创新药研发模式与价值评估（Ⅰ）．药学进展，2016，40：835–847.
8. Thress K S, Paweletz C P, Felip E, et al. Acquired *EGFR*^{C797S} mutation mediates resistance to AZD9291 in non-small cell lung cancer harboring *EGFR*^{T790M}. Natuer Medicine，2015，21：560–562.
9. 落楠．“重大新药创制”进入冲刺阶段．中国医药报，2017–08–29.
10. 谭嘉．从跟随到原创的突破之旅．健康报，2016–01–06.
11. 贝达药业：2017 年度业绩快报．贝达药业股份有限公司官网，2018–03–16.
12. 鲁先平．圆“创制”抗肿瘤药物的中国梦．科技日报，2015–05–28.
13. 付丽丽．累计 90 个品种获得新药证书，新药重大专项促国外专利药降价超 50%. 科技日报，2017–02–23.
14. 谭嘉．新药创制：有爆发还要有后劲．健康报，2016–10–12.
15. 37 家药企公布 2016 年研发投入情况，恒瑞医药最高．中国制药网，2017–03–21.
16. 药品研发！看这 251 家药企都出了多少钱．搜狐网，2017–09–22.
17. 国家科技重大专项重大新药创制专项新闻发布会．国家科技重大专项官网，2017–02–23.
18. 付丽丽．从仿制到创制，从跟跑到并跑——专访新药创制专项技术总师桑国卫．科技日报，2017–06–06.
19. 我国企业首创治疗自身免疫性疾病新药获美国 FDA 批准临床研究．科技部官网，2016–02–06.
20. 魏敏．国家重大新药专项将瞄准中药经典名方开发．中国中医药报，2017–02–24.

结束语

“1035 工程”启动实施至今，已历 20 多年时间。“1035 工程”开启的医药科技创新进程，是我国走向科技强国之路的一次成功探索和一页历史篇章，推动我国医药领域发生了翻天覆地的变化，影响十分深远。目前我国新药创制的能力和水平已经远非当年的状况可以同日而语，但是“1035 工程”的历史贡献和影响、带给我们的宝贵启示和经验，对建设世界科技创新强国将会有长期的借鉴意义。

当前，我国正面临着新的发展阶段。党的十九大规划了我国未来发展的宏伟蓝图，提出了到 2035 年基本实现社会主义现代化、到本世纪中叶把我国建成富强民主文明和谐美丽的社会主义现代化强国的两个阶段奋斗目标。未来 30 年对于实现中华民族伟大复兴的“中国梦”将是十分关键的时期。生物医药领域既面临难得的历史机遇，也面临严峻的竞争考验。我国生物医药领域创新发展面临的国内外环境可能出现许多新情况和新特点。必须要牢记使命，勇于担当，始终坚持建设世界科技强国的目标不动摇，始终保持清醒头脑，既不捧上天、也不贬入地，踏实努力，奋斗不懈；要准确判断和把握科技发展和产业变革的趋势和机遇，攻克关键核心技术，掌握创新发展的主动权。期望广大同仁和各届人士共同努力，发扬“1035 工程”和后续国家重大计划和专项的精神和传统，实现我国医药科技与产业跨进世界先进行列，由医药大国发展为医药强国的宏伟目标！

陈传宏（科技部重大专项司）
陈凯先（中国科学院上海药物研究所/上海中医药大学）

郑重声明

MAIXIANG YAOWU CHUANGXIN ZHI LU——“1035 GONGCHENG” SHISHI HUIGU

图书在版编目（CIP）数据

迈向药物创新之路：“1035工程”实施回顾 / 陈传宏，陈凯先主编. -- 北京：高等教育出版社，2019.6

ISBN 978-7-04-052199-3

Ⅰ. ①迈…　Ⅱ. ①陈…②陈…　Ⅲ. ①纪实文学－中国－当代　Ⅳ. ①I25

中国版本图书馆 CIP 数据核字（2019）第 128249 号

策划编辑　吴雪梅　　责任编辑　单冉东　　封面设计　王凌波

责任印制　赵义民

出版发行	高等教育出版社	网　址	http://www.hep.edu.cn
社　址	北京市西城区德外大街4号		http://www.hep.com.cn
邮政编码	100120	网上订购	http://www.hepmall.com.cn
印　刷	北京盛通印刷股份有限公司		http://www.hepmall.com
开　本	787mm×1092mm　1/16		http://www.hepmall.cn
印　张	27.75		
字　数	690 千字	版　次	2019年6月第1版
购书热线	010-58581118	印　次	2019年6月第1次印刷
咨询电话	400-810-0598	定　价	103.50元

本书如有缺页、倒页、脱页等质量问题，请到所购图书销售部门联系调换

物料号　52199-00